A ÚLTIMA NOITE
PERTO DO RIO

John Irving

A ÚLTIMA NOITE PERTO DO RIO

Tradução
Léa Viveiros de Castro

Título original
LAST NIGHT IN TWISTED RIVER

Copyright © Garp Enterprises Ltd. 2009

Agradecemos a autorização de reprodução de material já publicado: RAM'S HORN MUSIC: excerto de "Tangled Up in Blue", *by* Bob Dylan, *copyright* © 1974 *by* Ram's Horn Music. Todos os direitos reservados. *Copyright* internacional protegido. Reproduzido com autorização.

John Irving assegurou seus direitos sob Copyright, Designs and Patents Act 1988 a ser identificado como autor desta obra.

Este livro é uma obra de ficção e, exceto fatos históricos, qualquer semelhança com pessoas reais, vivas ou não, é mera coincidência.

Direitos para a língua portuguesa reservados
com exclusividade para o Brasil à
EDITORA ROCCO LTDA.
Av. Presidente Wilson, 231 – 8º andar
20030-021 – Rio de Janeiro – RJ
Tel.: (21) 3525-2000 – Fax: (21) 3525-2001
rocco@rocco.com.br / www.rocco.com.br

Printed in Brazil/Impresso no Brasil

preparação de originais
MAIRA PARULA

CIP-Brasil. Catalogação na fonte.
Sindicato Nacional dos Editores de Livros, RJ.

I72u	Irving, John, 1942- A última noite perto do rio/John Irving; tradução de Léa Viveiros de Castro. – Rio de Janeiro: Rocco, 2012. 14x21 cm Tradução de: Last night in Twisted River ISBN 978-85-325-2726-4 1. Ficção norte-americana. I. Castro, Léa Viveiros de. II. Título.
11-8134	CDD-813 CDU-821.111(73)-3

Para Everett – meu desbravador,
meu herói

I had a job in the great north woods
Working as a cook for a spell
But I never did like it all that much
And one day the ax just fell.

— Bob Dylan, "Tangled Up in Blue"

Sumário

I. COOS COUNTY, NEW HAMPSHIRE, 1954

1. Sob as toras de madeira 13
2. Quadrilha no gelo 40
3. Um mundo de acidentes 83
4. A frigideira de oito polegadas 115

II. BOSTON, 1967

5. Nom de Plume 149
6. *In Medias Res* 206

III. WINDHAM COUNTY, VERMONT, 1983

7. Benevento e Avellino 243
8. Cachorro morto; memórias do Mao's 290
9. A natureza frágil e imprevisível das coisas 327
10. Lady Sky 353
11. Mel 397

IV. TORONTO, 2000

12. O Mustang azul 435
13. Beijos de lobos 488

V. COOS COUNTY, NEW HAMPSHIRE, 2001

14. A mão esquerda de Ketchum 519
15. Dança de alces 550

VI. POINTE AU BARIL STATION, ONTÁRIO, 2005

16. Nação perdida 587
17. Com exceção de Ketchum 616

Agradecimentos 661
Referências 663
Nota do autor 665

I

COOS COUNTY,
NEW HAMPSHIRE, 1954

1
Sob as toras de madeira

O jovem canadense, que não devia ter mais de quinze anos, tinha hesitado demais. Por um momento, seus pés pararam de se mover sobre as toras de madeira que flutuavam logo acima da curva do rio, ele escorregou e submergiu antes que alguém pudesse agarrar sua mão estendida. Um dos madeireiros estendeu a mão para agarrar o cabelo comprido do rapaz – os dedos do homem tatearam dentro da água gelada, que estava grossa, densa, cheia de pedaços de casca de árvore. Então duas toras colidiram com força no braço do aspirante a salvador, quebrando-lhe o pulso. O tapete de toras flutuantes fechou-se completamente sobre o jovem canadense, que não voltou à tona; nem mesmo uma de suas botas ou a mão apareceu na superfície daquela água marrom.

Num engavetamento de toras de madeira, assim que a tora principal era liberada, os condutores tinham que se mover depressa e continuamente; se parassem mesmo que só por um ou dois segundos, seriam arremessados na correnteza. Num comboio de madeira pelo rio, a morte entre toras em movimento podia ocorrer por esmagamento, antes que a pessoa tivesse a chance de se afogar – mas o mais comum era o afogamento.

Da margem do rio, onde o cozinheiro e o seu filho de doze anos podiam ouvir os xingamentos do madeireiro cujo pulso tinha sido quebrado, ficou logo claro que alguém estava mais encrencado do que o aspirante a salvador, que havia soltado o braço machucado e conseguido recuperar o equilíbrio sobre as toras flutuantes. Seu companheiro no comboio ignorou-o; eles se moveram com passos rápidos e curtos na direção da margem, gritando o nome do rapaz desaparecido. Os madeireiros procuravam sem parar com seus ganchos, direcionando as toras à frente deles. Eles estavam, principalmente, procurando o caminho mais seguro para a margem, mas para o filho esperançoso do cozinheiro, parecia que eles estavam criando um espaço de largura suficiente para o jovem canadense emergir. Na realidade, havia agora apenas intervalos intermitentes entre as toras. O rapaz que tinha dito a eles chamar-se "Angel Pope, de Toronto", desapareceu rapidamente.

– É o *Angel*? – o menino de doze anos perguntou ao pai. Este menino, de olhos castanho-escuros e expressão séria e intensa, poderia ser confundido com um irmão mais moço de Angel, mas não havia como negar sua semelhança com seu sempre atento pai. O cozinheiro emanava uma aura de apreensão controlada, como se rotineiramente antecipasse os desastres mais imprevistos, e havia algo no ar sério do filho que refletia isso; na verdade, o menino se parecia tanto com o pai que diversos madeireiros já haviam manifestado surpresa de que o filho não tivesse o andar manco do pai.

O cozinheiro sabia muito bem que fora o jovem canadense quem havia caído sob as toras. Foi o cozinheiro que avisara aos madeireiros que Angel era inexperiente demais para o trabalho de transportar madeira pelo rio; o rapaz não devia estar tentando desfazer um engavetamento. Mas provavelmente o rapaz estava louco para agradar, e talvez os madeireiros não tivessem prestado atenção nele no começo.

Na opinião do cozinheiro, Angel Pope também era inexperiente e desajeitado demais para estar trabalhando perto da lâmina principal de uma serraria. Esse era estritamente o território do serrador – um cargo altamente qualificado nas serrarias. O operador de plaina também fazia um trabalho relativamente qualificado, embora não especialmente perigoso.

As tarefas mais perigosas e menos qualificadas eram trabalhar no deque de toras, onde as toras eram roladas para dentro da serraria e para cima do carro de serra, ou descarregando toras dos caminhões. Antes do advento dos carregadores mecânicos, as toras eram descarregadas soltando-se uma alavanca do lado do caminhão – isto permitia que a carga toda rolasse para fora do caminhão ao mesmo tempo. Mas as alavancas às vezes não funcionavam; os homens às vezes eram apanhados sob uma cascata de toras enquanto estavam tentando liberar uma carga.

Na opinião do cozinheiro, Angel não deveria estar fazendo *nenhum* trabalho que o colocasse perto de toras em movimento. Mas os madeireiros gostavam tanto do jovem canadense quanto o cozinheiro e o filho dele, e Angel tinha dito que estava entediado de trabalhar na cozinha. O rapaz queria fazer um trabalho mais pesado, e gostava do ar livre.

O ruído constante dos ganchos batendo nas toras foi brevemente interrompido pelos gritos dos madeireiros que avistaram o gancho de Angel – a mais de cinquenta metros do local onde o rapaz desapareceu. A vara de quase cinco metros estava flutuando onde a correnteza do rio a havia levado, longe das toras.

O cozinheiro viu que o madeireiro com o pulso quebrado tinha chegado na margem, carregando seu gancho com a mão boa. Primeiro pela familiaridade dos seus palavrões, e em segundo lugar pelo cabelo mechado e a barba desgrenhada do madeireiro, o cozinheiro percebeu que o homem machucado era Ketchum – nenhum neófito na tarefa traiçoeira de conduzir toras de madeira.

Era abril – pouco depois do último degelo e do começo da estação de lama – mas o gelo só se quebrara recentemente na bacia do rio, com as primeiras toras caindo na corrente de gelo da bacia que dava nos lagos Dummer. O rio estava gelado e cheio, e muitos dos madeireiros tinham cabelos compridos e barbas espessas, o que lhes dava uma certa proteção contra os mosquitos de meados de maio.

Ketchum deitou-se de costas na margem do rio como um urso encalhado. A massa de toras flutuantes passou por ele. Parecia que o comboio de toras era uma jangada e os madeireiros que ainda estavam no rio pareciam náufragos no mar – só que o mar, de um momento para outro, passava de marrom esverdeado para preto azulado. A água do rio Twisted era tingida de tanino.

– *Que merda*, Angel! – Ketchum gritou. – Eu disse para bater os pés, Angel. Você tem que ficar batendo *os pés*! Que merda. A vasta extensão de toras não servira de jangada salvadora para Angel, que tinha se afogado ou sido esmagado na bacia após a curva do rio, embora os madeireiros (Ketchum inclusive) fossem seguir o comboio de toras pelo menos até onde o rio Twisted desaguava no Reservatório Pontook, da Represa Dead Woman. A Represa Pontook do rio Androscoggin tinha criado o reservatório; depois que as toras fossem soltas no Androscoggin, elas iriam encontrar em seguida os espaços de triagem perto de Milan. Em Berlin, o Androscoggin caía sessenta metros em três milhas; duas fábricas de papel pareciam dividir o rio nos intervalos de triagem em Berlin. Não era inconcebível imaginar que o jovem Angel Pope, de Toronto, estivesse a caminho de lá.

Quando a noite caiu, o cozinheiro e o filho ainda tentavam salvar restos de comida, para as refeições do dia seguinte, dos diversos jantares intocados no pequeno refeitório do assentamento – o pavilhão de cozinha na cidade chamada Twisted River era pouco maior e só um pouco menos provisório do que um acampamento. Não fazia muito tempo, o único refeitório que existia num comboio de rio não era um pavilhão. Antes havia uma cozinha móvel adaptada a uma carroceria de caminhão e um caminhão anexo de onde um refeitório modular podia ser baixado e montado – isto quando os caminhões costumavam estar sempre indo de um local para outro em Twisted River, onde quer que os madeireiros fossem trabalhar em seguida.

Naquela época, exceto nos fins de semana, os madeireiros raramente voltavam à cidade de Twisted River para comer ou dormir. O cozinheiro do acampamento cozinhava numa barraca. Tudo tinha que ser inteiramente portátil; até os abrigos de dormir eram montados em carrocerias de caminhão.

Agora ninguém sabia o que ia acontecer com a nada próspera cidade de Twisted River, que ficava situada no meio do caminho entre a bacia do rio e os lagos Dummer. Os operários da serraria e suas famílias moravam lá, e a madeireira mantinha alojamentos para os operários mais provisórios, o que incluía não só os franco-canadenses itinerantes, mas a maioria dos condutores de comboio de madeira e os outros madeireiros. A companhia também mantinha uma cozinha melhor equipada, um refeitório de verdade – o pavilhão de cozinha mencionado antes – para o cozinheiro e o filho. Mas por quanto tempo mais? Nem mesmo o dono da madeireira sabia.

A indústria de madeira estava em transição; um dia seria possível para cada operário da indústria trabalhar de casa. Os campos de extração de madeira (e mesmo os assentamentos um pouco menos marginais como Twisted River) estavam morrendo. Os próprios *wanigans* estavam desaparecendo; aqueles abrigos esquisitos para dormir, comer e guardar equipamento que não só eram montados em caminhões, sobre rodas ou em esteiras rolantes, mas frequentemente fixados em balsas ou barcos.

A índia que lavava pratos – ela trabalhava para o cozinheiro – tinha dito há muito tempo para o filho do cozinheiro que *wanigan* vinha de uma palavra abenaki, levando o menino a imaginar se a própria mulher era da tribo abenaki. Talvez ela apenas soubesse a origem da palavra, ou simplesmente alegasse saber. (O filho do cozinheiro era colega de escola de um menino índio que dissera a ele que *wanigan* era de origem algonquina.)

Enquanto durava, o trabalho no rio ia de manhã até a noite. Era regra numa operação de extração de madeira alimentar os homens quatro vezes por dia. No passado, quando os *wanigans* não podiam se aproximar de um local de trabalho no rio, as duas refeições do meio do dia eram levadas até os madeireiros. A primeira e a última refeição eram servidas no acampamento – hoje em dia, no refeitório. Mas porque gostavam de Angel, esta noite muitos dos madeireiros tinham perdido a última refeição no refeitório. Eles haviam passado a tarde seguindo o comboio de madeira até a escuridão afastá-los – não só a escuridão, mas também o fato de terem percebido que não sabiam se a Represa Dead Woman estava aberta. Da bacia mais abaixo da cidade de Twisted

River, as toras – provavelmente com Angel no meio delas – já poderiam ter caído no Reservatório Pontook, mas não se a Represa Dead Woman estivesse fechada. E se tanto a Represa Pontook quanto a Dead Woman estivessem abertas, o corpo do jovem canadense iria direto para o Androscoggin. Ninguém sabia melhor do que Ketchum que Angel não seria encontrado lá.

O cozinheiro viu que os madeireiros tinham parado de procurar – da porta de tela da cozinha, ele podia ouvi-los deixando seus ganchos encostados na parede do pavilhão de cozinha. Alguns homens cansados foram até o refeitório depois que escureceu; o cozinheiro não teve coragem de mandá-los embora. Todas as ajudantes já tinham ido para casa – exceto a lavadora de pratos índia que ficava até tarde quase toda noite. O cozinheiro, cujo difícil nome era Dominic Baciagalupo – ou "Cookie", como os madeireiros o chamavam – preparou uma ceia para os homens, que seu filho de doze anos serviu.

– Onde está Ketchum? – o menino perguntou ao pai.
– Ele deve estar tratando do braço – o cozinheiro respondeu.
– Aposto que ele está com fome – o menino de doze anos disse –, mas Ketchum é durão.
– Para um beberrão até que ele é um bocado durão – Dominic concordou, mas ele estava pensando que talvez Ketchum não fosse durão o suficiente para *aquilo*. Perder Angel Pope ia ser mais difícil para Ketchum, o cozinheiro pensou, pois o veterano lenhador tinha posto o jovem canadense debaixo de sua asa. Ele tomava conta do rapaz, ou pelo menos tentou.

Ketchum possuía cabelo e barba muito pretos – da cor do carvão, mais pretos do que a pelagem de um urso preto. Casara-se jovem – e mais de uma vez. Estava afastado dos filhos, que tinham crescido e seguido seus próprios caminhos. Ketchum morava o ano inteiro num dos alojamentos, ou em algum albergue, quando não num *wanigan* feito por ele – ou seja, na carroceria da sua picape, onde quase morria congelado naquelas noites de inverno em que bebia até ficar inconsciente. Mas Ketchum tinha mantido Angel longe do álcool, e mantido também várias mulheres mais velhas dos *dancings* longe do jovem canadense.

– Você é jovem demais, Angel – o cozinheiro certa vez ouvira Ketchum dizer para o rapaz. – Além disso, pode pegar coisas com essas mulheres.

Ketchum devia saber, o cozinheiro pensara. Dominic sabia que Ketchum fizera mais estragos a si mesmo do que apenas quebrar o pulso num comboio de rio.

O chiado constante e o piscar intermitente das chamas no fogão a gás do pavilhão de cozinha – um velho Garland com dois fornos e oito queimadores, e uma grelha queimada em cima – pareciam estar em perfeita sintonia com as lamentações dos madeireiros enquanto comiam sua ceia tardia. Eles tinham sido cativados pelo rapaz desaparecido, a quem adotaram como se fosse um bichinho de estimação. O cozinheiro também tinha sido cativado por ele. Talvez ele visse no alegre adolescente uma futura encarnação do seu filho de doze anos – pois Angel tinha uma expressão simpática e uma curiosidade sincera, e não mostrava nenhum traço daquele silêncio desconfiado que parecia afligir os poucos rapazes da idade dele num lugar rude e rudimentar como Twisted River.

Isto era mais incrível ainda porque o rapaz revelara a eles que havia fugido recentemente de casa.

– Você é italiano, não é? – Dominic Baciagalupo perguntara ao rapaz.

– Eu não sou da Itália, não falo italiano. Não se é muito italiano quando se vem de Toronto – respondera Angel.

O cozinheiro segurou a língua. Dominic sabia um pouco sobre os italianos de *Boston*; alguns pareciam ter problemas em relação a sua origem italiana. E o cozinheiro sabia que Angel, no velho continente, poderia ter sido um Angelo. (Quando Dominic era pequeno, a mãe dele o chamava de Angelù – com seu sotaque siciliano.)

Mas depois do acidente, nada foi encontrado com o nome de Angel Pope; entre os poucos pertences do rapaz, não havia um único livro ou carta que pudesse identificá-lo. Se ele tinha alguma identificação, ela fora para dentro do rio com ele – provavelmente no bolso do seu macacão – e se eles nunca localizassem o corpo, não haveria como comunicar à família de Angel, ou à pessoa de quem o rapaz tinha fugido.

Legalmente ou não, com ou sem os documentos necessários, Angel Pope tinha atravessado a fronteira canadense para New Hampshire. E não pela rota normalmente utilizada – Angel não viera de Quebec. Ele fizera questão de chegar por Ontário – ele não era um franco-canadense. O cozinheiro não tinha ouvido Angel dizer uma única palavra de francês *nem* de italiano, e os franco-canadenses do acampamento não quiseram conversa com o rapaz fugitivo – aparentemente não gostavam de anglo-canadenses. Angel, por seu lado, mantinha distância dos franceses; ele não parecia gostar dos quebequenses mais do que eles gostavam dele.

Dominic respeitara a privacidade do rapaz; agora o cozinheiro desejava ter sabido mais sobre Angel Pope, e de onde tinha vindo. Angel fora um companheiro alegre e imparcial para o filho de doze anos do cozinheiro, Daniel – ou Danny, como os lenhadores e os operários da serraria chamavam o menino.

Quase todo homem em idade de trabalhar em Twisted River conhecia o cozinheiro e seu filho – algumas mulheres também. Dominic precisara conhecer algumas mulheres – principalmente para ajudá-lo a cuidar do filho – pois perdera a esposa, a jovem mãe de Danny, uma longa década atrás.

Dominic Baciagalupo acreditava que Angel Pope tinha alguma experiência com cozinha, um trabalho que o rapaz fez com dificuldade mas sem reclamar, e com uma economia de movimentos que devia vir da familiaridade – apesar de ter confessado não gostar de tarefas ligadas a cozinha, e de sua tendência para se cortar na tábua de corte.

Acima de tudo, o jovem canadense gostava de ler; ele tinha pedido emprestado diversos livros que haviam pertencido à falecida esposa de Dominic, e ele muitas vezes lia em voz alta para Daniel. Na opinião de Ketchum, Angel tinha lido Robert Louis Stevenson "em excesso" para o jovem Dan – não só *Raptado* e *A ilha do tesouro*, mas seu romance inacabado, *St. Ives*, que Ketchum disse que devia ter morrido com o autor. Na época do acidente no rio, Angel estava lendo *Traficantes de naufrágios* para Danny. (Ketchum ainda não tinha expresso sua opinião sobre *esse* romance.) Bem, qualquer que tenha sido o ambiente onde Angel Pope viveu, ele tivera alguma instrução, obviamente – mais do que a maior parte dos madeireiros franco-canadenses que o cozinheiro conheceu. (Mais do que a maioria dos operários da serraria e do que os lenhadores *locais*, também.)

– Por que Angel teve que morrer? – Danny perguntou ao pai. O menino de doze anos ajudava o pai a limpar as mesas depois que os madeireiros retardatários tinham ido dormir, ou talvez beber. E embora ela normalmente trabalhasse no pavilhão de cozinha até tarde da noite, a lavadora de pratos índia tinha terminado seu trabalho; a essa altura ela já devia ter chegado na cidade com sua caminhonete.

– Angel não teve que morrer, Daniel, foi um acidente *inevitável*. – O vocabulário do cozinheiro costumava fazer referência a acidentes *evitáveis*, e seu filho de doze anos estava bem familiarizado com as ideias amargas e fatalistas do pai sobre a falibilidade humana – a imprudência da juventude, em particular. – Ele era inexperiente demais para estar num comboio de madeira – o cozinheiro disse, como se a questão se resumisse nisso.

Danny Baciagalupo conhecia a opinião do pai sobre *todas* as coisas que Angel, ou qualquer rapaz da idade dele, era inexperiente demais para fazer. O cozinheiro também quis manter Angel longe de um gancho de lenhador. (A característica mais importante da ferramenta era o gancho curvo que tornava possível rolar uma tora pesada com a mão.)

Segundo Ketchum, nos "velhos tempos" era mais perigoso. Ketchum afirmava que trabalhar com os cavalos, puxando os carrinhos para fora da floresta no inverno, era um trabalho arriscado. No inverno, os lenhadores subiam as montanhas. Eles derrubavam as árvores e (não faz tanto tempo assim) usavam cavalos para retirar as toras de madeira, uma de cada vez. Os carrinhos, ou carroças sem rodas, eram arrastados como trenós na neve gelada, que nem os cascos dos cavalos conseguiam penetrar porque os sulcos dos trenós nas estradas por onde os cavalos passavam puxando a carga eram cobertos por gelo toda noite. Depois o degelo e a estação da lama chegavam e – "naquela época", como diria Ketchum – todo o trabalho nas florestas era interrompido.

Mas até isto estava mudando. Como as novas máquinas de extração de madeira podiam trabalhar na lama e transportar por distâncias muito mais longas em estradas melhores, que podiam ser usadas em qualquer estação, a própria estação da lama estava se tornando menos problemática – e os cavalos estavam sendo substituídos por tratores de esteira.

As escavadoras mecânicas permitiam construir uma estrada até um local de extração de madeira, onde a madeira podia ser retirada por caminhão. Os caminhões levavam a madeira para um ponto mais central de descarga num rio ou lago; na verdade, o transporte rodoviário em breve tornaria desnecessário os comboios de rio. Já se foram os dias em que um guincho era usado para descer os cavalos nas encostas íngremes. "As equipes podiam deslizar de bunda", Ketchum tinha dito ao jovem Dan. (Ketchum valorizava os bois, por causa do seu passo firme na neve alta, mas bois nunca foram muito usados.)

Também ficou para trás o uso de ferrovia para extração de madeira; isso terminou no Vale de Pemigewasset em 1948 – o mesmo ano em que um dos primos de Ketchum tinha sido morto por uma locomotiva Shay na fábrica de papel de Livermore Falls. A Shay pesava cinquenta toneladas e tinha sido usada para retirar o resto dos trilhos das florestas. Os antigos leitos de estrada de ferro deram lugar a estradas sólidas para os caminhões nos anos 1950, embora Ketchum ainda se lembre de um assassinato na Estrada de Ferro de Beebe River – na época em que ele dirigia um trenó carregado de troncos de abeto puxado por uma parelha de quatro cavalos. Ketchum foi motorista de uma das mais antigas máquinas a vapor Lombard, também – a que era conduzida por um cavalo. O cavalo tinha substituído os corredores na frente do trenó, e o motorista ia sentado na frente do vagão de madeira; modelos mais modernos substituíram o motorista e o cavalo por um timoneiro num volante. Ketchum também tinha sido timoneiro, Danny Baciagalupo sabia – obviamente, Ketchum tinha feito de tudo.

As antigas estradas usadas pelas transportadoras de madeira Lombard nas cercanias de Twisted River agora eram estradas para caminhão, embora houvesse Lombards abandonadas na área. (Ainda existe uma em pé em Twisted River, e outra, tombada de lado, no campo de extração de madeira de West Dummer – ou Paris, como o assentamento costuma ser chamado, por causa da Paris Manufacturing Company de Paris, no Maine.)

Um afluente chamado Phillips Brook corria na direção de Paris e do Ammonoosuc – e desaguava no rio Connecticut. Os madeireiros levavam madeira pesada pelo Phillips Brook para Paris, e um pouco de madeira leve para papel também. A serraria de Paris operava estritamente com madeira pesada – a empresa do Maine fabricava tobogãs – e o campo de extração de madeira em Paris, com sua serraria a vapor, tinha convertido o antigo abrigo de cavalos numa casa de máquinas. A casa do gerente da serraria também ficava lá, junto com um alojamento para setenta e cinco homens e um refeitório, e algumas casas comunitárias rudimentares – sem falar de uma otimista plantação de maçãs e uma escola. O fato de não haver escola na cidade de Twisted River, e de ninguém ter sido otimista em relação à perseverança do assentamento para cultivar maçãs, deu origem à opinião (principalmente em Paris) de que o campo madeireiro era uma comunidade mais civilizada e menos provisória do que Twisted River.

No ponto mais alto entre os dois assentamentos, nenhum vidente teria sido tolo o bastante para prever sucesso ou longevidade a qualquer um dos dois. Danny Baciagalupo tinha ouvido Ketchum manifestar um certo pessimismo em relação ao campo madeireiro de Paris *e* em relação ao de Twisted River, mas Ketchum "não via nenhum progresso com bons olhos" – como o cozinheiro tinha alertado o filho. Dominic Baciagalupo não era um contador de histórias; "Daniel, não se apresse muito em acreditar na versão de Ketchum", Dominic costumava dizer.

A tia de Ketchum, uma contadora, teria mesmo sido esmagada por uma pilha de aparas no torno mecânico de Milan? "Eu nem sei se existe, ou se um dia existiu, um torno mecânico em Milan, Daniel", o cozinheiro alertara o filho. E, segundo Ketchum, uma tempestade matara quatro pessoas na serraria na saída da represa do lago Dummer – o maior e mais elevado dos lagos de Dummer. Supostamente, um raio atingira o carrinho de carregar madeira. "O ajudante e o montador, sem falar no serrador que segurava as alavancas da serra de fita *e* o carregador, morreram na hora", Ketchum dissera a Danny. Testemunhas tinham visto a serraria queimar inteirinha.

– Estou surpreso de que não houvesse outro parente de Ketchum entre as vítimas, Daniel – foi só o que Dominic disse.

Na realidade, outro primo de Ketchum tinha caído dentro da trituradora de uma fábrica de papel; um tio fora atingido na cabeça por uma tora de madeira numa serraria onde estavam cortando longas toras de abeto. E já houve um guincho a vapor flutuante no lago Dummer; ele era usado para juntar toras de madeira para a serraria na saída da represa, mas o motor tinha explodido. Uma orelha de homem foi encontrada congelada na neve na ilha que ficava no meio do lago, onde todas as árvores foram chamuscadas pela explosão. Mais tarde, Ketchum disse, um pescador usou a orelha como isca no Reservatório de Pontook.

– Mais parentes seus, eu suponho? – o cozinheiro perguntara.

– Não que eu saiba – foi a resposta de Ketchum.

Ketchum afirmava ter conhecido o "rematado imbecil" que construiu um abrigo de cavalos rio acima do alojamento e do refeitório de Camp Five. Quando todos os homens do campo de extração de madeira ficaram doentes, eles penduraram o imbecil num emaranhado de rédeas no abrigo de cavalos sobre o poço de esterco – "até o babaca desmaiar com o cheiro".

– Você pode ver por que Ketchum sente falta dos velhos tempos, Danny – o cozinheiro dissera ao filho.

Dominic Baciagalupo sabia algumas histórias – a maioria delas não eram para contar. E as histórias que o cozinheiro podia contar para o filho não capturavam a imaginação de Danny do jeito que as histórias de Ketchum faziam. Havia uma sobre o buraco de feijão do lado de fora da barraca do cozinheiro no Chickwolnepy, perto da cidade de Success Pond. Nos já mencionados velho tempos, durante um comboio de rio, Dominic tinha cavado um buraco de feijão, de um metro de largura, e posto os feijões para cozinhar no chão na hora de dormir, cobrindo o buraco com cinzas quentes e terra. Às 5 da manhã, quando o feijão devia estar fervendo, ele resolveu tirar do buraco a panela para o café da manhã. Mas um franco-canadense tinha saído da sua barraca (provavelmente para urinar) enquanto ainda estava escuro; ele estava descalço quando caiu no buraco do feijão, queimando os dois pés.
 – É só isso? Essa é toda a história? – Danny perguntara ao pai.
 – Bem, é uma história de *cozinheiro*, eu acho – Ketchum disse, para ser gentil. Ketchum costumava implicar com Dominic, dizendo que o espaguete estava substituindo feijão e sopa de ervilha no alto Androscoggin.
 – Nós não costumávamos ter tantos cozinheiros *italianos* por aqui – Ketchum dizia, piscando o olho para Danny.
 – Você está dizendo que prefere comer feijão e sopa de ervilha em vez de massa? – o cozinheiro perguntava ao velho amigo.
 – Seu pai é um carinha *melindroso*, não é? – Ketchum dizia para Danny, tornando a piscar. "Pela madrugada", Ketchum dissera mais de uma vez para Dominic. "Como você é cheio de melindres!"

Era aquela época do ano em que o rio estava cheio e o chão coberto de lama. Havia entrado um grande volume de água pelas comportas da represa – o que Ketchum chamava de "cabeça d'água", provavelmente pela comporta na extremidade leste do lago Little Dummer – e um rapaz inexperiente de Toronto, que eles mal conheciam, tinha sido arrastado pela correnteza.
 Os madeireiros só iriam aumentar o volume de água no rio Twisted por mais um tempinho. Eles faziam isso construindo

represas nos afluentes do rio principal; a água acima dessas represas era liberada na primavera, acrescentando um grande volume de água ao comboio de madeira. A madeira ficavam empilhada nesses riachos (e nas margens) durante o inverno e em seguida era jogada no Twisted pela água liberada das represas. Se isto ocorresse logo depois do degelo da primavera, a água correria depressa, e as margens do rio seriam solapadas pelas toras em movimento.

Na opinião do cozinheiro, não havia curvas suficientes no Twisted para justificar seu qualificativo de rio tortuoso. O rio descia direto das montanhas; só havia duas curvas nele. Mas para os madeireiros, principalmente os antigos, que tinham dado nome ao rio, estas duas curvas eram ruins o bastante para causar perigosos engavetamentos durante a primavera – especialmente rio acima da bacia, mais perto dos lagos de Dummer. Em ambas as curvas do rio, as toras presas geralmente precisavam ser liberadas à mão; na curva da parte de cima do rio, onde a corrente era mais forte, ninguém tão inexperiente quanto Angel teria tido permissão para cuidar de um engavetamento de toras.

Mas Angel tinha morrido na bacia, onde o rio era comparativamente calmo. As próprias toras deixavam as águas da bacia do rio revoltas, mas as correntes eram moderadas. E nas duas curvas, os engavetamentos piores eram desmanchados com dinamite, o que Dominic Baciagalupo deplorava. A explosão causava um estrago nas panelas e nos utensílios da cozinha do pavilhão; no refeitório, os açucareiros e os frascos de ketchup caíam das mesas. "Se seu pai não é um contador de histórias, Danny, ele é menos ainda um dinamitador", foi o comentário de Ketchum para Danny.

Da bacia abaixo da cidade de Twisted River, a água corria a favor da correnteza para o Androscoggin. Além do Connecticut, os grandes rios para transporte de madeira no norte de New Hampshire eram o Ammonoosuc e o Androscoggin: estes rios eram assassinos documentados.

Mas alguns homens tinham se afogado, ou sido esmagados, no trecho relativamente curto de corredeiras entre o lago Little Dummer e a cidade de Twisted River – e na bacia do rio, também.

Angel Pope não fora o primeiro; e o jovem canadense também não seria o último.

 E nos assentamentos de Twisted River e Paris, uma quantidade razoável de operários de serraria tinham sido mutilados, ou até perdido a vida – um número nada pequeno, infelizmente, em decorrência de brigas em que se envolviam com os lenhadores em certos bares. Não havia mulheres em número suficiente – embora Ketchum tivesse afirmado que não havia bares em número suficiente. Não havia bares em Paris, de qualquer maneira, e só mulheres casadas moravam no campo madeireiro de lá.

 Na opinião de Ketchum, esta combinação fazia os homens de Paris pegarem a estrada para Twisted River quase toda noite. "Nunca deveriam ter construído uma ponte sobre o Phillips Brook", Ketchum também dizia.

 – Você está vendo, Daniel? – o cozinheiro disse para o filho.

 – Ketchum mais uma vez demonstrou que o progresso acabará nos matando a todos.

 – O pensamento católico vai nos matar primeiro, Danny – Ketchum disse. – Os italianos são católicos, e o seu pai é italiano, e você também, é claro, embora nem você nem seu pai sejam muito italianos, ou muito católicos de pensamento. Eu estou me referindo principalmente aos franco-canadenses quando falo em pensamento católico. Os franco-canadenses, por exemplo, têm tantos filhos que às vezes dão números a eles em vez de nomes.

 – Meu Deus – Dominic Baciagalupo disse, sacudindo a cabeça.

 – Isso é verdade? – o jovem Dan perguntou a Ketchum.

 – Que espécie de nome é Vingt Dumas? – Ketchum perguntou ao menino.

 – Roland e Joanne Dumas não têm vinte filhos! – o cozinheiro exclamou.

 – Não juntos, talvez – Ketchum respondeu. – Então o que foi o pequeno Vingt? Um ato falho?

 Dominic estava sacudindo a cabeça de novo.

 – O que foi? – Ketchum perguntou a ele.

 – Eu prometi à mãe de Daniel que o menino teria uma boa educação.

– Bem, eu só estou me esforçando para *ampliar* a educação de Danny – Ketchum argumentou.

–*Ampliar* – Dominic repetiu, ainda sacudindo a cabeça. – O seu vocabulário, Ketchum – o cozinheiro começou a dizer, mas parou; não disse mais nada.

Nem contador de histórias nem dinamitador, Danny Baciagalupo pensou a respeito do pai. O menino amava muito o pai, mas havia um outro hábito que o cozinheiro tinha, e o filho já notara – Dominic não completava seus pensamentos. (Não em voz alta, pelo menos.)

Sem contar a índia que lavava os pratos – e algumas poucas esposas de operários da serraria que ajudavam na cozinha – raramente havia mulheres comendo no refeitório, exceto nos fins de semana, quando alguns dos homens comiam com suas famílias. A regra do cozinheiro era não permitir álcool. O jantar (ou "ceia" como os madeireiros mais velhos que costumavam comer nos alojamentos chamavam) era servido assim que escurecia, e a maioria dos lenhadores e operários da serraria estavam sóbrios quando jantavam, e comiam rapidamente e sem muitas palavras – até nos fins de semana, ou quando os lenhadores não estavam envolvidos no transporte pelo rio.

Como os homens geralmente vinham direto do trabalho para jantar, suas roupas estavam sujas e eles cheiravam a piche, resina, casca de árvore molhada e serragem, mas suas mãos e rostos estavam limpos e com cheiro do sabonete de eucalipto disponível no banheiro cavernoso do pavilhão de cozinha – a pedido do cozinheiro. (Lavar as mãos antes de comer era outra das regras de Dominic.) Além disso, as toalhas do banheiro estavam sempre limpas; as toalhas limpas eram uma das razões pelas quais a lavadora de pratos índia geralmente ficava até mais tarde. Enquanto a ajudante de cozinha lavava os últimos pratos da ceia, a lavadora de pratos estava colocando as toalhas nas máquinas de lavar na lavanderia do pavilhão. Ela nunca ia para casa antes do ciclo de lavagem terminar e ela colocar todas as toalhas nas secadoras.

A lavadora de pratos era chamada de Índia Jane, mas não pela frente. Danny Baciagalupo gostava dela, e ela parecia adorar o menino. Ela era mais de uma década mais velha do que o pai dele (era mais velha até do que Ketchum), e tinha perdido um filho – possivelmente ele se afogara no Pemigewasset, se Danny não havia entendido mal a história. Ou talvez Jane e o filho morto fossem das Florestas de Pemigewasset – eles podem ter vindo daquela parte do estado, a noroeste das serrarias de Conway – e o filho tivesse se afogado em outro lugar. Havia uma floresta maior, inculta, ao norte de Milan, onde ficava a trituradora de abetos; havia mais campos de extração de madeira lá em cima, e muitos lugares onde um jovem lenhador poderia se afogar. (Jane contou a Danny que Pemigewasset significava "Corredor dos Pinheiros Tortos", o que, na imaginação de um menino impressionável, evocava um lugar provável de se afogar.)

Tudo o que o jovem Danny conseguia lembrar era que foi um acidente durante um transporte de madeira pelo rio – e pelo modo afetuoso com que a lavadora de pratos olhava para o filho do cozinheiro, talvez seu filho tivesse cerca de doze anos quando se afogou. Danny não sabia, e não perguntou; tudo o que ele sabia da Índia Jane era o que tinha observado silenciosamente ou escutado pela metade.

"Só preste atenção em conversas que sejam dirigidas a você, Daniel", o pai tinha recomendado a ele. O cozinheiro quis dizer com isso que Danny não devia dar atenção a comentários desconexos ou incoerentes que os homens faziam uns para os outros enquanto comiam.

Quase todas as noites, depois da ceia – mas nunca de modo tão flagrante quando nos tempos dos *wanigans*, e normalmente não quando havia um transporte de rio na manhã seguinte bem cedo – os lenhadores e operários da serraria bebiam. Os poucos que tinham casas em Twisted River bebiam em casa. Os temporários – o que significava a maioria dos madeireiros e todos os itinerantes canadenses – bebiam em seus alojamentos, que eram abrigos toscos construídos naquela área úmida da cidade logo acima da bacia do rio. Estas hospedarias ficavam perto dos bares funestos e dos *dancings* miseráveis onde não havia dança alguma – só música e as parcas mulheres disponíveis na região.

Os madeireiros e os operários da serraria que tinham família preferiam o assentamento menor porém mais "civilizado" em Paris. Ketchum se recusava a chamar o campo madeireiro de "Paris", chamando-o do nome que ele dizia ser o nome verdadeiro do lugar – West Dummer. "Nenhuma comunidade, nem mesmo um campo de extração de madeira, devia ser batizada com o nome de uma fábrica", Ketchum declarou. Ketchum também se revoltava com o fato de um campo de extração em New Hampshire receber o nome de uma companhia situada no *Maine* – e uma companhia que fabricava tobogãs, ainda por cima.

– Meu Deus! – o cozinheiro exclamou. – Em breve toda a madeira de Twisted River vai virar polpa de madeira... para fazer papel! Em que os tobogãs são piores do que *papel*?

– *Livros* são feitos de papel! – Ketchum declarou. – Que papel o tobogã desempenha na *educação* do seu filho?

Havia uma escassez de crianças em Twisted River, e elas iam à escola em Paris – como era o caso de Danny Baciagalupo, nos dias em que ele ia à escola. Para melhorar a *educação* do jovem Danny, o cozinheiro frequentemente evitava que o filho fosse à escola – para que o menino pudesse ler um ou dois livros, uma prática não necessariamente encorajada pela escola de Paris (e nem, como Ketchum costumava dizer, pela escola de West Dummer). "É preciso acabar com a ideia de que as crianças num campo de extração de madeira não devem aprender a *ler*!" Ketchum dizia furioso. Quando criança, ele não aprendera a ler; e se ressentiu disso a vida inteira.

Havia – ainda *há* – bons mercados para madeira de todo tipo do outro lado da fronteira canadense. A região norte de New Hampshire continua a fornecer madeira em grande quantidade para fábricas de papel em New Hampshire e no Maine, e para uma fábrica de móveis em Vermont. Mas dos campos de extração de madeira, como eles costumavam ser, restam poucas evidências.

Numa cidade como Twisted River, só o clima não mudava. Da barragem do lago Little Dummer à bacia abaixo do rio Twisted, uma neblina persistente pairava sobre as águas violentas até o meio da manhã – em todas as estações, exceto quando o rio estava gelado. Nas serrarias, o gemido agudo das serras era ao mesmo tempo familiar e esperado como o canto dos pássaros, embora nem o som das serras nem o canto dos pássaros fossem tão confiáveis quanto o fato de não existir clima de primavera naquela parte de New Hampshire – exceto pelo período lamentável que ia do início de abril até meados de maio, caracterizado pelo lento degelo da lama acumulada.

Ainda assim o cozinheiro ficara, e havia poucas pessoas em Twisted River que sabiam por quê. Havia menos ainda que sabiam por que ele tinha ido para lá, e de onde tinha vindo ou quando. Mas o motivo de ele ser manco todo mundo sabia. Numa cidade com uma serraria ou um campo madeireiro, o problema de Dominic Baciagalupo não era incomum. Quando toras de qualquer tamanho eram colocadas em movimento, um tornozelo podia ser esmagado. Mesmo quando ele não estava andando, era visível que a bota no pé aleijado do cozinheiro era dois tamanhos maior do que a outra – e quando ele estava sentado ou parado em pé, sua bota maior apontava para o lado errado. Aquelas almas experientes do assentamento de Twisted River sabiam que aquele tipo de defeito físico podia ter sido causado por um grande número de acidentes de trabalho com extração de madeira.

Dominic um dia fingira ser um adolescente; na sua própria avaliação, não era tão inexperiente quanto Angel Pope, mas era "inexperiente o bastante", como o cozinheiro costumava dizer ao filho. Ele tinha conseguido um emprego depois da escola nas plataformas de carregamento de uma das grandes serrarias de Berlin, onde um amigo do pai de Dominic era contramestre. Até a Segunda Guerra Mundial, o suposto amigo do pai de Dominic era um empregado lá, mas o cozinheiro se lembrava do chamado Tio Umberto como sendo um bêbado que vivia xingando a mãe de Dominic. (Mesmo depois do acidente, Dominic Baciagalupo jamais foi procurado pelo pai desaparecido, e o "Tio" Umberto nunca demonstrou ser um amigo da família.)

Havia um carregamento de toras de madeira no deque – a maioria de bordo e bétula. O jovem Dominic estava usando um gancho para empurrar as toras para dentro da serraria quando inúmeras toras rolaram ao mesmo tempo e ele não conseguiu sair da frente. Ele só tinha doze anos em 1936, e manejava um gancho com uma confiança arrojada. Dominic tinha a mesma idade que o filho tinha agora; o cozinheiro jamais teria permitido que o seu adorado Daniel subisse num deque de toras de madeira, nem se o menino fosse *ambidestro* com um gancho. E no caso de Dominic, quando ele foi derrubado pelas toras, o gancho da sua ferramenta entrou na sua coxa esquerda, como um arpão, e seu tornozelo esquerdo foi esmagado de lado – quebrado e destruído pelo peso da madeira. Ele não correu o risco de morrer de hemorragia por conta desse ferimento na coxa, mas naquele tempo sempre se corria o risco de morrer de infecção. Do ferimento no tornozelo, ele poderia ter morrido de gangrena – ou, o que era mais provável, ter tido que amputar o pé esquerdo, quando não a perna toda.

Não havia raios X no condado de Coos em 1936. As autoridades médicas de Berlin não eram inclinadas a realizar nenhum procedimento complicado para consertar um tornozelo esmagado; nesses casos, o recomendado era pouca ou nenhuma cirurgia. Era um acidente do tipo esperar-para-ver: ou os vasos sanguíneos estavam destruídos e haveria uma perda de circulação – e aí os médicos teriam que amputar o pé – ou os ossos quebrados iriam se soldar e consolidar de algum jeito e Dominic Baciagalupo iria mancar e sentir dor pelo resto da vida. (E foi isso que aconteceu.)

Havia também a cicatriz onde o gancho o havia ferido, que se parecia com a mordida de um animal pequeno e esquisito – um animal que tivesse um único dente solitário, curvo, e uma boca que não fosse suficientemente grande para abocanhar a coxa de um menino de doze anos. E mesmo depois que ele dava um passo, o ângulo do pé esquerdo de Dominic indicava um curva fechada para a esquerda; os dedos ficavam virados de lado. As pessoas normalmente reparavam na deformação do tornozelo e no pé virado antes de perceberem o manquejar.

Uma coisa era certa: o jovem Dominic não seria um lenhador. Era preciso equilíbrio nesse tipo de trabalho. E ele tinha se ferido numa serraria – sem mencionar que o "amigo" bêbado do pai fujão dele era um contramestre lá. As serrarias também não estavam no futuro de Dominic Baciagalupo.

– Ei, Baciagalupo! – Tio Humberto costumava gritar para ele.
– Você pode ter um nome napolitano, mas seu jeito é de siciliano.

– Eu *sou* um siciliano – Dominic respondia respeitosamente; sua mãe parecia ter muito orgulho disto, o menino pensava.

– Sim, bem, o seu *nome* é *napolitano* – Umberto disse a ele.
– Do lado do meu pai, eu suponho – o jovem Dominic se aventurou a dizer.

– Seu pai não era nenhum Baciagalupo – Tio Umberto informou a ele. – Pergunte a *Nunzi* de onde veio o seu nome, foi ela que deu esse nome para você.

O menino de doze anos não gostava quando Umberto, que evidentemente não gostava da mãe de Dominic, a chamava de "Nunzi" – um apelido carinhoso, abreviatura de Annunziata – que Umberto não pronunciava com afeição alguma. (Numa peça, ou num filme, a plateia não teria tido nenhum problema em identificar Umberto como sendo um personagem secundário; entretanto, o melhor ator para desempenhar o papel de Umberto seria aquele que sempre achava que havia sido escolhido para um papel importante.)

– E você não é meu tio de verdade, é? – Dominic perguntou a Umberto.

– Pergunte à sua mãe – Umberto disse. – Se ela quisesse que você fosse um siciliano, deveria ter dado a você o nome *dela*.

O nome de solteira de sua mãe era Saetta – e Annunziata tinha muito orgulho do sai-Ei-ta, como ela pronunciava o nome siciliano, e de todos os Saettas de quem Dominic tinha ouvido falar quando ela resolvia falar sobre sua linhagem.

Annunziata não gostava nem um pouco de falar na linhagem de Dominic. O pouco que o menino sabia – informações ou desinformações esparsas – tinha sido juntado vagarosamente e de forma insuficiente, como as evidências parciais, as pistas incompletas, no jogo de tabuleiro muito popular da infância de Dan, um jogo que o cozinheiro e Ketchum jogavam com o menino, e às vezes Jane se juntava a eles. (Foi o Coronel Mostarda na cozinha com o castiçal, ou o crime tinha sido cometido pela Srta. Scarlet no salão de baile com o revólver?)

Tudo o que o jovem Dominic sabia era que o pai, um napolitano, abandonara Annunziata Saetta em Boston, grávida; diziam que ele depois tomou um navio de volta para Nápoles. À pergunta "Onde ele está agora?" (que o menino fizera várias vezes à mãe), Annunziata dava de ombros e suspirava, e, olhando na direção do céu ou do exaustor que ficava sobre o fogão, ela dizia misteriosamente para o filho: "*Vicino di Napoli.*" Nas vizinhanças de Nápoles, o jovem Dominic tinha deduzido. Com a ajuda de um atlas, e porque o menino ouviu a mãe murmurar os nomes de duas cidades nas montanhas (e províncias) nas vizinhanças de Nápoles durante o sono – Benevento e Avellino – Dominic concluiu que o pai havia fugido para essa região da Itália.

Quanto a Umberto, ele obviamente não era nenhum tio – e era, definitivamente, "um rematado imbecil", como Ketchum diria.

– Que tipo de nome é Umberto? – Dominic perguntara ao contramestre.

– Faça-me o favor! – Umberto respondeu indignado.

– Quer dizer, é um nome napolitano, não é?

– Por que você está me perguntando? Você, um garoto de doze anos fingindo que tem dezesseis! – Umberto berrou.

– Você mandou eu dizer que tinha dezesseis – Dominic disse ao contramestre.

– Olha, você conseguiu o emprego, Baciagalupo – Umberto concluiu o assunto.

Então as toras rolaram e Dominic virou cozinheiro. Sua mãe, uma ítalo-americana nascida na Sicília e levada por causa de uma gravidez indesejada do North End de Boston para Berlin, em New Hampshire, sabia cozinhar. Ela deixou a cidade e se mudou para o Norte quando Gennaro Capodilupo fugiu para as docas próximas da Atlantic Avenue e Commercial Street, deixando-a grávida enquanto navegava (de modo figurado, se não literalmente) "de volta para Nápoles".

O imbecil (se não Tio) Umberto tinha razão: o pai de Dominic não era um Baciagalupo. O pai fujão era um Capodilupo, que, como Annunziata contou ao filho, significava "Cabeça de Lobo". O que a mãe solteira podia fazer? "Pelas mentiras que contou, seu pai devia ser um *Bocca*dilupo!", ela disse a Dominic, o que significava "*Boca* de Lobo", o menino aprenderia – um nome adequado para o Imbecil Umberto, o jovem Dominic costumava pensar. "Mas *você*, Angelù, você é meu *beijo* do lobo!", sua mãe disse.

Num esforço para legitimá-lo, e porque sua mãe tinha um grande amor pelas palavras, ela não chamou Dominic de cabeça de lobo (e nem de boca de lobo); para Annunziata Saetta, só um beijo de lobo servia. O nome devia ser "Baciacalupo", mas Nunzi sempre pronunciava o segundo "c" como um "g". Com o tempo, e devido a um erro administrativo no jardim de infância, o nome escrito errado tinha ficado. Ele tornou-se Dominic Baciagalupo antes de tornar-se um cozinheiro. Sua mãe também o chamava de Dom, para abreviar – sendo Dominic derivado de *doménica*, que significa "domingo". Não que Annunziata fosse uma defensora incansável do que Ketchum chamava de "pensamento católico". O que era ao mesmo tempo católico e italiano na família Saetta tinha levado a mulher jovem e solteira para New Hampshire; em Berlin, outros italianos (presumivelmente também católicos) iriam cuidar dela.

Eles teriam imaginado que ela daria o filho para adoção e voltaria para o North End? Nunzi sabia que isso era possível, mas ela não cogitou de dar o seu bebê, e – apesar da grande nostalgia que demonstrava pelo North End italiano – ela nunca ficou tentada a voltar para Boston. Quando ficou grávida por acidente, ela foi mandada embora; compreensivelmente, ela se ressentia disso.

Embora Annunziata permanecesse uma leal siciliana em sua própria cozinha, os laços proverbiais estavam irreparavelmente rompidos. Sua família de Boston – e, por associação, a comunidade italiana do North End, e o que quer que representasse o "pensamento católico" lá – a renegara. Nunzi nunca ia à missa, e nem obrigava Dominic a ir. "É suficiente nós nos confessarmos quando quisermos", ela dizia ao jovem Dom – seu pequeno beijo de lobo.

Ela também não ensinou italiano ao menino – com exceção de alguns termos culinários – e nem Dominic estava inclinado a aprender a língua da sua "velha terra", que para o menino significava o North End de Boston, não a Itália. Era ao mesmo tempo uma língua e um lugar que havia rejeitado sua mãe. O italiano jamais seria a língua de Dominic Baciagalupo; ele dizia, firmemente, que Boston era um lugar que ele jamais gostaria de visitar.

Tudo na nova vida de Annunziata Saetta era definido por um sentido de recomeço. Sendo a mais moça de três irmãs, ela sabia ler e falar inglês tão bem quanto sabia cozinhar *siciliano*. Nunzi ensinava crianças a ler numa escola primária em Berlin – e depois do acidente, ela tirou Dominic da escola e ensinou-lhe algumas técnicas básicas de culinária. Ela também insistiu para que o menino lesse livros – não apenas livros de culinária, mas tudo o que ela lia, que era na maior parte romances. O filho tinha ficado aleijado ao violar as leis normalmente ignoradas sobre trabalho infantil; Annunziata o havia tirado de circulação, e sua versão de ensino doméstico incluía culinária e literatura.

Nenhuma área de educação estava disponível para Ketchum, que abandonara a escola com menos de doze anos. Aos dezenove, em 1936, Ketchum não sabia ler nem escrever, mas quando não estava trabalhando como lenhador, estava carregando madeira das plataformas que ficavam no final da maior serraria de Berlin para os vagões da estrada de ferro. A equipe do deque nivelava a madeira no topo para que os vagões pudessem passar por túneis ou debaixo de pontes. "Essa era toda a educação que tive, antes de sua mãe me ensinar a ler", Ketchum gostava de contar para Danny Baciagalupo; o cozinheiro então sacudia de novo a cabeça, embora a história da falecida esposa de Dominic ter ensinado Ketchum a ler fosse aparentemente incontestável.

Pelo menos a saga de Ketchum aprendendo a ler tardiamente parecia *não* pertencer à categoria das outras histórias fantasiosas de Ketchum – aquela sobre o alojamento de teto baixo em Camp One, por exemplo. Segundo Ketchum, "um índio" qualquer tinha recebido a incumbência de tirar a neve do telhado, mas o índio negligenciou o trabalho. Quando o telhado desmoronou sob o peso da neve, apenas um lenhador escapou vivo – não o índio, que foi sufocado pelo que Ketchum chamou de "odor concentrado de meias molhadas". (É claro que o cozinheiro e o filho conheciam bem a queixa constante de Ketchum – a saber, que o fedor de meias molhadas era a maldição da vida no alojamento.)

– Eu não me lembro de um índio em Camp One – foi tudo o que Dominic disse para o velho amigo.

– Você é jovem demais para se lembrar de Camp One, Cookie – Ketchum disse.

Danny Baciagalupo já percebera que o pai se irritava à simples menção da diferença de idade de sete anos entre ele e Ketchum, enquanto Ketchum gostava de enfatizá-la. Aqueles sete anos teriam parecido insuperáveis para eles caso os dois rapazes tivessem se conhecido na Berlin de sua juventude – quando Ketchum era um jovem magro mas forte de dezenove anos, já com uma barba cerrada, e o pequeno Dom de Annunziata não fosse ainda um adolescente.

O cozinheiro tinha sido um menino de doze anos forte e atlético – não grande, mas compacto e flexível – e ele conservara a aparência de jovem lenhador musculoso, embora agora tivesse trinta anos e parecesse mais velho, especialmente aos olhos do filho. Era o semblante sério do pai que o fazia parecer mais velho, o menino pensou. Não se podia dizer "o passado" ou "o futuro" na presença do cozinheiro sem que ele franzisse a testa. Quanto ao presente, até um menino de doze anos como Daniel Baciagalupo sabia que os tempos estavam mudando.

Danny sabia que a vida do pai tinha sido transformada para sempre por causa do ferimento no tornozelo; um outro acidente, ocorrido com a jovem mãe do menino, alterara o curso de sua própria infância e tinha modificado para sempre o seu pai, *de novo*. No mundo de um menino de doze anos, mudança não era uma boa coisa. *Qualquer* mudança deixava Danny ansioso – assim como faltar à escola o deixava ansioso.

Nos comboios de rio, em tempos não tão antigos, quando Danny e o pai estavam trabalhando e dormindo nos *wanigans*, o menino não gostava de ir à escola. O fato de não gostar da escola – mas sempre fazer o dever que havia perdido, e com facilidade – também deixava Danny ansioso. Os meninos de sua turma eram mais velhos do que ele, porque faltavam aula sempre que podiam e *nunca* faziam os deveres que tinham perdido; todos eles já tinham repetido uma ou duas séries.

Quando o cozinheiro via que o filho estava ansioso, ele dizia, invariavelmente: "Aguenta firme, Danny, só não se deixe matar. Eu prometo que um dia nós vamos sair daqui."

Mas isto também deixava Danny Baciagalupo ansioso. Até os *wanigans* tinham parecido um lar para ele. E em Twisted River, o menino de doze anos tinha seu próprio quarto no andar de cima do pavilhão de cozinha – onde o pai dele também tinha um quarto e eles dividiam um banheiro. Estes eram os únicos cômodos no segundo andar do pavilhão, e eles eram espaçosos e confortáveis. Cada quarto tinha uma claraboia e janelões com vista para as montanhas, e – abaixo do pavilhão, no sopé das montanhas – uma vista parcial da bacia do rio.

Trilhas para transporte de madeira circunscreviam as colinas e montanhas; havia campinas e plantações novas, onde os lenhadores haviam cortado madeira de lei e pinheiros. Do quarto, o jovem Daniel Baciagalupo tinha a impressão de que a rocha nua e as novas plantações jamais iriam substituir os bordos e bétulas, ou a madeira mole – os abetos, os pinheiros brancos e vermelhos, os pinheiros canadenses e as tamargueiras. O menino de doze anos achava que as campinas estavam cobertas de capim até a cintura e ervas daninhas. Entretanto, na realidade, as florestas da região estavam sendo replantadas com madeira sustentável; aquelas florestas ainda estarão produzindo – "na porra do século vinte e um", como Ketchum diria um dia.

E como Ketchum costumava dizer, algumas coisas nunca mudam. "As tamargueiras vão sempre gostar de pântanos, as bétulas amarelas nunca servirão para nada exceto para lenha." Quanto ao fato de os comboios no condado de Coos em breve ficarem limitados à madeira leve de um metro e meio, Ketchum não quis fazer nenhuma profecia. (Todos os lenhadores antigos diriam que as madeiras leves menores tendiam a se afastar da correnteza e exigiam equipes de remoção.)

O que *iria* mudar a indústria de extração de madeira, e o que talvez pusesse fim ao trabalho do cozinheiro, era o espírito inquieto da modernidade; a mudança dos tempos podia matar um mero "assentamento" como Twisted River. Mas Danny Baciagalupo ficava pensando, obsessivamente: que trabalho iria existir em Twisted River depois que os lenhadores seguissem adiante? O *cozinheiro* também seguiria adiante? Danny se preocupava com isso. (Será que Ketchum *algum dia* seguiria adiante?)

Quanto ao rio, ele apenas continuava a correr, como fazem os rios – como fazem os rios. Sob as toras de madeira, o corpo do jovem canadense corria junto com o rio, jogado de um lado para outro – de um lado para outro. Se, neste momento do tempo, o rio Twisted também parecia inquieto, impaciente até, talvez o próprio rio quisesse que o corpo do rapaz seguisse adiante, também – seguisse adiante, também.

2
Quadrilha no gelo

Num armário na despensa da cozinha do pavilhão, o cozinheiro guardava duas camas de armar – dos tempos dos *wanigans*, quando ele havia dormido numa série de cozinhas móveis. Dominic tinha guardado também dois sacos de dormir. Não foi por nostalgia dos *wanigans* que o cozinheiro havia guardado as velhas camas de armar e os sacos de dormir mofados. Às vezes Ketchum dormia na cozinha do pavilhão; ocasionalmente, se Danny estivesse acordado, o menino implorava ao pai para dormir na cozinha também. Se Ketchum não tivesse bebido demais, Danny tinha esperança de ouvir mais uma das histórias do lenhador – ou a mesma história, incrivelmente aprimorada.

Na primeira noite depois de Angel Pope desaparecer sob as toras de madeira, nevou um pouco. Ainda fazia frio à noite em abril, mas Dominic acendera os dois fornos a gás na cozinha. Os fornos foram ajustados para 350 e 425 graus, e o cozinheiro havia pré-misturado os ingredientes secos para os pãezinhos, os bolinhos de milho, e o pão de banana antes de ir para a cama. Sua rabanada (feita com pão de banana) era popular, e ele ia fazer panquecas de manhã. Por causa dos ovos crus, Dominic não gostava de guardar a massa da panqueca mais de dois dias na geladeira. Também na última hora, quase todas as manhãs, ele fazia biscoitos de nata, que assavam rapidamente no forno a 425 graus.

Normalmente cabia a Danny providenciar para que as batatas fossem descascadas e cortadas em cubos e colocadas de molho em água salgada. Seu pai fritava as batatas na chapa de manhã, enquanto fritava o bacon. A chapa no velho Garland ficava sobre a grelha, que estava no nível dos olhos do cozinheiro. Mesmo com uma espátula de cabo comprido, e ficando na ponta dos pés ou trepando num banquinho – nenhum método de elevar-se era fácil para um cozinheiro com um pé torto – Dominic frequentemente queimava os antebraços quando estendia as mãos para alcançar a parte de trás da chapa. (Às vezes Índia Jane substituía o cozinheiro na chapa, porque ela era mais alta e alcançava mais longe.)

Ainda estava escuro quando Dominic se levantava para fritar o bacon e fazer seus assados, e escuro quando Danny acordava no andar de cima do pavilhão com o cheiro de bacon e café, e *ainda* estava escuro quando as ajudantes de cozinha e a lavadora de pratos índia chegavam da cidade – os faróis de seus veículos anunciando sua chegada quase ao mesmo tempo que o som dos motores. Quase todas as manhãs, a grelha do Garland estava pegando fogo – para derreter o queijo sobre as omeletes. Dentre as tarefas que Dan tinha que cumprir antes da escola, estavam a de picar os pimentões e os tomates para as omeletes e a de aquecer a caçarola grande de xarope de bordo numa das bocas de trás do fogão de oito bocas.

A porta externa da cozinha do pavilhão não abria nem fechava direito; estava tão bamba que sacudia com o vento. A porta de tela abria para dentro da cozinha, o que podia ser acrescentado à lista de coisas que deixavam Danny Baciagalupo nervoso. Por diversos motivos práticos, a porta deveria abrir para fora. Havia tráfego suficiente na cozinha atarefada para não se querer uma porta atrapalhando – e uma vez, muito tempo atrás, um urso tinha entrado na cozinha do pavilhão. Era uma noite agradável – a porta externa defeituosa da cozinha estava aberta – e o urso simplesmente empurrou a porta de tela com a cabeça e entrou.

Danny era muito pequeno para se lembrar do urso, embora ele tivesse pedido ao pai várias vezes para contar a história. A mãe do menino já o tinha colocado mais cedo na cama no andar de cima; ela estava comendo alguma coisa com o pai de Danny quando do o urso se juntou a eles. O cozinheiro e a esposa dividiam uma omelete de cogumelos e tomavam vinho branco. Quando ele costumava beber, Dominic Baciagalupo explicou ao filho, ele costumava preparar comidinhas tarde da noite para ele e a esposa. (Não fazia mais isso.)

A mãe de Danny gritou quando viu o urso. Isso fez o urso ficar em pé nas patas traseiras e entortar os olhos para ela, mas Dominic tinha bebido um bocado de vinho; a princípio, ele não percebeu que era um urso. Deve ter achado que era um lenhador peludo e bêbado que tinha vindo atacar sua linda esposa.

Sobre o fogão estava uma frigideira de ferro de oito polegadas, na qual o cozinheiro tinha acabado de fritar os cogumelos para a omelete. Dominic pegou a frigideira, que ainda estava quente, e bateu com ela na cara do urso – principalmente no nariz, mas também na parte larga e achatada que ficava entre os olhos vesgos do urso. O urso ficou de quatro e fugiu pela porta da cozinha, deixando a porta pendurada na moldura, com a tela rasgada e a madeira quebrada.

Sempre que o cozinheiro contava esta história, ele dizia: "Bem, a porta teve que ser consertada, é claro, mas ela ainda abre para o lado errado." Quando contava a história para o filho, Dominic Baciagalupo normalmente acrescentava: "Eu jamais bateria num urso com uma frigideira de ferro – eu pensei que fosse um *homem*!"

– Mas o que você faria com um urso? – Danny perguntou ao pai.

– Tentaria argumentar com ele, eu acho – o cozinheiro respondeu. – Numa situação dessas, você não pode argumentar com um homem.

Quanto ao que ele queria dizer com "numa situação dessas", Dan só podia adivinhar. Seu pai teria imaginado que estava protegendo a bela esposa de um homem perigoso?

Quanto à frigideira de ferro de oito polegadas, ela acabou conquistando um lugar especial no pavilhão. Não ficava mais na cozinha junto com as outras panelas. A frigideira estava pendurada num gancho no andar de cima do pavilhão, onde ficavam os quartos – ela ficava dentro do quarto de Dominic, bem perto da porta. Aquela frigideira tinha mostrado o seu valor; transformara-se na arma preferida do cozinheiro, para o caso de algum dia ele ouvir passos na escada ou o barulho de um intruso (homem ou animal) se esgueirando pela cozinha.

Dominic não tinha um revólver; não queria um. Apesar de ser um menino de New Hampshire, ele não tomara parte em nenhuma das muitas caçadas de cervos – não só por causa do ferimento no tornozelo, mas porque ele tinha sido criado sem pai. Quanto aos lenhadores e madeireiros, aqueles que caçavam traziam sua caça para o cozinheiro; ele limpava a carne para eles e guardava uma parte para si, para de vez em quando servir carne de cervo no refeitório. Não que Dominic fosse contra a caça; ele simplesmente não gostava de carne de cervo e nem de armas. Ele também tinha um sonho recorrente; um dia contou o sonho para Danny. O cozinheiro costumava sonhar que era assassinado enquanto dormia – levava um tiro em sua própria cama – e sempre que despertava deste sonho, o som do tiro ainda soava em seus ouvidos.

Então Dominic Baciagalupo dormia com uma frigideira no quarto. Havia frigideiras de ferro de todos os tamanhos na cozinha do pavilhão, mas a de oito polegadas era melhor para defesa pessoal. Até o jovem Dan conseguia balançá-la com uma certa força. Quanto à frigideira de dez polegadas e meia, ou à de onze polegadas e um quarto, elas podiam ser melhores para cozinhar, mas eram pesadas demais para serem usadas como armas; nem mesmo Ketchum conseguiria balançar aquelas frigideiras maiores com rapidez suficiente para acertar um lenhador libidinoso ou um urso.

Na noite seguinte ao desaparecimento de Angel Pope, Danny Baciagalupo estava deitado na cama do andar de cima do pavilhão. O quarto do menino ficava acima da porta de tela que abria para dentro da cozinha, e da porta bamba que ele podia ouvir balançando com o vento. Ele podia ouvir o rio também. No pavilhão de cozinha, podia-se sempre ouvir o rio Twisted – exceto quando ele corria sob o gelo. Mas Danny deve ter adormecido tão depressa quanto o pai, porque o menino de doze anos não ouviu o caminhão. A luz dos faróis do caminhão não tinham iluminado o pavilhão. Quem quer que estivesse dirigindo o caminhão devia ser capaz de percorrer a estrada que vinha da cidade numa escuridão quase total, porque não havia quase luar aquela noite – ou então o motorista estava bêbado e tinha se esquecido de acender os faróis do caminhão.

Danny achou ter ouvido a porta da cabine do caminhão bater. A lama, que durante o dia era mole, rangia sob os pés à noite – ainda estava frio o suficiente à noite para a lama congelar, e agora havia uma leve camada de neve nova. Talvez ele não tivesse ouvido bater uma porta de caminhão, Dan estava pensando; aquele barulho poderia ter sido um som dentro de um sonho que o menino estivesse tendo. Do lado de fora do pavilhão de cozinha, os passos na lama congelada faziam um ruído de pés se arrastando – pesados e cautelosos. Talvez seja um urso, Danny pensou.

O cozinheiro mantinha uma caixa térmica do lado de fora da cozinha. A caixa ficava bem fechada, mas guardava a carne moída de cabrito para fazer picadinho, e o bacon – e outros produtos perecíveis que não cabiam na geladeira. E se o urso tivesse sentido o cheiro da carne dentro da caixa?, Danny pensou.

– Papai? – o menino chamou, mas o pai devia estar dormindo profundamente no fundo do corredor.

Como todo mundo, o urso parecia estar tendo dificuldade com a porta externa da cozinha do pavilhão; ele estava batendo na porta com uma das patas. O jovem Dan também ouviu grunhidos.

– Papai! – Danny gritou; ele ouviu o pai tirar a frigideira de ferro do gancho da parede do quarto. Como o pai, o menino tinha ido para a cama de ceroulas e meias. O chão do corredor pareceu frio para Danny, mesmo usando meias. Ele e o pai desceram a escada até a cozinha, que estava fracamente iluminada pelas luzes dos pilotos piscando no velho Garland. O cozinheiro segurava a frigideira preta com as duas mãos. Quando a porta externa abriu, o urso – caso fosse um urso – empurrou a porta de tela com o

peito. Ele entrou em posição ereta, embora instável. Seus dentes eram um borrão branco.
— Eu não sou um urso, Cookie — Ketchum disse.
O clarão branco, que Danny imaginara serem os dentes arreganhados do urso, era o gesso no braço direito de Ketchum; o gesso ia do meio da palma da mão até o cotovelo. — Desculpe se assustei vocês — Ketchum acrescentou.
— Feche a porta de fora, sim? Eu estou tentando manter este lugar aquecido — o cozinheiro disse. Danny viu o pai colocar a frigideira no último degrau da escada. Ketchum tentou fechar a porta externa com a mão esquerda. — Você está bêbado — Dominic disse a ele.
— Eu só tenho um braço, Cookie, e sou destro — Ketchum disse.
— Mesmo assim você está bêbado — Dominic Baciagalupo disse ao velho amigo.
— Acho que você se lembra como é — Ketchum disse.
Dan ajudou Ketchum a fechar a porta. — Aposto que está morto de fome — ele disse a Ketchum. O homenzarrão, oscilando ligeiramente, despenteou o cabelo do menino.
— Eu não preciso comer — Ketchum disse.
— Talvez ajude você a ficar sóbrio — o cozinheiro disse. Dominic abriu a geladeira. Ele disse a Ketchum: — Eu tenho bolo de carne, que não fica ruim frio. Você pode comer isso com molho de maçã.
— Eu não preciso comer — o homenzarrão tornou a dizer. — Eu preciso que você venha comigo, Cookie.
— Aonde nós vamos? — Dominic perguntou, mas até o jovem Dan viu que o pai estava fingindo não saber alguma coisa que ele claramente sabia.
— Você sabe onde — Ketchum disse ao cozinheiro. — Eu não consigo me lembrar do lugar exato.
— Isso é porque você bebe demais, Ketchum. É por isso que não consegue lembrar — Dominic disse.

Quando Ketchum abaixou a cabeça, ele oscilou mais; por um momento, Danny achou que o lenhador fosse cair. E pelo modo como os dois homens baixaram as vozes, o menino entendeu que eles estavam negociando; eles também estavam sendo cuidadosos para não falar demais, pois Ketchum não sabia o que o menino de doze anos sabia sobre a morte da mãe, e Dominic Baciagalupo não queria que o filho escutasse nenhum detalhe estranho ou inconveniente que Ketchum pudesse lembrar.

– Experimente o bolo de carne, Ketchum – o cozinheiro disse baixinho.

– Fica muito bom com molho de maçã – Danny disse. O lenhador se sentou num banco; ele apoiou o gesso branco na bancada. Tudo em Ketchum era duro e pontudo, como um galho talhado – e, como Danny tinha observado, "um bocado durão" – o que tornava o gesso estéril, de aparência frágil, tão inadequado para o homem quanto uma prótese. (Se Ketchum tivesse perdido um braço, ele teria se ajeitado com o coto – talvez o usasse como um porrete.)

Mas agora que Ketchum estava sentado, Danny achou que era seguro tocar nele. O menino nunca tocara num gesso antes. Mesmo bêbado, Ketchum sabia o que Danny estava pensando. "Pode tocar nele", o lenhador disse, estendendo o braço engessado na direção do menino. Havia sangue seco, ou piche, na parte que Danny podia ver dos dedos tortos de Ketchum; eles se projetavam para fora do gesso, imóveis. Como o pulso quebrado, doía mexer com os dedos nos primeiros dias. O menino tocou de leve no gesso de Ketchum.

O cozinheiro serviu Ketchum de uma fatia generosa de bolo de carne e molho de maçã. – Tem leite ou suco de laranja – Dominic disse – ou então eu posso fazer um café para você.

– Que escolha sem graça – Ketchum disse, piscando o olho para Danny.

– Sem graça – o cozinheiro repetiu, sacudindo a cabeça. – Eu vou fazer um café.

Danny desejou que os dois homens falassem simplesmente sobre tudo; o menino sabia muito da história deles, mas não sabia o suficiente sobre a mãe. Sobre a morte dela, *nenhum* detalhe poderia ser estranho ou inconveniente – Danny queria ouvir cada palavra a respeito disso. Mas o cozinheiro era um homem cuidadoso, ou tinha se tornado um; até Ketchum, que tinha afastado os próprios filhos para longe dele, era especialmente cauteloso e protetor com Danny, do mesmo jeito que o veterano lenhador se comportara em relação a Angel.

– Eu não iria lá com você depois de você ter bebido – o cozinheiro estava dizendo.

– Eu levei você lá quando você tinha bebido – Ketchum disse; como não ia dizer mais nada, ele enfiou na boca uma garfada de bolo de carne e molho de maçã.

– Só que quando sob um engavetamento de toras, um corpo não desce o rio tão depressa quanto uma tora – Dominic Baciagalupo disse, como se estivesse falando com o bule de café, não com Ketchum, que estava de costas para ele. – A menos que o corpo fique sobre uma tora de madeira.

Danny tinha ouvido esta explicação em um outro contexto. O corpo de sua mãe tinha levado alguns dias – três, para ser exato – para ir da bacia do rio para o estreito, onde bateu na represa. Primeiro um corpo afogado afunda, o cozinheiro tinha explicado para o filho, depois ele sobe.

– As represas vão ficar fechadas no fim de semana – Ketchum disse. (Ele estava se referindo não só à Represa Dead Woman mas também à Represa Pontook, no Androscoggin.) Ketchum conseguia comer, mas não depressa, com o garfo seguro de forma desajeitada na mão direita.

– É bom com molho de maçã, não é? – o menino perguntou a ele. Ketchum concordou com a cabeça, mastigando vigorosamente.

Eles podiam sentir o cheiro do café, e o cozinheiro disse, mais para si mesmo do que para o filho ou para Ketchum: – É melhor eu começar logo a fritar o bacon, já que estou aqui. – Ketchum continuou a comer. – Suponho que as toras já estejam na primeira represa – Dominic acrescentou, como se ainda estivesse falando consigo mesmo. – Estou me referindo às *nossas* toras.

– Eu sei a que toras você está se referindo e a que represa – Ketchum disse. – Sim, as toras já estão na represa – elas estavam lá enquanto você preparava o jantar.

– Então você consultou o imbecil do médico lá? – o cozinheiro perguntou. – Não que você precise de um gênio para pôr gesso num pulso quebrado, mas você deve ser um homem que gosta de correr riscos. – Dominic saiu do pavilhão para pegar bacon na caixa térmica. Estava escuro lá fora, e o som do rio entrou na cozinha quente.

– Você costumava correr riscos, Cookie! – Ketchum gritou para o velho amigo; ele olhou cautelosamente para Danny. – Seu pai costumava ser mais alegre também, quando ele bebia.

– Eu costumava ser mais alegre, ponto final – o cozinheiro disse; o modo como ele jogou o bacon na tábua de carne fez Danny olhar para o pai, mas Ketchum não desviou a atenção do bolo de carne com molho de maçã.

– Visto que corpos descem o rio mais devagar que toras de madeira – Ketchum disse com uma lentidão deliberada, enrolando um pouco a língua – a que horas você acha que Angel vai chegar naquele local que eu estou tendo dificuldade para lembrar?

Danny estava contando silenciosamente, mas estava claro para o menino, e para Ketchum, que o cozinheiro já tinha calculado o tempo de viagem do jovem canadense. – Sábado à noite ou domingo de manhã – Dominic Baciagalupo disse. Ele teve que falar mais alto por causa do chiado do bacon. – Eu não vou até lá à noite com você, Ketchum.

Danny olhou rapidamente para Ketchum, antecipando a resposta do homenzarrão; aquela era, afinal, a história que mais interessava ao menino, e que lhe falava mais de perto ao coração. – Eu fui lá com *você* à noite, Cookie.

– É mais provável que você esteja sóbrio no domingo de manhã – o cozinheiro disse a Ketchum. – Nove horas, domingo de

manhã. Daniel e eu o encontraremos lá. (Eles estavam se referindo à Represa da Dead Woman, embora o jovem Dan soubesse que nenhum dos dois homens iriam dizer.)
— Podemos ir todos no meu caminhão — Ketchum disse.
— Eu vou levar Daniel comigo, para o caso de você não estar inteiramente sóbrio — Dominic respondeu.
Ketchum empurrou o prato; ele descansou a cabeça desgrenhada na bancada e contemplou seu gesso. — Você está dizendo que vai me encontrar no reservatório da serraria? — Ketchum perguntou.
— Eu não o chamo assim — o cozinheiro disse. — A represa estava lá antes da serraria. Como eles podem chamar aquilo de reservatório, quando é ali que o rio fica mais *estreito*?
— Você conhece esse pessoal das serrarias — Ketchum disse com desprezo.
— A represa estava lá antes da serraria — Dominic repetiu, ainda se recusando a dizer o nome da serraria.
— Um dia a água vai romper aquela represa, e eles não vão se dar ao trabalho de construir outra — Ketchum disse; os olhos dele estavam fechando.
— Um dia não vão mais transportar toras de madeira no rio Twisted — o cozinheiro disse. — Não vão precisar de uma represa onde o rio deságua no reservatório, embora eu ache que irão manter a Represa Pontook no Androscoggin.
— Um dia *em breve*, Cookie — Ketchum corrigiu-o. Ele estava com os olhos fechados — a cabeça, o peito e os dois braços esparramados na bancada. O cozinheiro retirou rapidamente o prato vazio, mas Ketchum não estava dormindo; ele falou ainda mais lentamente do que antes. — Tem uma espécie de escoadouro de um dos lados da represa. A água forma uma lagoa que é quase igual a um poço, mas tem uma espécie de barragem de contenção, é só uma corda com flutuadores, para manter as toras do lado de fora.
— Está parecendo que você se lembra do lugar *exatamente* como eu me lembro — Dominic disse.

Era lá que eles tinham encontrado a mãe dele, Daniel sabia disso. O corpo dela flutuou mais embaixo na água do que as toras; ela deve ter passado por baixo da barragem de contenção e entrado no escoadouro. Ketchum a tinha encontrado sozinha na lagoa, ou poço – sem nenhuma tora ao redor dela.

– Eu não sei exatamente como *chegar* lá – Ketchum disse, com alguma frustração. Com os olhos ainda fechados, ele estava fechando lentamente os dedos da mão direita, as pontas dos dedos quase tocando a palma do gesso; tanto o cozinheiro quanto o filho sabiam que o lenhador estava testando sua tolerância à dor.

– Bem, eu posso mostrar a você, Ketchum – Dominic disse gentilmente. – Você tem que passar pela represa, ou por cima das toras, lembra?

O cozinheiro tinha carregado uma das camas de armar para a cozinha. Ele fez um sinal para o filho, que o ajudou a abrir a cama – onde ela não ficasse no caminho dos fornos e nem atrapalhasse a abertura da porta. – Eu também quero dormir na cozinha – Danny disse ao pai.

– Se você deixar uma certa distância entre você e a conversa, talvez você volte a dormir – Dominic disse ao filho.

– Eu quero ouvir a conversa – Danny disse.

– A conversa está quase terminada – o cozinheiro cochichou no ouvido do menino, beijando-o.

– Não conte com isso, Cookie – Ketchum disse, ainda de olhos fechados.

– Eu tenho coisas para assar, Ketchum, e acho melhor começar a preparar as batatas.

– Eu já o ouvi conversar e cozinhar ao mesmo tempo – Ketchum disse; ele não tinha aberto os olhos.

O cozinheiro lançou um olhar severo para o filho, apontando para a escada. – Está frio lá em cima – Danny reclamou; o menino parou no primeiro degrau, onde estava a frigideira.

– Quando subir, ponha a frigideira de volta no lugar, Daniel, por favor.

O menino subiu de má vontade, parando em cada degrau; ele ouviu o pai apanhar as tigelas. O jovem Dan não precisava olhar para saber o que o pai estava fazendo – o cozinheiro sempre fazia primeiro o pão de banana. Enquanto Danny pendurava a frigideira de ferro de oito polegadas no gancho do quarto do pai, ele contou dezesseis ovos sendo quebrados dentro da tigela de aço inoxidável; depois vieram as bananas amassadas e as nozes picadas. (Às vezes seu pai cobria o pão com maçãs quentes.) Em seguida o cozinheiro preparou os pãezinhos, adicionando ovos e manteiga aos ingredientes secos – as frutas, se houvesse alguma, ele acrescentava por último. Do corredor do andar de cima, Danny podia ouvir o pai untando as formas dos bolinhos e depois salpicando-as de farinha – antes de colocar a massa de milho nas formas. Havia aveia no pão de banana – e farelo de trigo, cujo cheiro o menino sentiu logo do quarto.

Estava mais quente debaixo das cobertas, de onde Danny ouviu as portas dos fornos abrirem e as formas deslizarem para dentro; depois ele ouviu as portas se fecharem. O som diferente, que fez o menino abrir os olhos e se sentar na cama, era seu pai tentando levantar Ketchum – segurando o homenzarrão por baixo dos braços e arrastando-o para a cama de armar. Danny não sabia que o pai tinha força suficiente para levantar Ketchum; o menino de doze anos desceu silenciosamente as escadas e viu o pai colocar Ketchum na cama e cobrir o lenhador com um dos sacos de dormir com o zíper aberto, como se fosse um cobertor.

Dominic Baciagalupo estava pondo as batatas na chapa quando Ketchum falou com ele: – Eu não podia deixar que você a visse, Cookie, não teria sido certo.

– Eu sei – o cozinheiro disse.

Na escada, Danny tornou a fechar os olhos, vendo a história, que ele sabia de cor – Ketchum, andando com passos curtos sobre as toras de madeira, bêbado, entrando na lagoa criada pelo escoadouro. "Não venha aqui, Cookie!" Ketchum tinha gritado na direção da margem. "Não tente andar sobre as toras, e nem sobre a represa!"

Dominic tinha visto Ketchum carregar o corpo de sua mulher ao longo da beirada da barreira de contenção. "Fique longe de mim, Cookie!", Ketchum tinha gritado, caminhando sobre as toras de madeira. "Você não pode mais olhar para ela, ela não é a mesma pessoa que era antes!

O cozinheiro, que também estava bêbado, tinha tirado o cobertor da traseira do caminhão de Ketchum. Mas Ketchum não levou o corpo para a margem; mesmo bêbado, ele tinha continuado a andar sobre as toras com passos curtos e rápidos. "Estenda o cobertor na traseira do caminhão, Cookie, depois se afaste!" Quando Ketchum chegou na margem, Dominic estava parado num ponto triangular – equidistante da margem do rio e do caminhão de Ketchum. "Aguenta firme, Cookie", até ela estar coberta", Ketchum tinha dito.

Danny imaginou se aquela seria a origem da advertência frequente do pai: "Aguenta firme, Daniel, só não se deixe matar." Talvez isso tenha vindo de Ketchum, que havia colocado delicadamente o corpo da esposa do cozinheiro na traseira do caminhão, cobrindo-o com o cobertor. Dominic tinha mantido distância.

– Você não quis vê-la? – Danny tinha perguntado ao pai muitas e muitas vezes.

– Eu confio em Ketchum – o pai tinha respondido. – Se acontecer alguma coisa comigo, Daniel, eu quero que você confie nele também.

Danny percebeu que devia ter voltado para o quarto e adormecido quando sentiu o cheiro do picadinho de carneiro além de todo o cheiro dos assados; ele não ouvira o pai abrir a porta emperrada do pavilhão para pegar a carne de carneiro na caixa térmica. O menino ficou deitado na cama, de olhos fechados, saboreando todos os odores. Ele queria perguntar a Ketchum se sua mãe estava de barriga para cima na água quando ele a avistou ou se ele a tinha encontrado no escoadouro de barriga para baixo.

Danny se vestiu e desceu para a cozinha; só então ele percebeu que o pai tinha arranjado tempo para subir e se vestir, provavelmente depois que Ketchum adormeceu na cama de armar. Dan observou o pai trabalhando no fogão; quando o cozinheiro se concentrava em três ou quatro tarefas todas muito próximas umas das outras, quase não se notava o seu defeito. Nesses momentos, Danny podia imaginar o pai aos doze anos – antes do acidente. Aos doze anos, Danny Baciagalupo era um menino solitário; ele não tinha amigos. Ele frequentemente desejava poder ter conhecido o pai quando ambos tinham doze anos.

Quando se tem doze anos, quatro anos parecem muito tempo. Annunziata Saetta sabia que o tornozelo do seu pequeno Dom não ia levar quatro anos para sarar; o amado Beijo do Lobo de Nunzi largou as muletas em quatro *meses*, e ele estava lendo tão bem quanto qualquer outro rapaz de quinze anos quando tinha apenas treze. Estudar em casa funcionou. Em primeiro lugar, Annunziata era professora primária; ela sabia quanto tempo se perdia na escola com disciplina, recreio e lanche. O menino fazia seu dever de casa, e o revia, durante o período escolar de Nunzi; Dominic tinha tempo para um monte de leituras extras, e ele também anotava todas as receitas que estava aprendendo.

O menino aprendeu a cozinhar bem devagar e – depois do acidente – Annunziata decretou suas próprias leis relativas a trabalho infantil. Ela não iria permitir que o jovem Dominic fosse trabalhar numa lanchonete em Berlin enquanto o menino não aprendesse a se movimentar com desenvoltura numa cozinha, e ele teria que esperar até fazer dezesseis anos; naqueles quatro anos, Dom se tornou um jovem de dezesseis anos que havia lido muito e um cozinheiro de primeira, que tinha menos experiência em fazer a barba do que em caminhar com um pé defeituoso.

Foi em 1940 que Dominic Baciagalupo conheceu a mãe de Danny. A jovem tinha vinte e três anos e lecionava na mesma escola que Annunziata Saetta; na verdade foi a mãe do cozinheiro que apresentou o filho de dezesseis anos à nova professora.

Nunzi não teve escolha. Sua prima Maria, outra Saetta, tinha se casado com um Calogero – um sobrenome siciliano bastante comum. "Em homenagem a um santo grego que morreu lá – o nome tem algo a ver com crianças em geral, eu acho, ou talvez com órfãos em especial", Nunzi explicara a Dominic. Ela pronunciava o nome ca-LÓ-ge-ro. Ele também era usado como nome próprio, sua mãe explicou – "em geral para filhos ilegítimos".

Aos dezesseis anos, Dominic era sensível ao tema da ilegitimidade – não que Annunziata não fosse. Sua prima tinha mandado a filha grávida para a vastidão inóspita de New Hampshire, lamentando que a filha fosse a primeira mulher na família Calogero a se formar na faculdade. "Era só uma escola de formação de professores, e de que adiantou para ela? Mesmo assim ela acabou grávida!", a mãe da pobre moça disse a Nunzi, que repetiu este comentário insensível para Dom. O rapaz entendeu logo que a jovem grávida de vinte e três anos estava sendo mandada para lá porque Annunziata e *seu* filho ilegítimo eram considerados como estando no mesmo barco. O nome dela era Rosina, mas, dada a predileção de Nunzi por abreviaturas, a moça banida já era Rosie antes mesmo de fazer a viagem de Boston para Berlin.

Como era o costume "naquela época" – não só no North End, nem apenas com famílias italianas *ou* católicas – os Saetta e os Calogero estavam mandando um escândalo familiar para viver com outro. Então Annunziata teve motivos *duplos* para ressentir-se de seus parentes de Boston. "Que isto sirva de lição para você, Dom", a mãe do adolescente disse a ele. "Nós não vamos julgar a pobre Rosie por estar vivendo esta infeliz circunstância – nós vamos *amá-la*, como se nada tivesse acontecido."

Embora fosse admirável a capacidade de perdoar de Annunziata – especialmente em 1940, quando mães solteiras eram consideradas normalmente como um dos grupos com menos capacidade de perdão na América – foi ao mesmo tempo imprudente e desnecessário dizer ao filho de dezesseis anos que ele ia *amar* sua prima em segundo grau "como se nada tivesse acontecido."

– Por que ela é minha prima em *segundo* grau? – o rapaz perguntou à mãe.

– Talvez ela não seja, talvez seja sua prima em *terceiro grau*, ou algo parecido – Nunzi disse. Como Dominic pareceu confuso, a mãe disse: – Seja o que for, ela não é realmente sua prima, pelo menos não é sua prima-irmã.

Esta informação (ou desinformação) era um perigo desconhecido para um rapaz aleijado de dezesseis anos. Seu acidente, sua reabilitação, sua educação em casa, sem mencionar sua reinvenção como cozinheiro – tudo isso o havia privado de amigos de sua idade. E o "pequeno" Dom tinha um trabalho de tempo integral; ele já se achava um homem. Agora Nunzi tinha dito a ele que a jovem Rosie Calogero, de vinte e três anos, não era sua prima "de verdade".

Quanto a Rosie, quando ela chegou ainda não exibia barriga nenhuma; o fato de que em breve iria ter era um outro problema.

Rosie tinha um diploma da escola de formação de professores; naquela época ela era qualificada demais para lecionar numa escola primária em Berlin. Mas quando a jovem começasse a *parecer* grávida, ela teria que deixar temporariamente o emprego.

"Ou então nós vamos ter que arrumar um marido para você, seja real ou imaginário", Annunziata disse a ela. Rosie era bonita o suficiente para arranjar um marido, um de *verdade* – Dominic a achava linda – mas a pobre moça não ia se lançar nas aventuras sociais necessárias para conhecer rapazes disponíveis no estado em que se encontrava!

Durante quatro anos, o rapaz tinha cozinhado junto com a mãe. De certa forma, por ele anotar todas as receitas – sem mencionar cada variação da receita que ele fazia, ocasionalmente, sem ela – ele a estava ultrapassando enquanto aprendia. Acontece que, naquela noite memorável, Dominic estava preparando o jantar para as duas mulheres e para ele. Ele estava a caminho de se tornar famoso na lanchonete em Berlin, e ele chegava em casa bem antes que Rosie e a mãe voltassem da escola; exceto nos fins de semana, quando Nunzi gostava de cozinhar, Dominic estava se tornando o cozinheiro principal daquela pequena família. Mexendo seu molho marinara, ele disse: "Bem, *eu* podia me casar com Rosie, ou eu podia *fingir* ser o marido dela, até ela encontrar alguém mais adequado. Quer dizer, quem precisa saber?"

Para Annunziata, aquele oferecimento pareceu algo doce e inocente; ela riu e deu um abraço no filho. Mas o jovem Dom não podia imaginar ninguém "mais adequado" para Rosie do que ele mesmo – aquela parte sobre *fingir* tinha sido um blefe. Ele se casaria com Rosie de verdade; a diferença de idade entre eles ou o fato de serem aparentados não representava nenhum empecilho para ele.

Quanto a Rosie, não fez diferença o fato de que a proposta do rapaz de dezesseis anos, ao mesmo tempo doce e *não* tão inocente, fosse irrealista – e provavelmente ilegal, mesmo no norte de New Hampshire. O que afetou a pobre moça, que ainda estava no primeiro trimestre de gravidez, foi que o canalha que a engravidara *não* tinha se oferecido para casar com ela – nem mesmo sob considerável pressão.

Dadas as predileções dos membros masculinos tanto da família Saetta quando da família Calogero, esta "pressão" tomou a forma de múltiplas ameaças de castração seguida de morte por afogamento. Se foi para Nápoles ou Palermo que o canalha fugiu não ficou claro, mas nenhum pedido de casamento jamais foi recebido. A oferta espontânea e sincera de Dominic foi a primeira vez que *qualquer pessoa* havia pedido Rosie em casamento; comovida, ela se desmanchou em lágrimas na mesa da cozinha antes que Dominic pudesse escaldar o camarão em seu molho marinara. Soluçando, a infeliz moça foi para a cama sem jantar.

De noite, Annunziata acordou ouvindo os sons confusos do aborto de Rosie – "confusos" porque, naquele momento, Nunzi não sabia se a perda do bebê era uma bênção ou uma maldição. Dominic Baciagalupo ficou deitado em sua cama, ouvindo o choro de sua prima em segundo ou terceiro grau. A descarga não parava de ser acionada, a banheira estava enchendo – deve ter havido sangue – e, por cima de tudo isso, ele ouviu a voz da mãe, acalmando e consolando Rosie. "Rosie, talvez seja melhor assim. Agora você não precisa largar seu emprego, nem mesmo temporariamente! Agora não precisamos arranjar às pressas um marido para você, nem um verdadeiro nem um imaginário! Presta atenção, Rosie, ele ainda não era um bebê!"

Mas Dominic ficou deitado pensando, O que foi que eu fiz? Mesmo um casamento *imaginário* com Rosie causava no rapaz uma ereção quase constante. (Bem, ele tinha dezesseis anos – era de se esperar!) Quando viu que Rosie tinha parado de chorar, o jovem Dom prendeu a respiração.

– Será que Dominic ouviu, será que eu o acordei, o que você acha? – O rapaz ouviu a moça perguntar à mãe dele.

– Bem, ele tem um sono muito profundo – Nunzi disse – mas você fez um estardalhaço, compreensível, é claro.

– Ele deve ter ouvido! – A moça exclamou. – Eu preciso falar com ele! – Dominic ouviu-a sair da banheira, enxugar-se vigorosamente e em seguida ouviu o som de seus pés descalços no chão do banheiro.

– *Eu* posso explicar tudo a Dom de manhã – a mãe dele estava dizendo, mas os pés descalços de sua prima que não era prima de verdade já estavam descendo pelo corredor na direção do quarto dele.

– Não! Eu preciso dizer uma coisa a ele! – Rosie disse. Dominic ouviu uma gaveta abrir; um cabide caiu dentro do armário dela. E então a moça entrou no quarto dele, ela simplesmente abriu a porta, sem bater, e se deitou na cama ao lado dele. Ele sentiu o cabelo dela tocando o seu rosto.

– Eu ouvi você – ele disse.

– Eu vou ficar bem – Rosie disse. – Eu vou ter um bebê, de uma outra vez.

– Está doendo? – ele perguntou. Ele estava com o rosto virado para o outro lado sobre o travesseiro porque já fazia muito tempo que tinha escovado os dentes, estava com medo de estar com mau hálito.

– Eu não sabia que queria o bebê até perdê-lo – Rosie estava dizendo. Ele não soube o que dizer, mas ela continuou. – O que você me disse, Dominic, foi a coisa mais gentil que alguém já me disse, eu nunca vou esquecer.

– Eu me casaria com você, sabe, eu não estava dizendo só por dizer – o rapaz disse.
Ela o abraçou e beijou sua orelha. Ela estava por cima das cobertas, e ele, por baixo, mas ele podia sentir o corpo dela pressionando suas costas. – Eu nunca mais vou receber uma oferta mais delicada, eu sei disso – sua prima que não era prima de verdade disse.
– Talvez nós possamos nos casar quando eu for um pouco mais velho – Dominic sugeriu.
– Sim, quem sabe?! – a moça exclamou, tornando a abraçá-lo.
Ela estaria falando sério, o rapaz de dezesseis anos pensou, ou estaria apenas sendo gentil?
Do banheiro, onde Annunziata estava esvaziando e esfregando a banheira, as vozes deles eram audíveis mas indistintas. O que surpreendeu Nunzi foi que Dominic estava falando; o rapaz raramente falava. A voz dele ainda estava mudando – estava ficando mais grave. Mas do momento em que Nunzi ouviu Rosie dizer "Sim, quem sabe?" – bem, Dominic tinha começado a falar sem parar, e as exclamações da moça ficaram mais fracas porém mais compridas. O que eles estavam dizendo era indecifrável, mas cochichavam tão animados quanto dois amantes.
Enquanto continuava a limpar compulsivamente a banheira, Annunziata não estava mais pensando se o aborto teria sido uma bênção ou uma maldição; o aborto não era mais a questão central. Rosie Calogero era a questão central – *ela* seria uma bênção ou uma maldição? Onde Nunzi estava com a cabeça? Ela havia aberto sua casa para uma jovem bonita, inteligente (e claramente *emotiva*) – que tinha sido rejeitada pelo amante e expulsa de casa pela família – sem perceber que a moça de vinte e três anos seria uma tentação irresistível para um rapaz solitário que estava se tornando homem.
Annunziata se levantou do chão do banheiro e foi até a cozinha, notando que a porta do quarto do filho estava entreaberta e que os cochichos lá dentro continuavam. Na cozinha, Nunzi pegou uma pitada de sal e atirou por cima do ombro. Ela resistiu

ao impulso de se intrometer na conversa dos dois, mas, voltando para o corredor, ela disse alto:

– Meu Deus, Rosie, você precisa me desculpar. Eu nem perguntei se você queria *voltar para Boston*! – Nunzi tentava falar de um modo que aquilo não parecesse ser ideia *dela*; tentava falar num tom de voz neutro ou indiferente, como se estivesse falando apenas pensando no que Rosie gostaria de fazer. Mas os cochichos que vinham do quarto de Dominic foram interrompidos por um súbito ruído de susto.

Rosie sentiu o rapaz arfar contra o seu peito e percebeu que também tinha arfado. Foi como se eles tivessem ensaiado a resposta, porque responderam ao mesmo tempo "Não!" como se fosse um coro.

Definitivamente, aquilo não era uma bênção, Nunzi estava pensando quando ouviu Rosie dizer: – Eu quero ficar aqui com você e com Dominic. Eu quero ensinar na escola. Eu *nunca mais* quero voltar para Boston! – (Não posso culpá-la por *isso*, Annunziata pensou; ela conhecia aquele sentimento.)

– Eu quero que Rosie fique! – Nunzi ouviu o filho gritar.

Bem, é *claro* que sim! Annunziata pensou. Mas qual seria a repercussão da diferença de idade entre eles? E o que aconteceria se e quando o país entrasse em guerra e todos os rapazes fossem embora? (Mas *não* o seu amado Beijo do Lobo – com um defeito daqueles no pé ele jamais iria para a guerra, Nunzi sabia.)

Rosie Calogero conservou seu emprego e se deu bem. O jovem cozinheiro também conservou seu emprego e se deu bem – tão bem que a lanchonete que só servia café da manhã começou a servir almoço também. Em pouco tempo, Dominic Baciagalupo tornou-se um cozinheiro muito melhor do que a mãe. E não importava o que o jovem cozinheiro preparasse para o almoço, ele trazia a melhor parte para casa, para o jantar; ele alimentava muito bem a mãe e a prima que não era prima de verdade. De vez em quando, mãe e filho ainda cozinhavam juntos, mas em quase todas as questões culinárias, Annunziata rendia-se a Dominic.

Ele preparava bolo de carne com molho inglês e provolone e o servia quente com seu versátil molho marinara – ou frio, com molho de maçã. Ele fazia filés de frango *alla parmigiana*; em Boston, a mãe disse a ele, ela fazia *vitela* com parmesão, mas em Berlin ele não conseguia encontrar uma boa vitela. (Ele substituiu a vitela por carne de porco e ficou quase tão bom.) Dominic também fazia berinjela com parmesão – o grande contingente de franco-canadenses em Berlin sabia o que era *aubergine*. E Dom preparava perna de carneiro com limão, alho e azeite; o azeite vinha de uma loja que Nunzi conhecia em Boston, e Dominic o usava para untar frango assado ou para regar o peru no forno, e recheava ambos com broa de milho, linguiça e sálvia. Ele fazia bifes na frigideira ou na grelha, que servia com vagem e batata assada. Mas não gostava muito de batata, e detestava arroz. Ele servia a maioria dos pratos com massa, que preparava de forma muito simples – com azeite e alho, e às vezes com ervilhas ou aspargos. Cozinhava cenouras no azeite com azeitonas pretas sicilianas, e mais alho. E embora detestasse feijão cozido, Dominic o preparava; havia lenhadores e operários da serraria, quase todos veteranos que haviam perdido os dentes, que quase só comiam isso. (O pessoal do feijão e da sopa de ervilha, como Nunzi os chamava depreciativamente.)

Ocasionalmente, Annunziata conseguia erva-doce, que ela e Dom punham para cozinhar com sardinhas e molho de tomate; as sardinhas vinham em latas de outra loja que Nunzi conhecia em Boston, e mãe e filho as amassavam com alho e azeite e as serviam com massa salpicada de migalhas de pão, gratinadas no forno. Dominic fazia sua própria massa de pizza. Ele servia pizzas sem carne toda sexta-feira à noite – no lugar de peixe, que nem o jovem cozinheiro nem sua mãe confiavam que fosse fresco o suficiente ali no Norte. Camarões, congelados em grandes blocos de gelo, chegavam intactos em trens vindos da costa; por isso Dominic confiava no camarão. E as pizzas também levavam seu adorado molho marinara. A ricota, os queijos romano, parmesão e provolone vinham todos de Boston – assim como as azeitonas pretas sicilianas. O cozinheiro, que ainda estava aprendendo o seu ofício, picava salsa e punha em tudo – até na onipresente sopa de ervilhas. (Salsa era "clorofila pura", a mãe tinha dito a ele; ela contrabalançava o alho e refrescava o hálito.) Dominic fazia sobremesas simples, e – para tristeza de Nunzi – não havia nada de remotamente siciliano nelas: tortas de maçã ou blueberry, broas de milho. Em Coos sempre se podia conseguir maçãs e blueberries, e Dominic fazia ótimas massas de torta e bolo. O café da manhã dele era ainda mais básico – ovos e bacon, panquecas e rabanadas, bolos de milho e de blueberry e pãezinhos de minuto. Naquela época, ele só fazia pão de banana quando as bananas ficavam marrons; era um desperdício usar bananas boas, a mãe tinha dito a ele.

Havia uma fazenda de criação de perus no Vale de Androscoggin, entre Milan e Berlin, e o cozinheiro fazia ensopado de peru com pimentões e cebolas – e uma quantidade mínima de batatas. "Carne em conserva não serve para fazer ensopado, tem que ser irlandês!", Annunziata ensinara a ele.

Aquele bêbado imbecil do Tio Umberto, que bebeu até morrer antes da guerra terminar, nunca comeu uma refeição preparada por seu pseudossobrinho. O veterano madeireiro não tolerava ser supervisor de um número cada vez maior de mulheres na serraria, e as mulheres se recusavam a tolerar Umberto, o que só servia para fazer o infeliz supervisor beber cada vez mais. (Personagem secundário ou não, Umberto iria assombrar as lembranças de Dominic, onde o tio que não era tio desempenhava um papel importante. Como o pai de Dominic pôde ser amigo de Umberto? Umberto não gostava de Nunzi porque ela se recusava a dormir com ele? Como a mãe tinha sido expulsa de Boston e devido à situação dela em Berlin, Dominic costumava torturar a si mesmo imaginando que Umberto havia pensado erroneamente que Nunzi poderia ser facilmente seduzida.) E num mês de inverno, alguns anos antes da morte de Umberto o Imbecil, Annunziata Saetta pegou a gripe que tinha acometido todos os alunos; Nunzi morreu antes de os Estados Unidos entrarem oficialmente na guerra.

O que Rosie Calogero e o jovem Dom iam fazer? Eles tinham vinte e quatro e dezessete anos respectivamente; não podiam morar juntos na mesma casa depois da morte da mãe de Dominic. Nem suportariam morar separados – portanto os não exatamente primos tinham um dilema para resolver. E Nunzi não estava mais lá para dizer a eles o que fazer; a jovem mulher e o homem mais jovem ainda fizeram o que acharam que a pobre Annunziata teria desejado, e talvez ela realmente teria.

O jovem Dom simplesmente mentiu a idade. Ele e sua "prima" Rosie Colagero se casaram na estação da lama, 1941 – pouco antes dos primeiros grandes comboios de madeira daquele ano no Androscoggin, ao norte de Berlin. Eles eram um bem-sucedido, embora não próspero, cozinheiro e uma bem-sucedida, embora não próspera, professora. Pelo menos o trabalho deles não era temporário, e que necessidade tinham de ser prósperos? Eles eram ambos (cada um do seu jeito) jovens e apaixonados, e queriam só um filho – só um – e, em março de 1942, eles o teriam.

O jovem Dan nasceu em Berlin – "pouco antes da estação da lama", como o pai sempre dizia (a estação da lama era mais definitiva do que o calendário) – e quase imediatamente após seu nascimento, os pais do menino deixaram a cidade. Para o nariz sensível do cozinheiro, o fedor da fábrica de papel era um insulto constante. Parecia plausível acreditar que um dia a guerra ia terminar, e quando isto acontecesse, Berlin ia crescer – de forma irreconhecível, exceto pelo cheiro. Mas em 1942, a cidade já era grande e fétida demais – e cheia demais de recordações boas e ruins – para Dominic Baciagalupo. E a experiência pregressa de Rosie no North End fazia com que ela temesse voltar para Boston, embora tanto a família Saetta quanto a família Calogero tivessem insistido com os jovens primos para voltarem para "casa".

Filhos sabem quando não são amados incondicionalmente. Dominic sabia que sua mãe tinha se sentido menosprezada. E embora Rosie nunca parecesse lamentar as circunstâncias que a haviam obrigado a se casar com um mero *garoto*, ela sentia uma grande mágoa por ter sido banida de Berlin pela família.

Os apelos das famílias Saetta e Calogero não encontraram eco neles. Quem eram eles para dizer que estava tudo perdoado? Aparentemente, aceitaram bem o fato de que os primos tinham se casado e tido um filho; mas do que Dominic e Rosie se lembravam era que *não* tinha sido bem aceito nem pelos Saetta e nem pelos Calogero o fato de uma mulher solteira engravidar.

"Eles que encontrem outra pessoa para perdoar", foi o que Rosie disse. E Dominic, sabendo como Nunzi se sentira, concordou. Boston era uma ponte que havia sido queimada atrás deles; para ser mais preciso, o jovem casal sabia que não foram *eles* que a haviam queimado.

Sem dúvida, a condenação moral não era novidade na Nova Inglaterra, não em 1942; e embora quase todo mundo tivesse escolhido Boston e não Twisted River, as decisões tomadas por muitos casais jovens são circunstanciais. Para a recém-formada família Baciagalupo, Twisted River pode ter parecido um lugar remoto e atrasado, mas lá não havia fábrica de papel. A serraria e o campo de extração de madeira nunca tinham mantido um cozinheiro durante toda a estação de lama, e não havia escola por tratar-se de uma cidade habitada principalmente por itinerantes. Havia, entretanto, o potencial para uma escola no assentamento menor mas aparentemente mais permanente que havia no Phillips Brook – a saber, Paris (antes, West Dummer), que ficava a poucos quilômetros de distância na estrada de escoamento de madeira do assentamento mais desorganizado de Twisted River, onde a madeireira se recusara até então a investir em uma instalação fixa para cozinhar. Segundo a companhia, a cozinha portátil e os *wanigans* que serviam de refeitório eram suficientes. O fato de isto fazer Twisted River parecer mais um acampamento do que uma cidade não desencorajou Dominic e Rosie Baciagalupo, para quem Twisted River representava uma oportunidade – mesmo que difícil.

No verão de 1942 – deixando tempo suficiente para encomendar livros e outros artigos, em preparação para a nova escola de Paris – o cozinheiro e a professora, junto com o filho pequeno, subiram o Androscoggin na direção de Milan, ao norte, e depois viajaram na direção noroeste pela estrada de escoamento de madeira que saía do Reservatório Pontook. O local onde o rio Twisted desaguava no Pontook era chamado simplesmente de "o estreito"; lá não havia nem mesmo uma serraria, e a rudimentar Represa Dead Woman ainda não tinha nome. (Como Ketchum diria: "As coisas eram bem menos sofisticadas naquela época.")

O casal chegou com o filho no vale de Twisted River antes do cair da noite e dos mosquitos. Para as poucas pessoas que se lembravam da chegada da jovem família, o homem que mancava e sua esposa bonita mas que parecia mais velha do que ele com um bebê nos braços devem ter parecido cheios de esperança – embora trouxessem poucas roupas. Seus livros e o resto de suas roupas, junto com os utensílios de cozinha do cozinheiro, tinham chegado na frente – tudo num caminhão de transportar madeira, coberto com uma lona.

A cozinha e os *wanigans* que serviam de refeitório não precisavam só de uma boa limpeza: os *wanigans* precisavam de uma reforma completa – e foi isso que o cozinheiro exigiu para ficar lá. E se a madeireira quisesse que o cozinheiro ficasse depois da próxima estação de lama, ia ter que construir um pavilhão permanente para abrigar a cozinha e o refeitório – com quartos em cima da cozinha onde o cozinheiro e sua família pretendiam morar.

Rosie foi mais modesta em suas exigências: uma escola de uma só sala seria suficiente para Paris, ex-West Dummer, onde nunca existira uma escola antes; havia apenas poucas famílias com crianças em idade escolar assentadas no Phillips Brook em 1942, e menos ainda em Twisted River. Logo haveria mais – depois da guerra, quando os homens voltaram para casa – mas Rosie Baciagalupo, nascida Calogero, não veria os homens voltarem da guerra, e nem ensinaria aos filhos deles.

A jovem professora morreu no final do inverno de 1944 – logo depois que seu filho, Dan, fez dois anos. O menino não se lembrava da mãe, que ele só conhecia dos retratos que o pai tinha guardado – e dos trechos que ela sublinhara em seus muitos livros, que seu pai tinha guardado também. (Como a mãe de Dominic Baciagalupo, Rosie também gostava de ler romances.)

Se fôssemos julgar Dominic por seu aparente pessimismo – havia um ar de apatia em seu comportamento, ou uma marcante indiferença em sua atitude, e mesmo algo de melancólico em sua postura – poderíamos concluir que ele nunca se recuperou da morte trágica da esposa de vinte e sete anos. Entretanto, além do seu amado filho, Dominic Baciagalupo tinha conseguido algo que queria muito: o pavilhão de cozinha fora construído de acordo com suas especificações.

Aparentemente, houve uma conexão com a Paris Manufacturing Company; a esposa de um figurão, passando por Berlin, tinha adorado a comida de Dominic. A notícia se espalhara: a comida era muito melhor do que precisava ser num campo de extração de madeira. Não teria sido certo se Dominic tivesse simplesmente feito as malas e partido, mas o cozinheiro e o filho tinham ficado lá por dez anos.

É claro que havia um ou dois velhos lenhadores – dentre eles Ketchum – que sabiam o triste motivo. O cozinheiro, que havia ficado viúvo aos vinte anos, culpava-se pela morte da esposa – e ele não era o único homem para quem morar em Twisted River dava a impressão de ser um ato de penitência. (Bastava pensar em Ketchum.)

Em 1954, Dominic Baciagalupo tinha apenas trinta anos – jovem demais para ter um filho de doze anos – mas Dominic tinha a aparência de um homem há muito resignado com o seu destino. Ele era tão imperturbavelmente calmo que irradiava uma espécie de aceitação que podia ser facilmente confundida com pessimismo. Não havia nada de pessimista no modo como ele cuidava do filho, Daniel, e era só por causa do filho que o cozinheiro às vezes se queixava das agruras ou das limitações da vida em Twisted River – a cidade ainda não tinha uma escola, por exemplo.

Quanto à escola que a Paris Manufacturing Company construíra no Phillips Brook, não houve nenhuma melhoria que se pudesse notar na qualidade de ensino que Rosie Baciagalupo proporcionara. Embora a escola de uma só sala de aula tivesse sido reconstruída nos anos 1940, a cultura violenta da escola era dominada pelos meninos mais velhos que já haviam repetido um ano ou dois. Ninguém conseguia controlá-los – a pobre professora não era nenhuma Rosie Baciagalupo. Os desordeiros da escola de Paris gostavam de atormentar o filho do cozinheiro – não só porque Danny morava em Twisted River e o pai dele mancava. Eles também implicavam com o menino por causa do seu modo correto de falar. A articulação das palavras do jovem Danny era exata; sua dicção nunca desceu ao nível da dicção dos garotos de Paris, que comiam as consoantes e abriam as vogais, e eles o maltratavam por causa disso. ("Os garotos de West Dummer", como Ketchum os chamava.)

"Aguenta firme, Daniel, só não se deixe matar", o pai dizia a ele. "Eu prometo que um dia nós vamos sair daqui."

Mas apesar dos seus defeitos, e da triste história da sua família, a Escola Paris Manufacturing Company era a única escola que o menino tinha frequentado; a simples ideia de sair daquela escola deixava Danny Baciagalupo nervoso.

– Angel era inexperiente demais para estar derrubando árvores na floresta ou trabalhando nos cercados de madeira – Ketchum disse da cama de armar na cozinha. Tanto o cozinheiro quanto o filho sabiam que Ketchum falava dormindo, especialmente quando havia bebido.

Um cercado para guardar madeira, construído numa margem, próximo à via de transporte de madeira, tinha que ser um pouco mais alto do que o fundo do caminhão, que ficava estacionado ao lado dele. As toras trazidas da floresta podiam ser estocadas atrás do cercado até estarem prontas para serem carregadas. Pranchas de madeira formavam uma rampa até o fundo do caminhão; então um guindaste puxado a cavalo ou movido a tração era usado para içar e carregar as toras. Ketchum não queria que Angel Pope se envolvesse com carga ou descarga de madeira.

Danny Baciagalupo tinha começado com suas tarefas na cozinha quando Ketchum tornou a falar no seu estupor de bêbado.

– Ele não deveria estar ripando madeira, Cookie. – O cozinheiro assentiu olhando para o fogão, embora soubesse perfeitamente bem que Ketchum ainda estava dormindo sem precisar nem olhar para o veterano madeireiro.

Estocar madeira – ou "ripar madeira" como era chamado – costumava ser o primeiro posto de trabalho de um operário numa serraria. Até o cozinheiro teria considerado Angel inexperiente demais para isso. A madeira era estocada alternando-se camadas de tábuas com "ripas"; estas ripas estreitas de madeira eram colocadas de forma perpendicular às tábuas para separá-las, permitindo que o ar circulasse para secá-las. Dominic Baciagalupo talvez tivesse permitido que Danny fizesse isso.

– Aumento progressivo da mecanização – Ketchum resmungou. Se o homenzarrão tivesse tentado se virar na cama de armar, ele teria caído ou desarmado a cama. Mas Ketchum estava deitado imóvel de barriga para cima, com o braço engessado sobre o peito, como se fosse ser enterrado no mar. O saco de dormir com o zíper aberto o cobria como uma bandeira; sua mão esquerda tocava o chão.

– Lá vamos nós de novo – o cozinheiro disse, sorrindo para o filho. *Aumento progressivo da mecanização* era um assunto delicado para Ketchum. Em 1954, rebocadores com rodas de borracha já estavam aparecendo nas florestas. As árvores maiores estavam sendo normalmente rebocadas por tratores; as equipes que usavam cavalos para rebocar madeira recebiam o que era chamado de "pagamento por peça" (por metro cúbico de madeira) para cortar e rebocar madeira até um local determinado. À medida que rebocadores com rodas de borracha se tornaram mais comuns, um velho lenhador que usava cavalo como Ketchum sabia que as árvores estavam sendo derrubadas com mais velocidade. Ketchum não aprovava este aumento de velocidade.

Danny abriu a manhosa porta externa da cozinha e saiu para urinar. (Embora seu pai não gostasse que ele urinasse do lado de

fora, Ketchum ensinara o jovem Dan a apreciar isso.) Ainda estava escuro, e a névoa que vinha do rio estava fria e úmida contra o rosto do menino.
– Fodam-se os homens das máquinas a vapor! – Ketchum gritou dormindo. – Fodam-se também os babacas dos motoristas de caminhão!
– Você está certíssimo quanto a isso – o cozinheiro disse para o amigo adormecido. O menino de doze anos voltou para dentro, fechando a porta externa da cozinha. Ketchum estava sentado na cama; talvez tivesse acordado com os próprios gritos. Sua aparência era assustadora. A negrura incomum do seu cabelo e da sua barba dava-lhe a aparência de alguém que tinha se queimado num incêndio terrível, e a cicatriz lívida em sua testa parecia especialmente acinzentada sob a luz esbranquiçada das lâmpadas fluorescentes. Ketchum olhava a sua volta de um jeito desfocado, mas cauteloso.
– Não se esqueça de xingar o guarda Carl também – o cozinheiro disse a ele.
– É claro – Ketchum concordou prontamente. – Aquele maldito caubói.
O guarda Carl era o responsável pela cicatriz de Ketchum. O policial rotineiramente apartava brigas no *dancing* e nos bares das hospedarias. Ele tinha apartado uma das brigas de Ketchum batendo na cabeça do lenhador com o cano longo do seu Colt 45 – "o tipo de arma exibicionista que só um babaca teria em New Hampshire", na opinião de Ketchum. (Daí chamar o guarda Carl de "caubói".)
Entretanto, na opinião de Danny Baciagalupo, levar uma coronhada na cabeça de um Colt 45 era preferível a levar um tiro no pé ou no joelho do guarda Carl – um método de apartar brigas que o caubói gostava de usar com itinerantes canadenses. Isto geralmente significava que os franco-canadenses não poderiam mais trabalhar nas florestas; eles teriam que voltar para Quebec, o que o guarda Carl achava muito bom.
– Eu estava dizendo alguma coisa? – Ketchum perguntou ao cozinheiro e seu filho.

– Você estava se referindo com muita eloquência aos homens das máquinas a vapor e aos motoristas de caminhão – Dominic disse ao amigo.
– Eles que se fodam – Ketchum respondeu automaticamente.
– Eu vou para o Norte, para qualquer lugar menos aqui – ele anunciou. Ketchum ainda estava sentado na cama, onde contemplava o gesso do braço como se fosse um membro recém-adquirido mas inteiramente inútil; ele o contemplava com ódio.
– Sim, claro – Dominic disse.
Danny trabalhava na bancada, picando pimentões e tomates para as omeletes; o menino sabia que Ketchum estava sempre falando em "ir para o Norte". Tanto a região de Millsfield quanto a de Second College Grant em New Hampshire, agora oficialmente conhecidas como As Grandes Florestas do Norte, e a área da montanha Aziscohos a sudeste de Wilson Mills, no Maine, eram os territórios de extração de madeira que atraíam Ketchum. Mas o veterano condutor de toras pelo rio ou por terra a cavalo sabia que o antes mencionado "aumento progressivo da mecanização" iria para o Norte também; na verdade, já havia chegado lá.
– Você devia ir embora daqui, Cookie. Você sabe que devia ir – Ketchum disse, quando os faróis das ajudantes de cozinha iluminaram o pavilhão.
– Sim, é claro – o cozinheiro tornou a dizer. Assim como Dominic Baciagalupo, Ketchum falava em partir, mas ficava.
O barulho do motor do caminhão da lavadora de pratos índia se destacou no meio dos outros veículos. – Pelo amor de Deus! – Ketchum disse, levantando-se finalmente. – Será que Jane só fica em primeira?
O cozinheiro, que não tinha olhado nem uma vez para Ketchum enquanto trabalhava no fogão, olhou para ele. – Eu não a contratei porque ela dirigia bem, Ketchum.
– Sim, claro – foi tudo o que Ketchum disse, e Índia Jane abriu a porta da cozinha; a lavadora de pratos e o resto das ajudantes de cozinha entraram. (Danny imaginou brevemente por que Jane era a única que parecia não ter dificuldade em lidar com aquela porta chata.)

Ketchum tinha desarmado a cama e dobrado o saco de dormir; ele estava guardando tudo quando Jane falou: – Hum, tem um lenhador na cozinha. Isso nunca é um bom sinal.

– Você e seus sinais – Ketchum disse, sem olhar para ela. – Seu marido já morreu ou vamos ter que adiar a comemoração?

– Eu ainda não me casei com ele, mas tenho planos de me casar – Jane respondeu, como sempre. A lavadora de pratos índia vivia com o guarda Carl – um motivo constante de briga com Ketchum e o cozinheiro. Dominic também não gostava do caubói – e Jane não vivia há muito tempo com o guarda, e (falando em sinais) ela deu uma vaga indicação de que poderia deixá-lo. Ele batia nela. O cozinheiro e Ketchum tinham reparado mais de uma vez no olho roxo de Jane e no seu lábio rachado, e até Danny notara as marcas roxas de dedos nos braços dela, por onde o policial a havia obviamente agarrado e sacudido.

"Eu posso aguentar uma surra", era o que Jane normalmente dizia para Ketchum ou para o cozinheiro, embora ela ficasse satisfeita por eles se preocuparem com a sua segurança. "Mas Carl devia tomar cuidado", ela acrescentava de vez em quando. "Um dia eu posso revidar."

Jane era uma mulher grandalhona, e ela cumprimentou o menino de doze anos (como sempre fazia) abraçando-o contra seus quadris largos. O menino batia na altura dos seus seios, que eram monumentais; nem mesmo o moletom largo que ela usava no frio do início da manhã conseguia disfarçá-los. Índia Jane tinha uma tonelada de cabelos negros como carvão, também – embora eles estivessem sempre presos numa trança grossa que ia até a bunda. Mesmo usando calça de moletom ou calças largas de algodão – suas roupas preferidas para trabalhar na cozinha – Jane não conseguia esconder sua bunda.

No alto da cabeça, com um buraco recortado para passar a trança, ela usava um boné de beisebol dos Cleveland Indians de 1951 – um presente de Ketchum. Um verão, cansado das moscas e dos mosquitos, Ketchum tinha tentado dirigir um caminhão; era um rebocador de madeira de longa distância, e ele havia comprado o boné de beisebol em Cleveland. (Danny só conseguia imaginar que isso deve ter acontecido antes de Ketchum concluir que todos os motoristas de caminhão eram uns babacas.) "Bem, Jane, você é uma pele-vermelha, este é o boné certo pra você", Ketchum tinha dito a ela. O logo no boné era o rosto vermelho do chefe Wahoo, um índio dentuço com um sorriso de maluco, a cabeça, e parte de sua pena, rodeada pela letra C. O C em formato de osso de galinha, usado para fazer pedidos, era vermelho; o boné era azul. Quanto ao chefe Wahoo, nem Ketchum nem Jane sabiam quem ele era.

O menino de doze anos tinha ouvido essa história diversas vezes; ela era uma das favoritas de Jane. Uma das vezes mais marcantes que Danny a viu tirar da cabeça o boné dos Cleveland Indians foi quando ela contou ao menino como Ketchum dera o boné para ela. "Ketchum era bonito quando era mais moço," Jane nunca deixava de dizer ao menino. "Embora ele nunca tenha sido tão bonito quanto o seu pai, nem tão bonito quanto *você* vai ser", a lavadora de pratos índia sempre acrescentava. Seu boné de beisebol com o índio risonho tinha manchas de água e de óleo de cozinha. Jane gostava de colocar o boné do chefe Wahoo na cabeça do menino de doze anos, onde ele descia sobre a testa, ficando pouco acima dos olhos do menino; ele podia sentir o cabelo saindo pelo buraco atrás do boné.

Danny nunca tinha visto o cabelo de Índia Jane solto, embora ela tenha tomado conta dele muitas vezes, especialmente quando ele era menor – pequeno demais, na época, para acompanhar o pai nos comboios de rio, o que significava que o menino era pequeno demais para ter uma noite decente de sono no *wanigan* da cozinha. Jane tinha posto o jovem Dan regularmente para dormir no quarto dele em cima da cozinha do pavilhão. (Danny supunha que ela devia dormir no quarto do pai dele nas noites em que o pai estava fora.)

Na manhã seguinte, quando Jane preparava o café da manhã do menino, não havia nenhuma evidência de que sua longa trança negra tivesse sido desfeita – embora fosse difícil imaginar que pudesse ser muito confortável dormir com uma trança tão comprida e tão grossa. Até onde Danny sabia, Jane poderia ter dormido com o boné dos Cleveland Indians na cabeça também. O sorridente e enlouquecido chefe Wahoo era uma presença demoníaca e sempre alerta.

– Vou deixar as senhoras trabalharem em paz – Ketchum estava dizendo. – Deus me perdoe, eu não quero atrapalhar.

– Deus me perdoe – uma das ajudantes de cozinha disse. Ela era esposa de um operário da serraria – quase todas as ajudantes de cozinha eram. Elas eram todas casadas e gordas; só Jane era mais gorda, e ela *não era* casada com o guarda Carl.

O guarda também era gordo. O caubói era tão grande quanto Ketchum – embora Ketchum não fosse gordo – e Carl era *mau*. Danny tinha a impressão de que todo mundo desprezava o caubói, mas o guarda Carl sempre concorreu sem oposição ao cargo; talvez, nenhuma outra pessoa em Twisted River tivesse a menor vontade de ser delegado. O emprego consistia principalmente em apartar brigas, e encontrar maneiras de mandar os franco-canadenses itinerantes de volta para Quebec. A maneira do guarda Carl – a saber, atirar nos pés ou nos joelhos deles – era má, mas funcionava. Entretanto, quem ia *querer* abrir a cabeça das pessoas com a coronha de um revólver ou atirar nos pés e nos joelhos dos outros?, Danny pensava. E por que Índia Jane, a quem o menino adorava, ia querer viver com um caubói como aquele?

"Viver aqui às vezes exige certas concessões, Daniel", o pai do menino dizia sempre.

"As mulheres têm que perder a beleza antes de concordar em viver com o guarda Carl", Ketchum tinha tentado explicar ao jovem Dan. "Mas quando as mulheres perdem toda a sua beleza, Carl encontra outra."

Todas as ajudantes de cozinha, e com certeza todas as esposas dos operários da serraria, tinham perdido a beleza – na avaliação de Danny Baciagalupo. Jane podia ser mais gorda do que todas elas, mas ainda tinha o rosto bonito e um cabelo maravilhoso; e tinha seios tão sensacionais que o filho do cozinheiro não podia nem pensar neles, o que significava (é claro) que ele não conseguia evitar que seus pensamentos se voltassem para os seios de Jane nos momentos mais inesperados.

— É dos *seios* das mulheres que os homens gostam? — Danny um dia perguntou ao pai.

— Pergunte ao Ketchum — o cozinheiro respondeu, mas Danny achou que Ketchum era velho demais para se interessar por seios, Ketchum parecia velho demais até para *reparar* em seios. Certo, Ketchum tivera uma vida difícil; ele estava acabado e parecia mais velho do que era. Ketchum só tinha trinta e sete anos — ele parecia bem mais velho (exceto pelo cabelo e pela barba, que eram negros).

E Jane — quantos anos tinha?, Danny pensou. Índia Jane era doze anos mais velha do que o pai de Danny — ela estava com quarenta e dois anos — mas também parecia mais velha. Ela também tinha sido maltratada, e não só pelo guarda Carl. Para o menino de doze anos, todo mundo parecia velho — ou mais velho do que era. Até os meninos da turma de Danny na escola eram mais velhos.

— Aposto que você teve uma ótima noite de sono — Jane estava dizendo para o cozinheiro. Ela sorriu para Danny. Quando ela punha as mãos para trás para amarrar o avental em volta da cintura grossa, seus seios ficavam *gigantescos*! o menino estava pensando. — Você conseguiu dormir um pouco, Danny? — A lavadora de pratos índia perguntou a ele.

— Claro, eu dormi bastante — o menino respondeu. Ele queria que o pai e as esposas dos operários da serraria não estivessem ali porque ele queria perguntar a Jane sobre sua mãe.

O pai conseguiu contar a ele que Ketchum tinha recuperado o corpo desfigurado da mãe dele do escoadouro; talvez pelo fato de Ketchum não ter deixado que o cozinheiro visse o que o rio e as toras de madeira tinham feito com ela. Mas o pai de Danny nunca conseguiu falar sobre o acidente em si — pelo menos não com o filho, e nem com detalhes específicos. Ketchum também não conseguia dizer muito mais. "Nós estávamos todos bêbados, Danny", Ketchum sempre começava assim. "Seu pai estava bêbado, eu estava bêbado, sua mãe estava um pouco bêbada também."

"Eu era o mais bêbado", Dominic afirmava sempre. Ele se sentia tão culpado por estar bêbado que tinha parado de beber, embora não de imediato.

"Talvez eu estivesse mais bêbado do que você, Cookie", Ketchum dizia às vezes. "Afinal de contas, eu a deixei andar no gelo."

"Eu fui o culpado disso", o cozinheiro normalmente insistia.

"Eu estava tão bêbado que você teve que me carregar, Ketchum."

"Não pense que eu não me lembro", Ketchum replicava. Mas nenhum dos dois homens podia (ou queria) dizer exatamente o que tinha acontecido. Danny duvidava que eles tivessem esquecido os detalhes; era mais uma questão dos detalhes serem indizíveis, ou então de ser impensável para eles relatar os detalhes para uma criança.

Jane, que não tinha bebido – ela nunca bebia – contou a história ao menino de doze anos. Todas as vezes que o menino pedia, ela contava sempre a mesma história; por isso é que ele sabia que a história devia ser verdadeira.

Jane estava tomando conta de Danny naquela noite; Danny devia ter dois anos. Nos sábados à noite tinha dança no salão – tinha dança e dança folclórica naquela época. Dominic Baciagalupo não dançava; com aquele defeito no pé, ele não podia. Mas sua esposa um pouco mais velha – Ketchum a chamava de "Prima Rosie" – adorava dançar, e o cozinheiro adorava vê-la dançar. Rosie era bonita e pequena, magra e delicada – diferente da maioria das mulheres da idade dela em Twisted River e Paris, New Hampshire. ("Sua mãe não tinha o corpo de uma mulher de quase trinta anos, pelo menos das mulheres daqui", como Índia Jane dizia, sempre que contava a história para o jovem Dan.)

Aparentemente, ou Ketchum era velho demais ou estragado demais para a guerra. Embora o guarda Carl tivesse aberto a testa de Ketchum recentemente, este já tinha tido uma quantidade de outros ferimentos e machucados – o bastante para torná-lo inelegível para o serviço militar, mas não graves o suficiente para impedi-lo de dançar. "Sua mãe ensinou Ketchum a ler *e* a dançar", o cozinheiro dissera ao filho, de um jeito estranhamente neutro, como se Dominic ou não tivesse opinião a respeito ou não soubesse qual dessas habilidades era a mais notável ou a mais importante de Ketchum ter aprendido. De fato, Ketchum era o *único* parceiro de dança de Rosie Baciagalupo; ele tomava conta dela como se ela fosse filha dele, e (na pista de dança) a esposa do cozinheiro ficava tão pequena ao lado de Ketchum que quase podia mesmo passar por sua filha.

Exceto pela "notável coincidência", como Danny ouvira Jane dizer, de que a mãe do menino e Ketchum tinham ambos vinte e sete anos.

– Ketchum e seu pai gostavam de beber juntos – Jane disse ao jovem Dan. – Eu não sei por que os homens gostam de beber *juntos*, mas Ketchum e o seu pai gostavam disto um pouco demais.

Talvez a bebida tenha permitido que eles dissessem coisas um para o outro, Danny pensou. Desde que Dominic Baciagalupo tinha se tornado abstêmio – embora Ketchum ainda bebesse como um sujeito de vinte anos – talvez os homens conversassem com mais cerimônia; até o menino de doze anos sabia que eles deixavam muita coisa por dizer.

Segundo Ketchum, "índios" não podiam ou não deviam beber nada – ele considerava perfeitamente razoável que Índia Jane não bebesse. Entretanto, ela vivia com o guarda Carl, que era um bêbado malvado. Depois que o *dancing* e os bares das hospedarias fechavam, o guarda bebia e ficava brigão. Normalmente Jane voltava tarde para casa – depois que terminava de lavar as toalhas e as colocava nas secadoras da lavanderia, só então ela deixava o pavilhão de cozinha e ia para casa. Fosse tarde ou não, o guarda Carl às vezes estava acordado e belicoso quando Jane estava pronta para ir para a cama. Afinal de contas, ela acordava cedo e o caubói não.

– Vou explicar para você – Jane dizia para o jovem Dan, às vezes a propósito de nada. – Seu pai não podia beber tanto quanto

Ketchum, mas ele tentava se igualar a ele. Sua mãe era mais sensata, mas ela também bebia demais.

— Meu pai não podia beber tanto quanto Ketchum porque ele é *menor*? — Danny sempre perguntava a Jane.

— O peso tem algo a ver com isso, sim — a lavadora de pratos geralmente respondia. — Aquela não era a primeira noite que Ketchum carregava o seu pai para o pavilhão de cozinha, de volta do salão. Sua mãe vinha dançando em volta deles, fazendo seus passinhos de do-si-do. — (O jovem Dan percebia uma certa inveja ou sarcasmo no modo como Índia Jane se referia aos *passinhos de do-si-do* da Prima Rosie?)

Danny sabia que o do-si-do era um passo da dança de quadrilha; ele pedira a Ketchum para mostrar a ele, mas Ketchum sacudiu a cabeça e se desmanchou em lágrimas. Jane fez uma demonstração do do-si-do para Danny; com os braços cruzados sobre os seios enormes, ela passou pelo ombro direito dele, rodeando-o, costas com costas.

O menino tentou imaginar a mãe fazendo o do-si-do com Ketchum enquanto o homenzarrão carregava seu pai. — Ketchum também estava dançando? — Danny perguntou.

— Acho que sim — Jane respondeu. — Eu só os vi depois. Eu estava com *você*, lembra?

Na bacia gelada do rio, Rosie Baciagalupo parou de dançar com Ketchum e gritou na direção da montanha do outro lado do gelo. Quando o rio Twisted estava congelado, havia mais eco; o gelo trazia sua voz de volta para você mais depressa e mais fiel do que se ela tivesse viajado por cima da água.

— Por que será isso? — Danny geralmente dizia para Jane.

— Eu os ouvi do pavilhão de cozinha — Índia Jane continuava, jamais especulando sobre o eco. — Sua mãe gritou, "Eu te amo!". O seu pai, por cima do ombro de Ketchum, respondeu, "Eu também te amo!". Ketchum berrou apenas "Merda!" e outras coisas parecidas; depois ele berrou, "Imbecis!" E logo depois os três estavam gritando, "Imbecis!". Eu achei que eles estavam gritando para acordar você, mas nada acordava você à noite, nem quando você tinha dois anos.

– Minha mãe foi para o gelo primeiro? – Danny sempre perguntava.

– Dançar quadrilha no gelo era difícil de fazer – Jane respondia. – Ketchum foi para o gelo dançar com ela; ele ainda estava carregando o seu pai. Era gelo preto. Havia neve na floresta, mas não na bacia do rio. Ventava na bacia e já fazia quase uma semana que não caía neve nova – Jane normalmente acrescentava. – Na maioria dos anos, o gelo não se partia desse jeito na bacia do rio.

O cozinheiro bêbado não conseguia ficar em pé, mas também queria deslizar no gelo; ele fez Ketchum colocá-lo no chão. Aí Dominic caiu – ele se sentou no gelo e Ketchum o empurrou como se ele fosse um trenó humano. A mãe de Danny dançava em volta dos dois. Se eles não estivessem gritando "Imbecis!" tão alto, um deles poderia ter ouvido o barulho das toras de madeira.

Naquela época, aqueles que transportavam madeira com cavalos despejavam o máximo possível de toras no gelo do rio entre o lago Little Dummer e a bacia em Twisted River – e nos afluentes mais acima também. Às vezes, o peso das toras quebrava o gelo primeiro no lago Dummer; ele era o maior dos lagos Dummer, contido por uma barragem que nem sempre aguentava. De um jeito ou de outro, o gelo do rio mais acima da cidade de Twisted River sempre quebrava primeiro, e no final do inverno de 1944, as toras desceram pelas corredeiras do lago Little Dummer, o gelo quebrando mais à frente das toras – e os blocos de gelo quebrado e as toras se precipitaram na bacia do rio numa torrente desimpedida.

No final do inverno ou no início da primavera, isso sempre acontecia; só que geralmente acontecia durante o dia, porque de dia era mais quente. Em 1944, a avalanche de toras de madeira desceu sobre a bacia do rio à noite. Ketchum estava empurrando Dominic sentado sobre o gelo; a esposa bonita e "um pouco mais velha" do cozinheiro estava dançando em volta deles.

A expressão "um pouco mais velha" fazia parte do relato de Jane daquela noite? (Danny Baciagalupo não se lembrava, embora ele soubesse que Jane nunca deixava de introduzir – no momento em que as toras despencavam sobre a bacia do rio – a observação mencionada a respeito da "notável coincidência" de que Ketchum e a Prima Rosie tinham a mesma idade.)

Índia Jane tinha aberto a porta da cozinha; ela ia lhes dizer para parar de gritar "Imbecis!" senão iam acabar acordando o pequeno Danny. Jane estava suficientemente acima do rio para ouvir o barulho da água e das toras de madeira. O inverno inteiro, o som do rio ficou abafado sob o gelo e a neve. Não naquele sábado à noite. Jane fechou a porta da cozinha e desceu a colina correndo.

Ninguém estava gritando "Imbecis!" agora. A primeira das toras deslizou no gelo na bacia do rio; as toras estavam molhadas e pareceram ganhar velocidade ao bater no gelo. Algumas toras afundaram no rio, por baixo do gelo; quando subiram, as maiores romperam o gelo de baixo para cima. "Como torpedos", Jane dizia sempre.

Quando Jane chegou na bacia do rio, o simples peso das toras estava quebrando o gelo; quando o gelo começou a quebrar, alguns dos blocos eram do tamanho de carros. Ketchum tinha deixado o cozinheiro sentado no gelo quando viu Rosie desaparecer. Em um segundo ela estava fazendo o do-si-do; no segundo seguinte, havia desaparecido atrás de um bloco de gelo do tamanho de uma parede. Depois as toras de madeira cobriram completamente o lugar onde ela estivera. Ketchum abriu caminho no meio dos blocos de gelo e das toras de madeira até onde o cozinheiro tinha tombado de lado. Dominic Baciagalupo estava descendo o rio num bloco de gelo do tamanho de um púlpito.

– Ela desapareceu, Cookie, *desapareceu*! – Ketchum gritava. O cozinheiro ergueu o corpo, surpreso ao ver uma tora sair do rio e cair com um estrondo ao lado dele.

– Rosie? – Dominic perguntou. Se ele tivesse gritado nessa hora "Eu também te amo", não teria havido nenhum eco por causa do barulho que o gelo quebrado e as toras estavam fazendo. Ketchum colocou o cozinheiro sobre o ombro e foi pulando de tora em tora até a margem; às vezes ele pisava num bloco de gelo em vez de uma tora, e sua perna ficava molhada até acima do joelho.

"Imbecis!", Jane gritava da margem do rio – para eles dois, ou para eles três. "Imbecis! Imbecis!", ela gritou e gritou.

O cozinheiro estava molhado, com frio e tremendo, e seus dentes estavam batendo, mas Ketchum e Jane podiam entender muito bem o que ele dizia. – Ela não pode ter desaparecido, Ketchum, ela não pode simplesmente *sumir* desse jeito!

– Mas ela desapareceu num piscar de olhos, Danny – a lavadora de pratos disse ao menino. – Mais depressa do que a lua desliza para trás de uma nuvem, sua mãe desapareceu desse jeito. E quando nós voltamos para o pavilhão, você estava acordado e gritando, foi pior do que qualquer pesadelo que eu já tenha visto você ter. Eu interpretei isso como um sinal de que de alguma forma você sabia que sua mãe tinha morrido. Eu não conseguia fazer você parar de chorar, nem você nem o seu pai. Ketchum tinha apanhado um facão. Ele estava parado na cozinha com a mão esquerda sobre a tábua de carne, imaginando-a decepada, eu acho. Eu o deixei lá para cuidar de você e do seu pai. Quando voltei para a cozinha, Ketchum tinha ido embora. Eu procurei a mão esquerda dele em toda parte; eu tinha certeza de que ia achar a mão dele em algum lugar. Eu não queria que você ou seu pai a encontrassem.

– Mas ele não decepou a mão? – Danny sempre a interrompia.

– Bem, não, ele não fez isso – Jane dizia ao menino, com alguma impaciência. – Você já percebeu que Ketchum ainda tem a mão esquerda, não é?

Às vezes, especialmente quando Ketchum estava bêbado, Danny via o jeito como o lenhador olhava para a mão esquerda dele; era do mesmo jeito que ele tinha olhado para o gesso na noite anterior. Se Jane tivesse visto Ketchum fitando o seu gesso, ela poderia ter considerado isso como um sinal de que Ketchum *ainda* pensava em decepar a mão. (Mas por que a *esquerda*?, Danny Baciagalupo pensava. Ketchum era destro. Se você odiasse a si mesmo, se você se sentisse realmente culpado ou quisesse se punir, você não cortaria fora a sua mão *boa*?)

Estava um tumulto na cozinha – todas as mulheres gordas, e o cozinheiro magro com seu filho mais magro ainda. Você não passava por trás de alguém sem dizer "Atrás de você!" ou encostar a mão nas costas da pessoa. Quando as esposas dos operários da serraria passavam por trás de Danny, elas geralmente davam um tapinha na bunda do menino. Uma ou duas delas também davam um tapinha na bunda do cozinheiro, mas não se Índia Jane estivesse olhando. Danny tinha notado que frequentemente Jane se colocava entre o pai dele e as ajudantes de cozinha – especialmente no espaço apertado entre o fogão e a bancada, que ficava ainda mais estreito sempre que as portas dos fornos tinham que ser abertas. Havia outros lugares apertados na cozinha, desafiando quem cozinhava e quem servia, mas aquele trecho entre o fogão e a bancada era o mais apertado.

Ketchum tinha saído para urinar – um hábito aparentemente imutável dos tempos dos *wanigans* – enquanto Jane ia para o refeitório arrumar as mesas. Naqueles "bons tempos" dos acampamentos móveis, Ketchum gostava de acordar os encarregados dos comboios de rio e os outros lenhadores mijando na parede de metal dos *wanigans* de dormir. "Tem um *wanigan* no rio!", ele gostava de berrar. "Ah, Deus, ele está indo embora!" Seguia-se uma cacofonia de palavrões de dentro dos alojamentos móveis.

Ketchum também gostava de bater na parede lateral de metal dos *wanigans* de dormir com uma vara de empurrar madeira no rio. "Não deixe o urso entrar!", ele berrava. "Meu Deus, ele pegou uma das mulheres! Meu Deus, *não*?!"

Danny estava enchendo os jarros com xarope de bordo quente que ele tirava da panela no queimador de trás do fogão com uma concha. Uma das esposas dos operários da serraria estava respirando no pescoço do menino. "Atrás de você, belezinha!", a mulher disse com uma voz rouca. O pai dele mergulhava o pão de banana nos ovos batidos; uma das ajudantes de cozinha estava pondo na frigideira as rabanadas de pão de banana, enquanto outra mexia o picadinho de carneiro com uma espátula.

Antes de sair para uma mijada aparentemente interminável, Ketchum tinha falado com o menino de doze anos. – Nove horas, domingo de manhã. Não deixe seu pai esquecer, Danny.

– Nós estaremos lá – o menino disse.

– Que planos vocês estão fazendo com Ketchum? – Jane cochichou no ouvido do menino de doze anos. Grande como ela era, o menino não tinha reparado nela atrás dele; ele primeiro a confundiu com a esposa do operário da serraria que estava respirando no pescoço dele, mas Jane tinha voltado do refeitório.

– Papai e eu vamos nos encontrar com Ketchum na Represa Dead Woman no domingo de manhã – Danny disse a ela.

Jane sacudiu a cabeça, com a longa trança, mais longa do que um rabo de cavalo, assobiando sobre seu traseiro avantajado. – Então Ketchum convenceu-o – ela disse com um ar de censura; o menino não podia ver os olhos dela sobre o visor abaixado do boné dos Cleveland Indians. Como sempre, o chefe Wahoo ria ensandecido para o menino.

A coreografia quase perfeita na cozinha teria sido imperceptível para um estranho, mas Danny e a lavadora de pratos índia estavam acostumados com ela. Eles viam que tudo era sempre igual, até o detalhe do cozinheiro segurando a bandeja quente de pãezinhos com as luvas enquanto as esposas dos operários da serraria saíam rapidamente do caminho – enquanto uma delas ao mesmo tempo despejava as broas de milho numa grande vasilha de vidro. Ninguém esbarrava em ninguém, apesar do tamanho avantajado – com exceção de Danny e do pai dele, que eram visivelmente pequenos (na companhia delas).

Na passagem apertada entre a bancada e o fogão, onde havia uma panela ou um caldeirão em seis dos oito queimadores, o cozinheiro e a lavadora de pratos índia passavam costas contra costas. Isto não era novidade, acontecia o tempo todo, mas Danny percebeu uma nuance na dança deles, e escutou (coisa que não tinha acontecido antes) o breve mas distinto diálogo entre eles. Quando eles passaram um pelo outro, costas com costas, Jane esbarrou de propósito em Dominic – ela apenas encostou sua bunda grande no meio das costas dele, pois a cabeça do cozinheiro batia nos ombros de Jane.

– Do-si-do, parceiro – a lavadora de pratos disse.

Apesar de mancar, o cozinheiro se equilibrou; nenhum pãozinho escorregou para fora da forma quente. – Do-si-do – Dominic Baciagalupo disse baixinho. Índia Jane já tinha passado atrás dele. Só Danny percebeu o contato, embora se Ketchum estivesse lá, bêbado ou sóbrio, ele com certeza teria notado. (Mas Ketchum, é claro, estava lá fora – supostamente, mijando.)

3
Um mundo de acidentes

Angel Pope tinha desaparecido sob as toras de madeira na quinta-feira. Depois do café da manhã na sexta, Jane levou Danny no seu caminhão para a Escola Paris Manufacturing Company, no Phillips Brook, e depois voltou para o pavilhão de cozinha em Twisted River.

A equipe encarregada do comboio de madeira devia estar trabalhando num local logo acima da Represa Dead Woman. O cozinheiro e suas ajudantes de cozinha iam preparar quatro almoços; eles iam embalar duas refeições para os homens que estavam no rio, e levar duas refeições para os lenhadores que estavam carregando os caminhões na estrada que ficava entre a cidade de Twisted River e o Reservatório Pontook.

As sextas-feiras já eram difíceis sem a tristeza de ter perdido Angel. Todo mundo estava louco que o fim de semana começasse, embora os fins de semana em Twisted River, segundo o cozinheiro, se resumissem em beber demais e cometer os maus passos sexuais de sempre – "sem mencionar a vergonha que vinha depois", como Danny Baciagalupo tinha ouvido o pai dizer diversas vezes. E na opinião de Dominic, a refeição de sexta à noite na cozinha do pavilhão era a mais trabalhosa da semana. Para os franco-canadenses que eram católicos praticantes, o cozinheiro preparava sua famosa pizza sem carne, mas para os "*não* comedores de peixe" – como Ketchum gostava de descrever a si mesmo, e a maioria dos lenhadores e operários da serraria – uma pizza sem carne numa sexta-feira à noite não era suficiente.

Quando Índia Jane deixou Danny na escola em Paris, ela deu um soco de leve no braço dele; era lá que os meninos mais velhos da escola iam bater nele, se ele tivesse sorte. Naturalmente, os meninos mais velhos batiam nele com mais força do que Jane tinha batido – quer batessem no braço ou em outro lugar.

– Mantenha o queixo abaixado, os ombros relaxados, os cotovelos para cima e as mãos na frente do rosto – Jane disse a ele. – Você tem que parecer que vai dar um soco, aí você dá um chute no saco do miserável.

– Eu sei – o menino disse a ela. Ele nunca dera um soco em ninguém, e nunca dera um chute no saco de ninguém. As instruções de Jane para o menino o deixaram intrigado; ele achou que suas orientações deviam basear-se em algum conselho que o guarda Carl dera a ela, mas Jane só tinha que se preocupar com o *guarda*. O jovem Dan achava que ninguém mais teria coragem de enfrentá-la, nem mesmo Ketchum, talvez.

Embora Jane se despedisse de Danny com um beijo no pavilhão, ou em qualquer outro lugar em Twisted River, ela nunca o beijava quando o deixava na Escola Paris Manufacturing Company – ou quando o apanhava perto do Phillips Brook, onde aqueles garotos de West Dummer costumavam andar. Se os garotos mais velhos vissem Índia Jane beijar Danny, eles lhe causariam mais encrenca do que o normal. Nesta sexta-feira em especial, o menino de doze anos ficou sentado ao lado de Jane no caminhão, imóvel. O jovem Dan poderia ter momentaneamente se esquecido de onde eles estavam – e neste caso ele estaria esperando pelo beijo dela – ou então ele estaria pensando numa pergunta para fazer a Jane sobre a mãe dele.

– O que foi, Danny? – A lavadora de pratos disse.
– Você faz o do-si-do com meu pai? – o menino perguntou.

Jane sorriu para ele, mas foi um sorriso mais calculado do que ele estava acostumado a ver em seu belo rosto; o fato de ela não responder deixou-o nervoso. – Não me diga para perguntar a Ketchum! – o menino exclamou. Isto fez Jane rir; o sorriso dela ficou mais natural, e mais acessível. (Como sempre, o chefe Wahoo sorria loucamente.)

– Eu ia dizer que você devia perguntar ao seu pai – a lavadora de pratos disse. – Não fique nervoso – ela acrescentou, tornando a dar um soco no braço dele, desta vez com mais força. – Danny? – Jane disse, quando o menino estava saltando da cabine do caminhão. – *Não* pergunte a Ketchum.

Era um mundo de acidentes, o cozinheiro estava pensando. Na cozinha, ele cozinhava uma tempestade. O picadinho de carneiro, que servira no café da manhã, também seria bom para o almoço; ele também tinha feito uma sopa de grão-de-bico (para os católicos) e um cozido de cervo com cenouras e cebolas. Sim, havia o infernal caldeirão de feijão, e a onipresente sopa de ervilhas com salsa. Mas havia pouco mais do que a comida padrão de um campo madeireiro.

Uma das esposas dos operários da serraria fritava linguiça na chapa. O cozinheiro ficava dizendo para ela cortar a linguiça em pedaços enquanto a cozinhava – enquanto outra das esposas começava a cantar "Tente socar sua carne com uma espátula!" com a música pouco provável mas muito conhecida de "Vaya con Dios", e as outras mulheres se juntaram a ela.

Quem estava liderando a cantoria, entre as esposas dos operários da serraria, era a mulher que o cozinheiro tinha encarregado de testar o fermento para a massa da pizza – ele estava de olho ela. Dominic queria preparar a massa da pizza e começar a vê-la crescer antes de eles saírem para entregar as refeições. (Numa noite de sexta-feira, haveria um bando de franco-canadenses furiosos se não houvesse pizzas sem carne em número suficiente para os comedores de peixe.)

O cozinheiro preparava também broas de milho. Ele queria começar a preparar o recheio dos frangos assados que também ia servir no pavilhão sexta-feira à noite; ele ia misturar a linguiça com a broa de milho e um pouco de aipo e sálvia, acrescentando os ovos e a manteiga quando voltasse das entregas. Numa panela grande, onde Danny esquentara o xarope de bordo, Dominic cozinhava a abóbora; ele ia amassá-la e misturá-la com xarope de bordo, e acrescentar a manteiga quando voltasse para a cidade. Na sexta-feira à noite, junto com os frangos recheados, ele serviria batatas cozidas e purê de abóbora. Este era comprovadamente o prato favorito de Ketchum; mas quase toda sexta-feira Ketchum comia um pouco de pizza sem carne também.

Dominic estava com pena de Ketchum. O cozinheiro não sabia se Ketchum realmente achava que eles iam encontrar Angel no escoadouro da barragem de cima no domingo de manhã, ou se Ketchum torcia para eles nunca encontrarem o corpo do rapaz. Tudo o que o cozinheiro sabia era que ele não queria que o jovem Daniel visse o corpo de Angel. Dominic Baciagalupo não sabia ao certo se *ele* queria ver o corpo de Angel – ou se queria algum dia encontrar o corpo.

A panela com água – onde o cozinheiro despejara um pouco de vinagre para os ovos escaldados – estava fervendo de novo. No café da manhã, ele tinha servido o picadinho de carneiro com ovos escaldados, mas quando servisse o picadinho de carneiro no almoço, ele teria à mão um monte de ketchup; ovos escaldados não viajavam bem. Quando a água com vinagre começou a ferver, Dominic a derramou sobre as tábuas de corte para esterilizá-las.

Uma das esposas dos operários da serraria tinha preparado cerca de cinquenta sanduíches de bacon, alface e tomate com o resto do bacon do café da manhã. Ela estava comendo um dos sanduíches enquanto vigiava o cozinheiro – ela estava pensando em alguma bobagem, Dominic sabia. O nome dela era Dot; grandalhona, tinha tido tantos filhos que parecia ser uma mulher que havia abandonado qualquer capacidade que um dia tivesse possuído, exceto seu apetite, no qual o cozinheiro não gostava nem um pouco de pensar. (Ela tinha apetites *demais*, Dominic imaginava.)

A esposa com a espátula – a que precisou ser instruída a cortar a linguiça na chapa – parecia estar por dentro da travessura, porque também estava de olho no cozinheiro. Como a mulher que estava comendo o sanduíche de bacon estava com a boca cheia, a esposa com a espátula falou primeiro. Seu nome era May; ela era maior do que Dot e tinha se casado duas vezes. Os filhos do segundo casamento de May tinham a mesma idade dos seus netos – quer dizer, dos filhos dos seus filhos do primeiro casamento – e este fenômeno pouco natural tinha enlouquecido completamente May e o seu segundo marido, a ponto de eles não conseguirem se recobrar o suficiente para consolar um ao outro em relação à estranheza de suas vidas.

O que Dominic achava pouco natural era a necessidade constante de May se lamentar por ter filhos da idade dos netos. Por que ela achava isso uma grande coisa? o cozinheiro pensava.

"*Olhe* só para ela", Ketchum tinha dito, referindo-se a May. "Para ela, *tudo* é uma grande coisa."

Talvez, o cozinheiro pensou, enquanto May apontava a espátula para ele. Rebolando os quadris de um jeito sedutor, ela disse numa voz sensual: – Ah, Cookie, eu podia deixar minha vida miserável para trás se você se casasse comigo e cozinhasse para mim!

Dominic esfregava as tábuas de corte, que estavam de molho em água com sabão, com a escova de cabo comprido; o vinagre na água quente fazia lacrimejar seus olhos. – Você já é casada, May – ele disse. – Se você se casasse comigo e tivéssemos filhos, você teria filhos *mais moços* do que os seus netos. Eu nem ouso imaginar o que você acharia *disto*.

May pareceu genuinamente horrorizada com a ideia; talvez ele não devesse ter tocado naquele assunto delicado, o cozinheiro pensou. Mas Dot, que ainda estava comendo o sanduíche, riu espasmodicamente com a boca cheia – e começou a engasgar. As ajudantes de cozinha, May dentre elas, ficaram esperando o cozinheiro fazer alguma coisa.

Dominic Baciagalupo estava acostumado com engasgos. Ele já tinha visto um monte de lenhadores e madeireiros se engasgarem – sabia o que fazer. Anos antes, ele tinha salvado uma das mulheres do *dancing*; ela estava bêbada e sufocando no próprio vômito, mas o cozinheiro soube o que fazer. Aquela era uma história famosa – Ketchum tinha até dado um *título* para ela, "Como Cookie salvou Six-Pack Pam". A mulher era tão magra e ossuda quanto Ketchum, e Dominic tinha precisado da ajuda de Ketchum para fazê-la ajoelhar-se no chão e depois ficar de quatro, para o cozinheiro poder aplicar uma improvisada manobra de Heimlich. (Six-Pack Pam tinha este nome porque seis cervejas era a cota noturna dela, conforme estimativa de Ketchum, antes de ela começar a beber bourbon.)

O Dr. Heimlich nasceu em 1920, mas sua agora famosa manobra não havia sido introduzida no condado de Coos em 1954. Dominic Baciagalupo já estava cozinhando para comilões havia catorze anos. Inúmeras pessoas haviam se engasgado na frente dele; três delas morreram. O cozinheiro tinha observado que bater nas costas de alguém nem sempre adiantava. A manobra original de Ketchum, que envolvia virar a vítima de cabeça para baixo e balançá-la violentamente, já tinha falhado também.

Mas um dia Ketchum fora obrigado a improvisar e Dominic presenciou o resultado espantosamente bem-sucedido. Aconteceu com um lenhador bêbado, que era grande e combativo demais para Ketchum virar de cabeça para baixo e sacudir. Então Ketchum ficou jogando o homem no chão, que não só estava morrendo engasgado como querendo matar Ketchum também.

Ketchum dava socos sem parar no abdômen do sujeito – todos ganchos. No quarto ou quinto gancho, o homem cuspiu um pedação grande de carneiro que ele tinha aspirado sem querer.

Ao longo dos anos, o cozinheiro tinha modificado o método improvisado de Ketchum, adaptando-o à sua estatura menor e à sua natureza menos violenta. Dominic se enfiava por baixo dos braços descontrolados da pessoa engasgada e se colocava atrás dela. Ele abraçava a vítima na altura do estômago e fazia uma pressão súbita, de baixo para cima, com as mãos entrelaçadas – logo abaixo das costelas. Isto sempre funcionava.

Na cozinha, quando Dot começou a agitar os braços, Dominic se posicionou rapidamente atrás dela. – Meu Deus, Cookie, *sal-*

ve-a! – May gritou; a crise a respeito de filhos-netos foi momentaneamente esquecida por ela, talvez completamente esquecida.

Com o nariz enfiado na região quente e suada atrás do pescoço de Dot, o cozinheiro mal conseguiu juntar as mãos quando a abraçou. Os seios de Dot eram muito grandes e caídos; Dominic precisou levantá-los para poder localizar onde terminavam as costelas e começava o abdômen de Dot. Mas quando ele segurou seus seios, embora brevemente, Dot cobriu as mãos dele com as dela e bateu com a bunda no estômago dele. Ela estava rindo histericamente, não estava engasgada coisa nenhuma; May, a doida, e o resto das ajudantes de cozinha estavam rindo junto com ela.

– Ah, Cookie, como você soube que era assim que eu gostava? – Dot gemeu.

– Eu sempre achei que Cookie era o tipo de cara que gostava de fazer por trás – May disse com naturalidade.

– Ah, seu *cachorrinho*! – Dot gritou, esfregando-se no cozinheiro. – Eu adoro o jeito como você sempre diz: "Atrás de você!"

Dominic conseguiu finalmente tirar as mãos dos seios dela; ele se afastou.

– Acho que nós não somos *grandes* o bastante para ele, Dot – May disse com uma voz lamentosa. Havia uma certa maldade no tom; o cozinheiro percebeu. Eu vou pagar pela observação que fiz a respeito de filhos e netos, Dominic estava pensando. – Ou talvez não sejamos suficientemente *"índias"* – May disse.

O cozinheiro nem olhou para ela; as outras ajudantes, até Dot, tinham virado o rosto. May apertava desafiadoramente o picadinho de carneiro sobre a chapa com a espátula. Dominic esticou o braço por trás dela e apagou o fogo. Ele tocou nas costas dela quando passou por trás dela.

– Vamos embora, senhoras – ele disse, quase do mesmo jeito que costumava dizer. – Você e May podem entregar as refeições dos homens do rio – o cozinheiro disse a Dot. – O resto de nós vai procurar os lenhadores ao longo da estrada. – Ele não se dirigiu a May e nem olhou para ela.

– Então Dot e eu vamos ter que andar tudo isso a pé? – May perguntou a ele.

– Vocês deviam andar mais – Dominic disse, ainda sem olhar para ela. – Andar é bom para vocês.
– Bem, eu preparei os malditos sanduíches de bacon, alface e tomate, acho que posso carregá-los – Dot disse.
– Leve também o picadinho de carneiro – o cozinheiro disse a ela.
Alguém perguntou se havia algum franco-canadense "ultracatólico" entre os encarregados do comboio no rio; talvez Dot e May devessem levar um pouco da sopa de grão-de-bico para o rio, também.
– Eu não vou carregar *sopa* nas minhas costas – May disse.
– O pessoal do peixe pode tirar o bacon de dentro dos sanduíches – Dot sugeriu.
– Eu não acho que haja comedores de peixe entre os homens do rio – Dominic disse. – Nós vamos levar a sopa de grão-de-bico e o cozido de cervo para os lenhadores na estrada. Se houver algum católico aborrecido entre os homens do rio, diga a ele para pôr a culpa em mim.
– Ah, eu vou dizer a eles para porem a culpa em você, sim – May disse a ele. Ela ficou olhando para ele, mas ele não olhou nem uma vez para ela. Quando estavam saindo, cada um para o seu lado, May disse: – Eu sou grande demais para você me ignorar, Cookie.
– Fique feliz por eu te ignorar, May – ele replicou.

O cozinheiro não esperava ver Ketchum no meio dos lenhadores que carregavam os caminhões na estrada; mesmo machucado, Ketchum era um condutor de comboio melhor do que qualquer outro homem no campo.
– O cretino do médico me disse para não molhar o gesso – Ketchum explicou.
– E por que você iria molhar o gesso? – Dominic disse. – Eu nunca o vi cair dentro d'água.
– Talvez eu tenha me fartado do rio ontem, Cookie.
– Tem cozido de cervo – uma das ajudantes de cozinha dizia aos lenhadores.

Houve um acidente com um dos cavalos, e outro acidente com o reboque puxado a trator. Ketchum disse que um dos franco-canadenses também perdeu um dedo ao descarregar toras de madeira de um cercado.

– Bem, é sexta-feira – Dominic disse, como se esperasse que os bobos sofressem acidentes numa sexta-feira. – Tem sopa de grão-de-bico para aqueles que se importam que seja sexta-feira – o cozinheiro anunciou.

Ketchum notou a impaciência do velho amigo. – O que foi, Cookie? O que aconteceu? – Ketchum perguntou.

– Dot e May estavam só brincando – o cozinheiro explicou. Ele contou a Ketchum o que tinha acontecido, e também o que May tinha dito sobre Índia Jane.

– Não conte para mim, conte para *Jane* – Ketchum disse a ele. – Jane vai rasgar a May, se você contar a ela.

– Eu sei, Ketchum, por isso é que *não* vou contar a ela.

– Se Jane tivesse visto Dot segurando suas mãos sobre os seios dela, ela já teria rasgado Dot todinha, Cookie.

Dominic Baciagalupo sabia disso também. O mundo era um lugar precário; o cozinheiro não queria conhecer as estatísticas relativas a quantas pessoas eram rasgadas por minuto. No tempo dele, Ketchum tinha rasgado muitos; ele não se importaria em rasgar mais algumas.

– Tem frango assado esta noite, com recheio e batatas cozidas – Dominic disse a Ketchum.

Ketchum pareceu triste ao ouvir isso. – Eu tenho um encontro – o homenzarrão disse. – Que azar o meu perder um frango recheado.

– Um *encontro*? – o cozinheiro disse, revoltado. Ele nunca pensava nos relacionamentos de Ketchum, principalmente com as mulheres do *dancing,* como sendo *encontros.* E ultimamente Ketchum estava saindo com Six-Pack Pam. Só Deus sabia quanto eles não iriam beber *juntos*! Dominic Baciagalupo pensou. Por tê-la salvo, o cozinheiro tinha uma queda por Six-Pack, mas ele

sentia que ela não gostava muito dele; talvez não tivesse gostado de ter sido salva.
– Você ainda está saindo com Pam? – Dominic perguntou ao amigo beberrão.
Mas Ketchum não quis falar no assunto. – Você devia estar preocupado com o que May pensa sobre você e Jane, Cookie. Você não acha que devia estar um pouco preocupado?
Dominic olhou para onde estavam as ajudantes de cozinha, para ver o que elas estavam fazendo; elas tinham armado uma mesa ao lado da estrada. Havia queimadores a gás propano no *wanigan;* os queimadores mantinham a sopa e o cozido quentes. Havia tigelas e colheres na mesa de armar; os lenhadores entravam no *wanigan,* cada um com uma tigela e uma colher na mão. As mulheres os serviam dentro do *wanigan.*
– Você não parece suficientemente preocupado, Cookie – Ketchum disse a ele. – Se May sabe sobre Jane, Dot também sabe. Se Dot sabe, todas as mulheres na sua cozinha sabem. Até *eu* sei, mas não ligo a mínima.
– Eu sei. E agradeço por isso – Dominic disse.
– O que eu estou querendo dizer é, em quanto tempo o guarda Carl vai ficar sabendo? Por falar em babacas... – Ketchum disse. Ele descansou o gesso pesado no ombro do cozinheiro. – Olhe para mim, Cookie. – Com a mão boa, Ketchum apontou para a testa, para a cicatriz comprida e pálida. – Minha cabeça é mais dura do que a sua, Cookie. Você não quer que o caubói saiba sobre você e Jane, acredite em mim.
Com quem você vai se encontrar?, Dominic Baciagalupo quase perguntou ao velho amigo, só para mudar de assunto. Mas o cozinheiro não queria realmente saber com quem Ketchum estava trepando – especialmente se *não* fosse Six-Pack Pam.
Na maioria das noites, quando Jane ia para casa, era tão tarde que o guarda Carl já tinha caído duro; o caubói só acordava depois que ela já tinha saído para o trabalho na manhã seguinte. Só havia problema de vez em quando – quase sempre quando Jane voltava cedo demais para casa. Mas até um bêbado imbecil

como o guarda ia acabar descobrindo. Ou então uma das ajudantes de cozinha diria alguma coisa para o marido; os operários da serraria não gostavam, necessariamente, tanto do cozinheiro e de Índia Jane quanto os homens do rio e os outros lenhadores.
– Eu entendo o que você está dizendo – o cozinheiro disse para Ketchum.
– Que merda, Cookie – Ketchum disse. – *Danny* sabe sobre você e Jane?
– Eu ia contar a ele – Dominic respondeu.
– *Ia contar* – Ketchum disse ironicamente. – É a mesma coisa que dizer que você *ia* começar a usar uma camisinha, ou é como usar uma camisinha?
– Eu entendo o que você está dizendo – o cozinheiro tornou a dizer.
– Nove horas, domingo de manhã – Ketchum disse a ele. Dominic só pôde imaginar que Ketchum fosse ter um encontro de duas noites de duração, o que parecia mais uma *farra* ou uma *bebedeira*.

Em Twisted River, se havia noites que o cozinheiro gostaria de ocultar do filho, essas eram as noites de sábado, quando a libertinagem e o excesso de bebida eram endêmicos numa comunidade de permanência improvável e tão próxima de um rio violento – sem falar nas pessoas que viviam perigosamente e consideravam as noites de sábado uma indulgência merecida.
Dominic Baciagalupo, que era ao mesmo tempo um abstêmio e um viúvo que *não* tinha o hábito de ficar galinhando, sentia-se solidário com as diversas formas de autodestruição a que assistia numa noite normal de sábado. Talvez o cozinheiro demonstrasse mais reprovação pelo comportamento de Ketchum do que jamais demonstraria pelos outros canalhas e cafajestes de Twisted River. Como Ketchum não era nenhum tolo, talvez o cozinheiro tivesse menos paciência com as bobagens de Ketchum, mas para o esperto menino de doze anos – e Danny era ao mesmo tempo esperto e observador – parecia haver mais do que impaciência

motivando a decepção permanente que o pai sentia em relação a Ketchum. E se Jane não defendia Ketchum das acusações do cozinheiro, o jovem Dan defendia.

Naquele sábado à noite, quando Angel já devia ter chegado na Represa Dead Woman – onde o corpo destroçado do rapaz já devia ter passado por baixo da barreira de contenção, e neste caso o jovem canadense devia estar girando como um ponteiro no sentido horário ou anti-horário, à direita ou à esquerda da represa principal e do escoadouro – Danny Baciagalupo estava ajudando o pai a limpar as mesas depois que o jantar foi servido no pavilhão. As ajudantes de cozinha tinham ido para casa, deixando Jane para esfregar o resto das panelas enquanto esperava que o ciclo de lavagem terminasse para poder colocar todas as toalhas e o resto da roupa na secadora.

Famílias inteiras vinham jantar sábado à noite no pavilhão; alguns homens já estavam bêbados e brigando com as esposas, e umas poucas mulheres (por sua vez) descontavam nos filhos. Um dos operários da serraria tinha vomitado no banheiro, e dois lenhadores bêbados tinham aparecido tarde para jantar – naturalmente, eles insistiram em serem servidos. O espaguete e as almôndegas, que o cozinheiro fazia todo sábado à noite – para as crianças – estavam frios e, portanto, tão abaixo dos padrões de exigência de Dominic Baciagalupo que ele preparou uma massa fresca com ricota e sua perpétua salsa para os homens.

– Isto aqui está delicioso! – um dos bêbados tinha declarado.
– Como é o nome disto, Cookie? – o outro lenhador embriagado perguntou.
– *Prezzémolo* – Dominic disse com um ar de importância, e o exotismo da palavra caiu sobre os lenhadores bêbados como se fosse mais uma rodada de cerveja. O cozinheiro obrigou-os a repetir a palavra até serem capazes de dizê-la corretamente: *prets-ZE-mo-lo*.

Jane ficou danada; ela sabia que não havia nada mais exótico do que a palavra *salsa* em italiano.

– Para dois bêbados que *nasceram* tarde! – Jane reclamou.

– Você teria deixado o Ketchum ficar com fome, se fosse o Ketchum – Danny disse para o pai. – Você é duro demais com o Ketchum.

Mas os dois bêbados tinham sido agraciados com um jantar especial e ido embora muito satisfeitos. Danny, o pai e Jane estavam terminando as tarefas de sábado à noite quando o vento chutou a porta que dava para o refeitório repentinamente, anunciando outro retardatário.

Da cozinha, Jane não podia ver o visitante. Ela gritou na direção do vento que entrou pela porta. – Você está muito atrasado! O jantar já *terminou*!

– Eu não estou com fome – disse Six-Pack Pam.

Na realidade, a aparência de Pam não indicava que a fome a motivasse; o pouco de carne que tinha pendia frouxamente dos seus ossos grandes, e seu rosto magro e feroz, de lábios cerrados, sugeria mais uma dieta em que predominava a cerveja e não a comida. No entanto, ela era alta e forte o bastante para usar a camisa de flanela de Ketchum sem parecer perdida lá dentro, e seu cabelo louro e liso, entremeado de fios brancos, parecia estar limpo embora maltratado – como o resto dela. Ela trazia na mão uma lanterna do tamanho de um cassetete. (Twisted River nunca foi uma cidade bem iluminada.) Nem as mangas da camisa de Ketchum eram compridas demais para ela.

– Então parece que você o matou e ficou com as roupas dele – o cozinheiro disse, olhando cautelosamente para ela.

– E eu também não estou engasgada, Cookie – Pam disse a ele.

– Não *desta* vez, Six-Pack! – Jane gritou da cozinha. Danny percebeu que as mulheres deviam se conhecer bem para Jane ter reconhecido a voz de Pam.

– Já está um pouco tarde para a sua empregada ainda estar por aqui, não está? – Pam perguntou ao cozinheiro.

Dominic reconheceu a embriaguez especial de Six-Pack com uma inveja e uma nostalgia que o surpreenderam – a mulher aguentava a cerveja e o uísque melhor do que Ketchum. Jane tinha saído da cozinha com uma panela de macarrão debaixo do braço; a boca da panela estava virada para Pam como se fosse a boca de um canhão.

O jovem Dan, num estado pré-sexual de um terço de ereção e dois terços de premonição, lembrou-se da observação de Ketchum sobre a perda da beleza por parte das mulheres, e como os diversos graus de perda da beleza afetavam o guarda Carl. Para o menino de doze anos, Jane *não* tinha perdido a beleza – ainda não. O rosto dela ainda era bonito, sua trança comprida era fenomenal, e mais incrível ainda de imaginar era toda aquela cabeleira negra como carvão solta, quando ela desmanchava a trança. E havia ainda aqueles seios estupendos para se contemplar.

Entretanto, a visão de Six-Pack desestabilizou Danny de um jeito diferente mas parecido: ela era tão bonita quanto um homem (na categoria força física) e o que era feminino nela vinha de seu jeito rude – o modo como ela vestia a camisa de Ketchum, sem sutiã, com os seios soltos estufando o tecido – e agora os olhos dela saltaram de Jane para Danny e depois se fixaram no cozinheiro com o atrevimento nervoso de uma menina.

– Eu preciso da sua ajuda com Ketchum, Cookie – Pam disse. Dominic receou que Ketchum tivesse tido um ataque cardíaco, ou pior; ele torceu para que Pam poupasse o jovem Daniel dos detalhes cruéis.

– *Eu* posso ajudar você com Ketchum – Jane disse a Pam. – Imagino que ele tenha perdido os sentidos em algum lugar. Se for isso, eu posso carregá-lo com mais facilidade do que Cookie.

– Ele perdeu os sentidos nu, sentado na privada, e eu só tenho uma privada – Pam disse para Dominic, sem olhar para Jane.

– Espero que ele só estivesse lendo – o cozinheiro respondeu.

Ketchum parecia estar percorrendo tenazmente toda a biblioteca de Dominic Baciagalupo, que era composta, na realidade, pelos livros da mãe de Dominic e pelos adorados romances de Rosie. Para alguém que abandonara a escola quando era mais moço do que Danny, Ketchum lia os livros que pegava emprestado com uma determinação que beirava a loucura. Ele devolvia os livros para o cozinheiro com palavras circuladas em quase todas as páginas – não trechos sublinhados, nem mesmo frases completas, mas apenas palavras isoladas. (Danny se perguntava se a mãe dele tinha ensinado Ketchum a ler daquele jeito.)

Uma vez o jovem Dan tinha feito uma lista das palavras que Ketchum tinha circulado no exemplar da mãe dele do romance de Hawthorne, *A letra escarlate*. Coletivamente, as palavras não faziam o menor sentido.

> simbolizar
> pelourinho
> sexo
> malfeitoras
> pontada
> seio
> bordada
> retorcendo-se
> infame
> matronal
> trêmulo
> castigo
> salvação
> queixoso
> lamentos
> possuído
> bastardo
> inocente
> íntimo
> retribuição
> amante
> enojados
> abominável

E estas eram apenas as palavras que Ketchum tinha circulado nos quatro primeiros capítulos!

– O que você acha que ele está pensando? – Danny tinha perguntado ao pai.

O cozinheiro nada dissera, embora fosse difícil resistir à tentação de responder. Sem dúvida "sexo" e "seios" ocupavam grande parte dos pensamentos de Ketchum; quanto a "malfeitoras", Ketchum conheceu algumas. (Six-Pack dentre elas!) Com relação a "amante", Dominic Baciagalupo era uma autoridade maior do que gostaria de ser – para o inferno o que Ketchum queria dizer com a palavra! E quanto a "pelourinho" e "retorcendo-se" – sem falar em "lamentos", "bastardos" e "abominável" – o cozinheiro não tinha nenhum desejo de investigar o interesse lascivo de Ketchum por essas palavras.

"Matronal", "inocente", "íntimo" e, acima de tudo, "simbolizar" foram uma certa surpresa, e Dominic não teria imaginado que Ketchum pudesse interessar-se muito pelo que era "bordado" ou "infame" ou "trêmulo" ou "queixoso". O cozinheiro achava que "retribuição" (especialmente a parte do "castigo") combinava tanto com o amigo quanto o fator "possuído", porque Ketchum sem dúvida estava possuído – a tal ponto que o ingrediente "salvação" parecia altamente improvável. (E será que Ketchum sentia regularmente uma "pontada" – uma pontada por quem ou por quê?, Dominic pensou.)

– Talvez sejam só palavras – o jovem Daniel tinha ponderado.
– Como assim, Daniel?

Ketchum estaria tentando melhorar seu vocabulário? Para um homem sem instrução, ele falava muito bem – e vivia pedindo emprestado livros!

– É uma lista de palavras meio *pomposas*, na maioria – Danny tinha especulado.

Sim, o cozinheiro concordou – excluindo "sexo" e "seios" e talvez "pontada".

– Tudo o que eu sei é que eu estava lendo em voz alta para ele, e então ele pegou a porra do livro e foi para o banheiro e desmaiou – Six-Pack estava dizendo. – Ele ficou preso num canto, mas ainda está sentado no vaso – ela acrescentou.

Dominic não queria saber sobre a leitura em voz alta. Sua impressão das mulheres que Ketchum pegava no *dancing* não incluía um elemento de interesse ou de curiosidade literária; o cozinheiro achava que Ketchum raramente falava com essas mulheres, ou prestava atenção ao que elas diziam. Mas Dominic tinha perguntado uma vez a Ketchum (falsamente) o que ele usava como "preliminares".

Para surpresa do cozinheiro, Ketchum tinha respondido: "Eu peço para elas lerem em voz alta para mim. Isso me deixa com disposição."

Ou com disposição para levar o livro para o banheiro e desmaiar com ele, Dominic pensou friamente. E nem o cozinheiro imaginava que o nível literário entre as mulheres do *dancing* fosse especialmente alto. Como Ketchum sabia qual a mulher que sabia ler? E qual o livro que o tinha posto *sem* disposição em relação a Pam? (Talvez Ketchum simplesmente tivesse sentido vontade de ir ao banheiro.)

Jane tinha entrado na cozinha e agora estava voltando com uma lanterna. – Para você achar o caminho de volta – ela disse para Dominic, entregando a lanterna para ele. – Eu vou ficar com Danny e aprontá-lo para dormir.

– Eu posso ir com você? – o menino pediu ao pai. – Eu posso ajudar com Ketchum.

– Minha casa não é muito apropriada para crianças, Danny – Pam disse a ele.

Esse conceito merecia uma resposta, mas o cozinheiro disse apenas: – Você fica com Jane, Daniel. Eu volto logo – ele acrescentou, mais para Jane do que para o filho, mas a índia já tinha voltado para a cozinha.

Do andar de cima do pavilhão de cozinha, onde ficavam os quartos, havia uma vista parcial da bacia do rio e uma visão melhor da cidade mais acima. Entretanto, a cidade ficava tão escura à noite que do distante pavilhão não dava para se ter noção das atividades nos diversos bares e albergues – e Danny e Jane não conseguiam ouvir a música que vinha do *dancing*, onde ninguém estava dançando.

O menino e a índia passaram algum tempo observando as duas lanternas movendo-se em direção à cidade. A lanterna do cozinheiro era facilmente identificável porque ele era manco – e andava com passos mais curtos, e cada passo de Dominic correspondia a um passo de Six-Pack Pam. (Era a conversa deles que Jane queria ouvir; era Ketchum nu na privada que Danny queria ver.) Mas logo as lanternas sumiram na neblina que cobria o rio, e no meio das luzes da cidade.

– Ele vai voltar logo – o menino de doze anos disse, pois deve ter percebido que Jane desejava isso. Ela não respondeu, apenas desmanchou a cama do quarto do pai dele e acendeu o abajur na mesinha de cabeceira.

Danny seguiu-a até o corredor, vendo-a tocar na frigideira de ferro ao sair do quarto. Pendurada na parede na altura do ombro do seu pai, a frigideira batia no peito de Índia Jane; ela ficava na altura dos olhos de Danny e ele também tocou nela ao passar.

– Está pensando em afugentar um urso? – Jane perguntou ao menino.

– Acho que *você* estava pensando nisso – ele disse a ela.

– Vá escovar os dentes e todo o resto – ela disse.

O menino foi para o banheiro que dividia com o pai. Depois que ele já tinha vestido o pijama e estava pronto para dormir, Jane entrou no quarto de Danny e sentou na cama ao lado dele.

– Eu nunca vi você desmanchar sua trança – o menino disse.
– Eu não sei como você fica com o cabelo solto.

– Você é jovem demais para me ver de cabelo solto – Jane disse a ele. – Eu não queria ter na consciência a culpa de ter matado você de susto. – O menino viu a expressão brincalhona nos olhos dela por baixo do visor do boné dos Cleveland Indians.

Veio um grito da direção da cidade, e um grito ou um eco correspondente da bacia do rio, mas nenhuma palavra no grito pode ser entendida, e qualquer outro grito ou discussão foi abafada pelo vento.

– A cidade é um perigo nos sábados à noite, não é? – Danny perguntou a Jane.

– Eu conheço um carinha manco, talvez você saiba de quem eu estou falando, e ele está sempre dizendo que "é um mundo de acidentes". Talvez isto soe familiar para você – Jane disse. Ela enfiou a mão por baixo das cobertas e encontrou o sovaco do jovem Danny, onde ela sabia que ele mais sentia cócegas.
– Eu sei de quem você está falando – o menino de doze anos gritou. – Sem cócegas!
– Bem, os acidentes são só mais numerosos num sábado à noite – Jane continuou, sem fazer cócegas nele, mas mantendo a mão no seu sovaco. – Mas ninguém vai se meter com o seu pai, lembre-se de que ele está com Six-Pack.
– Tem a parte de voltar sozinho para casa – o menino lembrou a ela.
– Não se preocupe com o seu pai, Danny – Jane disse, retirando a mão do sovaco dele e se esticando na cama.
– Você daria conta de Six-Pack? – Danny perguntou a ela. Esta era uma das perguntas favoritas de Daniel Baciagalupo; ele estava sempre perguntando a Índia Jane se ela "daria conta" de alguém, o equivalente de Ketchum para rasgar um inimigo real ou imaginário. Jane era capaz de *dar conta* de Henri Thibeault, ou de No-Fingers La Fleur, ou dos irmãos Beaudette, ou dos gêmeos Beebe, ou de Scotty Fernald, Earl Dinsmore, Charlie Clough e Frank Bemis?
Índia Jane normalmente respondia: "Suponho que sim." (Quando uma vez Danny perguntou se ela daria conta de Ketchum, ela disse: "Se ele estivesse suficientemente bêbado, talvez.")
Mas quando o oponente imaginário era Six-Pack Pam, Jane hesitou. Danny não a via hesitar com frequência. – Six-Pack é uma alma perdida – Jane disse finalmente.
– Mas você conseguiria dar conta dela? – o jovem Dan insistiu.
Jane se inclinou sobre o menino ao se levantar da cama; apertando os ombros dele com suas mãos fortes, ela o beijou na testa.
– Suponho que sim – disse Jane.
– Por que Six-Pack não estava usando sutiã? – Danny perguntou a ela.

– Ela deve ter se vestido às pressas – Jane disse a ele; ela jogou outro beijo para ele da porta do quarto, fechando a porta pela metade ao sair. A luz do corredor era a luz noturna de Danny... desde que ele se entendia por gente.

Ele ouviu o vento balançar a porta externa da cozinha; aquela porta chata fazia um som de chocalho quando o vento a balançava. O menino de doze anos sabia que não era o pai voltando para casa, nem outro visitante noturno.

– É só o vento! – Jane gritou para ele do corredor. Desde a história do urso, ela sabia que o menino ficava apreensivo com invasores.

Jane sempre deixava os sapatos ou botas lá embaixo, e subia só de meias. Se ela tivesse descido, Danny teria ouvido a escada ranger sob seu peso, mas Jane deve ter ficado em cima, tão silenciosa de meias quanto um animal noturno. Mais tarde, o jovem Danny ouviu água correndo no banheiro; ele imaginou se o pai teria chegado em casa, mas estava com sono demais para se levantar para ver. Danny ficou deitado prestando atenção no vento e na agitação onipresente do rio. Quando alguém tornou a beijá-lo na testa, o menino de doze anos estava dormindo profundamente e não soube se era o pai ou Jane – ou se tinha sonhado que fora beijado, e que era Six-Pack quem o estava beijando.

Caminhando pela cidade – com o cozinheiro mancando atrás dela como um cão leal mas aleijado – Pam era uma figura formidável e decidida demais para inspirar alguém a sonhar que a estava beijando ou sendo beijado por ela. Certamente, o cozinheiro não estava sonhando uma coisa dessas – pelo menos não conscientemente.

– Mais devagar, Six-Pack – Dominic disse, mas ou o vento carregou as palavras dele ou Pam começou a dar passadas mais largas de propósito.

O vento abria sulcos na enorme torre de serragem na frente da serraria, e a poeira entrava nos olhos deles. Aquilo era muito inflamável, o que Ketchum chamava de "inferno potencial" – nessa época do ano especialmente. A pilha acumulada durante todo o inverno só seria levada para fora da cidade quando a terra das estradas endurecesse depois da estação da lama; só então ela seria levada embora e vendida para os fazendeiros do Vale do Androscoggin. (É claro que havia mais dentro da fábrica.) Um incêndio na serragem queimaria a cidade inteira; nem o pavilhão de cozinha na colina, que ficava mais perto da margem do rio, seria poupado, porque a colina e o pavilhão recebiam o impacto do vento que vinha do rio. As brasas mais acesas e maiores seriam levadas da cidade pelo vento para o pavilhão de cozinha.

Entretanto, o prédio que o cozinheiro tinha insistido tanto que fosse construído era o mais sólido de Twisted River. Os albergues e bares – até a própria serraria, e o dito *dancing* – não passavam de lenha para o incêndio da serragem que Ketchum imaginava nos seus sonhos mais pessimistas de possíveis calamidades.

Possivelmente, Ketchum estava até sonhando agora – no vaso sanitário. Ou foi o que Dominic Baciagalupo calculou, enquanto se esforçava para acompanhar o passo de Six-Pack Pam. Eles passaram pelo bar perto do albergue preferido dos itinerantes franco-canadenses. Na rua enlameada ao lado do *dancing* havia um rebocador de toras a vapor Lombard 1912; ele estava estacionado ali há tanto tempo que o *dancing* tinha sido derrubado e reconstruído em volta dele. (Eles usavam máquinas a gasolina para puxar os trenós carregados de madeira desde os anos 1930.)

Se a cidade pegasse fogo, Dominic estava pensando, talvez o velho Lombard fosse a única coisa que sobrasse. Para surpresa do cozinheiro, quando ele olhou para o Lombard, ele viu os irmãos Beaudette adormecidos ou mortos no banco da frente sobre as pás do trenó. Talvez tivessem sido expulsos do *dancing* e tivessem desmaiado (ou sido depositados) ali.

Dominic diminuiu a velocidade ao passar mancando pelos irmãos caídos ali, mas Pam também os tinha visto, e ela não parou.

– Eles não vão congelar, não está nem nevando – Six-Pack disse.

Do lado de fora do bar seguinte, quatro ou cinco homens tinham se juntado para assistir a uma escaramuça. Earl Dinsmore e um dos gêmeos Beebe estavam brigando há tanto tempo que seus socos tinham perdido a força, ou talvez os homens estivessem embriagados demais para brigar. Eles pareciam não ter mais condições de machucar um ao outro – pelo menos intencionalmente. O outro gêmeo Beebe, fosse por tédio ou pura vergonha do irmão, de repente começou a lutar com Charlie Clough. Ao passar, Six-Pack nocauteou Charlie; depois ela derrubou Earl Dinsmore com um golpe de braço no ouvido, deixando os gêmeos Beebe olhando um para o outro, custando a perceber que não havia mais ninguém para brigar com eles – a menos que ousassem enfrentar Pam.

– É Cookie com Six-Pack – No-Fingers La Fleur comentou.

– Estou surpresa que você consiga nos distinguir um do outro – Pam disse a ele, tirando-o da sua frente com um empurrão.

Eles chegaram na fileira de casas de telhado plano – os albergues mais novos, onde ficavam os motoristas de caminhão e os operadores de guincho. Como Ketchum dizia, qualquer construtor que construísse um prédio de dois andares de telhado plano no norte de New Hampshire era suficientemente imbecil para não saber quantos cus um ser humano tinha. Nesse instante, a porta do *dancing* abriu de supetão com o vento (ou foi empurrada) e a música infeliz chegou até eles – Perry Como cantando "Don't Let the Stars Get in Your Eyes".

Havia um lance externo de escadas no albergue seguinte, e Pam se virou, segurando Dominic pela manga da camisa e o puxando atrás dela.

– Cuidado com o penúltimo degrau, Cookie – ela disse, arrastando-o pela escada.

Escadas nunca se davam bem com o pé aleijado dele – especialmente na velocidade com que Six-Pack o levava. O penúltimo degrau estava faltando. O cozinheiro tropeçou para a frente, recuperando o equilíbrio contra as costas largas de Pam. Ela simplesmente tornou a se virar e o ergueu por baixo dos dois braços – içando-o para o último degrau, onde o nariz dele bateu na clavícula dela. Havia uma cheiro feminino em seu pescoço, não exatamente perfume, mas o cozinheiro se confundiu com um odor de macho agarrado à camisa de flanela de Ketchum.

A música que vinha do *dancing* estava mais alta no topo da escada – Patti Page cantando "(How much is) That Doogie in the Window?" Não é de estranhar que ninguém mais dance, Dominic Baciagalupo pensava quando Six-Pack abaixou o ombro e forçou a porta. – Que merda, eu odeio esta música – ela estava dizendo, ao arrastar o cozinheiro para dentro. – Ketchum! – ela gritou, sem obter resposta. Felizmente, a música horrorosa parou quando Pam fechou a porta.

O cozinheiro não conseguiu entender onde a cozinha, por onde eles tinham entrado, terminava e o quarto começava; panelas e garrafas espalhadas ao lado de roupas íntimas e da cama gigante, desfeita, que era iluminada apenas pela luz que vinha de um aquário esverdeado. Quem poderia imaginar que Six-Pack Pam gostasse de peixes ou de qualquer outro animal de estimação? (Se é que havia peixes no aquário – Dominic não conseguia enxergar coisa alguma nadando ao redor das algas. Talvez Six-Pack Pam gostasse de *algas*.)

Eles atravessaram o quarto; foi difícil, mesmo sem mancar, dar a volta na enorme cama. E embora fosse fácil para Dominic imaginar a situação extrema e a localização difícil do colapso de Ketchum, e por que isto pode ter tornado necessário que Pam se vestisse apressadamente sem um sutiã, eles passaram por *três* sutiãs a caminho do banheiro – qualquer um dos quais, mesmo com pressa, poderia ter sido oportuno.

Six-Pack coçou o peito por baixo da camisa de flanela de Ketchum. Dominic não chegou a se preocupar que ela estivesse acariciando a si mesma sugestivamente, ou flertando de alguma forma com ele; foi um gesto tão espontâneo quanto o soco que nocauteou Charlie Clough ou a cotovelada no ouvido que derrubou Earl Dinsmore. O cozinheiro sabia que se Six-Pack quisesse *sugerir* alguma coisa, ela seria bem menos ambígua do que apenas tocar no seio rapidamente. A camisa de flanela de Ketchum devia estar espetando a pele dela.

Eles encontraram Ketchum no vaso, mais ou menos como Pam deve tê-lo achado – com o livro que estava lendo preso pelo gesso e aberto numa de suas coxas nuas, e com os joelhos bem abertos. A água do vaso estava cheia de estrias vermelhas de sangue vivo – como se Ketchum estivesse sangrando lentamente.

– Ele deve estar com hemorragia *interna*! – Six-Pach exclamou, mas o cozinheiro percebeu que Ketchum deixara cair uma caneta vermelha dentro do vaso; devia estar usando a caneta para circular certas palavras. – Eu já puxei a descarga, antes de sair – Pam estava dizendo, enquanto Dominic arregaçava as mangas e (enfiando a mão entre os joelhos de Ketchum) tirava a caneta de dentro do vaso, e tornava a dar descarga. Dominic lavou as mãos e a caneta na pia, secando-as com uma toalha.

Foi só depois que ele notou a ereção de Ketchum. Um dos desejos mais fervorosos do cozinheiro – a saber, não ver nunca Ketchum com uma ereção – pode ter feito com que ele a princípio não tivesse visto. Naturalmente, Six-Pack não tinha ignorado o fato. – Bem, eu não imagino o que ele acha que vai fazer com *isso*! – ela estava dizendo, enquanto erguia Ketchum por baixo dos braços. Ela conseguiu colocá-lo ereto no vaso, tirando-o da posição esparramada. – Se você segurar os tornozelos dele, Cookie, eu posso lidar com o resto.

O livro, que quase caiu também no vaso, escorregou da coxa de Ketchum para o chão. *O idiota*, de Dostoievski, foi uma surpresa para Dominic Baciagalupo, que podia entender com mais facilidade o fato de Ketchum ter desmaiado com um romance na privada do que imaginar Six-Pack lendo alto para Ketchum na gigantesca cama iluminada de verde. Dominic leu instintivamente o título do livro em voz alta, o que foi mal interpretado por Pam.

– Você está dizendo para *mim* que ele é um idiota? – ela disse.

– Você estava gostando do livro? – o cozinheiro perguntou a ela, enquanto eles carregavam Ketchum para fora do banheiro; eles conseguiram bater com a cabeça de Ketchum na maçaneta ao passarem pela porta aberta. O gesso de Ketchum ia arrastando pelo chão.

– É sobre a porra de uns russos – Six-Pack disse com desdém.

– Eu não estava prestando muita atenção à história, só estava lendo para *ele*.

A pancada na cabeça não acordou Ketchum, embora tenha servido para fazê-lo falar. – Quanto àqueles *antros*, onde você podia se meter numa baita encrenca só de *olhar* pra algum babaca melindrado, nunca houve nada em Berlin que se comparasse a Hell's Half Acre em Bangor, não na minha experiência – Ketchum disse, sua ereção tão vigorosa e chamativa quanto um cata-vento.

– O que você sabe sobre o Maine? – Pam perguntou a ele, como se Ketchum estivesse consciente e pudesse entender.

– Eu não matei Pinette, eles nunca conseguiram armar essa pra cima de mim! – Ketchum declarou. – Aquele não era o meu martelo.

Lucky Pinette fora encontrado morto na sua cama, na velha Bloom House no Androscoggin – cerca de três quilômetros ao norte de Milan. Sua cabeça fora golpeada com um martelo, e uns caras do rio disseram que Lucky tivera uma briga com Ketchum no barracão naquela tarde. Verificaram que Ketchum, como sempre, tinha passado a noite na Umbagog House em Errol – com uma mulher estúpida que trabalhava na cozinha de lá. Nem o martelo que tinha atingido Pinette várias vezes (marcando sua testa com a letra H) nem o martelo de Ketchum jamais foram encontrados.

– Então quem matou Lucky? – Six-Pack perguntou a Ketchum, enquanto ela e Dominic o jogavam na cama, onde a ereção imbatível do madeireiro tremulava para eles como uma bandeira no mastro durante uma ventania.

– Eu aposto que foi o Bergeron – Ketchum respondeu. – Ele tinha um martelo pena igual ao meu.

– E Bergeron não estava trepando com nenhuma *debiloide* de Errol! – Pam respondeu.

Ainda com os olhos fechados, Ketchum apenas sorriu. O cozinheiro resistiu ao desejo de voltar ao banheiro e ver que palavras Ketchum tinha circulado em *O idiota* – qualquer coisa para escapar da ereção gigantesca do seu velho amigo.
– Você está acordado? – Dominic perguntou a Ketchum, que parecia ter perdido os sentidos de novo – ou então ele estava se imaginando como um dos passageiros do vagão de terceira classe do trem Varsóvia-São Petersburgo, pois Ketchum só pegara emprestado *O idiota* recentemente, e o cozinheiro achava pouco provável que Six-Pack estivesse muito adiantada na leitura do primeiro capítulo antes que o episódio do desmaio na privada tivesse interrompido o que Ketchum chamava de suas *preliminares* favoritas.
– Bem, acho que vou para casa – Dominic disse, quando a diminuição da ereção de Ketchum pareceu significar o fim da diversão noturna. Talvez não para Pam, de frente para o cozinheiro, ela começou a desabotoar a camisa emprestada.
Isso é que se pode chamar de *sugestivo*, Dominic Baciagalupo pensou. Não havia espaço entre o pé da cama e a parede do quarto, onde Six-Pack estava bloqueando a passagem; ele teria que andar por cima da cama, pulando por cima de Ketchum, para escapar dela.
– Vamos, Cookie – Pam disse. – Mostre-me o que você tem. – Ela atirou a camisa de flanela na cama, cobrindo o rosto de Ketchum, mas não sua ereção diminuída.
– Ela era *meio* debiloide – Ketchum resmungou de baixo da camisa. – E ela não era de Errol, ela veio de Dixville Notch. – Ele devia estar se referindo à ajudante de cozinha em Umbagog House, a mulher com quem ele estava transando na noite em que Lucky Pinette foi assassinado na velha Boom House no Androscoggin. (Pode ter sido apenas uma coincidência o fato de que nem o martelo e nem a arma do crime jamais foram encontrados.)
Six-Pack segurou ferozmente o cozinheiro pelos ombros e enfiou a cara dele entre os seios – nenhuma ambiguidade agora. Ele tinha feito uma meia manobra de Heimlich, mergulhando

por baixo dos seus braços para ficar por trás dela – as mãos fechando-se sob suas costelas, debaixo dos seus belos seios. Com o nariz espremido dolorosamente entre as escápulas de Pam, Dominic disse: – Eu não posso fazer isto, Six-Pack. Ketchum é meu amigo.

Ela se soltou facilmente dele; seu cotovelo comprido e duro atingiu-o no boca, cortando seu lábio inferior. Depois ela lhe aplicou uma gravata, sufocando-o entre o sovaco e parte macia do seu seio. – Você não é amigo dele se vai ajudá-lo a encontrar Angel! Ele está se rasgando por causa daquele maldito garoto, Cookie – Pam disse. – Se você deixar que ele veja o corpo do rapaz, ou o que restou dele, é porque você não é amigo de Ketchum!

Eles estavam rolando na cama ao lado do rosto coberto de Ketchum e do corpo nu e imóvel. O cozinheiro não conseguia respirar. Ele estendeu o braço ao redor do ombro de Six-Pack e deu um soco no ouvido dela, mas ela se deitou sobre ele e colocou o peso sobre o peito dele, imobilizando a cabeça dele, o pescoço e o braço direito. O cozinheiro só conseguiu acertá-la de novo com um gancho de esquerda – seu punho atingiu o rosto, o nariz, a têmpora e o ouvido dela de novo.

– Cristo, você não luta nada, Cookie – Six-Pack disse com desprezo. Ela saiu de cima dele, deixando-o livre. Dominic Baciagalupo nunca ia se esquecer de que ficou ali deitado, ofegante, ao lado do amigo que roncava. A tenebrosa luz verde que vinha do aquário iluminava o cozinheiro sem ar; na água turva do tanque, os peixes invisíveis deviam estar debochando dele. Pam tinha apanhado um sutiã e o estava vestindo, de costas para ele.

– O mínimo que você pode fazer é levar Danny com você, *mais cedo* do que combinou com Ketchum. Vocês dois encontram o corpo de Angel *antes* de Ketchum chegar lá. Só não deixe Ketchum *ver* aquele rapaz! – ela gritou.

Ketchum tirou a camisa do rosto e ficou olhando para o teto com os olhos vidrados; o cozinheiro sentou-se ao lado dele. Pam tinha posto o sutiã e estava enfiando raivosamente uma camiseta. Dominic também ia se lembrar disto: a calça desabotoada de

Six-Pack, baixa nos seus quadris largos mas ossudos, e a braguilha aberta, pela qual ele avistou de relance seus pelos louros. Ela se vestira apressadamente, sem dúvida, e estava apressada agora. – Saia daqui, Cookie – ela disse. Ele olhou uma vez para Ketchum, que tinha fechado os olhos e coberto o rosto com o gesso. – Ketchum deixou que você visse a sua mulher quando ele a encontrou? – Pam perguntou ao cozinheiro.

Dominic Baciagalupo ia tentar esquecer esta parte – ele se levantando da cama, Six-Pack impedindo que ele passasse por ela. – Responda – ela insistiu.

– Não, Ketchum não deixou que eu a visse.

– Bem, Ketchum estava sendo seu *amigo* – ela disse, deixando o cozinheiro passar mancando por ela na direção da porta. – Cuidado com aquele degrau, o segundo de cima para baixo – ela lembrou a ele.

– Você devia pedir ao Ketchum para consertar aquele degrau para você – Dominic disse.

– Ketchum *tirou* o degrau, para poder ouvir alguém subindo a escada, ou descendo sorrateiramente – Six-Pack informou ao cozinheiro.

Não havia dúvida de que Ketchum precisava tomar certas precauções, Dominic pensou, ao sair pela porta. O degrau inexistente o aguardava – ele o saltou cuidadosamente. A música deprimente que vinha do *dancing* atingiu-o na escada. Teresa Brewer estava cantando "Till I Waltz Again With You" quando o vento abriu a porta que o cozinheiro pensou que tivesse fechado.

– Merda! – ele ouviu Pam dizer.

Ou o vento ou a música despertaram Ketchum momentaneamente – o suficiente para o lenhador fazer um último comentário antes de Six-Pack bater a porta. – Não está sendo tão sortudo agora, não é, Lucky? – Ketchum perguntou à noite ventosa.

Pobre Pinette, Dominic Baciagalupo pensou. Lucky Pinette talvez não pudesse mais ouvir a pergunta – quer dizer, da primeira vez que Ketchum perguntou, *se é* que ele perguntou mesmo. (Sem dúvida, Lucky não podia ouvir mais nada agora.)

O cozinheiro passou pelos bares decadentes dos albergues com seus letreiros quebrados, interrompidos. PROIBI O MENOR S!, o letreiro de néon piscou para ele. TER EIRA CERVEJA GR TIS!, outro letreiro piscou. Depois que passou pelos letreiros de néon, Dominic viu que tinha esquecido a lanterna. Ele tinha certeza de que Six-Pack não ia ficar satisfeita se ele voltasse para buscá-la. O cozinheiro sentiu o gosto de sangue do lábio rachado antes de levar a mão à boca e olhar para o sangue em seus dedos. Mas a luz que havia em Twisted River era fraca e estava ficando cada vez mais fraca. A porta do *dancing* fechou com o vento (ou foi fechada), emudecendo Teresa Brewer tão subitamente como se Six-Pack tivesse apertado o pescoço fino da cantora. Quando a porta do *dancing* foi aberta de novo pelo vento (ou por um chute), Tony Bennett cantava "Rags to Riches". Dominic não duvidou nem por um momento que a eterna violência da cidade fosse em parte gerada por música irreparável.

Na frente do bar onde os gêmeos Beebe estiveram brigando, não havia nenhum traço de briga; Charlie Clough e Earl Dinsmore tinham conseguido se levantar do chão enlameado. Os irmãos Beaudette, mortos ou desmaiados, tinham acordado (ou sido removidos) do velho rebocador Lombard que ocuparia eternamente a rua ao lado do *dancing*, a que ele com certeza sobreviveria.

Dominic Baciagalupo avançava com cuidado no escuro, onde seu andar manco podia ser facilmente confundido com o caminhar de um bêbado. No bar perto do albergue mais frequentado pelos itinerantes franco-canadenses, uma figura familiar se lançou na direção de Dominic no meio da escuridão, mas antes que o cozinheiro pudesse ter certeza de que se tratava do guarda Carl, uma lanterna o cegou.

– Alto! Isso significa "Pare!" *Arrête*, se você for a porra de um francês – o caubói disse.

– Boa-noite, seu guarda – Dominic disse, olhando de olhos semicerrados na direção da luz. Tanto a luz da lanterna quanto a serragem levantada pelo vento estavam causando problemas para ele.

– Está meio tarde para você, Cookie, e você está *sangrando* – o guarda disse.

– Eu estava visitando um amigo – o cozinheiro respondeu.

– Quem bateu em você não era seu amigo – o caubói disse, se aproximando.

– Eu esqueci minha lanterna e dei um encontrão em alguma coisa, Carl.

– Como um joelho... ou um cotovelo, talvez – o guarda Carl especulou; sua lanterna estava quase tocando no lábio ensanguentado de Dominic. O uísque e a cerveja no hálito rançoso do guarda eram tão evidentes quanto a serragem espetando o rosto do cozinheiro.

Ainda por cima, alguém tinha aumentado o volume da música no *dancing*, onde a porta foi aberta de novo – Doris Day cantando "Secret Love" – enquanto os dois amantes de Jane se encaravam, o caubói bêbado examinando pacientemente o machucado no lábio do cozinheiro sóbrio. Naquele instante, o albergue favorito dos itinerantes franco-canadenses expeliu rudemente uma das almas mais azaradas da noite. O jovem Lucien Charest, uivando como um filhote de coiote, foi atirado para fora, nu, e aterrissou de quatro na rua enlameada. O guarda virou a lanterna na direção do assustado francês.

Fez-se um silêncio mortal, quando a porta se fechou na cara de Doris Day – tão abruptamente quanto tinha sido aberta e lançado na noite "Secret Love" – e tanto Dominic Baciagalupo quanto Lucien Charest ouviram o guarda Carl engatilhar o seu enorme Colt 45.

– Meu Deus, Carl, *não*... – Dominic estava dizendo, quando o guarda apontou a arma para o jovem francês.

– Leve essa bunda de volta lá para dentro, que é o seu lugar! – o guarda gritou. – Antes que eu arranque seu saco e o pau junto.

De quatro, Lucien Charest mijou no chão – a poça de mijo se espalhando rapidamente na direção dos seus joelhos enlameados. O francês se virou e, ainda de quatro, dirigiu-se rapidamente como um cachorro na direção do albergue, onde os arruaceiros que tinham atirado o rapaz para fora o receberam na porta do albergue como se sua vida dependesse disso. (E provavelmente dependia mesmo.) Gritos de "Lucien!" foram acompanhados por um falatório em francês rápido e histérico demais para ser compreendido pelo guarda ou pelo cozinheiro. Quando Charest estava são e salvo dentro do albergue, o guarda Carl desligou a lanterna. O ridículo Colt 45 ainda estava engatilhado; o cozinheiro ficou desconcertado pelo fato do caubói ter desengatilhado lentamente a arma enquanto a apontava para o joelho da perna boa de Dominic Baciagalupo.

– Quer que eu o acompanhe até em casa, pequeno Cookie?
– Carl perguntou.
– Eu estou bem – Dominic respondeu. Os dois podiam avistar as luzes do pavilhão de cozinha no alto da colina, acima da bacia do rio.
– Estou vendo que minha querida Índia Jane está trabalhando até tarde de novo esta noite – o guarda disse. Antes que o cozinheiro tivesse tempo de pensar numa resposta cuidadosa, Carl acrescentou: – Seu filho já não tem idade suficiente para se arrumar sozinho para dormir?
– Daniel tem idade suficiente – Dominic respondeu. – Eu só não gosto de deixá-lo sozinho à noite, e ele é louco pela Jane.
– Então somos dois – o guarda Carl disse, cuspindo.

Então somos *três*!, Dominic Baciagalupo pensou, mas não disse nada. Ele também estava lembrando de como Pam tinha apertado o rosto dele entre seus seios, e como ela quase o sufocara. Ele ficou envergonhado, achou que tinha sido desleal com Jane, porque Six-Pack também o tinha excitado – de um jeito estranhamente perigoso.

– Boa-noite, guarda – o cozinheiro disse. Ele tinha começado a subir a colina antes de o caubói acender a lanterna na direção dele, iluminando brevemente o caminho à frente.

– Boa-noite, Cookie – Carl disse. Depois que a lanterna apagou, o cozinheiro pôde perceber que o guarda ainda o observava. – Você se movimenta bem demais para um *aleijado*! – o caubói gritou no escuro. Dominic Baciagalupo iria lembrar-se disto também.

Só um pedacinho da música do *dancing* o alcançou, mas Dominic estava longe demais da cidade para ouvir a letra com clareza. Foi só porque ele já a ouvira várias vezes que pôde saber qual era – Eddie Fisher cantando "Oh My Papa" – e bem depois de o cozinheiro não ouvir mais a estúpida canção, ele ficou irritado consigo mesmo ao ver que a estava cantando.

4
A frigideira de oito polegadas

O cozinheiro não conseguiu livrar-se inteiramente da sensação de que o guarda o estava seguindo até em casa. Por algum tempo, Dominic Baciagalupo ficou na janela do refeitório escuro, procurando uma lanterna subindo a colina. Mas se o caubói estivesse decidido a investigar o que acontecia no pavilhão de cozinha, nem mesmo ele seria burro o suficiente para usar a lanterna.

Dominic deixou acesa a luz da entrada ao lado da porta da cozinha para que Jane pudesse enxergar o caminho até o caminhão; ele deixou as botas enlameadas ao lado das de Jane no pé da escada. O cozinheiro refletiu que, talvez, ele tivesse se demorado no andar de baixo por outra razão. Como ia explicar o machucado no lábio para Jane, e ele devia contar-lhe do encontro com o guarda? Jane não deveria saber que Dominic tinha encontrado o caubói e que tanto o comportamento quanto a disposição de Carl estavam tão imprevisíveis e indecifráveis como sempre?

O cozinheiro não podia nem dizer ao certo se o policial *sabia* que Jane era "amante" de Dominic, como Ketchum provavelmente diria – fazendo referência à lista de palavras de outra história de amor ilícita, feita pelo leitor no vaso sanitário.

Dominic Baciagalupo subiu silenciosamente a escada, de meias – embora a escada rangesse de um modo bastante típico por causa do defeito dele, e ele não conseguiu passar pela porta aberta do seu quarto sem que Jane sentasse na cama e o visse. (Ele olhou para ela o suficiente para ver que ela havia soltado os cabelos.) Dominic tinha a intenção de limpar o lábio machucado antes de vê-la, mas Jane deve ter sentido que ele estava escondendo alguma coisa dela; ela atirou seu boné dos Cleveland Indians no corredor, quase acertando nele. O chefe Wahoo aterrissou de cabeça para baixo mas ainda sorrindo – o chefe parecia estar lançando um olhar desvairado para o outro lado do corredor, na direção do banheiro e do quarto do jovem Dan.

No espelho do banheiro, o cozinheiro viu que seu lábio inferior precisaria levar alguns pontos; a ferida acabaria cicatrizando sem pontos, mas seu lábio cicatrizaria mais depressa e ficaria com uma cicatriz menor se ele levasse uns dois pontos. Por ora, depois de ter escovado os dentes sentindo um bocado de dor, ele jogou água oxigenada no lábio e o enxugou cuidadosamente com uma toalha limpa – notando o sangue na toalha. Por azar, o dia seguinte era domingo; ele preferia deixar que Ketchum ou Jane costurassem seu lábio a tentar achar aquele médico imbecil num domingo, naquele lugar que Dominic não gostava nem de pensar pelo nome azarado.

O cozinheiro saiu do banheiro e foi até o quarto de Daniel. Dominic Baciagalupo deu um beijo de boa-noite no filho adormecido, deixando uma manchinha de sangue na testa do menino. Quando o cozinheiro chegou no corredor, lá estava o chefe Wahoo encarando-o de cabeça para baixo – como que para lembrá-lo de que seria melhor ele prestar muita atenção no que diria a Índia Jane.

– Quem bateu em você? – ela perguntou, quando ele estava tirando a roupa no quarto.

– Ketchum estava muito agitado, você sabe como ele fica quando está sem sentidos e falando ao mesmo tempo.

– Se Ketchum tivesse batido em você, Cookie, você não estaria aí em pé.

– Foi só um *acidente* – o cozinheiro insistiu, enfatizando sua palavra favorita. – Ketchum não teve a intenção de me machucar, ele só me atingiu com o gesso do braço, sem querer.

– Se ele tivesse atingido você com o gesso, você estaria morto – Jane disse. Ela estava sentada na cama, com os cabelos em volta do corpo; eles passavam da cintura, e ela cruzara os braços na altura dos seios, ocultos tanto pelos cabelos quanto pelos braços.

Quando soltava os cabelos e depois ia para casa daquele jeito, ela podia se encrenar seriamente com o guarda Carl – caso ele não estivesse desmaiado de tão bêbado. Esta era uma noite em que Jane ia ficar até tarde e sair de manhã cedinho, se é que voltaria para casa, Dominic estava pensando.

– Eu vi Carl esta noite – o cozinheiro disse.

– Também não foi Carl quem bateu em você – Jane disse, enquanto ele se deitava na cama ao lado dela. – E não parece que ele tenha atirado em você – ela acrescentou.

– Eu não sei se ele sabe a nosso respeito, Jane.

– Eu também não sei.

– Ketchum matou Lucky Pinette? – o cozinheiro perguntou.

– Ninguém sabe, Cookie. Nós não ouvimos uma palavra sobre isso há *anos*! Por que Six-Pack bateu em você? – Jane perguntou.

– Porque eu não quis transar com ela, o motivo foi esse.

– Se você tivesse trepado com Six-Pack, eu teria batido em você com tanta força que você não ia nem conseguir *encontrar* mais o seu lábio inferior – Jane disse.

Ele sorriu, coisa que o lábio não apreciou nem um pouco. Quando ele fez uma careta de dor, Jane disse: – Pobrezinho, nada de beijos esta noite para você.

O cozinheiro se deitou ao lado dela.

– Há outras coisas além de beijar – ele disse.

Ela o fez deitar de costas e se deitou em cima, e o seu peso empurrando-o sobre o colchão o deixou sem fôlego. Se o cozinheiro tivesse fechado os olhos, teria se visto preso na gravata sufocante de Six-Pack, então ele ficou com os olhos bem abertos. Quando Jane enganchou-se firmemente em seu colo, Dominic sentiu o ar encher seus pulmões. Com uma urgência possivelmente provocada pelo fato de Six-Pack tê-lo atacado, Jane montou no cozinheiro; ela não perdeu tempo para escorregá-lo para dentro dela.

– Eu vou mostrar *outras coisas* para você – a índia disse, balançando para frente e para trás; os seios dela caíram sobre seu peito, ela roçou os lábios pelo rosto dele, tomando cuidado para *não* tocar no lábio machucado, enquanto seu longo cabelo caía para a frente, formando uma tenda ao redor dos dois.

O cozinheiro podia respirar, mas não podia se mexer. O peso de Jane era grande demais para ele deslocá-la. Além do mais, Dominic Baciagalupo não mudaria nada no modo como ela se balançava para frente e para trás sobre ele – nem no seu orgasmo final. (Nem mesmo se Jane fosse tão leve quanto a falecida esposa de Dominic, Rosie, e o cozinheiro grande como Ketchum.) Era um pouco como viajar num trem, Dominic imaginava – só que tudo o que podia fazer era segurar firme no trem, que estava, na realidade, viajando *nele*.

Não importava agora que Danny tivesse certeza de ter ouvido água correndo no banheiro, ou que o beijo na sua testa – ou um beijo do pai ou um segundo beijo de boa-noite de Jane – tivesse sido real. Não importava também que o menino tivesse incorporado o beijo num sonho que estava tendo com Six-Pack Pam, onde ela o beijava ardentemente – não necessariamente na testa. Também não importava que o menino de doze anos conhecesse o rangido estranho que o pé defeituoso do pai fazia ao subir a escada, porque ouvira o pai mancando pouco tempo antes e o rangido agora era diferente. (Na escada, o pai sempre punha o pé bom na frente; o pé aleijado vinha, mais de leve, depois dele.)

O que importava agora era o novo e interminável rangido e o lugar de onde o menino nervoso e inteiramente desperto achava que vinha o som. Não era só o vento que estava sacudindo todo o andar de cima do pavilhão de cozinha; Danny tinha ouvido e sentido o vento em todas as estações. O menino assustado saiu da cama e, prendendo a respiração, foi na ponta dos pés até a porta parcialmente aberta do seu quarto e saiu para o corredor.

Lá estava o chefe Wahoo com seu sorriso lunático, de cabeça para baixo. Mas o que aconteceu com *Jane*?, o jovem Dan pensou. Se o chapéu dela fora parar no corredor, onde estava a *cabeça* dela? Será que o intruso (porque certamente havia um predador à solta) tinha decapitado Jane – fosse com suas garras ou (no caso de um predador *humano*) com uma tesoura de poda?

Enquanto caminhava cautelosamente pelo corredor, Danny meio que esperava ver a cabeça cortada de Jane dentro da banheira; ao passar pela porta aberta do banheiro, sem avistar a cabeça, o menino de doze anos só pôde imaginar que o intruso era um urso, não um homem, e que o urso tinha *comido* Jane e que agora estava atacando o seu pai. Porque não havia como negar de onde estavam vindo os rangidos e gemidos violentos – do quarto do seu pai – e eram sem dúvida gemidos (ou pior, *lamentos*) que o menino escutou ao se aproximar. Quando ele passou pelo boné dos Cleveland Indians, o fato de o chefe Wahoo ter aterrissado de cabeça para baixo só aumentou os temores do menino de doze anos.

O que Danny Baciagalupo ia ver (ou melhor, o que ele *achou* ter visto), ao entrar no quarto do pai, era tudo o que o menino temera, e pior – isto é, maior e *mais peludo* do que o menino imaginou que um urso poderia ser. Só os pés e os joelhos do pai estavam visíveis debaixo do urso; e o que era mais assustador, as pernas do pai não estavam se mexendo. Talvez o menino tivesse chegado tarde demais para salvá-lo! Só o urso se mexia – o animal arredondado, de costas arqueadas (a cabeça dele não estava à vista), estava balançando a cama inteira, seu pelo preto e brilhante mais comprido e mais abundante do que Danny jamais teria imaginado num urso preto.

O urso estava *devorando* seu pai, foi o que o menino de doze anos achou. Sem arma alguma à mão, poder-se-ia esperar que o menino se atirasse sobre o animal que atacava seu pai de forma tão violenta e selvagem – mesmo que fosse para ser atirado na parede do quarto ou despedaçado pelas garras do urso. Mas as histórias familiares – principalmente, talvez, as histórias que ouvimos quando somos crianças – invadem nossos instintos mais básicos e informam nossas lembranças mais profundas, especialmente numa emergência. O jovem Dan apanhou a frigideira de ferro de oito polegadas como se ela fosse sua arma preferida e não do pai. A frigideira era uma lenda, e Danny sabia exatamente onde ela estava.

Segurando o cabo com as duas mãos, o menino subiu na cama e mirou onde achava que devia estar a cabeça do urso. Ele já tinha iniciado o movimento de pêndulo com as duas mãos – como Ketchum mostrou uma vez a ele, com um machado, sem esquecer de movimentar junto os quadris – quando notou as solas dos pés descalços de dois seres humanos. Os pés estavam numa posição de quem está rezando, logo atrás dos joelhos do seu pai, e Danny achou que os pés se pareciam um bocado com os de *Jane*. A lavadora de pratos índia passava o dia todo em pé, e – sendo uma mulher tão pesada – era natural que os pés dela estivessem sempre doloridos. Ela dissera ao jovem Dan que a coisa que ela mais gostava era de uma massagem nos pés, o que Danny tinha feito nela mais de uma vez.

– Jane? – Danny disse, numa voz baixa e insegura, mas nada diminuiu a força do golpe de frigideira.

Jane deve ter ouvido o menino dizer o seu nome, porque ela levantou a cabeça e se virou para olhar para ele. Foi por isso que a frigideira bateu com toda a força na têmpora direita dela. O som parecido com um *gongo* foi acompanhado de uma sensação estranha nas mãos; um formigamento que passou por ambos os seus pulsos e subiu pelos seus braços. Pelo resto da vida, ou até onde sua memória sobreviveu, Danny Baciagalupo sentiria um pequeno consolo por não ter visto a expressão no rosto bonito de Jane quando a frigideira a atingiu. (Os cabelos dela eram tão compridos que simplesmente cobriam tudo.)

O corpo enorme de Jane estremeceu. Ela era *grande* demais, e seu cabelo era lindo demais para ela ser um urso preto – fosse nesta vida ou na outra, para onde ela com certeza tinha ido. Jane rolou de cima do cozinheiro e caiu no chão.

Não havia como confundi-la com um urso agora. Seus cabelos tinham se espalhado – como asas, para os dois lados do seu tronco colossal, inerte. Seus seios grandes e belos tinham desmoronado para dentro do oco dos sovacos; seus braços imóveis estavam jogados para trás, por cima da cabeça, como se (mesmo na morte) Jane buscasse sustentar um universo pesado, em queda.

Mas por mais que sua nudez pudesse ser chocante para um menino inocente de doze anos, Danny Baciagalupo iria se lembrar com mais nitidez do olhar distante nos olhos abertos de Jane. Algo mais do que o reconhecimento momentâneo do seu fim tinha ficado nos olhos mortos de Jane. O que ela vira subitamente na distância incomensurável?, Danny iria se perguntar. O que quer que Jane tenha visto do futuro imprevisível, isso obviamente a aterrorizou – não apenas o destino *dela*, mas o de *todos eles*, talvez.

– Jane – Danny repetiu; desta vez não foi uma pergunta, embora o coração do menino estivesse disparado e ele devesse ter muitas perguntas na cabeça. E Danny não fez mais do que olhar de relance para o pai. Foi a nudez do pai que fez o menino desviar tão depressa os olhos? (Talvez fosse o que Ketchum chamava de o aspecto "amiguinho" do cozinheiro; fato muito acentuado pela proximidade entre Dominic e a índia morta.) – Jane! – Danny gritou, como se o menino precisasse pronunciar pela terceira vez o nome da índia para finalmente registrar o que tinha feito.

O cozinheiro cobriu rapidamente suas partes com um travesseiro. Ele se ajoelhou na vasta extensão do cabelo dela, encostando o ouvido em seu coração silencioso. O jovem Dan segurava a frigideira com as duas mãos, como se a reverberação ainda fizesse vibrar suas palmas; possivelmente, o formigamento em seus braços ia durar para sempre. Embora tivesse apenas doze anos, Danny Baciagalupo certamente sabia que o resto de sua vida tinha acabado de começar.

– Eu achei que ela era um urso – o menino disse ao pai.

Dominic não poderia ter parecido mais chocado, naquele momento, se a lavadora de pratos morta tivesse se transformado num urso; no entanto, o cozinheiro podia ver que era o seu amado Daniel quem precisava de consolo. Tremendo, o menino estava agarrado com a arma do crime como se acreditasse que um urso *de verdade* fosse atacá-lo em seguida.

– É compreensível que você tenha achado que Jane era um urso – o pai disse, abraçando-o. O cozinheiro tirou a frigideira

da mão do filho, e tornou a abraçá-lo. – A culpa não é sua, Daniel. Foi um acidente. A culpa não é de *ninguém*.
– Como pode não ser culpa de *ninguém*? – o menino perguntou.
– Então a culpa é *minha* – o pai disse a ele. – A culpa nunca será sua, Daniel. Ela é toda minha. E foi um acidente.
É claro que o cozinheiro estava pensando no guarda Carl; no mundo do delegado, não existia isso de um acidente sem culpa. Na mente do caubói, se é que se podia dar este nome àquilo, boas intenções não contavam. Você não pode salvar a si mesmo, mas pode salvar o seu filho, Dominic Baciagalupo estava pensando. (E por quantos anos o cozinheiro conseguiria salvar a ambos?)
Por tanto tempo Danny desejara ver Jane desmanchar as tranças e soltar os cabelos – sem mencionar o quanto ele tinha sonhado ver seus enormes seios. Agora ele podia olhar para ela.
– Eu amava Jane! – o menino exclamou.
– É claro que sim, Daniel, eu sei que você a amava.
– Você estava fazendo *do-si-do* com ela? – o menino perguntou.
– Sim – o pai respondeu. – Eu também amava Jane. Mas não como eu amava a sua mãe – ele acrescentou. Por que ele teve necessidade de dizer isso?, o cozinheiro perguntou a si mesmo com uma sensação de culpa. Dominic tinha realmente amado Jane; ele devia estar se adaptando ao fato de que não teria tempo para lamentar sua morte.
– O que aconteceu com o seu lábio? – o menino perguntou ao pai.
– Six-Pack me deu uma cotovelada – o cozinheiro respondeu.
– Você estava fazendo *do-si-do* com Six-Pack também? – o filho perguntou.
– Não, Daniel. Jane era minha namorada, só Jane.
– E o guarda Carl? – o jovem Dan perguntou.
– Nós temos muito o que fazer, Daniel – foi tudo o que o pai disse a ele. E eles não tinham muito tempo, o cozinheiro sa-

bia. Em algumas horas o dia iria amanhecer; eles tinham que se apressar.

Na confusão que se seguiu, e na pressa terrível, o cozinheiro e o filho iriam encontrar uma quantidade de motivos para reviver a noite de sua partida de Twisted River – embora eles fossem recordar os detalhes de sua partida forçada de forma diferente. Para o jovem Dan, a tarefa monumental de vestir a mulher morta – sem falar em ter de carregá-la pelas escadas do pavilhão de cozinha e colocá-la no caminhão – foi hercúlea. E o menino a princípio não entendeu por que era tão importante para o pai que Jane estivesse *corretamente* vestida – isto é, exatamente como ela teria se vestido. Nada faltando, nada torto. As alças do seu estupendo sutiã não podiam estar torcidas; o elástico da cintura de suas calçolas não podia estar enrolado; suas meias não podiam estar pelo avesso.

Mas ela está *morta*! O que importa?, Danny pensou. O menino não estava levando em conta o exame que o corpo de Jane poderia sofrer – o que o médico iria concluir como causa da morte, por exemplo. (Uma pancada na cabeça, obviamente, mas com que instrumento – e onde ele estava?) A hora aproximada da morte precisaria ser determinada, também. Obviamente, importava muito para o cozinheiro que, na hora em que Jane morreu, ela desse a impressão de ter estado inteiramente vestida.

Quanto a Dominic, ele seria eternamente grato a Ketchum – pois foi Ketchum quem comprou um carrinho de mão para o cozinheiro numa de suas farras no Maine. O carrinho era útil para descarregar mantimentos dos caminhões, farinha, caixotes de azeite e xarope de bordo – até caixas de ovos, qualquer coisa pesada.

O cozinheiro e o filho amarraram Jane no carrinho; assim eles conseguiram descer a escada do pavilhão com ele numa posição quase ereta e empurrá-la (quase reta) até o caminhão. Entretanto, o carrinho não serviu para ajudar a colocar Jane na cabine, o que o cozinheiro mais tarde recordaria como sendo a parte "hercúlea" da tarefa – ou uma das partes hercúleas, dentre outras.

Quanto à arma do crime, Dominic Baciagalupo iria guardar a frigideira de ferro de oito polegadas no meio dos seus utensílios favoritos de cozinha – ou seja, seus livros de receita, pois o cozinheiro sabia que não tinha tempo, e nem espaço, para empacotar seus utensílios. As outras panelas ficariam para trás; o resto dos livros de receita e todos os romances, Dominic deixaria para Ketchum.

Danny mal teve tempo de juntar umas fotografias da mãe, mas sim os livros dentro dos quais ele guardava as fotos dela para não ficarem amassadas. Quanto a roupas, o cozinheiro separou o essencial para ele e o jovem Dan – e Dominic levaria mais roupas dele do que do filho, porque Daniel logo iria perder as roupas que estava usando.

O carro do cozinheiro era uma caminhonete Pontiac 1952 – uma Chieftain Deluxe Semiwoodie. Eles tinham fabricado a última "woodie" de verdade em 1949; a "semiwoodie" tinha painéis imitando madeira na carroceria, sobre o exterior marrom, e madeira de verdade dentro. O interior tinha estofamento em couro marrom também. Por causa do pé esquerdo aleijado de Dominic, o Pontiac Chieftain Deluxe vinha com transmissão automática – provavelmente o único veículo com transmissão automática no assentamento de Twisted River – o que permitia que Danny também dirigisse o carro. As pernas do menino de doze anos não eram compridas o suficiente para apertar um pedal de embreagem até o fim, mas Danny tinha dirigido a caminhonete nas estradas de escoamento de madeira. O guarda Carl não patrulhava as estradas de escoamento de madeira. Havia muitos meninos da idade de Danny e até mais novos dirigindo carros e caminhões nas estradas secundárias de Phillips Brook e Twisted River – pré-adolescentes sem carteira que sabiam dirigir muito bem. (Os meninos que eram um pouco mais altos do que Danny conseguiam apertar o pedal da embreagem até o chão.)

Considerando as circunstâncias da fuga deles de Twisted River, era uma boa coisa que Danny pudesse e soubesse dirigir o Chieftain, pois o cozinheiro não ia querer ser visto *andando* pela cidade, voltando para o pavilhão, depois de ter levado Jane (no caminhão dela) até a casa do guarda Carl. Naquela hora da madrugada, com o dia amanhecendo, qualquer pessoa que estivesse acordada reconheceria o andar manco do cozinheiro – e teria parecido muito estranho e suspeito se o cozinheiro e o filho fossem vistos andando *juntos* naquela hora da manhã.

É claro que a caminhonete marrom de Dominic era o único carro daquele tipo na cidade. O Pontiac Chieftain 52 talvez não passasse despercebido, embora atravessasse o assentamento mais depressa do que o cozinheiro manco, e a caminhonete jamais ficaria estacionada à vista de onde Dominic ia deixar o caminhão de Jane – na casa do guarda Carl.

– Você está maluco? – Danny perguntou ao pai, quando eles estavam se preparando para sair do pavilhão pela última vez. – Por que vamos levar o corpo para o guarda?

– Para quando o caubói bêbado acordar de manhã ele pensar que foi *ele* quem fez isso – o cozinheiro disse ao filho.

– E se o guarda Carl estiver acordado quando chegarmos lá? – o menino perguntou.

– É por isso que nós temos um plano B, Daniel – o pai disse.

Uma chuvinha fina, quase imperceptível, estava caindo. O longo capô marrom do Chieftain Deluxe brilhava. O cozinheiro molhou o dedo no capô, enfiou a mão pela janela do motorista e limpou a mancha de sangue da testa do filho. Lembrando-se do beijo de boa-noite, Dominic Baciagalupo soube de quem era o sangue; ele torceu para que aquele não tivesse sido o último beijo que ele dava em Daniel, e que nenhum outro sangue (de pessoa *alguma*) tocasse o filho dele esta noite.

– Eu sigo você, certo? – o jovem Dan perguntou ao pai.

– Certo – o cozinheiro disse, pensando no plano B quando subiu na cabine do caminhão de Jane, onde Jane estava caída sobre a porta do lado do passageiro. Jane não estava sangrando, mas Dominic ficou grato por não poder ver o hematoma em sua têmpora direita. O cabelo de Jane tinha caído para a frente, cobrindo o rosto; a contusão (do tamanho de uma bola de beisebol) estava encostada na janela do lado do passageiro.

Eles saíram, uma caravana de dois, na direção do albergue de dois andares e teto plano onde Six-Pack alugava o que passava por um apartamento no segundo andar. Pelo retrovisor do caminhão de Jane, o cozinheiro tinha apenas uma visão parcial do rosto pequeno do filho atrás do volante do Pontiac 52. O quebra-sol do Chieftain parecia o visor de um boné de beisebol sobre o para-brisa da caminhonete de oito cilindros com sua grade em forma de dentes de tubarão e seu agressivo enfeite de capô.

– Merda! – Dominic disse em voz alta. Ele tinha se lembrado de repente do boné dos Cleveland Indians de Jane. Onde ele estava? Eles teriam deixado o Chefe Wahoo de cabeça para baixo no corredor do segundo andar do pavilhão? Mas eles já tinham chegado na casa de Six-Pack; não havia ninguém nas ruas, e a porta do *dancing* não tinha sido aberta nem uma vez. Eles não podiam voltar para o pavilhão agora.

Danny estacionou o Pontiac na frente da escada externa do apartamento de Pam. O menino tinha se enfiado na cabine do caminhão de Jane, entre a pobre Jane morta e seu pai, antes de Dominic ter notado a falta do boné de beisebol de Índia Jane – o jovem Dan o estava usando.

– Nós precisamos deixar o chefe Wahoo com ela, não acha? – o menino de doze anos perguntou.

– Bom menino – o pai dele disse, seu coração enchendo-se de orgulho e medo. Com relação ao plano B, havia coisas demais para um menino de doze anos lembrar.

O cozinheiro precisava da ajuda do filho para levar Índia Jane da cabine do caminhão até a porta da cozinha do guarda Carl, que Jane tinha dito que sempre ficava destrancada. Não faria diferença se eles arrastassem os pés dela pela lama porque o policial esperaria que as botas de Jane estivessem enlameadas; eles só não podiam deixar que outra parte dela tocasse o chão. Naturalmente, o carrinho deixaria marcas de rodas na lama – e o que Dominic faria com ele? Largaria no caminhão de Jane ou na porta do guarda Carl?

Eles foram para aquela parte abandonada da cidade perto da serraria e do albergue que os itinerantes franco-canadenses preferiam. (O guarda Carl gostava de morar perto de suas principais vítimas.)
— Quanto você acha que Ketchum pesa? — Danny perguntou, depois que o pai estacionou o caminhão de Jane no seu lugar habitual. Eles estavam no estribo do caminhão; o jovem Dan manteve Jane ereta no banco enquanto o pai puxava as pernas duras dela pela porta. Mas o que fazer depois que os pés dela estivessem no estribo?
— Ketchum pesa uns 105, talvez 110 quilos — o cozinheiro disse.
— E Six-Pack? — o jovem Dan perguntou.
Dominic Baciagalupo iria sentir dor no pescoço, da gravata que tinha levado de Six-Pack, por cerca de uma semana. — Pam deve pesar no máximo 85 ou 90 — o pai respondeu.
— E quanto *você* pesa? — Danny perguntou.
O cozinheiro podia ver aonde esta linha de raciocínio ia chegar. Ele deixou os pés de Jane deslizarem até a lama; colocou-se no chão molhado ao lado dela, segurando-a ao redor dos quadris enquanto Daniel (ainda em pé no estribo) abraçava-a por baixo dos braços. Nós dois vamos acabar na lama com Jane por cima de nós!, Dominic estava pensando, mas ele disse, com a maior naturalidade do mundo — Ah, eu não sei quanto eu peso, — uns 75 acho. — (Ele pesava 70 quilos vestido com suas roupas de inverno, como sabia muito bem — ele nunca pesou 75 quilos.)
— E *Jane?* — o jovem Dan gemeu, descendo do estribo do caminhão para o chão. O corpo da lavadora de pratos índia tombou para a frente, nos braços dele e do pai, que estavam a postos. Embora os joelhos de Jane tivessem dobrado, eles não tocaram na lama; o cozinheiro e o filho cambalearam para segurá-la, mas não caíram.
Índia Jane pesava pelo menos 150 quilos — talvez 155 ou 160 — embora Dominic Baciagalupo fosse declarar que não sabia. O cozinheiro mal conseguia respirar ao arrastar a amante morta

até a porta da cozinha do seu namorado malvado, mas ele conseguiu parecer quase despreocupado quando respondeu ao filho num sussurro: – Jane? Ah, ela pesa mais ou menos a mesma coisa que Ketchum, talvez um pouco mais.

Para surpresa do cozinheiro e do filho, a porta da cozinha do guarda Carl não estava só destrancada – estava aberta. (O vento, talvez – o então o caubói tinha chegado em casa tão bêbado que deixara a porta aberta.) A chuva fina tinha molhado o que eles conseguiram ver do chão da cozinha. Embora a cozinha estivesse mal iluminada, pelo menos uma luz estava acesa, mas eles não conseguiram enxergar além da cozinha; não conseguiram saber mais.

Quando os pés de Jane tocaram o chão da cozinha, Dominic achou que podia arrastá-la para dentro sozinho; ajudaria as botas dela estarem enlameadas e o chão molhado.

– Até logo, Daniel – o cozinheiro cochichou para o filho. Em vez de um beijo, o menino de doze anos tirou o boné de beisebol de Jane da cabeça e o enfiou na cabeça do pai.

Quando o cozinheiro não pôde mais ouvir os passos de Danny na rua enlameada, ele empurrou o peso enorme de Jane para a frente, para dentro da cozinha. Ele só podia torcer para o menino se lembrar das instruções que tinha recebido. "Se você ouvir um tiro, procure o Ketchum. Se você esperar por mim no Pontiac por mais de vinte minutos, mesmo que não haja *nenhum* tiro, procure o Ketchum."

Dominic tinha dito ao menino de doze anos que se *algum dia* acontecesse alguma coisa com o pai dele – não apenas esta noite – que ele procurasse Ketchum e contasse tudo a ele. "Cuidado com o penúltimo degrau no topo da escada de Pam", o cozinheiro também tinha dito ao filho.

"Six-Pack não vai estar lá?", o menino tinha perguntado.

"Diga a ela apenas que você precisa falar com Ketchum. Ela vai deixar você entrar", o pai tinha dito. (Ele só podia *torcer* para Pam deixar Daniel entrar.)

Dominic Baciagalupo arrastou o corpo de Jane pelo chão molhado da cozinha até encostá-la no armário. Segurando-a por baixo dos braços, ele deixou que seu peso enorme desabasse sobre a bancada; depois, com uma lentidão torturante, ele estendeu o corpo dela no chão. Quando ele se debruçou sobre ela, o boné dos Cleveland Indians caiu da cabeça do cozinheiro e pousou de cabeça para baixo ao lado de Jane; o chefe Wahoo sorria como um louco enquanto Dominic esperava ouvir o som do Colt 45 sendo engatilhado, que ele tinha certeza de que iria ouvir. Assim como Danny na certa também ouviria o disparo do revólver – ele era bem alto. Naquela hora, todo mundo na cidade ouviria um tiro – talvez até Ketchum, ainda curtindo a bebedeira. (Às vezes, mesmo lá longe no pavilhão de cozinha, Dominic ouvia o disparo daquele Colt 45.)

Mas nada aconteceu. O cozinheiro deixou sua respiração voltar ao normal, preferindo não olhar em volta. Se o guarda Carl estivesse lá, Dominic não queria vê-lo. O cozinheiro preferiria deixar o caubói atirar nele pelas costas quando ele estivesse saindo; ele saiu com cuidado, usando o dedo torto do pé aleijado para cobrir suas pegadas enlameadas ao sair.

Do lado de fora, havia uma tábua estendida sobre a vala da rua. Dominic usou a tábua para alisar a lama e apagar as marcas que as botas de Jane tinham deixado no chão – marcando o caminho torturante do caminhão até a porta da cozinha do delegado. O cozinheiro colocou a tábua de volta onde estava, tirando a lama das mãos no para-choque molhado do caminhão de Jane, que a chuva agora forte iria limpar. (A chuva se encarregaria das pegadas dele e do jovem Danny, também.)

Ninguém viu o cozinheiro passar mancando pelo *dancing* silencioso; os irmãos Beaudette, ou seus fantasmas, não tinham reocupado o velho rebocador de madeira Lombard, que era uma sentinela solitária no beco enlameado ao lado do *dancing*. Dominic Baciagalupo estava imaginando o que o guarda Carl iria pensar quando desse com o corpo de Jane de manhã. Com o que ele bateu nela? O caubói poderia especular, tendo batido tantas vezes nela, antes. Mas onde está a arma, o instrumento pesado?, o policial com certeza perguntaria a si mesmo. Talvez *não* tenha sido eu quem bateu nela, o caubói poderia concluir depois que sua cabeça estivesse menos enevoada, ou, com toda certeza, depois que soubesse que o cozinheiro e o filho tinham deixado a cidade.

Por favor, meu Deus, me dê *tempo*, o cozinheiro estava pensando, ao avistar o rosto pequeno do filho atrás do vidro molhado do para-brisa do Chieftain Deluxe. O jovem Dan esperava no banco do carona, como se nunca tivesse deixado de acreditar que o pai voltaria são e salvo da casa do guarda Carl e iria dirigir o carro.

Quando falou em *tempo*, esse companheiro intratável, Dominic Baciagalupo quis dizer mais do que o tempo necessário para a fuga imediata. Ele quis dizer o tempo necessário para ser um bom pai para seu precioso filho, o tempo para ver seu filho se tornar um homem; o cozinheiro rezou para ter *esse* tempo, embora não fizesse ideia de como conseguiria este luxo tão improvável.

Ele entrou na caminhonete sem ter recebido a bala calibre 45 que estava esperando. O jovem Dan começou a chorar. – Eu fiquei esperando pelo tiro – o menino disse.

– Um dia, Daniel, é possível que você o ouça – o pai disse a ele, abraçando-o antes de ligar o Pontiac.

– Nós não vamos contar a Ketchum? – Danny perguntou.

A única coisa que o cozinheiro podia dizer corria o risco de um dia se tornar um mantra, mas Dominic ia dizer assim mesmo: – Nós não temos tempo.

Como um carro fúnebre, comprido e lento, a caminhonete marrom pegou a estrada que levava para fora do assentamento. Enquanto eles se dirigiam para sudeste, por vezes à vista de Twisted River, o dia começava a amanhecer. Eles teriam que lidar com a represa quando chegassem no Reservatório Pontook; depois, para onde quer que fossem em seguida, eles estariam na Rodovia 16, que se dirigia para o norte e para o sul ao longo do Androscoggin.

Exatamente *quanto* tempo eles ainda teriam, no futuro mais imediato, iria ser determinado pelo que eles encontrassem na Represa Dead Woman – e quanto tempo eles precisariam ficar lá. (Não muito tempo, Dominic pensava esperançoso enquanto dirigia.)

– Nós vamos contar para Ketchum *algum dia*? – o jovem Dan perguntou ao pai.

– É claro que sim – o pai respondeu, embora o cozinheiro não soubesse como seria capaz de conseguir que a mensagem certa chegasse até Ketchum, uma mensagem que fosse segura, mas que conseguisse ser clara.

Por ora, o vento tinha diminuído e a chuva estava parando.

À frente deles, a estrada de escoamento de madeira estava escorregadia de lama com marcas de pneu, mas o sol estava aparecendo; ele brilhou na janela do motorista, dando a Dominic Baciagalupo uma visão otimista (embora irrealista) do futuro.

Poucas horas atrás, o cozinheiro estava preocupado em encontrar o corpo de Angel – mais especificamente, com o modo como a visão do cadáver do jovem canadense poderia afetar o seu amado Daniel. Desde então, o menino de doze anos tinha matado sua babá favorita, e pai e filho tinham pelejado com o corpo dela – transportando Índia Jane por uma distância bastante considerável, do andar de cima do pavilhão de cozinha até seu local de descanso quase final na casa do guarda Carl.

O que quer que o cozinheiro e seu filho querido fossem encontrar na Represa Dead Woman, Dominic estava pensando com otimismo, não poderia ser tão ruim. (Estressado como estava, o cozinheiro tinha pensado no lugar pelo seu triste apelido.)

Quando o Chieftain se aproximou do Reservatório Pontook, o menino e o pai puderam ver as gaivotas. Embora o Pontook ficasse a mais de 150 quilômetros do mar, sempre havia gaivotas no Androscoggin – ele era muito caudaloso.

– Tem um garoto na minha classe que se chama Halsted – Danny estava dizendo, nervoso.

– Acho que eu conheço o pai dele – o cozinheiro disse.

– O pai deu um chute no rosto dele com a bota de sola de rebites, o menino tem buracos na testa – o jovem Dan disse.

– Este é sem dúvida o Halsted que eu conheço – Dominic respondeu.

– Ketchum disse que alguém devia enfiar um soprador de serragem no rabo do Halsted pai para ver se o gordo filho da puta pode ser inflado.
– Ketchum recomenda o soprador de serragem para muitos rabos – o cozinheiro disse.
– Eu aposto que vamos sentir uma saudade terrível de Ketchum – o menino disse obsessivamente.
– Eu aposto que sim – o pai concordou. – Terrível.
– Ketchum disse que é impossível secar completamente pinheiro canadense – Danny não parava de falar. O menino de doze anos estava claramente nervoso a respeito do lugar para onde iriam – não apenas a Represa Dead Woman, mas para onde iriam depois disso.
– Vigas de pinheiro são boas para pontes – Dominic disse.
– Prenda a sua barra de tração o mais perto possível da carga – o jovem Dan recitou de cor, aparentemente sem motivo algum.
– Success Pond tem o maior lago de castores do mundo – Danny continuou.
– Você vai citar Ketchum a viagem inteira? – o pai perguntou a ele.
– A viagem inteira para *onde?* – o menino perguntou nervosamente.
– Eu ainda não sei, Daniel.
– Madeiras pesadas não flutuam muito bem – o menino respondeu, a propósito de nada.

Sim, mas madeiras leves flutuam muito *alto*, Dominic Baciagalupo pensava. Foi num comboio de madeiras leves que Angel desapareceu debaixo das toras. E com a ventania de ontem à noite, algumas das toras de cima deviam ter sido jogadas para fora da barragem de contenção; essas toras deviam estar girando no canal de vazão dos dois lados da barragem. As toras espalhadas, na maioria abeto e pinheiro, dificultariam retirar Angel do redemoinho de água. Tanto a água mais volumosa quanto a água mais lenta no reservatório tinham sido formadas pela represa; com alguma sorte, eles encontrariam o corpo de Angel lá, no raso.

– Quem seria capaz de chutar o rosto do próprio filho com uma bota de sola de rebites? – o menino, confuso, perguntou ao pai.

– Ninguém que tornaremos a ver – Dominic disse ao filho. A serraria na Represa Dead Woman parecia abandonada, mas isso só porque era domingo.

– Diga-me mais uma vez por que ela se chama Represa Dead Woman – Danny disse ao pai.

– Você sabe perfeitamente bem por quê, Daniel.

– Eu sei por que você não gosta de chamá-la por este nome – o menino respondeu depressa. – *Mamãe* era a mulher morta. É por isso, não é?

O cozinheiro estacionou o Pontiac ao lado da plataforma de carga da serraria. Dominic não ia responder ao filho, mas o menino de doze anos sabia a história toda – "perfeitamente bem" como o pai tinha dito. Tanto Jane quanto Ketchum tinham contado a história para o menino. A Represa Dead Woman tinha esse nome por causa da mãe dele, mas Danny nunca deixava de querer que o pai falasse sobre isso mais do que ele gostaria.

– Por que Ketchum tem um dedo branco? O que a motosserra tem a ver com isso? – o jovem Dan recomeçou; ele simplesmente não conseguia parar de falar.

– Ketchum tem mais do que um dedo branco, e você *sabe* o que a motosserra tem a ver com isso – o pai disse. – A vibração, lembra?

– Ah, certo – o menino disse.

– Daniel, por favor, relaxe. Vamos tentar acabar com isto e depois seguir adiante.

– Seguir adiante para *onde*? – o menino gritou.

– Daniel, por favor, eu estou tão chateado quanto você – o pai disse. – Vamos procurar o Angel. Vamos ver o que a gente encontra, está bem?

– Nós não podemos fazer nada por Jane, podemos? – Danny perguntou.

– Não, não podemos – o pai disse.

– O que Ketchum irá pensar de nós? – o menino perguntou. Dominic bem que queria saber. – Chega de Ketchum – foi tudo o que o cozinheiro conseguiu dizer. Ketchum vai saber o que fazer, era o que seu velho amigo esperava.

Mas como eles conseguiriam contar a Ketchum o que tinha acontecido? Eles não podiam esperar na Represa Dead Woman até nove horas da manhã. Se demorasse a metade do tempo para encontrar Angel, eles não poderiam nem esperar até encontrá-lo!

Tudo dependia da hora em que o guarda acordasse e descobrisse o corpo de Jane. No início, o caubói ia achar que ele era o culpado. E o pavilhão nunca servia café da manhã aos domingos; a única refeição servida nos domingos era uma ceia. As ajudantes de cozinha só chegariam no pavilhão no meio da tarde e quando soubessem que o cozinheiro e o filho tinham partido, elas não iriam necessariamente contar ao guarda. (Não imediatamente.) O caubói também não teria motivo para procurar imediatamente por Ketchum.

Dominic estava começando a achar que daria para esperar por Ketchum na represa até as nove horas da manhã. Pelo que o cozinheiro sabia do guarda Carl, ele era bem capaz de *enterrar* o corpo de Jane e esquecer o assunto – isto é, até o caubói saber que o cozinheiro e o filho foram embora. A maioria das pessoas em Twisted River concluiriam que Jane tinha ido embora da cidade com eles! Só o guarda Carl saberia onde Jane estava, e, devido às circunstâncias (o enterro prematuro, suspeito), o caubói dificilmente desenterraria o corpo de Jane só para provar o que sabia.

Ou isto seria um otimismo exagerado da parte de Dominic Baciagalupo? O guarda Carl não hesitaria em enterrar Jane, *se* ele acreditasse que a tinha matado. O que *seria mesmo* otimismo exagerado da parte do cozinheiro era imaginar que o caubói fosse capaz de se sentir arrependido por ter matado Jane – o suficiente para estourar os miolos, quem dera. (*Isso* seria otimismo exagerado – sonhar com um guarda Carl *arrependido*, como se o caubói pudesse conceber o que era arrependimento!)

À direita da estrutura de madeira e do escoadouro da represa, do lado de fora da barragem de contenção, a água girava como um redemoinho, com algumas toras de madeira levadas pelo vento (alguns pinheiros e tamargueiras no meio dos abetos) girando na água. O jovem Dan e seu pai não conseguiram avistar nenhum corpo lá. Onde a água passava pelo escoadouro, a barragem de contenção estava cheia de toras emaranhadas umas nas outras, mas nada se destacava no meio dos tons escuros de água e madeira.

O cozinheiro e o filho atravessaram cautelosamente a represa até a extensão de água à esquerda da barragem; ali a água e algumas toras soltas giravam em sentido oposto aos do ponteiro do relógio. Uma luva de camurça girava na água, mas ambos sabiam que Angel não estava de luvas. A água era profunda e negra, com pedaços de casca de árvore flutuando; para decepção e alívio de Dominic, eles também não viram nenhum corpo lá.

– Talvez Angel *tenha escapado* – Danny disse, mas seu pai sabia que não; ninguém tão jovem como ele afundava sob toras de madeira em movimento e *escapava*.

Já passava das sete da manhã, mas eles tinham que continuar procurando; até a família da qual Angel tinha fugido ia querer saber o que aconteceu com o rapaz. Levaria mais tempo para procurar na parte mais larga do lago – a alguma distância da represa – embora a movimentação lá fosse mais segura. Quanto mais perto da represa e da barragem de contenção, mais o cozinheiro e o filho se preocupavam um com o outro. (Eles não estavam usando botas com sola de rebites, eles não eram Ketchum – eles não eram nem condutores de toras do tipo mais inexperiente. Eles simplesmente não eram lenhadores.)

Eles só encontrariam o corpo de Angel às oito e meia. O rapaz de cabelo comprido, usando uma camisa de xadrez vermelha, branca e verde, estava flutuando de barriga para baixo na parte mais rasa, perto da margem – não havia nenhuma tora perto dele. Danny não precisou nem molhar os pés para trazer o corpo para terra. O menino de doze anos usou um galho caído para puxar

Angel pela camisa Royal Stewart; o jovem Dan chamou pelo pai enquanto puxava o jovem canadense para perto de si. Juntos, eles levaram Angel para um lugar mais alto na margem do rio; erguer e arrastar o corpo foi trabalho leve comparado ao transporte de Jane.

Eles desamarraram as botas de sola de rebites do jovem madeireiro e transformaram uma das botas em balde para apanhar água fresca no rio. Usaram a água para tirar a lama e os pedacinhos de casca de árvore do rosto e das mãos de Angel, que estavam com uma cor pálida e perolada, com um tom de azul. Danny fez o possível para pentear com os dedos o cabelo do rapaz morto.

O menino foi o primeiro a achar uma sanguessuga. Comprida e grossa como o dedo indicador torto de Ketchum, ela era o que os locais chamavam de vampiro do Norte – estava agarrada no pescoço de Angel. O cozinheiro sabia que ela não seria a única sanguessuga no corpo de Angel. Dominic Baciagalupo sabia também que Ketchum odiava sanguessugas. Do jeito que as coisas estavam acontecendo, talvez Dominic não pudesse poupar o amigo de ver o corpo de Angel, mas – com a ajuda de Daniel – eles poderia poupar Ketchum das sanguessugas.

Às nove horas, eles tinham carregado Angel para a serraria, onde a plataforma de carga pelo menos estava seca e ensolarada – e dava para ver o estacionamento. Eles tinham despido o corpo e tirado quase vinte sanguessugas; limparam Angel com sua camisa xadrez molhada e conseguiram vestir o rapaz numa mistura de roupas do cozinheiro e do filho. Uma camiseta que sempre tinha ficado grande demais em Danny coube muito bem em Angel; um velho par de calças de Dominic completou o traje. Em consideração a Ketchum, caso aparecesse, pelo menos as roupas estavam limpas e secas. Não havia nada que eles pudessem fazer para melhorar o tom pálido e azulado da pele de Angel; era bobagem imaginar que o sol fraco de abril fosse devolver a cor natural à pele do rapaz morto, mas de certa forma Angel *parecia* aquecido.

– Nós estamos esperando por Ketchum? – Danny perguntou ao pai.

– Só mais um pouco – o cozinheiro respondeu. Era o pai quem estava nervoso agora, o jovem Dan percebeu. (O problema do tempo, Dominic sabia, era que ele era implacável.)

O cozinheiro estava torcendo as roupas sujas e encharcadas de Angel quando percebeu a carteira no bolso do lado esquerdo da calça do canadense – só uma carteira barata, imitando couro, com um retrato de uma mulher bonita e corpulenta dentro de um compartimento de plástico, que agora estava embaçado por ter ficado na água fria. Dominic esfregou o plástico na manga da camisa; quando conseguiu ver melhor a mulher, viu que ela era muito parecida com Angel. Sem dúvida, era a mãe do rapaz morto – uma mulher um pouco mais velha que o cozinheiro, porém mais jovem do que Jane.

Não havia muito dinheiro na carteira – só algumas notas de pouco valor, dólares americanos (Dominic esperara achar dólares canadenses também), e o que pareceu ser um cartão comercial de um restaurante com nome italiano. Isto confirmou a impressão inicial do cozinheiro de que Angel já tinha trabalhado numa cozinha, embora aquela não fosse a profissão escolhida pelo rapaz.

Entretanto, uma outra coisa Dominic Baciagalupo *não* esperava: o restaurante não ficava em Toronto, nem em parte alguma de Ontário; era um restaurante italiano em Boston, Massachusetts, e o nome do restaurante foi uma surpresa maior ainda. Era uma frase que o filho ilegítimo de Annunziata Saetta conhecia bem, porque ouvira a mãe pronunciá-la com uma amargura nascida da rejeição. "*Vicino di Napoli*", Nunzi disse, ao referir-se ao lugar para onde o pai de Dominic fugira – e o menino pensara nas cidades e regiões das montanhas "vizinhas de Nápoles", de onde o pai viera (e, supostamente, para onde voltara). Os nomes das cidades e lugares que Annunziata dizia durante o sono – Benevento e Avellino – vieram à mente de Dominic.

Mas seria possível que o aproveitador do seu pai tivesse fugido para um restaurante italiano na Hanover Street – o que Nunzi tinha chamado de "a coisa mais chata" que havia no North End de Boston? Porque, de acordo com o cartão comercial na carteira de Angel, o restaurante chamava-se Vicino di Napoli – claramente um lugar napolitano – e ele ficava na Hanover Street, perto da Cross Street. Os próprios nomes das ruas eram tão familiares para Dominic em sua infância quanto as recomendações que Nunzi não cansava de repetir acerca do uso da salsa (*prezzémolo*), ou sua frequente menção ao Mother Anna's e ao Europeo – dois outros restaurantes que ficavam na Hanover Street.

Nada pareceu ao cozinheiro como sendo coincidência demais para se acreditar – não num dia em que o jovem Daniel Baciagalupo, de apenas doze anos, tinha matado a amante do pai com a mesma frigideira usada de forma tão lendária pelo cozinheiro. (Quem iria acreditar que um dia ele salvou sua agora falecida esposa de um *urso*?) Mesmo assim, Dominic não estava preparado para o último item que ele descobriu dentro da carteira de Angel Pope. Até onde o cozinheiro podia entender, aquilo era um bilhete para utilizar o bonde e o sistema de metrô de Boston durante o verão – um passe, Dominic tinha ouvido a mãe dizer. O passe declarava que o portador tinha menos de dezesseis anos no verão de 1953 – e trazia a data de nascimento de Angel para comprovar isso. O rapaz nasceu no dia 16 de fevereiro de 1939, o que significava que Angel tinha acabado de completar quinze anos. O rapaz então fugiu de casa com apenas *catorze* anos – se é que fugiu mesmo. (E é claro que não havia como saber se Boston ainda era a "casa" do rapaz morto, embora o passe e o cartão comercial do Vicino di Napoli sugerissem fortemente que sim.)

O que mais chamou a atenção de Dominic Baciagalupo foi o nome verdadeiro de Angel – que não era exatamente Angel Pope.

ANGELÙ DEL POPOLO

– Quem? – Danny perguntou quando o pai leu alto o nome no passe.

O cozinheiro sabia que Del Popolo significava "Do Povo", e que Pope era uma americanização comum do nome siciliano; embora Del Popolo não fosse necessariamente siciliano, o an-ge-

LU era *definitivamente* siciliano, o que o cozinheiro também sabia. O rapaz teria trabalhado num restaurante napolitano? (Aos catorze anos, um trabalho em meio expediente era permitido.) Mas o que o teria feito fugir? Pela fotografia, parecia que ele ainda amava a mãe.

Mas o cozinheiro só disse para o filho: – Parece que Angel não era quem ele disse que era, Daniel. – Dominic deixou Daniel ver o passe – isso e o cartão comercial do Vicino di Napoli no North End eram tudo que eles tinham para tentar encontrar a família de Angelù del Popolo.

Naturalmente, havia um problema mais urgente a tratar. Onde estaria Ketchum?, Dominic Baciagalupo pensou. Quanto tempo eles poderiam esperar? E se o guarda Carl não estivesse tão bêbado assim? E se o caubói tivesse encontrado o corpo de Jane, e soubesse na mesma hora que não tinha encostado a mão nela – pelo menos não naquela noite?

Era difícil imaginar que mensagem escrita o cozinheiro poderia deixar para Ketchum no corpo de Angel, pois Ketchum poderia não ser o primeiro a encontrar o corpo de Angel. A mensagem não teria que ser em código?

Surpresa! Angel não é canadense!
E, por falar nisso, Jane se envolveu num acidente!
Não foi culpa de ninguém – nem mesmo de Carl!

Bem, como o cozinheiro poderia deixar um bilhete assim?
– Nós ainda estamos esperando pelo Ketchum? – o jovem Dan perguntou ao pai.

Foi com bem menos convicção que o pai respondeu:
– Só mais um pouquinho, Daniel.

A canção no rádio do caminhão velho de Ketchum alcançou-o na plataforma de carga da serraria antes que o próprio caminhão aparecesse na estrada – talvez fosse Jo Stafford cantando "Make

Love to Me", mas Ketchum desligou o rádio antes que o cozinheiro pudesse ter certeza. (Ketchum estava ficando surdo por causa da motosserra. O rádio do seu caminhão estava sempre alto demais, as janelas – agora que tinha chegado o que passava por primavera – normalmente abertas.) Dominic ficou aliviado ao ver que Six-Pack não viera junto; isso teria complicado muito a questão.

Ketchum estacionou sua lata velha a uma distância discreta do Pontiac; ele ficou sentado na cabine com o gesso apoiado no volante, olhando para a plataforma onde Angel estava deitado sob o sol fraco.

– Estou vendo que você o encontrou – Ketchum disse; ele olhou na direção da represa, como se estivesse contando as toras na barragem de contenção.

Como sempre, tanto coisas previsíveis quanto inexplicáveis estavam sendo transportadas na traseira da picape de Ketchum; uma capa feita em casa cobria a traseira da picape, transformando o caminhão inteiro num *wanigan*. Ketchum carregava sua motosserra com ele, junto com uma variedade de machados e outras ferramentas – e, sob uma lona, um inexplicável carregamento de lenha, caso fosse tomado de uma necessidade urgente de acender uma fogueira.

– Daniel e eu podemos colocar o Angel na traseira da sua picape, onde você não vai precisar olhar para ele – Dominic disse.

– Por que Angel não pode ir no Chieftain com você? – Ketchum perguntou.

– Porque nós não vamos voltar para Twisted River – o cozinheiro disse para o velho amigo.

Ketchum suspirou, olhando lentamente para Angel. Ele desceu do caminhão e se dirigiu para a plataforma mancando inexplicavelmente. (Dominic imaginou se Ketchum estaria mancando para debochar dele.) Ketchum ergueu o corpo do rapaz morto como se ele fosse um bebê adormecido; o lenhador carregou o rapaz de quinze anos para a cabine do seu caminhão, e Danny teve que ir correndo na frente para abrir a porta.

– Acho que posso muito bem olhar para ele agora em vez de esperar até a hora de retirá-lo do caminhão na cidade – Ketchum disse. – Suponho que essas roupas que ele está usando sejam suas? – ele perguntou ao jovem Dan.

– Minhas e do meu pai – o menino de doze anos respondeu.

O cozinheiro foi mancando até o caminhão, carregando as roupas sujas e molhadas de Angel; ele as colocou no chão da cabine, junto dos pés do rapaz morto. – As roupas de Angel precisam ser lavadas – ele disse a Ketchum.

– Vou pedir a Jane para lavar e secar as roupas dele – Ketchum disse. – Jane e eu podemos limpar um pouco o Angel também, e depois vesti-lo com as roupas dele.

– Jane está morta, Ketchum – o cozinheiro disse. (*Foi sim* um acidente, ele ia acrescentar, mas seu adorado Daniel foi mais rápido.)

– Eu a matei com a frigideira, a que papai usou para bater no urso – Daniel disse. – Eu pensei que Jane fosse um urso.

O cozinheiro confirmou a história ao desviar imediatamente o olhar do rosto do amigo. Ketchum pôs o braço bom em volta do ombro de Danny e puxou o menino para si. O jovem Danny enterrou o rosto na camisa de flanela de lã de Ketchum – o mesmo xadrez Black Watch verde e azul que Six-Pack Pam estava usando antes. Para o menino de doze anos, os cheiros misturados de Ketchum e de Six-Pack vestiam a camisa com a mesma confiança que seus dois corpos fortes.

Levantando o braço engessado, Ketchum apontou para o Pontiac. – Cristo, Cookie, você não pôs a pobre Jane no Chieftain, pôs?

– Nós a levamos para a casa do guarda Carl – Danny disse.

– Não sei se Carl estava desmaiado em outro cômodo ou se não estava em casa, mas eu deixei Jane no chão da cozinha – o cozinheiro explicou. – Se tivermos sorte, o caubói vai encontrar o corpo dela e achar que foi *ele* quem fez isso.

– *É claro* que ele vai achar que foi ele! – Ketchum berrou. – Aposto como ele a enterrou uma hora atrás, ou está cavando o buraco agora mesmo. Mas quando Carl souber que você e Danny

deixaram a cidade, ele vai começar a achar que *não* foi ele! Ele vai achar que foi *você*, Cookie, se você e Danny não voltarem para Twisted River!
– Blefar com ele, você diz? – Dominic perguntou.
– Não há o que blefar – Ketchum disse. – Pelo resto da desgraçada da vida dele, o caubói vai tentar lembrar exatamente como e por que ele matou Jane, ou então vai estar procurando você, Cookie.
– Você está supondo que ele não vai se lembrar da noite passada – o cozinheiro disse. – Essa é uma suposição e tanto, não é?
– Six-Pack disse que você nos fez uma visita na noite passada – Ketchum disse ao velho amigo. – Bem, você acha que eu me lembro de você ter estado lá?
– Provavelmente não – Dominic respondeu. – Mas o que você está sugerindo é que eu arrisque *tudo*. – Foi ao mesmo tempo inconsciente e incontrolável que, quando o cozinheiro disse *tudo*, ele tivesse olhado diretamente para o jovem Daniel.
– Você volta para o pavilhão de cozinha, eu ajudo você a descarregar o Chieftain, você e Danny estarão completamente instalados quando as ajudantes de cozinha chegarem esta tarde. Então, por volta da hora do jantar, você manda Dot ou May, ou uma daquelas inúteis mulheres dos caras da serraria, até a casa do guarda Carl. Você manda ela dizer, "Onde está a Jane? Cookie está enlouquecendo sem ter quem lave os pratos!" *Isso* é um blefe! Você ganha este blefe na certa – Ketchum disse a ele. – O caubói vai se cagar nas calças. Ele vai ficar anos cagando nas calças, só esperando que algum cachorro desenterre o corpo da índia!
– Eu não sei, Ketchum – o cozinheiro disse. – É um blefe enorme. Eu não posso correr um risco desses, não com o Daniel.
– Você correrá um risco maior se partir – o velho amigo disse a ele. – Merda, se o caubói estourar sua cabeça, eu vou tomar conta direito do Danny.
Os olhos do jovem Danny iam do pai para Ketchum e de Ketchum para o pai. – Eu acho que a gente devia voltar para o pavilhão de cozinha – o menino disse ao pai.

Mas o cozinheiro sabia o quanto uma mudança – *qualquer* mudança – deixava o filho ansioso. É claro que Daniel Baciagalupo votaria para ficar e tentar blefar; *partir* significava um medo mais desconhecido.

– Encare desta forma, Cookie – Ketchum estava dizendo, com o braço engessado apontado para o amigo, tão pesado quanto o Colt 45 do caubói –, se eu estiver errado e Carl atirar em você, ele não vai ter coragem de encostar um dedo no Danny. Mas se eu estiver certo, e o caubói for atrás de vocês, ele é capaz de matar os dois, porque vocês dois serão foragidos.

– Bem, é isso que nós somos, nós somos foragidos – Dominic disse. – Eu não sou um jogador, Ketchum. Não mais.

– Você está jogando agora, Cookie – Ketchum disse a ele. – De um jeito ou de outro, é um jogo, não é?

– Dê um abraço no Ketchum, Daniel, está na hora de partir – o pai dele disse.

Danny Baciagalupo iria lembrar-se deste abraço, e de como ele achou estranho que o pai e Ketchum não se abraçassem – eles eram tão bons amigos, e tão antigos.

– Vai haver grandes mudanças, Cookie – Ketchum tentou dizer ao amigo. – Eles não vão transportar toras de madeira pela água por muito mais tempo. Aquelas represas nos lagos Dummer vão desaparecer, esta represa aqui também não vai durar – ele disse, com um movimento do braço engessado indicando a barragem de contenção mas preferindo deixar sem nome a Represa Dead Woman.

– Os lagos Dummer e Little Dummer *e* o rio Twisted vão simplesmente desaguar no Pontook. Eu desconfio que os velhos píeres das barragens no Androscoggin vão durar, mas não serão mais usados. E a primeira vez que houver um incêndio em West Dummer ou em Twisted River, você acha que alguém vai se incomodar em reconstruir aqueles tristes assentamentos? Quem não iria preferir mudar-se para Milan ou Errol, ou mesmo Berlin, se você fosse suficientemente fraco? – Ketchum acrescentou. –

Tudo o que você tem que fazer é ficar e *sobreviver* a este lugar miserável, Cookie, você e Danny. – Mas o cozinheiro e o filho estavam se dirigindo para o Chieftain. – Se você fugir agora, vai ter que passar o resto da vida fugindo! – Ketchum gritou atrás deles. Ele rodeou o caminhão dele, da porta do passageiro à porta do motorista, mancando o tempo todo.

– Por que você está mancando? – o cozinheiro gritou para ele.

– Merda – Ketchum disse. – Tem um degrau faltando na escada de Six-Pack, eu me esqueci dele.

– Cuide-se, Ketchum – o velho amigo disse a ele.

– Você também, Cookie – Ketchum disse. – Não vou perguntar sobre o seu lábio, mas conheço esse tipo de ferimento.

– Por falar nisso, Angel não era canadense – Dominic Baciagalupo disse a Ketchum.

– O nome verdadeiro dele era Angelù Del Popolo – o jovem Dan explicou – e ele veio de Boston e não de Toronto.

– Suponho que é para lá que vocês estão indo? – Ketchum perguntou. – Para Boston?

– Angel devia ter uma família, tem que haver alguém que precise saber o que houve com ele – o cozinheiro disse.

Ketchum concordou com a cabeça. Pelo para-brisa do seu caminhão, a luz fraca do sol causava a impressão falsa de que Angelù Del Popolo tinha esticado o corpo (estava quase ereto) e estava olhando para a frente com uma expressão alerta. Angel não parecia apenas estar vivo, parecia estar iniciando a viagem da sua jovem vida – e não encerrando-a.

– Suponha que eu diga a Carl que você e Danny foram dar a notícia à família de Angel? Você não largou o pavilhão de cozinha parecendo que tinha ido embora para sempre, largou? – Ketchum perguntou.

– Nós não levamos nada que alguém pudesse notar – Dominic disse. – A impressão que dá é que nós vamos voltar.

– Suponha que eu diga ao caubói que fiquei surpreso ao ver que Jane não estava com vocês? – Ketchum continuou. – Eu podia

dizer que, se eu fosse Jane, eu também teria ido para o Canadá.
– Danny viu que seu pai refletiu sobre isso, mas então Ketchum disse: – Eu acho que *não* vou dizer que vocês foram para Boston. Talvez seja melhor dizer, "Se eu fosse Jane, eu teria ido para *Toronto*". Suponha que eu diga isso?
– Só não diga muita coisa – o cozinheiro respondeu.
– Acho que vou continuar pensando nele como "Angel" se não se importar – Ketchum disse, subindo no caminhão; ele olhou rapidamente para o rapaz morto, depois desviou os olhos.
– Eu vou *sempre* pensar nele como "Angel"! – o jovem Dan gritou.

Até que ponto um menino de doze anos está consciente, ou não, do início de uma aventura – ou se esta desventura tinha começado muito antes de Danny Baciagalupo confundir Índia Jane com um urso – nem Ketchum nem o cozinheiro sabiam dizer, embora Danny parecesse muito "consciente". Ketchum devia saber que talvez os estivesse vendo pela última vez, e ele quis lançar uma luz mais positiva sobre a aposta que o cozinheiro estava fazendo. – Danny! – Ketchum gritou. – Eu só quero que você saiba que, mais de uma vez, eu mesmo confundi Jane com um urso.

Mas Ketchum não era de lançar uma luz positiva por muito tempo. – Imagino que Jane não estava usando o boné do chefe Wahoo quando isso aconteceu – o lenhador disse para Danny.
– Não, não estava – o menino de doze anos disse a ele.
– Que droga, Jane, ah, que merda, Jane! – Ketchum exclamou.
– Um cara em Cleveland me disse que era um chapéu da sorte. Esse cara disse que o chefe Wahoo era uma espécie de espírito que protegia os índios.
– Talvez ele esteja protegendo Jane agora – Danny disse.
– Não se meta a religioso comigo, Danny, apenas se lembre dos índios como ela era. Jane amava você de verdade – Ketchum disse ao menino de doze anos. – Honre a memória dela, isso é tudo o que você pode fazer.

– Eu já estou com saudades de você, Ketchum – o menino gritou de repente.

– Ah, que merda, Danny, é melhor vocês irem de uma vez, se é que vão mesmo – o lenhador disse.

Então Ketchum deu partida no caminhão e seguiu na direção de Twisted River, deixando o cozinheiro e o filho para trás, para que eles dessem início a uma viagem mais longa e mais incerta – para uma próxima vida, nada menos que isso.

II
BOSTON, 1967

5
Nom de Plume

Já fazia quase exatamente treze tristes anos desde que o guarda Carl havia tropeçado no corpo da lavadora de pratos índia em sua cozinha, e nem mesmo Ketchum sabia dizer com certeza se o caubói suspeitava do cozinheiro e do filho dele, que desapareceram na mesma noite. Se se desse ouvidos às fofocas naquela região de Coos, isto é, ao longo de todo o Androscoggin – Jane tinha desaparecido junto com eles.

De acordo com Ketchum, Carl não gostava que as pessoas *pensassem* que Jane tinha fugido com o cozinheiro – mais do que o guarda parecia aborrecer-se com a probabilidade de ter assassinado sua companheira com um instrumento desconhecido. (A arma do crime nunca foi encontrada.) E Carl deve ter *acreditado* que tinha matado Jane; sem dúvida, ele tinha dado fim ao corpo dela. Ninguém a tinha visto. (O corpo dela também nunca apareceu.)

No entanto, Ketchum continuava a ouvir insinuações do caubói, sempre que os caminhos deles se cruzavam. – Você *ainda* não teve notícias de Cookie? – Carl nunca deixava de perguntar a Ketchum. – Eu achei que vocês dois eram amigos.

– Cookie nunca foi de falar muito – Ketchum sempre dizia. – Eu não estou surpreso por não ter recebido notícias dele.

– E o menino? – o caubói perguntava de vez em quando.

– Como assim? Danny não passa de uma criança – Ketchum respondia fielmente. – Crianças não escrevem muito, escrevem?

Mas Daniel Baciagalupo escrevia um bocado – não apenas para Ketchum. Já nas primeiras cartas ele disse a Ketchum que queria ser escritor.

"Neste caso, é melhor você não se expor muito ao pensamento católico", Ketchum respondeu; a caligrafia dele surpreendeu Dan por parecer curiosamente feminina. Danny perguntou ao pai se sua mãe tinha ensinado a caligrafia *dela* para Ketchum, além de tê-lo ensinado a dançar. Sem falar que ela ensinara o lenhador a ler.

Dominic disse apenas: "Acho que não."

O enigma da bela caligrafia de Ketchum permaneceu um mistério, e Dominic não pareceu dar muita importância à caligrafia do velho amigo – não a importância que o jovem Dan dava. Durante treze anos, Danny Baciagalupo, o futuro escritor, correspondeu-se com Ketchum mais do que seu pai. As cartas trocadas entre Ketchum e o cozinheiro eram geralmente concisas e objetivas. O guarda Carl estava procurando por eles?, Dominic sempre queria saber.

"É melhor achar que sim", era, em essência, só o que Ketchum dizia ao cozinheiro, embora ultimamente Ketchum tivesse mais o que dizer. Ele enviou exatamente a mesma carta para Danny e Dominic; uma outra novidade era que a carta fora *datilografada*. "Tem uma coisa acontecendo", Ketchum dizia. "Precisamos conversar."

Isto era mais fácil de dizer do que de fazer – Ketchum não tinha telefone. Ele tinha o costume de ligar tanto para Dominic quanto para o jovem Dan a cobrar, de um telefone público; estes telefonemas geralmente terminavam de forma abrupta, quando Ketchum anunciava que seu saco estava congelando. Realmente, fazia frio no norte de New Hampshire – e no Maine, onde Ketchum parecia estar passando cada vez mais tempo – mas, ao longo dos anos, as ligações a cobrar de Ketchum eram quase que invariavelmente feitas nos meses frios. (Talvez por escolha – talvez Ketchum gostasse de manter as coisas breves.)

A primeira carta *datilografada* para o jovem Dan e o pai dele prosseguiu dizendo que o caubói deixou escapar uma "insinuação horrível". Isto não era nenhuma novidade – o guarda Carl *era* horrível, e estava sempre *insinuando*, Danny e Dominic já sabiam disso – mas desta vez houve uma menção específica ao Canadá. Na opinião de Carl, a guerra do Vietnã era o motivo pelo qual as relações entre os Estados Unidos e o Canadá tinham azedado.

"As autoridades canadenses não estão cooperando porra nenhuma comigo" foi tudo o que o caubói tinha dito para Ketchum, que interpretou isto como prova de que Carl ainda estava fazendo buscas do outro lado da fronteira. Durante treze anos, o policial acreditou que o cozinheiro e o filho estivessem em Toronto. Se o caubói procurava por eles, não estava investigando em Boston – por enquanto. Mas agora Ketchum tinha escrito que havia surgido alguma coisa.

O conselho que Ketchum dera a Danny muito tempo atrás – isto é, se o menino quisesse ser um escritor não devia se expor muito ao *pensamento católico* – pode ter sido um mal-entendido da parte de Ketchum. A Escola Michelangelo – a nova escola de Danny no North End – era uma escola secundária pública. Os garotos chamavam-na de Mickey porque as professoras eram irlandesas, mas não havia freiras entre elas. Ketchum deve ter achado que a Michelangelo era uma escola católica. ("Não deixe que eles façam lavagem cerebral em você", ele tinha escrito para Danny – a palavra *eles*, embora provavelmente relacionada com *pensamento católico*, nunca foi esclarecida.)

Mas o jovem Dan nunca foi atingido (nem mesmo remotamente influenciado) pelo que havia de católico na Mickey; o que ele notou no North End, desde o início, era o que havia de *italiano* nele. O Centro Escolar Michelangelo era um local de encontros onde os imigrantes italianos se reuniam para a americanização. Os prédios superlotados, verdadeiras casas de cômodos onde moravam muitos colegas de escola de Danny, tinham sido construídos originalmente para os imigrantes irlandeses, que vieram para o North End antes dos italianos. Mas os irlandeses tinham se mudado – para Dorchester e Roxbury, ou eram "do Sul" agora. Não fazia muito tempo, ainda havia um pequeno número de pescadores portugueses – talvez ainda houvesse uma ou duas famílias, nas vizinhanças da Fleet Street – mas em 1954, quando Danny Baciagalupo e o pai dele chegaram, o North End era virtualmente *todo* italiano. O cozinheiro e o filho não foram tratados como estrangeiros – não por muito tempo. Muitos parentes quiseram recebê-los. Havia inúmeros Calogeros, infinitos Saettas; primos, e primos que não eram primos de verdade, chamavam os Baciagalupo de "família". Mas Dominic e o jovem Dan não estavam acostumados com famílias grandes – sem mencionar as famílias estendidas. O fato de eles serem reservados não os ajudou a sobreviver em Coos? Os italianos não entendiam o que era ser "reservado"; ou eles lhe davam *un abbràccio* ou você estava comprando uma briga.

Os mais velhos ainda se reuniam nas esquinas e nos parques, onde se ouviam não só os dialetos de Nápoles e da Sicília, mas os de Abruzzi e da Calábria. Quando o tempo estava quente, tanto os jovens quanto os velhos viviam do lado de fora, nas ruas estreitas. Muitos desses imigrantes tinham vindo para a América no início do século – não só de Nápoles e de Palermo, mas também de inúmeras aldeias do Sul da Itália. A vida de rua que eles haviam deixado para trás fora recriada no North End de Boston – nas barraquinhas de frutas e legumes, nas pequenas padarias e confeitarias, nos açougues, nas carrocinhas com peixe fresco toda sexta-feira nas ruas Cross e Salem, nas barbearias e engraxates, nos festivais de verão, e naquelas estranhas sociedades religiosas cujas janelas no nível da rua eram pintadas com imagens de santos padroeiros. Pelo menos os santos eram "estranhos" para Dominic e Daniel Baciagalupo, que (em treze anos) não conseguiram encontrar exatamente o que era católico ou italiano dentro de si.

Bem, para ser justo, talvez Daniel não tivesse fracassado inteiramente na questão italiana – ele ainda *tentava* perder aquela frieza típica de New Hampshire. Dominic, ao que parecia, jamais iria perdê-la; ele podia fazer comidas italianas, mas *ser* italiano era outra coisa.

Apesar de Ketchum ter confundido a Michelangelo com uma escola católica, Danny achava injusto que seu pai culpasse Ketchum por ter posto na cabeça do jovem Dan a ideia de ir "embora" para um colégio interno. Tudo o que Ketchum tinha dito, numa de suas primeiras cartas para Danny – naquela caligrafia positivamente *feminina* – foi que o "cara" mais inteligente que ele conheceu havia frequentado uma escola particular perto da costa de New Hampshire. Ketchum estava se referindo à Exeter, que não ficava muito distante de Boston – e naquela época você podia pegar o trem, o que Ketchum chamava de "o bom e velho Boston e Maine". Da North Station em Boston, o Boston & Maine se dirigia também para New Hampshire. "Que diabo, eu tenho certeza que você pode andar do North End para a North Station", Ketchum escreveu para o jovem Dan. "Até um cara manco poderia andar essa distância, eu imagino." (A palavra *cara* estava ficando cada vez mais comum no vocabulário de Ketchum – talvez por influência de Six-Pack, embora Jane também usasse a palavra. Danny e o pai também a usavam.)

O cozinheiro não ficou nada satisfeito com o que chamou de "interferência" de Ketchum na educação de Daniel, embora o jovem Dan tivesse discordado do pai; ilogicamente, Dominic *não* culpava o professor de inglês do menino na sétima e oitava séries na Mickey, Sr. Leary, que teve muito mais a ver com a ida de Danny para a Exeter do que Ketchum.

Aliás, o cozinheiro devia ter culpado a si mesmo – pois quando Dominic soube que a Exeter, naquela época, era uma escola só de rapazes, ele foi subitamente persuadido a deixar seu amado Daniel sair de casa no outono de 1957, quando o menino tinha apenas quinze anos. Dominic ficaria com o coração partido de saudades do filho, mas o cozinheiro podia dormir à noite, seguro por saber (ou, como Ketchum iria dizer, com a "ilusão") que seu menino estava a salvo das garotas. Dominic deixou Daniel ir para a Exeter porque queria manter o filho longe das garotas "pelo máximo de tempo possível", como escreveu para Ketchum.

"Bem, esse problema é *seu*, Cookie", o velho amigo escreveu de volta.

E era mesmo. Não tinha sido um problema tão aparente quando eles chegaram no North End – quando o jovem Dan tinha apenas doze anos, e ele parecia não prestar atenção nas garotas – mas o cozinheiro viu como as garotas já reparavam no seu filho. No meio daquelas primas e primas que não eram realmente primas dos clãs dos Saetta e Calogero, logo surgiriam algumas primas *beijoqueiras*, o cozinheiro pensou – sem mencionar todas as outras garotas que o menino ia conhecer, pois o North End era um *bairro*, onde você conhecia gente como louco. O cozinheiro e seu filho de doze anos nunca haviam morado num bairro antes.

Naquele domingo de abril de 1954, pai e filho tiveram uma certa dificuldade para *achar* o North End, e – mesmo naquela época – era mais fácil ir andando para o North End do que ir dirigindo. (Tanto dirigir quanto estacionar o Pontiac Chieftain naquele bairro fora uma tarefa difícil – sem dúvida não podia se comparar à tarefa de transportar o corpo de Jane do pavilhão de cozinha até a cozinha do guarda Carl, mas uma tarefa difícil mesmo assim.) Quando eles foram caminhando a pé para a Hanover Street – passando a uma distância que dava para ver a cúpula dourada do Sumner Tunnel Authority, que pareceu brilhar sobre eles como um novo sol num planeta diferente – eles viram dois outros restaurantes (o Europeo e o Mother Anna's) perto da Cross Street antes de avistarem o Vicino di Napoli.

Era final de tarde – fora uma longa viagem de New Hampshire até lá – mas o dia estava quente e ensolarado, comparado com a luz fria da manhã na Represa Dead Woman, onde eles deixaram o corpo azulado de Angel com Ketchum.

Ali, as calçadas eram apinhadas de famílias; as pessoas realmente conversavam – algumas *gritando* – umas com as outras. (Lá – na Represa Dead Woman *e* em Twisted River, na manhã em que partiram – eles só tinham visto a índia morta, o rapaz afogado e Ketchum.) Ali, desde o momento em que estacionaram o Pontiac e começaram a andar, Danny ficou excitado demais para falar; ele nunca tinha visto um lugar como aquele, a não ser no cinema.

(Não havia cinema em Twisted River; às vezes Jane levava o jovem Dan a Berlin para ver um filme. O cozinheiro tinha dito que jamais voltaria a Berlin, "a não ser algemado".)

Naquele domingo de abril na Hanover Street, quando eles pararam na frente do Vicino di Napoli, Danny olhou para o pai, que parecia ter sido *arrastado* para o North End algemado – ou então o cozinheiro se sentia amaldiçoado por estar sombreando a porta do restaurante. Haveria alguma maldição associada ao arauto das más notícias?, Dominic se perguntava. O que acontece com o homem que traz uma notícia ruim? Será que um dia alguma coisa pior acontece com ele?

O jovem Dan podia sentir a hesitação do pai, mas antes que pai ou filho pudessem abrir a porta, um velho a abriu de dentro do restaurante. "Entrem, entrem!", disse o homem segurando o pulso de Danny, puxando-o para dentro do lugar com cheiro apetitoso. Dominic foi atrás sem dizer nada. À primeira vista, o cozinheiro pôde ver que o velho não era o seu odiado pai; ele não se parecia nada com Dominic, e era velho demais para ser Gennaro Capodilupo.

Ele era, como aparentava ser, tanto o maître quanto o dono do Vicino di Napoli, e ele não se lembrava de ter conhecido Annunziata Saetta, embora tivesse conhecido Nunzi (sem o saber) e ele conhecia muitos Saettas – e o velho também não se deu conta, naquele domingo em particular, de que o homem que ele tinha *demitido* era o pai de Dominic, Gennaro Capodilupo; Gennaro, aquele porco, foi um ajudante de garçom excessivamente namorador no Vicino di Napoli. (Foi no restaurante que Nunzi e o namorador do pai de Dominic se conheceram!) Mas o idoso proprietário e maître "ouvira falar" de Annunziata Saetta; como também de Rosina ou "Rosie" Calogero. Escândalos eram o prato preferido do bairro, como o jovem Dan e seu pai logo descobririam.

Quanto ao Vicino di Napoli, o salão de jantar não era grande, as mesas eram pequenas; as toalhas de mesa eram de xadrez vermelho e branco, e duas jovens e um garoto (mais ou menos da idade de Angel) estavam pondo as mesas. Havia uma bancada de aço inoxidável e do outro lado dela Dominic pôde ver um forno de tijolos para pizza e uma cozinha aberta, onde dois cozinheiros estavam trabalhando. Dominic ficou aliviado ao ver que nenhum dos dois tinha idade para ser seu pai.

– Nós ainda não estamos prontos para servir, mas vocês podem se sentar, beber alguma coisa, talvez – o velho disse, sorrindo para Danny.

Dominic enfiou a mão no bolso interno do casaco, onde sentiu a carteira de Angelù Del Popolo – ainda estava úmida. Mas ele mal tinha tirado a carteira do bolso quando o maître deu um passo para trás.

– Você é um *tira*? – o velho perguntou. A palavra *tira* atraiu a atenção dos dois cozinheiros que Dominic vira na cozinha; eles saíram cautelosamente de trás da bancada. O garoto e as duas mulheres que estavam pondo as mesas pararam de trabalhar e também ficaram olhando para Dominic.

– Tiras normalmente não trabalham com crianças – um dos cozinheiros disse ao velho. Este cozinheiro estava coberto de farinha – não apenas o avental, mas as mãos e os antebraços estavam todos brancos. (O chef encarregado das pizzas, provavelmente, Dominic pensou.)

– Eu não sou um tira, sou um cozinheiro – Dominic disse a eles. Os dois homens mais jovens e o velho riram aliviados; as duas mulheres e o garoto retomaram o trabalho. – Mas eu tenho uma coisa para mostrar a vocês – Dominic disse. O cozinheiro segurava a carteira de Angel. Ele não conseguia decidir o que devia mostrar primeiro: o passe de Boston com o nome de Angelù Del Popolo e sua data de nascimento, ou a fotografia da mulher bonita mas gorda. Ele escolheu o passe de ônibus e metrô com o nome verdadeiro do rapaz morto, mas antes que Dominic pudesse decidir para qual dos homens mostrar o cartão, o velho viu a foto na carteira aberta e arrancou a carteira das mãos de Dominic.

– Carmella! – o maître gritou.

– Havia um *menino* – Dominic disse, enquanto os dois cozinheiros olhavam nervosos para o retrato debaixo do plástico da carteira. – Talvez ela seja a mãe dele.

Dominic não conseguiu dizer mais nada. O pizzaiolo tapou o rosto com as mãos, sujando-o de branco.
– An-ge-LU! – Ele gemeu.
– Não! Não! Não! – o velho disse, agarrando Dominic pelos ombros e sacudindo-o.
O outro cozinheiro (claramente o principal ou primeiro chef) pôs a mão no coração como se tivesse sido apunhalado.
O pizzaiolo, com o rosto branco como o de um palhaço, tocou de leve a mão do jovem Dan com seus dedos sujos de farinha. – O que aconteceu com Angelù? – ele perguntou ao menino de um jeito tão delicado que Dominic soube que o homem devia ter um filho da idade de Daniel, ou que tinha tido um. Ambos os cozinheiros eram uns dez anos mais velhos do que Dominic.
– Angel se afogou – Danny disse a todos eles.
– Foi um acidente – o pai dele disse.
– Angelù não era pescador! – o maître lamentou.
– Foi um acidente num campo madeireiro – Dominic explicou. – Ao transportar toras pelo rio, o rapaz escorregou e caiu na água.
As moças e o garoto mais ou menos da idade de Angel tinham escapulido – Danny não os vira sair. (Eles não tinham passado da cozinha, como se viu depois.)
– Angelù costumava trabalhar aqui, depois da escola – o velho estava dizendo para Danny. – Sua mama, Carmella, ela trabalha aqui agora.
O outro cozinheiro tinha se aproximado, estendendo a mão para Dominic. – Antonio Molinari – o chef principal disse, apertando tristemente a mão de Dominic.
– Dominic Baciagalupo – o cozinheiro respondeu. – Eu era o cozinheiro do campo de extração de madeira. Este é o meu filho, Daniel.
– Giusé Polcari – o velho disse para o jovem Dan com um olhar abatido. – Ninguém me chama de Giuseppe. Eu também gosto que me chamem simplesmente de Joe. – Apontando para o pizzaiolo, o velho Polcari disse: – Este é o meu filho Paul.

– Podem me chamar de Dan ou de Danny – o menino disse a eles. – Só o meu pai me chama de Daniel.

Tony Molinari tinha ido para a porta do restaurante; ele estava observando os transeuntes na Hanover Street. – Lá vem ela! – ele disse. – Estou vendo Carmella! – Os dois cozinheiros correram para a cozinha, deixando os surpresos Baciagalupo com o velho Polcari.

– Você tem que contar a ela, eu não posso fazer isso – Giusé (ou simplesmente Joe) estava dizendo. – Eu apresento você – o maître disse, empurrando Dominic para mais perto da porta do restaurante; Danny segurava a mão do pai. – O marido dela também se afogou, eles eram apaixonados! – O velho Polcari estava dizendo. – Mas ele era um pescador, eles se afogam *um bocado*.

– Carmella tem outros filhos? – Dominic perguntou. Agora os três podiam vê-la, uma mulher robusta com um belo rosto e cabelos pretos. Ela ainda não tinha quarenta anos; devia ter a idade de Ketchum ou um pouco mais. Seios grandes, quadris grandes, sorriso grande, só o sorriso era maior do que o de Jane, o jovem Dan notou.

– Angelù era seu filho único – Giusé respondeu para Dominic. Danny largou a mão do pai, pois o velho Polcari estava tentando dar alguma coisa a ele. Era a carteira de Angel, que estava fria e molhada, o passe espetado para fora dela. Danny abriu a carteira e guardou o cartão na hora em que Carmella Del Popolo entrou.

– Ei, Joe, eu estou atrasada? – ela perguntou alegremente para o velho.

– Você não, Carmella. Você está sempre na hora!

Talvez este tenha sido um daqueles momentos que fez com que Daniel Baciagalupo se tornasse um escritor – sua primeira e inevitavelmente desajeitada tentativa de *prever o futuro*. O menino de repente viu o futuro do pai, mas não tão claramente o dele. Sim, Carmella era um pouco mais velha e com certeza mais gorda do que a mulher na foto que Angel carregava em sua carteira, mas ninguém achava que ela havia perdido sua beleza. Aos doze anos, Danny podia ser jovem demais para prestar atenção em meninas – ou as meninas eram jovens demais para atrair sua atenção – mas o menino já tinha interesse em *mulheres*. (Em Jane, sem dúvida – em Six-Pack Pam, definitivamente.) Carmella Del Popolo lembrava Jane. Sua pele morena azeitonada não era diferente da pele morena avermelhada de Jane; seu nariz ligeiramente achatado e seus malares largos eram iguais, assim como os olhos castanho-escuros – como os de Jane, os olhos de Carmella era quase tão pretos quanto seus cabelos. E Carmella em breve não teria dentro dela uma *tristeza* como a de Jane? Jane também tinha perdido um filho, e Carmella – como Dominic Baciagalupo – já tinha perdido um marido adorado.

Não que Danny pudesse ver, naquele momento, qualquer indicação de que seu pai se sentiu atraído por Carmella ou ela por ele; mas o menino tinha certeza de uma coisa. A mãe de Angel era a próxima mulher à qual seu pai se ligaria – pelo tempo em que o North End os mantivesse a salvo do guarda Carl.

– Você precisa sentar, Carmella – o velho Polcari estava dizendo, enquanto recuava na direção da cozinha, onde os outros estavam escondidos. – Este é aquele cozinheiro e o filho dele, lá do Norte, *você* sabe, amigos de Angelù.

A mulher, que já estava radiante, ficou ainda mais alegre. – Você é *Dominic*?! – ela exclamou, apertando as têmporas do cozinheiro entre as mãos. Quando ela se virou para Danny, o que fez rapidamente, Giusé Polcari tinha desaparecido junto com os outros covardes. – E você deve ser *Danny*! – Carmella disse encantada. Ela o abraçou, com força, não com tanta força quanto Jane costumava abraçá-lo às vezes, mas forte o bastante para fazer o jovem Dan tornar a pensar em Jane.

Dominic só agora entendeu por que havia tão pouco dinheiro na carteira de Angel, e por que eles não tinham achado quase nada nas coisas do rapaz morto. Angel estava mandando dinheiro para a mãe. O rapaz tinha pedido carona a Jane para ir ao correio; ele tinha dito a ela que o serviço postal do Canadá era complicado, mas ele estava comprando ordens de pagamento para a mãe. E dava para ver que ele costumava escrever sempre para ela, pois ela sabia que o cozinheiro e o filho dele eram amigos do rapaz. De repente, ela perguntou por Ketchum.

– O Sr. Ketchum veio com vocês? – Carmella disse a Danny, segurando carinhosamente o rosto do garoto entre as mãos. (Talvez este momento de perda da fala tenha ajudado a tornar Danny Baciagalupo um escritor. Todos aqueles momentos em que você sabe que devia falar mas não consegue pensar no que dizer, sendo escritor, você tem que prestar muita atenção nesses momentos.) Mas foi então que Carmella pareceu notar que não havia mais ninguém no salão do restaurante, e ninguém visível na cozinha; a pobre mulher interpretou isso como sendo uma tentativa de fazer uma surpresa para ela. Quem sabe o seu Angelù tinha vindo visitá-la sem avisar? Os outros estariam escondendo o seu filho adorado na cozinha, todos eles conseguindo manter um silêncio mortal? – An-ge-LU! – Carmella chamou. – Você e o Sr. Ketchum também estão aqui? An-ge-LU!

Anos depois, quando já estava acostumado a ser um escritor, Daniel Baciagalupo consideraria natural o que tinha acontecido naquele dia, na cozinha. Eles não eram covardes; eles eram apenas pessoas que amavam Carmella Del Popolo e que não aguentavam vê-la sofrer. Mas, ao mesmo tempo, o jovem Dan tinha ficado chocado. Foi Paul Polcari, o pizzaiolo, que começou.

– An-ge-LU! – ele gemeu.

– Não, não, não – seu velho pai choramingou.

– Angelù, Angelù – Tony Molinari chamou, mais brandamente.

As moças e o garoto mais ou menos da idade de Angel também estavam dizendo baixinho o nome do rapaz. Este coro da cozinha não era o que Carmella esperava ouvir; eles faziam um lamento tão triste que a pobre mulher olhou para Dominic atrás de alguma explicação, e viu apenas pânico e tristeza no rosto dele. Danny não podia olhar para a mãe de Angel – teria sido como olhar para Índia Jane um segundo antes de acertá-la com a frigideira.

Uma cadeira tinha sido puxada da mesa mais próxima – o último gesto de Polcari antes de se escafeder, antes mesmo de dizer a Carmella para se sentar – e Carmella não se sentou na cadeira, desabou sobre ela, a cor azeitonada abandonando seu rosto. De repente ela avistou a carteira do filho nas mãos do jovem Dan, mas quando ela estendeu a mão e viu o quanto a carteira estava fria e molhada, ela recuou e caiu sentada na cadeira. O cozinheiro se apressou em ampará-la, ajoelhando-se ao lado dela com os braços ao redor dos seus ombros, e Danny, instintivamente, ajoelhou-se aos pés dela.

Ela estava usando uma saia preta de seda e uma bonita blusa branca – a blusa ia ficar logo manchada de lágrimas – e quando ela olhou dentro dos olhos escuros de Danny, ela deve ter visto o filho como ele devia olhar antes para ela, porque puxou a cabeça do menino para o colo e o segurou ali como se *ele* fosse o seu Angelù morto.

– Não Angelù! – ela gritou.

Um dos chefs que estava na cozinha batia numa panela de macarrão com uma colher de pau; como um eco, ele gritou: "Não Angelù!"

– Eu lamento muito – o jovem Dan ouviu o pai dizer.

– Ele se afogou – o menino disse, com a cabeça no colo de Carmella; ele sentiu que ela segurava sua cabeça com mais força ali, e mais uma vez ele teve uma visão do seu futuro imediato. Enquanto vivesse com o pai e Carmella Del Popolo, Danny Baciagalupo seria o substituto de Angelù ("Você não pode culpar o rapaz por ele querer ir embora para o colégio", Ketchum um dia escreveria para o velho amigo. "Culpe a mim, se quiser, Cookie, mas não culpe o Danny.")

– *Afogado* não! – Carmella gritou por cima do barulho da cozinha. Danny não conseguia ouvir o que o pai estava cochichando no ouvido da mulher chorosa, mas podia sentir o corpo dela sacudido de soluços, e conseguiu virar um pouco a cabeça no colo dela, o suficiente para ver os outros saindo da cozinha. Nada de panelas ou colheres de pau, apenas eles com os rostos banhados em lágrimas. (O rosto de Paul estava sujo de farinha também.) Mas Daniel Baciagalupo já tinha imaginado tudo; ele não precisou ouvir o que o pai estava dizendo no ouvido de

Carmella. A palavra *acidente* certamente foi pronunciada por ele, aquele era um mundo de acidentes, o menino e o pai já sabiam disso.

– São bons irmãos – o velho Polcari estava dizendo; e isto soou como uma prece. Só mais tarde é que Danny percebeu que Joe Polcari não estava rezando; que ele estava falando com Carmella sobre o cozinheiro e o filho que tinham vindo "lá do Norte". Realmente, o menino e o pai é que levaram Carmella para casa. (Ela precisou apoiar-se neles, quase desfalecendo, mas ela era fácil de carregar, ela devia ser uns cinquenta quilos mais leve do que Jane, e Carmella estava *viva*.)

Mas antes mesmo de saírem do Vicino di Napoli aquela tarde – quando a cabeça de Danny ainda estava presa no colo da pobre mãe – Daniel Baciagalupo identificou outro truque próprio dos escritores. Foi algo que ele já sabia fazer, embora só fosse empregá-lo no seu método de escrever alguns anos depois. Todos os escritores devem saber distanciar-se de si mesmos, *separar-se* deste ou daquele momento emotivo, e Danny conseguia fazer isso – mesmo aos doze anos. Com o rosto preso nas mãos de Carmella, o menino simplesmente *retirou-se* daquela cena; contemplando-a do forno de pizza, talvez, ou pelo menos longe o bastante das pessoas chorosas como se estivesse parado, sem ser visto, na cozinha, perto da bancada, Danny viu que os empregados do Vicino di Napoli tinham se juntado em volta de Carmella e do pai ajoelhado.

O velho Polcari estava atrás de Carmella, com uma das mãos em sua nuca e a outra no próprio coração. Seu filho Paul, o pizzaiolo, estava parado em sua aura de farinha com a cabeça baixa, mas tinha se posicionado simetricamente na altura do quadril de Carmella – exatamente do lado oposto em que Dominic estava ajoelhado. As duas moças – garçonetes, que ainda estavam aprendendo a profissão com Carmella – se ajoelharam no chão bem atrás do jovem Dan, que, do seu ponto de observação na cozinha, podia ver a si mesmo de joelhos, com a cabeça no colo de Carmella. O outro cozinheiro – o primeiro chef ou chef principal, Tony Molinari – estava um pouco separado do resto com o braço passado ao redor dos ombros estreitos do garoto que tinha mais ou menos a mesma idade que Angel. (Ele era o ajudante de garçom, Danny logo saberia; o primeiro emprego de Danny no Vicino di Napoli seria como ajudante de garçom.)

Mas neste exato e triste momento, Daniel Baciagalupo fitou aquela cena de longe. Ele iria começar a escrever na primeira pessoa, como fazem muitos escritores jovens, e a torturada primeira frase de um de seus primeiros romances faria referência (em parte) a esta Pietà virtual naquele domingo de abril no Vicino di Napoli. Nas próprias palavras do jovem escritor: "Eu me tornei membro de uma família com a qual não tinha nenhum parentesco – muito antes de saber qualquer coisa sobre a minha própria família, ou sobre o dilema que meu pai tinha enfrentado quando eu ainda era um bebê."

"Abram mão do Baciagalupo", Ketchum escreveu para os dois. "Caso Carl vá atrás de vocês, é melhor trocar de sobrenome, só por precaução." Mas Danny se recusou. Daniel Baciagalupo tinha orgulho do seu nome – ele se orgulhava até do que o pai tinha contado a ele sobre a história do seu nome. Todos os anos em que aqueles garotos de West Drummer o chamaram de porquinho da índia e de carcamano fizeram o jovem Dan achar que ele tinha *merecido* o seu nome; agora, no North End (um bairro italiano), por que ele iria abrir mão do Baciagalupo? Além disso, o caubói – *se* ele viesse procurar – iria tentar achar um *Dominic* Baciagalupo, não um Daniel.

Dominic não sentia o mesmo em relação ao seu sobrenome. Para ele, Baciagalupo sempre foi um nome inventado. Afinal, Nunzi dera esse nome a ele – ele tinha sido o *seu* Beijo do Lobo, quando na realidade teria feito mais sentido para ele ter sido um Saetta, o que ele era em parte, ou sua mãe tê-lo chamado de Capodilupo, nem que fosse para envergonhar o seu irresponsável pai. ("Aquele sem-vergonha do Gennaro", como o velho Joe Polcari um dia iria referir-se ao ajudante de garçom namorador despedido, que tinha desaparecido – só Deus sabia para onde.)

E Dominic tinha um monte de nomes para escolher. Todos na enorme família de Annunziata queriam que ele se tornasse um Saetta, enquanto as inúmeras sobrinhas e sobrinhos de Rosie – sem falar na família mais imediata de sua falecida esposa – queriam que ele fosse um Calogero. Dominic não caiu nessa armadilha; viu logo o quanto os Saetta se sentiriam insultados se ele mudasse o nome para Calogero, e vice-versa. O apelido de Dominic no Vicino di Napoli, onde ele se tornou imediatamente aprendiz do chef Tony Molinari, e do pizzaiolo, Paul Polcari, seria Gambacorta – "Perna Curta", uma referência afetuosa ao seu defeito – logo abreviado para Gamba (simplesmente "Perna"). Mas Dominic decidiu que, longe do restaurante, nem Gambacorta nem Gamba serviam como sobrenome – ainda mais para um cozinheiro.

"E que tal Bonvino?", o velho Giusé Polcari chegou a sugerir. (O nome significava "Bom Vinho" mas Dominic não bebia.)

Buonopane ("Bom Pão") seria a recomendação de Tony Molinari, enquanto Paul Polcari era a favor de Capobianco ("Cabeça Branca") – porque Paul vivia branco da cabeça aos pés por causa da farinha. Mas estes nomes eram cômicos demais para um homem com o temperamento melancólico de Dominic.

Na primeira noite que passaram no North End, Danny poderia ter previsto o que seu pai escolheria como novo sobrenome. Quando pai e filho acompanharam a viúva Del Popolo até seu prédio de tijolos na Charter Street – Carmella morava num apartamento de três cômodos sem elevador perto do antigo banheiro público e do Cemitério de Copps Hill; a única água quente que havia era a que ela esquentava no fogão a gás – o jovem Dan pôde enxergar o suficiente do futuro do pai para ver que Dominic Baciagalupo iria calçar rapidamente os sapatos do pescador afogado. Embora os sapatos do falecido marido de Carmella não coubessem em Dominic, ela um dia ficaria feliz ao descobrir que Dominic podia usar as roupas do infeliz pescador – os dois homens eram pequenos de corpo, assim como Danny, que em breve estaria usando as roupas que Angel deixara para trás. Naturalmente, pai e filho precisavam de trajes apropriados para a cidade; as pessoas se vestiam em Boston de modo diferente do que no condado de Coos. Não seria nenhuma surpresa para Danny Baciagalupo, que *não iria* (a princípio) aceitar o conselho de Ketchum de trocar de sobrenome, o fato de seu pai se tornar Dominic Del Popolo (afinal de contas, ele era um cozinheiro "do povo") – quem sabe desde aquela primeira noite no North End.

Na cozinha de Carmella havia uma banheira maior do que a mesa da cozinha, que já tinha as três cadeiras necessárias. Duas grandes panelas de macarrão estavam cheias d'água – sempre quente, mas não fervendo, sobre o fogão. Carmella praticamente não cozinhava em sua cozinha; ela mantinha a água sempre quente para os seus banhos: para uma mulher que morava num apartamento onde só havia água fria, ela era muito limpa e tinha um cheiro maravilhoso; com a ajuda de Angel, ela conseguia pagar as contas de gás. No North End, naquela época, não havia empregos em horário integral suficientes para rapazes da idade de Angel. Para rapazes que fossem bastante fortes, havia mais empregos de horário integral na região Norte, no Maine e em New Hampshire, mas o trabalho lá podia ser perigoso – como o pobre Angel descobriria.

Danny e o pai sentaram-se na pequena mesa da cozinha junto com Carmella enquanto ela chorava. O menino e o pai contaram à mãe chorosa histórias sobre o filho afogado; naturalmente, algumas das histórias os levaram a falar em Ketchum. Quando as lágrimas de Carmella secaram temporariamente, os três, agora com fome, voltaram para o Vicino di Napoli, que só servia pizza ou pratos rápidos de massa nos domingos à noite. (Naquela época, o almoço de domingo era a refeição principal para a maioria dos italianos.) E o restaurante fechava cedo aos domingos; os chefs preparavam um jantar para os empregados depois que os clientes da noite iam para casa. Nas outras noites, o restaurante costumava ficar aberto até bem tarde, e os cozinheiros e os empregados comiam no meio da tarde, antes do jantar.

O idoso proprietário e maître estava esperando que os três voltassem; quatro mesas foram reunidas e haviam colocado pratos para eles. Eles comeram e beberam como se estivessem num velório, parando apenas para chorar – todo mundo chorou, menos o jovem Dan – e para brindar o rapaz morto que todos tinham amado, embora nem Danny nem seu pai tocassem numa gota de vinho. Houve as diversas ave-marias, muitas em uníssono, mas não havia nenhum caixão aberto para ver ou para velar a noite inteira. Dominic assegurou aos presentes que Ketchum sabia que Angel era italiano; o madeireiro teria organizado "alguma coisa católica" com os franco-canadenses. (Danny lançou um olhar para o pai, porque os dois sabiam que os lenhadores não teriam feito nada disso; Ketchum teria mantido tudo o que fosse católico, e os franco-canadenses, o mais longe possível de Angel.)

Já era bem tarde quando Tony Molinari perguntou a Dominic onde ele e Danny iam passar a noite; sem dúvida eles não iam dirigir de volta até New Hampshire. Como Dominic dissera a Ketchum, ele não era um jogador – não mais –, mas ele confiou nas pessoas com quem estava e (para sua própria surpresa e de Danny) contou-lhes a verdade.

– Nós nunca poderemos voltar, estamos fugindo – Dominic disse. Foi a vez de Danny chorar; as duas jovens garçonetes e Carmella se apressaram em consolar o menino.

– Não diga mais nada, Dominic, não precisamos saber o motivo, e nem de quem você está fugindo! – o velho Polcari disse. – Vocês estão seguros conosco.

– Eu não estou surpreso, Dominic. Qualquer um pode ver que você esteve numa briga – Paul disse, dando um tapinha no ombro do cozinheiro com a mão suja de farinha. – Seu lábio está com um machucado feio. Ainda está sangrando, sabia?

– Talvez você precise de pontos – Carmella disse para o cozinheiro, sinceramente preocupada. Mas Dominic descartou a sugestão dela sacudindo a cabeça; ele não disse nada, mas todos puderam ver a gratidão do cozinheiro em seu sorriso tímido. (Danny lançou outro olhar ao pai, mas o menino não duvidou do raciocínio do pai quando ele não explicou as circunstâncias do seu ferimento no lábio; o fato de pai e filho estarem fugindo não tinha nada a ver com o caráter questionável e o comportamento aberrante de Six-Pack Pam.)

– Vocês podem ficar comigo – Tony Molinari disse para Dominic.

– Eles podem ficar *comigo* – Carmella disse a Molinari. – Eu tenho um quarto sobrando. – O oferecimento dela foi incontestável, pois ela estava se referindo ao quarto de Angel; só o fato de mencionar o quarto fez com que Carmella recomeçasse a chorar. Quando Danny e o pai a acompanharam de volta ao apartamento de água fria na Charter Street, ela disse que eles podiam ficar com a cama maior no quarto dela. Ela dormiria na cama de solteiro do quarto de Angelù.

Eles iriam ouvi-la chorar na cama, tentando dormir. Depois que passou um bom tempo sem que eles a ouvissem chorar, o jovem Dan cochichou para o pai.

– Talvez você devesse ir até lá.

– Não seria apropriado, Daniel. É do filho que ela sente saudade, acho que *você* devia ir até lá.

Danny Baciagalupo foi para o quarto de Angel, onde Carmella estendeu os braços para o menino, e ele se deitou ao lado dela na cama estreita. "An-ge-LU", ela murmurou no ouvido dele, até finalmente adormecer. Danny não teve coragem de sair da cama com medo de acordá-la. Ficou deitado em seus braços quentes, sentindo seu cheiro bom, limpo, até adormecer também. Fora um dia longo e violento para o menino de doze anos – contando com os eventos dramáticos da noite anterior, é claro – e o jovem Dan devia estar cansado.

Até o modo como Danny adormeceu não contribuiu de alguma forma para o fato de ele se tornar um escritor? Na noite do mesmo dia em que tinha matado a lavadora de pratos índia de 150 quilos, que por acaso era amante do seu pai, Daniel Baciagalupo estaria nos braços da viúva Del Popolo, a mulher voluptuosa que em breve substituiria Índia Jane na próxima vida do pai dele – na história triste (por enquanto) mas em andamento do pai. Um dia, o escritor iria reconhecer a quase simultaneidade de eventos ligados mas diferentes – são estes que fazem uma história avançar –, mas no momento em que Danny adormeceu nos braços perfumados de Carmella, o menino exausto pensou apenas: Que *coincidência* é esta? (Ele era jovem demais para saber que, em qualquer romance com uma quantidade razoável de premeditação, não existiam coincidências.)

Talvez as fotos de sua falecida mãe fossem suficientes para fazer com que o jovem Dan se tornasse um escritor; ele tinha conseguido levar apenas algumas do pavilhão de cozinha em Twisted River, e iria sentir falta dos livros onde os retratos ficavam guardados para não amassar – particularmente daqueles romances que continham trechos que Rosie havia sublinhado. Os próprios trechos eram uma maneira de ajudar o menino a imaginar sua mãe, junto com as fotos. Tentar lembrar-se daquelas fotos deixadas para trás também era uma forma de imaginá-la.

Apenas algumas das fotos que ele levou para Boston eram coloridas, e o pai tinha dito a Danny que as fotos em preto e branco eram, de alguma maneira, "mais fiéis" em relação ao que Dominic chamou de "o azul letal dos olhos dela". (Por que "letal?", o futuro escritor pensou. E como aquelas fotos em preto e branco podiam ser "mais fiéis" aos olhos azuis de sua mãe do que as fotos coloridas da Kodak?)

O cabelo de Rosie era castanho-escuro, quase preto, mas ela possuía uma pele surpreendentemente clara, e feições angulares, frágeis, que a deixavam parecendo ainda mais miúda do que era. Quando o jovem Dan conhecesse os Calogero – dentre eles as irmãs mais moças de sua mãe – ele veria que duas de suas tias eram pequenas e bonitas, como a mãe dele nas fotografias, e que a mais moça delas (Filomena) também tinha olhos azuis. Mas Danny iria notar que, apesar de o pai não conseguir deixar de olhar para Filomena – ela devia ter a mesma idade que a mãe do menino quando Rosie morreu (vinte e tantos anos, na estimativa de

Danny) – seu pai disse logo que os olhos de Filomena não eram do mesmo tom de azul que os de sua mãe. (Não eram suficientemente *letais*, talvez, o menino imaginou.) O jovem Dan notaria também que o pai raramente falava com Filomena; Dominic parecia quase grosseiro com ela, já que se recusava a olhar para ela ou a comentar o que ela estava vestindo.

Será que foi *como escritor* que Daniel Baciagalupo começou a notar estes detalhes? O menino já teria percebido o que se poderia chamar de um padrão na atração do pai por Jane e Carmella Del Popolo – ambas mulheres grandes, de olhos escuros, como sendo o *oposto* de Rosie Calogero? Pois se Rosie tinha mesmo sido o amor da vida do seu pai, Dominic não estaria evitando *de propósito* qualquer contato com qualquer mulher que fosse remotamente parecida com ela?

De fato, Ketchum um dia acusaria o cozinheiro de manter uma fidelidade bizarra a Rosie escolhendo relacionar-se com mulheres completamente diferentes dela. Danny deve ter escrito a respeito de Carmella para Ketchum, e o menino deve ter dito que ela era grande, porque o cozinheiro tivera o cuidado – nas cartas ao velho amigo – de não fazer menção ao tamanho de sua nova namorada, nem à cor dos seus olhos. Dominic não ia contar quase nada a Ketchum sobre a mãe de Angel e o relacionamento que mantinha com ela. Dominic nem mesmo responderia a carta acusatória de Ketchum, mas o cozinheiro ficou zangado com o fato de o lenhador ter criticado seu gosto em relação às mulheres. Na época, Ketchum ainda estava com Six-Pack Pam – por falar em mulheres *opostas* à prima Rosie!

Para se lembrar de Pam, Dominic só precisava se olhar no espelho, no lugar onde a cicatriz no seu lábio inferior continuaria bem perceptível muito tempo depois de Six-Pack tê-lo agredido. Seria uma surpresa para Dominic Del Popolo, nascido Baciagalupo, que Ketchum e Six-Pack durassem tanto como casal. Mas eles ficariam juntos por alguns anos mais do que Dominic ficara com Jane – até *um pouco* mais do que o cozinheiro ia conseguir ficar com Carmella Del Popolo, a grande mas bonita mãe de Angel.

* * *

A primeira manhã que pai e filho acordaram em Boston foi com o barulho irresistível de Carmella tomando banho em sua pequena cozinha. Respeitando a privacidade da mulher, Dominic e o jovem Dan continuaram deitados na cama enquanto Carmella fazia sua higiene que soava sedutora; sem que eles soubessem, ela pôs uma terceira e uma quarta panela de macarrão cheias de água no fogo, e elas em breve estariam quase fervendo.

– Tem muita água quente! – ela gritou para eles. – Quem quer ser o próximo a tomar banho?

Como o cozinheiro já estava pensando como poderia caber, embora apertado, na banheira junto com Carmella Del Popolo, Dominic sugeriu, um tanto insensivelmente, que ele e Daniel poderiam compartilhar o banho – ele queria dizer a mesma água de banho – uma ideia que o menino de doze anos achou repulsiva.

– Não, papai! – o menino gritou da cama estreita no quarto de Angel.

Eles puderam ouvir Carmella sair da banheira, pingando. – Eu conheço meninos da idade de Danny, eles precisam de alguma *privacidade*! – ela disse.

Sim, o jovem Dan pensou – sem entender completamente que em breve ele iria precisar de *mais* privacidade do que seu pai e Carmella. Afinal de contas, Danny era quase um adolescente. Embora eles não fossem morar muito tempo juntos no apartamento de água fria da Charter Street com a grande banheira na pequena cozinha e um banheiro absurdamente pequeno (que só tinha uma cortina, em vez de uma porta) – o pseudobanheiro só tinha um vaso sanitário e uma pia mínima com um espelho em cima – o apartamento para o qual eles se mudariam não era muito maior, nem oferecia privacidade suficiente para o *adolescente* Daniel Baciagalupo, embora tivesse água quente. Seria outro prédio sem elevador no que um dia se chamaria Wesley Place – um beco ao lado do Caffè Vittoria – e além de ter dois quartos, havia um banheiro grande com banheira e chuveiro (e uma porta de verdade) e uma cozinha onde cabia uma mesa com seis cadeiras.

Ainda assim, os quartos eram um do lado do outro; e no North End, não havia nada que eles pudessem pagar que fosse comparável com o espaço que tinham no segundo andar do pavilhão de cozinha em Twisted River. E Danny já estava crescido demais para ouvir o pai e Carmella tentando transar sem fazer barulho – ainda mais depois que o menino, com sua imaginação sensível, tinha ouvido o pai e Jane *fazendo amor*.

O cozinheiro e Carmella, com o jovem Dan cada vez mais consciente de ser um substituto para Angel, tinham encontrado um jeito aceitável de viver, mas isso não iria durar. Em breve estaria na hora de o adolescente colocar uma certa distância entre ele e o pai – e, à medida que crescia, Danny foi se sentindo cada vez mais incomodado com um outro problema.

Se um dia ele tinha sofrido um estado pré-sexual de excitação, primeiro inspirado por Jane e depois por Six-Pack Pam, o adolescente não conseguia encontrar alívio do seu desejo cada vez maior por Carmella Del Popolo – a "substituta da índia" na vida do seu pai, como Ketchum a chamava. A atração de Danny por Carmella era um problema mais perturbador do que a questão da privacidade.

"Você tem que sair daí", Ketchum iria escrever para o jovem Dan, embora o rapaz gostasse da vida no North End. De fato, ele *amava* aquela vida, especialmente em comparação com a vida que levou em Twisted River – especialmente na Escola Paris Manufacturing Company.

A Escola Michelangelo fazia pouco da educação que Danny Baciagalupo tinha recebido no meio daqueles vagabundos no Phillips Brook – daqueles patetas de West Dummer, como Ketchum os chamava. A direção da Mickey fez Danny repetir o ano; ele era um ano mais velho do que a maioria de seus colegas. Na sétima série, quando o futuro escritor mencionou pela primeira vez a ideia de Ketchum acerca da Exeter ao seu professor de inglês, o Sr. Leary, o irlandês já considerava Danny Baciagalupo um dos seus melhores alunos. Quando o menino estava na oitava série, ele era, sem dúvida alguma, o preferido do Sr. Leary.

Vários ex-alunos do Sr. Leary tinham ido cursar a Boston Latin. Alguns foram para a Roxbury Latin – na opinião do velho irlandês, uma escola inglesa um tanto esnobe. Dois meninos que foram alunos do Sr. Leary tinham ido para Milton, e um para a Andover, mas ninguém das turmas de inglês do Sr. Leary jamais fora para a Exeter; ela era mais distante de Boston do que aquelas outras boas escolas, e o Sr. Leary sabia que ela era uma escola muito boa. Teria sido uma glória para o Sr. Leary se Daniel Baciagalupo fosse aceito na Exeter?

O Sr. Leary se sentia importunado pela maioria dos outros meninos da sétima e oitava séries na Mickey. Não passava despercebido que Danny não tomasse parte nas brincadeiras que faziam com o professor, porque brincadeiras e outras formas mais agressivas de assédio faziam o menino lembrar da sua experiência escolar em Paris.

O Sr. Leary tinha a cara vermelha de tanto beber; seu nariz parecia uma batata, a verdadeira imagem do suposto item principal da alimentação dos seus compatriotas. Tufos de cabelo branco cresciam atrás de suas orelhas, mas fora isso o Sr. Leary era careca – com um sulco pronunciado no alto da cabeça. Ele parecia uma coruja meio depenada. "Quando eu era criança", o Sr. Leary contava a todos os alunos, "eu fui atingido na cabeça por um dicionário, o que sem dúvida me fez gostar tanto das palavras."

Tanto os meninos da sétima quanto os da oitava série o chamavam de "O" porque o Sr. Leary tinha tirado o O do nome dele. Esses meninos capetas escreviam uma infinidade de *Os* no quadro quando o Sr. Leary estava fora da sala. Eles o chamavam de "O!", mas só quando ele estava de costas.

Por que isso aborrecia tanto o antigo Sr. O'Leary, Danny não entendia, e nem Daniel Baciagalupo achava que era grande coisa o seu professor ter tirado o O do nome. (Bastava olhar para Angel Pope e ver quanta coisa *ele* tinha tirado. Será que os garotos italianos achavam que só os irlandeses tentavam ocasionalmente disfarçar um pouco sua origem étnica?)

Mas o principal motivo do Sr. Leary considerar Daniel Baciagalupo um aluno tão excepcional era que o menino adorava escrever, e ele escrevia sem parar. Na sétima e na oitava séries na Mickey, o Sr. Leary nunca tinha visto ninguém igual a ele. O menino parecia *possuído* – ou pelo menos *obcecado*.

É verdade que o Sr. Leary às vezes ficava chocado ao ler o que o jovem Dan escrevia, mas as histórias dele – muitas delas extravagantes, a maioria violentas, e todas elas com uma quantidade exagerada de conteúdo sexual, totalmente inapropriado para um adolescente – eram sempre bem escritas e claras. O menino tinha simplesmente um dom para contar histórias; o Sr. Leary só queria ajudá-lo a melhorar a gramática, e o resto da *mecânica* da escrita. Na Exeter, o Sr. Leary ouvira dizer, eles eram defensores obstinados da gramática. Lá eles consideravam escrever fundamental – você tinha que escrever todo dia, sobre qualquer coisa.

Quando o Sr. Leary escreveu para o setor de admissão da Exeter, ele não fez menção à escrita criativa do jovem Dan. A Exeter não se interessava muito pela chamada escrita criativa; o Sr. Leary supunha que o mais importante lá era a redação. E a Escola Michelangelo, onde Daniel Baciagalupo era um aluno tão excepcional, ficava num bairro de ítalo-americanos. (O Sr. Leary teve o cuidado de não mencionar a palavra *imigrante*, embora o sentido fosse esse.) Aquele tipo de gente tinha tendência à preguiça e ao exagero, o Sr. Leary queria que a Exeter soubesse. O rapaz Baciagalupo era "diferente do resto".

O Sr. Leary deu a entender que, se você desse ouvidos àqueles italianos, teria a impressão de que *todos* eles tinham vivido no meio de ratos (e em outras condições terríveis) na terceira classe dos navios que os haviam trazido para a América – todos eles órfãos, ou chegando sozinhos do cais, apenas com um punhado de liras no bolso. E embora muitas das adolescentes fossem bonitas, todas se tornariam obesas quando ficassem mais velhas; isto por causa do macarrão e de seu apetite incontrolável. Este último, o Sr. Leary desconfiava, não se limitava ao excesso de comida. Para falar a verdade, aqueles italianos não eram tão trabalhadores quanto os *primeiros* imigrantes – os irlandeses – e embora o Sr. Leary não dissesse exatamente isto ao setor de admissão da Exeter, ele expressou muitos dos seus preconceitos ao louvar os talentos e o caráter de Daniel Baciagalupo, sem mencionar o fato de ter citado as "dificuldades" que o menino tinha sido obrigado a vencer "em casa".

Ele só tinha pai – "um cozinheiro um tanto reservado", como o Sr. Leary o descreveu. Este cozinheiro vivia com uma mulher que o Sr. Leary descreveria como "uma viúva que sofreu múltiplas tragédias" – ou seja, não havia candidato mais merecedor para a invejável posição de estudante bolsista da Exeter do que Daniel Baciagalupo! Espertamente, o Sr. Leary não só estava consciente dos seus preconceitos como queria que a Exeter também estivesse. Ele queria dar a impressão de que o North End de Boston era um lugar do qual Danny precisava ser *salvo*. O Sr. Leary queria que alguém da Exeter viesse visitar a Escola Michelangelo – mesmo que isso significasse ver o quanto o Sr. Leary era desrespeitado lá. Pois, sem dúvida, se a pessoa encarregada das bolsas visse Daniel Baciagalupo na companhia daqueles garotos malcomportados da Mickey – e, o que era mais importante, visse o futuro escritor no contexto daquele restaurante barulhento onde tanto o pai do menino quanto a infeliz viúva trabalhavam – bem, isto deixaria óbvio o quanto Danny Baciagalupo se destacava. O menino se destacava *mesmo*, mas o jovem Dan teria se destacado em qualquer lugar – não só no North End – embora o Sr. Leary não dissesse isso. Como se iria ver, ele disse o suficiente.

Sua carta teve o efeito desejado. "Este cara encheu as medidas!" (referindo-se ao Sr. Leary e seus fartos preconceitos) a primeira pessoa no setor de admissão da Exeter deve ter dito. A carta foi entregue a outra pessoa para ler, e a outra; um monte de gente na Exeter deve ter lido a carta, dentre elas exatamente "a pessoa encarregada de bolsas" que o Sr. Leary tinha em mente o tempo todo.

E aquela pessoa sem dúvida disse "Eu preciso ver isso" – referindo-se não só à Mickey e ao Sr. Leary, mas também às circunstâncias adversas da vida ítalo-americana de Daniel Baciagalupo.

Havia muito mais que o Sr. Leary *não* contou. Que necessidade tinha a Exeter de saber a respeito da imaginação extravagante do rapaz? O que tinha acontecido com o pai naquela história? Ele tinha sido atacado (aleijado para o resto da vida) por um *urso* – o urso tinha comido o pé do pai – mas o homem ferido conseguira afugentar o urso com uma frigideira! Este mesmo homem aleijado perdeu a esposa num acidente, dançando quadrilha. As pessoas estavam dançando quadrilha no cais; o cais desabou, e todos se afogaram. O homem que tinha perdido o pé foi poupado porque não podia dançar! (Ele estava só assistindo de longe, se o Sr. Leary se lembrava corretamente da história – era tudo uma maluquice, mas bem escrita, muito bem escrita.)

Havia até um amigo desta mesma família ficcional que fora atingido na cabeça por um tira corrupto. A vítima era um lenhador improvável – "improvável" na opinião do Sr. Leary, pois o lenhador era descrito como um homem que lia muito. O mais improvável ainda era que ele apanhou tanto do tira que esqueceu como se lia! E as *mulheres* das histórias de Daniel Baciagalupo – Deus tenha piedade, o Sr. Leary pensou.

Havia uma mulher nativa de uma tribo indígena local – a história sobre o aleijado se passava no interior de New Hampshire e descrevia um *dancing* onde não havia dança. (Ora, o Sr. Leary pensou ao ler a história – qual o sentido de uma coisa dessas?) Mas a história tinha sido bem escrita, como sempre, e a índia pesava 150 ou 200 quilos, e seus cabelos passavam da cintura; isto fez com que um menino retardado (o filho do pai que fora atacado pelo urso) confundisse a índia com *outro* urso! O infeliz do retardado achou que o *mesmo* urso tinha voltado para comer o resto do pai, quando na verdade a índia estava fazendo sexo com o aleijado – e o Sr. Leary só conseguiu imaginar que ela estivesse numa posição *superior*.

Mas quando o professor disse isso a Danny ("Eu imagino que a índia estava – bem – numa posição *superior*"), o menino Baciagalupo olhou para ele com espanto. O jovem escritor não entendeu.

– Não, ela só estava por cima – Danny respondeu ao Sr. Leary. O professor sorriu com uma expressão de adoração. Aos olhos do Sr. Leary, Daniel Baciagalupo era um gênio em formação; o menino maravilha era incapaz de cometer erros. Entretanto, o que tinha acontecido com a índia gorda era terrível. O menino retardado a *matou*; ele golpeou a mulher com a mesma frigideira que o pai usara contra o urso! Os poderes de descrição do jovem Baciagalupo estavam talvez no auge quando ele reproduziu a postura relaxada da índia morta e nua. O pai atencioso tinha rapidamente coberto as partes expostas dela com um travesseiro – talvez para poupar o filho doente de algum outro equívoco. Mas o menino retardado já tinha visto mais do que sua inteligência limitada podia suportar. Durante anos, ele seria assombrado pela visão dos seios imensos da morta – como eles tinham desabado para baixo dos seus braços. Como o garoto conseguia imaginar tantos *detalhes?*, o Sr. Leary iria pensar. (O Sr. Leary também seria assombrado pela índia morta e nua.)

Mas por que contar à Exeter sobre aqueles elementos questionáveis da imaginação do rapaz, que tinham perturbado até o Sr. Leary? Aqueles detalhes extremos eram meras indulgências que o escritor mais maduro um dia iria abandonar. Por exemplo, a mulher que usava uma camisa de flanela de homem, sem sutiã; ela havia *estuprado* o menino retardado, depois de consumir seis garrafas de cerveja! Por que a Exeter precisava saber sobre ela? (O Sr. Leary gostaria de poder esquecê-la.) Ou a mulher num dos prédios de apartamentos de água fria da Charter Street, perto do banheiro público e do Cemitério de Coops Hill – pelo que o Sr. Leary se lembrava, ela também tinha seios grandes e bonitos. Esta era outra história de Baciagalupo, e a mulher da Charter Street era mencionada como sendo a madrasta do menino retardado – o mesmo menino da história anterior, mas ele não era mais *chamado* de retardado. (Na nova história, o menino era descrito como "simplesmente prejudicado".)

O pai com o pé comido tinha sonhos confusos – tanto com o urso quanto com a índia assassinada. Dada a voluptuosidade da madrasta do menino prejudicado, o Sr. Leary desconfiava que o pai tivesse uma atração doentia por mulheres obesas; naturalmente, era bem possível que o jovem *escritor* achasse as mulheres grandalhonas fascinantes. (O Sr. Leary também estava começando a sentir uma atração incômoda por mulheres assim.)

E a madrasta era italiana, trazendo à tona os preconceitos do Sr. Leary; ele procurou sinais de preguiça e exagero na mulher, encontrando (para sua enorme satisfação) um exemplo perfeito dos já mencionados "apetites incontroláveis" que o Sr. Leary costumava atribuir às mulheres italianas. A mulher se lavava demais.

Ela era tão excentricamente devotada aos seus banhos que uma banheira enorme era a peça central da pequena cozinha do apartamento onde só havia água fria, onde quatro panelas de macarrão estavam constantemente esquentando água no fogo – a água do seu banho era aquecida no fogão a gás. O local da banheira criava um problema de privacidade para o enteado prejudicado, que tinha feito um buraco na porta do seu quarto, que dava para a cozinha.

Que outros estragos tinham sido causados ao menino pelo fato de espionar a madrasta nua – bem, o Sr. Leary só podia imaginar! E, por falar na criatividade do jovem Baciagalupo em relação aos *detalhes*, quando a mulher voluptuosa raspava as axilas, ela deixava uma pequena faixa, em forma de espada, propositadamente sem raspar (sob uma axila), "como o cavanhaque meticulosamente aparado de um duende", o jovem Dan tinha escrito.

– Em *qual* dos sovacos? – O Sr. Leary tinha perguntado ao escritor iniciante.

– No esquerdo – Danny respondeu, sem um momento de hesitação.

– Por que no esquerdo e não no direito? – o professor de inglês perguntou. O menino Baciagalupo ficou pensativo, como se tentasse lembrar de uma sequência um tanto complicada de eventos.

– Ela é destra – Danny respondeu. – Ela não é tão habilidosa com a gilete quando está se raspando com a mão esquerda. Ela raspa o sovaco direito com a mão esquerda – ele explicou ao professor.

– Esses detalhes também são bons – o Sr. Leary disse. – Eu acho que você devia colocar esses detalhes na história.

– Está bem, eu vou colocar – o jovem Dan disse; ele gostava do Sr. Leary, e fazia o possível para proteger seu professor de inglês dos tormentos dos outros meninos.

Os outros meninos não incomodavam Danny. Claro, havia valentões na Mickey, mas eles não eram tão violentos quanto os brutamontes da Paris Manufacturing Company. Se algum valentão do North End causasse problemas a Danny Baciagalupo, o jovem Dan simplesmente contava aos primos mais velhos. O valentão levava uma surra de um Calogero ou de um Saetta; os primos mais velhos também poderiam ter surrado aqueles imbecis de West Dummer.

Danny só mostrava o que escrevia para o Sr. Leary, a mais ninguém. É claro que o menino escrevia longas cartas para Ketchum, mas aquelas cartas não eram ficção; ninguém em seu juízo perfeito iria inventar uma história e tentar fazer Ketchum acreditar. Além disso, era para despejar o que tinha no coração que o jovem Dan precisava de Ketchum. Muitas das cartas para Ketchum começavam assim, "Você sabe o quanto eu amo o meu pai, mas..." e assim por diante.

Tal pai, tal filho: o cozinheiro tinha escondido coisas do filho, e Danny (especialmente na sétima e oitava séries) estava numa idade de guardar segredos. Ele teria treze anos ao começar a sétima série e conhecer o Sr. Leary; o menino Baciagalupo teria quinze anos ao se formar na oitava série. Ele tinha quatorze *e* quinze anos quando mostrou ao professor de inglês as histórias que escrevia com uma compulsão cada vez maior.

Apesar da apreensão do Sr. Leary acerca do tema – do conteúdo sexual, principalmente – a velha raposa esperta de um irlandês nunca disse uma palavra de crítica para o seu aluno favorito. O menino Baciagalupo seria um escritor; na cabeça do Sr. Leary, não havia nenhuma dúvida quanto a isso.

O professor de inglês manteve os dedos cruzados sobre a Exeter; se o menino fosse aceito, o Sr. Leary esperava que a escola fosse tão rigorosa que pudesse salvar o jovem Baciagalupo dos aspectos mais desagradáveis da sua imaginação. Na Exeter, talvez o processo de escrever fosse tão exigente e demorado que Danny se tornasse um escritor mais *intelectual*. (O que isso queria dizer exatamente? Um escritor não tão *criativo*?)

O próprio Sr.Leary não sabia ao certo o que queria dizer com aquela ideia desconcertante de que o fato de se tornar um escritor mais intelectual pudesse fazer de Danny um escritor menos criativo – se era mesmo isso que o Sr. Leary achava – mas as intenções do professor eram boas. O Sr. Leary queria o melhor para o menino Baciagalupo, e embora nunca criticasse uma só palavra do que o jovem Dan escrevia, o velho professor de inglês se aventurou a fazer uma sugestão ousada. (Bem, não foi uma sugestão *tão* ousada assim; ela apenas pareceu ousada ao Sr. Leary.) Isto aconteceu quase na estação da lama quando Danny estava na oitava série – em março de 1957, quando Danny tinha acabado de fazer quinze anos, e o rapaz e o professor aguardavam notícias da Exeter. O fato de o Sr. Leary ter feito a dita "sugestão ousada" iria (anos depois) levar Danny a escrever sua própria versão da afirmação periódica de Ketchum.

"Todo tipo de merda parece acontecer durante a estação da lama!", Ketchum reclamava regularmente, aparentemente desmentindo o fato de que o cozinheiro e sua amada prima Rosie tinham se casado na estação da lama, e que o jovem Dan nasceu pouco antes dela. (Evidentemente, não havia uma estação da lama em Boston.)

– Danny? – o Sr. Leary perguntou com uma voz insegura, quase como se não tivesse certeza do nome do menino. – Mais adiante, como escritor, você talvez queira ter um *nom de plume*.

– Um *o quê?* – o rapaz de quinze anos perguntou.

– Um pseudônimo. Alguns escritores escolhem os próprios nomes em vez de publicar com seus nomes verdadeiros. Chama-se um *nom de plume* em francês – o professor explicou. O Sr. Leary sentiu o coração bater na garganta, pois o jovem Baciagalupo de repente fez cara de ofendido.

– O senhor quer dizer abandonar o Baciagalupo – Danny disse.
– É que há nomes mais fáceis de dizer, e de lembrar – o Sr. Leary disse ao seu aluno favorito. – Eu achei que, como o seu pai trocou de nome, e a viúva Del Popolo não se tornou uma Baciagalupo, bem, eu só imaginei que você talvez não fosse muito *apegado* ao nome Baciagalupo.
– Eu sou *muito* apegado a ele – o jovem Dan disse.
– Sim, estou vendo, então está certo, mantenha o seu nome! – o Sr. Leary disse com genuíno entusiasmo. (Ele se sentiu péssimo; sua intenção não era ofender o rapaz.)
– Eu acho que Daniel Baciagalupo é um bom nome para um escritor – o determinado rapaz de quinze anos disse ao professor.
– Se eu escrever bons livros, os leitores não vão se lembrar do meu nome?
– É claro que sim, Danny! – o Sr. Leary disse. – Desculpe-me por ter sugerido um pseudônimo, foi muita falta de sensibilidade minha.
– Não faz mal, eu sei que o senhor só está tentando me ajudar – o rapaz disse a ele.
– Nós devemos ter alguma notícia da Exeter em breve – o Sr. Leary disse com certo nervosismo; ele estava louco para mudar de assunto e deixar para trás aquela gafe sobre troca de nome.
– Espero que sim – Danny Baciagalupo disse com um ar sério. O rosto de Dan tinha adquirido uma expressão mais pensativa, ele não estava mais de cara amarrada.

O Sr. Leary, nervoso por ter ultrapassado os limites, sabia que o menino ia trabalhar no Vicino di Napoli quase toda tarde depois da escola; o professor de inglês bem-intencionado deixou que Danny seguisse seu caminho.

Como sempre fazia depois da escola, o Sr. Leary fez algumas compras na vizinhança. Ele ainda morava na região da Northeastern University, onde tinha se formado em inglês e conhecido a esposa; ele tomava o metrô para a estação Haymarket toda manhã, e o pegava de volta para casa outra vez, mas fazia suas compras (as poucas coisas que tinha para comprar) no North End. Ele dava aulas na Michelangelo há tanto tempo que todo mundo no bairro o conhecia; ele tinha ensinado os pais ou os filhos. Simplesmente porque implicavam com ele – afinal de contas era irlandês – não queria dizer que as pessoas não *gostassem* do Sr. Leary, cujas excentricidades divertiam a todos.

Na tarde de sua tola "sugestão ousada", o Sr. Leary parou no jardim da Igreja de St. Leonard, mais uma vez horrorizado com a ausência do 's – obviamente, para o velho professor de inglês, o nome da igreja devia ser St. Leonard's. O Sr. Leary se confessava na St. Stephen's, que tinha um correto 's. Ele simplesmente gostava mais da St. Stephen's; ela parecia mais uma igreja católica qualquer. A St. Leonard era mais *italiana* – mesmo aquela conhecida oração no jardim da igreja estava traduzida para o italiano. "*Ora sono qui. Preghiamo insieme. Dio ti aiuta.*" ("Agora estou aqui. Rezemos juntos. Deu te ajudará.")

O Sr. Leary rezou para Deus ajudar Daniel Baciagalupo a conseguir uma bolsa integral para a Exeter. E havia outra coisa que ele nunca gostou na St. Leonard, o Sr. Leary pensou, quando estava saindo do jardim, sem chegar a entrar na igreja; havia um santo de gesso lá dentro, são Peregrino, com uma atadura na perna direita. O Sr. Leary achava a estátua vulgar.

E havia outra coisa que ele preferia na St. Stephen's, o velho irlandês matutava – o fato de a igreja ficar defronte ao Prado, onde os velhos se reuniam para jogar damas quando o tempo estava bom. O Sr. Leary às vezes parava para jogar damas com eles. Alguns desses velhos eram realmente bons, mas os que não tinham aprendido inglês irritavam o Sr. Leary; não aprender inglês ou era não americano o suficiente ou italiano demais para ele.

Um ex-aluno (bombeiro agora) chamou o velho professor na frente do corpo de bombeiro na esquina da Hanover com Charter, e o Sr. Leary parou para conversar com o sujeito robusto. Sem seguir uma ordem especial, o Sr. Leary em seguida comprou um remédio na Farmácia Barone's; na mesma rua, ele parou na Tosti's, a loja de discos, onde de vez em quando comprava um álbum novo. A única "indulgência" italiana que o Sr. Leary adorava era a ópera – bem, para ser justo, ele também adorava o modo como serviam o espresso no Caffè Vittoria, *e* o bolo de carne siciliano que o pai de Daniel Baciagalupo fazia no Vicino di Napoli. O Sr. Leary fez uma compra na Modern, uma confeitaria na Hanover. Ele comprou um pouco de cannoli para levar para o café da manhã – os cilindros de massa eram recheados de ricota, nozes e frutas cristalizadas. O Sr. Leary tinha que confessar que amava *essas* indulgências italianas também.

Ele não gostava de olhar para a Hanover Street na direção de Scollay Square, embora caminhasse naquela direção para pegar o metrô da estação Haymarket todos os dias em que dava aula na escola. Ao sul do Haymarket ficava o Casino Theatre, e perto da estação de metrô de Scollay Square ficava o Old Howard. Em ambos os estabelecimentos, o Sr. Leary tentava ver os novos shows de striptease nas noites de abertura – antes que os censores vissem os shows e, inevitavelmente, fizessem seus cortes. O fato de frequentar regularmente essas espeluncas deixava o Sr. Leary envergonhado, embora sua esposa tivesse morrido muito tempo atrás. Sua esposa provavelmente não teria se importado por ele ir ver as strippers – ou teria se importado com esta indulgência menos do que com um novo casamento dele, coisa que não aconteceu. Entretanto, o Sr. Leary tinha visto algumas das strippers se apresentarem tantas vezes que às vezes ele tinha a impressão de que *estava* casado com elas. Ele tinha decorado o sinal (se é que era um sinal) de Peaches, a chamada Rainha do Rebolado. Lois Dufee – cujo nome, o Sr. Leary achava, estava escrito errado – tinha um metro e noventa e cabelos oxigenados. Sally Rand dançava com bolas de gás, e havia outra dançarina que usava plumas. O que ele via essas e outras strippers *fazerem* justamente era o que o fazia confessar-se na St. Stephen's – isso e o reconhecimento de que não sentia mais saudades da esposa. Ele já teve saudades dela, mas – como a própria esposa – a saudade dela também o tinha abandonado.

Era um hábito relativamente novo do Sr. Leary – desde que escrevera para a Exeter –, antes deixar o North End nas tardes em que dava aula na escola, voltar à Michelangelo para ver se havia alguma coisa na sua caixa de correio. Ele estava pensando consigo mesmo que tinha que fazer uma nova confissão na St. Stephen's – porque pesava sobre ele como um pecado o fato de ter proposto um pseudônimo ao menino Baciagalupo – enquanto verificava a correspondência, que tinha chegado no final da tarde. No entanto, que nome bom para um escritor teria sido Daniel *Leary*!, o velho irlandês estava pensando. Então ele viu o envelope cinzento com caracteres vermelhos, e que caracteres elegantes eram aqueles!

Phillips Exeter Academy

Você finalmente acredita?, o Sr. Leary pensou consigo mesmo. Nenhuma oração feita no adro de uma igreja era perda de tempo – mesmo naquele jardim ultraitaliano da St. Leonard. "Deus te ajudará – *Dio ti aiuta*", o velho irlandês disse em voz alta, em inglês *e* em italiano (só para se precaver, antes de abrir o envelope e ler a carta enviada pela pessoa encarregada de aprovar bolsas na Exeter).

O Sr. Carlisle viria a Boston. Ele queria visitar a Escola Michelangelo e conhecer o Sr. Leary. O Sr. Carlisle estava ansioso para conhecer Daniel Baciagalupo e o pai do rapaz, o cozinheiro, e a madrasta do rapaz, também. O Sr. Leary percebeu que talvez tivesse ultrapassado os limites, mais uma vez, ao se referir à viúva Del Popolo como sendo "madrasta" de Danny; até onde o professor de inglês sabia, o cozinheiro e a curvilínea garçonete não eram casados.

Naturalmente, o Sr. Leary extrapolou em outras áreas também. Embora o jovem Danny tivesse contado ao professor que o pai estava relutante em deixar o menino sair de casa para colégio interno – e que Carmella Del Popolo chorou ao pensar nisso –, o Sr. Leary já enviara a documentação do seu aluno favorito à venerável academia. Ele tinha até convencido dois outros professores da Mickey a escrever cartas de recomendação para o jovem Baciagalupo. O Sr. Leary tinha submetido um pedido de matrícula em nome de Daniel Baciagalupo – tudo isso sem contar ao pai do menino o que estava fazendo! Agora, na carta do Sr. Carlisle, havia referências à necessidade de a família enviar informações financeiras – algo que o deveras distante cozinheiro talvez não quisesse fazer, pensou o Sr. Leary, que torceu para não ter passado dos limites (de novo) e posto tudo a perder como tinha ocorrido com a questão do pseudônimo. O *nom de plume* fora um erro embaraçoso.

Puxa vida, o Sr. Leary estava pensando – está na hora de rezar mais um pouco! Mas ele pegou corajosamente a carta da Exeter, junto com seu pacote de doces da Modern, e mais uma vez desceu a Hanover Street – desta vez não para o adro da St. Leonard, mas para o Vicino di Napoli, onde ele sabia que ia encontrar o menino Baciagalupo junto com o "deveras distante" cozinheiro, como o Sr. Leary pensava no pai de Danny, e aquela mulher obesa, a viúva Del Popolo.

A voluptuosa garçonete uma vez fora a uma reunião com o Sr. Leary; seu falecido filho, Angelù, tinha sido uma presença franca e agradável na turma de inglês da sétima série do Sr. Leary. Angelù nunca foi um daqueles garotos travessos que atormentavam o Sr. Leary por ter abandonado o O' do seu nome. O menino Del Popolo também gostava de ler – embora se distraísse com facilidade, como o Sr. Leary tinha dito à mãe dele. Depois Angelù largou a escola e foi trabalhar naquela região esquecida do Norte, onde o rapaz morreu afogado como o pai. (Um argumento muito convincente para permanecer na escola, na opinião do Sr. Leary.)

Mas desde aquele encontro com a viúva Del Popolo que o Sr. Leary sonhava de vez em quando com ela; provavelmente todo homem que conhecesse aquela mulher teria esses sonhos, o professor imaginou. Portanto, o nome dela tinha surgido mais de uma vez nas suas confissões na St. Stephen's. (Se Carmella Del

Popolo fosse uma stripper do Casino Theatre ou do Old Howard, os lugares ficariam lotados toda noite!)
Com a carta da Exeter de volta no envelope, e na pressa de chegar no pequeno restaurante italiano, que tinha se tornado (o Sr. Leary sabia) um dos restaurantes mais populares do North End, o irlandês não reparou no gigantesco O' que um daqueles meninos malcomportados da Mickey tinha rabiscado com giz nas costas do paletó azul-marinho do professor. O Sr. Leary não tinha usado o paletó nas suas idas e vindas pelo bairro, mas agora ele vestiu o casaco, sem olhar para ele; então ele seguiu seu caminho, ansioso e nervoso, marcado atrás com um O' escrito com giz branco que podia ser visto a um quarteirão de distância.

Quando a estação da lama chegou no condado de Coos em 1967, Daniel Baciagalupo, o escritor, estava morando em Iowa City, no Iowa; havia uma primavera de verdade no Iowa, não havia estações de lama lá. Mas Danny, que tinha vinte e cinco anos e um filho de dois – sua esposa tinha acabado de abandoná-lo – estava num estado de espírito típico da estação de lama. Ele também estava escrevendo, neste momento, e tentando se lembrar precisamente sobre o que estavam falando no Vicino di Napoli quando o Sr. Leary, com a carta da Exeter no bolso do paletó, bateu com força na porta, que estava trancada. (Os empregados estavam acabando sua refeição do meio da tarde.)

– É o irlandês! Deixem ele entrar! – gritou o velho Polcari.

Uma das jovens garçonetes abriu a porta para o Sr. Leary – a prima de Danny, Elena Calogero, que tinha dezenove ou vinte anos, assim como a outra garçonete que ajudava Carmella, Teresa DiMattia. O nome de solteira de Carmella tinha sido DiMattia. Como a viúva Del Popolo gostava de dizer, ela era uma "napolitana duas vezes desterrada" – a primeira vez porque viera da Sicília para o North End com a família quando era criança (seus avós tinham se mudado muito antes dos arredores de Nápoles), e a segunda vez quando se casou com um siciliano.

De acordo com sua estranha lógica, Carmella tinha continuado a se *desterrar*, o escritor Daniel Baciagalupo pensou, porque

Angelù era siciliano (de "Angelo") e Carmella tinha se juntado com Dominic. Mas no capítulo que Danny estava escrevendo, que ele intitulou de "Indo embora para a escola", ele estava desorientado e tinha perdido o foco.

Grande parte do momento crucial do capítulo – quando o pai está reprimindo as lágrimas e ao mesmo tempo dando permissão ao filho para ir para o colégio interno – foi sob a perspectiva do bem-intencionado mas intrometido professor de inglês do menino.

"Oi, Mike!", Tony Molinari tinha dito aquela tarde no restaurante. (Ou foi Paul Polcari, o pizzaiolo, quem cumprimentou o Sr. Leary primeiro? O velho Joe Polcari, que costumava jogar damas com o Sr. Leary no Prado, sempre se dirigia ao professor de inglês como Michael – assim como meu pai, Danny Baciagalupo recordou.)

Era uma noite ruim para Danny tentar escrever – talvez esta cena, especialmente. A esposa (três anos de casamento) que acabara de abandoná-lo sempre disse que não ia ficar, mas ele não acreditava nela – não *quis* acreditar, como Ketchum tinha enfatizado. O jovem Dan conheceu Katie Callahan quando ainda estudava na Universidade de New Hampshire; ele estava iniciando a faculdade quando Katie estava terminando, mas ambos trabalhavam como modelos vivos nas aulas de desenho.

Quando comunicou a ele que estava indo embora, Katie disse: "Eu ainda acredito em você, como escritor, mas a única coisa que tivemos em comum não leva muito longe."

"E o que é essa coisa?", ele tinha perguntado a ela.

"Nós nos sentimos inteiramente à vontade quando ficamos nus na frente dos outros e somos completamente pirados", ela disse. Talvez isso faça parte de ser um escritor, Danny Baciagalupo se viu pensando naquela noite chuvosa de primavera em Iowa City. Ele escrevia principalmente à noite, quando o pequeno Joe estava dormindo. Todo mundo, mas não Katie, chamava o menino de dois anos de Joe. (Como o maître de quem ele tinha herdado o nome, o menino nunca foi Joseph; o velho Polcari gostava de Giusé ou então simplesmente Joe.)

Quanto a ficarem nus na frente de estranhos e ao fato de serem totalmente pirados, Katie estava sendo mais literal – no caso dela. No último ano dele em Durham, quando Katie estava grávida de Joe, ela ainda trabalhava como modelo nas aulas de desenho vivo e tinha dormido com um dos estudantes de arte. Agora, em Iowa City – quando Danny estava prestes a se formar na Oficina de Escritores da Universidade de Iowa, com um M.F.A. em redação criativa – Katie ainda trabalhava como modelo em turmas de desenho vivo, mas desta vez ela estava dormindo com um dos professores.

No entanto, não era por isso que estava indo embora, ela disse ao marido. Ela havia proposto casamento a Danny e sugerido que tivessem um filho antes da formatura dele na faculdade. "Você não quer ir para o Vietnã, quer?", ela perguntara a ele.

Na realidade, Danny achou (na época) que *queria* ir – não porque não se opusesse politicamente à guerra, embora nunca tenha sido tão engajado politicamente quanto Katie. (Ketchum referia-se a ela como a "porra de uma anarquista".) Era como *escritor* que Daniel Baciagalupo achava que devia ir para o Vietnã; acreditava que devia presenciar uma guerra para saber como era. Tanto o seu pai quanto Ketchum disseram que aquilo era uma ideia imbecil.

"Eu não deixei você ir para longe de mim, para a porra da Exeter, para você morrer numa guerra idiota!", Dominic berrava.

Ketchum tinha ameaçado procurar Danny e decepar alguns dedos da sua mão direita. "Ou a porra da mão inteira!", Ketchum esbravejou, congelando o saco em alguma cabine telefônica.

Os dois homens tinham prometido à mãe do jovem Dan que jamais deixariam o filho dela ir para a guerra. Ketchum disse que usaria sua faca Browning na mão direita de Danny, ou só em alguns dedos; a faca tinha uma lâmina de trinta centímetros, e Ketchum a mantinha bem afiada. "Ou então eu ponho um cartucho de matar alce na minha espingarda e atiro num dos seus joelhos à queima-roupa!"

Daniel Baciagalupo resolveu, então aceitar a proposta de Katie Callahan. "Então anda logo, me engravide!", Katie tinha dito.

"Eu me caso com você e tenho um filho seu. Só não espere que eu fique muito tempo com você, eu não sou esposa de ninguém, não fui feita para ser mãe, mas sei como ter um bebê. É por uma boa causa, para manter mais um corpo fora dessa maldita guerra. E você diz que quer ser *escritor*! Bem, você tem que ficar vivo para fazer isso, não tem?

Ela nunca o enganou; ele soube desde o princípio como ela era. Eles se conheceram quando estavam tirando a roupa juntos para uma aula de desenho vivo.

– Como é o seu nome? – ela perguntara a ele. – E o que você quer ser quando crescer?

– Eu serei um escritor – Danny disse, antes mesmo de dizer seu nome.

– Se você acha que é capaz de viver sem escrever, não escreva – Katie Callahan disse.

– O que foi que você disse? – ele perguntou.

– *Rilke* disse isso, imbecil. Se você quer ser a porra de um escritor, devia ler Rilke – ela disse.

Agora ela o estava deixando porque tinha conhecido (nas palavras dela) "outro garoto estúpido que acha que deve ir para o Vietnã só para ver como é!". Katie ia fazer esse outro garoto engravidá-la. Então, um dia, ela seguiria em frente – "até a merda desta guerra terminar".

Uma hora o tempo dela ia acabar; matematicamente falando, havia um número limitado de futuros soldados que ela podia salvar da guerra desta maneira. Jovens pais como Danny Baciagalupo eram chamados de "os pais de Kennedy"; em março de 1963, o presidente Kennedy baixou um decreto expandindo o prazo para alistamento por motivo de paternidade. Ele só vigoraria por algum tempo, mas tinha servido para Daniel Baciagalupo, o escritor. Ele tinha ido de 2-S (o adiamento de estudante) para 3-A – pais que mantinham um relacionamento de boa-fé com o filho conseguiam o adiamento. Ter um filho podia tirar você da guerra; os filhos da puta acabariam fechando esta porta também, mas Danny tinha passado direto por ela. Se isso ia ou não funcionar para aquele outro "garoto estúpido" que ela havia conhecido – bem, na época, nem mesmo Katie podia dizer. Mas ela estava indo embora assim mesmo, fizesse ou não um filho para o novo futuro soldado, e não importa quantos bebês mais ela fosse fazer ou não por tão nobre causa.

"Deixe-me ver se eu entendi direito" foram algumas das últimas palavras que Danny disse à esposa, que nunca foi realmente uma esposa, e que não tinha mais interesse em ser mãe.

– Se eu ficar mais tempo, seu idiota, esse menino de dois anos vai se lembrar de mim – Katie disse. (Ela chamou o próprio filho de "esse menino de dois anos".)

– O nome dele é Joe – Danny lembrou a ela. Foi quando ele disse: – Deixe-me ver se eu entendi direito. Você não é apenas uma ativista contra a guerra e uma anarquista sexual, você também é uma radical especialista em produzir filhos em série para quem quiser escapar do alistamento. Eu entendi direito?

– Ponha isso por escrito, maluco! – Katie tinha sugerido; e estas foram suas últimas palavras para o marido: – Talvez soe melhor por escrito.

Tanto Ketchum quanto o pai tinham avisado a ele. "Eu acho que seria mais fácil e menos doloroso a longo prazo você me deixar decepar alguns dedos da sua mão direita", Ketchum disse. "Que tal só a porra do seu dedo de puxar o gatilho? Eu aposto que eles não vão convocá-lo se você não puder puxar um gatilho."

Dominic não gostou de Katie Callahan só de olhar para a fotografia que Daniel mostrou.

– Ela é magra demais – o cozinheiro comentou, fazendo uma careta para a foto. – Ela come alguma coisa? – (Olha só quem fala!, Danny pensou; tanto Danny quanto seu pai eram magros e comiam um bocado.) – Os olhos dela são mesmo *tão* azuis assim?

– Na verdade, os olhos dela são ainda *mais azuis* – Danny disse ao pai.

O que é que essas mulheres absurdamente pequenas têm?, Dominic se viu pensando, lembrando-se de sua prima mas não de verdade Rosie. Será que seu amado Daniel tinha sucumbido a uma dessas mulheres cuja aparência de menina era enganadora? Aquela primeira fotografia de Katie mostrou ao cozinheiro o tipo de mulher de aparência infantil que alguns homens se sentiam obrigados a proteger. Mas Katie não precisava de proteção; e também não queria ser protegida.

A primeira vez que se encontraram, o cozinheiro não conseguiu olhar para ela – foi igual ao modo como ele tratou (*ainda* tratava) a tia de Danny, Filomena. "Eu nunca devia ter mostrado para você retratos da sua mãe", Dominic disse quando Danny comunicou a ele que ia se casar com Katie.

Eu suponho que devia ter me casado com uma pessoa bem *gorda*!, Daniel Baciagalupo se viu pensando, em vez de continuar a trabalhar no capítulo que estava escrevendo.

Mas a guerra do Vietnã iria arrastar-se por muito tempo; Nixon venceria as eleições de 1968 prometendo aos eleitores que acabaria com a guerra, mas a guerra iria continuar até 1975. No dia 23 de abril de 1970, publicando sua própria resolução, o presidente Nixon pôs fim ao adiamento de alistamento por paternidade 3-A para novos pais – se o filho fosse concebido naquela data ou após aquela data. Nos últimos cinco anos da guerra, outros 23.763 soldados americanos seriam mortos, e Daniel Baciagalupo iria finalmente compreender que devia ter agradecido a Katie Callahan por ter salvo a sua vida.

"E daí que ela *era* uma produtora em série de bebês para quem queria escapar do alistamento", Ketchum escreveria para Danny. "Ela salvou sua pele, isso é certo. E eu não estava brincando, eu teria arrancado a sua mão direita para evitar que você virasse picadinho lá, se ela não tivesse salvo você. Um dedo ou dois, pelo menos."

Mas naquela noite de abril de 1967, enquanto tentava escrever durante a chuva que caía em Iowa City, Daniel Baciagalupo preferiu pensar que tinha sido seu filho de dois anos, o pequeno Joe, quem o havia salvo.

Talvez ninguém pudesse ter salvo Katie. Muitos anos depois, Daniel Baciagalupo iria ler *Prime Green: Remembering the Sixties*, um livro de memórias do escritor de ficção Robert Stone. "A vida deu tanto aos americanos nos anos 1960 que nós estávamos todos um tanto embriagados de possibilidades", Stone escreveria. "As coisas aconteciam tão depressa que fugiam ao nosso controle antes que pudéssemos entendê-las. Aqueles de nós que mais desejaram as mudanças, aqueles que deram sua vida por elas, foram, eu acho, os mais ludibriados."

Bem, isso por certo foi verdade para Katie Callahan, Danny iria pensar ao ler esse trecho. Mas o livro de Robert Stone não seria escrito a tempo de salvar Katie. Tudo bem que ela não estava buscando proteção, e que não podia ser salva, mas – além da sua aparência, que era ao mesmo tempo devassa e aparentemente infantil – grande parte do seu charme, e o que a tornava mais desejável para Danny, era que Katie era uma renegada. (Ela também tinha a inquietude de uma desertora sexual; você nunca sabia o que ela iria fazer em seguida, porque Katie também não sabia.)

– Sente-se, Michael, sente-se, *coma* alguma coisa! – o velho Polcari insistiu com o Sr. Leary, mas o agitado irlandês estava nervoso demais para comer. Ele tomou uma cerveja, e depois uma ou duas taças de vinho tinto. O pobre Sr. Leary não conseguia olhar para Carmella Del Popolo, Danny sabia, sem imaginar aquela barbicha de duende em forma de espada que ela possivelmente deixara sem raspar no sovaco esquerdo. E quando Dominic saiu mancando da cozinha para trazer para o Sr. Leary uma fatia do bolo de carne siciliano favorito do professor de inglês, Danny Baciagalupo, o escritor em formação, viu a velha coruja olhando para o defeito do seu pai com um olhar novo e espantado. Talvez um *urso* tivesse feito aquilo no pé do cozinheiro!, o Sr. Leary talvez estivesse pensando; talvez tivesse mesmo existido uma índia de cento e cinquenta ou duzentos quilos cujos cabelos caíam abaixo da cintura!

O Sr. Leary havia mentido sobre mais uma coisa para a Exeter – a parte sobre os imigrantes terem uma tendência ao *exagero*. O Sr. Leary não tinha dito que o jovem Baciagalupo era "diferente do resto"? No campo do exagero *literário*, Daniel Baciagalupo era um exagerado nato! E Danny ainda pertencia a essa categoria naquela noite chuvosa em Iowa City, embora estivesse extremamente desatento; ele ainda estava meio apaixonado por Katie Callahan, também. (Danny estava apenas começando a entender o que seu pai quis dizer ao chamar a cor de azul *letal*.)

Como era mesmo aquela música de Johnny Cash? Ele a ouviu pela primeira vez há uns seis ou sete anos, Danny calculou.

> *Oh, I never got over those blue eyes,*
> *I see them everywhere.*

Mais divagações, o escritor pensou; era como se ele estivesse decidido a retirar-se fisicamente (*distanciar-se*) daquela noite em Vicino di Napoli com o querido Sr. Leary.

O Sr. Leary tinha precisado de um terceiro ou quarto copo de vinho tinto, e de quase todo o bolo de carne, para tomar coragem e tirar o envelope cinzento do bolso interno do paletó. Do outro lado da mesa, Danny viu os caracteres vermelhos; o rapaz de quinze anos sabia quais eram as cores da escola de Exeter.

"E são só *meninos*, Dominic", o escritor ainda podia ouvir o Sr. Leary dizendo. O velho professor de inglês tinha indicado, com um movimento de cabeça, a atraente garota Calogero (a prima mais velha de Danny, Elena) e sua amiga bem crescida, Teresa DiMattia. Aquelas moças viviam atrás de Danny sempre que o ajudante de garçom chegava da escola e tentava trocar as calças na cozinha.

"Deem um pouco de privacidade ao Danny, meninas", Tony Molinari dizia para elas, mas elas não paravam de dar em cima dele. Além do querido Sr. Leary, talvez Danny tivesse que agradecer àquelas garotas pela decisão do pai de deixar que ele fosse para Exeter.

A parte difícil de descrever eram as lágrimas nos olhos do seu pai quando ele disse: "Bem, Daniel, se é uma boa escola, como

Michael diz, e se você quer mesmo ir para lá, bem, acho que Carmella e eu podemos visitar você de vez em quando, e você pode vir passar um ou outro fim de semana aqui em Boston." A voz do pai tinha falhado ao dizer *de vez em quando* e *um ou outro*, Daniel Baciagalupo iria lembrar-se naquela noite chuvosa quando ele não conseguia escrever de jeito nenhum – mas continuava tentando – em Iowa City.

Danny recordou também que tinha ido para o fundo da cozinha do Vicino di Napoli para o pai não vê-lo chorar – nessa altura Carmella também estava chorando, mas ela estava sempre chorando – e Danny ficou um tempo extra na cozinha para umedecer um pano de prato. Sem que o Sr. Leary, que adorava um vinho tinto, notasse, Danny limpou as costas do casaco do professor. O O' escrito com giz tinha sido fácil de apagar, mais fácil de apagar do que o *resto* da noite.

Danny jamais esqueceria daquela noite, deitado em seu quarto no apartamento de Wesley Place, ouvindo o pai chorar sem parar – com Carmella chorando também, enquanto tentava consolá-lo.

Finalmente, o jovem Dan tinha batido na parede que separava os dois quartos. – Eu amo vocês! E vou vir em casa muitas vezes, todo fim de semana que eu puder!

– Eu amo *você* – seu pai tinha balbuciado de volta.

– Eu também amo você! – Carmella tinha dito.

Bem, ele não podia escrever *essa* cena – ele nunca conseguiria descrevê-la direito, Daniel Baciagalupo pensou.

O capítulo intitulado "Indo embora para a escola" fazia parte do segundo romance do escritor de vinte e cinco anos. Ele tinha terminado seu primeiro romance no final do seu primeiro ano na Oficina de Escritores de Iowa, e tinha passado grande parte do segundo e do terceiro ano revisando-o. Ele teve sorte, em seu último ano na Universidade de New Hampshire, de ter sido apresentado a um agente literário por um dos escritores-residentes no departamento de inglês da universidade. E seu primeiro romance foi comprado pela primeira editora para onde o livro foi mandado. Só muitos anos depois é que Daniel Baciagalupo iria compreender a sorte que ele teve. Possivelmente, nenhum outro estudante que estava se formando naquele ano na Oficina de Escritores teve um romance aceito para publicação. Isso deixou alguns alunos com inveja de Danny. Mas ele não fez muitos amigos ali; ele era um dos poucos alunos casados e tinha um filho, então não costumava ir muito a festas.

Danny tinha escrito para Ketchum sobre o livro. Ele esperava que o lenhador fosse um dos primeiros a lê-lo. O romance só seria publicado em dezembro de 1967, ou então depois do Ano-Novo, e embora ele se passasse em New Hampshire, Daniel Baciagalupo assegurou a Ketchum e ao pai que eles não estavam nele. "O livro não é sobre nenhum de vocês, e nem sobre mim, eu não estou preparado para isso", ele tinha dito a eles.

"Não fala de Angel, nem de *Jane*?", Ketchum tinha perguntado; ele parecia surpreso, ou talvez desapontado.

"Ele não é autobiográfico", Danny disse a eles, e não era mesmo.

Talvez o Sr. Leary tivesse chamado o romance de "deveras distante", se aquele homem tão querido estivesse vivo para lê-lo, mas o Sr. Leary tinha morrido. Como estava pensando naquela tarde na carta da Exeter no Vicino di Napoli, Daniel Baciagalupo lembrou-se de que o velho Giusé Polcari também tinha morrido. O próprio restaurante mudou duas vezes de endereço – primeiro para Fleet Street, depois para North Square (onde estava agora) – e Tony Molinari e Paul Polcari se revezavam como maîtres, descansando da cozinha. Dominic (que mancava) não podia ser maître, embora substituísse o primeiro chef ou chef principal, e o pai de Danny também se revezava na função de pizzaiolo – sempre que Paul Polcari era o maître. Carmella, como antes, era a garçonete mais requisitada do lugar; havia sempre duas mulheres mais jovens trabalhando sob sua supervisão.

Nos verões em que ia para casa, de Exeter e da UNH – isto é, até se casar com Katie –, Danny tinha trabalhado como garçom no Vicino di Napoli, e ele substituía Paul como chef de pizzas sempre que este precisava de uma noite de folga, ou quando o pai dele precisava. Se não tivesse se tornado escritor, Daniel

Baciagalupo poderia ter sido cozinheiro. Naquela noite chuvosa em Iowa, quando o segundo romance não estava indo muito bem, e o primeiro romance ainda não tinha sido publicado, Danny estava deprimido o bastante para imaginar que poderia acabar se tornando mesmo um cozinheiro. (Se escrever não desse certo, pelo menos ele sabia cozinhar.)

Quanto ao próximo ano acadêmico, Danny já tinha um emprego – ensinar redação criativa e dar cursos de inglês numa pequena faculdade de ciências humanas em Vermont. Ele nunca tinha ouvido falar na faculdade antes de se candidatar ao emprego, mas com um primeiro livro sendo publicado pela Random House e com um M.F.A. de um programa de redação respeitado como o de Iowa – bem, Danny seria um professor universitário. O jovem escritor estava feliz de voltar à Nova Inglaterra. Ele sentia saudades do pai e de Carmella – e, quem sabe, talvez conseguisse estar mais com Ketchum. Danny não via Ketchum desde aquele terrível domingo de abril quando o menino e o pai tinham fugido de Twisted River.

Ketchum tinha aparecido em Durham quando Danny estava no primeiro ano da Universidade de New Hampshire. O veterano lenhador estava com quarenta e poucos anos na época, e ele fora até o dormitório de Danny com um anúncio brusco:

– Seu pai me disse que você nunca aprendeu a dirigir numa rua de verdade.

– Ketchum, nós não tínhamos carro em Boston, nós vendemos o Chieftain na semana em que chegamos. E não se tem tempo para aprender a dirigir num lugar como Exeter – Danny explicou.

– Faça-me o favor! – Ketchum disse. – Um estudante universitário que não consegue tirar uma carteira de motorista é alguém que não quero nem conhecer!

Ketchum então ensinou Danny a dirigir o seu velho caminhão; foram aulas difíceis para um rapaz cuja experiência de direção, até então, tinha sido com transmissão automática nas estradas para transporte de madeira de Twisted River. Durante a semana ou mais que Ketchum passou em Durham, ele morou dentro do caminhão – "como nos dias dos *wanigans*", o lenhador disse. Os responsáveis pelo estacionamento na UNH multaram duas vezes Ketchum quando o lenhador estava dormindo na traseira do caminhão. Ketchum entregou as multas para Danny. "Você pode pagar estas", Ketchum disse para o rapaz. "As aulas de direção são gratuitas." Danny se aborrecia por ter ficado sete anos sem ver o madeireiro. Agora já fazia mais seis anos.

Como podemos *não ver* alguém que é tão importante para nós?, Daniel Baciagalupo estava pensando durante a chuva de primavera em Iowa. O que era mais espantoso, seu pai não tinha visto Ketchum nem uma vez em treze anos. O que havia de errado com eles? Mas parte da mente de Danny ainda estava desconcentrada – perdida no capítulo furioso com que ele se debatia.

O jovem escritor pulou no tempo para o primeiro encontro que sua família teve com o Sr. Carlisle, o responsável pelas bolsas de estudo na Exeter – mais uma vez no Vicino di Napoli. Talvez Danny também tivesse que agradecer a Carmella por conseguir que ele entrasse na academia, pois o Sr. Carlisle nunca tinha visto ninguém igual a Carmella – não em Exeter, New Hampshire – e o homem, encantado, deve ter pensado, se o garoto Baciagalupo não for para a Exeter, talvez eu nunca mais veja esta mulher!

O Sr. Carlisle deve ter ficado arrasado por Carmella não ter acompanhado Danny quando o menino foi visitar a escola preparatória. Dominic também não foi. Como poderiam ir? Em Boston, o dia 17 de março não era apenas Dia de St. Patrick. (Os jovens irlandeses vomitando cerveja verde nas ruas era um vexame anual para o Sr. Leary.) Era também o Dia da Retirada, uma data muito importante no North End, pois em 1774 ou 1775 – Dany nunca conseguia lembrar o ano certo; na realidade, foi em 1776 – a artilharia foi colocada no Cemitério de Coops Hill para acompanhar a saída dos navios britânicos do porto de Boston. Era feriado escolar em Boston nos Dias da Retirada e de Bunker Hill.

Naquele ano, 1957, o Dia da Retirada caiu num domingo. Segunda-feira era feriado escolar e o Sr. Leary levou Danny de trem para Exeter. (O feriado do Dia da Retirada era um dia impossível para Dominic e Carmella se afastarem do restaurante.) A mente distraída do escritor mais uma vez pulou no tempo para aquela viagem de trem para Exeter com o Sr. Leary – e o que seria a primeira visita deles à venerável academia. O Sr. Carlisle foi um anfitrião muito hospitaleiro, mas deve ter ficado arrasado de não ver Carmella.

E apesar de sua promessa de ir sempre visitar a família – todo fim de semana que pudesse – Danny não faria isso. Ele raramente ia a Boston nos fins de semana – talvez duas vezes por semestre, no máximo, e depois ele ia se encontrar com os amigos de Exeter no sábado à noite em Scollay Square, normalmente para ver as dançarinas de strip-tease no Old Howard. Você tinha que enganar a idade, mas isso era fácil; eles deixavam os garotos entrar quase sempre. Você só precisava ser respeitoso com as damas. Numa dessas noites no Old Howard, Danny encontrou seu ex-professor de inglês. Aquela foi uma noite triste. Para o Sr. Leary, que adorava latim, aquela foi uma noite *errare humanum est*, tanto para o ilustre professor quanto para seu melhor aluno. Isso é que é pular no tempo! Ele teria que escrever sobre aquela triste noite (ou alguma versão dela) um dia, Daniel Baciagalupo pensou.

Seu primeiro romance foi dedicado ao Sr. Leary. Como o irlandês adorava latim, Danny escreveu:

MICHAEL LEARY
IN MEMORIAM

Foi da boca do Sr. Leary que ele ouviu pela primeira vez a expressão *in media res*. O Sr. Leary tinha elogiado a redação do jovem Dan dizendo que, "como leitor", ele gostava do modo como Dany normalmente começava uma narrativa no meio da história em vez de seguir a ordem cronológica.

– Como se chama isso... tem um nome para isso? – o menino havia perguntado inocentemente.

O Sr. Leary respondeu: – Eu chamo de *in media res*, que em latim significa, "no meio das coisas".

Bem, era mais ou menos aí que ele estava neste momento de sua vida, Daniel Baciagalupo pensou. Ele tinha um filho de dois anos, a quem, inexplicavelmente, não dera o nome do seu pai; ele perdeu a esposa, e ainda não tinha encontrado outra mulher. Ele estava batalhando para iniciar um segundo romance enquanto o primeiro ainda não tinha sido publicado, e estava prestes a voltar à Nova Inglaterra, para o seu primeiro emprego fora da cozinha, longe das panelas. Se isso não era *in media res*, Daniel Baciagalupo pensou, o que seria então?

E, continuando em latim, a primeira vez que Danny tinha ido a Exeter foi com o Sr. Leary, que estava com o menino *in loco parentis* – isto é, "no lugar dos pais".

Talvez por isso é que o primeiro romance dele fosse dedicado ao Sr. Leary. "Não ao seu pai?", Ketchum iria perguntar a Danny. (Carmella iria perguntar a mesma coisa ao jovem escritor.)

"Talvez o próximo", ele diria a ambos. O pai nunca mencionou nada acerca da dedicatória ao Sr. Leary.

Danny se levantou da escrivaninha para ver a chuva batendo em sua janela em Iowa City. Depois foi contemplar o Joe dormindo. Do jeito que estava aquele capítulo, o escritor achou que era melhor ir para a cama, mas normalmente ele ficava acordado até tarde. Como o pai, Daniel Baciagalupo não bebia mais; Katie o havia curado desse hábito, uma história que ele não queria pensar numa noite em que não estava conseguindo escrever. Ele se viu desejando que Ketchum ligasse para ele. (Ketchum não tinha dito que eles precisavam conversar?)

Sempre que Ketchum ligava daquelas distantes cabines telefônicas, o tempo parecia parar; sempre que ouvia a voz de Ketchum, Daniel Baciagalupo, que tinha vinte e cinco anos, normalmente se sentia de novo com doze anos e partindo de Twisted River.

Um dia o escritor saberia que *não* foi coincidência o fato de o lenhador ter ligado naquela noite chuvosa de abril. Como sempre, Ketchum ligou a cobrar e Danny aceitou a ligação.

– Porra de estação da lama – Ketchum disse. – Como você está?
– Então, agora você é um *datilógrafo* – Danny disse. – Eu vou sentir falta da sua bela caligrafia.
– A caligrafia nunca foi minha – Ketchum disse. – Era de Pam. Six-Pack escrevia todas as minhas cartas.
– Por quê? – Danny perguntou a ele.
– Eu não sei escrever! – Ketchum admitiu. – Também não sei ler. Six-Pack lia alto todas as suas cartas para mim, as suas e as do seu pai.

Foi um momento devastador para Daniel Baciagalupo; como o jovem escritor iria pensar nele mais tarde, comparando-o ao abandono da esposa, mas com consequências mais sérias. Danny pensou no modo como havia despejado sua alma para Ketchum, sobre tudo o que havia escrito para o homem – sem mencionar o que Ketchum deve ter contado a Pam, pois obviamente era Six-Pack quem respondia e não Ketchum. Isto significava que Six-Pack sabia *de tudo*!

– Achei que minha mãe tinha ensinado você a ler – Danny disse.
– Não inteiramente – Ketchum respondeu. – Desculpe, Danny.
– Então Pam está *datilografando?* – Danny perguntou. (Isto era realmente difícil de imaginar; não havia um único erro de datilografia nas cartas que Danny e o pai receberam de Ketchum.)
– Tem uma senhora que eu conheci na biblioteca, eu descobri que ela era professora, Danny. Ela datilografou as cartas para mim.
– Onde está Six-Pack? – Danny perguntou.
– Bem, o problema é esse – Ketchum disse a ele. – Six-Pack foi embora. Você sabe como é isso – ele acrescentou. Ketchum sabia que Katie tinha ido embora, não havia mais nada a ser dito a respeito.
– Six-Pack deixou você? – Danny perguntou.
– Esse não é o problema – Ketchum respondeu. – Eu não estou surpreso por ela ter me deixado, eu estou surpreso por ela ter ficado tanto tempo. Mas estou surpreso por ela ter ido morar com o caubói – Ketchum acrescentou. – *Esse* é o problema.

Tanto Danny quanto o pai sabiam que Carl não era mais um guarda comum. (Eles também sabiam que não existia mais a cidade de Twisted River; ela tinha pegado fogo, e antes de pegar fogo já era uma cidade-fantasma.) Carl agora era subdelegado do condado de Coos.

– Você está dizendo que Six-Pack vai contar ao caubói o que sabe? – Danny perguntou a Ketchum.

– Não de imediato – Ketchum respondeu. – Ela não tem motivo para fazer essa sujeira comigo, ou para prejudicar você ou o seu pai, até onde eu sei. Nós nos separamos amigavelmente. É o que vai acontecer com ela quando Carl bater nela, porque ele vai bater. Ou quando ele a expulsar da casa dele, porque ele não vai ficar muito tempo com ela. Já faz tempo que você não vê Six-Pack, Danny. Ela está perdendo a beleza muito depressa.

Daniel Baciagalupo estava fazendo contas. Ele sabia que Ketchum e Six-Pack eram da mesma idade, e que ambos eram exatamente da mesma idade que Carl. Quando chegou a cinquenta, Danny anotou o número – esta era a idade deles. Ele podia imaginar que Six-Pack estivesse perdendo a beleza e que o caubói em breve a chutaria para fora da sua casa. Carl ia sem dúvida bater nela, mesmo que o subdelegado tivesse parado de beber.

– Explique o que está dizendo – Danny disse para Ketchum.

– Vai ser quando Carl fizer algo de ruim para Pam, aí é que ela vai contar a ele. Você não percebe, Danny? – Ketchum disse. – É a única maneira que ela tem de atingi-lo. Todos estes anos, ele tem imaginado o que aconteceu com você e seu pai, ele passou todos estes anos achando que matou Jane. Ele simplesmente não consegue *lembrar*! Eu acho que isso o deixou maluco, o fato de não conseguir lembrar de tê-la matado, mas ele acredita que matou.

Se ele fosse um homem melhor, seria um alívio para o caubói saber que *não* matou Jane. E se Six-Pack tivesse tido uma vida menos dura, talvez ela *não* se sentisse tentada a usar o que sabe como arma. (Na pior das hipóteses, Pam poderia soltar sem querer a verdade para Carl – fosse sem querer ou porque ele estava batendo nela.) Mas Ketchum não contava que o caubói fosse descobrir algo de bom dentro dele, e o madeireiro conhecia a vida que Six-Pack tinha vivido. (Ele também tinha vivido aquela vida; não havia nada de fácil nela.) E o caubói *tinha* enlouquecido – não porque acreditava que tivesse matado Jane; ele nem mesmo se sentia culpado por isso. Ketchum tinha razão: o que deixava Carl louco era não se lembrar de tê-la matado; Ketchum sabia que o caubói teria gostado de se lembrar disso.

O fato de não conseguir lembrar era o motivo de o subdelegado ter parado de beber. Anos atrás, quando Ketchum contou a Danny e ao pai dele sobre o "novo abstêmio de Coos", tanto o cozinheiro quanto o filho tinham rido disso – eles tinham dado *gargalhadas*.

– Cookie tem que sair de Boston, isso só para começar – Ketchum disse. – Ele devia largar a Del Popolo também. Eu vou dizer a ele, mas você também tem que dizer a ele, Danny. O seu pai nem sempre me ouve.

– Ketchum, você está dizendo que é *inevitável* que Pam conte tudo a Carl?

– Tão inevitável quanto o fato de que um dia, Danny, o caubói vai bater nela.

– Jesus! – Danny gritou de repente. – O que você e mamãe estavam fazendo quando ela supostamente estava ensinando você a ler?

– Fale com o seu pai, Danny, não é da minha conta dizer isso para você.

– Você estava dormindo com ela? – Danny perguntou a ele.

– Fale com o seu pai, *por favor* – Ketchum disse. Danny não se lembrava de algum dia ter ouvido Ketchum dizer *por favor*.

– Meu pai sabe que você dormiu com ela? – Danny perguntou.

– Pelo amor de Deus! – Ketchum gritou ao telefone. – Por que você acha que seu pai rachou minha cabeça ao meio com aquela maldita frigideira?

– O que foi que você disse? – Danny perguntou.

– Eu estou bêbado – Ketchum disse a ele. – Não preste atenção no que eu digo.

– Eu achei que foi o Carl que rachou sua cabeça com o Colt 45 dele – Danny disse.
– Que diabo, se o caubói tivesse rachado a minha cabeça, eu o teria matado! – Ketchum berrou. Assim que o lenhador disse isso, Danny soube que era verdade; Ketchum jamais teria tolerado que alguém tivesse rachado a cabeça dele, a menos que tivesse sido Dominic.
– Eu vi luzes acesas no pavilhão de cozinha – Ketchum disse, parecendo subitamente cansado. – Sua mãe e seu pai estavam acordados conversando e, naquela época, *bebendo*. Entrei pela porta de tela da cozinha. Eu não sabia que naquela noite sua mãe tinha contado ao seu pai sobre mim e ela.
– Entendo – Danny disse.
– Não, não, você não entende tudo o que aconteceu. Fale com seu pai – Ketchum repetiu.
– Jane sabia? – Danny perguntou.
– Merda, a índia sabia de tudo – Ketchum disse a ele.
– Ketchum? Meu pai sabe que você não aprendeu a ler?
– Estou tentando aprender agora – Ketchum disse defensivamente. – Acho que aquela professora vai me ensinar. Ela disse que ia.
– Papai sabe que você não sabe ler? – o rapaz perguntou ao velho amigo do seu pai.
– Suponho que um de nós vai ter que contar a ele – Ketchum disse. – Cookie provavelmente acha que Rosie deve ter me ensinado *alguma coisa*.
– Então foi por isso que você ligou. Quando você disse na sua carta "aconteceu uma coisa", foi isso? – Danny perguntou a ele.
– Não posso crer que você tenha acreditado naquela baboseira sobre a porra do urso – Ketchum disse. A história do urso tinha entrado, de um modo mais remoto, no primeiro romance de Daniel Baciagalupo. Mas é claro que não foi realmente um urso que entrou na cozinha, foi simplesmente Ketchum. E se a história do urso não tivesse sido plantada na mente e no coração do jovem Dan, talvez ele não tivesse apanhado a frigideira de ferro

de oito polegadas, talvez não tivesse imaginado que o som do seu pai e Jane fazendo amor fosse o som de uma carnificina acontecendo. Então talvez ele não tivesse matado Jane.

– Então não houve urso nenhum – Danny disse.

– Que diabo, deve haver três mil ursos em New Hampshire, eu já vi um monte de ursos. Já matei alguns – Ketchum acrescentou. – Mas se um urso tivesse entrado na cozinha do pavilhão por aquela porta de tela, a melhor maneira do seu pai salvar a ele e a Rosie teria sido os dois saírem da cozinha pela porta da sala de jantar, sem correr, e sem dar as costas para o urso, apenas olhando firme nos olhos dele e recuando devagar. *Não*, seu imbecil, não era um urso, era *eu*! Qualquer pessoa sabe que não pode bater na cara de um urso com a porra de uma frigideira!

– Eu queria nunca ter escrito sobre isso – foi tudo o que Danny conseguiu dizer.

– Tem mais uma coisa – Ketchum disse a ele. – A *escrita* aqui é um outro problema.

– Jesus! – Danny disse. – Quanto foi que você bebeu?

– Você está parecendo cada vez mais o seu pai – Ketchum disse. – O que eu estou dizendo é, você está publicando um livro, não está? E você já pensou no que vai acontecer se esse livro se tornar um sucesso? Se de repente você se tornar um escritor *popular*, com seu nome e seu retrato nos jornais e revistas, você pode aparecer até na televisão!

– É meu primeiro livro! – Danny disse. – Só vai ter uma pequena edição, e não muita publicidade. É um romance *literário*, ou assim espero que seja. É muito improvável que seja um sucesso!

– Pense nisso – Ketchum disse. – Tudo é *possível*, não é? Os escritores, mesmo os jovens, não podem ter sorte, ou azar, como todo mundo?

Desta vez Danny viu o que estava por vir – mais cedo do que tinha visto na aula do Sr. Leary na Mickey quando o velho professor de inglês fizera sua "ousada sugestão" sobre o menino abrir mão do Baciagalupo. A proposta de um pseudônimo – ela seria feita de novo. Ketchum tinha proposto primeiro uma versão dis-

so para Danny e o pai dele; agora pedia a Dominic para abandonar o Del Popolo.
— Danny? — Ketchum disse. — Você ainda está aí? Como se chama isso quando um escritor escolhe um nome que não é o dele? Aquela George Eliot fez isso, não foi?
— Chama-se pseudônimo — Danny disse a ele. — Como foi que você conheceu uma professora na *biblioteca* se você nem sabe *ler*?
— Bem, eu sei ler os nomes de alguns autores e os títulos — Ketchum disse, indignado. — Eu posso pegar emprestado livros e procurar alguém para ler para mim!
— Ah — Danny disse. Ele achou que Ketchum tinha feito isso com a mãe dele, isto em vez de aprender a ler. O que Ketchum disse mesmo sobre a parte de ler alto? *Preliminares*, não foi? (Na verdade, aquela tinha sido a palavra que Dominic usara para isso. O pai de Danny havia contado ao filho esta história engraçada!)
— Um pseudônimo — Ketchum repetiu pensativamente. — Eu acho que existe outra expressão para isso, uma coisa que parece francês.
— Um *nom de plume* — Danny disse.
— É isso! — Ketchum gritou. — Um *nom de plume*. Bem, é disso que você precisa, só para se precaver.
— Imagino que você não tenha nenhuma sugestão — Daniel Baciagalupo disse.
— Você é o escritor, essa tarefa é sua — Ketchum disse a ele. — *Ketchum* combina bem com Daniel, não combina? E é um sobrenome tradicional do velho condado de Coos.
— Vou pensar nisso — Danny disse a ele.
— Eu tenho certeza que você pode achar um melhor — Ketchum disse.
— Diga-me uma coisa. Se a minha mãe não tivesse morrido aquela noite no rio, qual de vocês ela teria abandonado? Você ou o meu pai? Eu não posso falar com meu pai sobre *isso*, Ketchum.
— Merda! — Ketchum gritou. — Eu ouvi você chamar essa sua esposa de "um espírito livre". Katie era uma alma anárquica, uma radical, uma porra de uma anarquista, e uma mulher desalmada,

você devia ter visto isso, Danny. Mas *Rosie* era um espírito livre! Ela não teria abandonado *nenhum* de nós, nunca! Sua *mãe* era "um espírito livre", Danny, como vocês, jovens, de hoje, nunca viram! Que merda! – Ketchum tornou a gritar. – Às vezes você faz as perguntas mais idiotas, você parece um estudante que não sabe guiar direito um carro, ou um menino de doze anos, que seu pai e Jane e eu *ainda* podíamos enganar se quiséssemos. Fale com seu *pai*, Danny, fale com ele.

Houve um clique, seguido por um ruído de discar. Ketchum havia desligado, deixando o jovem escritor sozinho com seus pensamentos.

6
In Media Res

No apartamento sem elevador de Wesley Park, por motivos que desafiavam a lógica, o telefone ficava no lado de Carmella da cama. Naqueles anos em que Danny passou no colégio interno e depois na faculdade, se o telefone tocasse, o jovem Dan era a razão de o cozinheiro querer atender – na esperança de que fosse Daniel, e não uma notícia horrível a respeito dele. (Quase sempre, quando o telefone tocava, era Ketchum.)

Carmella tinha dito a Danny que ele devia ligar para casa com mais frequência. "Você é a razão de nós termos um telefone, o seu pai está sempre me dizendo!" O menino, depois disso, passou a ligar com mais frequência.

– O telefone não deveria ficar do meu lado da cama? – Dominic tinha perguntado a Carmella. – Quer dizer, você não vai querer ser obrigada a falar com Ketchum, e se for Daniel, ou pior, se for alguma notícia ruim sobre Daniel...

Carmella não o deixou terminar. – Se for alguma notícia ruim sobre Daniel, eu quero ser a primeira a saber, para poder contar a você e abraçá-lo, do jeito que você me contou e me apoiou – ela disse.

– Isso é loucura, Carmella – o cozinheiro disse.

Mas as coisas ficaram assim; o telefone continuou ao lado de Carmella. Sempre que Ketchum ligava a cobrar, Carmella aceitava a ligação, e ela geralmente dizia: "Olá, Sr. Ketchum. Quando é que vou conhecer o senhor? Eu gostaria muito de conhecê-lo um dia." (Ketchum não era muito falante – pelo menos com ela. Ela logo passava o telefone para Dominic – "Gamba" como ela o chamava carinhosamente.)

Mas naquela primavera de 1967, quando chegaram as notícias sobre o triste casamento de Danny – sobre aquela esposa horrível dele; o querido rapaz merecia coisa melhor – e quando houve mais ligações a cobrar do que o normal vindas do Norte (a maioria delas sobre aquele tira ameaçador), Ketchum assustou Carmella. Dominic mais tarde pensou que Ketchum provavelmente quis assustá-la mesmo. Depois que ela falou o que sempre falava para o velho lenhador – Carmella estava prestes a passar o telefone para Dominic – Ketchum disse, "Eu acho que você não devia querer me conhecer *nunca*, pois talvez não fosse sob as melhores circunstâncias".

Isso tinha dado um susto em Carmella; ela já estava suficientemente nervosa com o que acontecera naquela primavera, e agora o Sr. Ketchum a assustou. E Carmella desejava que Danny estivesse tão aliviado quanto *ela* por Katie tê-lo abandonado. Uma coisa era largar o homem com quem se vivia – Carmella podia compreender isso – mas era um pecado uma mãe abandonar o próprio filho. Carmella ficou aliviada por Katie ter ido embora, pois Carmella acreditava que Katie não teria sido uma boa mãe se tivesse *ficado*. É claro que Carmella e Dominic nunca tinham gostado de Katie Callahan; ambos tinham visto freguesas do tipo dela no Vicino di Napoli. "A gente pode sentir o cheiro do dinheiro nela", Carmella tinha dito ao cozinheiro.

"Não exatamente nela, é *debaixo* dela", o cozinheiro tinha comentado. Ele quis dizer que o dinheiro da família de Katie era uma rede de proteção para aquela moça destrambelhada; ela podia se comportar do modo que quisesse porque o dinheiro da família estava lá para segurá-la se ela caísse. Dominic tinha certeza, assim como Ketchum, que o dito espírito livre de Katie Callahan era uma fraude. Danny tinha compreendido mal o pai; o rapaz achava que o cozinheiro não gostava de Katie apenas porque a jovem se parecia com Rosie, a mãe infiel de Danny. Mas a aparência de Katie tinha tão pouco a ver com o que Dominic e Ketchum não gostavam a respeito dela; o que incomodara a ambos desde o início era o quanto ela *não* se parecia com Rosie Calogero.

Katie não passava de uma renegada com uma almofada de dinheiro onde se sentar; "uma mera pistoleira", Ketchum dizia. Enquanto Rosie amara um garoto e um homem. Ela caíra numa armadilha pois amou de verdade todos os dois – e por isso eles também ficaram presos na mesma armadilha. Comparado a isso, a piranha da Callahan tinha apenas trepado com uns e outros; pior, com suas pretensões políticas, Katie achava que estava acima de coisas prosaicas como casamento e maternidade.

Carmella sabia que Dominic sofria ao pensar que Danny achava que a mãe dele tinha sido o mesmo tipo de criatura anárquica que Katie. Embora Dominic tivesse feito o possível para explicar o triângulo amoroso que havia entre ele, Rosie e Ketchum para Carmella, ela foi obrigada a confessar que não entendia aquilo muito melhor do que Danny. Carmella podia entender o motivo de ter acontecido, mas não de ter continuado como continuou. Danny também não entendia essa parte. Carmella também tinha ficado zangada com seu querido Gamba por ele não ter contado antes ao menino a respeito da mãe. Já fazia muito tempo que Danny tinha idade suficiente para conhecer a história, e teria sido melhor se o pai tivesse contado a ele antes de a história vir à tona naquela conversa que Danny teve com o Sr. Ketchum.

Foi Carmella quem atendeu o telefone naquela manhã bem cedo quando Danny ligou para falar sobre o assunto. "Secondo!", ela disse, quando ouviu a voz dele no telefone. Esse era o apelido de Danny durante todos os anos em que ele trabalhou no Vicino di Napoli.

"Secondo Angelo", o velho Polcari o chamava assim. "Segundo Angel."

Todos tiveram o cuidado de chamá-lo de Angelo, nunca de Angelù, e perto de Carmella eles abreviavam o apelido para Secondo – embora a própria Carmella gostasse tanto de Danny que geralmente se referia a ele como seu *secondo figlio*.

Na rotina do restaurante, *secondo* também significava "segundo prato", então este nome que pegou.

Mas agora o Secondo Angelo de Carmella não estava com vontade de falar com ela.
— Eu preciso falar com meu pai, Carmella — ele disse.
(Ketchum avisara ao cozinheiro que Danny ia ligar. "Sinto muito, Cookie", Ketchum tinha dito no telefone. "Eu fiz merda.") Na manhã de abril em que Danny ligou, Carmella sabia que o rapaz ia reclamar com o pai por não ter contado essas coisas para ele. É claro que ela ouviu a parte de Dominic da conversa, mas pôde ver que o telefonema estava indo muito mal.
— Desculpe, eu ia contar a você — o cozinheiro disse logo de início.
Carmella pôde ouvir a resposta de Danny porque ele gritou no telefone com o pai. — O que é que você estava esperando?
— Talvez que uma coisa como essa acontecesse com você, para que você pudesse entender como pode ser difícil lidar com as mulheres — Dominic disse. Ali na cama, Carmella deu um soco nele. Ele estava se referindo ao fato de Katie ter ido embora, é claro, como se aquele relacionamento, que estava fadado a dar errado desde o começo, pudesse ser comparado ao que tinha acontecido com Rosie e Ketchum. E por que eles tinham mentido para o rapaz sobre o *urso* por tanto tempo? Carmella não conseguia entender isso; e nem esperava que Danny entendesse.

Ela ficou ali deitada, ouvindo o cozinheiro contar ao filho sobre aquela noite na cozinha do pavilhão, quando Rosie confessou que estava dormindo com Ketchum — e então Ketchum entrou pela porta de tela, quando estavam todos bêbados, e Dominic acertou o velho amigo com a frigideira. Felizmente, Ketchum já participara de muitas brigas; ele nunca acreditou que houvesse alguém que pudesse atacá-lo de surpresa. As reações do homenzarrão já estavam entranhadas nele. Ele deve ter desviado a frigideira com o braço, virando um pouco a arma na mão de Dominic, de modo que só a borda da frigideira o atingiu — e ela o atingiu bem no meio da testa, não na têmpora, onde mesmo um golpe parcialmente bloqueado de um instrumento tão pesado poderia tê-lo matado.

Não havia médico em Twisted River, e não havia nem uma serraria ou um reservatório de água ainda como a Represa Dead Woman, onde mais tarde haveria um médico idiota. Rosie costurou a testa de Ketchum numa das mesas do refeitório; usou o fio de aço inoxidável ultrafino que o cozinheiro usava para fechar seus frangos e perus recheados. O cozinheiro esterilizou o fio colocando-o para ferver, e Ketchum ficou berrando como um alce durante todo o procedimento. Dominic mancava sem parar em volta da mesa enquanto Rosie falava com os dois. Ela estava tão zangada que deu os pontos com brutalidade.

"Eu gostaria de estar costurando vocês *dois*", ela disse, olhando para Dominic, antes de dizer aos dois o que ela ia fazer. "Se houver outro ato de violência desses entre vocês dois, eu abandono *os dois*, está bem claro? Se vocês prometerem que nunca irão machucar um ao outro – na verdade, vocês têm que cuidar um do outro como dois irmãos pelo resto da vida – então eu jamais abandonarei nenhum dos dois, enquanto eu for viva – ela disse a eles. – Então vocês podem ter, cada um, a metade de mim, ou nada de mim. E se eu for embora, levo Danny comigo. Está entendido?" Eles viram que ela estava falando sério.

– Suponho que sua mãe era orgulhosa demais para voltar a Boston depois que teve o aborto, e ela achou que eu era jovem demais para ficar sozinho depois que minha mãe morreu – Carmella ouviu Dominic dizer a Danny. – Rosie deve ter achado que tinha que tomar conta de mim, e é claro que ela sabia que eu a amava. Não duvido que ela também me amasse, mas eu era apenas um bom rapaz para ela, e quando ela conheceu Ketchum... bem, ele tinha a idade dela. Ketchum era um homem. Nós não tivemos escolha a não ser aceitar aquela situação, Daniel. Tanto Ketchum quanto eu a adorávamos, e a seu modo eu acho que ela amava a nós dois.

– O que Jane achava disso? – Danny perguntou ao pai, pois Ketchum tinha dito que a Índia sabia de tudo.

– Bem, exatamente o que você esperaria que Jane pensasse disso – o pai disse a ele. – Ela disse que nós éramos três imbecis.

Jane achava que nós estávamos nos arriscando horrivelmente, disse que aquilo era um jogo perigoso e que não ia dar certo. Eu achava o mesmo, mas sua mãe não nos deu outra opção, e Ketchum sempre foi mais jogador do que eu.
– Você devia ter me contado antes – o filho disse.
– Eu sei que devia, Daniel, desculpe – Carmella ouviu o cozinheiro dizer. Mais tarde, Dominic contaria a Carmella o que Danny tinha dito a ele.
– Eu não me importo tanto com o urso, era uma boa história – Danny disse ao pai. – Mas você errou em uma outra coisa. Você me disse que desconfiava que Ketchum tivesse matado Lucky Pinette. Você e Jane, e metade daqueles garotos de West Dummer, foi isso que todos vocês me disseram.
– Eu acho que Ketchum *pode* tê-lo matado, Daniel.
– Eu acho que você está enganado. Lucky Pinette foi assassinado na cama dele, na velha Boom House no Androscoggin. A cabeça dele estava rachada com um martelo quando o encontraram, não é essa a história? – Daniel Baciagalupo, o escritor, perguntou ao pai.
– É exatamente essa – o pai respondeu. – A testa de Lucky Pinette tinha a letra H entalhada.
– Assassinato a sangue-frio, não é, papai?
– Foi o que pareceu, Daniel.
– Então não foi o Ketchum – Danny disse a ele. – Se Ketchum achou tão fácil matar Lucky Pinette na cama, por que ele simplesmente não mata o Carl? Ketchum poderia matar o caubói de várias maneiras, *se* Ketchum fosse um assassino.
Dominic sabia que Daniel tinha razão. ("Talvez o menino seja mesmo um escritor!", o cozinheiro diria quando contasse a história a Carmella.) Porque se Ketchum fosse um assassino, o caubói já estaria morto. Ketchum tinha prometido a Rosie que tomaria conta de Dominic – ambos tinham prometido tomar conta um do outro – e, considerando as circunstâncias, não haveria maneira melhor de tomar conta de Dominic. Bastava matar o caubói – na cama, ou onde quer que o lenhador pudesse pegar Carl tirando uma soneca.

— Você não entende, papai? — Danny perguntou. — Se Pam contar tudo a Carl e o caubói não conseguir encontrar a mim ou a você, por que ele não iria atrás de Ketchum? Ele vai saber que Ketchum sempre soube de tudo. — Six-Pack vai contar a ele!

Mas tanto o pai quanto o filho sabiam a resposta para isso. Se o caubói fosse atrás de Ketchum, então Ketchum *iria* matá-lo — Ketchum e Carl sabiam disso. Como a maioria dos homens que batem em mulheres, o caubói era um covarde; Carl provavelmente não teria coragem de ir atrás de Ketchum, nem mesmo com um rifle com telescópio. O caubói sabia que o lenhador seria duro de matar — ao contrário do cozinheiro.

— Papai? — Danny disse. — Quando é que você vai dar o fora de Boston? — Pela expressão culpada e assustada com que Dominic se virou na cama para olhar para ela, Carmella deve ter sabido qual era o novo tema da conversa. Eles tinham conversado sobre a necessidade que Dominic tinha de sair de Boston, mas o cozinheiro não pôde ou não quis dizer a Carmella quando iria partir.

Quando Dominic contou tudo a Carmella, deixou uma coisa bem clara: se Carl algum dia viesse atrás dele, e o cozinheiro fosse obrigado a fugir de novo, Carmella não iria com ele. Ela havia perdido o marido e o único filho. Ela só tinha sido poupada de uma coisa — não os tinha visto morrer. Se Carmella fugisse com Dominic, o caubói talvez não a matasse também, mas ela veria o cozinheiro ser morto.

— Eu não vou permitir isso — Dominic disse a ela. — Se aquele imbecil vier atrás de mim, eu vou sozinho.

— Por que você e Danny não podem simplesmente contar à polícia? — Carmella perguntou a ele. — O que aconteceu com Jane foi um *acidente*! Você não podem fazer a polícia entender que Carl é maluco, e que é perigoso?

Era difícil explicar para alguém que não era de Coos. Em primeiro lugar, o caubói *era* a polícia — ou o que passava como sendo polícia ali. Em segundo lugar, não era crime ser maluco e perigoso — em lugar nenhum, mas especialmente no norte de New Hampshire. E nem era um grande crime o fato de Carl ter enterrado ou dado outro fim ao corpo de Jane sem dizer a ninguém. A questão era que o caubói não a matou – e sim Danny. E o cozinheiro tinha idade suficiente para saber que não podia ter fugido, que se ele tivesse ficado e simplesmente contado a verdade, para *alguém* – bem, talvez as coisas tivessem se ajeitado. (Ou Dominic poderia simplesmente ter voltado para Twisted River com Daniel. O cozinheiro poderia ter blefado, como Ketchum queria que ele fizesse – e Daniel também.)

É claro que agora era tarde demais para mudar o que aconteceu. O cozinheiro tinha contado tudo isso a Carmella logo no início do relacionamento deles; ela aceitou os termos. Agora que o amava mais, ela se arrependia de ter concordado. Não partir com ele, caso Dominic fosse obrigado a ir embora, seria muito difícil para ela. Naturalmente, Dominic sabia que ia sentir saudades de Carmella – mais do que tinha sentido de Jane. Talvez não tanto quanto ele e Ketchum tinham sentido de Rosie, mas o cozinheiro sabia que Carmella era especial. Entretanto, quanto mais Dominic amava Carmella, mais determinado ficava em não permitir que ela fosse com ele.

Ali deitada na cama, Carmella pensou nos lugares onde não podia mais ir no North End, primeiro porque tinha ido lá com o pescador, e depois – mais dolorosamente – porque associava determinadas regiões do bairro com coisas especiais que fizera com Angelù. Agora, onde mais ela não poderia ir quando Dominic (seu querido Gamba) fosse embora?, a viúva Del Popolo pensou.

Depois que Angelù morreu afogado, Carmella não passeou mais pela Parmenter Street – especificamente, não nas vizinhanças da Cushman's. A escola primária, onde Angelù tinha estudado, fora demolida. (Em 1955, ou talvez 1956 – Carmella não se lembrava.) Em seu lugar, um dia seria construída uma biblioteca, mas Carmella jamais passaria por aquela biblioteca.

Como sempre fora garçonete no Vicino di Napoli – aquele tinha sido seu primeiro emprego e se tornou seu único emprego – Carmella tinha as manhãs livres. Quando as crianças da Cushman's faziam suas excursões pelo bairro, Carmella sempre se oferecia para ir junto – para ajudar as professoras. Portanto, ela não se aproximava mais da Old North Church, onde ela e a turma de Angelù tinham visto o campanário que foi restaurado em 1912 pelos descendentes de Paul Revere. Era uma igreja episcopal – que Carmella não teria frequentado porque era católica – mas era famosa (principalmente por seu papel nas corridas noturnas de Paul Revere). Cultuados, cobertos por um vidro, estavam os tijolos da cela onde os Peregrinos tinham ficado presos na Inglaterra.

Havia dois motivos para Carmella não passar pela Mariners House na North Square, e isto era complicado para ela porque ficava muito perto do Vicino di Napoli. Mas aquele era o marco do porto de Boston e da Seamen's Society, "dedicada a servir aos navegantes". Os alunos da turma de Angelù tinham visitado a Mariners House, mas Carmella não participou da excursão – afinal de contas, ela havia perdido um pescador no mar.

Era bobagem que tantas outras coisas inocentes ligadas ao pescador e a Angelù a atormentassem, mas ela não conseguia evitar. Ela adorava o Caffè Vittoria, mas evitava aquela sala com os retratos de Rocky Marciano porque tanto o pescador quanto Angelù eram admiradores do campeão de peso pesado. E ela havia comido com o marido e o filho no Grotta Azzurra na Hanover Street, onde Enrico Caruso costumava comer também. Agora ela não ia mais lá de jeito nenhum.

O pescador tinha dito a ela que nenhum marinheiro jamais fora assaltado na Hanover Street, nem jamais seria; aquele era um lugar seguro até para os marinheiros mais bêbados, desde a beira da água até o Old Howard. Além dos locais de striptease, havia bares vagabundos frequentados pelos marinheiros, e as arcadas ao redor de Scollay Square. (É claro que isso tudo iria mudar; a própria Scollay Square iria desaparecer.) Mas o mundo onde Carmella tinha vivido com o marido afogado e o filho afogado era ao mesmo tempo sagrado e assombrado para ela – toda a extensão de Hanover Street!

Até as gaivotas procurando comida sobre o Haymarket faziam-na lembrar dos sábados que ela costumava passar ali, com Angelù segurando sua mão. Agora ela olhava com cautela para aquele restaurante da Fleet Street onde costumava ficar o Stella's; ela de vez em quando comia lá com Dominic, nas noites em que o Vicino di Napoli estava fechado. Eles comiam no Europeo também – Dominic geralmente pedia camarões fritos, mas nunca à moda de Nova York. ("Não ponha o molho vermelho – eu gosto só com limão", o cozinheiro costumava dizer.) Ela não conseguiria mais comer nesses lugares depois que Gamba partisse?, Carmella pensou.

Ela sem dúvida teria que se mudar para um apartamento menor. Será que seria tão quente no apartamento durante o verão que ela iria ficar igual a uma daquelas senhoras do prédio da Charter Street? Elas levavam cadeiras para a calçada e ficavam ali sentadas, porque era mais fresco. Aqueles apartamentos sem água quente tinham sido enfeitados com faixas para as festas dos santos no verão. Carmella de repente se lembrou de Angelù quando ele era pequeno, sentado nos ombros do pescador; Hanover Street tinha sido fechada para uma procissão. Era a Festa de São Rocco, Carmella estava lembrando. Hoje em dia, ela não gostava de assistir às procissões.

Em 1919, Giusé Polcari era um rapazinho. Ele se lembrava da Explosão de Melaço, que matou vinte e uma pessoas no North End – inclusive o pai de um garoto que Joe Polcari conhecia. "Ele foi queimado vivo numa onda de melaço quente!", o velho Joe disse um dia para Danny. Embora a guerra tivesse acabado, quem ouviu a explosão achou que os alemães estivessem chegando – que o porto de Boston estava sendo bombardeado, ou algo assim. "Eu vi um piano flutuando no melaço!", o velho Polcari contou ao jovem Danny.

Na cozinha do Vicino di Napoli havia uma foto em preto e branco de Nicola Sacco e Bartolomeo Vanzetti; os dois imigrantes anarquistas estavam algemados juntos. Sacco e Vanzetti foram condenados à cadeira elétrica pelo assassinato de um tesoureiro e de um guarda numa fábrica de sapatos em South Braintree.

O velho Polcari – em seus últimos e atrapalhados dias – não conseguia se lembrar de todos os detalhes, mas ele se lembrava das marchas de protesto. "Armaram para Sacco e Vanzetti! Um informante da polícia na cadeia de Charlestown Street os delatou, e o estado de Massachusetts deu ao informante uma passagem de volta para a Itália", o velho Joe tinha dito para Danny. Houve uma marcha a favor de Sacco e Vanzetti que começou na Hanover Street no North End e foi até Tremont Street, onde a polícia montada dispersou a multidão; havia milhares de pessoas protestando, Joe Polcari inclusive.

– Se você ou o seu filho algum dia tiverem um problema, Gamba, vem falar comigo – Giusé Polcari disse para Dominic. – Eu conheço uns caras que darão um jeito no problema para você.

O velho Polcari se referia à Camorra, a versão napolitana da Máfia – não que Dominic conseguisse entender direito a diferença. Quando ele se comportava mal quando era criança, Nunzi o chamava de seu *camorrista*. Mas Dominic tinha a impressão de que a Máfia estava mais ou menos sob controle no North End, onde tanto a Máfia quanto a Camorra eram chamadas de Mão Negra.

Quando Dominic contou a Paul Polcari que o caubói talvez viesse atrás dele, Paul disse: – Se meu pai estivesse vivo, ele chamaria seus amigos da Camorra, mas eu não sei nada sobre esses caras.

– Eu também não sei nada sobre a Máfia – Tony Molinari disse a Dominic. – Se eles fizerem algo por você, então você se torna devedor deles.

– Eu não quero envolver vocês nos meus problemas – Dominic disse a eles. – Não estou pedindo à Máfia para me ajudar, nem à Camorra.

– O tira maluco não vem atrás de Carmella, vem? – Paul Polcari perguntou ao cozinheiro.

– Eu não sei, é melhor vigiá-la – Dominic respondeu.

– Nós vamos vigiá-la, pode deixar – Molinari disse. – Se o caubói vier aqui, no restaurante, bem, nós temos facas, cutelos...

– Garrafas de vinho – Paul Polcari sugeriu.

– Nem pense nisso – Dominic disse a eles. – Se Carl aparecer aqui procurando por mim, ele estará armado. Ele não iria a lugar nenhum sem aquele Colt 45.

– Eu sei o que meu pai diria – Paul Polcari disse. – Ele diria, "Um Colt 45 não é *nada,* se você já tentou se engraçar com uma daquelas mulheres que trabalham como *costureiras* na fábrica de camisas. Mesmo nuas, elas têm agulhas no corpo!" – (Joe Polcari se referia à fábrica de Leopold Morse no velho prédio Prince Macaroni; seu filho Paul disse que Giusé deve ter transado com alguma mulher durona que trabalhava lá, ou tentado transar.)

Os três cozinheiros riram; eles fizeram um esforço para esquecer do subdelegado do condado de Coos. O que mais podiam fazer a não ser tentar esquecer?

O velho Polcari sabia centenas de piadas como aquela sobre as costureiras. – Vocês se lembram daquela da mulher que trabalhava no turno da noite na Boston Sausage and Provision Company? – Dominic perguntou a Paul e Tony.

Os dois chefs caíram na gargalhada. – Claro, ela trabalhava no setor que retirava a pele da carne – Paul Polcari disse.

– A mulher tinha uma faquinha sem-vergonha para tirar a pele das salsichas! – Molinari lembrou.

– Ela podia descascar o seu pênis como se ele fosse uma *uva!* – os três cozinheiros gritaram quase ao mesmo tempo. Então Carmella entrou no restaurante e eles pararam de rir.

– Mais piadas sujas? – ela perguntou. Eles estavam acendendo o forno de pizza e esperando a massa crescer; ainda não era meio-dia, mas o molho marinara já estava fervendo em fogo baixo. Carmella viu como eles pareceram preocupados, de repente, e nenhum deles consegui encará-la. – Vocês estavam falando a respeito de Carl, não estavam? – Eles pareciam garotos apanhados tocando uma punheta. – Talvez você devesse fazer o que Ketchum diz. Talvez, Gamba, você devesse ouvir o seu velho amigo – ela disse para Dominic. Dois meses tinham se passado desde o aviso de Ketchum, mas o cozinheiro ainda não tinha conseguido ou sabido dizer a Carmella quando ia partir.

Agora nenhum deles podia olhar para seu amado Gambacorta, o cozinheiro manco. – Talvez você devesse ir, se é o que pretende fazer – Carmella disse para Dominic. – O verão está chegando – ela anunciou subitamente. – Policiais tiram férias no verão? – ela perguntou.
Estava em junho – quase no último dia de aula, todos eles sabiam disso. Aquela era uma época do ano difícil para Carmella. De repente, ela não podia ir a lugar nenhum do North End. As crianças, livres da escola, estavam por toda parte, elas lembravam Carmella do seu Angelù *primù*, seu primeiro Angel.
O subdelegado tinha vivido com Six-Pack nesses lentos dois meses. Sim, era um relacionamento relativamente novo ainda, mas – como Ketchum dissera – dois meses eram um longo tempo para Carl ficar sem bater numa mulher. O cozinheiro não se lembrava de ter visto Carl ficar uma *semana* sem bater em Jane.

Havia coisas que Carmella nunca havia contado ao seu querido Gamba sobre seu amado Daniel. Como o menino tinha conseguido transar com uma moça antes mesmo de ir para a Exeter, por exemplo. Carmella surpreendeu o rapaz fazendo isso com uma de suas sobrinhas – uma daquelas garotas DiMattia, a irmã mais moça de Teresa, Josie. Carmella tinha ido trabalhar no restaurante, mas esqueceu alguma coisa e voltou ao apartamento de Wesley Place. (Agora ela não conseguia nem lembrar mais do que tinha esquecido.) Era dia de folga de Danny do seu trabalho de ajudante de garçom. Ele já sabia que tinha conseguido bolsa integral na Exeter – talvez estivesse comemorando. É claro que Carmella sabia que Josie DiMattia era mais velha do que Danny; provavelmente Josie deve ter provocado aquilo. E o tempo todo Dominic achava que *Teresa* DiMattia – ou a amiga dela, Elena Calogero, *sem dúvida* uma prima beijoqueira – iriam se encarregar da iniciação sexual de Danny.
Por que Gamba estava tão preocupado com isso?, Carmella pensou. Se o menino tivesse tido *mais* sexo durante os tempos de estudante na Exeter – talvez não tivesse ficado tão apaixonado

por aquela garota Callahan quando foi para a faculdade! E se ele tivesse trepado com *mais* algumas de suas primas beijoqueiras – Calogeros *e* Saettas, ou mesmo com todas as moças da família DiMattia – possivelmente ele teria engravidado alguém bem mais agradável do que Katie!

Mas como Dominic estava obcecado com Elena Calogero e Teresa DiMattia, quando Carmella entrou no apartamento e viu Danny transando com alguém na cama dela, ela primeiro achou que fosse mesmo Teresa quem estava iniciando o assustado menino de quinze anos. Naturalmente, Danny estava assustado porque Carmella o tinha pego no ato!

– Teresa, sua vagabunda! – Carmella gritou. (Ela, na verdade, chamou a garota de *troia,* por causa das famosas mulheres troianas, mas a palavra queria dizer "vagabunda".)

– Eu sou a Josie, irmã da Teresa – a moça disse, indignada. Ela deve ter ficado irritada porque a tia não a reconheceu.

– Sim, é mesmo – Carmella respondeu. – E por que você está usando a *nossa* cama, Danny? Você tem sua própria cama, seu *disgraziato...*

– Puxa, a sua é maior – Josie disse à tia.

– E eu espero que você esteja usando camisinha – Carmella gritou.

Dominic usava camisinhas; ele não se importava e Carmella preferia. Talvez o menino tivesse achado as camisinhas do pai. Em matéria de camisinhas, aquele era um mundo idiota, Carmella sabia. Na Farmácia Barone, eles mantinham as camisinhas escondidas, completamente fora de vista. Se algum garoto quisesse comprar uma camisinha, o farmacêutico fazia um escândalo. Entretanto, qualquer pai ou mãe responsável que tivesse um filho daquele idade diria ao garoto para usar camisinha. E onde os garotos iam conseguir comprá-las?

– Você pegou uma camisinha do seu pai? – Carmella perguntou a Danny, que estava deitado na cama coberto por um lençol; ele parecia humilhado por ter sido apanhado. A moça DiMattia, por outro lado, não tinha nem se incomodado em cobrir os seios.

Ficou ali sentada, nua e mal-humorada, olhando desafiadoramente para a tia. – Você vai confessar isto, Josie? – Carmella perguntou à moça. – Como você vai confessar isto?
– Eu trouxe as camisinhas. Teresa me deu – Josie disse, ignorando a questão da confissão.
Agora Carmella ficou realmente zangada. O que aquela *troia* da Teresa estava pensando, dando camisinhas para a irmã mais nova! – Quantas ela deu para você? – Carmella perguntou. Mas antes que a moça pudesse responder, Carmella perguntou a Danny: – Você não tem nenhum dever de casa para fazer? – Então Carmella pareceu perceber que tinha sido um pouco hipócrita no seu julgamento apressado de Teresa. (Ela não devia *agradecer* a Teresa por ter dado camisinha para a irmã mais nova? No entanto, as camisinhas tinham *permitido* que Josie seduzisse Secondo.)
– Puxa vida, você quer que eu conte quantas foram? – Josie perguntou à tia, referindo-se às camisinhas. O pobre Danny parecia querer morrer, Carmella ia sempre se lembrar.
– Bem, crianças, tomem cuidado, eu tenho que ir trabalhar – Carmella disse a eles. – Josie! – Carmella gritou ao sair do apartamento, poucos antes de bater a porta. – Lave meus lençóis e faça a cama, senão eu conto para a sua mãe!
Carmella não sabia se eles tinham transado a tarde e a noite todas, nem se tinham camisinhas suficientes. (Ela ficou tão nervosa que esqueceu que tinha voltado ao apartamento porque se esquecera de alguma coisa.)
Seu querido Gamba queria que o filho ficasse a salvo das moças – e como o cozinheiro chorou quando Danny foi embora para Exeter! No entanto, Carmella nunca conseguiu dizer a ele que mandar o rapaz para o colégio interno não tinha funcionado. (Não do jeito que Dominic havia esperado.) Dominic também ficara muito impressionado com a lista das faculdades e das universidades que muitos dos alunos formados pela Exter frequentavam; o cozinheiro não conseguia entender por que Danny não tinha sido um aluno tão bom assim na academia para entrar numa daquelas escolas de excelência. A Universidade de New Hamp-

shire foi uma decepção para Dominic, assim como as notas do filho na Exeter. Mas a academia era uma escola muito difícil para alguém que vinha da Mickey, e Danny tinha demonstrado pouca aptidão para matemática e ciências. As notas do menino não eram boas principalmente porque ele *escrevia* o tempo todo. O Sr. Leary tinha razão: a chamada redação criativa não era valorizada na Exeter, mas a *mecânica* da boa redação sim. E alguns professores de inglês tinham feito o papel do Sr. Leary para Danny na escola – eles liam a ficção que o jovem Baciagalupo lhes mostrava. (E não tinham sugerido nem uma vez um *nom de plume*.)

Outra coisa que Danny fazia em Exeter era toda aquela corrida insana. Ele fazia cross-country no outono, e corria nas pistas no inverno e na primavera. Ele detestava o atletismo obrigatório da escola, mas gostava de correr. Era, basicamente, um corredor de longa distância; isso combinava com seu corpo, com sua magreza. Ele nunca foi muito competitivo; gostava de correr o mais depressa que podia, mas não se preocupava em vencer ninguém. Nunca pôde correr antes de ir para a Exeter, e lá você podia correr o ano inteiro.

Não havia lugar para correr no North End – não se você gostasse de correr longas distâncias. E nas Grandes Florestas do Norte, não havia lugar seguro para correr; você poderia tropeçar em alguma coisa, tentando correr naqueles bosques, e se você corresse numa das estradas de escoamento de madeira, um caminhão carregado de toras o esmagaria ou o jogaria para fora da estrada. As madeireiras eram donas daquelas estradas, e os imbecis dos motoristas de caminhão – como Ketchum se referia a eles – dirigiam como se *eles* fossem donos das estradas. (Havia também as caçadas de cervo, a temporada de caça com arco e flecha e a temporada de caça com arma de fogo. Se você tentasse correr na floresta ou numa estrada de escoamento de madeira durante a temporada de caça ao cervo, algum caçador imbecil poderia enfiar uma bala ou uma flecha na sua cabeça.)

Quando Danny escreveu para Ketchum contando que estava correndo em Exeter, Ketchum respondeu: "Que diabo, Danny, ainda bem que você não corria desse jeito aqui em Twisted River. Em quase todos os lugares que eu conheço em Coos, quando vejo um cara correndo, acho logo que ele fez algo errado e está fugindo. Seria uma aposta certa atirar na maioria dos caras que a gente vê correndo por aqui."

Danny adorava a pista de corrida coberta da Exeter. A Thompson Cage tinha uma pista inclinada de madeira sobre uma de terra. Era um bom lugar para pensar nas histórias que estava imaginando; Danny descobriu que conseguia pensar com muita clareza enquanto corria, especialmente quando começava a ficar cansado.

Quando deixou a Exeter com B em inglês e história, e C em quase todas as outras disciplinas, o Sr. Carlisle disse a Dominic e a Carmella que talvez o rapaz fosse ter um "florescimento tardio". Mas, para um escritor, publicar seu primeiro romance menos de um ano depois de ter deixado a Oficina de Iowa não tinha nada de tardio e, sim, de *precoce*; é claro que o Sr. Carlisle estava falando em termos estritamente acadêmicos. E as notas de Danny na UNH eram excelentes; em comparação com a Exeter, a Universidade de New Hampshire tinha sido fácil. A parte difícil de Durham foi conhecer Katie Callahan, e tudo o que aconteceu depois – tanto em Durham quanto em Iowa City. Nem Carmella nem seu querido Gamba conseguiam falar sobre aquela moça sem se sentirem mal, quase envenenados.

– E você estava tão preocupado, Gamba, com as poucas garotas italianas fogosas do North End! – Carmella explodiu um dia. – O que você devia ter previsto acontecer era aquele iceberg da Universidade de New Hampshire!

"Buceta fria", era como Ketchum chamava Katie.

– Foi de tanto *escrever* também – Dominic retrucou. – Essa história de *imaginar* o tempo todo, isso não pode ter sido bom para o Daniel.

– Você é louco, Gamba – Carmella disse a ele. – Danny não inventou Katie. E você preferia mesmo que ele tivesse ido para o Vietnã?
– Ketchum jamais teria permitido que isso acontecesse – Dominic disse. – Ketchum não estava brincando, Carmella. Daniel teria se tornado escritor sem alguns dedos na mão direita.

Talvez ela *não* quisesse conhecer o Sr. Ketchum, afinal de contas, Carmella pensou.

O escritor Daniel Baciagalupo recebeu seu grau de M.F.A. da Oficina de Escritores de Iowa em junho de 1967. Junto com o filho de dois anos, Joe, o escritor partiu para Vermont quase que imediatamente após a formatura. Apesar dos seus problemas com Katie, Danny tinha gostado de Iowa City e da Oficina de Escritores, mas Iowa era quente no verão, e ele queria ter tempo para achar um lugar para morar em Putney, Vermont, onde ficava o Windham College. Também seria necessário montar um esquema para o pequeno Joe durante o dia, e contratar uma baby-sitter para o menino – embora talvez uma ou duas alunas de Danny na faculdade estivessem dispostas a ajudar.

Ele só contou a um de seus professores (e a mais ninguém) em Iowa sobre a ideia do *nom de plume* – o escritor Kurt Vonnegut, que era um homem amável e um bom professor. Vonnegut também sabia das dificuldades de Danny com Katie. Danny não contou ao Sr. Vonnegut o motivo de estar cogitando num pseudônimo, só que não se sentia feliz com isso.

"Não importa qual seja o seu nome", Vonnegut disse a ele. Ele também disse ao jovem autor que *Family Life in Coos County*, o primeiro livro de Danny, era um dos melhores romances que ele já tinha lido. "É *isso* que importa, não o nome que você usa", o Sr. Vonnegut disse.

A única crítica que o autor de *Matadouro 5* faria ao jovem autor foi o que ele chamou de problema de pontuação. O Sr. Vonnegut não gostou de tantos ponto e vírgulas. "As pessoas irão, provavelmente, calcular que você esteve na universidade. Você não tem que tentar provar isso a ninguém", ele disse a Danny.

Mas os ponto e vírgulas vinham daqueles romances antigos do século XIX que tinham feito Daniel Baciagalupo querer ser um escritor desde cedo. Ele tinha visto os títulos e os nomes dos autores nos romances que a mãe deixou para trás – os livros que seu pai tinha legado para Ketchum em Twisted River. Danny iria para a Exeter antes de ler esses livros, mas ele deu uma atenção especial àqueles autores lá – Nathaniel Hawthorne e Herman Melville, por exemplo. Eles escreviam frases longas e complicadas; Hawthorne e Melville *gostavam* de ponto e vírgulas. Além disso, os dois eram escritores da Nova Inglaterra – eram os favoritos de Danny. E o romancista inglês, Thomas Hardy, também atraía, naturalmente, Daniel Baciagalupo, que – já aos vinte e cinco anos – tinha visto a sua porção do que lhe parecia ser a mão do destino.

Ele tinha se sentido um tanto sozinho no meio dos seus colegas de oficina em Iowa, pelo fato de gostar mais dos escritores mais antigos do que da maioria dos autores contemporâneos. Mas Danny gostava dos textos de Kurt Vonnegut, e ele também gostava do homem. Danny teve sorte com seus professores, a começar por Michael Leary.

"Você vai achar alguém", Vonnegut disse a Danny quando eles se despediram em Iowa City. (O professor, provavelmente, quis dizer que Danny acabaria encontrando a mulher certa.) "E talvez o capitalismo seja bondoso com você", acrescentou Vonnegut.

Este último pensamento foi o que Danny levou de volta para o Leste com ele. "Talvez o capitalismo seja bondoso conosco", ele disse várias vezes para o pequeno Joe, a caminho de Vermont.

– É melhor você procurar um lugar com um quarto extra para o seu pai – Ketchum tinha dito a ele quando se falaram pela última vez. – Embora Vermont não seja longe o bastante de New Hampshire, pelo menos na minha opinião. Você não podia ter conseguido um emprego de professor em algum lugar no Oeste?

– Pelo amor de Deus – Danny disse. – O sul de Vermont fica quase à mesma distância de Coos do que Boston, não fica? E nós estávamos longe o suficiente lá em Boston nos últimos treze anos!

– Vermont é perto demais, eu sei que é, mas neste momento é muito mais seguro para o seu pai do que Boston.
– É o que eu vivo dizendo a ele – Danny disse.
– Eu também vivo dizendo a ele, mas ele não dá a mínima.
– É por causa de Carmella – Danny disse a Ketchum. – Ele é muito apegado a ela. Ele devia levá-la com ele, eu sei que ela iria, se ele pedisse, mas ele não quer pedir. Eu acho que Carmella foi a melhor coisa que já aconteceu na vida dele.
– Não diga isso, Danny – Ketchum disse. – Você não conheceu a sua mãe.
Danny ficou calado. Ele não queria que o velho lenhador desligasse na sua cara.
– Bem, eu estou achando que vou ter que arrastar o imbecil do Cookie para longe de Boston, de um jeito ou de outro – Ketchum disse, depois de alguns instantes de silêncio.
– Como você vai fazer isso?
– Vou colocá-lo numa jaula, se for preciso. Encontre uma casa em Vermont que seja suficientemente grande, Danny. Eu levo o seu pai para lá.
– Ketchum, você não matou Lucky Pinette, matou?
– É claro que não! – Ketchum berrou no telefone. – Lucky não merecia esse trabalho todo.
– Às vezes eu acho que vale a pena matar *Carl* – o escritor Daniel Baciagalupo arriscou; ele apenas deixou esta ideia pairando no ar.
– Eu vivo pensando nisso – Ketchum admitiu.
– Eu não ia querer que você fosse apanhado – Danny disse a ele.
– Não é esse o problema que eu estou tendo com isso – o lenhador disse. – Eu não imagino que Carl se importaria se *ele* fosse apanhado, quer dizer, por matar o seu pai.
– Então qual é o problema? – Danny perguntou.
– Eu gostaria que ele tentasse me matar primeiro – Ketchum respondeu. – Então eu *não teria* nenhum problema com isso.
Era exatamente como o escritor Daniel Baciagalupo tinha imaginado, o mistério era que embora o caubói fosse extrema-

mente burro, ele era esperto o bastante para se manter vivo. E ele tinha parado de beber – isso significava que Carl não ia perder o controle completamente. Devia ser por isso que ele tinha passado dois meses sem bater em Six-Pack, ou pelo menos não tinha batido nela o suficiente para que ela o deixasse ou contasse o que sabia.

Six-Pack ainda bebia. Ketchum sabia que ela podia perder o controle fácil *e* completamente – isso também era um problema.

– Eu estou preocupado com uma coisa – Danny disse a Ketchum.
– *Você* não parou de beber. Você não tem medo de perder a consciência e aí o Carl ir atrás de você?

– Você não conhece o meu cachorro, Danny. Ele é um belo animal.

– Eu não sabia que você tinha um cachorro – Danny disse.

– Que diabo, quando Six-Pack me deixou, eu precisava de alguém com quem falar.

– E a tal senhora que você conheceu na biblioteca, a professora que está ensinando você a ler? – Danny perguntou ao lenhador.

– Ela *está* mesmo me ensinando, mas não é exatamente uma conversa – Ketchum disse.

– Você está mesmo aprendendo a ler?

– Estou, só que demora mais do que contar cocô de racum – Ketchum disse a ele. – Mas meu objetivo é me preparar para ler o seu livro, quando ele for publicado. – Houve uma pausa no telefone e em seguida Ketchum perguntou: – Como está indo o *nom de plume*? Você já pensou em algum?

– Meu pseudônimo é Danny Angel – o escritor Daniel Baciagalupo disse a Ketchum com uma voz séria.

– Não é *Daniel*? O seu pai gosta muito de Daniel. Eu gosto do Angel – Ketchum disse.

– Papai pode continuar me chamando de Daniel – Danny disse.
– Danny Angel é o melhor que posso fazer, Ketchum.

– Como vai o pequeno Joe? – Ketchum perguntou; ele viu que o jovem escritor era sensível ao assunto do *nom de plume*.

* * *

Na viagem de volta ao Leste, Danny dirigia quase sempre à noite, quando o pequeno Joe estava dormindo. Ele procurava um motel com piscina e brincava com Joe quase o dia todo. Danny tirava um cochilo no motel junto com o filho de dois anos; depois ele dirigia a noite inteira de novo. O escritor Danny Angel tinha muito tempo para pensar enquanto dirigia. Ele podia pensar a noite inteira. Mas nem em sua imaginação Danny conseguia ver um lenhador como Ketchum indo para Boston. Nem mesmo Danny Angel, nascido Daniel Baciagalupo, poderia ter imaginado como o temível lenhador iria se comportar lá.

O fato de que Windham College iria se revelar um lugar engraçado não importaria muito para Danny Angel, cujo primeiro romance, *Family Life in Coos County*, receberia boas resenhas e teria vendas modestas. O jovem autor venderia os direitos de publicação em brochura e os direitos de filmagem também, embora não tenha sido feito nenhum filme do livro – e os dois romances que se seguiram teriam críticas boas e ruins e venderiam menos exemplares. (Os romances dois e três nem seriam publicados em brochura, e não houve interesse em comprar os direitos para o cinema.) Mas nada disso iria importar muito para Danny, que estava consumido pela tarefa de proteger o pai – e ao mesmo tempo ser um bom pai para Joe. Danny simplesmente continuava escrevendo sem parar. Ele teria que continuar dando aulas para sustentar a si mesmo e seu filho – e o tempo todo ele continuava dizendo para o pequeno Joe , "Talvez o capitalismo seja bondoso conosco *um dia*".

Não tinha sido muito difícil conseguir uma casa para alugar em Putney, uma casa grande o suficiente para abrigar o pai – e Carmella, se ela algum dia fosse a Vermont. Era uma antiga casa de fazenda numa estrada de terra, que Danny gostou porque havia um riacho que corria ao lado; a estrada também cruzava o rio em dois lugares. A água corrente lembrava Daniel Baciagalupo de suas origens. A casa de fazenda ficava a poucos quilômetros da cidadezinha de Putney, que era pouco mais do que um armazém e uma quitanda – com o nome de Cooperativa de Produtos Alimentícios de Putney – e uma loja de conveniências com posto de gasolina que ficava na diagonal da velha fábrica de papel, na rua que dava na faculdade. Quando Danny viu a fábrica de papel pela primeira vez, soube que seu pai não ia gostar de morar em Putney. (O cozinheiro nasceu em Berlin e odiava fábricas de papel.) Windham College era um mostrengo arquitetônico numa bela paisagem. O corpo docente era um misto de professores moderadamente ilustres e outros não tão ilustres; Windham não tinha virtudes acadêmicas dignas de nota, mas alguns de seus professores eram realmente bons que poderiam estar trabalhando em melhores faculdades e universidades, mas que queriam morar em Vermont. Muitos dos alunos do sexo masculino não estariam fazendo faculdade se não houvesse uma guerra no Vietnã; quatro anos de faculdade era o maior adiamento possível do serviço militar para rapazes em idade de alistamento. Windham era esse tipo de lugar – não teria vida muito longa, mas duraria enquanto a guerra se arrastasse – e como primeiro emprego de Danny fora de um restaurante, não era mau.

Danny não ia ter muitos alunos realmente interessados em escrever, e os poucos que teria não seriam talentosos nem esforçados o suficiente para satisfazê-lo. Em Windham, você tinha sorte se metade dos alunos da sua turma se interessassem em *ler*. Mas como autor de um primeiro romance que tinha sido salvo da guerra do Vietnã, o que Daniel Baciagalupo sabia ser o seu caso, ele era um professor tolerante. Danny queria que todo mundo – principalmente seus alunos do sexo masculino – permanecessem na escola.

Se, como diziam alguns cínicos, a única justificativa para a existência de Windham era o fato de ela conseguir evitar que alguns rapazes fossem para o Vietnã, isso estava bom para Danny Angel; ele tinha progredido politicamente o suficiente para odiar a guerra, e era mais escritor do que professor. Danny não se importava realmente com o quanto Windham era ou deixava de ser academicamente responsável. Ensinar era só um emprego para ele – um emprego que lhe deixava tempo suficiente para escrever e ser um bom pai.

Danny avisou a Ketchum assim que ele e Joe se mudaram para a velha casa de fazenda na Hickory Ridge Road. Danny não ligava para quem estivesse lendo as cartas para o lenhador agora; o jovem escritor imaginava que fosse a mulher da biblioteca, a professora cuja tarefa em curso era ensinar Ketchum a ler.

"Tem bastante lugar para papai", Danny escreveu ao lenhador; o escritor incluiu seu novo número de telefone e orientações de como chagar à casa em Putney, tanto saindo de Coos quanto de Boston. (Estavam quase no final de junho de 1967.) "Talvez você possa vir para o Quatro de Julho", Danny escreveu para Ketchum. "Se vier, conto com você para trazer os fogos."

Ketchum era um grande fã de fogos de artifício. Houve uma vez em que ele não conseguiu pegar um peixe. "Eu juro que é a maior truta que existe no Phillips Brook", ele tinha declarado, "e a mais esperta." Ele tinha explodido o peixe, e um número considerável de trutas próximas, com dinamite.

Não foram bem "fogos" que Ketchum levou para Boston, a primeira perna da sua viagem. A North Station ficava naquela parte do West End que fazia fronteira com o North End. Ketchum saltou do trem carregando uma espingarda no ombro e uma sacola de lona na outra mão; a sacola parecia pesada, mas não do modo como Ketchum a estava carregando. A arma estava num estojo de couro, mas ficava claro para todo mundo que via o madeireiro que arma era aquela – tinha que ser ou um rifle ou uma espingarda. O modo como o estojo era afunilado, dava para saber que Ketchum estava segurando o cano da arma com a coronha sobre o ombro.

O garoto que era na época o ajudante de garçom no Vicino di Napoli tinha acabado de embarcar a avó num trem. Ele viu Ketchum e correu na frente dele, de volta para o restaurante.

O ajudante de garçom disse que parecia que Ketchum estava "vindo pelo caminho mais longo" – querendo dizer que o lenhador devia ter olhado no mapa e escolhido o caminho mais óbvio, que não era necessariamente o mais rápido. Ketchum deve ter descido a Causeway Street até a Prince Street e depois entrado na Hanover – um caminho indireto para chegar a North Square, onde ficava o restaurante, mas o ajudante de garçom alertou a todos que o homenzarrão carregando uma arma estava chegando.

– *Que* homenzarrão? – Dominic perguntou ao ajudante de garçom.

– Eu sei que ele tem uma arma, ele a está carregando pendurada no ombro! – o ajudante de garçom disse. Todo mundo que trabalhava no Vicino di Napoli tinha sido avisado de que o caubói poderia aparecer. – E ele é sem dúvida do Norte, ele é assustador!

Dominic sabia que Carl estaria com o Colt 45 escondido. Ele era um revólver grande, mas ninguém carregava um revólver pendurado no ombro. – Parece que você está falando de um rifle ou de uma espingarda – o cozinheiro disse ao ajudante de garçom.

– Jesus e Maria! – Tony Molinari disse.

– Ele tem uma cicatriz na testa como se alguém tivesse partido da cara dele com um cutelo! – o ajudante de garçom gritou.

– É o Sr. Ketchum? – Carmella perguntou a Dominic.

– Deve ser – o cozinheiro disse a ela. – Não pode ser o caubói. Carl é grande e gordo, mas não é especialmente "assustador" e não há muito do Norte nele. Ele parece simplesmente um tira, seja com ou sem uniforme.

O ajudante de garçom ainda estava tagarelando. – Ele está usando uma camisa de flanela com as mangas cortadas, e ele tem uma faca de caça *enorme* na cintura, vai quase até o joelho dele!

– Deve ser a Browning – Dominic disse. – Então é mesmo Ketchum. No verão, ele corta as mangas das suas velhas camisas de flanela, as que já estão mesmo com as mangas rasgadas.

– Para que a arma? – Carmella perguntou ao seu querido Gamba.

– Talvez ele vá atirar em mim antes de Carl ter uma chance de fazê-lo – Dominic disse, mas Carmella não achou graça, nenhum deles achou. Eles foram até a porta e as janelas para procurar o Ketchum. Era aquela hora da tarde que eles tinham para si mesmos; deveriam estar comendo a refeição principal do dia antes de iniciar o serviço de jantar.

– Eu vou colocar um lugar para o Sr. Ketchum – Carmella disse, e ela começou a fazer isso. As duas jovens garçonetes estavam se ajeitando no espelho. Paul Polcari segurava uma pá de pizza com as duas mãos; ela era do tamanho de uma raquete de tênis gigante.

– Largue a pá, Paul – Molinari disse a ele. – Você está ridículo.

– Tem um bocado de coisa na sacola de lona que ele está carregando. Munição, talvez – o ajudante de garçom disse.

– *Dinamite*, provavelmente – o cozinheiro disse.

– Com aquela cara, é capaz de ele ser preso antes de chegar aqui! – o ajudante de garçom disse.

– Por que ele veio? Por que não ligou antes? – Carmella perguntou a Gamba.

O cozinheiro sacudiu a cabeça; eles teriam que esperar para ver o que Ketchum queria.

– Ele veio para levar você embora, não é, Gamba? – Carmella perguntou ao cozinheiro.

– Provavelmente – Dominic respondeu.

Ainda assim, Carmella alisou o aventalzinho branco que usava sobre a saia preta; ela abriu a porta e ficou esperando ali. Alguém devia cumprimentar o Sr. Ketchum, ela estava pensando.

O que eu vou fazer em Vermont?, o cozinheiro pensou. Quem se importa com comida italiana lá?

Ketchum ia perder pouco tempo com eles.

– Eu sei quem você é – ele disse amavelmente para Carmella. – Seu filho me mostrou o seu retrato, e você quase não mudou. – Mas Carmella *tinha* mudado nos mais de treze anos desde que aquela foto que estava na carteira tinha sido tirada, ela estava pelo menos dez quilos mais gorda, todos eles sabiam, mas Carmella apreciou o elogio. – Vocês estão todos aqui? – Ketchum perguntou. – Ou tem alguém na cozinha?

– Nós estamos todos aqui, Ketchum – o cozinheiro disse ao seu velho amigo.
– Bem, eu estou vendo que *você* está, Cookie – Ketchum disse.
– E pelo ar de censura, não parece muito feliz em me ver.
Ketchum não esperou pela resposta. Ele simplesmente foi até o fundo da cozinha até eles não poderem mais vê-lo.
– Vocês estão me vendo? – ele perguntou.
– Não! – eles gritaram, exceto o cozinheiro.
– Bem, eu ainda posso ver vocês, o que é perfeito – Ketchum disse. Quando saiu da cozinha, ele tinha tirado a espingarda do estojo; todos eles, inclusive o cozinheiro, se encolheram. A arma tinha um cheiro estranho, de óleo de espingarda, talvez, e estojo de couro sujo de óleo, mas havia um outro cheiro, um cheiro *realmente* estranho (até para cozinheiros, até no salão e na cozinha de um restaurante). Talvez o cheiro fosse de morte, porque armas são feitas para uma única coisa, matar.
– Esta aqui é uma Ithaca calibre vinte, um único tiro, sem trava de segurança. Ela é o que tem de mais simples e doce em termos de espingarda – Ketchum disse a eles. – Até uma criança é capaz de atirar com ela. – Ele abriu a espingarda, permitindo que o cano descesse a um ângulo de quarenta e cinco graus. – Não tem trava de segurança porque você tem que engatilhá-la com o polegar antes de atirar, e também não tem meio gatilho – o madeireiro dizia. Eles olhavam fascinados, todos menos Dominic.
Tudo o que Ketchum dizia sobre a arma não fazia sentido para eles, mas Ketchum continuava a repetir pacientemente. Ele mostrou como carregá-la, como retirar a cápsula vazia – ele mostrou várias vezes, até que mesmo o ajudante de garçom e as duas jovens garçonetes fossem capazes de fazer aquilo. Partiu o coração do cozinheiro ver a atenção que Carmella prestava no velho lenhador; até Carmella teria sido capaz de carregar e disparar a maldita espingarda quando Ketchum acabou de explicar.
Eles não tinham compreendido realmente a gravidade da demonstração até que Ketchum chegou na parte que tratava dos dois tipos de munição.

– Isto aqui é chumbo grosso. Vocês mantenham a espingarda carregada de chumbo grosso o tempo todo. – Ketchum ergueu seu maozão na frente da cara suja de farinha de Paul Polcari. – Dali de trás, de onde eu estava parado na cozinha, o chumbo grosso faria um buraco deste tamanho num alvo que estivesse parado aqui. – Eles estavam começando a entender.
– Vocês só precisam ver como as coisas acontecem. Se Carl acreditar na história de vocês, e vocês todos têm que contar a *mesma* história para o caubói, talvez ele saia sem qualquer incidente. Sem precisar disparar nenhum tiro – Ketchum estava dizendo.
– Que história é essa? – o cozinheiro perguntou ao seu velho amigo.
– Bem, é sobre você ter abandonado esta dama – Ketchum disse, indicando Carmella. – Nem um tolo faria isso, entenda, mas foi o que você fez, e todo mundo aqui detesta você por causa disso. Eles mesmos gostariam de matá-lo, se conseguissem encontrá-lo. Algum de vocês tem problema em se lembrar dessa história? – Ketchum perguntou. Eles sacudiram as cabeças, até o cozinheiro, mas por outro motivo.
– É importante que um de vocês esteja na cozinha – Ketchum continuou. – Eu não me importo que o caubói saiba que vocês estão lá atrás, desde que ele não possa vê-los. Vocês podem bater com as panelas o quanto quiserem. Se Carl pedir para falar com vocês, e ele vai pedir, apenas digam que estão ocupados cozinhando.
– Qual de nós deve ficar na cozinha com a arma? – Paul Polcari perguntou ao lenhador.
– Não importa qual de vocês esteja lá atrás, desde que todos saibam como usar a Ithaca – Ketchum respondeu.
– Você sabe que Carl virá aqui, eu suponho? – Dominic perguntou a ele.
– É inevitável, Cookie. Ele vai querer falar principalmente com Carmella, mas ele virá aqui para conversar com todo mundo. Se ele não acreditar na história de vocês, e houver algum problema, é aí que um de vocês atira nele – Ketchum disse a eles.

– Como é que vamos saber que vai haver problema? – Tony Molinari perguntou. – Como vamos saber se ele acreditou na nossa história?

– Bem, vocês não verão o Colt 45 – Ketchum respondeu. – Acreditem, ele estará com ele, mas vocês não vão saber que vai haver confusão até verem o revólver. Quando Carl deixar vocês verem o Colt, será porque ele tem a intenção de usá-lo.

– Aí nós atiramos nele? – Paul Polcari perguntou.

– Quem estiver na cozinha deve primeiro chamar por ele – Ketchum disse. – Vocês digam algo do tipo, "Ei, caubói!", só para ele olhar para vocês.

– Está me parecendo que teríamos mais chance se simplesmente atirássemos nele, quer dizer, antes que ele olhe na direção do atirador – comentou Molinari.

– Não é bem assim – Ketchum falou pacientemente. – Se o caubói estiver olhando na sua direção, supondo que você mire na garganta dele, você o atingirá no rosto e no peito, em ambos, e provavelmente o deixará cego.

O cozinheiro olhou para Carmella, pois achou que ela fosse desmaiar.

O ajudante de garçom parecia estar passando mal.

– Quando o caubói estiver cego, você não precisa se apressar na hora de tirar o cartucho vazio e colocar o cartucho de matar cervos lá dentro. O chumbo grosso o deixa cego, mas o cartucho de caçar cervos é o tiro mortal – Ketchum explicou a eles. – Primeiro vocês o cegam, depois vocês o matam.

O ajudante de garçom correu para a cozinha; eles puderam ouvi-lo vomitando na pia gigante que o lavador de pratos usava para escorrer as panelas e os caldeirões.

– Talvez ele não seja o mais indicado para ficar esperando na cozinha – Ketchum disse baixinho para os outros. – Que diabo, nós costumávamos caçar cervos em Coos desse jeito. Acendíamos a lanterna em cima deles, até o bicho olhar direto para você. Primeiro o chumbo grosso, depois a bala. – Aqui o madeireiro fez uma pausa antes de continuar: – Bem, com um cervo, se você

estiver suficientemente perto, o chumbo grosso é suficiente. Com o caubói, nós não queremos correr riscos desnecessários.
— Eu não acho que a gente consiga matar ninguém, Sr. Ketchum — Carmella disse. — Nós simplesmente não sabemos fazer isso.
— Mas eu acabei de *mostrar* para vocês! — Ketchum disse a ela. — Aquela pequena Ithaca é a arma mais simples que eu tenho. Eu a ganhei numa queda de braço em Milan, você se lembra, não é, Cookie?
— Eu me lembro — o cozinheiro disse ao amigo. A coisa tinha ficado mais séria do que uma simples queda de braço, como Dominic lembrava, mas Ketchum tinha ido embora com a Ithaca de um tiro só, isso era indiscutível.
— Que diabo, preparem bem sua *história* — Ketchum disse a eles.
— Se a história for boa, talvez você não precisem matar o filho da mãe.
— Você veio até aqui de tão longe só para nos trazer a arma? — o cozinheiro perguntou ao amigo.
— Eu trouxe a Ithaca para *eles*, Cookie, para os seus amigos, não para você. Eu vim para ajudar você a *fazer a mala*. Nós temos uma viagem pela frente.

Dominic estendeu o braço para trás para segurar a mão de Carmella, ele sabia que ela estava parada atrás dele, mas Carmella foi mais rápida. Ela abraçou a cintura de Gamba e enterrou o rosto atrás do pescoço dele. — Eu amo você, mas quero que você vá com o Sr. Ketchum — ela disse ao cozinheiro.
— Eu sei — Dominic disse; ele não era bobo de resistir a ela ou a Ketchum.
— O que mais tem aí nessa sacola de lona? — o ajudante de garçom perguntou ao lenhador; o garoto tinha voltado da cozinha e parecia um pouco melhor.
— Fogos de artifício para o Quatro de Julho — Ketchum disse. — Danny me pediu para levar para eles — ele falou para Dominic.

Carmella foi com eles para o prédio sem elevador em Wesley Place. O cozinheiro não pôs muita coisa na mala, mas tirou do gancho da parede do quarto deles a frigideira de ferro de oito polegadas; Carmella imaginava que a frigideira fosse principalmente simbólica. Ela foi com eles até a locadora de automóveis. Eles iam dirigir um carro alugado até Vermont, e Ketchum traria o carro de volta a Boston; depois ele pegaria o trem de volta a New Hampshire na North Station. Ketchum não quis que seu caminhão ficasse sumido por alguns dias; ele não queria que o subdelegado soubesse que ele tinha viajado. Além disso, ele precisava de um caminhão novo, Ketchum disse a eles; com toda aquela distância que ele e Dominic teriam que percorrer, o caminhão de Ketchum talvez não conseguisse.

Durante treze anos, Carmella desejou conhecer o Sr. Ketchum. Agora ela o tinha conhecido, *e* sua violência. Ela viu na mesma hora o que o seu Angelù tinha admirado no homem, e pôde imaginar facilmente por que Rosie Calogero (ou qualquer mulher da idade dela) se apaixonara por ele. Mas agora ela odiava Ketchum por ter vindo do North End para levar embora o seu Gamba; ela sentiria falta até do andar manco do cozinheiro, ela disse a si mesma.

Então o Sr. Ketchum disse uma coisa para ela, e a conquistou completamente. – Se algum dia você quiser ver o lugar onde o seu filho morreu, eu ficarei honrado em mostrá-lo para você – Ketchum disse a ela. Carmella teve que fazer força para não chorar. Ela queria tanto ver a bacia do rio onde o acidente aconteceu, mas não as toras de madeira; ela sabia que as toras seriam demais para ela. Só a margem do rio, de onde o cozinheiro e o jovem Dan tinham visto aquilo acontecer, e talvez o lugar exato na água, sim, um dia talvez ela quisesse ver aquilo tudo.

– Obrigada, Sr. Ketchum – Carmella disse. Ela os viu entrar no carro. Ketchum, é claro, ia ser o motorista. – Se algum dia você quiser me ver – Carmella começou a dizer para Dominic.

– Eu sei – o cozinheiro disse, mas ele não olhou para ela.

Comparado com o dia que o seu Gamba tinha partido, o dia em que Carl apareceu no Vicino di Napoli foi quase fácil para Carmella. Tinha sido de novo na hora da refeição do meio da tarde, e foi quase no fim daquele verão – num dia de agosto de 1967, quando eles todos tinham começado a imaginar (ou ter esperança) que o caubói jamais viria. Carmella foi quem viu o tira primeiro. Foi exatamente como Gamba dissera a ela. Carl estava sem uniforme, mas parecia estar usando um. É claro que Ketchum tinha chamado atenção para a queixada e a papada do caubói. ("Todos os tiras têm o cabelo mal cortado", ele tinha dito a ela.)

– Alguém volta para a cozinha – Carmella disse, levantando-se da mesa; a porta estava trancada, e ela foi abrir. Quem voltou para a cozinha foi Paul Polcari. Assim que o caubói entrou, Carmella se viu desejando que Molinari tivesse voltado lá para dentro.

– Você se chama Del Popolo? – o subdelegado perguntou a ela. Ele mostrou o distintivo para todos. – Massachusetts está fora da minha jurisdição; na realidade, saindo de Coos County tudo está fora da minha jurisdição, mas eu estou procurando por um cara que acho que todos vocês conhecem. Ele tem algumas explicações a dar, o nome dele é Dominic, um cara baixinho e manco.

Carmella começou a chorar; ela chorava com facilidade, mas neste caso ela teve que forçar o choro.

– Aquele vagabundo – Molinari disse. – Se eu soubesse onde ele está, eu o mataria.

– Eu também! – Paul Polcari gritou da cozinha.

– Você pode vir aqui? – o subdelegado disse para Paul. – Eu gosto de ver todo mundo.

– Estou ocupado cozinhando! – Paul berrou; ele estava batendo com as panelas.

O caubói suspirou. Todos se lembraram do modo como Ketchum e o cozinheiro tinham descrito Carl; eles tinham dito que o tira nunca parava de sorrir, mas que era o sorriso mais falso do mundo. – Olha – o caubói disse para eles –, eu não sei o que o cozinheiro fez a vocês, mas ele tem muito o que explicar para mim...

– Ele a abandonou! – Molinari disse, apontando para Carmella.

— Ele roubou as *joias* dela! — o ajudante de garçom gritou.

Que menino idiota!, os outros pensaram. (Até o tira devia ser esperto o suficiente para saber que Carmella não era o tipo de mulher que tinha *joias*.)

— Eu não imaginei que o Cookie fosse um ladrão de joias — Carl disse. — Vocês estão sendo honestos comigo? Você não sabem mesmo onde ele está?

— Não! — uma das jovens garçonetes gritou como se a colega do lado a tivesse apunhalado.

— Aquele vagabundo! — Molinari repetiu.

— E quanto a *você*? — o caubói gritou na direção da cozinha. Paul parecia ter perdido a fala. Quando as panelas começaram a bater de novo, os outros consideraram isso como um sinal para se afastarem um pouco do tira. Ketchum tinha dito a eles para não se espalharem como um bando de galinhas, mas para deixar uma certa distância entre o caubói e eles, só para o atirador poder dar um tiro decente no filho da mãe.

— Se eu soubesse onde ele está, eu o *cozinharia*! — Paul Polcari gritou. Ele estava segurando a Ithaca em suas mãos sujas de farinha, que tremiam. Ele mirou na garganta do caubói, do que conseguia ver dela, sob os múltiplos queixos de Carl.

— Você pode sair daí e vir para onde eu possa vê-lo? — o tira disse para Paul, olhando para dentro da cozinha. — *Carcamanos* — o caubói resmungou. Foi quando Tony Molinari viu de relance o Colt. Carl tinha posto a mão dentro do paletó, e Molinari viu o coldre debaixo do braço do subdelegado, num ângulo esquisito, e tinha roçado com os dedos na coronha do revólver de cano longo. A coronha do Colt 45 era enfeitada com algo que parecia osso; devia ser chifre de veado.

Pelo amor de Deus, Paul! Molinari estava pensando. O caubói já está *olhando* para você — atire logo nele! Para surpresa de Carmella, ela estava pensando a mesma coisa — atire logo nele! Ela já estava quase tapando os dois ouvidos com as mãos.

Paul Polcari não era a pessoa certa para aquele trabalho. O pizzaiolo era um homem doce e gentil; ele teve a sensação de estar engasgado com um punhado de farinha. Ele estava *tentando* dizer, "Ei, caubói!" Mas as palavras não saíam. E o caubói continuava olhando para a cozinha; Paul Polcari sabia que não precisava dizer nada. Ele podia simplesmente apertar o gatilho e Carl ficaria cego. Mas Paul não conseguia – para ser mais exato, ele *não fez* isso.

– Bem, merda – o subdelegado disse. Ele andou na direção da porta do restaurante. Molinari ficou preocupado, porque o caubói estava fora do ângulo de visão de Paul, no fundo da cozinha; então Carl enfiou a mão dentro do paletó de novo e todos ficaram paralisados. (Lá vem o Colt! Molinari pensou.) Mas eles viram que era um cartão de visitas que o caubói tinha tirado do bolso; ele entregou o cartão para Carmella. – Ligue para mim se aquele aleijado ligar para você – Carl disse a ela; ele ainda estava sorrindo.

Pelo barulho das panelas caindo na cozinha, Molinari imaginou que Paul Polcari tinha desmaiado lá dentro.

– Devia ter sido você na cozinha, Tony – Carmella diria mais tarde a Molinari –, mas não posso culpar o pobre Paul.

Mas Paul Polcari iria culpar a si mesmo; ele jamais deixaria de falar nisso. Tony Molinari levou quase uma hora para limpar a Ithaca de tanta farinha. Mas o caubói não iria voltar. Talvez só o fato de ter a arma na cozinha tivesse ajudado. Quanto à história que Ketchum tinha dito a eles para contar, Carl deve ter acreditado nela.

Quando terminou aquela provação, Carmella não conseguia parar de chorar; todos imaginaram que estivesse chorando por causa da tensão terrível do momento. Mas a partida do seu Gamba tinha doído mais; Carmella estava chorando porque sabia que a provação do seu Gamba *não* tinha terminado. Ao contrário do que disse a Ketchum, ela mesma teria disparado a Ithaca se estivesse na cozinha. Bastou olhar uma vez para o caubói – e, como Ketchum tinha avisado a ela, o modo como ele tinha olhado para ela – para convencer Carmella de que ela teria puxado o gatilho. Mas nem ela e nem os outros teriam de novo aquela chance.

* * *

Na verdade, Carmella Del Popolo iria sentir mais falta de Dominic do que tinha sentido do pescador, e ela sentiria saudades de Secondo, também. Ela sabia do buraco que o menino tinha feito na porta do quarto dele no apartamento da Charter Street. Talvez ela devesse tomar banho com mais recato depois de saber do buraco, mas Carmella deixou o jovem Dan olhar para ela mesmo assim. Com o pescador morto, e Angelù longe, não houve ninguém para olhar para ela por muito tempo. Quando Dominic e Danny entraram na sua vida, Carmella não se importou que o menino de doze anos a visse tomar banho na banheira da cozinha; ela só se preocupou com a influência que isso poderia ter no rapaz mais tarde. (Carmella não estava pensando no que Danny *escrevia*.)

De todas as pessoas que ficaram surpresas, espantadas, desapontadas ou indiferentes quanto ao *nom de plume* que o escritor Daniel Baciagalupo iria escolher, Carmella Del Popolo foi, sem dúvida, a que ficou mais contente. Porque quando *Family Life in Coos County*, de Danny Angel, foi publicado, Carmella teve certeza que ele era o seu filho substituto – a mesma certeza que todos no Vicino di Napoli tinham (Carmella, principalmente) de que absolutamente ninguém poderia substituir o seu adorado mas falecido Angelù.

III
WINDHAM COUNTY, VERMONT, 1983

7
Benevento e Avellino

O prédio era antigo e muito arruinado por conta de sua proximidade com o rio Connecticut. Alguns apartamentos também tinham sido arruinados, mas não exclusivamente pelo rio; nos anos 1960, alguns alunos do Windham College ajudaram a destruir um deles. Antes baratos, os apartamentos eram um pouco mais caros agora. O Connecticut tinha sido limpo, e a cidade de Brattleboro havia melhorado muito com isso. O apartamento do cozinheiro no segundo andar ficava nos fundos do velho prédio da rua principal, dando para o rio. Quase toda manhã, Dominic descia até o seu restaurante vazio e sua cozinha deserta para fazer um espresso para ele; a cozinha também ficava nos fundos, com uma boa vista do rio.

No térreo, sempre houve alguma loja ou restaurante no lado do prédio castigado pelo tempo que dava para a Main Street, e que ficava defronte de uma loja de roupas do exército e da marinha e do cinema local, conhecido como o Latchis.

Descendo a rua principal, passando pelo Latchis, dava-se na rua do canal e no mercado onde o cozinheiro fazia quase todas as compras. Dali, saindo da cidade, dava-se no caminho para o hospital e um shopping – e, ao longo da Interestadual 91, um monte de postos de gasolina e as lanchonetes de sempre.

Seguindo para o norte na rua principal, subindo a colina, dava-se na Book Cellar – uma boa livraria, onde o agora famoso autor Danny Angel já tinha feito uma ou duas leituras, além de dar sua cota de autógrafos. O cozinheiro tinha conhecido algumas de suas amigas moradoras de Vermont na Book Cellar, onde todos conheciam Dominic Del Popolo, *né* Baciagalupo, como

Sr. Angel – pai do famoso romancista, e chef e proprietário do melhor restaurante italiano do lugar.

Depois que Daniel escolheu aquele *nom de plume*, Dominic também teve que mudar de nome.

– Merda, acho que vocês dois deviam ser Angel, talvez isso esteja claro – Ketchum tinha dito. – Tal pai, tal filho, é assim que é. – Mas Ketchum insistira para o cozinheiro abandonar o Dominic também.

– Que tal *Tony*? – Danny sugeriu ao pai. Era o Quatro de Julho de 1967 e Ketchum quase incendiara a fazenda em Putney com sua exibição de fogos de artifício; o pequeno Joe continuou a gritar por cinco minutos depois que a última bomba estourou.

O nome Tony ainda soava italiano, mas era agradavelmente *anônimo*, Danny estava pensando, enquanto Dominic gostava do nome por causa do seu carinho por Tony Molinari; depois de apenas algumas noites longe de Boston, o cozinheiro já sabia o quanto sentiria saudades de Molinari. Tony Angel, ex-Dominic Del Popolo, ex-Baciagalupo, ia sentir saudades de Paul Polcari também – e o cozinheiro não ia dar menos valor a Paul quando soubesse o que aconteceu em agosto daquele mesmo verão.

Tony Angel ia culpar Ketchum pelo contratempo de o caubói ter saído vivo do Vicino di Napoli – não Paul Polcari. O pobre Paul jamais poderia ter puxado o gatilho. A culpa era de Ketchum, na opinião do cozinheiro, porque Ketchum tinha dito a eles que não importava qual deles estivesse na cozinha com a espingarda. Qual é! Para alguém que conhecia armas tão bem quanto Ketchum, ele devia saber que *é claro* que importava quem estava mirando e ia (ou não ia) puxar o gatilho! Tony Angel jamais poria a culpa no doce e amável Paul.

– Você culpa demais o Ketchum, por tudo – Danny diria ao pai mais de uma vez, mas isso não tinha jeito.

Se Molinari estivesse na cozinha, Dominic Del Popolo teria trocado seu nome de novo para Dominic Baciagalupo – e teria voltado para Boston, para Carmella. O cozinheiro jamais teria que se tornar Tony Angel. E o escritor Danny Angel, cujo quarto romance era o seu primeiro best-seller – agora em 1983, seu quinto romance já tinha sido traduzido para mais de trinta idiomas – teria voltado a se chamar, como tanto queria, Daniel Baciagalupo.

– Que droga, Ketchum! – o cozinheiro tinha dito ao velho amigo. – Se Carmella estivesse na cozinha com sua bendita Ithaca, ela teria atirado *duas vezes* em Carl enquanto ele olhava para ela. Se o idiota do ajudante de garçom estivesse lá, eu juro que ele teria puxado o gatilho!

– Eu sinto muito, Cookie. Eles eram seus amigos, eu não os conhecia. Você devia ter me dito que havia um maldito *pacifista* no meio deles!

– Parem de culpar um ao outro – Danny vivia dizendo a eles.

Afinal de contas, já fazia dezesseis anos – ou faria em agosto – que Paul Polcari fora incapaz de puxar o gatilho da espingarda de Ketchum. Tudo tinha dado certo, não tinha?, o cozinheiro pensava, enquanto tomava o seu espresso e contemplava o rio Connecticut da janela da cozinha.

Eles já haviam transportado madeira pelo Connecticut. No salão do restaurante, que dava para a rua principal e para a marquise com o nome do filme que estivesse passando no Latchis Theatre, o cozinheiro pendurou uma enorme fotografia em preto e branco de um engavetamento de toras de madeira em Brattleboro. A foto fora tirada anos antes, é claro; não estavam mais descendo toras de madeira pela água nem em Vermont nem em New Hampshire.

O transporte por rio durou mais tempo no Maine, e foi por isso que Ketchum trabalhou tanto no Maine nos anos 1960 e 1970. Mas o último comboio de madeira no Maine foi em 1976 – saindo do Lago Moosehead e descendo o rio Kennebec. Naturalmente, Ketchum participara disso. Ele tinha ligado a cobrar para o cozinheiro de algum bar em Bath, Maine, não muito longe da boca do Kennebec.

– Eu estou tentando não dar bola para um imbecil de um empregado do estaleiro que está me provocando e eu vou acabar quebrando a cara dele – Ketchum disse ao telefone.

– Lembre-se de que você é um estranho aí, Ketchum. As autoridades locais vão tomar partido do empregado do estaleiro.

— Cristo, Cookie, você sabe quanto custa descer as toras pela água? Estou dizendo transportá-las de onde você cortou até a fábrica, cerca de quinze centavos o lote! É só isso que custa um comboio de rio.

O cozinheiro tinha ouvido este argumento muitas vezes. *Eu podia enforcá-lo*, Tony Angel pensou, mas ele continuou no telefone — talvez por pena do empregado do estaleiro.

— Vai custar seis ou sete dólares o lote para levar as toras de madeira para a fábrica por *terra*! — Ketchum gritou. — A maioria das estradas da Nova Inglaterra não valem nada para começar, e agora só vai ter um bando de caminhoneiros imbecis viajando por elas! Você pode achar que este já é um mundo cheio de acidentes, Cookie, mas imagine um caminhão carregado de madeira trombando e esmagando um carro cheio de esquiadores!

Ketchum tinha razão; houve acidentes horríveis envolvendo caminhões de madeira. Na Nova Inglaterra, antigamente você podia dirigir em qualquer lugar — segundo Ketchum, só um alce ou um motorista bêbado podiam matá-lo. Agora os caminhões estavam tanto nas estradas grandes quanto nas pequenas; os imbecis dos motoristas de caminhão estavam em toda parte.

— Este país imbecil! — Ketchum gritou no telefone. — Ele vai sempre achar um jeito de tornar caro o que era barato, e de deixar um bando de gente sem emprego por causa disso!

A conversa terminou abruptamente. Naquele bar em Bath, o barulho de uma discussão ficou mais alto, e depois começou uma briga horrível. Sem dúvida, alguém no bar tinha se aborrecido com Ketchum por ele estar difamando o país inteiro — provavelmente o já mencionado imbecil empregado do estaleiro. ("Um imbecil de um *patriota*", como Ketchum mais tarde se referiria ao sujeito.)

O cozinheiro gostava de ouvir rádio quando começava a preparar a massa da pizza de manhã. Nunzi tinha ensinado a ele a sempre deixar a massa da pizza crescer duas vezes; talvez fosse um hábito bobo, mas ele se apegara a ele. Paul Polcari, um fantástico pizzaiolo, tinha dito a Tony que a massa crescer duas vezes era melhor do que uma, mas que a segunda vez não era necessária.

Na cozinha do pavilhão em Twisted River, a massa de pizza do cozinheiro não tinha um ingrediente que ele agora considerava essencial.

Muito tempo atrás, ele tinha dito àquelas gordas, casadas com os operários da serraria – Dot e Mary, aquelas moças más – que ele achava que sua crosta podia ser mais doce. Dot (aquela que o obrigara a apalpá-la) disse:

– Você é louco, Cookie, você faz a melhor crosta de pizza que eu já comi.

– Talvez ela precise de mel – o então Dominic Baciagalupo disse a ela. Mas acontece que o mel tinha acabado; ele experimentou acrescentar um pouco de xarope de bordo em vez de mel. Essa foi uma ideia ruim, dava para sentir o gosto do bordo. Então ele tinha esquecido a história do mel até May lembrá-lo. Ela deu um encontrão nele, de propósito, com seu quadril enorme, ao entregar-lhe o pote de mel.

O cozinheiro nunca perdoara May por sua observação sobre Índia Jane – quando ela disse que Dot e ela não eram suficientemente "índias" para satisfazê-lo.

– Toma aqui, Cookie – May tinha dito. – É mel para a sua massa de pizza.

– Eu mudei de ideia a respeito disso – ele disse a ela, mas a única razão de ele não ter experimentado pôr um pouco de mel na massa foi porque ele não quis dar esta satisfação a May.

Foi na cozinha do Vicino di Napoli que Paul Polcari mostrou a Tony Angel sua receita de pizza. Além de farinha e água, e do fermento, Nunzi sempre colocava um pouco de azeite de oliva na massa – não mais do que uma ou duas colheres de sopa por pizza. Paul mostrou ao cozinheiro que ele acrescentava uma quantidade de mel correspondente à de azeite. O azeite deixava a massa sedosa – você podia assar a crosta fina, sem que ela ficasse seca ou quebradiça. O mel – como o próprio cozinheiro quase descobriu sozinho, lá em Twisted River – deixava a crosta um pouco doce, mas você nunca sentia o gosto do mel.

Tony Angel raramente começava a fazer massa de pizza sem se lembrar de que *quase* tinha inventado o uso do mel na receita. O cozinheiro não pensava na grande Dot e na maior ainda May havia muitos anos. Ele tinha cinquenta e nove anos naquela manhã em que pensou nelas na sua cozinha em Brattleboro. Quantos anos aquelas bruxas teriam?, Tony Angel pensou; sem dúvida teriam mais de sessenta anos. Ele se lembrava que May tinha um bando de netos – alguns da mesma idade que os filhos dela com o segundo marido.

Então o rádio distraiu os pensamentos de Tony; ele sentia falta do que imaginava ser o *Dominic* nele, e o rádio o lembrava de tudo o que lhe fazia falta. Tinha sido melhor em Boston – tanto a estação de rádio que eles ouviam no Vicino di Napoli quanto a música. A música dos anos 1950 era horrível, o cozinheiro pensou, e depois ficou inacreditavelmente boa nos anos 1960 e 1970; agora ela estava horrível de novo. Ele gostava de George Strait – "Amarillo by Morning" e "You Look So Good in Love" –, mas naquele dia tinham tocado duas músicas do Michael Jackson uma em seguida da outra ("Billie Jean" e "Beat It"). Tony Angel detestava Michael Jackson. O cozinheiro achava que Paul McCartney se rebaixou por ter feito "The Girl Is Mine" com Jackson; eles tinham tocado essa música também, mais cedo. Agora estava tocando Duran Duran no rádio – "Hungry Like the Wolf".

A música realmente era melhor em Boston, nos anos 1960. Até o velho Joe Polcari cantava junto com Bob Dylan. Paul Polcari batucava na panela ao som de "(I Can't Get No) Satisfaction", e além dos Rolling Stones e tudo de Dylan, havia Simon and Garfunkel e os Beatles. Tony imaginava que ainda podia ouvir Carmella cantando "The Sound of Silence"; eles tinham dançado juntos na cozinha do Vicino di Napoli ao som de "Eight Days a Week", "Ticket to Ride" e "We Can Work It Out". Sem esquecer de "Penny Lane" e "Strawberry Fields Forever". Os Beatles tinham mudado tudo.

O cozinheiro desligou o rádio na cozinha de Brattleboro. Tentou cantar "All You Need Is Love" para si mesmo em vez de ouvir o rádio, mas nem Dominic Del Popolo, *né* Baciagalupo, *nem* Tony Angel jamais tinham conseguido cantar, e em pouco tempo a música dos Beatles começou a parecer uma música do The Doors ("Light My Fire"), o que lhe trouxe uma lembrança muito desagradável de sua ex-nora, Kate. Ela era fã do The Doors, do The Grateful Dead e do Jefferson Airplane. O cozinheiro meio que gostava do The Doors e do The Dead, mas Katie tinha feito uma imitação de Grace Slick que tornou impossível para Tony Angel gostar do Jefferson Airplane – "Somebody to Love" e "White Rabbit", especialmente.

Ele se lembrava de uma vez, pouco antes de Daniel, a esposa e o bebê partirem para Iowa, quando Daniel levou Joe a Boston para ficar com o cozinheiro e com Carmella. Daniel e Katie estavam indo a um show dos Beatles no Shea Stadium em Nova York; alguém da família la-di-la de Katie tinha comprado os ingressos para ela. Foi em agosto; mais de cinquenta mil pessoas tinham assistido ao concerto. Carmella adorava tomar conta do pequeno Joe – ele nasceu em março, como o pai, de modo que o menino só tinha cinco meses na época – mas tanto Katie quanto Daniel estavam bêbados quando voltaram ao North End para pegar o filho.

Eles deviam estar embriagados ao sair de Nova York e tinham dirigido bêbados até Boston. Dominic não deixou que eles levassem Joe.

– Vocês não vão voltar para New Hampshire com o bebê nessas condições – o cozinheiro disse ao filho.

Foi então que Katie começou a cantar e a fazer sua dancinha vulgar – bancando a mulher fatal enquanto cantava "Somebody to Love" e "White Rabbit". Nem Carmella nem o cozinheiro aguentavam olhar para Grace Slick depois da performance indecente e provocante de Katie.

– Tenha paciência, papai – Danny disse ao pai. – Nós estamos bem para dirigir. Deixe o pequeno Joe vir conosco, nós não podemos dormir todos neste apartamento.

– Vocês vão ter que fazer isso, Daniel – o pai disse a ele. – Joe pode dormir no nosso quarto, com Carmella e comigo, e você e Katie vão ter que achar um jeito de caber na cama de solteiro do seu quarto, nenhum de vocês é grande – o cozinheiro disse ao casal.

Danny ficou zangado, mas controlou a raiva. Foi Katie quem se comportou mal. Ela foi para o banheiro e urinou de porta aberta – todos puderam ouvir. Daniel olhou zangado para o pai e disse "Bem, o que você esperava?" Carmella foi para o quarto dela e fechou a porta. (O pequeno Joe já estava dormindo lá dentro.) Quando Katie saiu do banheiro, ela estava nua.

Katie falou com Danny como se o sogro não estivesse lá. "Vamos, se temos que trepar numa cama de solteiro, vamos começar de uma vez."

É claro que o cozinheiro sabia que o filho e Katie não fizeram *realmente* sexo barulhento naquele quarto, mas era isso que Katie queria que o pai de Danny e Carmella acreditassem; ela fingiu que estava tendo um orgasmo a cada minuto. Tanto Danny quanto a esposa estavam tão bêbados que não acordaram com o pesadelo que o pequeno Joe teve no meio da noite.

O cozinheiro e o filho não falaram um com o outro quando Daniel foi embora com a esposa e o filho do dia seguinte; Carmella não olhou para Katie. Mas pouco antes de o futuro escritor Daniel Baciagalupo levar sua família para Iowa, o cozinheiro tinha ligado para o filho.

– Se continuar a beber desse jeito, você não vai escrever nada que valha a pena ler. No dia seguinte, não vai nem lembrar do que escreveu na véspera – o pai do jovem escritor disse a ele. – Eu parei de beber porque não conseguia lidar com o problema, Daniel. Bem, talvez seja genético, talvez você também não possa controlar a bebida.

Tony Angel não sabia o que tinha acontecido com o filho em Iowa City, mas alguma coisa fez Daniel parar de beber. Tony não *queria* realmente saber o que tinha acontecido com seu adorado filho em Iowa, pois o cozinheiro tinha certeza de que Katie teve algo a ver com isso.

* * *

Quando terminou de fazer a massa de pizza – a massa estava crescendo a primeira vez nas tigelas grandes que o cozinheiro cobria com panos de prato úmidos – Tony Angel subiu mancando a rua principal para a Book Cellar. Ele gostava da moça que tomava conta da livraria; ela era sempre amável com ele e frequentemente comia em seu restaurante. Tony de vez em quando comprava uma garrafa de vinho para ela. Ele fazia a mesma brincadeira toda vez que entrava na Book Cellar.

– Tem alguém para me apresentar hoje? – Tony sempre perguntava a ela. – Alguma moça da minha idade, ou um pouco mais moça, talvez.

O cozinheiro gostava realmente de Brattleboro, e de ter o seu próprio restaurante. Ele detestou Vermont nos primeiros anos – melhor dizendo, era Putney que ele tinha detestado. Putney tinha um estilo alternativo. ("Putney é uma *alternativa* para uma cidade", o cozinheiro gostava agora de dizer às pessoas.")

Tony sentira falta do North End – "terrivelmente" como Ketchum diria – e Putney era cheia de hippies e outros marginais. Havia até uma comunidade a poucos quilômetros da cidade; seu nome tinha a palavra *cravo*, mas Tony não conseguia se lembrar do resto. Ele achava que era uma comunidade só de mulheres, o que levou o cozinheiro a suspeitar que fossem todas lésbicas.

E o açougueiro da Cooperativa de Produtos Alimentícios de Putney vivia se cortando; cortar-se não era o que se esperava de um açougueiro, e Tony achava que o sexo do açougueiro era "indeterminado".

– Pelo amor de Deus, papai, o açougueiro é claramente uma mulher – Danny disse ao pai, com irritação.

– Você *diz* que é, mas já tirou a roupa dela para ter certeza? – o pai perguntou a ele.

No entanto, Tony Angel tinha aberto sua casa de pizza em Putney, e apesar das reclamações constantes do cozinheiro a respeito de Windham College – aquilo não parecia uma faculdade "de verdade" para ele (não importava que ele nunca tivesse estudado numa faculdade), e todos os estudantes da faculdade eram "imbecis" – a pizzaria tinha ido muito bem, graças principalmente aos alunos de Windham.

– Por tudo que é mais sagrado, não vá chamar o lugar de *Angel's Pizza*, ou algo que tenha *Angel* no nome – Ketchum tinha dito ao cozinheiro. Quando pensou melhor, Ketchum ficou muito incomodado com o fato de Danny e o pai terem escolhido o nome Angel, com medo de que Carl algum dia lembrasse que a morte do Angel *original* coincidira com a partida do cozinheiro e do filho da cidade. Quanto ao nome do pequeno Joe, Danny o tinha escolhido, embora quisesse dar ao filho o nome do pai, Dominic Jr. (Katie não gostou nem de Dominic nem de Junior.) Mas Danny se recusou a dar ao pequeno Joe o *nom de plume* do escritor. Joe permaneceu um Baciagalupo; o menino não se tornou um Angel. Tanto Danny quanto o cozinheiro lembravam-se de que Carl não conseguia *pronunciar* Baciagalupo; eles disseram a Ketchum que era improvável que o caubói soubesse soletrá-lo, também, nem mesmo para salvar seu traseiro gordo. Então que problema tinha o fato de Joe ser ainda um Baciagalupo? Ketchum teve que engolir isso. E agora Ketchum vivia reclamando do nome *Angel*.

O cozinheiro costumava sonhar com aquele imbecil do Gennaro Capodilupo, seu pai fujão. Tony Angel ainda podia ouvir os nomes daquelas duas cidades na montanha, que também eram províncias, nos arredores de Nápoles – aquelas palavras que sua mãe, Nunzi, havia murmurado em seu sono: Benevento e Avellino. Tony acreditava que o pai tinha realmente voltado para os arredores de Nápoles, de onde tinha vindo. Mas a verdade era que o cozinheiro não ligava. Quando alguém abandona você, por que você deveria ligar?

– E não vá bancar o engraçadinho e chamar a pizzaria de Vizinhança de Nápoles – Ketchum tinha dito ao cozinheiro. – Eu sei que o caubói não fala italiano, mas qualquer idiota poderia um dia perceber que Vicino di Napoli, ou seja lá como se pronuncia isso, *quer dizer* "nas vizinhanças de Nápoles".

Então o cozinheiro chamou sua pizzaria em Putney de Benevento; ela era sempre a primeira das duas cidades ou províncias que Annunziata costumava balbuciar dormindo, e ninguém a não ser Tony Angel tinha ouvido a mãe dizer aquele nome. O maldito caubói não podia fazer nenhuma associação com Benevento.

– Merda, isso parece mesmo italiano, sou obrigado a confessar, Cookie – Ketchum tinha dito.

A pizzaria de Putney ficava bem na Route 5, pouco antes da bifurcação no centro da cidade, onde a Route 5 continuava para o norte, passando pela fábrica de papel e por uma armadilha para turistas chamada Basketville. Windham College ficava um pouco mais ao norte, subindo a Route 5. A bifurcação à esquerda, onde ficava a loja de conveniências de Putney – e a Cooperativa de Produtos Alimentícios de Putney, com o açougueiro de sexo "indeterminado" que vivia se cortando – seguia na direção de Westminster West. Daquele lado ficava a Putney School – uma escola preparatória que Danny desprezava, pois achava que ela não correspondia aos padrões da *Exeter* – e, na Hickory Ridge Road, onde o escritor Danny Angel ainda morava, havia uma escola primária independente chamada Escola de Ensino Fundamental, que correspondia aos padrões de *Danny*.

Ele tinha colocado Joe lá, e o menino se saiu suficientemente bem para entrar na Northfield Mount Hermon – uma escola preparatória que Danny *aprovava*. NMH, como a escola era chamada, ficava a cerca de meia hora de Brattleboro, em Massachusetts – e a uma hora de carro da propriedade de Danny em Putney. Joe, que cursava o último ano da escola na primavera de 1983, convivia muito com o pai e o avô.

No seu apartamento de Brattleboro, o cozinheiro tinha um quarto de hóspedes que estava sempre arrumado para o neto. Tony tinha desmanchado a cozinha daquele apartamento, mas manteve a parte hidráulica intacta; ele construiu um banheiro espaçoso, que dava para o Rio Connecticut. A banheira era grande e lembrava o cozinheiro da que Carmella tinha em sua cozinha naquele apartamento sem água quente da Charter Street. Tony ainda não tinha certeza se Daniel tinha espiado Carmella naquela banheira, mas ele leu todos os cinco romances do filho e num deles havia uma italiana sensual que adorava tomar longos banhos de banheira. O enteado da mulher é de uma idade em que está começando a se masturbar, e o menino toca uma punheta enquanto espia a madrasta tomar banho. (O garoto esperto abriu um buraco na parede do banheiro; o quarto dele fica convenientemente ao lado do banheiro.)

Embora houvesse esses detalhes identificáveis nos romances de Danny Angel, o cozinheiro costumava notar mais as coisas que ele tinha certeza de que o filho havia inventado. Se Carmella podia ser identificada por seus banhos de banheira, a personagem da madrasta naquele romance *não* era de forma alguma baseada em Carmella; e nem o cozinheiro conseguia achar nada de si mesmo, exceto elementos mais superficiais, e nem muito de Ketchum nos romances de Daniel. (O pulso quebrado de um personagem secundário é mencionado de passagem num romance, e há um personagem que costumava praguejar do mesmo jeito que Ketchum em outro livro.) Ketchum e Tony Angel costumavam conversar sobre a ausência de *qualquer pessoa* nos romances que revelasse a eles seu adorado e inconfundível Daniel.

"Onde esse menino está se escondendo?", Ketchum perguntou um dia ao cozinheiro, pois mesmo no quarto (e mais famoso) romance de Danny Angel, cujo título era *The Kennedy Fathers*, o personagem principal – que escapa da guerra do Vietnã favorecido pelo mesmo decreto que manteve Danny longe da guerra – guarda pouquíssima semelhança com o Daniel que Ketchum e o cozinheiro conheciam e amavam.

Havia um personagem baseado em Katie no *Kennedy Fathers* – Caitlin, Danny Angel a chamou – uma coisinha insignificante com uma capacidade desproporcionalmente grande para infidelidades em série. Ela salva um número inacreditável de pais de Kennedy da guerra do Vietnã. O personagem de Caitlin passa pelos vários maridos com a mesma naturalidade que o cozinheiro

e Ketchum associaram com o modo como Katie provavelmente chupava um pau – entretanto, Caitlin *não era* Katie.
– Ela é simpática demais – Tony Angel disse ao velho amigo.
– Eu diria que sim! – Ketchum concordou. – Você acaba até *gostando* dela! Todos os maridos de Caitlin terminavam gostando dela também – ou não conseguiam esquecê-la, caso seja a mesma coisa. E todos aqueles bebês que nascem e são abandonados pela mãe – bem, nós nunca descobrimos o que *eles* pensam da mãe. O romance acaba quando o presidente Nixon revoga o 3-A, enquanto a guerra irá se arrastar por mais cinco anos, e o personagem de Caitlin meio que desaparece, simplesmente; ela é uma alma perdida no último capítulo de *Kennedy Fathers*. Há uma pista do seu futuro triste quando ela telefona a todos os maridos e pede para falar com todos os seus filhos, que não se lembram dela. Essa é a última vez que ouvimos falar de Caitlin – é um momento comovente.

Ketchum e o cozinheiro sabiam que Katie não tinha ligado uma única vez para Daniel e pedido para falar com Joe; parecia que ela simplesmente não tinha gostado deles nem o bastante para perguntar como eles iam, embora Ketchum dissesse sempre que talvez Danny voltasse a ter notícias de Katie se ele um dia ficasse famoso.

Quando *The Kennedy Fathers* foi publicado, e Danny *ficou* mesmo famoso, nem assim ele teve notícias de Katie. Mas ele teve notícias de outros pais de Kennedy. A maioria das cartas que recebeu sobre o romance eram favoráveis. Danny achava que havia uma certa culpa compartilhada entre esses pais, que tinham sentido, em algum momento de suas vidas, que talvez devessem ter ido para o Vietnã, ou (como Danny) eles tinham realmente *querido* ir. Agora, é claro, todos eles sabiam que tiveram sorte por escapar da guerra.

O romance foi elogiado por mostrar mais uma dimensão do estrago permanente que a guerra do Vietnã causou na América, e como o país permaneceria muito tempo dividido por essa guerra. Os jovens pais do romance poderiam (ou não) tornar-se *bons* pais, e era cedo demais para dizer se aquelas crianças – aqueles "bilhetes de saída do Vietnã", como Danny os chamava – seriam prejudicadas. A maior parte dos críticos literários achou que Caitlin era a personagem mais notável do romance, e a verdadeira heroína da história. Ela se sacrifica para salvar a vida daqueles rapazes, embora os deixe – e possivelmente aos filhos – assombrados por sua lembrança.

Mas o romance deixou Ketchum e o cozinheiro furiosos. Eles alimentavam a esperança de ver Katie sendo retalhada. Mas Danny não fez isso; ao contrário, ele transformou sua horrível ex-mulher na porra de uma *heroína!*

Uma das cartas que Danny recebeu de um dos pais de Kennedy valeu a pena guardar, e ele a mostraria para o filho – isso muitos anos depois de *The Kennedy Fathers* ter sido publicado, na primavera do primeiro ano de Joe na Northfield Mount Hermon, quando acabara de completar dezessete anos. Por sugestão do jovem Joe, Danny também mostrou a carta para o pai e para Ketchum. Embora Danny e Joe tivessem conversado sobre a carta – sobre o que ela significava e sobre o que não dizia – Ketchum e o cozinheiro foram cuidadosos em suas respostas a Danny. Os homens mais velhos sabiam que os sentimentos de Danny por Katie eram um pouco diferentes dos deles.

A carta era de um "pai solteiro" que vivia em Portland, Oregon – um homem chamado Jeff Reese. A carta começava: "Como você, eu sou um dos pais de Kennedy – um dos rapazes estúpidos que Katie Callahan salvou. Não sei quantos de nós existem. Sei de pelo menos mais um – quer dizer, além de nós dois – e estou escrevendo para ele também. Lamento informar a vocês dois que Katie não conseguiu salvar a si mesma – apenas a um punhado de rapazes estúpidos. Não posso dizer mais, mas sei que foi uma overdose acidental." Ele não disse de quê. Talvez Jeff Reese achasse que Danny sabia de que substância Katie abusava, mas eles não tinham tomado drogas pesadas juntos, só um ou outro cigarro de maconha. No caso deles, a bebida e um pouco de maconha tinham sido mais do que suficientes. (Não havia uma só palavra sobre *The Kennedy Fathers*, embora desse para imaginar que Jeff Reese tenha lido o livro um tanto tarde. Talvez ele tivesse lido apenas o suficiente para ver por si mesmo que a personagem de Caitlin não era realmente Katie. E se Katie tinha lido *The Kennedy Fathers* ou algum outro romance de Danny Angel, Jeff Reese não mencionou; pelo menos Katie deve ter sabido que Daniel Baciagalupo tinha se tornado Danny Angel, senão como Jeff Reese poderia ter feito a associação?)

Danny tinha ido de carro até Northfield Mount Hermon para uma visita inesperada a Joe na escola do filho. O velho James Gym estava vazio – não era temporada de luta – e ele se sentaram juntos na pista inclinada de madeira, lendo e relendo a carta sobre a mãe de Joe. Talvez o menino achasse que um dia ele teria notícias da mãe; Danny nunca esperou que Katie o procurasse, mas o escritor nele tinha achado que talvez ela tentasse fazer contato com o filho.

Aos dezessete anos, Joe Baciagalupo quase sempre parecia estar precisando fazer a barba, e ele tinha as feições bem definidas de um rapaz de mais de vinte anos; entretanto, havia algo de ingênuo e franco em sua expressão que lembrava seu pai de um Joe mais infantil, ou do "pequeno" Joe que o menino tinha sido. Talvez isso tenha feito Danny dizer a ele:

– Eu sinto muito por você não ter tido uma mãe, ou que eu não tenha encontrado alguém que pudesse cumprir bem este papel para você.

– Mas não é só um *papel*, é? – Joe perguntou ao pai; ele ainda estava segurando a carta que falava que sua mãe tinha morrido de overdose, e Danny mais tarde iria pensar que pelo modo como o rapaz de dezessete anos olhava para a carta, era como se ela fosse uma moeda estrangeira, uma curiosidade, algo exótico, mas que não tinha nenhuma utilidade no momento. – Quer dizer, eu tive *você*. Você sempre esteve junto de mim – Joe continuou. – E o seu pai, bem, ele é como um segundo pai para mim. E ainda tem o Ketchum.

– Sim – foi tudo o que escritor conseguiu dizer; quando conversava com o jovem Joe, Danny às vezes não sabia se estava falando com uma criança ou um homem. Seria parte da mesma ansiedade que Danny tinha sentido aos doze anos o fato de ele desconfiar que Joe escondia coisas dele, ou seria pelo que Ketchum e o cozinheiro tinham escondido de Danny que o fazia imaginar o quanto Joe era (ou não) sincero?

– Eu só quero ter certeza de que você está bem – Danny disse a Joe, mas o rapaz de dezessete anos, criança ou homem, ou as duas coisas, sem dúvida sabia que por *bem* seu pai queria dizer muito mais do que *bem*. O escritor queria dizer *progredindo*; Danny também queria dizer *seguro*, como se conversas regulares entre pai e filho pudessem garantir a segurança de Joe. (Da criança ou do homem.) Entretanto, como Danny iria um dia refletir, talvez este fosse o fardo particular de um escritor, a saber, que a ansiedade que ele sentia como pai se confundia com a análise que utilizava nos personagens de sua ficção.

No dia em que Danny Angel mostrou a Joe a carta sobre Katie, ele se deu conta de que a notícia da morte de Katie tinha uma qualidade teatral, irreal; a notícia distante, dada por um estranho, teve o efeito de transformar Katie num personagem secundário de ficção. E se Danny tivesse continuado a beber como ela, teria terminado do mesmo jeito – vítima de acidente ou suicídio, um final decepcionantemente trivial. Seu pai tinha razão sobre a bebida; talvez não ser capaz de controlá-la fosse, como seu pai disse, algo "genético".

"Pelo menos ele não escreveu sobre Rosie, ainda", Ketchum escreveu para o velho amigo.

Tony Angel gostava mais das cartas de Ketchum antes de o velho lenhador, agora com sessenta e seis anos, aprender a ler. Aquela mulher que ele tinha conhecido na biblioteca – a "professora", como Ketchum sempre a chamou – bem, ela conseguira fazer seu trabalho, mas Ketchum estava ainda mais rabugento agora que sabia ler e escrever, e o cozinheiro estava convencido de que Ketchum não ouvia mais com tanta atenção. Quando você não sabe ler, *tem* quer ouvir com atenção; talvez aqueles livros que o madeireiro tinha escutado fossem os livros que ele entendeu melhor. Agora Ketchum reclamava de quase tudo o que lia. Também podia ser que Tony Angel sentisse saudades da caligrafia de Six-Pack. (Na opinião de Ketchum, aliás, o cozinheiro também tinha ficado mais rabugento.)

Danny sentia falta da influência de Six-Pack Pam em Ketchum; possivelmente, a dependência de Ketchum em relação a Pam o tivesse tornado menos solitário do que ele parecia agora, e Danny há muito tempo aceitara o papel de intermediária que Six-Pack exercia na correspondência entre Ketchum, o jovem escritor e o pai dele.

Danny tinha quarenta e um anos em 1983. Quando os homens fazem quarenta anos, a maioria deles não se sente mais jovem, mas Joe – aos dezoito – sabia que tinha um pai relativamente jovem. Até as moças da idade de Joe (e mais moças) da Northfield Mount Hermon tinham dito ao rapaz que seu famoso pai era *muito* bonito. Talvez Danny fosse bonito, mas ele não chegava aos pés de Joe.

O rapaz era quase vinte centímetros mais alto do que o pai e o avô. Katie, sua mãe, era baixinha, mas os homens da família Callahan era todos altos – não eram pesados, mas muito altos. A altura deles combinava com seus "ares aristocráticos", segundo o cozinheiro.

Ele e Carmella tinham odiado o casamento; se sentiram esnobados o tempo todo. Foi uma festa luxuosa, num elegante clube privado de Manhattan – Katie já estava com uns dois meses de gravidez – e apesar do dinheirão que a festa custou, a comida estava intragável. Os Callahan não entendiam de comida; eles eram uns chupadores de gelo que tomavam coquetéis demais e se entupiam de salgadinhos. Parecia que tinham tanto dinheiro que não precisavam comer – foi isso que Tony Angel disse a Ketchum, que ainda conduzia toras de madeira pelo Kennebec na época. Ele disse a Danny que tinha muito para fazer no Maine e não podia ir ao casamento. Mas o motivo verdadeiro de Ketchum não ter ido ao casamento foi que o cozinheiro pedira a ele para não ir.

– Eu conheço você, Ketchum. Você vai trazer sua faca Browning e uma calibre doze. Você vai matar todo Callahan que conseguir identificar, inclusive Katie, e aí vai decepar dois dedos de Danny com a Browning.

– Eu sei que você acha o mesmo que eu, Cookie.

– Acho sim – o cozinheiro admitiu para o melhor amigo. – E Carmella até concorda conosco. Mas temos que deixar o Daniel fazer o que ele quer. A puta da Callahan vai ter um filho de *alguém*, e esse bebê vai evitar que o meu vá para essa guerra desastrosa.

Então Ketchum ficou no Maine. O madeireiro mais tarde diria que foi bom que Cookie tivesse ido ao casamento. Quando Joe ficou alto, o cozinheiro chegou a pensar que seu adorado Daniel não podia ser o pai do rapaz. Afinal de contas, Katie transava com quem bem quisesse; ela poderia facilmente ter engravidado de outro e depois se casado com Daniel. Mas o casamento ofereceu uma prova de que havia um gene para homens altos na família Callahan, e Joe era a cara de Danny; só que o alto da cabeça do pai batia no alto do peito do filho.

Joe tinha o corpo de um remador, mas não remava; como tinha sido criado quase a vida toda em Vermont, o rapaz era um ótimo esquiador alpino. Seu pai não gostava muito do esporte; sendo um corredor, ele preferia esqui cross-country, quando esquiava. Danny tinha continuado a correr; isso ainda o ajudava a pensar e imaginar coisas.

Joe fazia luta livre na Northfield Mount Hermon, embora não tivesse o corpo de um lutador. Foi provavelmente a influência de Ketchum que fez Joe escolher luta, na opinião do cozinheiro. (Ketchum era só um brigão de bar, mas a luta livre era o tipo de esporte favorito de Ketchum, mais do que o boxe. Normalmente, Ketchum não batia nas pessoas enquanto não conseguia derrubá-las no chão.)

A primeira vez que Ketchum foi a uma das lutas de Joe na NMH, o brigão de bar não entendeu muito bem o esporte. Joe

tinha feito um takedown, e seu oponente estava estendido ao lado dele quando Ketchum gritou:
– *Agora* bate nele, bate nele *agora!*
– Ketchum, não é permitido bater. Isto é luta livre – disse Danny.
– Cristo, essa é a melhor hora de acertar um cara, quando você consegue deixá-lo estendido no chão desse jeito.
Mais tarde, durante a mesma luta, Joe estava com o oponente quase imobilizado; Joe dera uma gravata no oponente e o estava virando de costas.
– Joe está com o braço do lado errado do pescoço – Ketchum reclamou com o cozinheiro. – Você não consegue esganar alguém com o braço em volta da parte de *trás* do pescoço de uma cara. Tem que apertar a garganta dele!
– Joe está tentando imobilizar o cara de costas, Ketchum, ele não está tentando *esganá-lo!* – Tony Angel disse ao velho amigo.
– Esganar é ilegal – Danny explicou.
Joe venceu a luta, e, depois que terminaram todos os confrontos, Ketchum foi apertar a mão do rapaz. Foi quando Ketchum pisou num tapete de luta pela primeira vez. Quando o madeireiro sentiu o tapete ceder sob seu pé, ele pisou de volta no chão de madeira do ginásio; era como se tivesse pisado em algo vivo. – Merda, esse é o primeiro problema – Ketchum disse. – O tapete é macio demais, não se pode machucar um cara de verdade em cima dele.
– Ketchum, você não está tentando machucar seu oponente, só imobilizá-lo, ou ganhar dele nos pontos – Danny tentou explicar. Mas quando ele viu, Ketchum já estava tentando mostrar a Joe um modo melhor de fazer alguém cair deitado de costas.
– Você o faz deitar de barriga e puxa um dos braços dele para trás – Ketchum disse com entusiasmo. – Depois faz uma alavanca debaixo do antebraço do cara e empurra o cotovelo direito dele até tocar sua orelha esquerda. Acredite, ele vai se virar, se não quiser perder o ombro todo!

– Você não pode dobrar o braço de alguém num ângulo maior que quarenta e cinco graus – Joe disse ao velho madeireiro. – Golpes de submissão e de sufocação eram permitidos, mas agora não se pode mais fazer alguém se render à dor, isso se chama golpe de submissão, e não pode esganar ninguém. Essas coisas agora são consideradas ilegais.

– Por tudo que é mais sagrado, é como está acontecendo com tudo! – Ketchum reclamou. – Eles pegam o que antes era uma coisa legal e estragam tudo com *regras*!

Mas depois que Ketchum tinha assistido a algumas lutas de Joe, ele passou a gostar de luta livre juvenil. "Que diabo, para ser franco com você, Cookie, quando eu vi pela primeira vez essa luta, achei que era uma luta de maricas. Mas depois que você entende melhor, dá para ver quem ganharia a luta se ela estivesse acontecendo num estacionamento e não houvesse nenhum árbitro."

Joe ficou surpreso com o número de lutas a que Ketchum ia assistir. O velho madeireiro atravessava toda a Nova Inglaterra dirigindo para ver Joe e a equipe da NMH lutar. Eles tinham uma equipe muito boa quando Joe estava no último ano. Nos quatro anos que Joe passou na Northfield Mount Hermon, Ketchum sem dúvida assistiu a mais lutas do rapaz do que o pai e o avô dele.

As lutas eram nas quartas e sábados. O restaurante de Tony Angel em Brattleboro fechava nas quartas, então Tony podia assistir a algumas das lutas do neto. Mas o cozinheiro nunca achava tempo para ver Joe lutar nos sábados, e parecia que as lutas mais importantes – finais de campeonato, por exemplo – aconteciam nos fins de semana. Danny Angel conseguiu ver mais da metade das lutas do filho, mas o escritor viajava muito por causa do seu contrato com a editora. Era Ketchum quem ia a quase todas as "brigas" de Joe, como o madeireiro gostava de chamá-las.

"Você perdeu uma boa briga", Ketchum dizia quando ligava para o cozinheiro ou para Danny para contar a eles os resultados das lutas livres de Joe.

* * *

Até ter um best-seller com *The Kennedy Fathers*, Danny não sabia que as editoras tinham departamentos de publicidade. Agora que sua editora estava promovendo seus livros, Danny sentia-se na obrigação de fazer algumas viagens para divulgar os livros. E as traduções eram publicadas em momentos diferentes, raramente ao mesmo tempo que as edições em língua inglesa. Isso significava que era raro o ano em que Danny não ia a algum lugar para promover um livro.

Quando não era temporada de luta livre e o pai estava viajando, Joe às vezes passava fins de semana no apartamento do avô em Brattleboro. Às vezes os amigos dele da Northfield Mount Hermon pediam aos pais para levá-los para jantar no restaurante italiano de Tony Angel. Ocasionalmente, Joe ajudava na cozinha. Era como nos velhos tempos, e ao mesmo tempo *não* era, o cozinheiro pensava – vendo o neto em vez do filho ajudando na cozinha ou a servir mesas. Tony, *né* Dominic, lembrava-se que não tinha visto tanto o Daniel naqueles anos de escola preparatória quanto agora via o Joe. Por causa disso, havia algo de agridoce na relação do cozinheiro com o neto; quase magicamente, havia vezes em que Tony Angel conseguia relaxar com Joe – sem julgar o rapaz do jeito que o cozinheiro tinha se sentido obrigado a julgar (e criticar) Daniel.

Os outros caras da equipe de luta livre de Joe tinham tomado amizade por Ketchum.

– Ele é seu tio, aquele homem de aspecto durão com a cicatriz? – os lutadores perguntavam a Joe.

– Não, Ketchum é apenas um amigo da família. Ele era um condutor de madeira pelo rio – Joe respondia.

Um dia, o treinador de Joe perguntou a ele:

– Aquele grandalhão com um aperto de mão firme já fez luta livre? Ele dá a impressão de ter lutado.

– Não oficialmente – Joe respondeu.

– E aquela cicatriz? – o treinador perguntou a Joe. – É bem feita, pior do que a de uma cabeçada normal, pelo menos.
– Aquilo não foi uma cabeçada, foi um urso – Joe disse ao treinador.
– Um *urso*!
– Mas nunca pergunte nada a Ketchum sobre isso – Joe disse.
– É uma história terrível. Ketchum teve que matar o urso, mas ele não queria fazer isso. Ele gosta de ursos.

Havia claramente um pouco do escritor Danny Angel em Joe Baciagalupo – um ingrediente mais profundo do que uma semelhança física. Mas Danny temia que houvesse uma impulsividade no filho; e não era uma impulsividade da *imaginação*, típica dos Baciagalupo. Também não era a luta livre, que Danny nunca quis fazer – e o cozinheiro jamais teria nem pensado em fazer com aquele defeito no pé. De fato, a luta livre parecia algo bem seguro – depois que Joe tinha aprendido alguma coisa sobre ela. Havia um outro elemento no jovem Joe que Danny não identificava como tendo vindo dele ou do seu pai.

Se havia um gene que o rapaz tinha herdado de Katie Callahan, era a sua tendência para correr riscos. Ele esquiava depressa demais, dirigia depressa demais, e era rápido com as garotas; para o pai, parecia escrito que Joe se arriscava demais.

– Talvez ele tenha herdado isso de Katie – Danny disse ao pai.

– Talvez – o cozinheiro respondeu; Tony Angel não gostava de pensar que *alguma coisa* daquela mulher horrível pudesse existir em seu neto. – Mas também pode ter vindo da sua mãe, Daniel. Rosie gostava de se arriscar, afinal de contas, pergunte só a Ketchum.

No tempo que havia passado contemplando as fotografias da mãe, Danny poderia ter escrito um romance – embora tivesse parado de olhar as fotos, por algum tempo, depois que soube a verdade sobre sua mãe, Ketchum e seu pai. Uma vez ele tentou dar as fotos para o pai, mas Tony Angel não aceitou.

– Não, elas são suas... eu posso vê-la com muita clareza, Daniel. – Seu pai bateu com o dedo na têmpora. – Aqui em cima.

– Talvez Ketchum gostasse de ter as fotos – Danny disse.
– Ketchum tem suas próprias fotos de sua mãe, Daniel – o cozinheiro disse a ele. Com o passar do tempo, algumas daquelas fotos que Danny tinha guardado entre as páginas dos romances deixados para trás em Twisted River – algumas delas, mas não todas – tinham sido enviadas de volta para ele por Ketchum. "Eu achei este retrato num dos livros dela", a carta de Ketchum dizia. "Achei que você gostaria de ficar com ele, Danny."

Embora a contragosto, Danny guardou os retratos. Joe gostava de vê-los. Talvez o cozinheiro tivesse razão: talvez Joe tivesse herdado parte da sua impulsividade e do seu gosto por correr riscos da avó dele e não de Katie. Quando Danny olhava para os retratos da mãe, ele via uma mulher bonita, com olhos de um azul intenso, mas a bêbada rebelde que tinha feito do-si-do com dois homens bêbados sobre o gelo negro do rio Twisted – bem, aquele traço de Rosie Baciagalupo, née Calogero, não estava evidente nas fotos que o filho guardara.

– Fique de olho na bebida dele – o cozinheiro tinha dito ao filho, referindo-se ao hábito de beber de Joe. (Era a maneira de Tony Angel perguntar se seu neto de dezoito anos já estava bebendo.)

– Acho que ele bebe numa festa ou outra – Danny disse ao pai. – Mas Joe não bebe perto de mim.

– Não é com o que Joe bebe quando está perto de você que temos que nos preocupar – o cozinheiro disse.

Valia a pena ficar de olho para ver se Joe estava bebendo, o escritor Danny Angel pensou. Quanto ao pacote genético do filho, Danny se lembrava mais do que gostaria da mãe do rapaz, Katie Callahan, que tinha um problema enorme com álcool. E no caso de Katie, ela não tinha fumado maconha apenas "ocasionalmente", quando estava com Danny – ela fumava bem mais do que isso, Danny sabia.

* * *

Poder-se-ia dizer que a Windham College estava nos seus últimos estertores antes do final da guerra do Vietnã. Uma procura decrescente e uma incapacidade de pagar as dívidas iria forçar a faculdade a fechar em 1978, mas Danny Angel percebeu que havia indícios de problemas à frente para a Windham bem antes disso. O escritor iria demitir-se da faculdade em 1972, quando aceitou um cargo de professor na Oficina de Escritores em Iowa. Ele ainda não tinha escrito *The Kennedy Fathers*; Danny ainda tinha que dar aulas para viver, e na categoria empregos para lecionar e escrever, não há nada melhor do que Iowa. (Você tem alunos sérios, e que estão ocupados com seus próprios textos, o que significa que você tem um bocado de tempo para escrever.)

Danny Angel iria publicar seu segundo romance e escrever seu terceiro enquanto ainda estava em Iowa City. Naqueles anos, antes de Joe se tornar um adolescente, Iowa City era uma ótima cidade para o filho de Danny, também – ótimas escolas, como se esperaria que houvesse numa cidade universitária, e uma aparência de vida de bairro. Iowa City não era o North End – especialmente no que se referia a restaurantes – mas Danny gostou de voltar para lá.

O escritor deu uma escolha ao pai: Tony Angel podia ir para Iowa City ou podia ficar em Putney. Danny queria manter a casa de fazenda em Vermont. Ele tinha comprado a propriedade alugada em Hickory Ridge Road, pouco antes de aceitar o convite de Iowa e pedir demissão da Windham, porque queria que o pai pudesse ficar no condado de Windham se quisesse.

Na cabeça do cozinheiro, o problema era Carmella. Durante os cinco anos que Tony Angel administrou a pizzaria Benevento em Putney, ele tinha ido várias vezes a Boston. Era uma viagem de mais de duas horas até lá – um pouco longe para "fazer compras". O pai de Danny dizia que tinha que comprar linguiça para pizza no mercado de Abruzzese no North End – e já que estava no seu velho bairro, ele bem que podia comprar um estoque de queijos e azeitonas, além de azeite. Mas Danny sabia que o pai estava tentando "estocar" o máximo possível de Carmella. Eles não tinham conseguido terminar completamente seu relacionamento.

O cozinheiro tinha investido muito pouco no Benevento; comparado com os lugares onde ele trabalhara antes, tanto em Coos quanto em Boston, uma pizzaria numa cidade universitária modesta tinha sido relativamente fácil de abrir. Ele havia comprado o prédio de um hippie velho que se autodenominava O Pintor de Cartazes; na opinião de Tony Angel, aquele parecia um negócio decadente e havia boatos na cidade de que o pintor de cartazes era responsável pela grafia errada da palavra *theatre* (teatro) no Latchis Theatre em Brattleboro. (A palavra na marquise do cinema da rua principal estava escrita "Theater" e não "Theatre;" durante anos, o Latchis buscou fundos para corrigir o erro.) Não era nenhum boato que a mulher do pintor de cartazes, uma ceramista excêntrica, o tinha abandonado recentemente. Tudo o que ela deixara para o infeliz pintor de cartazes era o seu forno, que deu ao cozinheiro a ideia para seu forno de pizza de tijolos.

Quando Danny convidou-o para ir para Iowa City, Tony estava um tanto cansado de dirigir o próprio restaurante – uma pizzaria não era exatamente o tipo de restaurante que o cozinheiro gostaria de ter – e as coisas com Carmella já andavam mesmo desgastadas. O fato de eles se encontrarem apenas ocasionalmente, ela disse ao cozinheiro, fazia com que ela sentisse estar num relacionamento ilícito e não num legítimo. A palavra *ilícito* soou a Tony como algo que poderia ter surgido quando Carmella estava confessando seus pecados – ou na St. Leonard ou na St. Stephen's, onde quer que Carmella fizesse sua confissão. (Confessar os pecados era um hábito católico que nunca foi muito popular com o cozinheiro.)

Por que não ver como era o Meio-Oeste?, Tony Angel pensou. Se vendesse o Benevento agora, o cozinheiro poderia conseguir algum dinheiro por ele – enquanto, se esperasse, e se a Windham

College estivesse naufragando, como Danny tinha dito, por que alguém iria querer comprar uma pizzaria em Putney?

– Por que você não deixa um incêndio no seu forno de pizza ficar fora de controle para receber o seguro? – Ketchum tinha perguntado ao velho amigo.

– Você pôs fogo em Twisted River? – o cozinheiro perguntou a Ketchum.

– Que diabo, ela era uma cidade-fantasma quando pegou fogo, chegava a fazer mal aos olhos, Cookie!

– Aqueles prédios, dentre eles o meu pavilhão de cozinha, não eram um nada, Ketchum.

– Merda, se é isso que você acha de um incendiozinho à toa, você podia simplesmente vender sua pizzaria – o velho amigo do cozinheiro disse a ele.

Não foi exatamente um "incendiozinho" que acabou com o que tinha sido a cidade de Twisted River. Ketchum tinha planejado o incêndio com perfeição. Ele escolheu uma noite sem vento em março, antes da estação da lama; foi antes de Carl ter parado de beber, também, e foi por isso que Ketchum se deu bem. Ninguém conseguiu encontrar o subdelegado, e provavelmente ninguém conseguiria acordá-lo se o encontrasse.

Se tivesse havido algum vento, Ketchum só teria que acender um fogo – para queimar tanto a cidade quanto o pavilhão de cozinha. Mas ele poderia começar um incêndio na floresta se fizesse isso – mesmo no que tinha sido um mês de março tipicamente úmido, em que ainda havia bastante neve no chão. Ketchum não quis arriscar. Ele *gostava* da floresta – eram a cidade de Twisted River e o pavilhão de cozinha que ele odiava. (Na noite em que Rosie morreu, Ketchum quase tinha decepado a mão esquerda na cozinha do pavilhão; ele tinha ouvido Cookie chorar até dormir enquanto Jane estava lá em cima com o cozinheiro e o pequeno Danny.)

Na noite em que Twisted River pegou fogo, Ketchum devia ter mais de dois metros cúbicos de lenha no seu caminhão. Ele dividiu a lenha entre as duas fogueiras que construiu – uma na serraria abandonada, a outra no que tinha sido a cozinha do pavilhão de cozinha. Ele acendeu as duas fogueiras com poucos minutos de diferença entre uma e outra, e as viu queimar até de manhã. Usou um óleo de lampião com essência de pinho para acender as fogueiras; querosene ou gasolina teriam deixado resíduos e um cheiro característico no ar. Mas não sobrou nada do inocente óleo de lampião, com seu inocente perfume de pinho – sem mencionar a lenha bem madura que ele usara para começar os dois incêndios.

– Você sabe alguma coisa sobre o incêndio em Twisted River na noite passada, Ketchum? – Carl perguntou a ele no dia seguinte, depois que o subdelegado, ainda de ressaca, tinha ido até o local devastado. – As marcas de pneu que eu vi lá parecem com as do seu caminhão.

– Ah, eu estive lá – Ketchum disse ao tira. – Foi um incêndio *fantástico*, caubói, você precisava ter visto! Durou quase a noite inteira! Eu peguei umas cervejas e fui para lá, para assistir. – (Foi uma pena o subdelegado ter parado de beber, Ketchum diria anos depois.)

Eles não estavam nos termos mais amistosos naquela época – o caubói e Ketchum – agora que Carl sabia que o menino Baciagalupo tinha matado Jane com uma frigideira, e todo o resto. A morte de Jane tinha sido um acidente, o subdelegado entendeu; segundo Ketchum, a morte dela provavelmente não importou tanto assim para Carl, embora o tira ficasse uma fera com Ketchum por ele nunca ter lhe contado a verdade. O que realmente aborreceu o caubói foi saber que Cookie estava transando com Jane – numa época em que Jane "pertencia" a Carl. Era por isso que Carl queria matar o cozinheiro; o subdelegado deixou isso muito claro para Ketchum.

– Eu sei que você não vai me dizer onde o Cookie está, Ketchum, mas diga àquele aleijado que eu vou encontrá-lo – o caubói disse. – E é bom você se cuidar, se não quiser se dar mal.

– Eu estou sempre me cuidando, Carl – Ketchum disse a ele. O velho madeireiro não falou uma palavra sobre o cachorro dele, aquele "belo animal". Se o caubói fosse atrás de Ketchum, o veterano lenhador queria que o cachorro fosse uma surpresa. Naturalmente, todo mundo que morava o ano todo no alto Androscoggin devia saber que Ketchum tinha um cachorro, inclusive Carl. O animal ia para toda parte no caminhão de Ketchum. Era a ferocidade do cachorro que Ketchum conseguira manter em segredo. (É claro que não podia ser o *mesmo* belo animal que protegia Ketchum havia dezesseis anos; o cão de guarda atual tinha que ser o filho ou o neto daquele *primeiro* belo animal, o cão que havia substituído Six-Pack Pam.)

"Eu disse a vocês", Ketchum costumava dizer a Danny e ao pai dele. "New Hampshire é ao lado de Vermont, isso é perto demais na minha opinião. Eu acho uma ideia *fantástica* vocês dois irem para Iowa. Tenho certeza de que o pequeno Joe vai adorar aquilo lá. É outro nome índio, Iowa, não é? Cara, esses índios estavam em toda parte, não estavam? E veja o que este país fez com eles! Isso meio que faz a gente pensar nas intenções do nosso país, não faz? O Vietnã não foi a primeira coisa que nos deixou mal. E para onde está indo este país imbecil, bem, talvez aqueles índios enterrados em Iowa, e em toda parte, talvez eles possam dizer que um dia nós vamos ser castigados.

Como alguém poderia descrever a visão política de Ketchum?, o cozinheiro estava pensando enquanto descia mancando a rua principal de Brattleboro, voltando lentamente da Book Cellar para o seu restaurante.

VIVA LIVRE OU MORRA

Era isso que estava escrito nas placas dos automóveis de New Hampshire; Ketchum era, obviamente, um homem viva livre ou morra, e ele sempre acreditara que o país ia para o Inferno, mas Tony Angel estava imaginando se seu amigo um dia chegou a votar. O madeireiro tendia a não confiar em qualquer governo, ou em qualquer pessoa que fizesse parte do governo. Na opinião de Ketchum, a única justificativa para a existência das leis – para se obedecer a qualquer norma, na verdade – era que os imbecis eram mais numerosos do que os caras sensatos. (E é claro que as leis não se aplicavam a Ketchum; ele tinha vivido sem regras, exceto as que ele próprio criava.)

O cozinheiro parou e olhou com admiração para o seu próprio restaurante – o que ele sempre havia desejado.

AVELLINO
Cozinha Italiana

Avellino era aquela outra cidade na montanha (também uma província) nas vizinhanças de Nápoles; ela sempre fora a segunda palavra que Nunzi murmurava enquanto dormia. E a placa dizia COZINHA e não CUISINE – pelo mesmo motivo que Tony Angel pensava em si mesmo e se autodenominava um cozinheiro e não um chef. Ele seria sempre um cozinheiro apenas, Tony pensou, ele não se achava bom o suficiente para ser um chef. Bem no fundo, o antigo Dominic Baciagalupo – como ele sentia saudades do *Dominic*! – era apenas um cozinheiro de um campo de extração de madeira numa cidade do interior.

Tony Molinari era um *chef*, o cozinheiro estava pensando – Paul Polcari também. Tony Angel tinha aprendido um bocado com os dois – mais do que Nunzi jamais conseguiu ensinar a ele –, mas o cozinheiro também tinha aprendido que jamais seria tão bom quanto Molinari ou Paul.

"Você não tem sensibilidade para peixe, Gamba", Molinari disse uma vez a ele o mais delicadamente possível. Era verdade. Só havia um prato de peixe no cardápio do Avellino, e às vezes o único fruto do mar do dia era um prato de massa – se o cozinheiro conseguisse comprar camarão. (Ele o cozinhava lentamente e por bastante tempo, num molho marinara apimentado com azeitonas pretas e pinhão.) Mas em Brattleboro, os camarões que conseguia comprar normalmente chegavam congelados, o que não fazia mal, e o peixe fresco mais confiável era o peixe-espada, que Tony Molinari tinha ensinado a ele a preparar com limão e alho e azeite – ou no forno ou na grelha – com alecrim fresco, se o cozinheiro conseguisse, ou com orégano seco.

Ele não fazia *dolci*. Foi Paul Polcari quem delicadamente deixou claro que o cozinheiro também não tinha jeito para sobremesas – ou melhor, sobremesas *italianas*, Tony Angel estava pensando. O que ele fazia bem eram os doces preferidos nos campos madeireiros – tortas e bolos. (Em Vermont, você nunca errava com amoras e maçãs.) No Avellino, o cozinheiro também servia uma seleção de frutas e queijos; muitos dos seus fregueses regulares preferiam isso a sobremesa.

A contemplação do seu próprio restaurante distraiu Tony Angel de seus pensamentos sobre a visão política de Ketchum, para onde ele voltou enquanto descia a ladeira mancando até o Avellino. Quando se tratava do que as outras pessoas chamavam de progresso – principalmente motores e máquinas de todo tipo – Ketchum era um tanto luddista. Ele não sentia falta apenas do transporte de madeira por rio; ele dizia que gostava mais de cortar árvores antes da existência das serras elétricas! (Mas Ketchum gostava demais de armas, o cozinheiro pensava, armas eram um tipo de *máquina* que o velho lenhador aprovaria.)

Nem liberal nem conservador, Ketchum poderia ser melhor descrito como um libertário – bem, o madeireiro era um libertino também, Tony Angel pensou, e (quando o lenhador era mais jovem) um tanto devasso e esbanjador. Por que será que toda vez que pensava em Ketchum o cozinheiro não conseguia deixar de pensar no lenhador em termos *sexuais*? (O antes Dominic Baciagalupo sabia por quê, é claro; só que ele sempre ficava deprimido quando seus pensamentos sobre Ketchum iam nessa direção.)

Ketchum ficou furioso quando pai, filho e neto saíram de Iowa e voltaram para Vermont, mas a Oficina de Escritores tinha sido generosa em deixar Danny ensinar lá por tanto tempo. Eles ofereceram a ele apenas um contrato de dois anos; Danny pediu para ficar um terceiro ano, e eles concordaram, mas no verão de 1975, quando Joe estava com dez anos, a família voltou para Windham. Danny adorava sua velha casa de fazenda em Putney. O pai dele não quis nem pensar em morar lá. A guerra do Vietnã tinha terminado; os estertores da Windham College estavam mais aparentes. Além disso, Tony Angel jamais gostara de Putney.

Embora nem o segundo nem o terceiro romance de Danny fossem dar algum dinheiro a ele, o cozinheiro tinha aumentado suas economias em Iowa – o suficiente para comprar a velha loja com o apartamento em cima na rua principal de Brattleboro. Foi nesse ano que nasceu o Avellino – quando Danny estava indo todo dia dar aula na Mount Holyoke College em South Hadley, Massachusetts. Foi o emprego de professor universitário mais próximo que o escritor conseguiu arranjar, mas a escola de moças, sólida e um tanto severa, ficava a quase duas horas de distância de Putney – uma longa viagem nos meses de inverno, se estivesse nevando. Ainda assim, morar em Putney era importante para Danny. Em grande parte porque ele tinha um alto apreço pela Escola Fundamental – que ficava perto o suficiente para ir a pé da casa dele – onde Joe iria terminar a oitava série antes de ir para a Northfield Mount Hermon.

O cozinheiro estava sacudindo a cabeça enquanto entrava mancando em seu restaurante, porque estava pensando que Daniel devia mesmo adorar viver no campo. Tony Angel não gostava; o North End tinha feito dele um homem da cidade, ou pelo menos ele era o tipo de cara que gostava do seu bairro. Mas Daniel não. Ele tinha viajado para dar aula naquela escola de moças durante três anos, até a publicação de *The Kennedy Fathers* em 1978; o sucesso do romance o havia libertado de dar aulas.

É claro que de repente surgiu mais dinheiro, e o cozinheiro tinha ficado preocupado – ele *ainda* se preocupava – com o efeito que isso poderia ter no jovem Joe. Daniel tinha idade suficiente (trinta e seis) quando aquela história de best-seller o fez descobrir que ele não era afetado nem pela fama nem pelo dinheiro. Mas quando Joe tinha apenas treze anos, um dia o menino acordou tendo um pai famoso. Isso não poderia ter deixado uma marca desagradável num garoto daquela idade? E havia também as mulheres com quem Daniel se relacionou – tanto antes quanto depois de ficar famoso.

O escritor estava vivendo com uma de suas ex-alunas da Windham College quando ele, Tony e Joe se mudaram para Iowa City. A moça com nome de rapaz – "É Franky com *y*", ela gostava de dizer fazendo beicinho – não tinha ido com eles.

Graças a Deus por isso, o cozinheiro pensou na época. Franky era uma coisinha de ar feroz, praticamente um animal selvagem.

– Ela não era minha aluna quando comecei a dormir com ela – Danny tinha argumentado com o pai. Não, mas Franky fora uma de suas alunas de redação apenas um ou dois anos antes; ela era uma dos muitos alunos da Windham College que pareciam nunca sair de Putney. Eles iam para Windham, eles se formavam, ou largavam a faculdade, mas continuavam por ali – não iam embora.

A moça tinha aparecido na casa do seu ex-professor um dia, e tinha simplesmente ficado.

– O que a Franky faz o dia inteiro? – o pai perguntou a Danny.

– Ela está tentando ser escritora – Danny disse. – Franky gosta de ficar por perto, e ela é boa para Joe, *ele* gosta dela.

Franky limpava um pouco a casa, cozinhava um pouco – se se pudesse chamar aquilo de cozinhar, o cozinheiro pensou. A moça selvagem passava quase o tempo todo descalça – mesmo durante os meses de inverno naquela casa velha e cheia de correntes de ar, quando Daniel aquecia o lugar inteiro com dois fogões a lenha. (Putney era o tipo de lugar que idolatrava fogões a lenha, Tony Angel tinha observado; havia até uma *alternativa* para aquecimento naquela cidade! O cozinheiro simplesmente detestava o lugar.)

Franky tinha o cabelo alourado e gorduroso e um jeito desleixado. Ela usava vestidos antiquados, engraçados, do tipo que o cozinheiro se lembrava que Nunzi usava, só que Franky nunca usava sutiã, e seus sovacos – o que o cozinheiro via deles – eram cabeludos. E Franky não podia ter mais de vinte e dois ou vinte e três anos quando foi morar com Danny e o pequeno Joe. Daniel tinha acabado de fazer trinta quando eles foram para o Iowa.

Houve outras jovens na vida do escritor em Iowa City, dentre elas uma de suas alunas na oficina, e embora não houvesse ninguém especial agora – nem ninguém desde que Danny Angel ficou famoso – Joe, ao chegar à adolescência, já tinha visto o pai com muitas jovens. (E três ou quatro mulheres bem mais velhas, o cozinheiro se lembrou; duas dessas eram divulgadoras dos livros de Daniel no exterior.)

A propriedade de Putney era um verdadeiro complexo habitacional agora. O escritor tinha transformado a velha casa de fazenda numa casa de hóspedes; ele havia construído uma casa para ele e para Joe, e havia um lugar separado onde Danny escrevia. Daniel o chamava de seu "barracão de escrever". Que *barracão!*, Tony Angel pensou. A construção era pequena, mas tinha um banheiro, telefone, TV e uma pequena geladeira.

Danny podia gostar de morar no campo, mas não era exatamente um recluso – por isso a casa de hóspedes. Em sua vida de escritor, ele conheceu muita gente da cidade que vinha visitá-lo – inclusive uma ou outra mulher. Será que a exposição de Joe aos relacionamentos sem compromisso do seu famoso pai com as mulheres transformou o rapaz num playboy na escola preparatória?, Tony Angel pensou. Ele se preocupava com o neto – tanto quanto, ou talvez mais, o pai do rapaz. Sim, era preciso prestar atenção para ver se o rapaz de dezoito anos bebia muito, o cozinheiro sabia disso. Joe tinha o jeito travesso e despreocupado de um rapaz de gostava de farrear.

Com a guerra do Vietnã, eles iriam baixar a idade mínima para consumir bebida em muitos estados para dezoito anos, dando como justificativa o fato de que se eles podiam mandar meninos daquela idade para morrer, os garotos não deviam pelo menos ter permissão para beber? Depois que a guerra terminou, a idade mínima iria voltar para vinte e um anos – mas só em 1984 – embora hoje em dia, Tony sabia, muitos garotos da idade de Joe tivessem identidades falsas. O cozinheiro os via o tempo todo no Avellino; ele sabia que o neto tinha uma.

Era o fato de Joe ser mais do que rápido com as moças que *realmente* preocupava Tony Angel. Ir depressa demais, cedo demais, com as moças podia trazer tantos problemas quanto beber, o ex-Dominic Del Popolo, *né* Baciagalupo, sabia. Isso tinha trazido problemas para o cozinheiro, na opinião dele – e para Daniel também.

Apesar do empenho de Carmella, Tony sabia que ela havia flagrado a sobrinha dela, Josie, com Daniel; o cozinheiro tinha certeza de que o filho havia transado com mais de uma das garotas DiMattia, e até com uma Saetta e uma ou duas Calogero! Mas o jovem Joe tinha no mínimo visto, se não escutado, o pai em relacionamentos mais *adultos* do que as bobagens que Daniel fizera com suas primas beijoqueiras. E o avô sabia que Joe tinha passado um bom número de noites no dormitório das *moças* na NMH. (Era um espanto que o rapaz não tivesse sido apanhado e expulso da escola; agora, no segundo semestre do seu último ano, talvez ele *fosse!*) Havia coisas que o pai de Joe não sabia, mas o avô sim.

Naquela última noite frenética em Twisted River, o cozinheiro tinha rezado – pela primeira e última vez, até agora. Por favor, meu Deus, me dê *tempo*, Tony Angel tinha rezado, muito tempo atrás – olhando para o rosto pequeno do seu filho de doze anos atrás do para-brisa molhado do Chieftain Deluxe. (Daniel estava esperando no banco do passageiro, como se nunca tivesse deixado de acreditar que o pai voltaria a salvo depois de deixar o corpo de Jane na casa de Carl.)

Apesar de todas as conversas que o cozinheiro e Ketchum costumavam ter a respeito dos romances de Danny Angel – não só sobre o que havia neles, mas, o que era mais importante, sobre o que o autor parecia estar deixando de fora propositalmente – uma coisa que os homens notavam sem sombra de dúvida era o quanto os livros tratavam das coisas que Danny *temia*. Talvez a imaginação faça isso, Tony pensou, enquanto espiava por baixo dos panos de prato úmidos que cobriam a massa de pizza; a massa não tinha crescido o suficiente para ele socá-la. Os romances de Danny Angel tinham muito a ver com a possibilidade de que aquilo que o escritor temia pudesse acontecer. As histórias normalmente concretizavam o pesadelo – aquilo que todo pai e toda mãe mais teme no mundo: a perda de um filho. Havia sempre alguma coisa ou alguém num romance de Danny Angel que era terrivelmente ameaçador para crianças, ou para uma criança. Jovens corriam perigo – em parte *porque* eram jovens!

Tony Angel não era mais um grande leitor – embora tivesse comprado muitos romances (por recomendação do filho e de Ketchum) na Book Cellar. Ele havia lido um bocado de primeiros capítulos e parado em seguida. Alguma coisa no relacionamento de Rosie com Ketchum privou o cozinheiro do gosto pela leitura. Os *únicos* romances que ele *realmente* terminava de ler – e ele lia cada palavra – eram os do filho. Tony não era como Ketchum, que tinha lido (ou escutado) tudo.

O cozinheiro sabia quais eram os piores temores do filho: Daniel tinha um medo absolutamente pavoroso de que alguma coisa acontecesse com seus entes queridos; ele era simplesmente *obcecado* com o assunto. Era de lá que vinha a imaginação medrosa do escritor – dos medos da sua infância. O escritor Danny Angel parecia impelido a imaginar as piores coisas que poderiam acontecer em qualquer situação. De certa forma, como escritor – isto é, em sua *imaginação* – o filho do cozinheiro (aos quarenta e um anos de idade) ainda era uma criança.

Em sua cozinha silenciosa, em seu estimado Avellino, o cozinheiro rezou para viver um pouco mais; ele queria ajudar o neto a sobreviver à adolescência. Talvez os meninos só estivessem fora de perigo depois dos vinte e cinco anos, Tony refletiu – afinal de contas, Daniel tinha vinte e dois quando se casou com Katie. (Sem dúvida isso tinha sido um grande risco!) E se Joe só deixasse de correr perigo aos *trinta*? E se alguma coisa acontecesse com Joe, o cozinheiro rezou para ainda estar vivo para cuidar de Daniel; ele sabia o quanto de ajuda o filho iria precisar.

Tony Angel olhou para o rádio silencioso; quase o ligou, só para distrair a cabeça daqueles pensamentos mórbidos. Ele pensou em escrever uma carta para Ketchum em vez de ligar o rádio, mas não fez nem uma coisa nem outra; continuou simplesmente rezando. Parecia que a prece tinha surgido do nada na sua cabeça e ele queria poder parar de rezar.

Ali na cozinha, ao lado dos seus livros de culinária, havia várias edições dos romances de Danny Angel, que o cozinheiro guardava em ordem cronológica. Não havia lugar mais nobre para esses romances do que no meio dos livros de culinária do pai, Danny sabia. Mas contemplar os livros do filho famoso não acalmou o cozinheiro.

Depois de *Family Life in Coos County*, o cozinheiro sabia que Danny tinha publicado *The Mickey*, mas isso foi em 1972 ou 1973? O primeiro romance tinha sido dedicado ao Sr. Leary, mas o segundo é que deveria ter sido, por causa do tema. Mas como tinha mais ou menos prometido, Danny dedicou seu segundo romance ao pai. "Para o meu pai, Dominic Baciagalupo", dizia a dedicatória, o que era um tanto confuso, pois o nome do autor era Danny Angel – e Dominic já se chamava Tony, ou *Sr.* Angel.

"Isso não é meio que revelar o segredo do *nom de plume?*", Ketchum reclamou, mas no fim tinha sido melhor assim. Quando Danny ficou famoso com seu quarto romance, a questão de ele escrever sob um pseudônimo já tinha sido resolvida há muito tempo. Quase todo mundo no meio literário sabia que Danny Angel era um pseudônimo, mas poucas pessoas se lembravam do nome verdadeiro dele – ou não ligavam em saber. (O Sr. Leary tinha razão ao sugerir que havia nomes mais fáceis de lembrar do que Baciagalupo, e quantas pessoas – mesmo no mundo literário – sabem qual é o nome verdadeiro de John Le Carré?)

Danny, o que é de espantar, tinha defendido sua decisão para Ketchum dizendo que duvidava que o subdelegado fosse muito ativo no mundo literário; até o madeireiro foi obrigado a concordar que o caubói não era um leitor. Além disso, poucas pessoas leram *The Mickey* quando ele foi publicado originalmente. Quando seu quarto romance tornou Danny famoso, e os leitores começaram a procurar os primeiros livros dele, então todo mundo leu *The Mickey*.

Um personagem secundário, mas muito importante, em *The Mickey* é um irlandês reprimido que ensina inglês na Escola Michelangelo; o romance está centrado no último encontro do personagem principal com seu ex-professor de inglês num show de striptease no Old Howard. Para o cozinheiro, aquilo pareceu uma coincidência ligeira demais para construir um livro inteiro em torno – a vergonha e o embaraço mútuo do antigo aluno (agora um estudante da Exeter, com um bando de amigos da Exeter) e do personagem que era claramente baseado no Sr. Leary. Provavelmente, o episódio no Old Howard tinha realmente acontecido – pelo menos era o que pensava o pai do escritor.

O terceiro romance veio em 1975, logo depois de eles voltarem do Iowa para Vermont. O cozinheiro iria imaginar se a família dele era a única que havia suposto erradamente que "primos beijoqueiros" significava primos que estavam sexualmente interessados um no outro, ou envolvidos um com o outro. O terceiro romance de Danny chamava-se *Kissing Kin*. (Originalmente, parente beijoqueiro significava *qualquer* parente distante que fosse suficientemente familiar para ser cumprimentado com um beijo; *não* significava o que o pai de Danny sempre imaginara.)

O cozinheiro ficou aliviado porque o terceiro livro do seu filho *não foi* dedicado às primas de Danny das famílias Saetta e Calogero, uma vez que a ironia de tal dedicatória talvez não fosse apreciada pelos homens daquelas famílias. A história é sobre a iniciação sexual de um rapazinho no North End; ele é seduzido por uma prima mais velha que trabalha como garçonete no mesmo restaurante onde o rapaz tem um emprego de meio expediente como ajudante de garçom. A prima mais velha no romance foi claramente inspirada, o cozinheiro sabia, naquela vagabunda da Elena Calogero – melhor dizendo, a descrição física da personagem correspondia exatamente a Elena. No entanto, tanto Carmella quanto o cozinheiro tinham certeza de que a primeira experiência sexual de Daniel fora com a sobrinha de Carmella, Josie DiMattia.

O romance poderia ter sido pura fantasia, ou expressão de um desejo, o cozinheiro supunha. Mas havia detalhes que incomodavam particularmente o pai do escritor – por exemplo, o modo como a prima mais velha termina o relacionamento com o rapaz quando ele vai para o colégio interno. A garçonete diz ao garoto que ela sempre *quis* trepar com o pai do garoto e não com ele. (Pouca coisa é dita sobre o pai; ele é descrito de um modo um tanto indiferente como o "novo cozinheiro" do restaurante onde o filho é ajudante de garçom.) O rapaz rejeitado vai para a escola odiando o pai, pois imagina que a prima mais velha acabará seduzindo seu pai.

É claro que isso não podia ser verdade – era revoltante!, Tony Angel estava pensando, enquanto procurava no livro aquele trecho onde o trem está saindo da North Station e o rapaz olha pela janela do trem para o pai na plataforma da estação. O rapaz, de repente, não consegue mais olhar para o pai; a atenção dele é desviada para a madrasta. "Eu sabia que da próxima vez que a visse ela provavelmente teria engordado mais alguns quilos", Danny Angel escreveu.

– Como pôde escrever aquilo sobre a Carmella? – o cozinheiro tinha gritado para o filho escritor a primeira vez que leu aquela frase maldosa.

– Não é Carmella, papai – Daniel disse. (Tudo bem, talvez a personagem da madrasta em *Kissing Kin* não fosse Carmella, mas Danny Angel dedicou o romance a ela.)

"Eu suponho que seja difícil fazer parte da família de um escritor", Ketchum tinha dito ao cozinheiro. "Quer dizer, nós ficamos danados quando Danny escreve sobre nós, ou sobre alguém que nós conhecemos, mas também ficamos danados com ele por *não* escrever sobre nós, ou por não escrever de verdade sobre si mesmo, sobre o seu *verdadeiro* eu. Sem mencionar que ele fez da desgraçada da ex-mulher dele uma pessoa melhor do que ela jamais foi!"

Tudo isso era verdade, o cozinheiro pensou. De certo modo, o que chamava a atenção dele na ficção de Daniel era que, ao mesmo tempo, ela era e *não* era autobiográfica. (Danny discordava, é claro. Depois de suas tentativas de escrever ficção quando era estudante, textos que ele tinha mostrado para o Sr. Leary – e aquelas histórias não passavam de uma mistura confusa de memória e fantasia, ambas exageradas, e quase tão "confusas" para Danny quanto foram para o falecido Michael Leary – o jovem romancista não tinha sido *realmente* nada autobiográfico, na opinião dele.)

O cozinheiro não conseguiu encontrar o trecho que estava procurando em *Kissing Kin*. Ele tornou a guardar o terceiro romance do filho na estante: seus olhos passando rapidamente pelo quarto – "o fabricante de fama", como Ketchum o chamava. Tony Angel não gostava nem de olhar para *Kennedy Fathers* – aquele que tinha a falsa Katie, como ele achava. O romance não tinha só tornado o filho dele famoso; era um bestseller internacional e o primeiro livro de Daniel a virar filme.

Quase todo mundo dizia que o filme não era ruim, embora não chegasse nem perto do sucesso alcançado pelo livro. Danny não gostava do filme, mas dizia que também não o detestava; ele apenas não queria ter nada a ver com o processo de produção de um filme. Ele dizia que não queria nunca escrever um roteiro de cinema, e que não ia vender os direitos de filmagem de nenhum outro romance dele – a menos que alguém escrevesse uma adaptação decente primeiro, e Danny pudesse ler o roteiro *antes* de vender os direitos de filmagem do romance.

O escritor tinha explicado ao pai que não era assim que a indústria cinematográfica funcionava; de modo geral, os direitos de filmagem de um romance eram vendidos antes mesmo que um roteirista fosse contratado para o projeto. Ao exigir ver um roteiro acabado antes de pensar em vender os direitos de filmagem de um romance, Danny Angel estava garantindo que ninguém jamais tornaria a fazer outro filme de um dos seus livros – pelo menos não enquanto ele estivesse vivo.

"Eu acho que Danny detestou *sim* o filme baseado em *Kennedy Fathers*", Ketchum disse ao cozinheiro.

Mas o madeireiro e o pai do autor tinham que tomar cuidado com o que diziam sobre *Kennedy Fathers* perto do jovem Joe. Danny dedicara o romance ao filho. Ketchum e o cozinheiro ficaram pelo menos satisfeitos ao ver que o livro *não era* dedicado a Katie. Naturalmente, Danny sabia que os dois velhos amigos não eram exatamente fãs do seu famoso quarto romance.

Era bastante natural, uma das editoras de Daniel dissera ao cozinheiro – ela era uma das estrangeiras, uma das mulheres mais velhas com quem o escritor tinha transado – que qualquer romance que Danny Angel escrevesse depois de *Kennedy Fathers* fosse criticado por não estar à altura do livro revolucionário, um bestseller fantástico, que foi o famoso quarto romance. Mesmo assim, Danny não ajudou a si mesmo ao escrever um quinto romance que era ao mesmo tempo denso e sexualmente perturbador. E, como mais um crítico escreveu, o autor gostava demais de ponto e vírgulas; chegou a usar um no *título*!

Era simplesmente ridículo, aquele título – *The Spinster; or, The Maiden Aunt*, como Danny havia chamado. "Pelo amor de Deus!", Ketchum tinha gritado com o autor campeão de vendas. "Você não podia ter escolhido uma coisa ou outra?"

Em entrevistas, Danny sempre dizia que o título refletia o tipo de história antiga, do século dezenove, que o romance contava. "Besteira", o cozinheiro comentou com o filho. "Esse título faz parecer que você não conseguiu se decidir."

– Não importa o nome que tenham, parece que alguém esmagou uma mosca sobre a vírgula – Ketchum disse para Danny sobre todos os ponto e vírgulas. A única coisa que eu escrevo são cartas para você e seu pai, mas já escrevi um monte delas, e em todas essas cartas eu acho que não usei tantas dessas malditas coisas quanto você usa em uma única página desse romance.

– O nome é ponto e vírgula, Ketchum – o escritor disse.

– Eu não me importo como se chamam, Danny – o velho madeireiro disse. – Eu só estou dizendo que você usa essa porra demais!

Mas é claro que o que realmente irritou Ketchum e o cozinheiro no quinto romance de Danny Angel foi a porra da dedicatória – "Katie, *in memoriam*."

Tudo o que Tony Angel conseguiu dizer sobre isso para Ketchum foi: "Aquela vagabunda da Callahan partiu o coração do meu filho e abandonou o meu neto." (Não era uma boa hora, Ketchum sabia, para lembrar ao amigo que ela também tinha evitado que o filho dele fosse para a guerra e que dera um neto a ele.)

Sem falar no enredo do livro, o cozinheiro estava pensando, enquanto fitava, desconfiado, o romance na estante da sua cozinha. Trata-se de outra história passada no North End, mas desta vez o rapaz que está chegando na maioridade é iniciado sexualmente por uma de suas *tias* – não por uma prima mais velha – e a tia donzela e solteirona é uma sósia da irmã mais nova de Rosie, a pobre Filomena Calogero!

É claro que *isso* não tinha acontecido!, o cozinheiro pensou esperançoso, mas será que Daniel alguma vez desejou que tivesse acontecido – ou será que tinha *quase* acontecido? Mais uma vez (como em qualquer romance de Danny Angel) os detalhes pictóricos eram bastante convincentes, e as descrições sexuais da miúda tia do rapaz – ela era uma mulher tão patética, com pena de si mesma! – eram dolorosas para o cozinheiro, embora ele tivesse lido cada palavra.

Os críticos também comentaram que "o talvez supervalorizado" escritor estivesse "se repetindo"; Daniel tinha trinta e nove anos quando seu quinto romance foi publicado em 1981, e toda aquela crítica negativa deve tê-lo irritado, embora ele não demonstrasse. Se a prima em *Kissing Kin* diz ao rapaz que está terminando com ele porque sempre quis trepar foi com o pai dele, no romance sobre a tia neurótica, *ela* diz ao rapaz que *imagina* que está fazendo sexo com o pai dele sempre que faz sexo com o filho! (Que manifestação de autotortura é essa?, o cozinheiro se perguntou ao ler pela primeira vez *The Spinster.*)

Talvez *tivesse* acontecido, o homem que sentia falta do Dominic em si mesmo imaginou. Ele sempre achara que a irmã de Rosie, Filomena, era completamente louca. Ele não podia olhar para ela sem pensar que ela era uma máscara grotesca de Rosie – "uma Rosie impostora", ela a descreveu uma vez para Ketchum. Mas Daniel parecia fascinado por Filomena na época; o garoto não conseguia parar de olhar para ela, e não era como uma *tia* que ele parecia estar olhando para ela. Será que a miúda Filomena, que *ainda* era infeliz e solteira (ou era o que o cozinheiro achava), tinha realmente aceitado ou mesmo encorajado a adoração do jovem sobrinho?

"Por que você não *pergunta* simplesmente ao Danny se a maluca da tia dele chupou seu bagaço?", Ketchum tinha perguntado ao cozinheiro. Essa era uma expressão vulgar usada em Coos e o cozinheiro a detestava. (Se tivesse prestado atenção nas conversas a sua volta em Boston, o cozinheiro talvez tivesse percebido que "chupar o bagaço" era uma expressão vulgar no North End também.)

Havia uma parte do *livro* que Tony Angel e Ketchum adoraram: o casamento no final. O rapaz tinha crescido e ia se casar com sua namorada da faculdade – uma noiva indiferente, se isso é possível, e mais próxima da verdadeira Katie do que Caitlin de *Kennedy Fathers* jamais foi. E, também, Danny tinha acabado com aqueles Callahan chupadores de cubos de gelo – aqueles republicanos reprimidos que, na opinião de Danny, tinham feito de Katie uma anarquista e rebelde. Ela era uma garota rica que havia se reinventado como uma radical, mas que foi uma falsa revolucionária. A única revolução de Katie tinha sido uma revolução pequena, de caráter sexual.

Havia um livro que Danny Angel tinha escrito que não estava na estante da cozinha em Avellino. Era o seu sexto romance, que ainda não fora publicado. Mas o cozinheiro já tinha quase acabado de lê-lo. Havia uma cópia das provas lá em cima no quarto de Tony Angel. Ketchum também tinha uma cópia. Os dois homens se sentiam ambivalentes em relação ao romance, e nenhum deles estava com pressa de terminá-lo.

East of Bangor se passava num orfanato no Maine nos anos 1960 – quando o aborto ainda era ilegal. Exatamente o mesmo maldito garoto daqueles primeiros romances de Danny Angel – um garoto de Boston que acaba indo para o colégio interno – engravida *duas* de suas primas do North End, uma quando ele ainda era aluno da Exeter (antes de ele ter aprendido a dirigir) e a segunda depois que ele foi para a faculdade. Ele vai para a Universidade de New Hampshire, naturalmente.

Há uma velha parteira no orfanato em Maine que faz abortos – uma mulher profundamente solidária que deu a impressão ao cozinheiro de ter sido baseada na fusão improvável do doce e amável Paul Polcari ("o maldito *pacifista!*", como Ketchum insistia em chamá-lo) e Índia Jane.

A primeira prima que vai para o Maine tem o bebê e o deixa lá; ela fica tão desesperada por ter um filho e não saber o que aconteceu com ele que diz à *outra* prima grávida para não fazer o que ela fez. A segunda prima grávida também vai para o Maine – para o mesmo orfanato, mas para fazer um aborto. O problema é que a velha parteira talvez não viva o bastante para realizar o procedimento. Se a jovem parteira em treinamento acabar fazendo o aborto, a prima poderá sofrer as consequências. A jovem parteira ainda não sabe o suficiente.

Ketchum e o cozinheiro estavam torcendo para o romance terminar bem, e nada de ruim acontecer com a segunda prima grávida. Mas, conhecendo os romances de Danny, os dois velhos leitores tinham suas dúvidas – e havia uma outra coisa que os preocupava.

Mais de um ano antes, Joe tinha engravidado uma garota na Northfield Mount Hermon. Como o pai dele era famoso – para um escritor, Danny Angel era muito conhecido – e como Joe já sabia alguma coisa sobre o tema do romance que o pai estava escrevendo, o rapaz não tinha pedido a ajuda do pai. Aquelas pessoas contra o aborto faziam piquete em quase todas as clínicas e consultórios de médicos onde se podia fazer um aborto; Joe não queria que o pai o levasse e a infeliz garota para um desses lugares cheios de manifestantes. E se algum defensor do chamado direito à vida reconhecesse seu famoso pai?

"Garoto esperto", Ketchum disse a Joe, quando o filho de Danny escreveu para ele. O jovem Joe não quis contar ao avô também, mas Ketchum insistiu que o cozinheiro fosse junto com eles.

Eles tinham ido juntos para uma clínica de aborto em Vermont. Ketchum e o cozinheiro foram sentados na frente, no carro do cozinheiro; Joe e a garota triste e assustada foram no banco de trás. Foi uma situação incômoda porque o casal não estava mais namorando. Eles tinham terminado quase um mês antes de a moça descobrir que estava grávida, mas ambos sabiam que Joe era o pai do bebê; estavam fazendo a coisa certa (na opinião do cozinheiro e de Ketchum), mas era difícil para eles.

Ketchum tentou consolá-los, mas – sendo Ketchum quem era – a coisa acabou ficando um pouco desajeitada. O madeireiro falou mais do que pretendia.

– Tem uma coisa boa nisso – ele disse ao casal com um ar infeliz no banco de trás. – Quando a mesma coisa aconteceu com seu pai e uma moça que ele conhecia, Joe, o aborto não era legalizado, e não era necessariamente seguro.

O velho madeireiro se esqueceu de que o cozinheiro estava no carro?

– Então foi por isso que você levou o Danny e aquela garota DiMattia para o *Maine*! – Tony Angel gritou. – Eu sempre achei que era por isso! Você disse que queria mostrar o Kennebec para eles, "o último grande rio para transporte de madeira", você o chamou, ou outra bobagem semelhante. Mas aquela garota DiMattia era tão estúpida, ela contou a Carmella que você tinha levado ela e o Danny para um lugar qualquer a leste de *Bangor*. Eu *sabia* que Bangor não ficava perto do Kennebec!

Ketchum e o cozinheiro discutiram durante toda a viagem até a clínica de aborto, onde havia manifestantes; Joe tivera razão em não envolver seu famoso pai naquilo. E o caminho todo de volta para casa – a ex-namorada e Joe iam passar o fim de semana em Brattleboro com o avô do menino – Joe tinha ficado abraçado com a moça no banco de trás, onde ela chorou sem parar. Ela não podia ter mais de dezesseis anos – dezessete no máximo. "Você vai ficar bem", Joe, que ainda não tinha dezessete anos, ficava repetindo para a pobre garota. Ketchum e o cozinheiro esperavam que sim.

E agora os dois homens mais velhos tinham parado no último capítulo de *East of Bangor* – o romance de Danny Angel sobre aborto, como ele seria chamado. O cozinheiro podia ver que havia algo de Ketchum no personagem que levava o rapaz (e sua primeira prima grávida) para o Maine. Pela descrição, o simpático homem mais velho também fez o cozinheiro lembrar de Tony Molinari; Danny Angel diz que ele é o principal chef no restaurante do North End onde as duas primas grávidas trabalham como garçonetes. É a forma como o homem dirige o caminhão que os está levando para o Maine que faz com que Tony Angel veja o dito chef como "o personagem Ketchum". A semelhança com Molinari foi um disfarce que Danny usou no personagem, pois é claro que o escritor não sabia, quando estava terminando o último rascunho do seu romance sobre aborto, que Ketchum já tinha contado ao seu pai que Danny engravidara a garota DiMattia – e que o madeireiro tinha levado os dois até um orfanato que ficava a leste de Bangor, no Maine.

O livro era dedicado aos dois chefs que Danny Angel e o pai amavam, Tony Molinari e Paul Polcari – "Um *abbràccio* para Tony M. e Paul P.," o autor tinha escrito, concedendo aos dois homens uma certa privacidade. ("Um abraço" para eles do antigo ajudante de garçom/garçom/chef substituto de pizza e subchefe substituto no Vicino di Napoli.) Esses dois chefs, o cozinheiro sabia, estavam aposentados; o Vicino di Napoli não existia mais, e outro restaurante com outro nome tinha tomado o lugar dele em North Square.

Tony Angel ainda ia periodicamente ao North End para fazer compras. Ele se encontrava com Molinari e Paul no Caffè Vittoria para tomar um espresso. Eles sempre garantiam a ele que Carmella estava bem; ela parecia razoavelmente feliz com outro cara. Não foi surpresa para o cozinheiro Carmella ter arranjado outra pessoa; ela era bonita e adorável.

East of Bangor talvez fosse um romance difícil para o jovem Joe ler, quando ele tivesse tempo para isso; Joe não tinha tempo para ler os romances do pai quando estava na Northfield Mount Hermon. Até onde o cozinheiro sabia, o neto tinha lido apenas um dos livros do pai: *The Kennedy Fathers*, é claro – nem que fosse apenas para tentar saber um pouco mais sobre sua mãe. (Considerando a opinião de Ketchum sobre o personagem de Katie, o que o jovem Joe ia saber sobre a mãe dele naquele romance "não valia um tostão furado" – segundo o madeireiro.)

Bem, aqui estou eu – me preocupando de novo com o jovem Joe, e tudo o que *isso* acarreta, o cozinheiro estava pensando. Ele olhou por baixo dos panos de prato úmidos que cobriam sua massa de pizza; a massa já estava pronta para ser amassada, o que o cozinheiro fez. Tony Angel tornou a umedecer os panos de prato; ele os torceu um pouco antes de voltar a cobrir as tigelas para a massa crescer uma segunda vez.

Ele achou que sua próxima carta para Ketchum poderia começar assim: "Há tanto com que me preocupar que não consigo parar de me preocupar. E você riria de mim, Ketchum, porque eu tenho até rezado!" Mas o cozinheiro não começou essa carta. Ele se sentiu estranhamente cansado, e ele não tinha feito nada a manhã inteira – só tinha começado sua massa de pizza e ido até a livraria e voltado. Já estava na hora de ir fazer compras. Avellino não abria para o almoço – só para o jantar. Tony Angel fazia compras ao meio-dia; seus empregados chegavam no início da tarde.

Quanto a se preocupar, o cozinheiro não estava sozinho; Danny também se preocupava um bocado. E nenhum deles se preocupava tanto quanto Ketchum, embora já estivessem quase em junho – bem depois da estação da lama em Vermont, e eles já estivessem livres da lama havia várias semanas em New Hampshire. Todo mundo sabia que Ketchum ficava quase alegre naquelas primeiras semanas depois que terminava a estação da lama. Mas não agora, e, na verdade, isso não acontecia desde que o cozinheiro tinha voltado do Iowa para Vermont com o filho e o neto. Ketchum não gostava que eles estivessem perto de New Hampshire – principalmente o seu velho amigo com o nome novo e difícil de se acostumar.

O engraçado era que o cozinheiro, apesar de se preocupar tanto, nem pensava nisso. Já tinha passado tanto tempo; já fazia dezesseis anos que ele saíra de Boston, e vinte e nove desde aquela noite fatídica em Twisted River. Dominic Del Popolo, *né* Baciagalupo, que agora era Tony Angel, não estava preocupado com o velho caubói zangado em Coos tanto quanto com outras coisas.

O cozinheiro *deveria* estar mais preocupado com Carl, porque Ketchum tinha razão. Vermont ficava ao lado de New Hampshire – perto demais para se ter sossego. E o subdelegado, que tinha sessenta e seis anos, estava aposentado; ele tinha um bocado de tempo livre, e aquele caubói ainda estava procurando pelo aleijadinho que roubara sua Índia Jane.

8
Cachorro morto; memórias do Mao's

Do "complexo" do famoso escritor – como os moradores de Putney (e o próprio pai do escritor) costumavam chamá-lo – a Hickory Ridge Road subia uns dois quilômetros, cruzando o riacho ou correndo paralela à água. A estrada secundária de Putney para Westminster West era de terra, e num ponto a menos de metade do caminho entre a propriedade de Danny Angel em Putney e a casa do seu melhor amigo em Westminster West, havia uma fazenda muito bonita, com cavalos, no final de uma estradinha comprida e íngreme. Quando fazia calor – depois que ele tinha inaugurado sua piscina em maio, e antes de adaptar a piscina para o inverno em outubro – Danny ligava para o amigo em Westminster West e dizia a ele que estava começando uma corrida. Eram seis ou sete quilômetros, talvez oito ou nove; Danny era tão distraído que não registrava mais a distância de suas corridas.

A bela fazenda no final da longa ladeira parecia ser o foco dos devaneios do escritor, pois uma mulher mais velha, de cabelos brancos como a neve (e o corpo de uma dançarina de vinte anos) morava lá. Danny teve um caso com ela alguns anos antes – o nome dela era Barrett. Ela não era casada, e não estava casada na época; não houve nenhum escândalo ligado ao relacionamento deles. Entretanto, na imaginação do escritor – mais ou menos na marca de três quilômetros de sua corrida – Danny sempre previu seu assassinato naquele lugar onde a entrada íngreme da mulher encontrava a estrada. Ele estaria correndo na estrada, a meio segundo da entrada da casa dela, e Barrett viria deslizando pela ladeira, com o motor do carro desligado e em ponto morto, de modo que quando ele ouvisse os pneus rangendo nas pedrinhas soltas da estrada seria tarde demais para sair da frente do carro quase silencioso.

Um modo espetacular para um contador de histórias morrer, Danny tinha imaginado – um homicídio praticado com um veículo, com a ex-amante do famoso romancista no volante da arma do crime!

O fato de Barrett não ter a menor intenção de acabar com a vida do escritor não importava; teria sido uma boa história. Na verdade, Barrett teve muitos casos, e (na avaliação de Danny) não abrigava sentimentos homicidas pelos seus ex-amantes; o escritor duvidava que Barrett fosse se dar ao trabalho de atropelar algum deles. Ela era totalmente focada em cuidar dos seus cavalos e manter seu físico jovem.

Quando havia algum filme interessante passando no Latchis em Brattleboro, Danny costumava convidar Barrett para ir ao cinema com ele, e eles jantavam no Avellino. O fato de Barrett ser mais próxima em idade do pai de Danny do que de Danny deu ao cozinheiro motivos para reclamar com o filho escritor. Atualmente, Danny sempre precisava lembrar ao pai que ele e Barrett eram "apenas amigos".

Danny podia correr oito ou nove quilômetros a uma velocidade de seis minutos por quilômetro, geralmente conseguindo fazer quase cinco minutos no último quilômetro. Aos quarenta e um anos, ele nunca tinha se machucado e ainda era bem magro; com um metro e setenta de altura, pesava apenas 65 quilos. (Seu pai era um pouco mais baixo, e talvez o defeito no pé o fizesse parecer mais baixo do que realmente era.) Por causa de um ou outro cachorro feroz na estrada para Westminster West, Danny corria com os cabos de duas raquetes de squash. Se um cachorro o atacava quando ele estava correndo, Danny enfiava um dos cabos na cara do cachorro – para o cachorro morder. Depois, com o outro cabo de raquete, ele batia no cachorro – normalmente no focinho.

Danny não jogava squash. Seu amigo que morava em Westminster West era o jogador de squash. Quando Armando DeSimone quebrava uma de suas raquetes, ele a dava para Danny, que serrava a cabeça da raquete e guardava o cabo. Armando tinha crescido no North End, cerca de uma década antes que Danny e o pai se mudassem para lá; como o cozinheiro, Armando ainda ia periodicamente à sua adorada Boston para fazer compras. Armando e Danny gostavam de cozinhar um para o outro. Eles tinham sido colegas no departamento de inglês da Windham, e quando a faculdade fechou, Armando foi ensinar na Putney School. Sua mulher, Mary, tinha sido professora de inglês e de história de Joe no secundário.

Quando Danny Angel ficou rico e famoso, ele perdeu alguns dos amigos que tinha, mas não os DeSimone. Armando tinha lido todos os romances de Danny Angel, exceto o primeiro, ainda em manuscrito. Em cinco dos seis romances de Danny, ele fora o primeiro leitor. Não se perde um amigo como esse.

Armando construíra uma quadra de squash no antigo celeiro da propriedade dele em Westminster West; ele falava em construir uma piscina ao lado, mas enquanto isso ele e Mary nadavam na piscina de Danny. Quase toda tarde, quando não estava chovendo, o escritor corria até a casa dos DeSimone em Westminster West; depois, Armando e Mary levavam Danny de volta para Putney, de carro, e todos nadavam na piscina. Danny preparava drinques para eles e os servia na piscina depois que nadavam.

Danny tinha parado de beber dezesseis anos antes – tempo suficiente para não ter problema em ter bebida alcoólica em casa, ou em preparar drinques para os amigos. E ele nem sonhava em dar um jantar sem servir vinho, embora se lembrasse que quando parou de beber não conseguia ficar perto de pessoas que estivessem bebendo. Na época, em Iowa City, isso tinha sido um problema.

Quanto à segunda vida do escritor em Iowa City, com seu pai e o pequeno Joe – bem, aquele tinha sido um plácido interlúdio, na maior parte do tempo, exceto pelas lembranças desagradáveis da temporada anterior de Danny naquela cidade com Katie. Olhando para trás, Danny pensava, aqueles três últimos anos em Iowa – no início dos anos 1970, quando Joe estava no segundo, terceiro e quarto anos da escola, e o maior perigo que o menino enfrentava era o que poderia acontecer com ele em sua *bicicleta* – pareciam quase bem-aventurados. Iowa City era *segura* naquela época.

Joe tinha sete anos quando voltou para o Iowa com o pai e o avô, e só tinha dez anos quando eles voltaram para Vermont. Talvez aquelas fossem as idades mais seguras, o escritor estava imaginando enquanto corria; era possível que Iowa City não tivesse nada a ver com isso.

A infância, e como ela forma você – mais do que isso, como a sua infância é revivida em sua vida adulta – este era o seu tema (ou obsessão), o escritor Danny Angel sonhava acordado enquanto corria. Desde os doze anos que ele tinha medo pelo pai; o cozinheiro ainda era um homem perseguido. Como o pai, mas por motivos diferentes, Danny tinha sido um pai jovem – na verdade, tinha sido também um pai solteiro (mesmo antes de Katie abandoná-lo). Agora, aos quarenta e um anos, Danny tinha mais medo pelo jovem Joe do que pelo seu pai.

Talvez fosse mais do que o gene herdado de Katie Callahan que colocava Joe em perigo; e Danny não acreditava necessariamente que a origem da rebeldia do filho estivesse no espírito livre da avó do menino, aquela mulher ousada que cortejara o perigo sobre o gelo num final de inverno em Twisted River. Não, quando Danny olhava para o jovem Joe aos dezoito anos, era a *si mesmo* nessa idade perigosa que ele via. De tudo o que tinham deduzido (e interpretado mal) nos romances de Danny Angel, o cozinheiro e Ketchum não poderiam ter imaginado a perigosa configuração das diversas balas das quais Danny tinha se esquivado – não só em sua vida com Katie, mas muito antes dela.

Não foi Josie DiMattia quem tinha iniciado sexualmente Danny aos quinze anos, antes de ele ir para a Exeter; além disso, Carmella podia tê-los apanhado em pleno ato, mas não foi Josie quem ficou grávida. Ketchum tinha realmente levado Danny àquele orfanato com a parteira prestativa no Maine, mas com a garota DiMattia *mais velha*, Teresa. (Talvez Teresa tivesse dado tantas camisinhas para as irmãs mais moças que acabou esquecendo de guardar algumas para si.) E nem Teresa nem a outra prima mais velha de Danny, Elena Calogero, foram sua *primeira* experiência sexual – embora o rapaz se sentisse muito mais atraído por essas moças mais velhas do que por qualquer garota da sua idade, inclusive Josie, que era *um pouco* mais velha do que ele. Houve também uma prima Saetta mais velha, Giuseppina, que havia seduzido o jovem Dan, mas Giuseppina não foi a primeira a seduzi-lo.

Não mesmo – essa experiência instrutiva fora com a tia do rapaz, Filomena, a irmã mais nova de sua mãe, quando Danny tinha apenas catorze anos. Filomena ainda estava na casa dos vinte ou já tinha trinta anos quando começaram os encontros amorosos com seu jovem sobrinho? Danny pensava ao se aproximar dos três últimos quilômetros de sua corrida.

Ainda era maio; as mutucas eram terríveis, mas não na velocidade em que ele estava correndo, e que ele começou a aumentar. Enquanto corria, ele podia ouvir seu coração e sua respiração, embora essas funções não parecessem a Danny tão altas ou aceleradas quanto as batidas do seu coração ou sua respiração ofegante sempre que o rapaz estava com sua insana tia Filomena. O que ela estaria pensando? Era o pai de Danny que ela adorava, e o cozinheiro nem olhava para ela. Será que a paixão que o sobrinho tinha por ela – Danny não conseguia tirar os olhos dela – pareceu um prêmio de consolação suficiente para Filomena?

Ela fora a segunda mulher dos clãs Saetta e Calogero a frequentar a universidade, mas Filomena tinha compartilhado uma outra distinção com sua irmã mais velha, Rosie – a rebeldia em relação aos homens. Filomena devia ser uma pré-adolescente – devia ter no máximo treze ou catorze anos – quando Rosie foi mandada para o Norte. Ela adorava Rosie, e queria ser igual a ela – quando a viu desonrada e apontada como mau exemplo para as meninas mais moças da família. Filomena foi mandada para o Sagrado Coração, uma escola católica só de meninas perto da Paul Revere House em North Square. Foi mantida a salvo dos meninos até onde era humana e espiritualmente possível.

Enquanto Danny Angel aumentava a velocidade de sua longa corrida, ele imaginou se este poderia ter sido o motivo de sua tia Filomena ter se interessado mais por ele, um menino, do que parecia interessar-se por *homens*. (Com exceção do sagrado viúvo de sua irmã – no entanto, Filomena devia saber que o cozinheiro era uma porta fechada para ela, uma fantasia não realizada, enquanto Danny, que ainda não começara a fazer a barba, tinha os longos cílios do pai e a pele clara e quase frágil da mãe.) E deve ter causado uma impressão em Filomena que, aos catorze anos, o menino adorasse a tia, miúda e bonita. Segundo o pai de Danny, os olhos de Filomena não eram do mesmo azul *letal* de Rosie, mas os olhos da tia dele, e todo o resto dela, eram perigosos o bastante para causar algum mal permanente em Danny. Para início de conversa, Filomena conseguiu fazer com que todas as garotas da idade de Danny se tornassem desinteressantes para ele – isto é, até ele conhecer Katie.

O cozinheiro e Ketchum concluíram apressadamente que o jovem Daniel tinha visto algo de sua mãe em Katie. O que o menino tinha visto, talvez, era a combinação de uma infância reprimida numa jovem extremamente autodestrutiva; Katie fora uma versão mais jovem, mais política, de sua tia Filomena. A diferença entre elas era que Filomena fora dedicada ao garoto, e seus esforços sexuais para suplantar as meras meninas na vida de Danny foram muito bem-sucedidos. Proibida de expressar sua sexualidade quando menina, Filomena (com vinte e tantos anos, e bem depois dos trinta) era uma mulher possuída. Quando Danny conheceu Katie Callahan, ela era quase indiferente a sexo; o fato de ela fazer muito sexo não significava que *gostasse* de fazer. Quando Danny a conheceu, Katie já considerava o sexo uma forma de *negociação*.

Durante os anos que Danny passou na escola preparatória, sua tia Filomena reservava um quarto no Exeter Inn quase todo fim de semana. Os encontros amorosos do rapaz naquele mofado prédio de tijolos eram os prazeres inigualáveis de sua vida em Exeter, e um dos motivos pelos quais ele havia passado tão poucos fins de semana em casa, no North End. Carmella e o cozinheiro sempre trabalhavam mais no Vicino di Napoli nas noites de sexta-feira e sábado, enquanto o rapaz trepava com a tia – muitas vezes numa cama colonial, sob um dossel de gaze branca. (Ele era um corredor; corredores têm muita energia.) Com a ajuda considerável e devassa de Filomena, Danny tinha conquistado uma independência adulta – tanto de sua família verdadeira quanto de sua família de Exeter.

Como o rapaz poderia ter qualquer interesse nos bailes em Exeter que abrigava inúmeras escolas de moças? Como um abraço casto e fortemente vigiado na pista de dança poderia competir com o contato ardente e suado que ele mantinha com Filomena quase toda semana – não só durante seus anos em Exeter mas inclusive nos primeiros dois anos de faculdade em Durham?

E o tempo todo, aqueles Calogero e Saetta com pena da "pobre" Filomena; bonita como era, ela dava a impressão a eles de ser a eterna mocinha tímida e recatada, uma tia donzela, uma futura solteirona. Mal sabiam eles que, durante sete ardorosos anos, a mulher estava saciando o apetite sexual de um adolescente a caminho de se tornar um homem. Naqueles sete anos em que a tia Filomena dominou a vida sexual de Danny, ela mais do que recuperou o tempo perdido. O fato de ela ser professora no Sagrado Coração – no mesmo ambiente católico, só de meninas, onde a Filomena *mais moça* tinha sido contida – era um disfarce perfeito.

Todos aqueles outros Calogero, e os Saetta, achavam Filomena "patética" – aquela era a palavra que o seu pai usava ao se referir a ela, Danny recordou, enquanto corria cada vez mais depressa. Por fora, Filomena parecia a imagem do recato e da repressão católica, mas – ah! – não quando ela tirava a roupa!

"Digamos que eu dê trabalho no confessionário", ela dizia ao fascinado sobrinho, para quem Filomena tinha estabelecido um modelo; as jovens que vieram depois de Filomena na vida de Danny não conseguiram igualar o desempenho erótico de sua tia.

Filomena tinha trinta e tantos anos – velha demais para ter um filho, na avaliação dela – quando surgiu o assunto de Danny ir (ou não) para o Vietnã. Ela poderia ter ficado mais feliz com a solução de Ketchum; se Danny tivesse perdido um ou dois dedos, talvez tivesse ficado mais tempo com a tia. Filomena era doida, mas não era burra; ela sabia que não ia conservar para sempre o seu amado Dan. Ela gostou mais da solução sugerida por Katie do que do plano de Ketchum – afinal de contas, à sua maneira estranha, Filomena amava o sobrinho, e ela não tinha visto Katie. Se Filomena tivesse conhecido aquela mulher extremamente vulgar, talvez tivesse optado pela faca de Ketchum, mas em última instância a decisão não era dela. Filomena se sentia afortunada por ter mantido a atenção quase exclusiva daquele rapaz tão cheio de vida durante os sete anos em que o mantivera enfeitiçado. Os namoricos de Danny com as garotas DiMattia, ou com várias de suas primas beijoqueiras, não a incomodavam. Filomena sabia que Danny sempre voltaria para ela, com vigor renovado. Aquelas vadias desajeitadas não chegavam aos pés dela – pelo menos não na avaliação do rapaz. E nem Katie jamais se tornou a Filomena *mais jovem* que Danny talvez tenha desejado – ou que, um dia, ele quis que ela fosse.

Filomena devia ter uns cinquenta e cinco anos agora, o escritor pensou – correndo mais depressa. Filomena nunca tinha se casado; ela não estava mais no Sagrado Coração, mas ainda dava aulas. O romance dele com o ponto e vírgula no título – que todo mundo tinha debochado (*The Spinster; or, The Maiden Aunt*) – tinha recebido uma crítica favorável, que o escritor Danny Angel apreciou.

Em sua carta, Filomena escreveu: "Eu gostei muito do seu romance, como você sem dúvida pretendeu – uma homenagem generosa com uma medida justificável de condenação. Sim, eu me aproveitei de você – mesmo que tenha sido só no começo. O fato de você ter ficado tanto tempo comigo me deixou com orgulho de mim mesma, como tenho orgulho de você agora. E sinto muito se, por algum tempo, eu tornei difícil para você apreciar a companhia daquelas garotas inexperientes. Mas você precisa aprender a escolher melhor, meu querido – agora que é um pouco mais velho do que eu era quando cada um de nós seguiu o seu caminho."

Ela escreveu essa carta dois anos atrás – *seu livro sobre a solteirona tia donzela foi* publicado em 1981. Ele tinha pensado muitas vezes em tornar a vê-la, mas como Danny poderia revisitar Filomena sem alimentar expectativas irreais? Um homem de quarenta anos, sua tia solteirona com cinquenta e tantos anos – bem, que tipo de relacionamento poderia existir entre eles *agora*?

E ele não tinha aprendido a escolher melhor, como Filomena havia recomendado; talvez ele tivesse decidido propositalmente não escolher ninguém que pudesse sugerir qualquer ideia de permanência. E o escritor sabia que estava velho demais para *ainda* culpar a tia por apresentá-lo ao sexo quando ele era jovem demais. Qualquer relutância que Danny tivesse em se envolver num relacionamento duradouro não podia mais ser atribuída a Filomena.

Aquele era o trecho da corrida de Danny em que havia o perigo dos cachorros bravos; se fosse haver algum problema, seria ali. Danny estava procurando pelo cachorro com olhos diferentes na entrada de carros estreita e plana cheia de veículos abandonados – carros enguiçados, alguns sem rodas, caminhões sem motor, uma motocicleta caída de lado e sem o guidão – quando o cachorrão saiu de dentro de um ônibus Volkswagen sem portas. Um mestiço de husky e pastor, ele correu para a estrada sem um latido e sem rosnar, pronto para atacar. O ruído de suas patas na estrada de terra era o único som que o cachorro fazia; ele ainda não estava ofegante.

Danny já tinha tido que afugentar o cachorro com a raquete de squash antes, e discutira com o não menos agressivo dono do animal – um rapaz de vinte e poucos anos, possivelmente um daqueles ex-alunos da Windham College que nunca se mudaram dali. O cara tinha uma aparência hippie, mas não era nenhum pacifista; ele poderia ser um daqueles inúmeros rapazes que moravam na região de Putney que se diziam "carpinteiros". (Neste caso, ele era um carpinteiro que ou não trabalhava ou estava sempre em casa.)

– Tome conta do seu cachorro! – Danny tinha gritado para ele da outra vez.

– Vá se foder! Corra em outro lugar! – o carpinteiro hippie gritara de volta.

Agora lá estava o cachorro solto de novo, avançando para o corredor. Danny foi para o outro lado da estrada e tentou correr mais do que o cachorro, mas o husky-pastor rapidamente o alcançou. Danny parou do outro lado da entrada da casa do carpinteiro hippie, e o cachorro parou também – andando em círculos em volta dele, com a cabeça quase arrastando no chão e os dentes arreganhados. Quando o cachorro avançou na sua coxa, Danny bateu no ouvido dele com um dos cabos de raquete; quando o husky-pastor abocanhou o cabo da raquete, Danny bateu no animal com toda a força com o outro cabo, tanto no focinho quanto entre os olhos. (Um dos olhos era azul-claro como o de um husky siberiano, e o outro era castanho, mais penetrante, como o de um pastor-alemão.) O cachorro ganiu e largou o cabo da primeira raquete. Daniel bateu num ouvido dele, depois no outro, enquanto o animal recuava.

– Deixe o meu cachorro em paz, seu filho da puta! – o carpinteiro hippie gritou. Ele estava vindo pela entrada, andando no meio das fileiras de veículos quebrados.

– Tome conta do seu cachorro – foi só o que Danny disse. Ele tinha começado a correr de novo quando viu o segundo cachorro, tão parecido com o primeiro que Danny achou, por um momento, que fosse o mesmo cachorro. Então, de repente, ele tinha *dois* cachorros avançando para ele; o segundo estava sempre atrás dele. – Chame os seus cachorros! – Danny gritou para o carpinteiro hippie.

– Vá se foder. Corra em outro lugar – o cara disse. Ele estava voltando pelo mesmo caminho; não estava ligando se os cachorros iam morder Danny ou não. Os cachorros tentaram mordê-lo de todo jeito, mas Danny conseguiu enfiar um dos cabos de raquete na garganta do primeiro cachorro, e um golpe de sorte atingiu o segundo no focinho – rasgando um dos olhos dele, quando ele estava prestes a morder a batata da perna de Danny. Ele chutou o cachorro que estava com o cabo de raquete enfiado na garganta. Quando o cachorro se virou para correr, Danny o atingiu atrás da orelha; o cachorro caiu mas se levantou rapidamente de novo. O segundo cachorro estava indo embora com o rabo entre as pernas. O carpinteiro hippie não estava à vista, agora que seus cachorros voltaram ao seu território na entrada da casa.

Quando Danny se mudou para Windham, havia um cachorro agressivo na estradinha entre Dummerston e a Putney School. Danny tinha chamado a polícia; era uma situação semelhante de dono de cachorro hostil. Um policial tinha ido até lá, só para falar com o dono do animal, e quando o cachorro atacou o policial, ele o matou – ali mesmo na entrada da casa. – O que foi que você disse para o dono do cachorro? – Danny tinha perguntado ao policial. (O nome dele era Jimmy; desde então eles ficaram amigos.)

– Eu disse a ele para tomar conta do cachorro dele – Jimmy tinha respondido.

Danny vinha dizendo isso desde então, mas com menos autoridade do que um policial – sem dúvida. Agora, sem maiores incidentes, ele correu até a casa dos DeSimone, mas Danny não gostava quando tinha que interromper o ritmo que havia imprimido nos três últimos quilômetros. Ele contou a Armando sobre os dois cachorros e o carpinteiro hippie.

– Chame o seu amigo Jimmy – Armando disse, mas Danny explicou que o policial provavelmente seria obrigado a matar os dois cachorros.

– Por que nós não matamos só um deles? – Armando sugeriu. – Então talvez o carpinteiro hippie entenda a mensagem.

– Isso parece drástico demais – Danny disse. Ele tinha entendido o que o método proposto por Armando, de matar um dos husky-pastores, iria envolver. O cachorro dos DeSimone era um pastor-alemão de raça pura chamado Rooster. Mesmo quando filhote, Rooster esticava o peito e desfilava, com as pernas duras e um ar ameaçador, na presença de outro macho – como um galo, daí o seu nome. Mas Rooster não blefava. Depois de adulto, ele era um matador de cães – Rooster odiava outros machos. Pelo menos um dos cachorros que tinha atacado Danny era macho; o escritor não tinha certeza quanto ao segundo, porque ele o atacara por trás.

Armando DeSimone era mais do que o único amigo "literário" de Danny Angel em Putney; Armando era um verdadeiro leitor, e ele e Danny discutiam sobre o que liam de uma forma razoavelmente construtiva. Mas havia uma competitividade inata em Armando que fazia dele uma versão mais civilizada de Ketchum aos olhos de Danny.

Danny tinha uma tendência para evitar confrontos, e geralmente se arrependia disso. As pessoas que se envolviam numa discussão ou numa briga com o escritor ficavam com a ideia de que ele jamais revidaria; e ficavam surpresas, ou com os sentimentos feridos, quando Danny revidava – embora não antes da terceira ou quarta provocação. O que Danny tinha aprendido era que essas pessoas que se acostumaram a provocá-lo ou espicaçá-lo sempre ficavam indignadas ao descobrir que o escritor tinha tomado nota.

Armando não tomava nota. Quando atacado, ele revidava na hora. Danny achava que isso era mais saudável – especialmente para um escritor – mas a natureza dele era diferente da de Armando. No caso desagradável dos cães indisciplinados, foi só porque acreditou que o método de Armando era melhor que Danny Angel se deixou convencer. ("Então, talvez o carpinteiro hippie entenda a mensagem", Armando tinha argumentado.)

A única única forma de isso acontecer, o escritor deveria saber, era se Rooster mordesse o carpinteiro hippie. Entretanto, Rooster não estava programado para isso; Rooster nunca mordia *gente*.

– Só *um* cachorro, Armando, prometa – a esposa dele, Mary, disse quando eles estavam todos no carro com Rooster, voltando para a casa de Danny.

– Diga isso ao Rooster, faça *ele* prometer – Armando disse; ele fora um boxeador, na época em que as universidades tinham equipes de boxe. Armando foi dirigindo, com Danny na frente, no assento do passageiro do VW Beetle. Mary ia sentada atrás com um ar sofredor, ao lado do ofegante pastor-alemão. Mary às vezes parecia em desacordo, ou irritada, com a combatividade do marido, mas Danny sabia que Armando e Mary eram um casal formidável, no fundo, eles apoiavam um ao outro incondicionalmente. Talvez Mary fosse mais parecida com Armando do que Armando. Danny se lembrava da observação dela quando um colega professor tinha sido demitido, um ex-colega de Mary na Escola de Ensino Fundamental, e mais tarde de Armando na Putney School.

"Pelo fato de a justiça ser tão rara, ela é tão prazerosa", Mary tinha dito. (Será que Mary só parecia reprovar o fato de o marido indicar Rooster como carrasco?, Danny pensou.)

No fim, Danny Angel só poderia ter dito (em sua própria defesa) que ele não concordou com o assassinato do cachorro – mesmo de um cachorro que o tinha atacado – com facilidade. No entanto, de algum modo, sempre que Armando estava envolvido – especialmente em questões de autoridade moral –, Danny acabava concordando.

– Ah, você estava falando *deste* imbecil – Armando disse, quando Danny indicou a entrada com os carros enguiçados.

– Você o conhece? – Danny perguntou.

– *Você* o conhece! – Armando disse. – Eu tenho certeza de que ele foi seu aluno.

– Na Windham?

– É *claro* que foi na Windham – Armando disse.

– Eu não o reconheci. Acho que ele nunca foi meu aluno – Danny disse ao amigo.

– Você se lembra de todos os seus alunos medíocres, Danny? – Mary perguntou a ele.

– Ele é só outro carpinteiro hippie, ou não carpinteiro, se for o caso – Danny disse, mas (mesmo para si mesmo) ele não soou muito seguro.

– Talvez ele seja um carpinteiro *escritor* – Armando sugeriu. Danny não tinha cogitado de que o rapaz pudesse saber quem era Danny Angel. Havia quase tantos ex-futuros escritores em Putney quanto havia hippies que se diziam carpinteiros. (A animosidade, ou inveja, que você encontrava sendo escritor em Vermont era normalmente fruto de uma mentalidade atrasada.)

Um mestiço de husky e pastor normalmente não é páreo para um pastor-alemão puro-sangue, mas havia dois deles. Mas, talvez, dois cachorros não fossem páreo para Rooster. Danny saltou do VW e puxou o banco para deixar Rooster sair do carro. O pastor alemão mal tinha tocado o chão com as patas da frente quando os dois mestiços o atacaram. Danny voltou para dentro do Volkswagem e ficou assistindo. Rooster matou um dos cachorros tão depressa que nem Danny nem os DeSimone puderam verificar se o segundo cachorro era macho ou fêmea; ele tinha se arrastado para baixo do VW Beetle, onde Rooster não conseguia alcançá-lo. (O pastor-alemão tinha agarrado o primeiro cachorro pela goela e quebrado seu pescoço com duas sacudidelas.)

Armando chamou Rooster, e Danny deixou o pastor-alemão entrar de volta no Beetle. O carpinteiro hippie ou escritor tinha saído de casa e estava olhando para o seu cachorro morto; ele ainda não havia percebido que seu outro cachorro estava escondido debaixo do pequeno carro. "Tome conta do seu cachorro", Danny disse a ele – enquanto Armando dava marcha a ré devagar, por cima do husky-pastor que tinha sobrado. Houve apenas um solavanco e um grunhido quando uma das rodas da frente passou por cima do cachorro. O husky-pastor se levantou e se sacudiu; era outro macho, Danny pôde ver. Ele viu o cachorro caminhar até seu colega morto, cheirando o corpo enquanto o hippie imbecil ficava olhando o Volkswagen Beetle dar marcha a ré. Mas era isso que Mary (ou Armando) queriam dizer com "justiça"? Talvez chamar Jimmy tivesse sido uma ideia melhor, Danny pensou – mesmo que o policial acabasse matando os dois cachorros. Era o dono do cachorro que alguém devia ter matado, o escritor pensou; essa teria sido uma história melhor.

* * *

Há coisas em Vermont de que vou sentir saudades se algum dia for embora daqui, Danny Angel estava pensando, mas era de Armando e Mary DeSimone que ele sentiria mais saudades. Ele admirava a segurança deles.

Enquanto os três amigos nadavam na piscina da propriedade de Danny em Putney, o pastor-alemão assassino de cachorros tomava conta deles. Rooster não nadou, mas bebeu muita água de uma tigela grande que Danny colocara para ele, enquanto preparava gim-tônicas para Armando e Mary. Olhando para trás, aquela seria a lembrança mais nítida que Danny teria de Rooster – o cachorro ofegando com aparente satisfação perto da parte funda da piscina. O enorme pastor adorava crianças pequenas mas odiava outros cachorros machos; alguma coisa na história do animal deve ter causado isso, alguma coisa que nem Danny nem os DeSimone jamais saberiam.

Rooster um dia morreria numa estrada secundária – atropelado por um carro enquanto corria atrás de um ônibus escolar. Violência gera violência, como Ketchum e o cozinheiro já sabiam, como um quase esquecido carpinteiro hippie, com um cachorro morto e outro momentaneamente vivo, poderia um dia compreender.

Danny não sabia disso, mas ele tinha corrido pela última vez na estrada secundária entre Putney e Westminster West. Aquele era um mundo cheio de acidentes, não é? Talvez fosse prudente não ser confrontante demais num mundo desses.

Os dois maridos tinham se aposentado da serraria em Milan. Um mundo de pequenos reparos de motor, e outros consertos estendia-se diante deles. As gordas esposas dos empregados da serraria – Dot e May, aquelas velhas bruacas – aproveitavam qualquer ocasião, não importa quanto tempo tivessem que dirigir, para deixar a cidade e seus cansativos maridos. Homens aposentados eram uma chateação, as duas velhas tinham descoberto.

Dot e May preferiam a companhia uma da outra à de qualquer outra pessoa. Agora que os filhos mais moços de May (e seus netos mais velhos) estavam produzindo *mais* crianças, ela usava a desculpa de que precisavam dela quando qualquer mãe (e qualquer bebê novo) voltava para casa do hospital. Onde quer que fosse a "casa" porque era um pretexto para sair de Milan. Dot era sempre a motorista.

Ambas tinham sessenta e oito anos, dois mais do que Ketchum, a quem viam de vez em quando – Ketchum morava em Errol, mais para cima do Androscoggin. O velho madeireiro nunca reconhecia Dot ou May, e nem teria prestado atenção nelas caso as reconhecesse, mas todo mundo notava Ketchum; a reputação de homem violento do madeireiro o tinha marcado, assim como a cicatriz na sua testa era um anúncio vívido da sua história violenta. Mas Dot engordara outros trinta quilos mais ou menos, e May outros quarenta; elas estavam com cabelos brancos, com aquelas caras gastas pelo clima que se costuma ver no Norte, e comiam sem parar o dia inteiro, como algumas pessoas costumam fazer em climas frios, como se estivessem sempre morrendo de fome.

Elas tinham atravessado New Hampshire pela Groveton Road, passando por Stark – durante grande parte do caminho acompanharam o Ammonoosuc – e em Lancaster atravessaram o Connecticut, entrando em Vermont. Elas pegaram a I-91 logo abaixo de St. Johnsbury, e seguiram para o Sul pela interestadual. Tinham uma longa viagem à frente, mas não estavam com pressa de chegar. A filha ou neta de May tinha tido um bebê em Springfield, Massachusetts. Se Dot e May chegassem a tempo para o jantar, seriam obrigadas a ajudar a dar comida para um bando de crianças e depois lavar a louça. As duas senhoras eram espertas demais para isso – elas resolveram parar em algum lugar no caminho para jantar. Assim, podiam fazer uma bela refeição sozinhas e chegar em Springfield bem depois da hora do jantar; se tivessem sorte, outra pessoa já teria lavado a louça e colocado as crianças menores na cama.

Mais ou menos na hora em que as velhas bruacas estavam passando por McIndoe Falls na I-91, o cozinheiro e seus empregados estavam terminando sua refeição do meio da tarde no Avellino. Ter fornecido uma boa refeição aos seus empregados e vê-los se preparando para o serviço de jantar sempre deixava Tony Angel nostálgico. Ele pensava na Iowa City dos anos 1970 – naquele interlúdio de sua vida em Vermont. O cozinheiro e seu filho gostavam de pensar naquele tempo.

Em Iowa City, Tony Angel trabalhara como assistente do chef no restaurante chinês dos irmãos Cheng na Primeira Avenida – o que o cozinheiro chamava de faixa de Coralville. Os irmãos Cheng poderiam ter mais movimento se estivessem mais perto do centro da cidade; eles eram luxuosos demais para Coralville, perdidos no meio de suas lanchonetes baratas e motéis ordinários, mas os irmãos gostavam da proximidade da estrada interestadual, e nos fins de semana do Big Ten, quando um time de Iowa estava jogando em casa, o restaurante atraía um bocado de forasteiros. Ele era caro demais para a maioria dos estudantes, de todo modo – a menos que os pais estivessem pagando – e os professores da universidade, que Cheng considerava como sua clientela alvo, todos tinham carro e não ficavam limitados aos bares e restaurantes mais próximos ao centro do campus, no centro.

Na opinião de Tony, o nome do restaurante dos Cheng era outra escolha questionável – *Mao's* poderia ter funcionado melhor com estudantes politicamente desencantados do que com seus pais ou com os fãs de esporte de fora da cidade – mas os irmãos Cheng foram totalmente apanhados pelos protestos contra a guerra da época. A opinião pública, especialmente numa cidade universitária, tinha se voltado contra a guerra; de 1972 a 1975, houve inúmeras manifestações na frente do Old Capitol no campus de Iowa. A verdade é que o Mao's poderia ter se dado melhor na Madison ou em Ann Arbor. Ali, na faixa de Coralville, um patriota de passagem – num carro ou numa picape – às vezes atirava um tijolo ou uma pedra na janela do restaurante.

"Um fazendeiro guerreiro", Ah Gou Cheng, dizia com desdém; ele era o irmão mais velho. *Ah Gou* significava "Grande Irmão" no dialeto de Xangai.

Ele era um chef formidável; fora aluno do Culinary Institute of America, e cresceu trabalhando em restaurantes chineses. Nascido no Queens, mudou-se para Long Island e depois Manhattan. Uma mulher que ele conheceu numa aula de caratê atraiu Ah Gou para o Iowa, mas ela o deixou lá. Naquela altura, Ah Gou estava convencido de que o Mao's poderia fazer sucesso em Iowa City.

Ah Gou tinha idade o bastante para não ir para a guerra do Vietnã, mas não para o Exército dos Estados Unidos; ele foi cozinheiro do exército no Alasca. ("Não havia nenhum ingrediente autêntico lá, a não ser peixe", ele disse a Tony Angel.) Ah Gou tinha um bigode estilo Fu Manchu e um rabo de cavalo preto com uma faixa cor de laranja pintada.

Ah Gou ensinara o irmão mais novo a escapar da guerra do Vietnã. O irmão não esperou ser convocado – apresentou-se como voluntário. "Diga apenas que não quer matar outros asiáticos", Ah Gou aconselhou a ele. "E além disso, dê a impressão de ser gung ho."

O irmão mais moço tinha dito que poderia dirigir um veículo para qualquer lugar e cozinhar para qualquer pessoa. ("Mostre-me o combate! Eu vou dirigir para dentro de uma emboscada, vou cozinhar durante um ataque de morteiros! Só não vou matar outros asiáticos.")

Foi um risco, é claro – o exército poderia tê-lo aceitado mesmo assim. Esquecendo o bom conselho, Tony Angel pensou, o irmão mais moço não precisava se fingir de louco – ele era totalmente doido. O fato de ter salvo o irmão da guerra do Vietnã – e de matar, ou ser morto por outros asiáticos – conferiu a Ah Gou uma certa arrogância.

O Mao's servia comida francesa clássica ou um misto de estilos asiáticos, mas Ah Gou mantinha a comida francesa e a comida asiática separadas – com algumas exceções. A versão servida no

Mao's de ostras Rockefeller tinha uma cobertura de panko, farelo de pão japonês, e Ah Gou usava óleo de semente de uva e cebolas para preparar a maionese dos seus bolinhos de caranguejo. (O caranguejo era passado no farelo de pão japonês com um pouco de estragão fatiado; o panko não ficava encharcado na frigideira, do jeito que os outros farelos de pão ficavam.)

O problema era que eles estavam no *Iowa*. Onde Ah Gou ia conseguir panko – sem falar em ostras, óleo de semente de uva e caranguejos? Era aí que entrava o doido do irmão mais novo. Ele era um motorista nato. *Xiao Dee* significava "Irmão Pequeno" no dialeto de Xangai; o *Xiao* se pronunciava como *Shaw*. Xiao Dee dirigia o caminhão refrigerado dos irmãos Cheng – com dois freezers – até o Lower Manhattan, ida e volta, uma vez por semana. Tony Angel fazia essas viagens ambiciosas com ele. Era uma viagem de dezesseis horas de Iowa City até Chinatown – para os mercados das ruas Pell e Mott, onde o cozinheiro e Xiao Dee faziam compras.

Se uma mulher numa aula de caratê tinha atraído Ah Gou para Iowa, Xiao Dee tinha *duas* mulheres o deixando maluco – uma em Rego Park, outra em Bethpage. O cozinheiro não ligava para a mulher que o Irmão Pequeno estivesse visitando. Tony Angel sentia falta do North End, e também gostava das pequenas comunidades chinesas do Queens e de Long Island; as pessoas eram simpáticas com ele e carinhosas umas com as outras. (Pessoalmente, o cozinheiro teria preferido a namorada de Rego Park, cujo nome ele não lembrava e nem sabia pronunciar.) E Tony gostava de fazer compras em Chinatown – até a longa viagem de volta para Iowa pela I-80. O cozinheiro se revezava na direção com o Irmão Pequeno, mas deixava Xiao Dee dirigir na Cidade de Nova Iorque.

Eles partiam de Iowa numa terça-feira à tarde e dirigiam a noite inteira até o dia amanhecer; atravessavam o Holland Tunnel nas ruas Hudson e Canal antes da hora do rush na quarta-feira de manhã. Eles já estavam estacionados na região das ruas Pell e Moll em Chinatown quando os mercados abriam as portas. Passavam a noite de quarta-feira no Queens, ou em Long Island, e partiam antes da hora do rush na quinta-feira de manhã. Faziam toda a viagem de volta até Iowa City e descarregavam as mercadorias no Mao's depois da hora do jantar na quinta à noite. Os fins de semana eram movimentados no Mao's. Até as ostras e os mexilhões e o peixe de Chinatown ainda estavam frescos na sexta à noite – e, se tivessem sorte, no sábado à noite também. O cozinheiro nunca se sentira tão forte; ele estava com quarenta e oito, quarenta e nove e cinquenta anos naqueles anos em Iowa, mas carregar e descarregar o caminhão refrigerado de Xiao Dee lhe deu os músculos de um carregador profissional. Havia muita coisa pesada no caminhão: os caixotes de cerveja Tsingtao, o barril de água salgada com blocos de gelo seco para os mexilhões, as cubas de gelo picado para as ostras. Na viagem de volta, eles normalmente paravam para comprar mais gelo numa distribuidora de bebidas em Indiana ou Illinois. Eles conservavam o linguado, o tamboril, o robalo, o salmão, as vieiras, o camarão, a linguiça *lap xuong*, e todos os caranguejos no gelo, também. Durante toda a viagem para Oeste, o caminhão derretia e vazava. Um dos freezers sempre cheirava a lula; eles mantinham as lulas congeladas. Os grandes jarros marrons de Tianjin que conservavam os legumes (da China) tinham que ser embrulhados em jornal para não bater uns no outros e quebrar. Era "chamar o azar" colocar as enchovas secas japonesas perto dos ovos de pato chineses, Xiao Dee dizia.

Uma vez, quando estavam atravessando a ponte sobre o Mississippi, em East Moline, eles desviaram de um ônibus com o pneu furado, e todos os odores da Ásia os acompanharam até em casa: os potes quebrados de molho de peixe Golden Boy para o curry verde tailandês; os restos de coalhada de soja chinesa (coalhada fermentada) e sung de porco de Formosa; os cacos de vidro das garrafas de molho de pimenta Thai Mae, e de pasta de curry vermelho e verde. O caminhão ficou coberto de óleo de gergelim e molho de soja, mas o que tinha mesmo ficado impregnado nele era o molho de pimenta e alho de Hong Kong. A aura de alho estava permeada com essência de bonito japonês, escamas de atum e camarão seco chinês. Cogumelos shiitake pretos apareceram em toda parte durante uma semana.

O cozinheiro e Xiao Dee tinham saído da I-80 imediatamente a oeste de Davenport – só para abrir a porta traseira do caminhão e ver o estrago causado pela quase colisão sobre o Mississippi – mas um odor indescritível avisou que eles não deviam se arriscar a abrir o caminhão antes de chegar ao Mao's. Alguma coisa indefinida estava escorrendo por baixo da porta traseira do caminhão.

– Que cheiro é esse? – Xiao Dee perguntou ao cozinheiro. Era um líquido marrom com espuma de cerveja, os dois só conseguiram ver isso.

– De *tudo* – Tony Angel respondeu, ajoelhando-se no chão e cheirando a parte de baixo da porta.

Um policial de motocicleta apareceu e perguntou se eles precisavam de ajuda. O Irmão Pequeno guardava todos os recibos das compras no porta-luvas caso eles fossem parados e suspeitassem que estavam carregando mercadorias roubadas. O cozinheiro explicou ao policial que eles tinham dado uma guinada brusca na ponte para desviar do ônibus enguiçado.

– Talvez fosse melhor seguir viagem e verificar os estragos depois de chegar em Iowa City – Tony disse. Xiao Dee, com seu rosto redondo e liso de bebê estava balançando a cabeça, seu rabo de cavalo amarrado com uma fita cor-de-rosa, algum sinal de afeto que Spicy ou a outra namorada deram para ele.

– Está cheirando igual a um restaurante chinês – o tira de motocicleta comentou com o cozinheiro.

– Mas é exatamente isso que ele é – Tony respondeu.

Tanto o Irmão Pequeno quanto o cozinheiro podiam ver que o tira queria ver o estrago lá dentro; e como eles tinham parado, não tiveram outro jeito a não ser abrir a porta traseira do caminhão. Lá estava a Ásia, ou pelo menos os aromas culinários do continente inteiro: o jarro de lichia com gelée de leite de amêndoa, o cheiro pungente de gengibre fresco, e a marca de folhas de missô da Mitoku Trading Company – esta última dando uma

aparência fúngica às paredes e ao teto do caminhão. Havia também um tamboril macabro olhando para eles de um mar fétido de molho de soja e gelo marrom escuro – um candidato ao título de peixe mais feio do mundo na melhor das circunstâncias.
– Jesus, o que é *isso*? – o policial perguntou.
– Tamboril, lagosta de pobre – Xiao Dee explicou.
– Como é o nome do restaurante em Iowa City? – o tira perguntou.
– Mao's – Xiao Dee respondeu orgulhosamente.
– *Aquele* lugar... vocês são vítimas de vandalismo dos pedestres, não é?
– De vez em quando – o cozinheiro admitiu.
– É por causa da guerra – Xiao Dee disse na defensiva. – Os fazendeiros são a favor da guerra.
– É por causa do *nome*! – o tira disse. – *Mao's*... não é surpresa que vocês sejam vandalizados! Isto aqui é o Meio-Oeste, como vocês sabem. Iowa City não é *Berkeley*!

De volta ao caminhão que ia cheirar eternamente como as ruas Pell e Mott numa manhã ruim (como quando havia uma greve de lixeiros em Manhattan), o cozinheiro disse ao Irmão Pequeno: – O guarda tem razão. Quer dizer, a respeito do nome.

Xiao Dee era viciado em bombons de chocolate e café, que guardava no porta-luvas junto com todos os recibos e que comia sem parar enquanto dirigia – só para se manter fanaticamente acordado. Se o cozinheiro comesse mais de dois ou três na viagem de dezesseis horas, seu coração ficava acelerado até o dia seguinte – seus intestinos indicando o início próximo de uma explosiva diarreia – como se ele tivesse tomado duas dúzias de xícaras de café-expresso duplo.

– O que há com este país? Mao é só um *nome*! – Xiao Dee gritou. – Este país está sendo massacrado no Vietnã há dez anos! O que *Mao* tem a ver com isso, é só um *nome*! – A fita cor-de-rosa provocativa que Spicy (ou a outra garota) tinha amarrado no rabo de cavalo dele se soltara; Xiao Dee parecia uma levantadora de peso histérica dirigindo um restaurante chinês inteiro, onde você com certeza seria vítima de uma intoxicação alimentar mortal.

– Vamos para casa descarregar este caminhão – o cozinheiro propôs, na esperança de acalmar Irmão Pequeno. Tony Angel tentava esquecer a imagem do tamboril nadando em óleo de gergelim, e tudo o mais que estava flutuando na traseira do caminhão.

O barril de água salgada tinha derramado; eles tinham perdido todos os mexilhões. Não ia ter mexilhão cozido em saquê com molho de soja naquele fim de semana. Nem ostras Rockefeller. (Para piorar, quando Xiao Dee e o cozinheiro chegaram em Iowa City, Ah Gou já tinha picado o espinafre e cortado o bacon em cubos para as ostras Rockefeller.) O robalo tinha estragado durante a viagem, mas o tamboril deu para salvar – o rabo foi a única parte que pôde ser usada, e Ah Gou serviu-o cortado em medalhões.

O cozinheiro tinha aprendido a ver se o salmão estava fresco desossando-o; se as espinhas estivessem difíceis de tirar, Ah Gou dizia que o peixe ainda estava fresco. A linguiça *lap xuong*, o linguado e as lulas congeladas tinham sobrevivido à quase colisão com o ônibus, mas não o camarão, as vieiras e os caranguejos. O mascarpone favorito de Ah Gou e o parmesão estavam salvos, mas os outros queijos tiveram que ir para o lixo. Os tapetes de bambu, ou rolinhos *nori* – para enrolar os sushis – tinham absorvido muito óleo de gergelim e cerveja Tsingtao. Xiao Dee ia passar *meses* lavando o caminhão com mangueira, mas ele ia sempre cheirar àquele quase acidente sobre o Mississippi.

Ele adorava aquele tempo que passou em Iowa City – inclusive aquelas viagens de caminhão com Xiao Dee Cheng, Tony Angel estava pensando. Toda noite, no cardápio do Avellino, havia um item ou dois que o cozinheiro tinha aprendido a fazer trabalhando com Ah Gou no Mao's. No Avellino, o cozinheiro indicava os acréscimos franceses ou asiáticos ao seu cardápio escrevendo simplesmente, "Alguma coisa da Ásia", ou "Alguma coisa da França"; ele aprendeu isso com Ah Gou no Mao's. Numa emergência, quando *todos* os peixes (e as ostras e mexilhões) tinham estragado antes de sábado à noite, Ah Gou pedia ao cozinheiro para fazer uma massa especial ou uma pizza.

"Alguma coisa da Itália", o cardápio do Mao's então dizia. Os motoristas de caminhão que rodavam longas distâncias e saíam da interestadual para comer sempre reclamavam.

– Que história é essa de "Alguma coisa da Itália"? Eu achei que aqui fosse um restaurante chinês.

– Nós temos um pouco de tudo – Xiao Dee dizia a eles. Irmão Pequeno era normalmente o maître nos fins de semana, enquanto o cozinheiro e Ah Gou se matavam de trabalhar na cozinha.

O resto dos funcionários do Mao's era um conjunto extremamente inteligente e multicultural de estudantes asiáticos da universidade – muitos deles não vinham da Ásia e, sim, de Seattle e San Francisco, ou de Boston e Nova Iork. Tzu-Min, a namorada relativamente recente de Ah Gou, era uma estudante de direito chinesa que tinha terminado o ciclo básico em Iowa dois anos antes; ela decidira permanecer em Iowa City (e não voltar para Taiwan) por causa do Mao's e de Ah Gou e da faculdade de direito. Nas quintas-feiras à noite, quando Xiao Dee ainda estava sofrendo os efeitos do excesso de bombons de chocolate e café, Tzu-Min ficava como auxiliar de maître.

Eles não tinham um rádio no Mao's, Tony Angel estava lembrando enquanto mapeava a distribuição dos lugares no Avellino, que naquela noite de final de primavera de 1983 ainda não estava aberto mas que em breve estaria. No Mao's, Ah Gou tinha uma TV na cozinha – culpada por muitos dedos cortados e outros acidentes com faca. Mas Ah Gou gostava de esportes e notícias; às vezes os jogos de futebol ou basquete em Iowa eram televisionados e assim a cozinha sabia com antecedência se deveria esperar uma multidão alegre ou triste depois do jogo.

Naquela época, a equipe de luta livre de Iowa raramente perdia – muito menos em casa – e aquelas lutas traziam uma multidão especialmente animada e faminta para o Mao's. Daniel tinha levado o jovem Joe a quase todas as partidas em casa, o cozinheiro recordou de repente. Talvez tivesse sido o sucesso da equipe de luta livre de Iowa que tivesse feito Joe querer praticar luta livre quando foi para a Northfield Mount Hermon; muito possivelmente, a reputação de Ketchum de valentão de bar não tivesse nada a ver com isso.

Tony Angel tinha um fogão Garland de oito bocas, com dois fornos e uma grelha, na sua cozinha do Avellino; tinha uma mesa térmica para seus caldos de galinha também. No Mao's, quando estavam no auge do movimento, eles podiam atender oitenta ou noventa pessoas numa noite, mas o Avellino era menor. Tony raramente servia mais de trinta ou quarenta pessoas por noite – no máximo cinquenta.

Esta noite o cozinheiro trabalhava numa redução de vinho tinto para cozinhar costelinhas de boi, e ele tinha um caldo claro e um caldo escuro de galinha na mesa térmica. Na categoria "Alguma coisa da Ásia", ele ia servir o bife *satay* com molho de amendoim e tempuras variados do Ah Gou – camarão, vagem e aspargos. Havia os pratos habituais de massa – o penne com molho de camarões, azeitonas pretas e pinhão, por exemplo – e duas pizzas populares, a de pepperoni com molho marinara e a de cogumelos selvagens com quatro queijos. Ele tinha uma galinha assada com alecrim, que era servida numa cama de rúcula e funcho grelhado, e uma perna de carneiro grelhada com alho, e também um risoto de cogumelos.

Greg, o jovem assistente do chef, tinha estudado na escola de culinária da rua 92 em Manhattan, e aprendia depressa. Tony estava deixando Greg preparar um molho *grenobloise*, com manteiga e alcaparras, para o paillard de frango – isso era o "Alguma coisa da França" daquela noite. E as duas garçonetes favoritas de Tony estavam disponíveis, uma mãe solteira e sua filha, estudante universitária. Celeste, a mãe, trabalhava para o cozinheiro desde 1976, e a filha, Loretta, era mais madura do que os colegiais de Brattleboro que ele costumava contratar como garçonetes, ajudantes de garçom e lavadores de prato.

Loretta era mais velha do que a maioria dos estudantes universitários; ela teve um bebê no último ano do ensino médio. Loretta era solteira e tinha cuidado do filho na casa da mãe até o menino ter idade suficiente (quatro ou cinco anos) para não deixar Celeste doida. Depois Loretta entrou numa faculdade comunitária próxima – de acesso não muito fácil, mas tinha organizado a agenda com todas as aulas de terça a quinta. Ela ficava em casa, em Brattleboro, onde ainda morava com a mãe e o filho pequeno, de quinta à noite até terça de manhã.

Desde que o cozinheiro começara a dormir com Celeste – só a partir do ano anterior, já fazia quase dezoito meses – este arranjo tinha funcionado bem para Tony Angel. Ele ficava na casa de Celeste, com Celeste e seu neto estudante da primeira série, apenas duas noites por semana – numa das quais, toda quarta-feira, o restaurante estava fechado. O cozinheiro voltava para o apartamento dele sempre que Loretta ia para casa em Brattleboro. Tinha sido mais complicado no verão anterior, quando Celeste passava três ou quatro noites seguidas no pequeno apartamento de Tony em cima do Avellino. Ruiva, com sardas no peito, ela era uma mulher grande, embora não chegasse nem perto do tamanho de Índia Jane ou Carmella. Celeste (aos cinquenta anos) era mais moça do que o cozinheiro o mesmo número de anos que era mais velha do que o filho dele, Danny.

Não havia nenhum chamego entre eles na cozinha do Avellino – por insistência mútua – embora todo mundo da equipe (Loretta também, é claro) soubesse que Tony Angel e Celeste eram um casal. As amigas que o cozinheiro fez na Book Cellar já tinham saído de lá ou então estavam casadas. A velha brincadeira que Tony fazia ao entrar na livraria já não surtia efeito; era uma brincadeira *inocente* quando o cozinheiro perguntava à vendedora se ele conhecia alguma mulher para apresentar a ele. (Ou ela não conhecia ou não *queria* conhecer, depois que Celeste apareceu. Brattleboro era um cidade pequena, e Celeste era uma presença popular ali.)

Fora mais fácil conhecer mulheres no Iowa, Tony Angel lembrou. Claro, ele agora estava mais velho, e Brattleboro era uma cidade *muito* pequena se comparada com Iowa City, onde Danny sempre convidara o pai para todas as festas da Oficina de Escritores; aquelas mulheres escritoras sabiam mesmo se divertir.

Danny tinha levado seus alunos da oficina, diversas vezes, para jantar no Mao's – sem falar na comemoração do Ano-Novo chinês, todo janeiro ou fevereiro, quando Ah Gou apresentava um cardápio fixo de dez pratos por três noites seguidas. Pouco antes do Ano-Novo chinês em 1973 – era o Ano do Boi, o cozinheiro lembrava – o caminhão de Xiao Dee tinha enguiçado na Pensilvânia, e Tony Angel e Irmão Pequeno quase não tinham conseguido voltar a tempo para Iowa City com as mercadorias.

Em 1974 – o Ano do Tigre – Xiao Dee tinha convencido Spicy a viajar com eles do Queens até Iowa City. Felizmente, Spicy era pequena, mas mesmo assim ficou apertado na cabine do caminhão, e em algum lugar de Indiana ou Illinois, Spicy percebeu que Xiao Dee tinha andado com uma mulher de Bethpage – "aquela vagabunda de Nassau", Spicy chamou a mulher. O cozinheiro teve que ouvir os dois discutirem o resto da viagem.

Por algum motivo, pensar em Iowa City e no Mao's tinha feito Tony Angel achar que faltava *ambição* no Avellino, mas uma das coisas que o cozinheiro mais gostava no seu restaurante em Brattleboro era o fato de ele ser razoavelmente fácil de administrar; chefs de verdade, como Ah Gou, Tony Molinari e Paul Polcari, poderiam achar o Avellino pouco ambicioso, mas o cozinheiro (aos cinquenta e nove anos) não estava tentando competir com eles.

Pena que Tony Angel não quisesse convidar seus velhos amigos e mentores para visitá-lo em Vermont e jantar com ele no Avellino. O cozinheiro achava que seu restaurante em Brattleboro não estava à altura desses grandes chefs, que ensinaram tanto a ele, embora provavelmente fossem ficar comovidos e envaidecidos se vissem suas influências óbvias no cardápio do Avellino, e eles sem dúvida teriam compreendido o orgulho do cozinheiro pelo fato de ter seu próprio restaurante, que – embora apenas em Brattleboro – era um sucesso. Como Molinari e Polcari estavam aposentados, eles poderiam ter ido até Vermont quando quisessem, mas talvez os irmãos Cheng tivessem mais dificuldade em encontrar tempo para isso.

Ah Gou e Xiao Dee tinham voltado para o Leste, a conselho de Tzu-Min, a jovem advogada chinesa que se casara com o Grande Irmão – ela deu a ele alguns ótimos conselhos a respeito de negócios e nunca tinha voltado para Taiwan. Connecticut ficava mais perto do Lower Manhattan, onde o Irmão Pequeno tinha que fazer compras; não fazia sentido os Cheng se matarem para tentar ser autênticos no Iowa. O primeiro nome do novo restaurante deles, Baozi, significava "embrulhado" em chinês. (O cozinheiro se lembrava dos rolinhos primavera de carne de porco e do *baozi* cozido de porco que Ah Gou preparava no Ano-Novo chinês. As bolas de massa cozida era partidas, como um sanduíche, e recheadas com um ombro de porco refogado que havia sido picado e misturado com cinco temperos chineses.) Mas Tzu-Min era quem entendia de negócios na família Cheng; ela mudou o nome do restaurante para Lemongrass – capim-limão era um nome mais compreensível e vendável em Connecticut.

Um dia, Tony Angel pensou, talvez Daniel e eu possamos ir até Connecticut e comer no Lemongrass; nós poderíamos passar a noite em algum lugar nas vizinhanças. O cozinheiro sentia saudades de Ah Gou e Xiao Dee, e desejava tudo de bom para eles.

– O que aconteceu, Tony? – Celeste perguntou a ele. (O cozinheiro estava chorando, embora não tivesse percebido.)

– Não aconteceu nada, Celeste. Na verdade estou muito feliz – Tony disse. Ele sorriu para ela e se debruçou sobre sua redução de vinho tinto, saboreando o perfume. Ele tinha jogado um galho de alecrim fresco na água fervendo, só para tirar o óleo antes de colocar o alecrim no vinho tinto.

– Mas você está *chorando* – Celeste disse a ele.

– Recordações, eu acho – o cozinheiro disse. Greg, o assistente, também estava olhando para ele. Loretta veio do salão e entrou na cozinha.

– Nós vamos abrir o restaurante esta noite ou vamos obrigar os clientes a arrombar a porta? – ela perguntou ao cozinheiro.

– Ah, já está na hora? – Tony Angel perguntou. Ele deve ter deixado seu relógio lá em cima no quarto, onde ainda não terminara de ler *East of Bangor*.

– Por que ele está chorando? – Loretta perguntou à mãe.

– Era o que eu estava perguntando a ele – Celeste disse. – Recordações, eu acho.

– *Boas*, não é? – Loretta perguntou ao cozinheiro; ela pegou um pano de prato limpo e enxugou o rosto dele. Até o lavador de pratos e o ajudante de garçom, ambos estudantes do ensino médio em Brattleboro, olhavam preocupados para Tony Angel.

O cozinheiro e seu assistente não eram rígidos em relação às suas praças, embora normalmente Greg se encarregasse dos grelhados, assados e refogados, enquanto Tony cuidava dos molhos.

– Quer que eu seja o *saucier* esta noite, patrão? – Greg perguntou ao cozinheiro.

– Eu estou bem – Tony disse a todos eles, sacudindo a cabeça.

– Vocês não têm lembranças?

– Danny ligou, eu esqueci de dizer – Loretta disse para o cozinheiro. – Ele vem jantar esta noite.

– É, parece que Danny teve um dia emocionante, para um escritor – Celeste disse a Tony. – Ele foi atacado por dois cachorros. Rooster matou um deles. Ele queria uma mesa no horário de sempre, mas só para um. Ele disse que Barrett não ia gostar da história do cachorro. Ele disse "Diga ao papi que o vejo mais tarde".

O "Papi" teve sua origem em Iowa City – o cozinheiro gostava do termo.

Barrett tinha nascido na Inglaterra; embora ela morasse há anos nos Estados Unidos, Tony Angel tinha a impressão de que o sotaque dela soava cada dia mais britânico. As pessoas na América se impressionavam muito com o sotaque britânico, o cozinheiro pensou. Talvez fizesse com que os americanos se sentissem ignorantes.

Tony sabia o que o filho quis dizer quando comentou que Barrett não apreciaria a história do cachorro. Embora Danny tivesse sido mordido por cachorros enquanto corria, Barrett era uma dessas pessoas amantes de animais que sempre tomava o partido do cachorro. (Não havia cachorros "maus", só donos de cachorros maus; a polícia do estado de Vermont *jamais* deveria matar o cachorro de ninguém; se Danny não estivesse correndo com os cabos de raquete de squash, talvez os cachorros não tentassem mordê-lo, e assim por diante.) Mas o cozinheiro sabia que o filho corria com os cabos de raquete *porque* tinha sido mordido quando corria sem eles – ele tinha levado pontos duas vezes, mas vacina contra raiva só uma vez.

Tony Angel estava contente porque o filho não ia jantar com Barrett. Aborrecia o cozinheiro o fato de Daniel ter dormido *algum dia* com uma mulher da idade do próprio *pai*! Mas o temperamento inglês de Barrett e sua crença de que não havia cachorros maus incomodavam mais a Tony. Bem, não era de se esperar que uma pessoa que adorava *cavalos* também amasse cachorros?, o cozinheiro perguntou a si mesmo.

Tony Angel usava um velho forno a lenha Stanley, da Irlanda, para as suas pizzas; ele sabia como manter o forno numa temperatura de seiscentos graus sem deixar o resto da cozinha quente demais, mas ele levou dois anos para aprender isso. Ele estava colocando lenha no Stanley quando ouviu Loretta abrir a porta da frente e convidar os primeiros fregueses a entrar no salão do restaurante.

– Houve outro telefonema – Greg disse ao cozinheiro.

Tony torceu para Daniel não ter mudado de ideia sobre ir jantar lá, ou ter resolvido levar Barrett com ele, mas o outro recado era de Ketchum.

O velho madeireiro tinha falado sem parar com Greg sobre a invenção milagrosa da máquina de fax. Deus sabe há quanto tempo as máquinas de fax tinham sido inventadas, o cozinheiro pensou, mas esta não era a primeira vez que ele tinha notícia de que Ketchum queria uma. Danny estivera em Nova York e vira uma máquina rudimentar de fax em funcionamento no escritório de sua editora; na avaliação de Danny, o pai lembrava, tratava-se de uma máquina volumosa que produzia tiras oleosas de papel com letras difíceis de ler, mas isso não desanimou Ketchum. O antes analfabeto madeireiro queria que Danny e o pai tivessem máquinas de fax; aí Ketchum ia comprar uma e eles poderiam entrar instantaneamente em contato uns com os outros.

Meu Deus, o cozinheiro estava pensando, seria um sem-fim de faxes; eu vou ter que comprar *resmas* de papel. E não haverá mais manhãs calmas, Tony Angel pensou; ele adorava seu café da manhã e sua vista favorita do Connecticut. (Assim como o cozinheiro, Ketchum se levantava cedo.)

Tony Angel nunca tinha visto o lugar onde Ketchum morava em Errol, mas ele imaginava algo parecido com seus tempos de *wanigan* – um trailer, talvez, ou diversos trailers. Antes casas móveis, talvez, mas não mais móveis agora – ou um ônibus Volkswagen com um forno a lenha dentro, e sem rodas. O fato de Ketchum (aos sessenta e seis anos) só ter aprendido a ler recentemente e agora querer um fax era algo inimaginável. Não fazia muito tempo, Ketchum não tinha nem *telefone*!

O cozinheiro sabia por que ele tinha chorado; suas "recordações" não tinham nada a ver com isso. Assim que pensou em fazer uma viagem com o filho para visitar os Cheng em seu restaurante em Connecticut, Tony Angel compreendeu que Daniel jamais iria com ele. O escritor era viciado em trabalho; na opinião do cozinheiro, uma espécie de logorreia tinha atacado seu filho. O fato de Daniel vir jantar sozinho no Avellino não tinha nenhum problema para Tony Angel, mas o fato de seu filho *estar* sozinho (e era provável que continuasse assim) fez o cozinheiro chorar. Se ele se preocupava com o neto, Joe – por causa de todos os perigos dos quais qualquer adolescente de dezoito anos tinha que ter sorte para escapar – o cozinheiro tinha pena de que o filho, Daniel, fosse uma alma solitária e melancólica. Ele é ainda mais solitário e melancólico do que *eu!*, Tony Angel estava pensando.

– Mesa para quatro – Loretta estava dizendo para Greg. – Uma pizza de cogumelos selvagens, uma de pepperoni – ela disse ao cozinheiro. Celeste entrou na cozinha. – Danny está aqui, sozinho – ela disse a Tony.
– Um penne de camarão – Loretta continuou, recitando. Quando estava movimentado, ela simplesmente deixava os pedidos com os dois cozinheiros por escrito, mas quando não havia quase ninguém no Avellino, Loretta parecia apreciar uma apresentação teatral.
– A mesa para quatro não quer nenhuma entrada? – Greg perguntou a ela.
– Todos querem salada de rúcula com parmesão – Loretta disse. – Você vai adorar este. – Ela fez uma pausa para causar mais efeito. – Um paillard de frango, mas sem as alcaparras.
– Cristo – Greg disse. – Um molho *grenobloise* não é nada sem alcaparras.
– Dê ao palhaço a redução de vinho tinto com alecrim, ela fica tão bem com o frango quanto com a carne grelhada – Tony Angel disse.
– O frango vai ficar *roxo*, Tony – o assistente reclamou.
– Você é purista demais, Greg – o cozinheiro disse. – Então dê ao palhaço o paillard com um pouco de azeite e limão.
– Danny quer ser surpreendido – Celeste disse a Tony. Ela estava examinando atentamente o cozinheiro. Ela também o tinha ouvido chorar enquanto dormia.
– Bem, isso vai ser divertido – o cozinheiro disse. (Finalmente, um sorriso – embora pequeno, Celeste pensou.)

May era uma passageira falante. Enquanto Dot dirigia – balançando a cabeça, mas normalmente não no ritmo da droga que estivesse tocando no rádio – May ia lendo todas as placas em voz alta, do jeito que as crianças que acabaram de aprender a ler às vezes fazem.
– Bellows Falls – May tinha anunciado, quando elas passaram por uma saída na I-91, cerca de quinze minutos antes. – Quem iria querer morar em Bellows Falls?

– Você já esteve lá? – Dot perguntou à velha amiga.
– Não. Mas parece horrível – May disse.
– Acho que está chegando a hora do jantar, não está? – Dot perguntou.
– Eu poderia comer uma coisinha – May admitiu.
– Como o quê? – Dot perguntou.
– Ah, só metade de um urso ou uma vaca inteira, eu acho – May disse, rindo. Dot riu junto.
– Mesmo *meia* vaca serviria – Dot propôs com mais seriedade.
– Putney – May leu alto quando elas passaram pela placa indicando a saída.
– Que tipo de nome é esse? Pelo som, não parece ser coisa de índio – Dot disse.
– Não. Não é – May concordou. As três saídas para Brattleboro estavam chegando.
– Que tal uma pizza? – Dot disse.
– BRET-el-bârrou – May pronunciou quase com perfeição.
– Definitivamente não se trata de nome de índio! – Dot disse, e as duas riram de novo.
– Tem que ter alguma pizzaria em Brattleboro, não acha? – May perguntou à amiga.
– Vamos dar uma olhada – Dot disse. Ela pegou a segunda saída para Brattleboro, o que a levou à rua principal.
– The Book Cellar – May leu alto, quando elas passaram devagar pela livraria à direita.

Quando chegaram ao sinal de trânsito seguinte, e na parte íngreme da rua, elas viram a marquise do Latchis Theatre. Estavam passando dois filmes do ano anterior – os dois com Sylvester Stallone, *Rocky III* e *Rambo*.

– Eu vi esses filmes – Dot disse orgulhosamente.
– Você os viu *comigo* – May lembrou a ela.

As duas se distraíram com o letreiro dos filmes no Latchis, e Dot estava dirigindo; Dot não podia dirigir e olhar para os dois lados da rua ao mesmo tempo. Se não fosse por May, sua passageira faminta e leitora compulsiva de placas, elas não teriam vis-

to o Avellino. A palavra *Avellino* foi difícil para May; ela tropeçou nela, mas conseguiu dizer, "cozinha italiana".
— Onde? — Dot perguntou; elas já tinham passado por ele.
— Ali atrás. Estacione em algum lugar — May disse à amiga. — Estava escrito "italiana", tenho certeza.

Elas acabaram no estacionamento do supermercado antes que Dot pudesse recuperar suas habilidades de motorista. — Agora vamos ter que ir a pé — ela disse para May.

Dot não gostava de andar a pé; ela sofria com um joanete que a fazia mancar, o que fazia May lembrar de Cookie, de modo que Cookie estava na lembrança das duas velhotas. (Além disso, a conversa no carro sobre "índio" poderia tê-las feito recordar os velhos tempos em Twisted River.)

— Eu andaria quilômetros para comer uma pizza ou duas — May disse à velha amiga.

— Uma das pizzas do Cookie, então — Dot disse, e isso foi o suficiente.

— Ah, como elas eram *boas*! — May exclamou. Elas tinham caminhado até o Latchis, pelo outro lado da rua, e quase foram atropeladas ao atravessar a rua sem prestar a atenção. (Talvez Milan fosse menos perigosa para pedestres do que Brattleboro.) Dot e May fizeram um gesto obsceno para o motorista que quase as atropelou.

— O que era mesmo que Cookie queria colocar na massa da pizza? — Dot perguntou a May.

— Mel! — May disse, e as duas riram. — Mas ele mudou de ideia — May lembrou.

— Eu me pergunto qual seria o ingrediente secreto dele — Dot disse.

— Talvez não tivesse nenhum — May respondeu, dando de ombros. Elas tinham parado na frente da vitrine grande do Avellino, onde May tentou pronunciar o nome do restaurante.

— Ele parece ser mesmo italiano — Dot disse. As duas mulheres leram o cardápio que estava colado na vitrine. — Dois tipos de pizza — Dot observou.

– Eu vou ficar com a de pepperoni – May disse à amiga. – Você pode morrer comendo cogumelos selvagens.

– O que tinha de bom na massa de Cookie era que a crosta era bem fina, então você podia comer mais pizza sem ficar cheia demais – Dot estava lembrando.

Lá dentro, uma família de quatro pessoas estava acabando de jantar – Dot e May podiam ver que os dois garotos tinham pedido pizza. Havia um homem bonito, de uns quarenta e poucos anos, sentado sozinho numa mesa perto da porta de vaivém da cozinha. Ele estava escrevendo num caderno – um caderno pautado do tipo que os estudantes usam. As duas velhas senhoras não reconheceram Danny, é claro. Ele tinha doze anos quando elas o viram pela última vez, e agora era dez anos mais velho do que o pai era quando Dot e May viram o cozinheiro pela última vez.

Danny ergueu os olhos quando as velhotas entraram, mas em seguida voltou a se concentrar no que estava escrevendo. Talvez ele nem se lembrasse da aparência de Dot e May em 1954; vinte e nove anos depois, Danny não fazia a mínima ideia de quem eram aquelas duas bruacas malvadas.

– Só as duas, minhas senhoras? – Celeste perguntou a elas. (Dot e May sempre achavam graça quando alguém as chamava de "senhoras".)

Elas foram para uma mesa perto da janela, debaixo da velha foto em preto e branco do engarrafamento de toras de madeira em Brattleboro.

– Eles costumavam transportar madeira pelo Connecticut – Dot disse para May.

– Aqui devia ser uma cidade industrial – May observou. – Serrarias, fábricas de papel, talvez têxteis, também, eu suponho.

– Eu ouvi dizer que tem um asilo de loucos nesta cidade – Dot disse à amiga. Quando a garçonete veio servir água, Dot perguntou a Celeste sobre isso. – O hospício ainda está funcionando aqui?

– Ele é chamado de *retiro* – Celeste explicou.

– Que porra de nome é esse! – May disse. Ela e Dot estavam rindo de novo quando Celeste foi buscar os cardápios. (Ela havia esquecido de trazer os cardápios para as duas velhotas quando trouxe a água. Celeste ainda estava desatenta por causa do choro do cozinheiro.)

Um casal jovem entrou, e Dot e May observaram uma garçonete jovem – a filha de Celeste, Loretta – levando-os até a mesa. Quando Celeste voltou com os cardápios, Dot disse: – Nós duas vamos querer a pizza de pepperoni. – (Ela e May já tinham dado uma olhada no cardápio na vitrine.)

– Uma para cada ou vão dividir? – Celeste perguntou. (Só de olhar para as duas, Celeste sabia a resposta.)

– Uma para *cada* – May disse a ela.

– As senhoras gostariam de uma salada como entrada? – Celeste perguntou às duas.

– Não. Eu vou guardar lugar para a torta de maçã – May respondeu.

– Eu acho que vou comer a torta de blueberry – disse Dot.

As duas pediram Cocas – *de verdade* – May enfatizou para Celeste. Para aguentar a viagem, sem mencionar o monte de filhos e netos, Dot e May queriam toda a cafeína e o açúcar que pudessem conseguir.

– Eu juro – May disse a Dot – que se meus filhos e netos continuarem a ter *mais* filhos, você vai ter que me visitar nesse retiro fajuto.

– Eu vou – sua amiga Dot disse. – Se a pizza for boa – ela acrescentou.

Na cozinha do Avellino, talvez o cozinheiro tivesse ouvido as velhotas rindo. – Duas pizzas de pepperoni – Celeste disse a ele. – E duas *prováveis* tortas de maçã e blueberry.

– Quem são elas? – o cozinheiro perguntou; ele normalmente não era tão curioso. – São daqui mesmo?

– Duas bruacas das boas, se quer saber, daqui ou de qualquer lugar – Celeste disse.

* * *

Estava quase na hora do jogo dos Red Sox no rádio. Boston estava jogando em casa, em Fenway Park, mas Greg estava ouvindo uma porcaria sentimental chamada *The Oldie-But-Goldie Hour* em outra estação. O cozinheiro não estava prestando muita atenção, mas a música que estava tocando, de 1967, era do *Surrealistic Pillow* – o velho álbum do Jefferson Airplane.

Quando Tony Angel reconheceu a voz de Grace Slick cantando "Somebody to Love", ele falou num tom áspero, pouco característico dele, com o assistente.

– Está na hora do jogo, Greg – o cozinheiro disse.

– Me deixa ouvir só... – o assistente tentou dizer, mas Tony já estava mudando de estação. (Todo mundo percebeu a impaciência na voz dele, o modo zangado com que ele mexeu no rádio.)

A única coisa que o cozinheiro pôde dizer em sua defesa foi:

– Eu não gosto dessa música.

Com um dar de ombros, Celeste disse para todos: – Recordações, eu acho.

A uma parede fina e uma porta de vaivém de distância estavam mais duas velhas *recordações*. Infelizmente, o cozinheiro não ia se livrar de Dot e May com a mesma facilidade com que tinha interrompido a música no rádio.

9
A natureza frágil e imprevisível das coisas

Perto da Coralville Strip, dando para ver do Mao's, havia uma pizzaria chamada The Greek's; azeitonas kalamata e queijo feta eram a cobertura favorita. (Como o pai de Danny tinha dito na época, "Não é ruim, mas não é pizza".) No centro de Iowa City, havia uma imitação de pub irlandês chamada O'Rourke's – mesas de sinuca, cerveja verde no dia de St. Patrick, sanduíches de salsicha ou carne. Para Danny, o O'Rourke era unicamente um lugar de estudantes – uma cópia pouco convincente daqueles pubs de Boston ao sul do Haymarket, nas vizinhanças da Hanover Street. O mais antigo deles era o Union Oyster House, um bar-restaurante especializado em ostras, que um dia ficaria em frente a um monumento em homenagem ao Holocausto, mas havia também o Bell in Hand Tavern na esquina das ruas Union e Marshall – um pub onde o menor de idade Daniel Baciagalupo tinha se embebedado de cerveja com suas primas mais velhas Saetta e Calogero.

Esses bares não ficavam longe o suficiente do North End para escapar da atenção do cozinheiro. Um dia ele seguiu Daniel e as primas até o Bell in Hand. Quando o cozinheiro viu o filho tomando cerveja, ele arrancou o rapaz de lá pela orelha.

Enquanto o escritor Danny Angel escrevia no seu caderno no Avellino – esperando pelo pai, o cozinheiro, para fazer-lhe uma surpresa –, ele desejou que sua humilhação no Bell in Hand, na frente das primas mais velhas, tivesse sido suficiente para fazê-lo parar de beber antes mesmo de começar. Mas para parar, Danny tinha precisado de um susto e de uma humilhação maiores do que esta em Boston. Isso viria, mas não antes de ele já ser pai. ("Se ser pai não fizer de você uma pessoa responsável, nada fará", o cozinheiro dissera ao filho.)

Danny estava pensando *como pai* quando datilografou a mensagem de uma página para o carpinteiro hippie e voltou à estradinha de Westminster West para colocar a mensagem na caixa do correio do imbecil do dono do cachorro, antes de ir a Brattleboro para seu jantar surpresa no Avellino? Era isso que o escritor teria desejado que o jovem Joe fizesse, se seu filho se visse numa situação igualmente hostil?

"Eu sinto muito pela morte do seu cachorro", Danny datilografara. "Eu estava zangado. Você não cuida dos seus cachorros e não admite que uma rua pública não seja território dos seus cães. Mas eu deveria ter controlado melhor a minha raiva. Eu vou correr em outro lugar. Você perdeu um cachorro; eu vou desistir do meu lugar favorito de correr. Estamos quites, ok?"

Era apenas um pedaço de papel datilografado. O escritor não assinou seu nome. Se Armando estivesse certo – se o imbecil fosse um carpinteiro *escritor*, e/ou um dos ex-alunos de Danny na Windham – então é claro que o irritante do dono do cachorro já sabia que o corredor com os cabos de raquete de squash era o escritor Danny Angel. Mas Danny não via motivo para anunciar isso. Ele também não pôs o bilhete num envelope; ele só dobrou o papel duas vezes e o colocou na caixa de correio do dono do cachorro, onde a entrada da casa, cheia de carros enguiçados, fazia limite com a estrada.

Agora, sentado no Avellino, escrevendo, Danny sabia o que Armando diria: "Não se deve tentar fazer as pazes com imbecis", ou algo parecido. Mas Armando não tinha filhos. Será que isso tornava Armando mais corajoso? A própria ideia de uma briga fugindo ao controle – bem, isso não estava no alto da lista de coisas das quais você devia proteger seus filhos? (No caderno, onde Danny estava escrevendo, a expressão "um medo inominável" se destacava incomodamente em diversas frases inacabadas.)

Quando menino, e depois rapaz, Danny sempre achou que seu pai e Ketchum eram diferentes, principalmente porque seu pai era um cozinheiro e Ketchum transportava madeira por rio – era um madeireiro durão, um lenhador destemperado que jamais se furtaria a uma briga.

Mas Ketchum não se dava com os filhos; ele já os tinha perdido. Não era necessariamente verdade que Ketchum fosse mais valente, ou corajoso, do que o cozinheiro. Ketchum não era um pai, não mais; ele não tinha tanto a perder. Danny só agora entendia que o pai tinha feito tudo o que pôde para protegê-lo. Abandonar Twisted River fora uma decisão *de pai*. E o cozinheiro e o filho estavam ambos tentando proteger o jovem Joe; o medo que os dois tinham pelo que podia acontecer com o rapaz havia aproximado mais um do outro.

Ele tinha se sentido próximo do pai em Iowa City também, o escritor estava lembrando. (O interlúdio *asiático* deles, como Danny pensava naquela segunda estada em Iowa.) A namorada mais firme que o pai teve naqueles anos em Iowa City foi uma enfermeira do pronto-socorro do Mercy Hospital – Yi-Yiing era chinesa. Tinha a idade de Danny – trinta e poucos anos, quase vinte anos menos que o cozinheiro – e tinha uma filha, da idade de Joe, que morava em Hong Kong. O marido a abandonara quando a filha nasceu – ele queria um filho – e Yi-Yiing deixou a filha com os seus pais enquanto tentava uma vida nova para ela no Meio-Oeste. A carreira de enfermeira tinha sido uma boa escolha, assim como Iowa City, Os médicos do Mercy Hospital tinham declarado que Yi-Yiing era indispensável. Ela conseguira o green card e estava prestes a se tornar cidadã americana.

É claro que Yi-Yiing ouvia ocasionalmente a palavra "japa" – o insulto mais comum de um paciente preconceituoso na emergência do hospital. Mas ela não se incomodava em ser confundida com a esposa de guerra de um veterano do Vietnã. Tinha uma tarefa mais dura à sua frente – trazer a filha e os pais para os Estados Unidos –, e ela estava se esforçando para vencer toda a burocracia envolvida. Yi-Yiing tinha seus motivos para não se afastar do seu objetivo. (Garantiram a ela que seria mais fácil trazer a família para os Estados Unidos depois que terminasse a guerra do Vietnã; era "uma questão de tempo", uma autoridade confiável disse a ela.) O que Yi-Yiing tinha dito a Tony Angel era que não estava na hora de ela "se envolver afetivamente". Talvez isso fosse música aos ouvido do seu pai, Danny pensou na época. Possivelmente, dada a missão heroica de Yi-Yiing, o cozinheiro fosse um parceiro pouco exigente e consolador para ela; tendo tido tantas perdas no passado, Tony Angel também não estava procurando exatamente um envolvimento romântico. Além disso, o fato de o neto do cozinheiro ser da mesma idade da filha de Yi-Yiing fez com que a enfermeira sentisse um afeto maternal por Joe.

Danny e o pai tinham sempre que pensar em Joe antes de admitir uma nova mulher em suas vidas. Danny tinha gostado de Yi-Yiing – em grande parte pela atenção que ela dava a Joe – embora fosse complicado o fato de Yi-Yiing ter a mesma idade que Danny e o escritor sentir uma certa atração por ela.

Naqueles três anos, Danny e o pai tinham alugado três casas diferentes na Court Street em Iowa City – todas de professores em licença sabática. Court Street era uma rua arborizada com casas grandes, de três andares; era uma espécie de conjunto residencial de professores. A rua também ficava perto da Longfellow Elementary School, onde Joe faria a segunda, terceira e quarta séries. A Court Street era um tanto distante do centro de Iowa City, e Danny nunca tinha que passar pela Iowa Avenue, onde havia morado com Katie – pelo menos, não na ida e na volta do English-Philosophy Building. (O EPB, como era chamado, era onde ficava o escritório de Danny na Oficina de Escritores.)

Apesar de as casas para alugar na Court Street serem grandes, Danny não escrevia em casa – em grande parte porque Yi-Yiing trabalhava em horários variados no pronto-socorro do hospital. Ela geralmente dormia no quarto do cozinheiro até meio-dia, quando descia para a cozinha e preparava alguma coisa para comer vestindo seu pijama de seda. Quando não estava trabalhan-

do no hospital, Yi-Yiing estava sempre vestida com seus pijamas de seda de Hong Kong.
Danny gostava de levar Joe à escola e depois ir para o EPB para escrever. Quando a porta do seu escritório estava fechada, seus alunos e os outros professores sabiam que não deviam incomodá-lo. (Yi-Yiing era de estatura pequena, baixa mas surpreendentemente forte, com um rosto comprido e bonito e cabelos negros. Tinha muitos pares de pijamas de seda, numa variedade de cores vibrantes; na lembrança de Danny, até os pijamas pretos dela pareciam vibrar.) Este *non sequitur* parentético, muito depois de ele ter começado seu trabalho matinal – uma imagem sedutora de Yi-Yiing em seus pijamas vibrantes, adormecida na cama do pai dele – era uma distração prolongada. Yi-Yiing e seus pijamas, ou a presença sedutora deles, iam junto com Danny para a sua sala no prédio de inglês e filosofia.

– Eu não sei como você consegue escrever num prédio tão estéril – o escritor Raymond Carver disse a respeito do EPB. Ray era colega de Danny Angel na oficina, naquela época.

– Ele não é tão... estéril quanto você imagina – Danny disse para Ray. Outro colega escritor, John Cheever, comparou o EPB a um hotel, "um hotel para participantes de convenções", mas Danny gostava do seu escritório no quarto andar. Na maior parte das manhãs, os escritórios e salas de aula da Oficina de Escritores estavam desertos. Ninguém a não ser a assistente administrativa da oficina estava lá, e ela era boa para receber recados e não passar ligações, a não ser que houvesse alguma ligação do pequeno Joe ou do pai de Danny.

Não obstante a estética de um dado local de trabalho, os escritores tendem a gostar do lugar onde eles conseguem trabalhar bem. Durante toda a parte do dia em que Joe estava seguro na escola, Danny gostava de ficar no EPB. O quarto andar era silencioso, um verdadeiro santuário – desde que ele saísse de lá no meio da tarde.

Em geral os escritores não limitam o que escrevem a coisas boas, não é?, Danny Angel estava pensando, enquanto escrevia em seu caderno no Avellino, onde Iowa City dominava seus pensamentos. "O bebê na rua", ele tinha escrito – um título de capítulo, possivelmente, mas era mais do que isso. Ele tinha riscado o O e escrito, "Um bebê na rua", mas nenhum dos dois artigos o agradou – ele riscou rapidamente o *Um* também. Acima de onde estava escrevendo, na mesma página do caderno, havia mais evidência da relutância do escritor em usar um artigo – "O Mustang azul" tinha sido revisado para "Mustang azul". (Talvez apenas "Bebê na rua" fosse a solução?)

Qualquer pessoa que visse a expressão do escritor de quarenta e um anos, acharia que este exercício era mais importante e mais doloroso do que uma mera busca de título. Para Dot e May, o jovem autor de ar preocupado pareceu estranhamente atraente e familiar; esperando pela comida, ambas o observaram atentamente. Na ausência de placas para ler em voz alta, May ficou momentaneamente sem saber o que dizer, mas Dot cochichou para a amiga:

– O que quer que ele esteja escrevendo, não parece estar sendo uma tarefa agradável para ele.

– Eu bem que gostaria de dar uma *tarefa* agradável para ele! – May cochichou de volta, e as duas velhotas começaram a rir daquele jeito inimitável delas.

Naquele momento, seria preciso muito esforço para distrair Danny do que estava escrevendo. O Mustang azul e o bebê na rua tinham se apoderado da atenção do escritor, quase completamente; o fato de um ou outro poder dar um bom título era irrelevante. Tanto o Mustang azul quanto o bebê na rua eram gatilhos para a imaginação de Danny, e eles significavam muito mais para ele do que títulos. Entretanto, as gargalhadas das duas velhotas fizeram Danny levantar os olhos do seu caderno, e Dot e May desviaram rapidamente os olhos. Elas estavam olhando para ele – isso ficou claro para Danny, que podia jurar que já tinha ouvido a risada debochada daquelas duas gordas antes. Mas onde e quando?

Já fazia tempo demais para Danny lembrar, obviamente, preso como estava àqueles detalhes mais frescos e mais importantes, o Mustang azul ganhando velocidade e aquele bebê indefeso na rua. Danny estava muito longe daquele menino de doze anos que tinha sido na cozinha do pavilhão, onde (e quando) as risadas de Dot e May um dia haviam soado insistentemente. O escritor retornou sua atenção para o caderno; ele estava pensando em Iowa City, mas desta vez estava mais perto daquele tempo em Twisted River do que poderia imaginar.

No primeiro ano deles na Court Street, Danny, seu pai e Joe aos poucos foram se acostumando a dividir a casa com Yi-Yiing e seus vibrantes pijamas. Ela havia organizado sua agenda no hospital de modo a estar quase sempre em casa na hora em que Joe voltava da escola. Isso foi antes de Joe começar a andar de bicicleta feito um doido, e as namoradas que Danny tinha eram provisórias; as conhecidas do escritor raramente passavam a noite na casa da Court Street. O cozinheiro saía para a cozinha do Mao's no meio da tarde – isso quando não estava viajando com Xiao Dee Cheng para fazer compras no Lower Manhattan.

Naquelas duas noites por semana que Tony Angel passava na estrada, Yi-Yiing não ficava na casa da Court Street. Ela mantinha seu próprio apartamento, perto do hospital; talvez ela soubesse o tempo todo que Danny sentia atração por ela – Yi-Yiing não fazia nada para encorajá-lo. Eram o cozinheiro e o jovem Joe que recebiam toda a sua atenção, embora ela tivesse sido a primeira a falar com Danny quando Joe começou a ir de bicicleta para a escola. Nessa altura, eles já tinham se mudado para a segunda casa da Court Street; ela ficava mais perto da condução que passava na Muscatine Avenue, mas só havia ruazinhas secundárias entre Court Street e a Longfellow Elementary School. Mesmo assim, Yi-Yiing disse a Danny que ele devia mandar o Joe andar de bicicleta pela calçada – e quando o menino tivesse que atravessar uma rua, ele devia empurrar a bicicleta *a pé*, ela disse.

– Garotos de bicicleta vivem sendo atropelados por carros nesta cidade – Yi-Yiing disse a Danny. Ele tentou ignorar o par de pijamas que ela estava usando nessa hora; ele sabia que devia concentrar sua atenção na experiência dela como enfermeira de pronto-socorro. – Eu vejo isso o tempo todo, havia um ontem à noite na emergência – ela disse.

– Um garoto estava andando de bicicleta de noite? – Danny perguntou a ela.

– Ele foi atropelado na Dodge Street quando ainda estava claro, mas ele passou a noite inteira no pronto-socorro – Yi-Yiing disse.

– Ele vai ficar bom? – Danny perguntou.

Yi-Yiing sacudiu a cabeça; ela estava fazendo um chá para si mesma na cozinha da segunda casa da Court Street, e um pedacinho de torrada estava pendurado em seu lábio inferior como se fosse um cigarro. Joe não tinha ido à escola porque estava doente, e Danny estava escrevendo na mesa da cozinha.

– Mande Joe andar de bicicleta na calçada – Yi-Yiing disse. – E se ele quiser ir até o centro da cidade, ou à piscina, ou ao zoológico, em City Park, pelo amor de Deus, diga a ele para ir a pé ou de ônibus.

– Está bem – Danny disse. Ela se sentou à mesa com ele, com seu chá e o resto da torrada.

– O que você está fazendo em casa? – Yi-Yiing perguntou a ele. – Eu estou aqui, não estou? Eu estou acordada. Vá escrever no seu escritório. Eu sou uma *enfermeira*, Danny, posso cuidar de Joe.

– Está bem – Danny disse de novo. O garoto não poderia estar mais seguro, o escritor pensou. O menino tinha uma enfermeira cuidando dele, sem falar nas *duas* babás japonesas.

Quase todas as noites, tanto o cozinheiro quanto a enfermeira estavam trabalhando; ou Danny ficava em casa com Joe, ou uma das gêmeas japonesas tomava conta do menino. Os pais de Sao e Kaori eram de Yokohama, mas as gêmeas tinham nascido em San Francisco e foram criadas ali. Uma noite o cozinheiro as tinha trazido para casa do Mao's; ele acordou Danny para apresentá-lo às gêmeas e levou Sao e Kaori até o quarto de Joe para que elas vissem o menino adormecido. "Estão vendo?", Tony murmurou para as gêmeas, enquanto Danny continuava deitado na cama, ainda meio dormindo e inteiramente perplexo. "Esta criança é um anjo, ele é fácil de tomar conta."

O cozinheiro não gostava que Danny pedisse às alunas dele na oficina para tomar conta de Joe. As alunas de Danny eram escritoras – portanto estavam sempre distraídas, ou preocupadas, na opinião de Tony Angel. Jovens escritores viviam em suas imaginações, não viviam?, o cozinheiro tinha perguntado ao filho. (Danny sabia que o pai jamais havia confiado na imaginação.) Além disso, estas jovens eram estudantes de *pós-graduação*; muitas delas eram mais velhas do que as alunas normais de pós-graduação. "Elas são *velhas* demais para serem babás competentes!", o cozinheiro tinha dito. A teoria do seu pai era nova para Danny, mas ele gostou de Sao e Kaori, as gêmeas idênticas – embora ele nunca conseguisse saber quem era quem. (Com o tempo, Joe conseguiu, e não era só isso o que importava?)

As Yokohama, como Danny se referia às gêmeas – como se Yokohama fosse o sobrenome delas – eram estudantes universitárias e garçonetes no Mao's. Portanto, Iowa City tinha um sabor decididamente asiático não só para o cozinheiro, mas para Danny e o jovem Joe. As gêmeas falavam japonês entre si, o que Joe adorava mas Danny achava que distraía a atenção. Nas noites em que Sao trabalhava no Mao's, Kaori tomava conta de Joe – e vice-versa. (Nesse caso, ninguém falava japonês.)

As Yokohama tinham a princípio mantido um respeito distante por Yi-Yiing, cujo horário no pronto-socorro nem sempre permitia que ela encontrasse com Sao ou com Kaori na casa. Era mais fácil elas se encontrarem no Mao's, onde Yi-Yiing às vezes chegava tarde (e sozinha) para jantar – embora ela preferisse dar plantão a noite inteira no hospital a ter que trabalhar durante o dia.

Uma noite, quando Xiao Dee era o maître, ele confundiu Yi-Yiing com uma das garçonetes que trabalhava no Mao's.

– Você está atrasada! – ele disse a ela.

– Eu sou uma cliente, eu tenho reserva – Yi-Yiing disse ao Irmão Pequeno.

– Merda, você é a enfermeira do Tony! – Xiao Dee disse.
– Tony é jovem demais para precisar de enfermeira – Yi-Yiing respondeu.
Mais tarde o cozinheiro tentou defender Xiao Dee. ("Ele é um bom motorista, só é um péssimo maître.") Mas Yi-Yiing era sensível.
– Os americanos pensam que eu sou vietnamita, e um palhaço chinês do Queens acha que eu sou uma *garçonete*! – ela disse a Tony.
Infelizmente, uma das gêmeas japonesas – que era garçonete e também babá do jovem Joe – ouviu Yi-Yiing dizer isso. – O que há de tão ruim em ser uma garçonete? – Sao ou Kaori perguntou à enfermeira.
As gêmeas japonesas também tinham sido confundidas com esposas de guerra vietnamitas em Iowa City. Grande parte das pessoas em San Francisco, onde elas nasceram, Sao ou Kaori tinha explicado a Danny, não sabia distinguir vietnamitas de japoneses; aparentemente, este não era o caso no Meio-Oeste. O que Danny poderia, francamente, dizer a respeito dessa confusão vergonhosa? Afinal de contas *ele* mesmo ainda não conseguia distinguir Sao de Kaori! (E, depois que Yi-Yiing usou a palavra *garçonete* como um epíteto, o antigo respeito distante das Yokohama pela enfermeira de Hong Hong ficou *mais* distante.)
– Nós somos todos uma família feliz – Danny iria mais tarde tentar explicar a uma de suas alunas mais velhas da oficina. Youn era uma escritora de Seul; ela entrou na oficina de ficção de Danny no segundo ano depois da volta dele para Iowa City. Havia alguns veteranos do Vietnã dentre os alunos da oficina naqueles anos, eles, também, eram mais velhos. E havia umas poucas escritoras que tinham parado de escrever para casar e ter filhos, e se divorciarem. Estes estudantes mais velhos tinham uma vantagem sobre os escritores mais jovens que tinham vindo para a Oficina de Escritores logo depois da faculdade; os mais velhos tinham sobre o que escrever.
Youn com certeza tinha. Ela tinha sido uma escrava num casamento arranjado em Seul – "*virtualmente* arranjado", foi como ela descreveu o casamento no romance que estava escrevendo.

Danny tinha criticado o *virtualmente*. "Ou ele foi um casamento arranjado ou não foi, certo?", ele corrigiu Youn. A pele dela era branca como leite. Seu cabelo preto era curto, com uma franja, sob a qual olhos grandes e castanho-escuros deixavam-na com um ar de criança abandonada, embora Youn tivesse mais de trinta anos – tinha exatamente a mesma idade que Danny – e seus esforços para conseguir que seu marido na vida real se divorciasse dela, para que não precisasse passar pela "ladainha coreana" de tentar se divorciar dele, davam ao seu romance em progresso um enredo labiríntico.

Se você conseguisse acreditar ou na história real dela ou em seu romance, o escritor Danny Angel tinha pensado. Quando a conheceu, e leu os primeiros capítulos, Danny não sabia se podia confiar nela – como mulher ou como escritora. Mas ele tinha *gostado* dela desde o início, e a atração de Danny por Youn pelo menos o livrou de suas fantasias impróprias com a namorada do pai e seus inúmeros pares de pijamas.

"Bem", o cozinheiro disse para o filho, depois que Danny o apresentou a Youn, "se há uma enfermeira chinesa e duas garotas japonesas na casa, por que não uma escritora coreana também?"

Mas todos eles estavam escondendo alguma coisa, não estavam? Certamente o cozinheiro e o filho estavam – eles eram foragidos. A enfermeira chinesa do pai dava a Danny a impressão de que havia algo que ela não tinha contado. Quanto à escritora coreana de Danny, ele sabia que ela exibia uma falta de clareza semelhante – e ele não se referia apenas à sua prosa.

Nenhum erro podia ser apontado em relação às babás japonesas, cuja afeição pelo jovem Joe era genuína, e cujo afeto pelo cozinheiro vinha da camaradagem entre eles por trabalharem juntos no caos ambicioso da cozinha asiática e francesa do Mao's.

Não que a atenção enlevada de Yi-Yiing para com Joe fosse insincera; a enfermeira era realmente uma boa alma. Era o relacionamento dela com o cozinheiro que equivalia a um compromisso, talvez para ambos. Mas Tony Angel era muito cauteloso com as mulheres, e ele estava acostumado a se resguardar; era Yi-Yiing quem não devia ter tolerado os breves namoricos de Tony com aquelas mulheres que ele conhecia nas festas da Oficina de Escritores, mas a enfermeira aceitava até isso do cozinheiro. Yi-Yiing gostava de morar com um menino da mesma idade que a filha dela; ela gostava de fazer papel de mãe para *alguém*. O fato de fazer parte da família só de homens do cozinheiro também pode ter parecido a Yi-Yiing uma aventura boêmia – uma aventura que talvez não fosse tão fácil de viver depois que sua filha e seus pais finalmente viessem para a América.

Para aqueles jovens médicos atrevidos do Mercy Hospital, que indagavam sobre o estado civil dela – se era casada, se tinha um namorado – Yi-Yiing sempre dizia, para surpresa deles, "eu vivo com o escritor Danny Angel". Ela devia gostar de dizer isso, por razões que iam além do fato de cortar a conversa, porque era apenas para seus amigos e conhecidos mais chegados que Yi-Yiing se dava ao trabalho de acrescentar: "Bem, na realidade eu estou namorando o *pai* de Danny. Ele é cozinheiro no Mao's, não o chinês." Mas o cozinheiro entendia que era complicado para Yi-Yiing – uma mulher de trinta e poucos anos com uma vida instável, vivendo tão longe de sua terra, e com uma filha que só conhecia de retratos.

Uma vez, numa festa, alguém que trabalhava no Mercy Hospital disse para Danny: – Ah, eu conheço a sua namorada.

– *Que* namorada? – Danny tinha perguntado; isto foi antes de Youn entrar para a sua oficina de ficção, e (logo depois) ir morar na segunda casa da Court Street.

– Yi-Yiing, ela é chinesa, uma enfermeira em...

– Ela é namorada do meu *pai* – o escritor disse depressa.

– Ah...

– O que está havendo com Yi-Yiing? – Danny perguntaria mais tarde ao pai dele. – Tem gente que acha que ela está morando *comigo*.

– Eu não faço perguntas a Yi-Yiing, Daniel. Ela não me faz perguntas – o cozinheiro disse. – E ela não é fantástica com Joe?

– o pai perguntou a ele. Ambos sabiam muito bem que este era o mesmo argumento que Danny tinha usado com o pai sobre sua ex-aluna no Windham College, Franky, em Vermont, mas era estranho, mesmo assim, Danny pensou. Será que o cozinheiro, que estava fazendo cinquenta anos, era mais boêmio do que o filho escritor (pelo menos até Youn se mudar para aquela segunda casa na Court Street)?

E o que havia de errado com aquela casa? Ela era grande o bastante para todos eles; não era isso. Havia quartos suficientes para todos dormirem separados; Youn usava um dos quartos extras para escrever, e para guardar suas coisas. Para uma mulher com mais de trinta anos que não tinha filhos e aguentava um incompreensível divórcio coreano – pelo menos incompreensível em seu romance em progresso, na opinião de Danny – Youn tinha pouquíssimas coisas. Será que ela havia deixado tudo para trás em Seul, e não apenas seu aparentemente pavoroso ex-marido?

"Eu sou uma *estudante*", ela disse a Danny. "É exatamente isso que é tão libertador no fato de ser uma estudante de novo, – eu não tenho *coisas*." Foi uma resposta inteligente, o escritor pensou, mas Danny não sabia se acreditava nela.

No outono de 1973, quando Joe estava começando a terceira série, o cozinheiro guardava um caixote de maçãs na varanda dos fundos da casa de Iowa City. A varanda dava para um beco estreito, pavimentado; ele se estendia por todo o comprimento da longa fileira de casas que ficavam de frente para a Court Street. O beco parecia ser usado apenas para recolher o lixo. Só de vez em quando passava por ali um carro andando devagar e – com mais frequência, com mais constância – crianças de bicicleta. Havia um pouco de areia ou pedrinhas soltas na superfície pouco usada do beco, o que significava que as crianças podiam praticar derrapagem em suas bicicletas. Joe tinha caído da bicicleta naquele beco. Yi-Yiin tinha limpado o arranhão no joelho do menino.

Uma varanda, saindo da cozinha, dava para o beco, e alguma coisa estava comendo as maçãs que o cozinheiro deixava na varanda – um texugo, Danny pensou primeiro, mas era um gambá, na verdade, e um dia, de manhã cedo, quando o jovem Joe saiu para pegar uma maçã na varanda, ele pôs a mão no caixote e o gambá o assustou. Ele grunhiu ou rosnou; o menino ficou tão assustado que não soube nem dizer com certeza se o animal de aparência primitiva o tinha mordido.

Danny só ficava repetindo – Ele *mordeu* você? (Ele não conseguia parar de examinar os braços e as mãos de Joe para ver se havia marcas de mordida.)

– Eu não *sei!* – o menino choramingou. – Ele era branco e rosa, ele era *horrível*! O que era aquilo?

– Um gambá – Danny ficava repetindo; ele tinha visto o bicho fugindo. Gambás eram criaturas muito feias.

Naquela noite, quando Joe adormeceu, Danny entrou no quarto do menino e o examinou inteiro. Ele queria que Yi-Yiing estivesse em casa, mas ela estava trabalhando no hospital. Ela saberia dizer se os gambás podiam estar com raiva – em Vermont, os texugos frequentemente estavam – e a boa enfermeira iria saber o que fazer se Joe tivesse sido mordido, mas Danny não conseguiu encontrar uma marca de mordida em lugar algum do corpo perfeito do filho.

Youn tinha ficado parada na porta do quarto do menino; tinha visto Danny procurar qualquer indicação de mordida de bicho.

– Joe não *saberia* se fosse mordido? – ela perguntou.

– Ele estava espantado e assustado demais para saber – Danny respondeu. Youn estava olhando para o menino adormecido como se ele fosse uma animal selvagem ou desconhecido, e Danny se deu conta de que ela costumava olhar para Joe com aquela fascinação cheia de espanto, do outro mundo. Se Yi-Yiing adorava Joe porque sentia saudades da filha da mesma idade que ele, Youn olhava para Joe com algo que se parecia com incompreensão; era como se ela nunca tivesse convivido com crianças de *qualquer* idade antes.

E também, se você pudesse acreditar na história dela (*ou* em seu romance), seu sucesso em conseguir o divórcio do marido –

mais importante, em conseguir que ele iniciasse o supostamente complicado processo – devia-se ao seu fracasso em engravidar e ter um filho. Esse era o enredo tortuoso do seu romance: que o marido supunha que ela estava *tentando* engravidar, mas o tempo todo ela estava tomando pílulas anticoncepcionais *e* usando um diafragma – ela estava fazendo tudo o que podia para *não* engravidar, e para *nunca* ter um filho.

Youn estava escrevendo seu romance em inglês, não em coreano, e seu inglês era excelente, Danny pensou; ela escrevia bem, embora certos elementos coreanos permanecessem confusos. (Qual *era* a lei coreana sobre divórcio? Por que era necessária aquela charada de *fingir* que estava tentando engravidar? E, segundo Youn, ela odiava tomar pílulas anticoncepcionais.)

O marido – ou finalmente o ex-marido, Danny supunha – no romance de Youn era uma espécie de empresário mafioso. Talvez ele fosse um assassino bem pago, ou contratasse homens inferiores para fazer seu trabalho sujo; na leitura que Danny fez do romance em progresso, isto não estava claro. Que o marido era perigoso – tanto na vida real quanto no romance de Youn – parecia óbvio. Danny só podia fazer conjeturas sobre os detalhes sexuais. Havia algo de simpático no marido, apesar dos esforços de Youn para demonizá-lo; o pobre homem imaginava que era por culpa *dele* que a esposa ardilosa não conseguia engravidar.

De nada adiantou que, à noite, na cama, Youn contasse a Danny os *piores* detalhes do seu casamento infeliz – inclusive o desejo incansável do marido por sexo. (Mas ele não estava tentando *engravidar* você? Danny tinha vontade de perguntar, embora não perguntasse. Talvez sexo tivesse parecido uma obrigação para o pobre do marido de Youn *e* para Youn. As coisas que ela contava a Danny no escuro e os detalhes do seu romance estavam ficando confusas – ou elas eram intercambiáveis?)

O marido ficcional, o executivo que era um assassino frio em seu romance, não deveria ter um nome *diferente* do ex-marido de verdade? Danny tinha perguntado a Youn. E se o seu ex-marido lesse o romance? (Supondo que ela conseguisse publicá-lo.)

Ele não saberia, então, que ela o tinha enganado – tentando de propósito *não* ficar grávida quando eles eram casados?

"Minha vida pregressa *terminou*", Youn respondeu dramaticamente. Ela agora não parecia mais associar sexo com obrigação, embora Danny não conseguisse deixar de ter dúvidas sobre isso também.

Youn era extremamente arrumada com seus poucos pertences. Ela chegava até a guardar seus artigos de toalete no banheirinho anexo ao quarto que usava para escrever. Suas roupas estavam no armário daquele quarto, ou na cômoda que havia lá. Uma vez, quando Youn não estava em casa, Danny examinou o armário de remédios do banheiro que ela usava. Ele viu as pílulas anticoncepcionais dela – a receita era de Iowa City.

Danny sempre usava camisinha. Era um hábito antigo – e, devido à sua história de ter, ocasionalmente, mais de uma parceira sexual, não era um mau hábito. Mas Youn tinha dito uma vez a ele, "Obrigada por usar camisinha. Eu tomei pílulas anticoncepcionais a vida inteira. Nunca mais quero ter que tomar".

Mas ela *estava* tomando, não estava? Bem, se o pai de Danny não fazia perguntas a Yi-Yiing, por que Danny deveria esperar respostas para tudo de Youn? A vida dela também não tinha sido complicada?

Foi neste mundo inconsequente de perguntas não feitas e não respondidas – não só do tipo asiático, mas inclusive alguns segredos antigos entre o cozinheiro e seu filho escritor – que um Mustang azul os deixou conscientes (embora momentaneamente) da natureza frágil e imprevisível das coisas.

Nas manhãs de sábado, no outono, quando havia um jogo de futebol do Iowa em casa, Danny podia ouvir a banda de Iowa tocando – ele nunca sabia onde. Se a banda estivesse ensaiando em Kinnick Stadium, do outro lado do rio Iowa e no alto da colina, será que ele conseguiria ouvir a música tão longe, na Court Street, do lado oriental da cidade?

O tempo estava bonito naquele sábado, e Danny tinha ingressos para levar Joe ao futebol. Ele tinha se levantado cedo e estava fazendo panquecas para o menino. Sexta-feira o cozinheiro trabalhara até tarde no Mao's e a noite de sábado depois de um jogo de futebol em casa ia ser mais movimentada ainda. Naquela manhã, o pai de Danny ainda estava deitado; e Yi-Yiing, que dera plantão à noite no Mercy Hospital, também estava. Danny não esperava ver a Dama de Pijama antes do meio-dia. Foi o amigo de Joe, Max, filho de um professor universitário e colega de Joe na terceira série da Longfellow Elementary, que tinha se referido primeiro a Yi-Yiing como a Dama de Pijama. (O menino de oito anos não se lembrava do nome de Yi-Yiing.)

Danny estava lavando os pratos do café da manhã dele e de Joe enquanto Joe andava de bicicleta lá fora com Max. Eles estavam andando de bicicleta no beco outra vez; tinham tirado algumas maçãs do caixote da varanda, mas não para comê-las. Os meninos estavam usando as maçãs como portas de slalom, Danny depois iria perceber. Ele gostava de Max, mas o garoto andava de bicicleta pela cidade toda; isso era motivo de atrito entre Danny e Joe porque Joe não tinha permissão para fazer isso.

Max era um colecionador fanático de cartazes, ímãs e emblemas de costurar, anunciando marcas de cerveja. O menino tinha dado dezenas para Joe, que fez Yi-Yiing costurar diversos emblemas na sua jaqueta jeans; os ímãs estavam presos na geladeira, e os cartazes pendurados no quarto de Joe. Era engraçado, na opinião de Danny, e totalmente inocente; afinal de contas, os meninos de oito anos não estavam *bebendo* a cerveja.

O que Danny iria lembrar mais a respeito do carro era o súbito chiar de pneus; ele só viu um borrão azul passar pela janela da cozinha. O escritor correu para a varanda dos fundos, onde tinha achado antes que a única ameaça para o seu filho era uma gambá. – Joe! – Danny chamou, mas não obteve resposta, só o som do carro azul batendo numas latas de lixo do outro lado do beco.

– Sr. Angel! – Danny ouviu Max chamar; o menino quase nunca estava fora da bicicleta, mas desta vez Danny viu que ele estava correndo.

Várias maçãs, dispostas como portas de slalom, tinham sido esmagadas no beco. Danny viu que as duas bicicletas dos meninos estavam caídas de lado, para fora da rua; Joe estava deitado em posição fetal, todo encolhido, ao lado da bicicleta dele.
Danny viu que Joe estava consciente, e parecia mais assustado do que machucado. – Ele bateu em você? O carro *bateu* em você? – ele perguntou ao filho. O menino sacudiu a cabeça negativamente, mas não se mexeu; ficou ali deitado, todo encolhido.
– Nós demos uma trombada, tentando sair da frente, o Mustang estava vindo direto para cima de nós. Era o Mustang azul, ele sempre anda depressa demais – Max disse a Danny. – Ele deve ser customizado, ele é de um azul estranho.
– Você já viu o carro antes? – Danny perguntou. (Obviamente, Max conhecia carros.)
– Sim, mas não aqui, não no beco – o menino disse.
– Vá chamar a Dama de Pijama, Max – Danny disse ao garoto.
– Você vai achá-la. Ela está lá em cima, com o meu papi. – Danny nunca tinha chamado o pai de "papi" antes; o lugar de onde a palavra surgiu devia ter a ver com o susto do momento. Ele se ajoelhou ao lado de Joe, quase com medo de tocar nele, enquanto o menino tremia. Ele parecia um feto querendo voltar para dentro do útero, o escritor pensou. – Joe? – o pai dele disse. – Você está sentindo alguma dor? Tem alguma coisa quebrada? Você consegue se *mexer*?
– Eu não vi um motorista. Só um carro – o menino disse, ainda sem se mexer, exceto pelo tremor. Provavelmente o sol devia estar refletindo no para-brisa, Danny pensou.
– Aposto que era um adolescente – Danny disse.
– Não tinha ninguém dirigindo – Joe insistiu. Mais tarde Max afirmaria *nunca* ter visto o motorista, embora ele já tivesse visto o Mustang azul correndo pelo bairro antes.
– Dama de Pijama! – Danny ouviu Max chamar. – Papi!
O cozinheiro sentou na cama ao lado de Yi-Yiing, tonta de sono. – Quem você acha que é "Papi?" – ele perguntou a ela.

– Imagino que a Dama de Pijama sou *eu* – Yi-Yiing respondeu sonolenta. – *Você* deve ser Papi.

Seguiu-se uma verdadeira comoção quando Yi-Yiing e o cozinheiro souberam que Joe tinha caído da bicicleta e que havia um carro envolvido. Max provavelmente levaria para o túmulo a imagem da Dama de Pijama correndo velozmente, descalça, até a cena do acidente, onde Joe agora estava sentado – balançando para frente e para trás nos braços do pai. O cozinheiro, como mancava, chegou depois; naquela altura, Youn tinha interrompido seu romance em progresso para ver o que tinha acontecido.

A senhora elegantemente vestida na outra extremidade do beco – suas latas de lixo tinham sido derrubadas pelo Mustang azul – se aproximou temerosa. Ela era idosa e frágil, mas queria ver se os meninos e suas bicicletas estavam bem. Como Max, a senhora elegante tinha visto o Mustang azul correndo pelo bairro antes – mas nunca tinha visto o motorista.

– Que tipo de azul? – Danny perguntou a ela.

– Não é um azul comum, é azul *demais* – a velha senhora disse.

– É personalizado, Sr. Angel, eu disse ao senhor – Max disse.

– Você está bem, você está bem – Yi-Yiing ficou repetindo para Joe; ela estava apalpando o corpo inteiro do menino. – Você não bateu com a cabeça, bateu? – ela perguntou; ele sacudiu negativamente a cabeça. Então ela começou a fazer cócegas nele, talvez para acalmar os dois. Seus pijamas de Hong Kong eram de um verde iridescente, parecendo escama de peixe.

– Está tudo bem, não está? – Youn perguntou a Danny. Provavelmente ela queria voltar a escrever.

Não, não está tudo "bem", o escritor Danny Angel estava pensando – não com aquele Mustang azul sem motorista à solta – mas ele sorriu para ela (Youn também estava descalça, usando uma camiseta e jeans) e para o pai, com um ar de grande preocupação. O cozinheiro devia ter mancado nu até o hall antes de se dar conta de que estava sem roupas, porque ele estava usando apenas um short de corrida de Danny; Danny o tinha deixado no corrimão no alto da escada.

– Você vai dar uma corrida, Papi? – Danny perguntou ao pai, com a nova palavra parecendo estranhamente natural para os dois – como se uma bala desviada marcasse um momento decisivo, ou um novo começo, tanto na vida deles quanto na de Joe. Talvez tivesse mesmo marcado.

Colby era o nome do tira. *Policial* Colby, o cozinheiro ficava se dirigindo a ele na cozinha da casa da Court Street – talvez num falso respeito por aquele outro policial de tanto tempo atrás na vida dele. Exceto pelo cabelo mal cortado, o jovem tira de Iowa City não se parecia nada com Carl. Colby tinha pele clara e olhos azuis escandinavos e bigode louro bem aparado; ele pediu desculpas por não ter respondido antes ao chamado de Danny a respeito do motorista perigoso, mas aqueles fins de semana em que o time de futebol de Iowa jogava em casa mantinham a polícia local ocupada. O jeito do policial era ao mesmo tempo simpático e ansioso – Danny gostou dele. (O escritor não pôde deixar de notar o quanto o policial era observador; Colby tinha um olho para pequenos detalhes, como aqueles ímãs de cerveja na geladeira.) O Policial Colby disse a Danny e ao pai dele que tinha recebido outras queixas de um Mustang azul; como Max dissera, o carro devia ser customizado, mas havia algumas inconsistências nos diversos depoimentos.

O enfeite do capô era o original do Mustang ou – segundo uma dona de casa histérica no estacionamento de um supermercado perto de Fairchild e Dodge – uma versão obscena de um centauro. Outras testemunhas identificaram uma placa não específica mas claramente de fora do estado, enquanto um estudante universitário que fora atropelado perto da Dubuque Street disse que o Mustang azul tinha placa de Iowa. Como o Policial Colby disse ao cozinheiro e seu filho escritor, não havia descrição do motorista.

– Os meninos vão chegar em casa a qualquer momento – Danny disse ao tira, que tinha olhado educadamente para o relógio. – O senhor pode conversar com eles. Eu não vi nada a não ser um tom diferente de azul.

– Posso ver o quarto do seu filho? – o policial perguntou.

Um pedido curioso, Danny pensou, mas não viu motivos para objetar. Levou apenas um minuto e Colby não fez nenhum comentário sobre os cartazes de cerveja; os três homens voltaram para a cozinha para esperar os meninos. Quanto ao beco, onde o Mustang azul quase atropelara os meninos de bicicleta, o Policial Colby declarou que ele era seguro para andar de bicicleta "em circunstâncias normais". Entretanto, o policial parecia compartilhar os sentimentos de Yi-Yiing sobre crianças de bicicleta em Iowa City. Era melhor para as crianças andar ou tomar o ônibus – sem dúvida elas deviam evitar andar de bicicleta no centro da cidade. Havia cada vez mais estudantes dirigindo, muitos deles recém-chegados à cidade universitária – sem mencionar os forasteiros nos fins de semana em que havia jogo.

– Joe não anda de bicicleta no centro, só neste bairro. E ele sempre empurra a bicicleta na hora de atravessar uma rua – Danny disse ao policial, que pareceu duvidar disso. – É verdade – o escritor disse. – Mas não tenho tanta certeza quanto a Max, nosso vizinho de oito anos. Eu acho que os pais de Max são mais liberais, quer dizer, em relação aos locais em que Max pode andar de bicicleta.

– Eles chegaram – o cozinheiro disse; ele estava vigiando o beco, esperando Joe e Max aparecerem em suas bicicletas.

Os meninos de oito anos pareceram surpresos ao ver o Policial Colby na cozinha; como típicos garotos da terceira série, e quase como se estivessem trocando uma mensagem secreta em classe, eles olharam rapidamente um para o outro e depois ficaram olhando para o chão da cozinha.

– Os garotos dos caminhões de cerveja – Colby disse. – É bom que vocês saibam que o Mustang azul tem sido visto na cidade toda. – O policial olhou para Danny e o pai dele. – Eles são bons garotos, mas gostam de conseguir ímãs e cartazes e aqueles emblemas de costurar na roupa com os motoristas de caminhões de cerveja. Eu vejo esses garotos nos bares do centro da cidade. Eu só aviso que eles não podem *entrar* nos bares, e de vez em quando tenho que dizer a eles para não seguir os motoristas de caminhões de cerveja de bar em bar, não de bicicleta. As ruas Clinton e Burlington são particularmente perigosas para se andar de bicicleta.

Joe não conseguiu olhar para o pai nem para o avô. – Os garotos dos caminhões de cerveja – o cozinheiro repetiu.

– Eu tenho que ir para casa – Max disse; ele saiu depressa.

– Quando eu vejo esses meninos em City Park – Colby continuou – eu digo a eles que espero que não estejam andando de bicicleta na Dubuque Street. É mais seguro pegar a passarela atrás da união de estudantes, e andar de bicicleta no lado Hancher do rio. Mas eu acho que leva mais tempo para chegar ao parque ou ao zoológico desse jeito, não é? – o Policial Colby perguntou ao Joe. O menino só balançou a cabeça; ele sabia que estava ferrado.

Bem cedo na manhã seguinte, quando Youn estava dormindo e Yi-Yiing ainda não tinha voltado do plantão no hospital, Danny entrou no quarto de Joe e observou o menino de oito anos dormindo naquele santuário de marcas de cerveja.

– Acorde – ele disse para o filho, sacudindo-o com delicadeza.

– Está muito cedo para a escola, não está? – Joe perguntou.

– Talvez você não vá à escola hoje – o pai disse. – Vamos comunicar à escola que você está doente.

– Mas eu me sinto bem – o menino disse.

– Levante-se e vista-se, Joe, você *não* está bem – o pai disse a ele. – Você está morto, você já morreu.

Eles saíram de casa sem tomar café, descendo a pé a Muscatine Avenue. De manhãzinha, sempre havia trânsito na Muscatine, que dava na Iowa Avenue, uma rodovia com uma faixa de grama no meio dividindo as duas pistas da rua de mão dupla.

Quando Joe era pequeno, e Danny morava com Katie num apartamento duplex na Iowa, o jovem casal reclamava do barulho do trânsito na rua; as casas (dentre elas, uma república de estudantes particularmente barulhenta mais perto do campus e do centro da cidade) eram então residências um pouco melhores, fora do campus da universidade, para estudantes da pós-graduação ou estudantes ricos da graduação. Mas no outono de 1973, quando Danny se dirigiu para a Iowa Avenue com seu filho que estava na terceira série, as casas ao longo da rua arborizada, dividida ao meio, eram mais caras; professores assistentes e provavelmente alguns professores fixos moravam lá.

– Não era nesta rua que você morava com a Mamãe? – Joe perguntou ao pai, enquanto eles caminhavam na direção do campus e do centro da cidade.

– Onde *nós* morávamos com sua mãe, você quer dizer. Sim, era – Danny disse. Em algum lugar entre os cruzamentos com as ruas Johnson e Gilbert, o escritor reconheceu a casa de dois andares, de madeira cinzenta, onde ele, Katie e o filhinho deles moravam num apartamento no térreo. A casa fora repintada, as ripas de madeira estavam pintadas de amarelo claro no final dos anos 1960, e agora ela era, provavelmente, a moradia de uma única família.

– A cinzenta? – Joe perguntou, porque o pai tinha parado na calçada em frente à casa, que ficava no lado da rua que dava mão para o centro da cidade. Os carros que vinham da Muscatine e entravam na Iowa eram mais numerosos agora.

– Sim, a cinzenta – Danny disse; ele se virou de costas para a casa e de frente para a avenida. Ele notou que as plantas no meio da pista tinham sido embelezadas nos seis anos após sua mudança de lá.

– Vovô disse que você não gostava da Iowa Avenue, que você nem passava de carro pela rua – Joe disse ao pai.

– É verdade, Joe – Danny disse. Ali parados, juntos, eles ficaram observando o trânsito.

– O que aconteceu? Eu estou de castigo? – o menino perguntou ao pai.

– Não, você não está de castigo, você já está morto – o pai disse a ele. Danny apontou para a rua. – Você morreu ali, no meio da rua. Foi na primavera de 1967. Você ainda usava fraldas, você só tinha dois anos.

– Eu fui atropelado por um carro? – Joe perguntou ao pai.
– Você podia ter sido – o pai respondeu. – Mas se você tivesse sido realmente atropelado por um carro, eu também teria morrido.

Só um motorista na pista de saída os veria ali parados do outro lado da Iowa – Yi-Yiing, voltando para Court Street do Mercy Hospital. Na pista de chegada, um dos colegas de Danny na Oficina de Escritores, o poeta Marvin Bell, passou por eles e tocou a buzina. Mas nem o pai nem o filho responderam.

Talvez Danny e Joe não estivessem realmente parados na calçada, observando o trânsito; talvez eles estivessem de volta à primavera de 1967. Pelo menos o escritor Daniel Baciagalupo, que ainda não tinha escolhido um pseudônimo, estava de volta ali. Danny tinha muitas vezes a impressão de nunca ter realmente saído daquele momento no tempo.

Em Avellino, Loretta trouxe o primeiro prato da refeição surpresa do escritor. Na categoria alguma coisa da Ásia, o cozinheiro tinha preparado o *satay* de carne com molho de amendoim, de Ah Gou, para o filho; a carne era grelhada no espeto. E havia também uma variedade de tempura – camarão, vagens e aspargos. Loretta também trouxe pauzinhos para Danny, mas hesitou antes de entregá-los. – Você usa isto? Eu não consigo lembrar – ela disse. (O escritor sabia que ela estava mentindo.)
– Claro, uso sim – ele disse.
Loretta continuou segurando os pauzinhos. – Quer saber de uma coisa? Você passa muito tempo sozinho – ela disse.
– Eu *fico* muito sozinho – Danny disse. Eles flertavam um com o outro, mas não passavam disso; era terrível, para os dois, imaginar dormirem juntos quando a mãe de Loretta e o pai de Danny também estavam dormindo juntos.
Sempre que Danny pensava nisso, ele imaginava Loretta dizendo: "Isso seria muito parecido com irmão e irmã, ou algo assim!"
– O que você está escrevendo? – Loretta perguntou a ele; enquanto ela estivesse segurando os pauzinhos, ele ia continuar olhando para ela, ela pensou.

– Só um diálogo – Danny disse a ela.
– Como o que estamos tendo? – ela perguntou.
– Não, é... diferente – ele disse. Loretta percebeu que tinha perdido a atenção dele; ela entregou os pauzinhos para ele. Do jeito que o caderno estava aberto na mesa, Loretta poderia ter lido o diálogo que Danny estava escrevendo, mas ele parecia ansioso a respeito, e ela resolveu não insistir.
– Bem, espero que você goste da surpresa – ela disse.
O cozinheiro sabia que era o que Danny já tinha pedido no Mao's uma centena de vezes, talvez. – Diga a papai que foi uma escolha perfeita – Danny disse quando Loretta estava se afastando.
Ele deu uma olhada no diálogo que tinha escrito no caderno. Danny queria que a frase fosse bem *literal* – do jeito que um menino de oito anos formularia a pergunta para o pai, com muito cuidado. ("Por que você teria morrido também, se eu tivesse sido mesmo atropelado por um carro?" o escritor tinha escrito.)
Dot e May, que ainda estavam esperando pelas pizzas, tinham observado tudo entre Danny e Loretta. Elas ficaram arrasadas por não ter conseguido ouvir o diálogo *deles*.
– A garçonete quer trepar com ele, mas há algum problema – Dot disse.
– É, ele está mais interessado no que está *escrevendo* – May disse.
– O que ele está comendo? – Dot perguntou à velha amiga.
– É alguma coisa num espeto – May disse. – Não parece muito *apetitoso*.
– Estou com a sensação de que nossas pizzas vão ser decepcionantes – Dot disse a ela.
– É, eu não ficaria surpresa – May disse.
– Olhe só para ele! – Dot cochichou. – Ele está com a comida na frente dele, e *nem assim* consegue parar de escrever!
Mas a comida estava boa; Danny gostava de quase todas as suas lembranças do Mao's, e ele tinha gostado de *toda* a comida de lá. O diálogo que escreveu também estava bom – ia funcionar bem, Danny tinha decidido. Só o timing é que estava errado, e

ele queria se lembrar do momento certo de usar a frase. Antes de dirigir sua atenção para o *satay* de carne, o escritor simplesmente fez um círculo em volta do diálogo e escreveu uma nota para si mesmo na margem do caderno.

"Agora não", Danny escreveu. "Conte primeiro a parte sobre o porco assado."

10
Lady Sky

A primavera era um acontecimento em Iowa; os campos ficavam de um verde especial. Churrasco de porco era a última moda entre o pessoal do departamento de artes e os estudantes de criação literária. Danny tinha evitado a maioria das festas da Oficina de Escritores quando era aluno, mas Katie o arrastava para as festas dos artistas, que, na opinião de Danny, eram piores do que qualquer encrenca que os escritores conseguiam arrumar. Katie conhecia todo mundo do departamento de arte de Iowa, por posar nas aulas de modelo vivo; embora tivesse sido modelo vivo em New Hampshire, Danny não estava casado na época. Em Iowa, ele se sentia desconfortável em saber que muitos dos estudantes de pós-graduação de arte – sem falar em alguns professores – tinham visto sua mulher nua. Danny não sabia o nome de quase ninguém.

Aquele churrasco de porco em especial tinha sido difícil de achar. O pequeno Joe tinha chorado o caminho inteiro até Tiffin na U.S. 6, mas Danny, que estava dirigindo, não deixara Katie tirar o menino de dois anos da cadeirinha. Eles saíram da rodovia em Tiffin, mas estavam mais perto de North Liberty quando se perderam; ou a Buffalo Creek Road não existia ou não estava sinalizada, e quando finalmente encontraram a casa de fazenda em ruínas, Danny tinha sido sarcástico a respeito de estudantes de arte. (Ou eles eram excessivamente não verbais ou excessivamente abstratos para ensinar direito o caminho, na opinião dele.)

– Que diferença faz para você se nós não conseguirmos encontrar a maldita fazenda? – Katie perguntou a ele. – Você nunca quer ir mesmo às festas que eu sou convidada.

– Eu também nunca quero ir às festas que *eu* sou convidado – ele disse.
– O que torna você muito divertido, idiota – Katie disse.

O fazendeiro cuidava dos porcos de manhã cedinho, e de novo no final da tarde; ele morava numa casa tipo rancho, que parecia um motel, na Rochester Avenue em Iowa City, e alugava a fazenda em ruínas para quatro rapazes imundos que faziam pós-graduação em arte. Katie os chamava de artistas – como se eles já tivessem realizado alguma coisa.

O escritor era mais cínico; Danny achava os estudantes de pós-graduação que moravam na fazenda de porcos três pintores medíocres e um fotógrafo pretensioso. Embora Danny soubesse que os pintores medíocres tinham todos desenhado Katie numa ou noutra aula de modelo vivo, ele não sabia que o fotógrafo pretensioso a fotografara nua – esta notícia desagradável surgiu no carro, quando eles se perderam a caminho do churrasco – e Danny estava despreparado para desenhos *e* fotos de sua esposa nua na casa de fazenda bagunçada dos estudantes de pós-graduação.

Joe não pareceu reconhecer a mãe no primeiro desenho que o menino de dois anos viu; na cozinha e na sala de jantar da casa, havia alguns desenhos a carvão, borrados, de Katie nas paredes.
– Bonita decoração – Danny disse para a mulher. Katie deu de ombros. Danny viu que alguém já tinha dado uma taça de vinho para ela. Ele torceu para ter cerveja; Danny era sempre o motorista, e ele dirigia um pouco melhor com cerveja.

No carro, ele tinha dito à mulher: – Eu não sabia que as aulas de modelo vivo eram abertas a fotógrafos.
– Elas não são – Katie disse a ele. – Isso foi combinado fora da aula.
– *Combinado* – ele repetiu.
– Meu Deus, você está repetindo tudo, como a porra do seu pai.

Enquanto Danny procurava em vão por uma cerveja na geladeira, Joe disse que queria ir ao banheiro. Danny sabia que Joe ainda não tinha tirado as fraldas. Quando o menino dizia que precisava ir ao banheiro, ele queria dizer que estava na hora de alguém trocar a sua fralda.

Katie não gostava de carregar fraldas na bolsa, mas ela queria tanto ir ao churrasco que não tinha reclamado – até agora.

– Já está na hora de ensinar o menino de dois anos, não está? – ela disse para Danny, entregando-lhe uma fralda limpa. Katie chamava Joe de *menino de dois anos* como se a idade do menino o condenasse à difamação.

No banheiro do primeiro andar da casa, não havia cortina no box, e o chão do banheiro estava molhado. Pai e filho lavaram a mão na pia encardida, mas achar uma toalha não foi uma tarefa mais bem-sucedida do que tinha sido achar uma cerveja.

– Nós podemos *abanar* as mãos para secar – Danny disse ao menino, que acenou para o pai como se estivesse dando até logo – o aceno padrão com uma das mãos.

– Tente abanar as *duas* mãos, Joe.

– Olha, *mamãe*! – O menino disse. Ele estava apontando para as fotos na parede atrás do pai dele. Havia uma folha de contact preta e branca e meia dúzia de fotos ampliadas presas na parede acima do gancho de toalha. Katie estava nua, tapando os pequenos seios com as mãos, mas seu sexo estava inteiramente exposto; parecia que seu recato fora manipulado ou deslocado de propósito. Uma ideia consciente de alguém, obviamente, uma declaração proposital, mas de quê?, Danny pensou. E tinha sido ideia de Katie ou do fotógrafo? (O nome dele era Rolf – ele era um dos barbudos, Danny só lembrou agora.)

– Sim, a moça parece muito com a mamãe – Danny disse, mas esta estratégia não deu certo. Joe olhou mais de perto para as fotos, franzindo a testa.

– É a mamãe – o menino disse.

– Você acha? – o pai perguntou. Ele tinha tomado a mãozinha do filho e o estava levando para fora do banheiro imundo.

– Sim, é mesmo a mamãe – Joe respondeu com ar sério.

Danny se serviu de vinho tinto; não havia mais taças, então ele usou um copo de leite. Também não havia xícaras de plástico. Num dos armários da cozinha, ele encontrou uma caneca de café que parecia bastante resistente – mesmo que não inteiramente à prova de crianças – e deu um pouco de refrigerante para Joe. Danny não teria confiado em leite nenhum da geladeira, se tivesse conseguido encontrar algum, e o refrigerante era a única coisa ali que poderia agradar a uma criança.

A festa era no gramado, perto do chiqueiro. Como já era final de tarde, início de noite, Danny supôs que o fazendeiro já tivesse dado comida aos porcos e ido embora. Pelo menos os porcos pareciam satisfeitos, embora olhassem para o grupo de convidados da festa com uma curiosidade quase humana; num dia normal, os porcos provavelmente não podiam observar uma dúzia ou mais de *artistas*.

Danny notou que não havia outras crianças na festa e nem muitas pessoas casadas, também. – Tem algum professor aqui? – ele perguntou a Katie, que já tinha tornado a encher sua taça de vinho ou alguém tinha. Ele sabia que Katie estava torcendo para Roger vir. Roger era o professor que dava aulas de desenho com modelo vivo; ele era o instrutor de modelo vivo com quem Katie estava dormindo na época. Katie ainda estava dormindo com Roger quando disse a Danny que ia abandoná-lo, mas isso foi só dois dias depois.

– Eu achei que Roger estaria aqui, mas não está – Katie disse, desapontada. Ela estava parada perto de Rolf, o fotógrafo barbudo; Danny percebeu que ela estava na verdade falando com ele, não com Danny. Roger também usava barba, Danny lembrou. Ele sabia que Katie estava dormindo com Roger, mas só agora ocorreu-lhe que ela poderia estar dormindo com Rolf também. Talvez ela estivesse passando por uma fase de atração por *barbas*, o escritor pensou. Olhando para Rolf, Danny imaginou como e onde eles tinham *combinado* as fotos.

– Bonitas fotos – Danny disse a ele.

– Ah, você viu – Rolf disse com naturalidade.

– Você está em toda parte – Danny disse a Katie, que só deu de ombros.

– Você viu sua mãe? – Rolf perguntou a Joe, inclinando-se para o menino, como se achasse que o garoto era surdo.
– Ele mal sabe falar – Katie disse, o que não era absolutamente verdade; Joe era excepcionalmente articulado para um menino de dois anos, como filhos únicos tendem a ser. (Talvez por ser um escritor, Danny conversava o tempo todo com o menino.)
– Mamãe está bem ali – o menino disse, apontando para ela.
– Não, eu estou falando nas fotos – Rolf explicou. – Elas estão no banheiro.
– *Aquela* é a mamãe – Joe insistiu, tornando a apontar para a mãe.
– Entende o que eu estou dizendo? – Katie perguntou ao fotógrafo.

Danny ainda não sabia do plano de Katie de salvar outro estúpido rapaz da guerra do Vietnã; essa revelação só seria feita dois dias depois. Mas quando Danny soubesse das intenções de Katie, ele iria lembrar da tentativa de Rolf de se comunicar com o pequeno Joe aquele dia na fazenda de porcos. Embora Rolf parecesse suficientemente estúpido para precisar ser salvo, a barba não combinava com a imagem que Danny fazia da palavra *rapaz*. Danny jamais conheceria o rapaz que se tornou o próximo pai de Kennedy de Katie, mas o escritor não o imaginava com uma barba.

Os três pintores alunos da pós-graduação estavam em volta da fogueira onde o porco assava no espeto. Danny e Joe estavam parados ali perto.

– Nós acendemos a porra da fogueira antes de amanhecer – um dos pintores disse para Danny.

– O porco ainda não está pronto – outro pintor disse; ele também tinha uma barba, o que fez Danny o examinar com atenção.

Eles tinham feito uma fogueira com lenha – segundo o pintor barbado, "uma fogueira enorme" –, e quando ela ficou reduzida a brasas, eles tinham jogado na fogueira o estrado de molas de uma cama de casal. (Eles acharam o estrado de molas no celeiro, e o fazendeiro garantiu a eles que o que havia no celeiro era lixo.) Eles tinham posto o porco sobre o estrado de molas vermelho de tão quente, mas agora não tinham como colocar mais lenha debaixo do estrado e do porco. Quando tentaram erguer o estrado, o porco começou a se desmanchar. Por causa da aparência destruída do porco que estava assando, Danny não queria chamar a atenção de Joe para ele – quando havia *cinco* porcos vivos presentes. (Não que a imundície sobre o estrado de molas se parecesse remotamente com um porco *de verdade*. Joe não saberia o que era aquilo.)

– Vamos ter que esperar até o porco assar – o terceiro pintor declarou filosoficamente para Danny.

Joe segurava com força na mão do pai. O menino não se aventurou perto da fogueira; já era assustador haver um buraco no chão com fumaça saindo lá de dentro.

– Quer ver os porcos? – Joe perguntou, puxando a mão do pai.

– Está bem – Danny disse.

Parecia que os porcos do chiqueiro ignoravam que um deles estava assando; eles ficavam olhando pelas aberturas da cerca para aquela gente toda. Todo local que Danny conhecera dizia que era preciso tomar cuidado quando se estivesse no meio de porcos. Supostamente, porcos eram muito espertos, mas os mais velhos podiam ser perigosos.

O escritor imaginou como seria possível distinguir os porcos mais velhos dos mais jovens – só pelo tamanho, talvez. Mas todos os porcos naquele chiqueiro pareciam enormes. Eles deviam ter posto um filhote no espeto, Danny pensou, um porco relativamente pequeno, não uma daquelas criaturas enormes.

– O que você acha deles? – Danny perguntou ao pequeno Joe.

– Porcos grandes! – o menino respondeu.

– É – o pai dele disse. – Porcos *grandes*. Não toque neles, porque eles mordem. Não enfie a mão na cerca, está bem?

– Eles mordem – o menino repetiu solenemente.

– Você não vai chegar perto deles, está bem? – o pai perguntou.

– Tá – Joe disse.

Danny tornou a olhar para os três pintores parados em volta da fogueira. Eles não olhavam para o porco assando – olhavam para o céu. Danny também olhou para o céu. Um aviãozinho tinha aparecido no horizonte ao norte da fazenda de porcos. Ele ainda estava ganhando altitude – o som provavelmente só chegaria até eles daí a um tempinho. A fazenda de porcos ficava ao sul de Cedar Rapids, onde havia um aeroporto; talvez o avião tivesse decolado de lá.
– Avião. Não um pássaro – Danny ouviu Joe dizer; o menino também estava olhando para o céu.
– É um avião, sim. Não é um pássaro – o pai dele repetiu.
Rolf passou e tornou a encher o copo de leite de Danny com vinho tinto. – Tem cerveja, eu vi algumas numa tina em algum lugar – o fotógrafo disse. – Você toma cerveja, não é?
Danny imaginou como Rolf saberia disso; Katie devia ter contado a ele. Ele observou o fotógrafo levar a garrafa de vinho para Katie. Sem olhar para cima, para o avião, Rolf apontou para o céu com a garrafa de vinho, e Katie começou a observar o aviãozinho. Agora já dava para ouvi-lo, embora ele estivesse bem alto no céu – alto demais para ser um pulverizador de inseticida, Danny pensou.
Rolf estava cochichando no ouvido de Katie enquanto ela olhava o avião. Tem alguma coisa acontecendo, o escritor pensou, mas Danny estava pensando que havia alguma coisa acontecendo entre Katie e Rolf – ele não estava pensando no avião. Então Danny notou que os três pintores perto da fogueira cochichavam entre si; todos os três também estavam observando o avião.
Joe quis colo – talvez o tamanho dos porcos o tivesse intimidado. Dois dos porcos eram de um rosa enlameado, mas o resto tinha manchas pretas.
– Eles parecem vacas cor-de-rosa e pretas – Danny disse a Joe.
– Não, eles são *porcos*. Não vacas – o menino disse.
– Sim – Danny disse. Katie estava vindo na direção deles.
– Olha os porcos, mamãe – Joe disse.

— Que nojo. Continue a observar o avião — ela disse ao marido. Ela tornou a se afastar, mas não antes de Danny sentir o cheiro de maconha; o cheiro devia ter ficado grudado no cabelo dela. Ele não a tinha visto fumando maconha, mas enquanto ele trocava a fralda de Joe ela devia ter fumado um pouco. — Diga ao garoto para ficar olhando para o avião — Katie disse, ainda se afastando. Não parecia certo Katie chamar Joe de *garoto*, Danny pensou. Era como se o menino fosse filho de outra pessoa, era isso que parecia.

O aviãozinho não estava mais subindo. Ele havia se estabilizado e estava voando agora bem em cima da fazenda, mas ainda bem alto. Parecia ter diminuído a velocidade, ali suspenso sobre eles, quase sem se mover. — Nós temos que olhar para o avião — Danny disse ao filho, beijando o menino no pescoço, mas Danny ficou olhando foi para a mulher. Ela fora para junto dos pintores no buraco da fogueira; Rolf estava com eles. Eles estavam observando o avião com uma certa expectativa, mas como Daniel estava olhando para eles, ele perdeu o momento.

— Não é um pássaro — ele ouviu o pequeno Joe dizer. — Não está voando. Está *caindo*!

Quando Danny olhou para cima, não pôde ter certeza — naquela altura — do que tinha caído do avião, mas era algo que estava caindo muito depressa, bem na direção deles. Quando o paraquedas abriu, os pintores e Rolf aplaudiram. (Os imbecis dos artistas contrataram um paraquedista como diversão, Danny pensou.)

— O que é que está caindo? — Joe perguntou ao pai.

— Um paraquedista — Danny disse ao menino.

— Um *o quê*? — o menino de dois anos perguntou.

— Uma pessoa com um paraquedas — Danny disse, mas isso não fez nenhum sentido para o pequeno Joe.

— Um *o quê*?

— Um paraquedas não deixa a pessoa cair depressa demais, a pessoa não vai se machucar — Danny estava explicando, mas Joe se agarrou com força no pescoço do pai. Danny sentiu cheiro de maconha antes de perceber que Katie estava parada ao lado deles.

– Espere só, continue olhando – ela disse, tornando a se afastar.

– Um para alguma coisa – Joe estava dizendo. – Um para *o quê*?

– Um paraquedista, um paraquedas – Danny repetiu. Joe ficou olhando de boca aberta, enquanto o paraquedas descia na direção deles. Era um paraquedas grande, com as cores da bandeira americana.

Os seios da paraquedista foram a primeira pista. – É uma mulher – o pequeno Joe disse.

– É sim – o pai repetiu.

– O que aconteceu com a roupa dela? – Joe perguntou.

Agora estava todo mundo olhando, até os porcos. Danny não tinha notado quando os porcos começaram a prestar atenção na paraquedista, mas eles estavam prestando atenção nela agora. Não deviam estar acostumados a ver gente caindo do céu em cima deles – ou usando um paraquedas gigantesco, que agora lançava uma sombra sobre o chiqueiro.

– Lady Sky! – Joe gritou, apontando para a paraquedista nua.

Quando o primeiro porco guinchou e começou a correr, todos os outros porcos bufaram e correram. Deve ter sido nessa hora que a Lady Sky viu onde ia aterrissar – no chiqueiro. A paraquedista furiosa começou a xingar.

Nessa altura, até os bêbados e drogados puderam ver que ela estava nua. Malditos estudantes de arte!, Danny pensou. É claro que eles não podiam simplesmente contratar uma paraquedista; naturalmente, ela tinha que estar nua. Katie parecia calma – possivelmente com inveja. Quando percebeu que a paraquedista estava nua, talvez Katie tenha desejado que ela tivesse sido a paraquedista. Katie não deve ter gostado de ver outro modelo nu no churrasco dos estudantes de arte.

– Cristo, ela vai cair dentro da porra do chiqueiro! – Rolf estava dizendo. Ele só notou agora? Devia ser ele quem estava fumando maconha com Katie. (Rolf era, definitivamente, estúpido o suficiente para precisar ser salvo – mesmo que não fosse da guerra do Vietnã, Danny um dia iria pensar.)

— Segure ele — Danny disse à esposa, entregando o pequeno Joe para Katie.
A mulher nua e furiosa passou por cima deles. Danny deu um salto e tentou agarrar os pés dela, mas ela flutuou para longe do seu alcance, praguejando de raiva. Para todos que estavam no chão, pessoas e porcos, uma vagina viajante tinha pairado sobre eles — descendo.
— Alguém devia dizer a ela que esse ângulo é pouco lisonjeiro, se você é mulher e está nua — Katie disse. Provavelmente para Rolf, a observação dela não faria nenhum sentido para Joe. (Katie nunca teve mesmo muito o que dizer para o garoto.)
O chiqueiro estava cheio de lama, mas Danny já tinha corrido na lama antes — ele sabia que era preciso manter os pés se movendo. Ele não prestou atenção na localização dos porcos; pelo modo como o chão estava tremendo, dava para ver que eles também estavam correndo. Danny seguiu a mulher flutuante. Quando os calcanhares dela tocaram o chão, ela escorregou na lama e o paraquedas despencou atrás dela. Ela caiu sobre um quadril e o paraquedas a arrastou para um lado, de bruços, antes que Danny conseguisse alcançá-la. Ela ficou quase tão surpresa em vê-lo quanto os dois ficaram chocados com o cheiro horrível e com o tamanho dos porcos quando vistos tão de perto assim. E eles não paravam de grunhir. Um dos porcos pisou no paraquedas, mas a sensação do paraquedas sob as patas do animal pareceu deixá-lo em pânico; ele fugiu, guinchando, para longe do paraquedas.
Ela era uma paraquedista grande, de proporções amazônicas — uma verdadeira gigante. Danny não poderia tê-la carregado para fora do chiqueiro, mas ele viu que ela estava tentando livrar-se das cordas que a prendiam ao paraquedas, que era difícil de arrastar na lama, e Danny conseguiu ajudá-la a fazer isso. A paraquedista nua estava coberta de bosta de porco e lama. As costas de uma das mãos de Danny roçou no mamilo sujo enquanto ele lutava com a corda que passava por entre os seios da mulher. Só então Danny viu que tinha caído algumas vezes; ele também estava todo sujo de bosta de porco e lama.

– Ninguém me disse que era a porra de uma fazenda de *porcos*! – a paraquedista disse. Seus cabelos eram curtos e crespos, e ela raspara os pelos púbicos, deixando apenas uma faixa vertical, mas ela era uma ruiva dos pés à cabeça.

– Eles são um bando de artistas imbecis, eu não tive nada a ver com isso – Danny disse a ela.

Pela cicatriz ele pôde ver que ela já havia feito uma cesariana. Ela parecia uma década mais velha do que Danny, uns trinta e poucos anos talvez. Evidentemente, tinha sido fisiculturista. Não dava para discernir suas tatuagens debaixo daquela lama imunda, mas ela não era o nu que os estudantes de arte tinham imaginado; talvez fosse mais do que eles esperavam, o escritor desejou.

– Meu nome é Danny – ele disse a ela.

– Amy – ela disse. – Obrigada.

Depois que ela se livrou do paraquedas, Danny pôs a mão nas costas dela e a empurrou na frente dele. – Corra para a cerca, não pare de correr – ele disse. Ele manteve a mão na pele molhada dela o tempo todo. Um porco passou por eles como se estivesse apostando corrida com eles, não correndo atrás deles. Possivelmente, estava fugindo deles. Eles quase deram uma trombada em outro porco, este vinha correndo na direção oposta. Talvez fosse o paraquedas que tivesse deixado os porcos nervosos, e não a mulher nua.

– Lady Sky! – Danny podia ouvir Joe gritando.

Outra pessoa começou a gritar: "Lady Sky!"

– Não deixe de me mostrar os imbecis dos artistas – Amy disse quando eles chegaram no final do chiqueiro. Ela não precisou de ajuda para pular a cerca. Danny estava procurando por Joe, mas o garotinho não estava com Katie; ele viu a esposa perto de Rolf e dos três pintores.

– Aqueles são os quatro caras que você queria saber – Danny disse a Amy, apontando para eles. Aqueles que estão com a mulher pequena, mas *não* a mulher, ela não teve nada a ver com isso. Só os dois caras de barba e os dois sem barba.

– *Este* porco não morde – Danny pensou ouvir o filho dizer numa voz calma e contemplativa.

– Joe! – o escritor chamou.
– Estou bem aqui, papai.
Foi quando Danny percebeu que o pequeno Joe estava no chiqueiro com ele. O menino estava ao lado de um dos porcos rosa e pretos; ele devia ter corrido porque estava claramente sem fôlego, embora estivesse imóvel. Só a respiração difícil fazia o porco se mexer – a não ser pelo modo como inclinava a cabeça na direção do menino, que estava segurando na orelha do animal. Talvez o porco estivesse gostando de sentir a orelha sendo acariciada ou puxada com delicadeza. Em todo caso, quanto mais o menino de dois anos puxava a orelha, mais o porco inclinava a cabeça e baixava a orelha comprida na direção de Joe.
– Porcos têm orelhas engraçadas – o menino disse.
– Joe, saia do chiqueiro agora mesmo – o pai dele disse. Ele deve ter falado mais alto do que pretendia; o porco virou a cabeça na direção de Danny, como se tivesse ficado muito zangado pela interrupção do carinho na orelha. Só uma gamela baixinha os separava, e o porco enfiou a cabeça entre os ombros e olhou de cara feia para ele. Danny o encarou até Joe sair por entre as grades da cerca.
O drama com a paraquedista e depois com Joe evitou que Danny visse o avião voando em círculos, muito baixo no céu. O piloto e o copiloto devem ter querido ver se Amy tinha chegado bem em terra, mas Amy fez um gesto obsceno para o avião – com *dois* dedos –, e o avião balançou uma das asas para ela, como que numa saudação, e depois saiu voando na direção de Cedar Rapids.
– Seja bem-vinda à Fazenda Buffalo Creek – Rolf tinha dito à paraquedista. Infelizmente, Danny também perdeu essa parte, o modo como Amy tinha agarrado o fotógrafo pelos dois ombros, puxando-o em sua direção e dando uma cabeçada na testa e no nariz dele. Rolf cambaleou para trás, caindo a vários metros do lugar onde Amy tinha feito contato.
Ela derrubou o pintor de barba com um soco de esquerda seguido de um gancho de direita.

– Eu não pulo em *porcos*! – ela gritou para os dois pintores que ainda estavam em pé.
Danny e Joe viram o que aconteceu em seguida. – Qual de vocês dois, *artistas*, vai buscar o meu paraquedas? – ela perguntou, apontando para o chiqueiro. Nessa altura, os porcos tinham se acalmado; eles tinham voltado para a cerca e estavam de novo observando o grupo de artistas, seus focinhos enfiados nos intervalos da cerca. O porco cuja orelha fora acariciada, para sua aparente satisfação, era impossível de distinguir dos outros. Lá no meio da lama, o paraquedas vermelho, branco e azul parecia uma bandeira derrubada em combate.
– O fazendeiro nos disse para nunca entrarmos no chiqueiro – um dos pintores começou a dizer.
Danny levou Joe para Katie. – Era para você ter ficado com ele no colo – ele disse a ela.
– Ele fez pipi em cima de mim quando você entrou no chiqueiro – Katie disse.
– Ele está de fralda – Danny disse.
– Mas dava para ver que ele estava molhado – ela disse.
– Você não estava nem *tomando conta* dele – Danny disse a ela.
Amy tinha dado uma gravata no pintor que tinha falado. – Eu vou buscar a porra do seu paraquedas – Katie disse a ela.
– Você não pode entrar ali – Danny disse.
– Não me diga o que eu posso fazer, *herói* – ela disse.
Katie sempre fora competitiva. Primeiro a paraquedista nua tinha roubado dela a atenção dos estudantes de arte; depois o ato de bravura do marido a tinha ofuscado. Mas é claro que o que Katie realmente queria era tirar a roupa. – Eu só não vou sujar minha roupa com bosta de porco, se você não se importar – ela disse para Danny; ela começou a entregar as roupas para o único pintor que não tinha sido tocado pela paraquedista coberta de bosta. – Eu as daria para você – ela disse a Danny –, mas você está coberto de bosta, você devia se ver.
– Não seria bom se alguma coisa acontecesse com você na frente de Joe – Danny disse a ela.

– Por quê? – ela perguntou. – Um menino de dois anos não vai se lembrar. Só você é que vai, seu *escritorzinho* idiota.

Vê-la nua e insolente fez Danny compreender que o que antes o atraía em Katie agora o repugnava. Ele tinha confundido a insolência dela com uma espécie de coragem sexual; ela parecera ao mesmo tempo sensual e avançada, mas Katie era apenas vulgar e insegura. O que Danny tinha desejado na esposa agora apenas o enchia de repulsa – e isto só tinha levado dois anos para aparecer. (O amor duraria mais um pouco; nem Danny nem qualquer outro escritor poderia explicar isso.)

Ele carregou Joe de volta ao banheiro para eles se limparem, ou tentar. (Danny não queria que Joe visse a mãe nua sendo devorada por um porco; sem dúvida o menino de dois anos se lembraria *disso*, mesmo que por pouco tempo.)

– Mamãe vai dar as roupas dela para a Lady Sky? – Joe perguntou.

– As roupas da mamãe não vão caber na Lady Sky, meu bem – Danny respondeu.

Amy não queria roupa alguma; ela disse aos imbecis dos artistas que só queria um banho. O piloto e o copiloto estavam trazendo suas roupas. – É melhor que estejam – a paraquedista disse.

– Espero que seu banheiro esteja mais limpo do que o nosso – Danny disse a Amy, enquanto ela acompanhava o pintor que não tinha apanhado para o segundo andar da casa.

– Não estou contando com isso – Amy disse a ele. – Aquela era sua esposa, aquela coisinha de nada que ia pegar meu paraquedas? – a paraquedista perguntou para Danny do alto da escada.

– Sim – ele respondeu.

– Ela tem coragem, não tem? – Amy disse a ele.

– Sim, Katie é assim mesmo – Danny disse.

Ele tinha esquecido que não havia toalha no banheiro de baixo, mas tirar a bosta de porco dele e do pequeno Joe era o que importava. Quem se importaria se eles estivessem molhados? Além disso, as roupas do menino tinham ficado mais ou menos limpas; as calças de Joe estavam um pouco úmidas, pois ele tinha mesmo urinado muito na fralda.

– Acho que você gostou de refrigerante, não foi? – Danny perguntou ao menino. Ele também tinha esquecido de pedir uma fralda limpa a Katie, mas isso não importava tanto quanto tirar a bosta de porco das mãos do pequeno Joe. Havia bosta de porco por todo o corpo de Danny *e* em suas roupas, seus sapatos de corrida estavam arruinados. Se sua esposa podia tirar toda a roupa, Danny achou que ninguém se importaria se ele ficasse só de cueca pelo resto da festa dos artistas. Era um dia ensolarado de primavera, abril em Iowa, quente o suficiente para se usar só cueca.

– Você chama isso de uma toalha *limpa*? – a paraquedista estava gritando.

Danny tirou a roupa dele e do pequeno Joe, e ambos entraram no chuveiro. Não tinha sabão, mas eles usavam um monte de xampu em vez de sabão. Eles ainda estavam no chuveiro quando Katie entrou no banheiro, carregando as roupas dela e uma toalha. Ela não estava tão suja de bosta quanto Danny teria esperado.

– Se você não tentar correr naquela lama, você não cai no chão, *idiota*.

– Então você foi simplesmente andando até onde estava o paraquedas e voltou? – Danny perguntou a ela. – Os porcos não a incomodaram?

– Os porcos estavam com medo do paraquedas – Katie disse.
– Cheguem para lá, os dois. – Ela entrou no chuveiro com eles, e Danny passou xampu no cabelo dela.

– Mamãe também está suja de cocô de porco? – Joe perguntou.

– *Todo mundo* tem cocô de porco em algum lugar – Katie disse.

Eles se revezaram com a toalha, e Danny pôs uma fralda seca em Joe. Ele vestiu o garotinho antes de vestir as cuecas. – Você só vai usar isso? – Katie perguntou.

– Vou doar o resto das minhas roupas para a fazenda – Danny disse a ela. – De fato, eu não vou tocar nelas, elas vão ficar bem ali – ele falou, apontando para a pilha de roupas no chão molhado. Katie jogou o sutiã e a calcinha na pilha. Ela vestiu o jeans; dava para ver os seios dela por baixo da blusa branca que ela estava usando, especialmente os mamilos.

– E *você* só vai usar isso? – Danny perguntou a ela.

Katie deu de ombros. – Acho que posso doar minha roupa de baixo para a fazenda, se eu quiser – ela disse.

– É tudo uma competição, Katie?

Mas ela não respondeu. Ela abriu a porta do banheiro e os deixou lá com uma pilha de roupas e os sapatos de correr de Danny.

– Eu deixei minha sandália em algum lugar – ela disse a eles.

Do lado de fora, a paraquedista usava apenas uma toalha em volta da cintura e estava tomando uma cerveja. – Onde você achou a cerveja? – Danny perguntou a ela. Ele já tinha tomado vinho demais com o estômago vazio.

Amy mostrou a ele a tina de gelo. Rolf estava sentado no chão ao lado da tina, enfiando repetidamente a cara na água gelada. Havia sangue do nariz dele em toda parte. Ele também estava com um corte no supercílio – tudo da cabeçada. Danny pegou duas cervejas, enxugando a ponta das garrafas na cueca. – Essa foi uma ideia fantástica, Rolf – Danny disse ao fotógrafo. – Foi uma pena ela não ter aterrissado no buraco da fogueira.

– Merda – Rolf disse, levantando-se. Ele pareceu meio oscilante. – Ninguém está tomando conta do porco na fogueira, nós nos distraímos com toda essa confusão.

– Tem um abridor? – Danny perguntou a ele.

– Tem um na cozinha, em algum lugar – Rolf respondeu. O pintor barbudo que tinha sido atingido pelo soco e pelo gancho de Amy estava com uma camiseta molhada sobre o rosto. Ele ficava enfiando a camiseta na água gelada e a colocando de volta no rosto.

– Como vai indo o porco assado? – Danny perguntou a ele.

– Ah, Cristo – o pintor disse; ele saiu apressado atrás de Rolf na direção do buraco da fogueira.

Havia uma salada de batata, uma salada verde e uma massa fria na mesa da sala de jantar, junto com o vinho e o resto da bebida.

– Alguma dessas comidas parece interessante para você? – Danny perguntou a Joe. O escritor não tinha conseguido achar um abridor na cozinha da casa, mas usou o puxador de uma das gavetas da cozinha para abrir as duas cervejas. Ele bebeu a primeira bem depressa; já estava na metade da segunda.
– Tem carne? – Joe perguntou.
– Acho que ainda está cozinhando – o pai dele disse. – Vamos dar uma olhada.
Alguém tinha ligado o rádio de um carro para eles terem música lá fora. Estava tocando "Mellow Yellow" de Donovan. Rolf e o pintor sem barba tinham conseguido tirar o estrado de dentro do buraco da fogueira; o pintor barbudo queimara as mãos, mas Rolf tinha tirado o jeans e usado como luva. O nariz de Rolf e o corte no seu supercílio ainda sangravam quando ele tornou a vestir o jeans. Um pedaço de porco tinha caído do estrado para dentro do fogo, mas havia bastante carne e ela sem dúvida estava assada o suficiente – ela parecia muito bem passada, na verdade.
– O que é isso? – Joe perguntou ao pai.
– Porco assado, você gosta de porco – Danny disse ao menino.
– Era uma vez um porco – Rolf explicou ao menino de dois anos.
– Um porco bem pequeno – Danny disse ao filho. – Não um dos seus amigos grandes do chiqueiro.
– Quem matou ele? – Joe perguntou. Ninguém respondeu, mas Joe não notou, ele estava distraído. Lady Sky estava parada perto do porco sobre o estrado; o pequeno Joe estava claramente fascinado por ela, como se esperasse que ela fosse levantar voo de novo e desaparecer no céu.
– Lady Sky! – o menino disse. Amy sorriu para ele. – Você é um anjo? – Joe perguntou a ela. (Ela estava começando a parecer um, para Danny.)
– Bem, *às vezes* – a Lady Sky disse. Ela também estava distraída. Um carro estava entrando no caminho comprido que ia do portão até a casa, provavelmente o piloto e o copiloto do aviãozinho, Danny pensou. Amy deu outra olhada para o porco assado em

cima do estrado. – Mas tem vezes que eu sou só vegetariana – ela disse para Joe. – Como hoje.

Merle Haggard estava cantando "I'm a Lonesome Fugitive" no rádio do carro; provavelmente alguém tinha mudado de estação. Lá fora no gramado, Katie estava dançando sozinha – ou com seu copo de vinho –, mas agora ela havia parado. Todo mundo estava curioso a respeito do piloto e o copiloto, nem que fosse só para ver o que ia acontecer quando eles chegassem. Amy foi até o carro antes que os dois homens pudessem saltar.

– Foda-se, Georgie. Foda-se, Pete – a paraquedista cumprimentou-os.

– Nós estávamos alto demais para ver os porcos, Amy, não podíamos vê-los quando você saltou – um dos homens disse e entregou algumas roupas para ela.

– Foda-se, Pete – Amy repetiu. Ela tirou a toalha e jogou em cima dele.

– Acalme-se, Amy – o outro homem disse. – Os caras da fazenda deviam ter dito que havia porcos aqui.

– É, bem, eu deixei isso claro para eles, Georgie – a paraquedista disse.

Georgie e Pete estavam examinando os artistas no grupo de convidados do churrasco. Eles devem ter notado que Rolf estava sangrando e que o pintor barbudo ainda estava com uma camiseta molhada cobrindo o rosto; o piloto e o copiloto viram logo que aquilo era obra de Amy.

– Quem foi que pulou no chiqueiro para ajudar você? – Pete perguntou a ela.

– Está vendo aquele cara pequeno de cuecas? O pai do garotinho, foi ele – Amy disse. – Meu *salvador*.

– Obrigado – Pete disse para Danny.

– Estamos muito agradecidos – Georgie disse ao escritor.

Lady Sky só ficava um pouquinho menos formidável de roupa, em parte porque se vestia como um homem – exceto pela roupa de baixo, que era preta e sumária. Amy usava uma camisa de sarja azul, enfiada para dentro, calça jeans com um cinto com

uma fivela bem grande; suas botas de caubói eram de pele de cobra. Ela foi até onde Danny estava com o pequeno Joe no colo.
— Se você algum dia estiver em perigo, eu voltarei — Lady Sky disse ao menino; ela se inclinou e o beijou na testa. — Enquanto isso, tome conta do seu pai — ela falou para Joe.

Katie estava dançando sozinha de novo, mas viu a atenção que a paraquedista deu ao seu marido e ao seu filho; Katie não tirou os olhos da mulherona. Estava tocando no rádio uma canção do álbum dos Rolling Stones *Between the Buttons,* mas Danny nunca conseguia se lembrar que canção era. Naquela altura ele já tinha tomado a terceira cerveja e estava no meio da quarta — isso por cima do vinho tinto, e ele ainda não tinha comido. Alguém tinha mudado de novo a estação do rádio do carro, o escritor notou. Ele tinha visto Lady Sky beijar o seu filho, sentindo que o beijo era dirigido a ele; Amy devia saber que a melhor maneira de causar boa impressão num pai era ser gentil com seu filho adorado. Mas *quem* era ela?, Danny queria saber. A cicatriz da cesariana devia significar que ela era mãe de alguém, mas Danny imaginou se algum daqueles patetas com ela era seu marido ou namorado.

— Tem alguma coisa para comer aqui? — Georgie estava perguntando.

— Georgie, acredite em mim, nós não queremos comer aqui — Amy disse a ele. — Nem mesmo Pete — ela acrescentou, sem olhar para ele, como se Pete não fosse capaz de tomar decisões a respeito da própria comida. Danny não achou que ela estivesse dormindo com um dos dois.

O piloto e o copiloto tentaram guardar o paraquedas e as cordas que prendiam no corpo da paraquedista com cuidado na mala do carro, mas foi impossível não se sujarem um pouco de bosta de porco. Amy entrou no banco do motorista do carro.

— Você vai dirigindo, Amy? — Georgie perguntou a ela.
— Parece que sim — ela disse a ele.
— Eu vou atrás — Pete disse.

– Vocês *dois* vão atrás – Amy disse a eles. – Eu já cheirei bosta de porco demais hoje. – Mas antes que os homens pudessem entrar no carro a paraquedista disse: – Estão vendo aquela mulher bonita ali, dançando? Dá para ver o peito dela através da blusa, aquela. Danny sabia que tanto Georgie quanto Pete já tinham reparado em Katie, a maioria dos homens reparava nela.

– Estou vendo – Georgie disse.

– O que há com ela, Amy? – Pete perguntou.

– Se algum dia vocês me perderem, se meu paraquedas não abrir, ou algo assim, vocês podem pedir a ela para fazer qualquer coisa. Eu aposto que ela vai fazer – a paraquedista disse.

O piloto e o copiloto se entreolharam meio sem jeito. – Como assim, Amy? – Pete disse.

– Você está dizendo que ela saltaria de um avião sem roupa, esse tipo de coisa? – Georgie perguntou à paraquedista.

– Eu estou dizendo que ela saltaria de um avião sem *paraquedas* – Amy disse a eles. – Não é, docinho? – ela perguntou a Katie.

Danny se lembraria disto – como Katie gostava quando a atenção ia toda para ela, não importava o motivo. Ele viu que a mulher tinha encontrado as sandálias, embora não as estivesse usando. Ela estava segurando as sandálias com uma das mãos, o copo de vinho com a outra, e continuava mexendo com os pés – ainda estava dançando. – Bem, ia depender das circunstâncias – Katie disse, balançando a cabeça e o pescoço no ritmo da música –, mas eu não descartaria isso, não categoricamente.

– Estão vendo o que eu quero dizer? – Amy perguntou a Georgie e Pete, enquanto os dois homens se acomodavam no banco de trás. Então a paraquedista partiu, fazendo um gesto obsceno para os artistas pela janela do carro. Patsy Cline estava cantando no rádio, e Katie tinha parado de dançar; alguém deve ter mudado de estação outra vez.

– Eu não quero comer o porco – Joe disse ao pai.

– Tudo bem – Danny disse. – Vamos tentar comer outra coisa.

Ele levou o menino para onde a mãe dele tinha parado de dançar; Katie só estava se balançando no lugar, como se estivesse esperando mudar a música. Ela estava bêbada, Danny viu, mas não cheirava mais a maconha – ele tinha tirado todo traço de maconha do cabelo dela com xampu.

– Em que circunstância você saltaria de um avião sem paraquedas? – o escritor perguntou à esposa.

– Para me livrar de um casamento chato, talvez – Katie respondeu.

– Como eu estou dirigindo, gostaria de sair daqui antes que escurecesse – ele disse a ela.

– Lady Sky é um *anjo*, mamãe – Joe disse.

– Duvido – Katie disse para o menino.

– Ela disse que *às vezes* ela era um anjo – Danny disse.

– Aquela mulher nunca foi um anjo – Katie disse a eles.

Joe vomitou na cadeirinha do carro na volta para Iowa City. Uma carro de polícia do condado de Johnson os seguira durante todo o caminho pela U.S. 6. Danny estava com medo de estar com alguma luz de freio queimada ou de estar dirigindo em ziguezague; ele estava pensando quanto ia dizer que tinha bebido se a polícia o mandasse parar, mas o xerife entrou na faixa de Coralville e Danny seguiu para o centro de Iowa City. Ele não se lembrava de quanto tinha *realmente* bebido. Usando apenas cueca, Danny sabia que não teria parecido muito convincente para o xerife.

Danny estava pensando que estava salvo quando Joe vomitou.

– Deve ter sido a salada de batata – ele disse ao menino. – Não se preocupe com isso. Estaremos em casa em dois minutos.

– Deixe-me sair da porra do carro – Katie disse.

– Aqui? – Danny perguntou a ela. – Você quer ir a pé para casa daqui? – Ele viu que ela já tinha calçado as sandálias. Eles ainda estavam no centro.

– Quem disse que eu vou para casa? – ela perguntou.

– Ah – Danny disse.

Pouco antes de escurecer, ele a vira falando com alguém no telefone na cozinha da casa – provavelmente com Roger, Danny pensou. Ele parou no sinal e Katie saltou do carro.

– Lady Sky é mesmo um anjo, mamãe – Joe disse a ela.

– Se você diz que é – Katie disse, fechando a porta.

Danny sabia que ela estava sem roupa de baixo, mas se era Roger que ela ia encontrar, que importância tinha isso?

Seis anos depois, o trânsito do início da manhã tinha melhorado na Iowa Avenue. Yi-Yiing já tinha chegado há muito tempo na Court Street – ela vinha do hospital. (Ela provavelmente contara ao cozinheiro que tinha visto Danny e o jovem Joe na Iowa Avenue bem cedinho.)

– Por que você teria morrido também, se eu tivesse sido atropelado por um carro? – o menino de oito anos perguntou ao pai.

– Porque supostamente você deve morrer depois de mim. Se você morrer antes, isso irá me matar – Danny disse ao filho.

– Por que eu não me lembro dela? – o menino perguntou ao pai.

– Você está se referindo à sua mãe? – Danny perguntou.

– Minha mãe, os porcos, o que aconteceu em seguida – eu não me lembro de nada – Joe respondeu.

– E quanto à Lady Sky? – o pai perguntou.

– Eu me lembro de alguém caindo do céu, como um anjo – o menino disse a ele.

– É mesmo? – Danny perguntou.

– Acho que sim. Você não me contou sobre ela antes, contou? – Joe perguntou.

– Não – Danny disse.

– O que aconteceu *depois*? – Joe perguntou ao pai. – Quer dizer, depois que mamãe saltou do carro no centro da cidade.

Naturalmente, o escritor tinha contado ao jovem Joe um versão *editada* do churrasco de porco. Depois que trouxe o menino de dois anos da fazenda para casa, o contador de história precisou censurar menos coisas. (Sem dúvida porque Katie não tinha voltado para casa com eles.)

Naquele início de noite – tinha acabado de escurecer – só um ou outro transeunte, e nenhum dos vizinhos de Danny, tinha visto o escritor de cueca carregando o filho de dois anos para dentro do apartamento térreo da casa de dois andares na Iowa Avenue.
– Você ainda está sentindo o cheiro dos porcos? – o pequeno Joe tinha perguntado ao pai quando eles entraram.
– Só na minha mente – o escritor respondeu.
– Eu estou sentindo o cheiro deles, mas não sei onde eles estão – o menino disse.
– Talvez seja o cheiro de vômito, meu bem – Danny disse. Ele deu um banho no menino e tornou a lavar a cabeça dele.
Estava calor no apartamento, embora as janelas estivessem abertas. Danny pôs o pequeno Joe na cama só de fralda. Se refrescasse durante a noite, ele vestiria um pijama no menino. Mas depois que Joe adormeceu, Danny imaginou que ainda estava sentindo cheiro de porco ou de vômito. Ele vestiu um jeans e foi até o carro; levou a cadeirinha para a cozinha e limpou o vômito. (Provavelmente teria sido mais seguro para o pequeno Joe comer o porco em vez da salada de batata, o pai pensou.)
Mais tarde, Danny tomou um banho e tornou a passar xampu no cabelo. Era provável que ele tivesse tomado cinco cervejas além do vinho. Danny não estava com vontade de tomar outra cerveja, mas ele também não queria ir para a cama, e tinha bebido demais para pensar em escrever. Katie não voltaria aquela noite, ele tinha certeza.
Havia um pouco de vodca – era o que Katie bebia quando não queria que sentissem cheiro de bebida em seu hálito – e um pouco de rum de Barbados. Danny achou um limão na geladeira; ele cortou um pedaço do limão e o colocou num copo alto com gelo, e encheu o copo de rum. Ele estava usando cuecas limpas quando se sentou por um tempo na sala escura, ao lado da janela aberta, observando o trânsito ficar menos movimentado na Iowa Avenue. Era aquele tempo na primavera em que os sapos e

as rãs parecem especialmente barulhentos – talvez porque tenhamos sentido falta deles o inverno todo, o escritor pensou.

Ele estava imaginando como seria a sua vida se tivesse conhecido alguém como Lady Sky em vez de Katie. Possivelmente, a paraquedista não era tão mais velha do que Danny quanto ele havia pensado a princípio. Talvez ela tivesse passado por maus bocados – coisas que a tinham deixado parecendo mais velha, o escritor imaginou. (Danny não estava pensando na cicatriz da cesariana; ele pensava em coisas piores.)

Danny acordou no vaso sanitário, onde adormeceu com uma revista no colo; o copo vazio com o pedaço de limão olhavam para ele do chão do banheiro. Estava mais fresco. Danny apagou a luz da cozinha, onde ele viu que tinha tomado mais de um copo de rum – a garrafa estava quase vazia – embora ele não se lembrasse de ter se servido de um segundo (ou de um terceiro) drinque. Ele não iria se lembrar do que tinha feito com a garrafa quase vazia, também.

Achou melhor dar uma olhada em Joe antes de ir cambaleando para a cama, e talvez fosse melhor vestir um pijama no menino, mas Danny sentiu que não teria a destreza necessária para vestir a criança adormecida. Em vez disso, ele fechou as janelas do quarto do menino e checou se as grades da cama estavam firmes.

Joe não cairia da cama se as grades estivessem abaixadas, e o menino estava naquela idade em que podia sair da cama tanto quando as grades estavam levantadas quanto quando estavam abaixadas. Às vezes as grades não estavam presas direito em posição nenhuma; aí elas podiam escorregar e prender os dedos do menino. Danny checou para ver se as grades estavam bem presas na posição levantada. Joe estava dormindo profundamente de costas, e Danny se debruçou para beijá-lo. Era difícil fazer isso quando as grades da cama estavam levantadas, e Danny tinha bebido muito, de modo que não conseguiu beijar o filho sem perder o equilíbrio.

Ele deixou a porta do quarto de Joe aberta para ter certeza que ouviria o menino caso ele acordasse e chorasse. Danny deixou a porta do seu quarto aberta também. Já passava de três da manhã. Danny reparou na hora no despertador na mesinha de cabeceira quando se deitou. Katie não tinha voltado do encontro com Roger, se era ele quem ela fora encontrar.

Sempre que Danny fechava os olhos o quarto começava a rodar. Ele adormeceu com os olhos abertos – ou imaginou que sim, porque os olhos dele estavam abertos e muito secos quando ele foi acordado de manhã com um homem gritando.

– Tem um bebê no meio da rua! – um idiota estava berrando. Danny sentiu cheiro de maconha; ele devia estar meio dormindo, ou meio acordado, porque imaginou que o homem que estava gritando estivesse doidão. Mas o cheiro de maconha estava ao lado de Danny, no travesseiro ao lado. Katie estava dormindo nua, as cobertas chutadas para fora e o cabelo rescendendo a maconha. (Danny tinha a impressão de que Roger fumava maconha o tempo todo.)

– De quem é esse bebê? – o homem estava gritando. – Esse bebê tem que ser de *alguém*!

Gritos de doido às vezes chagavam até eles da república de estudantes barulhenta que ficava mais adiante na Iowa Avenue, ou da região do centro, mas não na hora do rush da manhã.

– Bebê no meio da rua! – o doido continuava repetindo. Estava frio no quarto, Danny só estava percebendo agora; ele tinha adormecido com as janelas abertas, e Katie não se dera ao trabalho de fechá-las quando voltou para casa.

– Não é nosso maldito bebê – Katie disse; a voz dela estava pastosa, ou ela falou para dentro do travesseiro. – Nosso bebê está na cama conosco, seu idiota!

– Ele *está*? – Danny perguntou, sentando-se na cama; a cabeça dele latejava. O pequeno Joe não estava na cama com eles.

– Bem, ele *estava* – Katie disse; ela também sentou na cama. O rosto dela estava um pouco arranhado ou avermelhado, do jeito que o rosto fica quando você beija alguém com uma barba áspera, o escritor imaginou. – O menino estava insistindo a respeito de alguma coisa, então o trouxe para a nossa cama – Katie estava falando.

Danny já tinha ido para o corredor. Ele viu que a cama de Joe estava vazia, com as grades abaixadas; Katie era tão baixa que não conseguia tirar o menino da cama sem antes abaixar as grades.

O trânsito estava todo parado na Iowa – até a esquina com a Muscatine – como se tivesse havido um acidente na avenida, bem em frente ao apartamento térreo de Danny. Danny saiu correndo pela porta da frente, de cueca. Dado o seu estado de nudez, o escritor deve ter parecido ao motorista da van branca, que estava bloqueando o trânsito, um bom candidato a pai irresponsável.

– Este bebê é *seu*? – o motorista da van gritou para Danny. O bigode e as costeletas devem ter assustado tanto o pequeno Joe quanto a gritaria do homem – isso e o fato do motorista da van ter conseguido encurralar Joe na faixa de grama no meio da Iowa sem pegar o menino no colo ou mesmo tocar nele. Joe estava parado na grama, de fralda; ele tinha saído da casa, atravessado a calçada e ido para o meio da rua, e a van branca tinha sido o primeiro veículo que quase o tinha atropelado.

Agora uma mulher do carro que tinha parado atrás da van branca correu para a faixa do meio e levantou o bebê nos braços.

– *Esse* é o seu pai? – ela perguntou a Joe, apontando para Danny de cueca. Joe começou a chorar.

– Ele é meu, eu estava dormindo – Danny disse. Ele atravessou até a faixa de grama, mas a mulher, de meia-idade, óculos e colar de pérolas (Danny não iria se lembrar de mais nada a respeito dela), parecia relutante em devolver o bebê.

– Seu bebê estava no meio da rua, cara, eu quase o atropelei – o motorista da van disse a Danny. – A porra da fralda, a brancura dela, atraiu minha atenção.

– Não parece que você estava tomando conta deste bebê, ou que tenha percebido que ele sumiu – a mulher disse para Danny.

– Papai – Joe disse, estendendo os braços.

– Esta criança tem mãe? – a mulher quis saber.

– Ela está dormindo, nós estávamos ambos dormindo – Danny disse a ela. Ele tirou o pequeno Joe dos braços que a mulher

estendeu meio contrariada. – Obrigado – Danny disse para o motorista da van.
– Você ainda está bêbado, cara – o motorista disse a ele. – Sua mulher também está bêbada?
– Obrigado – Danny repetiu.
– Você devia ser denunciado – a mulher disse.
– É, eu devia mesmo – Danny disse a ela –, mas, por favor, não me denuncie.
Agora havia carros buzinando e Joe tinha começado a chorar de novo. – Eu não podia ver o céu de dentro de casa – o menino disse, soluçando.
– Você não podia ver o céu? – o pai perguntou. Eles atravessaram a rua até a calçada e entraram em casa sob o barulho contínuo de buzinas.
– Eu não podia ver se a Lady Sky estava descendo – Joe disse.
– Você estava procurando pela Lady Sky? – o pai dele perguntou.
– Eu não podia vê-la. Talvez ela estivesse procurando por mim – o menino disse.
A avenida dividida ao meio era larga; do meio da rua ou da faixa de grama, Danny percebeu que seu menino de dois anos tinha sido capaz de ver o céu. O menino tinha esperança de que a Lady Sky fosse descer de novo – era só isso.
– Mamãe está em casa – Joe disse ao pai quando eles entraram no apartamento, que o menino de dois anos chamava de *um*partamento; desde o momento em que ele começou a falar, um apartamento foi *um*partamento.
– Sim, eu sei que mamãe está em casa – Danny disse. Ele viu que Katie tinha voltado a dormir. Na mesa da cozinha, o escritor notou também que a garrafa de rum estava vazia. Ele tinha terminado com ela antes de ir para a cama, ou Katie tinha tomado o resto que havia na garrafa quando voltou para casa? (Deve ter sido *eu*, Danny pensou; ele sabia que Katie não gostava de rum.)
Ele levou Joe para o quarto e trocou a fralda. Ele não conseguia olhar o filho nos olhos – imaginando-os abertos e parados,

cegos, e o menino de dois anos, com sua fralda branca, morto no meio da rua.

– E aí você parou de beber, não é? – o jovem Joe perguntou ao pai. Durante toda a longa história, eles tinham se mantido de costas para a casa onde tinham morado com Katie.

– Aquele restinho de rum foi a última coisa que eu bebi – Danny disse ao menino de oito anos.

– Mas Mamãe não parou de beber, parou? – Joe perguntou ao pai.

– Sua mãe não conseguiu parar, meu bem, ela provavelmente ainda não parou – Danny disse a ele.

– Eu *estou* de castigo? – o jovem Joe perguntou.

– Não, você não está de castigo, você pode ir aonde quiser, a pé ou de ônibus. A sua *bicicleta* é que está de castigo – Danny disse ao menino. – Talvez a gente dê a sua bicicleta para o Max. Eu aposto que ele poderia usá-la como substituta, ou quando precisar de alguma peça sobressalente.

Joe fitou o azul brilhante do céu de outono. Nenhum anjo ia tirá-lo deste apuro. – Você nunca achou que a Lady Sky fosse um anjo, achou? – o menino perguntou ao pai.

– Eu acreditei nela quando disse que *às vezes* era um anjo – Danny disse.

O escritor iria dirigir por toda Iowa City procurando o Mustang azul, mas não iria encontrá-lo. A polícia também jamais localizaria o carro criminoso. Mas, ali na Iowa Avenue, tudo o que Danny fez foi pôr o braço ao redor dos ombros do filho de oito anos. – Pense assim – ele disse ao filho. – Aquele Mustang azul ainda está procurando por você. Seis anos atrás, quando você ficou parado no meio desta rua, só de fralda, talvez o Mustang azul estivesse preso no trânsito. Ele podia estar vários carros atrás da van branca; aquele Mustang azul já podia estar tentando pegar você desde aquela época.

– Ele não está realmente me procurando, está? – Joe perguntou.

– É melhor você acreditar que sim – o pai disse a ele. – O Mustang azul *quer* você, é por isso que você precisa tomar cuidado.
– Tudo bem – o menino de oito anos disse ao pai.
– Você conhece alguma criança de dois anos? – Danny perguntou ao filho.
– Não – o menino respondeu –, não que eu me lembre.
– Bem, seria bom para você conhecer uma – o pai dele disse –, só para você ver como era quando foi para o meio da rua.
Foi nessa hora que o cozinheiro desceu a Iowa Avenue e parou no meio-fio, onde o pai e o filho ainda estavam conversando. – Entrem, vocês dois – Tony Angel disse a eles. – Eu deixo o Joe na escola e depois levo você para casa – o cozinheiro falou.
– Joe não tomou café – Danny disse ao pai.
– Eu preparei um almoço bem grande para ele, pode comer a metade a caminho da escola, Daniel. Entrem – ele repetiu. – Nós temos um... *problema.*
– O que foi que houve, papi? – o escritor perguntou.
– Parece que Youn ainda está casada – o cozinheiro respondeu, enquanto Danny e Joe entravam no carro. – Parece que Youn tem uma filha de dois anos e que o marido e a filha vieram visitá-la, só para ver como vai indo a *escrita* dela.
– Eles estão lá em casa? – Danny perguntou.
– Foi bom eles terem chegado depois que Youn tinha se levantado. Ela já estava no quarto *dela,* escrevendo – o cozinheiro disse.
Danny podia imaginar como ela deixara o quarto deles – meticulosamente arrumado, sem um só traço dela, apenas aquela camisola cinza-pérola enfiada debaixo do travesseiro, ou talvez fosse a bege. – Youn tem uma filha de dois anos? – Danny perguntou ao pai. – Eu quero que Joe veja a filha.
– Você está maluco? – o cozinheiro disse ao filho. – Joe tem que ir para a escola.
– Youn é casada? – Joe perguntou. – Ela tem uma *filha?*
– Parece que sim – Danny disse; ele estava pensando no romance que Youn estava escrevendo, como ele era tão bem escri-

to mas nem tudo fazia sentido. Apesar da prosa normalmente límpida, sempre tinha havido algo obscuro a respeito do livro.

– Acho que você devia ir para a escola, meu bem – Danny disse.

– Você pode conhecer uma criança de dois anos numa outra hora.

– Mas você quer que eu conheça uma, não é? – Joe perguntou.

– Mas o que é que está acontecendo? – o cozinheiro perguntou; ele estava levando Joe para a escola, sem esperar ordens contraditórias.

– É uma longa história – Danny disse a ele. – Como é o marido? Ele é um mafioso?

– Ele é um cirurgião na Coreia, ele me contou – Tony Angel respondeu. – Ele está participando de uma conferência sobre cirurgia em Chicago, mas trouxe a filha junto, e eles quiseram fazer uma surpresa para a Mamãe, e deixar Youn tomar conta da filha de dois anos por dois dias enquanto Kyung participa da conferência. Que surpresa, hein? – o cozinheiro disse.

– O nome dele é *Kyung*? – Danny disse. No livro que Young estava escrevendo, o marido mafioso se chamava Jinwoo; Danny achava que aquele não era o único elemento da história que ela havia inventado, e Danny tinha achado o tempo todo que o romance dela era autobiográfico demais!

– O marido dela parece um cara legal – Tony Angel disse.

– Então eu vou conhecer a filha de dois anos de Youn? – Joe perguntou, quando estava saindo do carro.

– Coma alguma coisa – o cozinheiro disse ao neto. – Eu já liguei para a escola e disse que você ia chegar mais tarde.

– Parece que *talvez* você vá conhecer a menina, sim – Danny disse ao menino. – Mas com o que é que você tem que tomar cuidado? – ele perguntou a Joe, enquanto o menino abria a lancheira e espiava lá dentro.

– Com o Mustang azul – Joe respondeu, sem hesitação.

– Menino esperto – o pai dele disse.

Eles já estavam quase chegando de volta à Court Street quando o cozinheiro disse ao filho: – Yi-Yiing e eu decidimos que deve parecer que vocês dois são um casal.

– Por que Yi-Yiing e eu deveríamos ser um *casal*? – Danny disse.
– Porque vocês são da mesma idade. Enquanto o marido da Coreia estiver por perto, vocês devem fingir que estão *juntos*. Nem mesmo um cirurgião coreano vai desconfiar que *eu* estou dormindo com a mulher dele – o cozinheiro disse. – Eu sou velho demais.
– E como nós vamos *fingir*? – Danny perguntou ao pai.
– Deixe Yi-Yiing fazer isso – o pai dele disse.
Olhando para trás, o escritor pensou, o fingimento não tinha sido a parte mais difícil da mentira. Yi-Yiing fez um bom trabalho fingindo ser a namorada de Danny – isto é, enquanto o marido de Youn esteve na casa da Court Street. O cirurgião de Seul pareceu a Danny um homem gentil, ao mesmo tempo orgulhoso de si mesmo e envergonhado por ter feito uma "surpresa" à esposa escritora. Youn, por seu lado, não conseguiu disfarçar a felicidade que sentia em ver a filha, Soo. Os olhos da escritora coreana tinham buscado apoio em Danny, e ele esperava ter demonstrado o apoio esperado; ele se sentiu aliviado, de fato, porque estava prevendo a separação inevitável deles com uma culpa maior do que a habitual.

Sim, ele sem dúvida ficaria em Iowa City durante aquele ano letivo – ele já tinha perguntado na Oficina de Escritores se poderia ficar mais um ano depois daquele –, mas Danny sabia que provavelmente não ficaria na cidade tempo suficiente para ver Youn terminar seu romance. (E quando Danny voltou para Vermont, ele supôs que Youn iria voltar para Seul.)

O cirurgião, que só ficaria alguns dias em Chicago, se despediu da esposa e da filha com um beijo. Todas as apresentações e despedidas aconteceram na cozinha da Court Street, onde o cozinheiro agiu como se fosse dono da casa, e Yi-Yiing por duas ou três vezes abraçou Danny por trás – puxando-o para ela, uma vez beijando-o na nuca. Era um dia quente de outono, o escritor estava usando só uma camiseta e jeans, e ele podia sentir o pijama de seda de Yiing roçando suas costas. Aqueles abraços expressavam uma intimidade entre eles, o escritor supôs – sem saber o que

Youn ia achar deste contato íntimo, ou se Yi-Yiing e o cozinheiro haviam informado a adúltera coreana de seu plano de que Danny e a enfermeira de Hong Kong iriam "fingir" ser um casal.
A filha, Soo, era uma gracinha. – Ela não está usando fralda? – Danny perguntou ao cirurgião, lembrando-se de Joe naquela idade.

– Meninas aprendem a usar o banheiro antes dos meninos, *benzinho* – Yi-Yiing disse a ele, com uma ênfase exagerada, na opinião do escritor, na palavra *benzinho*, mas o cozinheiro tinha rido, e Youn também. Danny iria imaginar, mais tarde, se talvez Youn também teria ficado aliviada com o fato de seu relacionamento com seu professor de ficção ter terminado com tanta eficiência. (Que necessidade havia de mais explicações?)

Os dias que o médico coreano passou em Chicago foram bem tranquilos, e Joe pôde ver com seus próprios olhos o quanto uma criança de dois anos era inocente – sobre os perigos da rua, obviamente, e sobre anjos caindo do céu, também. O menino de oito anos viu por si mesmo que a pequena Soo era capaz de acreditar em qualquer coisa.

A camisola cheirosa debaixo do travesseiro do lado de Youn da cama era bege, afinal, e Danny achou um momento discreto para devolvê-la. Agora não restava *nenhuma* prova dela no quarto dele. Youn dormia com a filhinha no seu quarto de escrever; ambas eram pequenas o bastante para caber na cama daquele quarto extra, embora Danny tivesse sugerido a Youn colocar Soo no quarto extra *extra*. (Ele tinha notado que o marido de Youn tinha dormido naquele quarto, sozinho.)

– Uma criança de dois anos não pode dormir *desacompanhada* – Youn dissera para Danny, que percebeu que tinha interpretado mal a curiosidade com que Youn havia examinado Joe; ela estava simplesmente imaginando que mudanças deveria esperar na filha entre os dois e os oito anos. (Quanto ao que ela havia escrito, e por quê, nunca iria haver uma explicação satisfatória, Danny supunha.)

Quando Kyung voltou de Chicago, e o médico logo tornou a partir com a filhinha – eles foram juntos para a casa em Seul –

Youn não perdeu tempo em achar um lugar para morar, e no semestre seguinte ela se transferiu para a oficina de ficção de outro professor. Se ela algum dia terminou seu romance em progresso era imaterial para o escritor Danny Angel. Se o romance de Youn iria algum dia ser publicado também importava pouco para Danny, que soube em primeira mão – no tempo que Youn passou em Iowa City – que a ficção dela tinha sido um sucesso quase completo.

Era o sucesso de Yi-Yiing, ao fingir ser namorada de Danny, que iria perdurar mais algum tempo. A enfermeira não era namoradeira por natureza, e durante meses depois de ter sido obrigada a fingir que ela e Danny eram um casal, Yi-Yiing de vez em quando roçava no escritor, ou passava os dedos, ou as costas da mão, no rosto de Danny. Parecia que era um esquecimento sincero, porque ela parava instintivamente – assim que começava alguma coisa. Danny duvidava que o cozinheiro a tivesse visto fazer isso; se Joe viu, o menino de oito anos não prestou atenção.

– Você preferiria que eu me vestisse normalmente em casa? – Yi-Yiing um dia perguntou ao escritor. – Quer dizer, talvez já esteja na hora de "dar um basta" nos pijamas.

– Mas você é a "Dama de Pijama", é isso que você é – Danny disse a ela evasivamente.

Ela parou de usá-los – ou, talvez, ela apenas dormisse com eles. Suas roupas normais eram uma barreira segura entre eles, e o que tinha passado a ser um contato ocasional – o corpo dela roçando as costas dele ao passar, o toque das pontas ou dos nós dos dedos dela – também parou logo depois.

– Eu sinto falta dos pijamas de Yi-Yiing – Joe disse ao pai uma manhã quando estavam caminhando para a escola do menino.

– Eu também – Danny disse a ele, mas nessa altura o escritor estava saindo com outra pessoa.

Quando Youn desapareceu da vida deles – especialmente mais tarde, no último ano deles em Iowa City, quando eles estavam morando na terceira casa da Court Street – seus hábitos regulares foram retomados como se nunca tivessem sido interrompidos.

A terceira casa ficava do outro lado da Court Street, perto de Summit, onde Danny tinha um discreto caso diurno com a esposa infeliz de um professor universitário que a estava enganando. O beco onde Joe tinha sido tentado a sentir pena de si mesmo – enquanto assistia a Max praticar derrapagens em sua bicicleta "substituta" – também tinha desaparecido da vida deles, assim como o gambá. As Yokohama, Sao e Kaori, ainda se revezavam como babás de Joe, e todo mundo – todos eles – se reuniam com uma carência (ou desespero) aparentemente crescente no Mao's.

O cozinheiro sabia o quanto ia sentir saudade dos irmãos Cheng – quase tanto quanto de Yi-Yiing. Era de nunca saber como teria sido com a enfermeira de Hong Kong que Danny ia sentir falta, embora sua volta para Vermont tenha sido precedida de outro tipo de encerramento.

Assim como a aventura deles em Iowa estava chegando ao fim, também estava terminando – finalmente – a guerra do Vietnã. O clima no Mao's não estava predisposto a um final feliz. A "Operação Vento Frequente", como chamaram a evacuação de helicóptero de Saigon – "Operação Mais Merda", segundo Ketchum –, foi uma distração catastrófica dos preparativos para o jantar no restaurante asiático e francês. A TV na pequena cozinha de Coralville provou ser um ímã para os descontentes.

Abril de 1975 tinha sido um mês ruim para os negócios no Mao's. Houve quatro agressões com tijolos por carros que passavam – uma das vezes quebraram a vitrine do restaurante com um pedaço de cimento do tamanho de um bloco de concreto, na outra vez, uma pedra. "Malditos fazendeiros patriotas!", Xiao Dee tinha xingado os vândalos. Ele e o cozinheiro haviam cancelado uma viagem a Chinatown para fazer compras porque Xiao Dee estava convencido de que o Mao's estava sob ataque – ou, quando Saigon caiu, que o restaurante sofreria atentados mais violentos. Ah Gou estava ficando sem seus ingredientes favoritos. (Com a ajuda de Tony Angel, havia mais itens da Itália no cardápio do que habitualmente.)

Aquele ano todo, os soldados sul-vietnamitas estavam desertando aos borbotões. Os soldados fugitivos levavam as famílias para Saigon, onde devem ter achado que os americanos os ajudariam a fugir do país. Nas duas últimas semanas de abril, os Estados Unidos tinham retirado sessenta mil estrangeiros e sul-vietnamitas; centenas de milhares em breve seriam abandonados para encontrar sua própria saída. "Vai ser um caos", Ketchum previu. ("O que nós esperávamos que fosse acontecer?", o madeireiro diria depois.)

Será que estávamos *ligando* para o que iria acontecer?, Danny pensou. Ele e Joe tinham uma mesa só para eles no Mao's e Yi-Yiing juntou-se a eles para jantar. Ela faltara ao plantão na emergência porque estava gripada; não queria deixar um monte de gente machucada mais doente ainda, ela disse a Danny e Joe. – Eu *já* vou deixar vocês dois doentes, vocês dois *e* papi – ela disse a eles, sorrindo.

– Muito obrigado – Danny disse a ela. Joe estava rindo; ele adorava Yi-Yiing. O menino ia sentir falta de ter sua própria enfermeira quando estivesse de volta a Vermont. (E eu sentirei falta de ter uma enfermeira para ele, o escritor pensou.)

Havia dois casais numa mesa, e três homens de negócios em outra. Era uma noite calma para o Mao's, mas ainda era cedo. A vitrine tapada com madeira não enfeitava em nada a entrada da frente, Danny estava pensando, quando uma das Yokohama veio da cozinha, o rosto tão branco quanto o avental e o lábio inferior tremendo. – Seu pai disse para você ver o que está passando na televisão – a moça japonesa disse para o escritor. – A TV está na cozinha.

Danny se levantou da mesa, mas quando Joe tentou ir junto com ele, Yi-Yiing disse: – Talvez seja melhor você ficar aqui comigo, Joe.

– Sim, você *fica*! – Sao ou Kaori disse para o menino. – Você não pode ver!

– Mas eu quero ver – Joe disse.

– Faça o que Sao mandou, Joe, eu volto logo – o pai disse a ele.

– Eu sou Kaori – a gêmea japonesa disse a Danny. Ela começou a chorar. – Por que eu tenho a sensação de que todos os orientais são iguais para vocês, americanos?
– O que está passando na TV? – Yi-Yiing perguntou a ela.
Os dois casais estavam rindo de alguma coisa; eles não tinham ouvido o desabafo de Kaori. Mas os homens de negócios ficaram paralisados; com a palavra "orientais", seus copos de cerveja parados no ar.
A namorada esperta de Ah Gou, Tzu-Min, era a maître aquela noite. Xiao Dee estava nervoso demais por conta dos ataques dos fazendeiros patriotas para deixarem que ele saísse da cozinha.
– Volte para a cozinha, Kaori – Tzu-Min disse à moça que soluçava. – Não é permitido chorar aqui.
– O que está passando na TV? – Yi-Yiing perguntou à maître.
– Joe não deve assistir – Tzu-Min disse a ela. Danny já tinha entrado na cozinha.
Estava um caos lá dentro. Xiao Dee estava gritando com a televisão. Sao, a outra gêmea japonesa, vomitava na pia – aquela onde o lavador de pratos esfregava as panelas.
Ed, o lavador de pratos, tinha se afastado; alcóolatra em recuperação, ele era um veterano da Segunda Guerra Mundial com diversas tatuagens desbotadas. Os irmãos Cheng deram a Ed um emprego quando ninguém mais o fez, e Ed era leal a eles, embora a pequena cozinha de Coralville o deixasse com claustrofobia às vezes, e a conversa política no Mao's fosse para ele terra estrangeira. Ed não dava a mínima para países estrangeiros; o fato de estarmos saindo do Vietnã estava bom para ele. Ele tinha servido na marinha, no Pacífico. Agora uma das gêmeas japonesas vomitava na pia e a outra chorava. (Ed podia estar pensando que devia ter matado alguns parentes delas; se matou, não estava nem um pouco arrependido.)
– Como vai indo, Ed? – Danny disse para o lavador de pratos.
– Não vai indo nada bem neste momento – Ed disse a ele.
– Kissinger é um criminoso de guerra! – Xiao Dee estava gritando. (Henry Kissinger tinha aparecido, embora brevemen-

te, na televisão.) Ah Gou, que estava picando cebolas, brandiu a faca à mera menção do odiado Kissinger, mas agora a TV voltou à imagem de tanques inimigos rolando pelas ruas de Saigon; os tanques se dirigiam para a embaixada americana lá, ou foi o que disse uma voz sem nome. Já estava quase no final de abril – aqueles eram os últimos transportes aéreos, um dia antes da rendição de Saigon. Cerca de setenta helicópteros americanos iam e vinham entre o pátio da embaixada e os navios de guerra dos Estados Unidos próximos da costa; cerca de seis mil e duzentas pessoas foram resgatadas naquele dia. Os dois últimos helicópteros a deixar Saigon levavam o embaixador americano e os guardas-marinha da embaixada. Horas depois, o Vietnã do Sul se rendeu.

Mas não era isso que era difícil de ver na pequena TV da cozinha do Mao's. Havia mais gente que queria deixar Saigon do que helicópteros disponíveis. Centenas seriam deixados para trás no pátio da embaixada. Dezenas de vietnamitas se agarraram nos trens de pouso dos dois últimos helicópteros que partiram; eles despencaram para a morte quando os helicópteros subiram. A televisão não parava de mostrar isso. – Aqueles infelizes – o cozinheiro tinha dito, segundos antes de Sao vomitar na pia de Ed.

– Eles não são *gente* para a maioria dos americanos, eles são orientais! – Xiao Dee gritou.

Ah Gou estava olhando para a TV em vez de olhar para as cebolas; ele decepou a ponta do dedo indicador da mão esquerda. Kaori, ainda aos prantos, desmaiou; o cozinheiro arrastou-a para longe do fogão. Danny pegou um pano de prato e começou a torcê-lo, bem apertado, ao redor do braço de Ah Gou. A ponta do dedo de Grande Irmão estava no meio de uma poça de sangue junto com as cebolas picadas.

– Vá chamar Yi-Yiing – o cozinheiro disse para Sao. Ed pegou uma toalha molhada e limpou o rosto da moça. Sao estava tão pálida quanto sua gêmea desmaiada, mas ela parara de vomitar, e, como um fantasma, se encaminhou para o salão.

Quando a porta de vaivém do salão abriu, Danny ouviu um dos homens de negócios dizer: "Que tipo de lugar maluco é este?"

– Ah Gou decepou o dedo – ele ouviu Sao dizer para Yi-Yiing. Então a porta fechou e Danny não ouviu a resposta que Sao ou Tzu-Min ou Yi-Yiing deram para o homem, ou se alguma delas tentou responder. (O Mao's era mesmo um lugar de doido naquela noite em que Saigon caiu.)

A porta do salão tornou a abrir e todos entraram na cozinha – Yi-Yiing com o jovem Joe, Tzu-Min e Sao. Danny ficou um tanto surpreso ao ver que os três homens de negócios e os dois casais não estavam junto com eles, embora não houvesse espaço para mais ninguém na cozinha caótica.

– Graças a Deus que todos pediram galinha d'angola – o cozinheiro estava dizendo.

Kaori tinha voltado a si e estava sentada no chão. – Os dois casais pediram galinha d'angola – ela disse. – Os homens de negócios pediram ravioli.

– Eu estava me referindo só aos casais – Tony Angel disse. – Vou servir primeiro a eles.

– Os homens de negócios estão prontos para ir embora, estou avisando – Tzu-Min disse.

Yi-Yiing encontrou a ponta do dedo de Ah Gou no meio das cebolas. Xiao Dee segurou Ah Gou enquanto o cozinheiro despejava vodca no coto do indicador esquerdo dele. O Grande Irmão ainda estava gritando quando Yi-Yiing estendeu a ponta do dedo e Tony Angel despejou mais vodca sobre ela; então ela tornou a pôr a ponta do dedo no lugar.

– Aguente firme e pare de gritar – ela disse a ele.

Danny ficou triste por Joe estar vendo a televisão; o menino de dez anos parecia hipnotizado por aquela imagem das pessoas agarradas nos trens de pouso dos helicópteros e depois caindo.

– O que está acontecendo com eles? – o menino perguntou ao pai.

– Eles estão morrendo – Danny disse. – Não há lugar para eles nos helicópteros.

Ed estava tossindo; ele saiu pela porta da cozinha. Havia um beco ali atrás – usado para entregas e recolher o lixo – e eles todos acharam que Ed só tinha saído para fumar um cigarro. Mas o lavador de pratos nunca mais voltou.

Yi-Yiing levou Ah Gou pela porta de vaivém e atravessou com ele o salão do restaurante; ele segurava a ponta do seu dedo no lugar, mas agora que Danny não estava mais apertando a toalha em volta do braço dele, o Grande Irmão estava sangrando profusamente. Tzu-Min foi junto com ele. – Acho que vou passar meu resfriado para todo mundo do pronto-socorro, afinal – Yi-Yiing estava dizendo.
– Mas o que é que está acontecendo nesta porra? – um dos homens de negócios berrou. – Tem alguém trabalhando aqui ou não?
– Racistas! Criminosos de guerra! Porcos fascistas! – Ah Gou berrou para eles, ainda sangrando.

Na cozinha, o cozinheiro disse para o filho e o neto: – Vocês são os meus assistentes agora, é melhor começarmos.
– Só tem duas mesas para servir, papi, eu acho que podemos dar conta disso – Danny disse a ele.
– Se nós simplesmente ignorarmos os homens de negócios, acho que eles irão embora – Kaori disse.
– Ninguém sai! – Xiao Dee gritou. – Eu vou mostrar a eles que tipo de lugar maluco é este, e é melhor que eles gostem!

Ele foi para o salão pela porta de vaivém – seu rabo de cavalo com aquela absurda fita cor-de-rosa que possivelmente pertencia a Spicy –, e mesmo antes da porta fechar, eles ainda podiam ouvir a voz do Irmão Pequeno da cozinha.
– Vocês querem comer a melhor comida que já comeram, ou vocês querem *morrer*? – Xiao Dee gritou. – *Asiáticos* estão morrendo, mas vocês podem comer bem!
– A galinha d'angola é servida com aspargos, e um risoto de cogumelos e *jus* de sálvia – o cozinheiro estava explicando para Danny e o jovem Joe. – Não *derramem* o risoto nos pratos, por favor.
– De onde vêm as galinhas d'angola, papi? – Danny perguntou.
– De Iowa, é claro, nós estamos com falta de tudo o que *não* é de Iowa – o cozinheiro disse a ele.

– Vocês querem ver como é feito o seu ravióli de cogumelo e mascarpone? – Xiao Dee perguntou aos homens de negócios.
– Ele é feito com queijo parmesão e azeite de trufas brancas! É o melhor ravioli que vocês irão comer na vida! Vocês acham que azeite de trufas brancas vem do *Iowa*? Querem vir até a cozinha para ver um monte de asiáticos *morrendo*? Eles estão morrendo na televisão agora mesmo, se vocês quiserem ver! – Irmão Pequeno gritou.
Tony Angel virou-se para as gêmeas japonesas. – Vão salvar os homens de negócios de Xiao Dee – ele disse a elas. – Vocês *duas*.
O cozinheiro acompanhou as Yokohama até o salão, onde elas serviram as galinhas d'angola aos dois casais. – A massa dos senhores já está saindo – Tony disse aos homens de negócios; ele se perguntou por que os homens de negócios tinham ouvido tão calados o discurso de Xiao Dee. Então ele viu que Irmão Pequeno tinha levado a faca suja de sangue com ele para o salão.
– Nós precisamos de você na cozinha, queremos você lá como *doidos*! Estamos *morrendo* por você! – As gêmeas japonesas disseram para Xiao Dee; elas tinham se agarrado nele, tomando cuidado para não tocar na faca ensanguentada. Os homens de negócios ficaram ali sentados, esperando, mesmo depois que o cozinheiro (e Xiao Dee, com Kaori e Sao) tinham voltado para a cozinha.
– O que os porcos fascistas estão bebendo? – Xiao Dee perguntou às Yokohoma.
– Tsingtao – Kaori ou Sao respondeu.
– Sirvam mais para eles, não parem de servir a cerveja! – Irmão Pequeno disse a elas.
– O que vai acompanhar o ravioli, papai? – Danny perguntou ao pai.
– As ervilhas – o cozinheiro disse a ele. – Use a escumadeira, senão vai muito óleo junto.
Joe não conseguiu se interessar em ser um assistente do chef porque não conseguia tirar os olhos da televisão que continuava mostrando os helicópteros. Quando o telefone tocou, Joe era a única pessoa com as mãos desocupadas; ele atendeu. Todos sabiam

que não havia maître no salão, e eles acharam que devia ser Yi-Yiing ou Tzu-Min ligando do hospital para dizer se eles tinham ou não conseguido salvar o dedo de Ah Gou.

— É a cobrar, de Ketchum — Joe disse.
— Diz que você aceita — o avô disse a ele.
— Eu aceito — o menino disse.
— Você fala com ele, Daniel, eu estou ocupado — o cozinheiro disse.

Mas ao passar o telefone, todos puderam ouvir o que Ketchum dizia — lá em New Hampshire. — Este país babaca...
— Oi, sou eu, Danny — o escritor disse ao velho lenhador.
— Você ainda se arrepende de não ter ido para o Vietnã, *cara*?
— Ketchum urrou para ele.
— Não, eu não me arrependo — Danny respondeu, mas levou muito tempo para dizer, Ketchum já havia desligado.

Havia sangue por toda a cozinha. Na TV, os vietnamitas desesperados se penduravam e depois despencavam dos trens de pouso dos helicópteros. A debacle seria repetida por vários dias — em todo o mundo, o escritor imaginou, enquanto via o filho de dez anos assistindo ao fim da guerra onde seu pai não tinha lutado.

As gêmeas japonesas acalmavam os homens de negócios com mais cerveja. Xiao Dee estava parado dentro do frigorífico com a porta aberta.

— Estamos quase sem Tsingtao, Tony — Irmão Pequeno disse. Ele saiu de dentro do frigorífico e fechou a porta; depois notou que a porta que dava para o beco continuava aberta. — O que aconteceu com Ed? — Xiao Dee perguntou. Ele foi cautelosamente até o beco. — Talvez algum maldito fazendeiro patriota o tenha confundido com um de nós e o tenha matado!

— Eu acho que o pobre Ed foi para casa — o cozinheiro disse.
— Eu vomitei na pia dele, talvez tenha sido por isso — Sao disse. Ela e Kaori tinham voltado para a cozinha para buscar a massa dos homens de negócios.

— Eu posso desligar a TV? — Danny perguntou a todos.
— Sim! Desligue, por favor! — uma das Yokohama disse.

– Ed *desapareceu*! – Xiao Dee estava gritando do beco. – Os malditos patriotas o *sequestraram*!

– Eu posso levar o Joe para casa e colocá-lo na cama – a outra gêmea disse para Danny.

– O menino precisa comer primeiro – o cozinheiro disse. – Você pode ser o maître por algum tempo, não pode, Daniel?

– Sim, é claro – o escritor disse a ele. Ele lavou as mãos e o rosto, e vestiu um avental limpo. Quando entrou no salão, os homens de negócios pareceram surpresos por ele não ser asiático e nem estar especialmente zangado.

– O que está havendo na cozinha? – um dos homens perguntou timidamente; ele definitivamente não queria que Xiao Dee escutasse.

– É o fim da guerra, pela televisão – Danny disse a eles.

– A massa está fantástica, apesar de tudo – o outro homem disse a Danny. – Cumprimentos para o chef.

– Eu vou dizer a ele – Danny disse.

Uns professores apareceram mais tarde, e alguns pais orgulhosos levando seus amados estudantes universitários para jantar, mas se você não estivesse lá atrás na cozinha do Mao's com os asiáticos furiosos, talvez não soubesse que a guerra tinha terminado, nem como ela havia terminado. (Eles não mostraram essa cena na televisão em toda parte, nem por muito tempo – pelo menos não na maior parte da América.)

Ah Gou iria conservar a ponta do dedo. Kaori ou Sao levou o jovem Joe para casa e o pôs na cama aquela noite, e Danny levou Yi-Yiing para casa de carro. O cozinheiro iria no carro dele depois que o Mao's estivesse fechado.

Houve um momento difícil – depois que a babá japonesa foi embora e antes de o cozinheiro chegar – quando Joe estava dormindo lá em cima, e Danny estava sozinho na terceira cozinha da Court Street com a enfermeira de Hong Kong. Como Danny e o pai dele, Yi-Yiing não bebia. Ela estava fazendo um chá para ela – algo considerado bom para o seu resfriado.

– Então aqui estamos, finalmente sozinhos – Yi-Yiing disse a ele. – Acho que estamos *quase* sozinhos, pelo menos – ela acrescentou. – Só você, eu e meu maldito resfriado.

A chaleira ainda não tinha fervido, e Yi-Yiing cruzou os braços no peito e o encarou.

– O que foi? – Danny perguntou.

– Você sabe – ela disse a ele. Ele foi o primeiro a baixar os olhos.

– Em que pé está essa questão difícil de trazer sua filha e seus pais para cá? – ele perguntou. Finalmente, ela desviou os olhos.

– Eu estou mudando de ideia lentamente a respeito disso – Yi-Yiing disse a ele.

Bem mais tarde, o cozinheiro iria saber que ela havia voltado para Hong Kong; estava trabalhando como enfermeira lá. (Nenhum deles jamais soube o que aconteceu com as Yokohama, Kaori e Sao.)

Naquela noite em que a guerra terminou, Yi-Yiing levou o chá para cima com ela, deixando Danny sozinho na cozinha. A tentação de ligar a TV foi grande, mas Danny preferiu ir até a calçada da Court Street. Não era muito tarde – nem perto de meia-noite –, mas a maioria das casas da rua estava às escuras, ou as únicas luzes acesas eram no andar superior. Pessoas lendo na cama ou vendo TV, Danny imaginou. Em diversas casas Danny pôde reconhecer aquela luz típica do aparelho de televisão – um verde-azulado artificial, um brilho cinza-azulado. Havia alguma coisa errada com aquela cor.

Estava quente o suficiente no Iowa no final de abril para algumas janelas estarem abertas, e embora não conseguisse ouvir as palavras que estavam sendo ditas na televisão, Danny reconheceu a lenga-lenga como sendo a voz desencarnada do noticiário – ou foi o que o escritor imaginou. (Se alguém estivesse vendo uma história de amor ou outro tipo de filme, como Danny iria saber?)

Se havia estrelas no céu, Danny não conseguiu enxergar. Fazia três anos que ele morava na Court Street; nada de muito ruim tinha acontecido lá, exceto pelo Mustang azul sem motorista, e agora o escritor e sua família estavam prestes a voltar para Vermont. "Este país babaca...", Ketchum tinha começado a dizer; ele estava muito zangado ou muito bêbado, ou as duas coisas, para nem conseguir completar seu pensamento. E aquele não era um julgamento severo demais, de qualquer modo? Danny esperava que sim.

"Por favor, tome conta do meu pai e do meu garotinho", o escritor disse alto, mas para o quê ele estava falando – ou para quem? Para a noite sem estrelas sobre Iowa City? Para uma alma atenta e inquieta em Court Street que talvez o escutasse? (Yi-Yiing – se ela ainda estivesse acordada – talvez.)

Danny desceu da calçada e foi para o meio da rua deserta, como se estivesse desafiando o Mustang azul a reparar nele. "Por favor, não machuque meu pai ou meu filho", Danny disse. "Machuque a *mim*, se tiver que machucar alguém", ele disse.

Mas quem estava lá, sob o céu invisível, fosse para tomar conta deles ou machucá-los? "Lady Sky?", o escritor chamou, mas Amy nunca disse que era um anjo em tempo integral, e fazia oito anos que ele não a via. Não houve resposta.

11
Mel

Para onde foi minha memória?, o cozinheiro estava pensando; ele tinha quase sessenta anos, seu andar defeituoso estava mais pronunciado. Tony Angel estava tentando lembrar dos mercados onde Irmão Pequeno o tinha levado em Chinatown. O Kam Kuo ficava na Mott Street, o Kam Man na Bowery – ou era o contrário? Não tinha importância, o cozinheiro concluiu; ele ainda conseguia lembrar das coisas importantes.

Como Xiao Dee o tinha abraçado ao dizer adeus – como Ah Gou tinha torcido a ponta recolocada do indicador esquerdo para poder chorar. *"She bu de!"*, Xiao Dee tinha gritado. (Os irmãos Cheng pronunciavam SEH BU DEH.)

"She bu de!", Ah Gou gritou, inclinando aquele dedo indicador ligeiramente torto e cheio de cicatrizes.

Imigrantes chineses diziam *she bu de* uns para os outros, Xiao Dee explicou ao cozinheiro durante uma de suas maratonas de dezesseis horas indo ou voltando de Chinatown, em algum lugar da I-80. Você dizia *she bu de* quando estava partindo de sua pátria chinesa para Nova York ou San Francisco – ou para qualquer outro lugar distante, onde talvez nunca mais fosse ver seus amigos de infância ou a sua família. (Xiao Dee tinha dito a Tony Angel que *she bu de* significava algo do tipo "Eu não tenho coragem de me separar de você". Você diz isso quando não quer abrir mão de alguma coisa.)

"She bu de", o cozinheiro murmurou para si mesmo na sua adorada cozinha do Avellino.

– O que é isso, patrão? – Greg, o assistente, perguntou a ele.

– Eu estou falando com as minhas lulas – Tony disse a ele. – O problema das lulas, Greg, é que ou você as cozinha só um pouco ou as cozinha para sempre. Qualquer coisa no meio, e elas viram borracha.

Greg já tinha ouvido antes este monólogo sobre as lulas. – Sei – o assistente disse.

As lulas que o cozinheiro preparava para o filho eram do tipo *para sempre*. Tony Angel as cozinhava lentamente com tomates enlatados e massa de tomate – e com alho, manjericão, pimenta e azeitonas pretas. O cozinheiro só acrescentava os pinhões e a salsinha picada no final, e ele servia as lulas com penne, e mais salsinha picada num pratinho separado. (Nunca com parmesão – não com lulas.) Ele ia dar a Daniel só uma pequena salada de rúcula depois do prato de massa, talvez com um pouco de queijo de cabra; ele tinha um queijo de cabra lá mesmo de Vermont que era muito bom.

Mas naquele momento as pizzas de pepperoni estavam prontas, e o cozinheiro as tirou do forno do seu fogão a lenha Stanley. ("*She bu de*", ele cochichou para o velho fogão irlandês, e Greg mais uma vez olhou para ele.)

– Você está chorando de novo, você sabe disso, não sabe? – Celeste disse para Tony. – Você quer conversar a respeito?

– Devem ser as cebolas – o cozinheiro disse a ela.

– Besteira, Tony – ela disse. – Essas são minhas duas pizzas de pepperoni para aquelas bruacas? – Sem esperar pela resposta, Celeste disse: – É melhor que sejam as minhas pizzas. Aquelas velhas estão parecendo famintas o suficiente para comer o Danny como entrada.

– Elas são todas suas – Tony Angel disse a Celeste. Ele já tinha posto o penne na panela de água fervendo, e pegou um com a escumadeira e provou enquanto observava cada passo da saída teatral de Celeste da cozinha. Loretta estava olhando para ele como se estivesse tentando decifrar um código. – O que foi? – o cozinheiro disse a ela.

– Homem misterioso – Loretta disse. – Danny também é um homem misterioso, não é?

– Você é tão dramática quanto sua mãe – o cozinheiro disse a ela, sorrindo.
– As lulas estão prontas ou você está contando a elas a história da sua vida? – Loretta perguntou a ele.
Lá no salão, Dot exclamou: – Nossa, que crosta fina!
– É fina mesmo – May disse com um ar de aprovação.
– Nosso cozinheiro faz ótimas pizzas – Celeste disse a elas. – Suas crostas são sempre finas.
– O que foi que ele pôs na massa? – Dot perguntou à garçonete.
– É, qual é o ingrediente secreto? – May perguntou a Celeste.
– Eu não sei se ele tem um – Celeste disse. – Vou perguntar a ele. – As duas bruacas estavam atacando as pizzas, elas a ignoraram. – Espero que as senhoras estejam com fome – Celeste acrescentou, virando-se para voltar para a cozinha. Dot e May continuaram comendo; aquela não era hora de conversar.

Danny observou as mulheres comendo com um espanto cada vez maior. Onde ele tinha visto pessoas comendo assim?, ele pensou. Com certeza não tinha sido em Exeter, onde os modos na mesa não importavam mas a comida era horrível. Em Exeter, você catava a comida com grande desconfiança – e falava sem parar, nem que fosse só para não prestar atenção no que estava comendo.

As duas mulheres tinham conversado, cochichado e gargalhado uma com a outra (como duas gralhas); agora não estavam trocando uma palavra e nem olhando uma para a outra. Elas estavam com os braços apoiados na mesa e a cabeça enfiada no prato. Estavam com os ombros curvados, como que para se defender de um ataque por trás, e Danny imaginou que se estivesse mais perto delas talvez as ouvisse emitir um gemido ou grunhido inconsciente – um som tão intimamente associado ao ato de comer que as mulheres não se davam conta dele e já nem o ouviam mais.

Ninguém no North End jamais havia comido daquele jeito, o escritor se lembrou. Comida era uma celebração no Vicino di Napoli, um acontecimento que inspirava a conversa; as pessoas se relacionavam umas com as outras enquanto comiam. No Mao's, também, você não apenas falava enquanto comia – você *gritava*. E você dividia a comida – enquanto aquelas duas velhas pareciam estar protegendo suas pizzas uma da outra. Elas engoliam a comida como cachorros. Danny sabia que elas não iam deixar nem uma migalha no prato.

– Os Red Sox não são confiáveis – Greg estava dizendo, mas o cozinheiro estava concentrado no prato de lulas que preparava para o filho; ele tinha perdido os lances do jogo que estava passando no rádio.

– Daniel gosta de um pouco de salsinha extra – ele estava dizendo para Loretta quando Celeste voltou para a cozinha.

– As duas bruacas querem saber se você usa algum ingrediente secreto na sua massa de pizza, Tony – Celeste disse ao cozinheiro.

– Pode apostar que sim, é *mel* – Tony Angel disse a ela.

– Eu jamais teria adivinhado – Celeste disse. – Esse é um segredo e tanto.

Lá no salão, de repente o escritor Danny Angel lembrou-se de onde tinha visto pessoas comendo como se fossem animais, do modo como aquelas duas velhas estavam comendo suas pizzas. Os madeireiros e os empregados da serraria comiam daquele jeito – não apenas no pavilhão de cozinha em Twisted River, mas também nos *wanigans* onde ele e o pai tinham uma vez dado comida aos lenhadores durante um comboio de rio. Aqueles homens comiam sem falar; às vezes até Ketchum ficava mudo. Mas essas bruacas não podiam ter sido *lenhadoras*, Danny estava pensando, quando Loretta interrompeu seus pensamentos.

– Surpresa! – a garçonete disse, pondo o prato de lulas na frente dele.

– Eu estava torcendo para ser lula – Danny disse a ela.

– Rá! – Loretta disse. – Vou dizer ao seu pai.

May tinha acabado sua pizza de pepperoni primeiro, e qualquer pessoa que visse o modo como ela olhou para a última fatia no prato de Dot teria motivo para avisar a Dot que ela jamais de-

veria confiar inteiramente na amiga. – Acho que gostei um pouco mais da minha do que você está gostando da sua – May disse.
– Eu estou gostando muito da minha – Dot respondeu de boca cheia, agarrando rapidamente com o polegar e o indicador a crosta daquela última e preciosa fatia.
May desviou o olhar. – O escritor está finalmente comendo alguma coisa, e parece bem apetitoso – ela observou. Dot só grunhiu, terminando sua pizza.
– Você diria que é *quase* tão boa quanto a de Cookie? – May perguntou.
– Não – Dot disse, limpando a boca. – Nenhuma pizza é tão boa quanto a de Cookie.
– Eu disse *quase*, Dot.
– Chega *perto*, talvez – Dot disse a ela.
– Espero que tenham deixado espaço para a sobremesa – Celeste disse. – Parece que as pizzas agradaram.
– Qual é o ingrediente secreto? – May perguntou à garçonete.
– Vocês nunca vão adivinhar – Celeste disse.
– Aposto que é *mel* – Dot disse; ela e May caíram na gargalhada, mas pararam de rir quando viram como a garçonete estava olhando para elas. (Era difícil deixar Celeste sem fala.)
– Espere um instante – May disse. – É mel, não é?
– Foi o que o cozinheiro disse, ele põe mel na massa – Celeste disse a elas.
– É, e só falta você nos dizer que o cozinheiro é *manco* – Dot disse. Isso fez as duas morrerem de rir; Dot e May não conseguiam parar de rir, mas isso não as impediu de ver a expressão espantada no rosto de Celeste. (Era como se a garçonete tivesse respondido que sim. O cozinheiro mancava mesmo. Mancava um bocado!)
Mas Danny tinha ouvido pedaços da conversa antes de as senhoras começarem a rir sem parar. Ele tinha ouvido Celeste dizer alguma coisa sobre o pai pôr mel na massa da pizza, e uma das bruacas tinha feito uma piada sobre o cozinheiro ser manco. Danny era sensível ao defeito do pai; ele tinha ouvido piadas a respeito a vida toda, a maioria daqueles patetas de West Dummer

naquela porcaria daquela escola da Paris Manufacturing Company. E por que Celeste de repente parecia tão ofendida?, o escritor pensou.

– As senhoras não estavam interessadas nas tortas? – a garçonete perguntou a elas.

– Espere um minuto – May disse. – Você está dizendo que o cozinheiro é *manco*?

– Ele manca *um pouco* – Celeste hesitou em dizer, mas na verdade ela já tinha dito.

– Você está de brincadeira conosco? – Dot perguntou à garçonete.

Celeste pareceu ofendida, mas também assustada; ela sabia que havia algo errado, mas não sabia o que e nem por quê. E nem Danny, mas qualquer pessoa que olhasse para ele veria que ele também parecia assustado.

– Veja só, nosso cozinheiro manca e põe mel na massa da pizza, isso não é nada demais – Celeste disse para elas.

– Mas é demais para *nós* – May disse à garçonete.

– Ele é um cara baixinho? – Dot perguntou.

– É... e qual é o nome dele? – May perguntou.

– Eu diria que o nosso cozinheiro é... de pequena estatura – Celeste respondeu com cuidado. – O nome dele é Tony.

– Ah – Dot disse, desapontada.

– Tony – May repetiu, sacudindo a cabeça.

– Você pode nos trazer uma torta de maçã e uma de blueberry – Dot disse à garçonete.

– Nós vamos dividir as tortas – May disse.

Podia ter terminado ali se Danny não tivesse falado; foi a sua voz que fez Dot e May olharem para ele com mais atenção. Quando elas o viram antes, não devem ter reparado na semelhança dele com o pai quando jovem, mas foi o modo educado de Danny falar que fez Dot e May lembrarem do cozinheiro. Numa cidade como Twisted River, o modo de falar do cozinheiro e sua dicção perfeita tinham chamado atenção.

– Eu poderia perguntar se as senhoras são daqui? – Danny perguntou às bruxas.

– Jesus, May – Dot disse para a amiga. – Essa voz não faz você lembrar de alguma coisa do passado?
– De *muito* tempo do passado – May disse, olhando para Danny. – E ele não é igualzinho ao Cookie, também?
A palavra *Cookie* foi suficiente para dizer a Danny de onde eram aquelas senhoras, e por que elas estavam aborrecendo Celeste com coisas como mel na massa de pizza e um cozinheiro baixinho que mancava.
– O seu nome era Danny – Dot disse a ele. – Você também trocou de nome?
– Não – o escritor respondeu depressa demais.
– Eu preciso conhecer esse cozinheiro daqui – May disse.
– Por que você não diz ao seu pai para vir falar conosco? – Dot perguntou a Danny. – Já faz muito tempo que não nos vemos, temos muito assunto para pôr em dia.
Celeste voltou com as sobremesas das mulheres, que Danny sabia que seriam uma distração temporária.
– Celeste – Danny disse. – Você pode dizer ao papi que tem duas velhas amigas aqui querendo falar com ele? Diga a ele que elas são de Twisted River.
– O nome do nosso cozinheiro é *Tony* – Celeste disse com um certo desespero para as bruacas. Ela já ouvira o suficiente sobre Twisted River para não querer nunca mais ouvir falar de lá. (O cozinheiro tinha contado a ela que estaria tudo acabado no dia em que Twisted River o encontrasse.)
– O nome do seu cozinheiro é *Cookie* – Dot disse para a garçonete.
– Basta dizer a ele que nós estamos *sufocando* – May disse para Celeste. – Isso vai fazer ele vir correndo.
– *Mancando,* você quer dizer – Dot a corrigiu, mas elas não estavam mais rindo. Se o escritor tivesse que adivinhar, diria que aquelas mulheres tinham contas a acertar com seu pai.
– Você tem a mesma voz de gente fina que o seu pai – May disse a Danny.
– A índia está por aqui? – Dot perguntou a ele.

– Não, Jane... já se foi há muito tempo – Danny disse a elas.
Na cozinha, Celeste ainda estava de olhos secos quando passou pela filha. – Você podia ter me ajudado um pouco com aquela mesa de oito – Loretta estava dizendo a ela – e depois aqueles três casais entraram, mas você continuou falando com aquelas duas velhas.

– Aquelas duas velhas são de Twisted River – Celeste disse ao cozinheiro. – Elas me mandaram dizer a você que estavam *sufocando*... Cookie. – Celeste nunca tinha visto aquela expressão no rosto de Tony Angel, nenhum deles tinha, mas é claro que ela nunca o tinha chamado de Cookie antes.

– Algum problema, patrão? – o assistente perguntou.

– Foi o mel na pizza, não foi? – Celeste estava dizendo. – Acho que foi o mel que entregou você.

– Dot e May. Está tudo acabado, meu bem – Tony Angel disse para Celeste; ela começou a chorar.

– Mamãe? – Loretta disse.

– Vocês não me conhecem – o cozinheiro disse a todos eles. – Vocês nem mesmo vão saber para onde eu vou agora. – Ele tirou o avental e o deixou cair no chão. – Tome conta de tudo, Greg – ele falou para o assistente.

– Elas não sabem o seu sobrenome, a menos que Danny tenha contado a elas – Celeste conseguiu dizer; Loretta estava abraçada com ela, enquanto ela soluçava.

O cozinheiro entrou no salão. Danny estava parado entre ele e as duas bruacas. – Elas não sabem sobre o *Angel* do sobrenome, papi – o filho cochichou para ele.

– Bem, graças a Deus por isso – o pai dele disse.

– Eu não chamaria isso de *mancar ligeiramente*, e você, May? – Dot perguntou à velha amiga.

– Olá, senhoras – o cozinheiro disse a elas, sem se aproximar.

– Ele está mancando *mais*, se quer saber – May respondeu para Dot.

– Vocês estão de passagem por aqui? – o cozinheiro perguntou a elas.

– Por que você mudou de nome, Cookie? – Dot perguntou a ele.
– Tony era mais fácil de dizer do que Dominic – ele respondeu – e ainda parece italiano.
– Você está com uma aparência horrível, Cookie, branco como farinha! – May disse a ele.
– Eu não pego muito sol na cozinha – o cozinheiro disse.
– Você parece que esteve escondido atrás de uma pedra – Dot disse a ele.
– Por que você e Danny ficaram tão assustados quando nos viram? – May perguntou a ele.
– Eles sempre foram *superiores* a nós – Dot lembrou à amiga.
– Mesmo quando pequeno, você era um pirralho metido a besta – ela disse a Danny.
– Onde vocês estão morando agora? – o cozinheiro perguntou. Ele estava torcendo para elas estarem morando ali perto, em algum lugar em Vermont, ou no estado de Nova York, mas pelo sotaque delas, e só de olhar para elas, ele soube que elas ainda moravam em Coos.
– Em Milan – May respondeu. – Nós vemos seu amigo Ketchum de vez em quando.
– Não que Ketchum diga um alô para nós ou algo assim – Dot disse. – Vocês eram tão superiores, vocês três *e* a índia!
– Bem... – o cozinheiro começou a dizer. – Eu tenho muito o que fazer na cozinha.
– Primeiro você ia pôr mel na massa, depois não ia mais. Depois você mudou de ideia *de novo*, eu imagino – May disse a ele.
– É verdade – o cozinheiro disse.
– Eu vou dar uma olhada na cozinha – Dot disse de repente.
– Eu não acredito numa palavra que esses dois estão dizendo. Eu vou ver se Jane ainda está com ele! – Nem Danny nem o pai dele fizeram nada para impedi-la. May ficou esperando enquanto Dot ia até a cozinha.
– Tem duas garçonetes, todas as duas chorando, e um cozinheiro jovem, e o que parece ser um ajudante de garçom, e uma

garota lavando pratos, nem sinal da índia – Dot anunciou ao voltar.
– Minha nossa, você está com cara de quem fez o que não devia, Cookie! – May disse a ele. – Você também – ela disse a Danny. – Você tem mulher e filhos ou coisa parecida?
– Nem mulher nem filhos – Danny disse a elas, mais uma vez depressa demais.
– Bobagem – Dot disse. – Eu não acredito numa só palavra! – E suponho que você não esteja transando com ninguém, também? – May perguntou ao cozinheiro. Ele não respondeu; ficou olhando para o filho, Daniel. As mentes deles estavam muito à frente daquele momento no Avellino. Em quanto tempo eles poderiam partir? Para onde iriam desta vez? Quanto tempo aquelas bruxas levariam para cruzar com Carl, e o que elas diriam ao caubói quando o encontrassem? (Carl morava em Berlin; Ketchum morava em Errol. Milan ficava no meio.)
– Na minha opinião, Cookie está trepando com a nossa garçonete, aquela mais velha – Dot disse para May. – É ela que está chorando mais.
O cozinheiro apenas se virou e voltou para a cozinha. – Diga a elas que o jantar delas é por minha conta, Daniel, pizzas gratuitas, sobremesas gratuitas – ele disse quando estava saindo.
– Você não precisa nos dizer, nós ouvimos – May disse para Danny.
– Vocês podiam ter sido apenas *simpáticos* conosco, podiam ter ficado contentes em nos ver ou algo assim! – Dot gritou para o cozinheiro, mas ele já tinha ido embora. – Você não tem que pagar nosso jantar, Cookie! – Dot berrou para dentro da cozinha, mas não foi atrás dele.
May estava pondo dinheiro na mesa de Danny – dinheiro demais para o jantar delas, mas Danny não ia tentar impedi-la. – E nós nem comemos nossas tortas! – ela disse ao escritor. May apontou para o caderno dele sobre a mesa. – O que você é, a porra de um contador ou algo assim? Você faz a contabilidade, hã?
– Isso mesmo – ele disse a ela.

– Fodam-se, você e seu pai – Dot disse a ele.
– Cookie sempre foi metido a besta, e você sempre foi uma *criança* metida a besta! – May disse a ele.
– Desculpe – Danny disse. Ele só queria que elas fossem embora para ele se concentrar no que ele e o pai tinham que fazer, e no muito ou pouco tempo que tinham para fazê-lo – começando por contar a Ketchum.
Enquanto isso, havia uma mesa com oito pessoas e outra com três casais atônitos. Todo mundo tinha prestado atenção na discussão, mas esta já estava acabada. Dot e May estavam indo embora. As mulheres fizeram um gesto obsceno para Danny ao sair. Por um momento – era quase como se as esposas dos operários da serraria não fossem reais, ou que nunca tivessem achado o caminho para o Avellino – as velhas não pareciam saber para que lado virar na rua principal. Então elas devem ter lembrado que tinham estacionado descendo a ladeira, depois do Latchis Theatre.
Depois que as bruacas malvadas foram embora, Danny falou com os fregueses constrangidos e abandonados do restaurante.
– Alguém virá atendê-los imediatamente – ele disse a eles, sem nem mesmo saber se isso era remotamente verdade; ele sabia que não era verdade caso Celeste e Loretta ainda estivessem chorando.
Na cozinha, as coisas estavam piores do que Danny imaginara. Até o garoto lavando pratos e o ajudante de garçom estavam chorando. Celeste tinha se atirado no chão, e Loretta estava ajoelhada ao lado dela. "Pare de *gritar* comigo!", o cozinheiro berrou no telefone. "Eu não devia ter ligado para você, aí eu não ia ter que *ouvir* você!" (O pai dele devia ter ligado para Ketchum, Danny percebeu.)
– Diga-me o que dizer, Greg, e eu digo – Danny disse ao assistente. – Vocês têm uma mesa com oito pessoas e outra com seis pessoas lá dentro. O que eu digo a elas?
Greg estava chorando sobre a redução de alecrim e vinho tinto. – Seu pai disse que o Avellino está acabado – Greg disse a ele. – Ele disse que esta é sua última noite. Ele vai pôr o lugar

à venda, mas nós podemos tocar o restaurante sozinhos até ele vender, se conseguirmos.
– Greg, e como é que nós vamos *conseguir*? – Celeste berrou.
– Eu não disse que nós íamos conseguir – Greg balbuciou.
– Livrem-se dos Red Sox, para começar – Danny disse, mudando a estação do rádio. – Se vocês vão ficar histéricos, é melhor pôr uma música para tocar aqui, todo mundo no restaurante pode ouvir vocês.
"Sim, eu *sei* que você sempre achou que Vermont era perto demais de New Hampshire, Ketchum!", o cozinheiro estava gritando no telefone. "Por que você não me diz algo de *útil*?
– Diga-me o que dizer aos fregueses, Greg – Danny repetiu.
– Diga para eles fazerem pedidos simples – Greg disse a ele.
– Diga para irem embora, pelo amor de Deus! – Loretta disse.
– Não, que droga, diga a eles para *ficar*! – O assistente disse zangado. – Nós vamos dar um jeito.
– Não seja idiota, Greg – Celeste disse a ele; ela ainda estava soluçando.

Danny voltou para o salão, onde o grupo de oito pessoas já estava discutindo entre si – se ficavam ou iam embora, sem dúvida. Os três casais na mesa para seis pareciam mais resignados com sua sina, ou pelo menos mais dispostos a esperar.

– Ouçam – Danny disse a todos –, há um crise na cozinha, e não estou brincando. Eu os aconselharia a ir embora já ou pedir algo bem simples. As pizzas, talvez, ou um prato de massa. Aliás, o *satay* de carne está excelente. E as lulas também.

Ele foi até o armário e pegou duas garrafas de vinho tinto de boa qualidade; Danny Angel podia ter parado de beber dezesseis anos atrás, quando ainda era Daniel Baciagalupo, mas o escritor sabia os nomes dos melhores vinhos. – O vinho é por minha conta – ele disse, trazendo as taças também. Ele teve que voltar à cozinha para pegar um saca-rolha com Loretta ou Celeste, e uma das pessoas do grupo de oito pediu timidamente uma cerveja. – Claro – Danny disse. – Uma cerveja não é problema. Você devia experimentar uma Moretti.

Pelo menos Celeste estava em pé, embora Loretta parecesse em melhor forma. – Uma Moretti para o grupo de oito. Eu dei vinho para todo mundo, por minha conta – Danny disse a Loretta.
– Você pode tirar as rolhas?
– Sim, acho que estou bem – Loretta disse a ele.
– Eu posso trabalhar – Celeste disse, de forma não convincente.
– É melhor você tirar o seu pai do telefone antes que ele tenha um enfarte – Greg disse a Danny.
"Eu não vou trocar de nome *de novo*!", o cozinheiro estava berrando no telefone. "Eu não vou deixar o país, Ketchum! Por que eu tenho que deixar o *país*?"
– Deixe-me falar com ele, papi – Danny disse; ele beijou o pai na testa, tirando o telefone da mão dele. – Sou eu, Ketchum – o escritor disse.
– Dot e May! – Ketchum berrou. – Pelo amor de Deus, Danny, aquelas duas são as maiores fofoqueiras do mundo. Assim que as bruxas virem o Carl, o caubói vai ficar sabendo onde encontrar vocês!
– Quanto tempo nós temos, Ketchum? – Danny perguntou.
– Apenas me dê um palpite educado.
– Vocês deviam ter partido ontem – Ketchum disse a ele. – Vocês têm que deixar o país o quanto antes!
– O *país*? – Danny perguntou.
– Você é um escritor famoso! Por que precisa morar nesta droga de país? – Ketchum perguntou a ele. – Você pode escrever em qualquer lugar, não pode? E quanto tempo falta para o Cookie se aposentar? E, aliás, ele pode cozinhar em qualquer lugar, não pode? Só não deixe que seja um restaurante *italiano*! É isso que o caubói vai estar procurando. E Cookie precisa de um nome novo.
– Dot e May nunca ouviram *Angel* – Danny disse ao velho lenhador.
– Carl poderia ouvi-lo, quando for à procura de vocês dois, Danny. Não importa quanto tempo depois de vocês terem partido, alguém poderia dizer o nome *Angel* para o caubói.

– Então eu também tenho que mudar de nome? Pelo amor de Deus, Ketchum, eu sou um *escritor*!

– Então não mude – Ketchum disse sombriamente. – O caubói não é nenhum leitor, isso eu sou obrigado a admitir. Mas Cookie não pode conservar o Tony Angel, ele estaria melhor sendo Dominic Baciagalupo de novo! Danny, não ouse deixá-lo cozinhar em nenhum restaurante com nome italiano, nem se for fora do país.

– Eu tenho um filho, Ketchum, ele é *americano*, lembra? – Danny disse para o velho madeireiro.

– Joe vai estar estudando no *Colorado* – Ketchum disse. Esse era um assunto delicado para Danny. O fato de Joe estar indo para a Universidade do Colorado, em Boulder, foi uma certa decepção para o pai. Na opinião de Danny, o filho tinha sido aceito em escolas melhores. Danny achava que Joe estava indo para o Colorado para *esquiar*, não para receber uma boa educação; o escritor também tinha lido que Boulder era uma cidade grande e festiva.

– Carl nem sabe que você tem um filho – Ketchum lembrou a Danny. – Se você estiver fora do país, *eu* tomo conta do Joe.

– No Colorado? – Danny perguntou.

– Uma coisa de cada vez, Danny – Ketchum disse. – Deem o fora de Vermont, você e seu pai! Eu posso tomar conta do seu garoto, pelo menos antes de ele ir para o Colorado.

– Talvez papi e eu possamos ir para o Colorado também – Danny sugeriu. – Lá é um pouco parecido com Vermont, eu imagino. Tem montanhas, só que maiores. Boulder é uma cidade universitária. Um cozinheiro poderia se dar bem, em Boulder, não poderia? Não teria que ser *italiano*...

Ketchum interrompeu-o. – Você deve ser mais burro que um asno, Danny! Vocês fugiram da primeira vez, agora têm que continuar fugindo! Você acha que Carl se importa que vocês sejam uma *família*? O caubói não tem família, ele é a porra de um *assassino*, Danny, e está numa *missão*!

– Depois eu digo quais são os nossos planos, Ketchum – o escritor disse ao velho amigo do seu pai.

– Carl não entende nada de países estrangeiros – Ketchum disse. – Que diabo, Boston não foi estrangeiro o suficiente para ele. Você acha que Colorado seria longe demais para o caubói achar vocês? Colorado é muito parecido com New Hampshire, Danny, eles têm *armas* lá, não têm? Você poderia andar armado no Colorado e ninguém olharia duas vezes para você, não é verdade?
– Suponho que sim – Danny disse. – Eu sei que você nos ama, Ketchum.
– Eu prometi à sua mãe que ia tomar conta de você! – Ketchum gritou com a voz embargada.
– Bem, acho que você está fazendo isso – Danny disse, mas Ketchum tinha desligado. O escritor iria lembrar da canção que estava tocando no rádio: "After the Gold Rush", de Neil Young, uma canção dos anos 1970. (Quando Danny trocou de estação para sair do jogo dos Red Sox, ele tinha encontrado, sem querer, o programa de música de Greg, *Oldie-But-Goldie.*)

I was thinking about what a
Friend had said.
I was hoping it was a lie.

Danny viu que o pai estava mexendo de novo os seus molhos; o cozinheiro em seguida começou a abrir a massa para o que pareceu ser mais três ou quatro pizzas. Greg grelhava alguma coisa, mas parou para tirar uma travessa do forno. Nenhuma das garçonetes estava na cozinha, mas o ajudante de garçom preparava duas cestas de pão.

O lavador de pratos estava esperando mais pratos sujos; o rapaz de expressão séria estava lendo um livro. Provavelmente um trabalho da escola, Danny pensou; hoje em dia os garotos não liam muito por vontade própria. Danny perguntou ao rapaz o que ele estava lendo. O jovem lavador de pratos sorriu timidamente, mostrando ao autor um exemplar bem gasto de uma edição popular de um romance de Danny Angel. Mas aquela foi uma noite tão difícil, em que Dot e May fizeram sua catastrófica aparição no Avellino, que o escritor não iria nunca lembrar qual livro que o rapaz estava lendo.

E a noite ruim estava longe de terminar; para Danny, estava apenas começando.

"Você vai achar alguém", Kurt Vonnegut tinha dito a Danny quando o jovem escritor saiu de Iowa City pela primeira vez; Katie o havia abandonado recentemente. Mas isso não tinha acontecido – ainda não. Danny achava que ainda tinha tempo para encontrar alguém; ele só tinha quarenta e um anos, e jamais diria que estava realmente *tentando*. Será que ele achava que a Lady Sky ia tornar a cair na sua vida, só porque ele não conseguia esquecê-la?

Quanto ao que Vonnegut disse para o então inédito autor – a parte sobre "Talvez o capitalismo seja gentil com você" – bem, Danny estava imaginando (enquanto dirigia de Brattleboro para sua casa em Putney) como Kurt sabia.

Na noite da visita de May e Dot ao Avellino, quando Danny e o pai em breve estariam de novo na estrada, a propriedade do famoso escritor em Putney estava toda iluminada. Para qualquer pessoa que passasse pela Hickory Ridge Road, as luzes que estavam acesas – em todos os cômodos de todas as casas – pareciam anunciar o *quanto* o capitalismo tinha sido gentil com o autor campeão de vendas Danny Angel.

A propriedade teria sido invadida por vândalos? Cada cômodo da velha casa de fazenda (agora casa de hóspedes) estaria *ocupado* – como estava, evidentemente, a casa nova que Danny tinha construído para ele e para Joe? As luzes também estavam acesas no famoso barracão que o escritor usava para escrever, como se a festa também estivesse acontecendo ali.

Mas Danny só tinha deixado acesa a luz da cozinha, da casa nova; ele tinha deixado os outros cômodos (e a outra casa) apagados. A música estava alta e conflitante – vinha tanto da casa nova quanto da casa de hóspedes, e todas as janelas tinham sido abertas. Era um espanto que ninguém tivesse chamado a polícia por causa do barulho, pois embora a propriedade do escritor não tivesse vizinhos próximos, qualquer pessoa que passasse por ali teria que ouvir a música ensurdecedora. Danny ouviu a música e viu todas as luzes acesas antes mesmo de passar pelo portão, onde parou o carro e desligou o motor e o farol. Não havia outros carros por ali, exceto o de Joe. (Ele estava estacionado na garagem aberta, onde Joe o deixara da última vez que tinha vindo da escola.) Dali do portão, Danny podia ver que as luzes da garagem estavam acesas. Se algum dia Amy desistisse de chegar de paraquedas, o escritor pensou, talvez fosse assim que ela anunciasse sua chegada.

Ou seria uma brincadeira de mau gosto? Brincadeiras de mau gosto não faziam o estilo de Armando DeSimone. Fora Armando, Danny não tinha nenhum amigo íntimo na região de Putney – com certeza nenhum que fosse se sentir confortável indo à casa do escritor sem ser convidado. Será que Dot e May já tinha ligado para o Carl? Mas aquelas bruxas não sabiam onde Danny morava, e se o caubói tivesse conseguido, de alguma forma, achar Danny Angel, o subdelegado aposentado não teria preferido o escuro? Sem dúvida, o ex-guarda e subdelegado não teria acendido todas as luzes e colocado a música; por que Carl iria querer *anunciar* sua presença?

Além disso, não havia motivo para uma festa surpresa – não que o escritor pudesse lembrar. Talvez *fosse* Armando, Danny pensou, mas a escolha da música não podia ter sido de Armando ou Mary. Os DeSimone gostavam de dançar; eles eram fãs dos Beatles. Aquilo estava parecendo música dos anos *1980* – o tipo de música que Joe ouvia quando estava em casa. (Danny não sabia que música era, mas havia dois sons separados – ambos horríveis, brigando um com o outro.)

A batida da lanterna no vidro da janela do motorista fez Danny dar um pulo no assento. Ele viu que era seu amigo Jimmy, o patrulheiro. Jimmy devia ter apagado as luzes do carro de polícia quando entrou pelo portão e estacionou atrás do carro de Danny;

ele tinha desligado o motor, também, não que Danny pudesse ter ouvido a chegada do patrulheiro com toda aquela música.

– Que música é essa, Danny? – Jimmy perguntou a ele. – Está um pouco alta, não está? Eu acho que você devia desligá-la.

– Não fui eu que *liguei*, Jimmy – o escritor disse. – Eu não acendi as luzes *nem* liguei a música.

– Quem está na sua casa? – o patrulheiro perguntou.

– Eu não sei – Danny disse. – Eu não convidei ninguém.

– Talvez tenham vindo e ido embora, posso dar uma olhada? – Jimmy perguntou a ele.

– Eu vou com você – Danny disse ao patrulheiro.

– Você tem recebido cartas de algum fã maluco ultimamente? – Jimmy perguntou ao escritor. – Ou cartas ameaçadoras, talvez?

– Nada disso, já faz tempo – Danny disse a ele. Tinha havido os fanáticos religiosos de sempre, e os idiotas que estavam sempre reclamando da linguagem "imprópria" do escritor ou do sexo "explícito demais".

"Todo mundo quer ser a porra de um censor hoje em dia", Ketchum tinha dito.

Depois que ele publicasse *East of Bangor* – o seu romance sobre aborto –, as cartas ameaçadoras iriam aumentar por um tempo, Danny sabia. Mas não tinha havido nada de cunho ameaçador ultimamente.

– Não tem ninguém querendo pegar você, ninguém que você saiba, não é? – Jimmy perguntou.

– Tem um cara que acha que tem contas a acertar com o meu pai, um cara perigoso – Danny disse. – Mas isto não pode estar relacionado – o escritor disse.

Danny entrou primeiro na cozinha da casa nova com o patrulheiro. Não havia muita coisa fora do lugar: a porta do forno estava aberta; uma garrafa de azeite estava caída de lado na bancada, mas a tampa estava atarraxada e o azeite não tinha derramado. Danny entrou na sala, onde desligou a música que estava mais alta, e notou que o abajur da mesinha estava em cima do sofá, mas nada parecia quebrado. A desordem proposital mas pequena significava travessura, não vandalismo; a televisão tinha sido ligada, sem som.

Embora Danny tivesse passado pela sala de jantar a caminho da sala de estar, que era de onde vinha parte da música, ele só tinha notado que uma das cadeiras da mesa da sala de jantar fora virada. Mas Jimmy tinha se demorado lá, perto da mesa. Quando Danny desligou a música, Jimmy disse:

– Você sabe de quem é este cachorro, Danny? Eu acho que ele é um dos cachorros que eu conheço naquela estradinha para Westminster West. Os cachorros pertencem a Roland Drake. Talvez você o conheça, ele estudou na Windham.

O cachorro morto tinha enrijecido desde a última vez que Danny o vira – ele era o mestiço de husky e pastor, o que Rooster tinha matado. O cachorro estava deitado, com um esgar fixo, sobre a mesa da sala de jantar. Uma das patas do cachorro, contorcida pelo *rigor mortis*, prendia o bilhete que Danny tinha escrito para o carpinteiro hippie. Onde Danny datilografara "Estamos quites, ok?", o hippie tinha respondido a mão.

– Não me diga, deixe-me adivinhar – o escritor disse para o patrulheiro. – Eu aposto que o babaca escreveu "Vá se foder" ou algo parecido.

– Foi isso que ele escreveu, Danny – Jimmy disse. – Acho que você o conhece.

Roland Drake – *aquele* babaca!, Danny pensou. Armando DeSimone tinha razão. Roland Drake fora aluno de escrita criativa de Danny na Windham College, embora por pouco tempo. Drake tinha abandonado o curso depois do seu primeiro encontro com o professor, quando Danny disse ao rapazinho arrogante que escrever bem dificilmente era possível sem revisão. Roland Drake escrevia besteiras improvisadas – ele tinha uma certa imaginação, mas era desleixado. Não prestava atenção nos detalhes e nem na linguagem.

– Eu quero escrever, não reescrever – Drake tinha dito a Danny. – Eu só gosto da parte *criativa*.

– Mas reescrever é escrever – Danny disse ao rapaz. – Às vezes, reescrever é a parte *mais* criativa.

Roland Drake tinha dado um riso debochado e saído do escritório de Danny. Essa foi a única conversa entre eles. O rapaz não era tão cabeludo na época; talvez Drake não se sentisse tão atraído pela filosofia hippie quando era mais moço. E Danny tinha dificuldade em reconhecer pessoas que havia conhecido antes. Esse era o problema de ser famoso: você estava sempre encontrando pessoas que achava que estava vendo pela primeira vez, mas elas se lembravam que já tinham conhecido você. Foi provavelmente um insulto adicional para Drake o fato de Danny não ter se lembrado dele — e não apenas o fato de Danny ter dito a Drake para tomar conta do cachorro (ou cachorros) dele.

— Sim, eu conheço Roland Drake — Danny disse a Jimmy. Ele contou a história para o patrulheiro; inclusive a parte de como Rooster tinha matado o cachorro que agora estava estendido sobre a mesa da sala de jantar. Pelo bilhete datilografado de Danny, Jimmy pôde ver por si mesmo que o escritor tinha tentado se reconciliar com o hippie babaca. O carpinteiro *escritor*, como Armando o tinha chamado, não sabia quando parar, assim como Roland Drake não sabia que reescrever *era* escrever, e que aquela podia ser a parte mais criativa do processo.

Danny e Jimmy revistaram o resto da casa principal, apagando as luzes, arrumando coisas. No banheiro de Joe, a banheira estava cheia. A água estava fria, mas não havia nenhuma bagunça; não tinha água derramada no chão. No quarto de Joe, uma das fotos do rapaz lutando tinha sido retirada da parede e estava em cima do travesseiro, encostada na cabeceira da cama. No banheiro de Danny, um dos seus paletós de terno (num cabide) fora pendurado no suporte da cortina do chuveiro; seu barbeador elétrico e um par de sapatos estavam dentro da banheira vazia. Todas as toalhas de banho estavam empilhadas no pé da cama do quarto principal.

— Drake é só um agitador de merda, Danny — o patrulheiro disse a ele. — Ele é um fodido que vive de mesada, eles nunca têm coragem de fazer muito estrago porque sabem que os pais vão acabar tendo que pagar por isso.

A mesma pequena desordem estava em toda parte, na casa inteira. Quando eles foram apagar as luzes da garagem, Danny descobriu um tubo de pasta de dente no banco do motorista do carro de Joe; havia uma escova de dente enfiada sob o quebra-luz do lado do motorista.

Havia outras travessuras adolescentes iguais na casa de hóspedes – a casa de fazenda original – onde a música tinha sido ligada no máximo e a TV estava acesa sem som. Abajures estavam caídos de lado, uma pirâmide de cúpulas de abajur decorava a mesa da cozinha, diversos quadros tinham sido pendurados de cabeça para baixo, e as camas estavam desfeitas – de uma maneira que fazia pensar que alguém tinha dormido nelas.

– Isto é irritante, um comportamento tão infantil – Danny disse para o patrulheiro.

– Eu concordo – Jimmy disse.

– Eu vou mesmo vender a propriedade – Danny disse a ele.

– Não por causa *disto*, eu espero – o patrulheiro disse.

– Não, mas isto torna a decisão mais fácil – o escritor respondeu.

Como Danny sabia que ia embora, e a propriedade de Putney teria que ser vendida, talvez a violação de Roland Drake dos artigos de uso pessoal do escritor parecesse menos uma invasão do que era realmente, isto é, até Danny e Jimmy entrarem no famoso barracão que o escritor usava para escrever. Sim, todas as luzes estavam acesas, e alguns papéis tinham sido remexidos, mas Drake ultrapassara os limites; ele tinha causado prejuízos de verdade.

Danny estava revendo as provas de *East of Bangor*. Atestando a necessidade incessante do romancista de reescrever – de mexer, de revisar interminavelmente –, Danny tinha escrito mais do que o número normal de notas e interrogações nas margens das provas. Esta demonstração, de que Danny Angel era ao mesmo tempo um escritor e um revisor, deve ter sido demais para um escritor *fracassado* (um *carpinteiro* escritor) como Roland Drake. A evidência da reescrita nas provas do novo romance de Danny, que seria publicado em breve, tinha enlouquecido Drake.

Com uma caneta preta, Roland Drake tinha rabiscado a capa dos originais do livro, e, no miolo, em cada página, Drake tinha escrito seus comentários com uma caneta vermelha de ponta fina. Não que os comentários do carpinteiro escritor fossem inteligentes ou elaborados, mas Drake tinha desfigurado cada página; e havia mais de quatrocentas páginas. Danny tinha revisto três quartos do romance, e – apesar de adorar reescrever – ele só tinha escrito notas ou perguntas em quinze ou vinte páginas. Roland Drake tinha riscado as notas e perguntas de Danny; ele tinha deixado ilegíveis as revisões do autor. Drake fizera uma bagunça com as provas, mas Danny não teria levado mais de duas semanas para refazer o trabalho – nem mesmo isso, em circunstâncias normais, embora a destruição feita por Drake das provas do livro do escritor parecesse maior do que uma agressão simbólica.

Mas num momento em que o cozinheiro e o filho estavam diante do caos de ter que fugir de novo, o ataque de Roland Drake ao sexto romance de Danny poderia atrasar vários meses a publicação de *East of Bangor* – possivelmente, meio ano. O romance estava previsto para ser publicado no outono de 1983. (Talvez não agora – possivelmente, o livro só seria publicado no inverno de 1984. Com tudo isso que estava acontecendo na vida de Danny, o autor levaria algum tempo para se lembrar das revisões que tinha feito nas provas – e para achar tempo para revisar o resto do romance.)

"Revisar o título de merda!" Drake rabiscou na capa do livro com caneta preta. "Mudar o nome falso do autor."

E em vermelho, por todo o romance, embora a crítica do carpinteiro escritor não demonstrasse uma percepção aguda, Drake tinha sublinhado uma expressão ou circulado uma palavra – em quatrocentas páginas – e acrescentado comentários misteriosos, embora apenas um por página. "Isto é uma droga!" e "Reescrever!" eram os mais repetidos, junto com "Cortar!" e "Assassino de cachorro!". Menos comum era "Chato!" e "Fraco!". Mais de uma vez, "Comprido!" tinha sido rabiscado na página inteira. Só duas vezes, mas não dava para esquecer, Drake tinha escrito:

"Eu também trepei com Franky!" (Talvez Drake *tivesse* dormido com Franky, Danny só agora considerou a possibilidade; isso poderia ter contribuído para a animosidade do aluno de escrita criativa para com o autor de sucesso.)
— Dê uma olhada, Jimmy — Danny disse ao patrulheiro, entregando-lhe as profanadas provas.
— Ih... isso vai dar um trabalhão pra você, eu suponho — Jimmy disse, virando as páginas. "*Year of the Dog*" não publicaria esta merda!", o patrulheiro leu alto, com perplexidade. Jimmy sempre ficava triste quando não entendia alguma coisa, ao mesmo tempo chateado e confuso. Para um tira que tinha matado a sua cota de cachorros, Jimmy tinha os olhos tristes e caídos de um Labrador; alto e magro, com um rosto comprido, o patrulheiro olhou para Danny com uma expressão interrogadora, querendo alguma explicação para os desvarios de Drake.
— *Year of the Dog* era uma pequena revista literária — Danny explicou. — Era publicada pela Windham College ou uma publicação independente de alguns dos alunos da Windham College, não lembro.
— Franky é uma moça? — Jimmy perguntou, lendo mais.
— Sim — o escritor respondeu.
— A moça que morou um tempo aqui, é ela, não é? — o patrulheiro perguntou.
— É ela, Jimmy.
— "Você escreve mancando!" — Jimmy leu alto. — Puxa...
— Drake devia enterrar o próprio cachorro, você não acha, Jimmy? — Danny perguntou ao patrulheiro.
— Eu vou levar o cachorro do Roland de volta para ele. Nós vamos ter uma conversinha — Jimmy disse. — Você pode conseguir uma ordem de restrição...
— Eu não preciso, Jimmy, vou embora, lembra? — Danny disse.
— Eu sei como falar com Roland — o patrulheiro disse.
— Mas tome cuidado com o outro cachorro, Jimmy, ele ataca por trás — Danny avisou a ele.
— Eu só vou matá-lo se for obrigado, Danny. Eu só atiro quando sou obrigado — o patrulheiro disse.

– Eu sei – Danny disse a ele.
– É difícil imaginar alguém perseguindo o seu pai – Jimmy disse. – Não posso conceber que alguém tenha contas a acertar com o cozinheiro. Você não quer me contar a respeito, Danny? – o tira perguntou.
Ali estava outra interseção na estrada, o escritor pensou. O que eram esses entroncamentos, fazer uma curva fechada para a direita ou esquerda, saindo do caminho previamente escolhido era uma possibilidade tentadora? Não houve uma oportunidade para Danny e o pai voltarem para Twisted River, como se nada tivesse acontecido com Jane? E é claro que houve o caso de colocar Paul Polcari na cozinha do Vicino di Napoli com a espingarda calibre 20 de um tiro só de Ketchum – em vez de colocar alguém lá atrás que tivesse coragem de apertar a porra do gatilho!
Bem, esta não era uma outra oportunidade de escapar daquela confusão? Simplesmente contar *tudo* a Jimmy! Sobre Índia Jane, sobre Carl e Six-Pack Pam – sobre o subdelegado aposentado com seu Colt 45 de cano longo, aquele maldito caubói! Exceto pedir a Ketchum para matar o filho da mãe, existia outra escapatória? E Danny sabia que se ele ou o pai pedissem a Ketchum, ele mataria o caubói. O velho lenhador não tinha assassinado Lucky Pinette na cama dele com um martelo; Lucky estava provavelmente dormindo na hora, mas o assassino não podia ter sido Ketchum, ou nada estaria impedindo Ketchum de matar Carl.
Mas tudo o que Danny disse ao seu amigo patrulheiro foi: – É por causa de uma mulher. Muito tempo atrás, meu pai estava dormindo com uma namorada do guarda de um campo madeireiro. Depois, o guarda se tornou subdelegado do condado, e quando ele descobriu o que tinha acontecido com a namorada dele, ele foi procurar o meu pai. O subdelegado está aposentado agora, mas nós temos motivos para acreditar que ainda possa estar procurando, ele é maluco.
– Um ex-tira maluco... isso não é bom – Jimmy disse.
– O ex-subdelegado está ficando velho, essa é a parte boa. Ele não pode procurar por muito tempo mais – Danny disse ao

patrulheiro, que ficou pensativo; Jimmy também parecia desconfiado.

A história estava mal contada, é claro, e o patrulheiro provavelmente conseguiu perceber isso no modo atipicamente vago do escritor contar uma história. (E que problema Danny poderia vir a ter por ter matado uma mulher que ele confundiu com um urso quando tinha doze anos?) Mas Danny não queria dizer mais nada sobre isso, e Jimmy viu que o amigo queria tratar do caso sozinho com o pai. Além disso, havia um cachorro morto para ele lidar; o problema imediato, dar um bom sabão em Roland Drake, deve ter parecido mais urgente para o patrulheiro.

– Você tem um daqueles sacos de lixo verdes, bem grandes? – Jimmy perguntou. – Eu vou cuidar do caso do cachorro para você. Por que você não dorme um pouco, Danny? Nós podemos conversar mais sobre o ex-tira maluco quando você quiser.

– Obrigado, Jimmy – Danny disse ao amigo. Num piscar de olhos, o escritor estava pensando, ele tinha passado direto pelo cruzamento na estrada. Não tinha nem sido algo que se pudesse chamar de uma decisão, mas agora o cozinheiro e o filho teriam que continuar seguindo em frente. E que idade tinha o caubói, aliás? Carl era da mesma idade que Ketchum, que era da mesma idade que Six-Pack Pam. O subdelegado aposentado tinha sessenta e dois anos, não era velho demais para apertar um gatilho, por enquanto.

Da entrada da sua casa, Danny viu as luzes traseiras do carro de polícia sumirem na Hickory Ridge Road. O patrulheiro não ia demorar muito a chegar na entrada da casa de Roland Drake com seus veículos abandonados e o mestiço de husky com pastor sobrevivente. De repente, Danny quis muito saber o que ia acontecer quando Jimmy levasse o cachorro morto de volta para o hippie babaca. Aquela história iria mesmo terminar ali? Seria possível *algum dia* dar um basta ou a violência apenas se perpetuava – quer dizer, sempre que algo começava de forma violenta?

Danny precisava saber. Ele entrou no carro e subiu a Hickory Ridge Road até avistar as luzes traseiras do patrulheiro piscando na frente dele; então Danny diminuiu a velocidade. Ele não pôde mais manter as luzes do carro de polícia à vista, mas continuou seguindo-o de longe. Jimmy provavelmente vira os faróis do carro de Danny, embora brevemente. Sem dúvida, o policial ia saber que estava sendo seguido; conhecendo Jimmy, dava para saber que ele ia adivinhar que se tratava de Danny. Mas Danny sabia que não precisava ver o que ia acontecer quando o patrulheiro entrasse no depósito de carros velhos que era a entrada da casa de Roland Drake. O escritor sabia que só precisava estar perto o suficiente para ouvir o tiro, se houvesse um tiro.

Acontece que Danny e o pai teriam mais tempo do que imaginavam, mas eles foram espertos em não contar com isso. Eles obedeceram a Ketchum dessa vez. Ketchum não estava certo da última vez? Vermont *não era* longe o suficiente de New Hampshire, como o velho madeireiro tinha dito a eles. Dot e May teriam entrado no Mao's, em Iowa City? Muito pouco provável. Por isso mesmo, Danny imaginou se alguém de Coos um dia teria achado o cozinheiro e o filho dele em Boulder, Colorado, onde Joe em breve iria estudar. Muito pouco provável também, mas o escritor foi convencido a não arriscar, embora deixar o país não fosse ser fácil – não do modo como Ketchum queria, porque o lenhador tinha algo *permanente* em mente. (Ketchum também tinha uma ideia sobre *onde*.)

 Ketchum tinha ligado para o cozinheiro e o filho dele, na ressaca ou na frágil sobriedade da manhã seguinte à catastrófica visita de Dot e May ao Avellino. É claro que Ketchum ligou para um de cada vez, mas foi irritante o modo como o lenhador falou com cada um deles como se tanto Danny quanto o pai estivessem no telefone.

 – Durante treze anos o caubói acreditou que vocês estivessem em Toronto, porque Carl achou que Angel tinha vindo de lá, certo? Podem *apostar* que eu estou certo! – Ketchum berrou.

 Meu Deus, o cozinheiro estava pensando em sua adorada cozinha no Avellino, onde ele tinha feito um café-expresso bem forte e estava imaginando por que Ketchum não conseguia resistir àquela mania de gritar para se fazer ouvir. Segundo Ketchum, Dot e May tinham menos imaginação que uma pitada de cocô de guaxinim; embora as "vacas fofoqueiras" fossem sem dúvida contar ao caubói o que sabiam, elas não iam chegar a um acordo sobre como contar a ele, ou quando. Dot seria favorável a esperarem até o subdelegado aposentado fazer algo particularmente ofensivo ou se comportar com arrogância, enquanto May iria querer *insinuar* que sabia alguma coisa – até Carl ficar louco para saber o que era. Em suma, os hábitos de manipulação maligna das velhas talvez permitissem um pouco mais de tempo a Danny e ao pai dele.

No telefonema para Danny, Ketchum foi mais preciso: – A questão é a seguinte: agora que Carl sabe que vocês foram para Boston e não para Toronto, e ele logo vai saber que vocês depois foram para Vermont, o caubói jamais iria acreditar se alguém dissesse que vocês estavam em Toronto. Esse é o último lugar onde ele iria procurar, e é para lá que vocês deveriam ir! As pessoas falam inglês em Toronto. Você tem uma editora lá, não tem, Danny? E eu imagino que existam muitos empregos para um cozinheiro, alguma coisa que não seja italiana, Cookie, ou eu juro que quem vai dar um tiro em você sou eu!

Eu não sou Cookie, Danny quase disse a ele, mas ficou calado segurando o telefone.

Toronto não era um má ideia, o escritor Danny Angel pensou enquanto ouvia a histeria crescente de Ketchum no telefone. Danny tinha estado lá para divulgar um ou dois livros. Era uma boa cidade, ele estava pensando – até onde Danny conseguia gostar de cidades. (O cozinheiro gostava mais de cidades do que o filho.) O Canadá era um país estrangeiro, o que satisfazia os critérios de Ketchum, mas Toronto era perto o suficiente dos Estados Unidos para que o contato com Joe fosse possível; seria fácil ir de Toronto para o Colorado. É claro que Danny queria saber o que Joe ia achar da ideia – sem falar no que o cozinheiro iria achar da sugestão de Ketchum.

Depois que Ketchum desligou, o telefone do escritor tocou quase imediatamente. Naturalmente, era o pai de Danny.

– Não vai haver paz enquanto aquele lunático tiver telefone, Daniel – o cozinheiro disse ao filho. – E se algum dia ele comprar um fax, nós vamos estar condenados a receber mensagens com letras maiúsculas e pontos de exclamação pelo resto da vida.

– Mas o que você acha da ideia de Ketchum, papai? Que tal Toronto? – Danny perguntou.

– Eu não me importo para onde nós vamos, eu só sinto ter arrastado você para isto. Eu só estava tentando manter você *seguro*! – o pai dele disse; então o cozinheiro começou a chorar. – Eu não quero ir para *lugar nenhum*. Eu gosto de morar *aqui*!

– Eu sei disso, sinto muito, papai. Mas nós vamos ficar bem em Toronto, eu sei que sim – o escritor disse ao pai.

– Não posso pedir ao Ketchum para matar o Carl, Daniel, não posso fazer isso – o cozinheiro disse ao filho.

– Eu sei, eu também não – Danny disse.

– Você tem mesmo um editor em Toronto, não é, Daniel? – seu pai perguntou. Pela primeira vez, Danny ouviu algo velho, algo parecendo com *velhice,* na voz do pai. O cozinheiro tinha quase sessenta anos, mas o que Danny tinha ouvido na voz do pai parecia mais velho do que isso; ele tinha ouvido uma maior ansiedade, uma fragilidade. – Se você tem um editor em Toronto – o pai dele estava dizendo –, tenho certeza de que ele vai nos ajudar a nos instalarmos lá, não é?

– *Ela,* a minha editora canadense, é uma mulher – Danny disse ao pai. – Eu sei que ela vai nos ajudar, papi, vai ser fácil lá. E nós vamos ter um lugar no Colorado, para visitarmos Joe, e Joe poderá nos visitar. Nós não precisamos achar que esta mudança vai ser *permanente,* pelo menos não por enquanto. Vamos ver como é morar no Canadá, está bem?

– Está bem – o cozinheiro disse, mas ele ainda estava chorando.

Eu poderia deixar Vermont *hoje,* o escritor pensou. Danny não tinha um apego por sua propriedade em Putney que chegasse aos pés do amor do seu pai pelo Avellino em Brattleboro, ou pela vida do seu pai ali. Depois que Dot e May tinham aparecido no restaurante – sem falar na visita de Roland Drake, no cachorro morto de Drake na mesa da sala de jantar –, Danny percebeu que podia deixar Vermont para sempre, e nunca olhar para trás. Quando Carl finalmente cruzasse com aquelas bruacas malvadas, Dot e May, o caubói chegaria em Vermont tarde demais. Com a ajuda de Armando e Mary DeSimone, Danny já teria vendido a propriedade de Putney; não haveria mais a propriedade de um escritor na Hickory Ridge Road. E Windham College, onde o escritor Danny Angel tinha ensinado, era uma faculdade com outro nome (e outro objetivo) agora – Landmark College, uma instituição de ponta para estudantes com dificuldades de aprendizagem. Quando o caubói aparecesse em Brattleboro, o próprio Avellino já não existiria mais – e não importa para onde o assistente, Greg, tivesse ido, Carl não iria encontrá-lo. Incentivadas pelo cozinheiro, Celeste e a filha, Loretta (e o filho de Loretta), deixaram a cidade. O caubói acabaria de mãos vazias, mais uma vez, mas não havia dúvida de que Dot e May tinham dado mesmo com a língua nos dentes para ele.

Será possível que Carl fosse mesmo o imbecil que Ketchum afirmava que era? Será que o caubói não possuía habilidades de investigação melhores do que as que Ketchum maldosamente considerava piores do que uma pitada de cocô de guaxinim? Ou seria simplesmente que, no decorrer da investigação que o subdelegado aposentado tinha feito em Vermont, o nome *Angel* não tivesse aparecido? Em Brattleboro, evidentemente, o caubói não tinha perguntado pelo cozinheiro e pelo filho dele na Book Cellar!

– Você sabia que Cookie estava em Vermont, você sempre soube disso, não é, Ketchum? – Carl iria perguntar um dia ao velho lenhador.

– Cookie? Ele ainda está vivo? – Ketchum disse para o caubói. – Eu não imaginaria que um cara franzino que mancava daquele jeito fosse durar tanto, e você, Carl?

– Continue assim Ketchum, continue assim – Carl disse.

— Ah, eu vou continuar assim, não se preocupe — Ketchum respondeu ao caubói.

Mas Danny estava louco para sair de Vermont; depois da noite em que ele e Jimmy encontraram o cachorro morto na mesa da sala de jantar do escritor, Danny Angel só queria ir embora dali.

Aquela noite ele só tinha ido até o início da longa entrada de carros da propriedade de Barrett na estradinha para Westminster West. Ele tinha entrado de marcha a ré na propriedade da amante de bichos. Danny sabia que Barrett se deitava cedo, e que ela não perceberia um carro estacionado na entrada de sua casa — tão longe da sua fazenda de criação de cavalos que nem mesmo os cavalos seriam incomodados pela presença dele. Além disso, Danny tinha desligado o motor e apagado os faróis. Ele ficou ali sentado no carro, que estava de frente para Westminster West com todas as janelas abertas.

Era uma noite quente, sem vento. Danny sabia que poderia escutar um tiro a três quilômetros de distância numa noite como aquela. O que ele não sabia a princípio era: será que queria mesmo ouvir o tiro? E o que significaria exatamente ouvir ou não ouvir o tiro? Era mais do que a sobrevivência ou a morte do traiçoeiro husky-pastor de Roland Drake que o escritor estava tentando ouvir.

Aos quarenta e um anos, Danny tornou a se sentir como um menino de doze anos; não ajudou em nada o fato de começar a chover. Ele recordou a noite nebulosa em que ele e o pai tinham partido de Twisted River no Pontiac Chieftain — como ele ficou esperando na caminhonete, que estava estacionada perto da de Six-Pack Pam. Danny tinha esperado pelo disparo do Colt 45 de Carl, o que significaria que seu pai estava morto. Ao ouvir aquele tiro, o menino deveria subir correndo a escada até o apartamento de Six-Pack; ele teria que implorar a ela para deixá-lo entrar, e depois Ketchum teria que tomar conta dele. Este tinha sido o plano, e Danny tinha feito a parte dele; ele ficou no carro, sob a chuva, esperando ouvir o tiro que nunca veio, embora houvesse momentos em que Danny tinha a impressão de ainda estar esperando ouvir aquele tiro.

Na estrada para Westminster West – no início da ladeira que ia dar na casa da sua ex-amante – o escritor Danny Angel estava ouvindo com toda a atenção. Ele estava torcendo para não ouvir nunca *aquele* tiro – o disparo ensurdecedor do Colt 45 do caubói –, mas foi com aquele tiro na cabeça que o escritor começou a dar asas à parte perigosa da sua imaginação. *E se* o patrulheiro não tivesse que matar o outro cachorro de Roland Drake – *e se*, de algum modo, Jimmy conseguisse convencer o carpinteiro escritor *e* o husky-pastor dele que, realmente, estava na hora de dar um basta naquilo? Isso significaria o fim da violência, ou à ameaça de violência?

Foi quando o escritor se deu conta do que estava esperando ouvir: nada. Era nada o que ele esperava ouvir. Era o *não tiro* que poderia significar que seu pai estava salvo – que o caubói, como Paul Polcari, talvez nunca puxasse o gatilho.

Danny estava tentando não pensar no que Jimmy tinha dito a ele – sobre o tubo de pasta de dente e a escova de dente no carro de Joe. Possivelmente, eles não tinham sido postos lá por Roland Drake; talvez a pasta e a escova não tivessem sido obra de Drake.

– Odeio dizer isso a você, Danny, mas já parei muitos garotos que estavam bebendo no carro – o patrulheiro tinha dito. – Os garotos normalmente andam com pasta de dente e escova para os pais não sentirem cheiro de bebida no hálito deles quando eles chegam em casa. – Mas Danny preferia achar que a pasta de dente e a escova tinham sido outra brincadeira idiota de Drake. O escritor não gostava de pensar na possibilidade de o filho beber e dirigir.

Danny era supersticioso? (A maioria dos escritores que acreditam em enredo são.) Danny também não gostava de pensar no que a Lady Sky tinha dito para Joe. "Se você algum dia estiver em perigo, eu voltarei", ela disse ao menino de dois anos, beijando a testa dele. Bem, não numa noite escura como esta, o escritor pensou. Numa noite escura como esta, nenhum paraquedista – nem mesmo a Lady Sky – conseguiria ver onde pousar.

Agora a chuva ocultara o restinho de luar que havia; a chuva estava entrando pelas janelas abertas do carro de Danny, e a água tinha molhado o para-brisa, o que deixou a escuridão ainda mais impenetrável.

Sem dúvida, o patrulheiro já tinha chegado no ferro-velho que era a entrada da casa de Drake. E o que Jimmy faria em seguida?, Danny estava imaginando. Ficaria sentado no carro até Drake notar que o carro da polícia estava ali fora e saísse para falar com ele? (E Roland sairia sozinho ou levaria o cachorro que mordia por trás com ele?) Mas estava chovendo; em sinal de consideração pelo carpinteiro hippie, e porque era tarde, o patrulheiro talvez tivesse saltado do carro e batido na porta da casa de Drake.

Quando estava pensando nisso, houve uma batida na porta do lado do passageiro do carro de Danny; uma lanterna iluminou o rosto do escritor. "Ah, que susto, é só você", ele ouviu Barrett dizer. Sua ex-amante, carregando um rifle, abriu a porta do carro e se sentou ao lado dele. Ela usava botas de borracha até os joelhos e um poncho de tecido impermeável. Ela tirou o capuz ao entrar no carro, e seu comprido cabelo branco estava solto – como se ela tivesse ido para a cama horas antes e tivesse acordado de repente. As coxas de Barrett estavam nuas; por baixo do poncho não tinha vestido nada. (Danny sabia, é claro, que Barrett dormia nua.)

– Você estava com saudades minhas, Danny? – ela perguntou a ele.

– Não está tarde para você estar acordada? – Danny perguntou a ela.

– Uma hora atrás, eu tive que sacrificar um dos meus cavalos, estava muito tarde para chamar o maldito veterinário – Barrett disse a ele. Ela estava sentada como um homem, com os joelhos afastados; a carabina, com o cano apontado para o chão, descansava entre suas belas pernas de dançarina. Era uma antiga Remington, uma 30-06 Springfield, ela explicara alguns anos antes, quando tinha aparecido na propriedade dele em Putney

para caçar cervos. Barrett ainda caçava lá; havia uma plantação de maçãs na propriedade, e Barrett tinha matado mais de um cervo naquela plantação. (Como era mesmo que o cozinheiro a chamava – uma amante de bichos "seletiva"? Danny conhecia mais gente como ela.)
– Lamento pelo seu cavalo – ele disse a ela.
– Lamento pela arma, eu sei que você não gosta de armas – ela disse. – Mas eu não reconheci o seu carro, é novo, eu acho. É preciso tomar certas precauções quando há um homem desconhecido estacionado na entrada da sua casa.
– É, eu estava com saudades – Daniel mentiu. – Eu vou embora de Vermont. Talvez estivesse apenas tentando lembrar, antes de partir. – Esta última parte era verdade. Além disso, o escritor de ficção não podia contar a uma amante de bichos tão *seletiva* a história do cachorro morto, sem mencionar que ele estava esperando saber o destino de um segundo cachorro, pelo menos não numa noite tão triste como aquela que Dot e May tinham criado.
– Você vai embora? – Barrett perguntou a ele. – Por quê? Eu achei que gostasse daqui, seu pai *adora* o apartamento dele em Brattleboro, não?
– Nós dois vamos partir. Nós estamos nos sentindo... solitários, eu acho.
– Nem me fale – Barrett disse; ela descansou o cano da arma na coxa enquanto pegava uma das mãos de Danny e a guiava por baixo do poncho para os seus seios. Ela era tão pequena, tão miúda quanto Katie, o escritor percebeu, e na luz prateada da lua encoberta, na escuridão quase total do interior do carro, o cabelo branco de Barrett brilhava como o cabelo do fantasma de Katie.
– Acho que eu quis dizer adeus – Danny disse a ela. Ele estava sendo sincero, na verdade, isto não era mentira. Não seria um consolo deitar nos braços ternos daquela mulher flexível, mais velha, e não pensar em mais nada?
– Você é um amor – Barrett disse a ele. – É triste demais para o meu gosto, mas é um amor.

Danny beijou-a na boca, e o cabelo extremamente branco dela lançou um brilho fantasmagórico no rosto fino que ela virou para ele enquanto fechava os olhos cinza-pálidos, frios como gelo. Isto permitiu a Danny olhar além dela, pela janela aberta do carro; ele queria ter certeza de ver o carro de Jimmy se ele passasse pela estrada.

Quanto tempo demorava entregar um cachorro morto ao dono do animal, e recitar o sermão que Jimmy tinha em mente para o hippie babaca?, Danny estava pensando. Era quase certo que, se o patrulheiro fosse forçado a matar o outro cachorro de Drake, Danny já teria ouvido o tiro; ele tinha ficado atento a isso mesmo enquanto conversava com Barrett. (Era melhor beijar do que conversar; o beijo era silencioso. Ele não deixaria de ouvir o tiro, caso fosse disparado.)

– Vamos até a minha casa – Barrett murmurou para ele, interrompendo o beijo. – Eu acabei de sacrificar meu cavalo, quero tomar um banho.

– Claro – Danny disse, mas ele não estendeu a mão para a chave na ignição. O carro de polícia não tinha passado pela entrada da casa de Barrett, e não tinha havido nenhum tiro.

O escritor tentou imaginá-los – Jimmy e o carpinteiro escritor. Talvez o patrulheiro e Roland Draker, aquele fodido que vivia de mesada, estivessem sentados na mesa da cozinha do hippie. Danny tentou visualizar Jimmy fazendo festa no mestiço de husky e pastor, ou talvez acariciando as orelhas macias do cachorro – quase todo cachorro gostava quando você fazia isso. Mas Danny não conseguia ver uma cena assim; por isso é que ele hesitou antes de ligar o carro.

– O que foi? – Barrett perguntou a ele.

O tiro foi mais alto do que ele tinha esperado; embora a entrada da casa de Drake ficasse a três ou quatro quilômetros de distância, Danny tinha subestimado o som da arma de Jimmy. (Ele achava que o patrulheiro portasse um 38, mas – sem conhecer armas, principalmente revólveres – Danny não sabia que Jimmy gostava de uma 475 Wildey Magnum, também conhecida como a Wildey Survivor.) Houve um estrondo abafado — até mais alto do que o do Colt 45 do caubói, Danny só percebeu quando Barrett se encolheu em seus braços, procurando com os dedos o gatilho de sua Remington.

— Algum maldito caçador ilegal, vou dar uma ligada para o Jimmy amanhã de manhã — Barrett disse; ela relaxou de novo nos braços dele.

— Por que ligar para Jimmy? — Danny perguntou a ela. — Por que não ligar para o responsável pela proteção à caça?

— O responsável pela caça é inútil, o imbecil tem medo de caçadores ilegais — Barrett disse. — Além disso, Jimmy conhece todos os caçadores ilegais. Eles têm medo dele.

— Ah — foi só o que Danny pôde dizer. Ele não sabia nada sobre os caçadores ilegais.

Danny ligou o carro; ele acendeu os faróis e o limpador de para-brisa, e ele e Barrett fecharam os vidros do carro. O escritor fez a volta na estrada e subiu a longa ladeira da entrada da fazenda de criação de cavalos — sem saber qual a peça do quebra-cabeça que estava faltando, e sem saber ao certo que parte da história ainda estava acontecendo.

Uma coisa ficou clara para ele, enquanto Barrett estava sentada ao lado dele com a carabina no colo, o cano curto apontado para a porta do carona. Nunca haveria um basta, a violência jamais teria fim.

IV
TORONTO, 2000

12
O Mustang azul

Não era grande a distância entre o bairro de Rosedale, onde o cozinheiro dividia uma casa de três andares e quatro quartos com o filho escritor, e o restaurante na Yonge Street. Mas na idade dele – agora com setenta e seis anos – e com aquele defeito no pé, que tinha piorado muito depois de dezessete anos de calçadas urbanas, Dominic Baciagalupo, que tinha recuperado seu nome, caminhava bem devagar.

O cozinheiro mancava pela rua escorregadia; o inverno nunca foi seu amigo. E hoje Dominic estava preocupado com aqueles dois novos condomínios em construção praticamente no quintal da casa deles. E se um ou outro eclipsasse a vista da torre do relógio na loja de bebidas de Summerhill do quarto de escrever de Daniel?

– Quando eu não puder mais ver a torre do relógio da minha escrivaninha, estará na hora de nos mudarmos – Danny tinha dito ao pai.

Estivesse o escritor falando sério ou não, o cozinheiro não gostava de se mudar; ele já tinha se mudado o suficiente. A vista da casa na Cluny Drive não era uma preocupação para Dominic. Ele não bebia álcool há mais de cinquenta e seis anos; o cozinheiro não ligava a mínima para o fato de os condomínios em construção poderem obstruir sua visão da loja de bebidas de Summerhill.

Seria porque Daniel estava bebendo de novo que ele se importava em perder a vista da loja de bebidas?, Dominic pensou. E por quanto tempo aquelas construções continuariam a ser uma monstruosidade?, o cozinheiro pensou aborrecido. (Dominic estava numa idade em que qualquer coisa que saísse da ordem o incomodava.) Entretanto, ele gostava de morar em Rosedale e adorava o restaurante onde trabalhava.

Dominic Baciagalupo também adorava o som das bolas de tênis, que ele podia ouvir nos meses quentes, quando as janelas estavam abertas na casa da Cluny Drive, pois o cozinheiro e o filho moravam perto das quadras do Toronto Lawn Tennis Club, onde também podiam ouvir as vozes de crianças na piscina durante o verão. Mesmo nos meses de inverno, quando todas as janelas estavam fechadas, eles dormiam ao som dos trens lentos que percorriam o centro de Toronto e cruzavam Yonge Street sobre a ponte de armação de ferro, que o cozinheiro viu agora que estava enfeitada de luzes de Natal, dando mais vida à atmosfera melancólica e cinzenta daquele início de tarde.

Era dezembro na cidade. Luzes festivas, enfeites, pessoas fazendo compras estavam por toda parte. Enquanto esperava o sinal abrir na esquina da Yonge Street, foi um certo choque para Dominic lembrar de repente que Ketchum ia chegar em Toronto para o Natal; embora isso não fosse um fenômeno recente, o cozinheiro não conseguia se acostumar com a presença pouco natural do velho lenhador na cidade. Fazia catorze anos desde a última vez que o escritor Danny Angel e seu pai tinham passado o Natal no Colorado com Joe. (Ketchum não tinha feito essas viagens. Era uma distância muito longa de New Hampshire para o Colorado, e Ketchum se recusava a viajar de avião.) Naqueles invernos em que Joe estava na universidade em Boulder, Daniel alugara uma casa para esquiar em Winter Park. A estrada que saía do Grand Lake, passando pelo Rocky Mountain Park National, ficava fechada no inverno, então levava cerca de duas horas de carro de Boulder – pegando a I-70, e a U.S. 40 em Berthoud Pass –, mas Joe adorava esquiar em Winter Park, e o pai o mimara demais. (Era o que o cozinheiro estava pensando, enquanto esperava o sinal abrir na Yonge Street.)

Aqueles natais no Colorado eram lindos, mas a casa em Winter Park fora uma tentação grande demais para Joe – especialmente durante o resto da estação de esqui, quando o pai e o avô do jovem estudante universitário estavam de volta em Toronto. Naturalmente, o rapaz ia matar algumas aulas – pelo menos toda vez que caísse neve fresca na região de esqui. A proximidade da estação de esqui por si só teria sido uma tentação para qualquer universitário de Boulder, mas ter uma casa em Winter Park à sua disposição – ela ficava pertinho dos teleféricos – foi sem dúvida a perdição de Joe. (Ah, Daniel, o que você estava pensando?, Dominic Baciagalupo pensou.)

Finalmente, o sinal abriu e o cozinheiro atravessou a Yonge Street mancando, tomando cuidado com aqueles motoristas desmiolados que ficavam desesperados para encontrar uma vaga na loja de bebidas de Summerville ou na Beer Store. Como o seu filho escritor tinha chamado uma vez aquele trecho? Ah, sim, Dominic se lembrou. "Shopping para hedonistas", Daniel tinha dito.

Havia lojas sofisticadas ali; era verdade – excelentes produtos, peixe fresco, ótimas linguiças e carnes, mas ridiculamente caros, na opinião do cozinheiro – e agora, nas festas, parecia a Dominic que todo motorista barbeiro da cidade estava comprando bebida! (Ele não culpava o seu amado Daniel por estar bebendo de novo; o cozinheiro entendia os motivos do filho.)

O vento gelado castigava a longa extensão da Yonge Street vindo do lago Ontário enquanto Dominic se atrapalhava com as luvas e as chaves da porta trancada do restaurante. Os garçons e a maioria dos funcionários da cozinha entravam pela porta da cozinha em Crown's Lane – o beco paralelo à Yonge Street, atrás do restaurante –, mas o cozinheiro tinha sua própria chave. Virando de costas para o vento, ele fez força para abrir a porta da frente e entrar.

Os invernos eram mais frios em Coos – e em Windham e Vermont também –, mas o frio úmido e penetrante que vinha do lago fazia Dominic Baciagalupo lembrar de como fazia frio no North End de Boston. Embora ele tivesse Carmella para aquecê-lo, o cozinheiro lembrou. Ele sentia falta dela – só dela, *só* de Carmella –, mas Dominic, estranhamente, *não* sentia falta de uma mulher em sua vida. Não mais, não na sua idade.

Por que ele não sentia falta de Rosie?, o cozinheiro se pegou pensando. "Hoje em dia, Cookie", Ketchum tinha dito, "eu às vezes me vejo *não* sentindo saudades dela. Você pode imaginar isso?" Sim, ele podia, Dominic foi obrigado a admitir. Ou era da tensão entre eles três – ou do julgamento severo de Jane, ou de manter Daniel na ignorância – que Ketchum e o cozinheiro não sentiam falta?

Dentro do restaurante, Dominic foi recebido pelo cheiro do que Silvestro, o jovem chef, chamava de "molhos-mãe". O *jus* de vitela – a mãe de todos os molhos – tinha sido iniciado durante o serviço de jantar da véspera. Ele ferveu duas vezes antes da redução final. Um outro molho-mãe de Silvestro era um molho de tomate e um bechamel. O cozinheiro, enquanto pendurava o casaco e o cachecol – e tentava arrumar a bagunça que o gorro de esqui favorito de Joe fez no seu cabelo –, podia sentir o cheiro de *todos* os molhos-mãe ao mesmo tempo.

"O velho profissional", eles o chamavam na cozinha, embora Dominic se contentasse com o papel de assistente do hábil Silvestro, que era o *saucier* e preparava todas as carnes. Kristine e Joyce faziam as sopas e os peixes – elas eram as primeiras chefs mulheres com quem ele tinha trabalhado –, e Scott era o cara do pão e das sobremesas. Dominic, que estava semiaposentado, era o faz-tudo da cozinha; ele iniciava e finalizava os trabalhos em cada estação, o que incluía revezar com Silvestro a preparação de molhos e carnes. "O faz-tudo", eles o chamavam na cozinha. Ele era mais velho que todos eles, bem mais velho – não apenas do que Silvestro, o chef jovem e talentoso que Dominic adorava. Silvestro era como um segundo filho para ele, o cozinheiro pensou – não que ele um dia fosse dizer isso ao seu amado Daniel.

Dominic também tivera o cuidado de não mencionar a natureza paternal dos seus sentimentos pelo jovem Silvestro para Ketchum – em parte porque o madeireiro era agora um agressivo e experiente passador de faxes. Os faxes de Ketchum para o cozinheiro e o filho eram intermináveis e indiscriminados. (Você podia às vezes ler uma página ou mais sem saber para quem era o fax!) E os faxes de Ketchum chegavam a qualquer hora do dia ou da noite; em prol de uma boa noite de sono, Danny e o pai foram obrigados a colocar a máquina de fax na cozinha da casa deles na Cluny Drive.

Mais especificamente, Ketchum tinha reservas em relação a Silvestro; o nome do jovem chef era italiano demais para o gosto do velho lenhador. Não seria bom se Ketchum soubesse que seu amigo Cookie considerava Silvestro um "segundo filho" – não, Dominic não queria receber uma enxurrada de faxes de Ketchum reclamando sobre isso também. As reclamações *normais* de Ketchum já eram mais do que suficientes.

EU ACHEI QUE ESSE ERA UM LUGAR FRANCÊS – ONDE VOCÊ ESTAVA TRABALHANDO À SUA MANEIRA MEIO APOSENTADA, COOKIE. VOCÊ NÃO ESTÁ PENSANDO EM MUDAR O NOME DO RESTAURANTE, ESTÁ? NÃO PARA ALGO ITALIANO, EU SUPONHO! ESSE CARA NOVO, O CHEF JOVEM QUE VOCÊ MENCIONOU – SILVESTRO? É ESSE O NOME DELE? BEM, ELE NÃO PARECE MUITO FRANCÊS PARA MIM! O NOME DO RESTAURANTE CONTINUA SENDO PATRICE, CERTO?

Sim e não, o cozinheiro estava pensando; havia um motivo para ele não ter respondido aos faxes mais recentes de Ketchum.

O dono e maître do restaurante, Patrice Arnaud, era da idade de Daniel – cinquenta e oito. Arnaud nasceu em Lyon mas foi criado em Marselha – aos dezesseis anos, ele foi para a escola de hotelaria em Nice. Na cozinha do Patrice havia uma velha fotografia em tom sépia de Arnaud adolescente usando o uniforme branco de chef, mas o futuro de Arnaud estava na gerência; ele tinha impressionado os frequentadores do salão de restaurante de um clube de praia nas Bermudas, onde conheceu o proprietário do venerável Wembley Hotel de Toronto.

Quando o cozinheiro chegou em Toronto, em 1983, Patrice Arnaud estava administrando o Maxim's – um apreciado café e ponto de encontro perto das ruas Bay e Bloor. Na época, o Maxim's era a terceira transformação de um café-restaurante no velho e cansado Wembley. Para Dominic Baciagalupo, que ainda estava abalado com o conselho sombrio de Ketchum de que ele devia se afastar completamente do mundo dos restaurantes italianos, Patrice Arnaud e o Maxim's eram obviamente de primeira qualidade – e, o que era melhor, não eram italianos. Na verdade, Patrice tinha persuadido o irmão, Marcel, a deixar Marselha e se tornar o chef do Maxim's, que era bem francês.

"Ah, mas o navio está afundando, Dominic", Patrice tinha avisado ao cozinheiro; ele estava querendo dizer que Toronto estava mudando rapidamente. Os frequentadores de restaurante do futuro iam querer algo diferente dos sérios restaurantes de hotel. (Depois que Arnaud e o irmão deixaram o Maxim's, o velho Wembley Hotel virou um edifício-garagem.)

Na década seguinte, o cozinheiro trabalhou com os irmãos Arnaud no restaurante deles em Queen Street West – um bairro em transição, e um tanto surrado, mas o restaurante, que Patrice chamou de Bastringue, prosperou. Eles estavam servindo cinquenta refeições no almoço e no jantar; Marcel era o chef principal nessa época, e Dominic adorava aprender com ele. Havia foie gras e ostras frescas Fine de Claire vindas da França. (Mais uma vez, o cozinheiro fracassou com as sobremesas; ele nunca dominou a tarte tatin com Calvados sabayon de Marcel.)

O Bastringue – *argot* parisiense para uma danceteria e bar populares que serviam comida e vinho – resistiria até à recessão de 1990. Eles puseram papel encerado por cima das toalhas de linho e transformaram o restaurante num bistrô – batatas fritas, mexilhões cozidos com vinho branco e alho-poró –, mas o contrato de aluguel terminou em 1995, depois que Queen Street West tinha passado de acanhado para moderno e maçante no espaço de uma década. (O Bastringue virou uma sapataria; Marcel voltou para a França.)

O cozinheiro e Patrice Arnaud continuaram juntos; eles foram trabalhar no Avalon por um ano, mas Arnaud disse a Dominic que eles estavam apenas "esperando o momento certo". Patrice queria abrir outro negócio, e em 1997 ele comprou um restaurante que havia falido na Yonge Street com Summerhill. Quanto a Silvestro, ele veio da Itália, mas era um calabrês que havia trabalhado em Londres e em Milão; viajar era importante para Arnaud. ("Significa que você pode aprender coisas novas", Patrice disse a Dominic quando escolheu Silvestro como seu novo chef principal.)

Quanto ao nome do novo restaurante, *Patrice* – bem, que outro nome Arnaud poderia ter dado a ele? "Você fez por merecer", Dominic disse a Patrice. "Não tenha vergonha do seu próprio nome."

Nos primeiros anos, Patrice – o nome e, em proporção menor, o restaurante – tinha funcionado. Arnaud e o cozinheiro ensinaram a Silvestro alguns dos pratos principais de Marcel: a lagosta com sabayon de mostarda, a sopa de peixe da Bretanha, a terrine de foie gras de pato com uma colher de gelatina de vinho do porto, o alabote *en papillote*, o *côte de bouef* para dois, o fígado de bezerro grelhado com bacon e cebolas e um demi-glacê balsâmico. Naturalmente, Silvestro acrescentou seus próprios pratos ao cardápio – ravióli com caracóis e manteiga temperada com alho e ervas, scallopini de vitela com molho de limão, tagliatelle caseiro com confit de pato e cogumelos porcini, coelho com gnocchi de polenta. (Dominic também fez algumas contribuições ao cardápio.) O restaurante na Yonge Street 1158 era novo, mas não era inteiramente francês – e nem era um sucesso tão grande no bairro quanto Arnaud tinha esperado.

"Não é só o nome, mas o nome também é péssimo", Patrice disse a Dominic e a Silvestro. "Eu julguei erradamente Rosedale, o bairro não precisa de um restaurante caro francês. Nós temos que ser simples e *mais baratos*! Nós queremos que nossa clientela venha duas ou três vezes por semana, não a cada dois meses!" Nas festas de Natal, o Patrice ficava normalmente fechado – este ano de 24 de dezembro a 2 de janeiro, tempo suficiente para as reformas que Arnaud tinha planejado. As banquetas iam ser forradas em tons mais claros; as paredes amarelo-limão seriam repintadas. Pôsteres da velha French Line seriam pendurados nas paredes. "Le Havre, Southampton, Nova York – Compagnie Générale transatlantique!", Patrice tinha anunciado, e ele achara dois cartazes de Toulouse-Lautrec da dançarina do Moulin Rouge, La Goulue, e da cantora Jane Avril. Peixe com batata frita seria acrescentado ao cardápio, e steak tartare com fritas; os preços, tanto da comida quanto do vinho, iriam cair 25 por cento. Eles iam voltar ao bistrô – como naqueles dias fabulosos da recessão no Bastringue – embora Patrice não usasse mais a palavra *bistrô*. ("Bistrô está tão batido, já não quer dizer mais nada!", Arnaud declarou.)

Reinvenção era a jogada essencial em relação a restaurantes, Arnaud sabia.

– Mas e o *nome*? – Silvestro tinha perguntado ao patrão. O calabrês tinha seu próprio candidato, Dominic sabia.

– Eu acho que *Patrice* é francês demais – Patrice respondeu.
– É muito antiquado, conservador. Tem que mudar. – Arnaud era esperto e suave; seu estilo era casual mas garboso. Dominic gostava do homem e o admirava, mas o cozinheiro estava temeroso desta parte da mudança, tudo para agradar aos esnobes embonecados de Rosedale.

– Vocês sabem o que eu acho – Silvestro disse, erguendo os ombros num gesto insincero de despreocupação; ele era bonito e confiante, do jeito que todo mundo quer que seu filho seja.

O jovem chef tinha ficado espantado com o efeito do vidro fosco na parte de baixo da ampla vitrine do restaurante que dava para a Yonge Street. Os transeuntes não podiam ver através do vidro; os fregueses, sentados em suas mesas, não eram vistos da calçada. Mas a parte de cima da grande vidraça era transparente; os fregueses podiam ver a folha vermelha de bordo na bandeira

canadense no letreiro da loja de bebidas de Summerhill, do outro lado da Yonge Street, e em breve aqueles dois blocos de apartamentos em construção no que iria ser chamado de Scrivener Square. A parte de baixo, fosca, da vidraça tinha o efeito de uma cortina – e essa era a explicação de Silvestro para sua escolha do novo nome do restaurante.
– *La Tenda* – Silvestre disse, com sentimento. – A Cortina.
– Eu acho sinistro – Dominic disse ao jovem chef. – Eu não ia querer comer num lugar com esse nome.
– Eu acho, Silvestro, que você devia guardar esse nome para o seu primeiro restaurante, quando você se tornar um chef proprietário, o que sem dúvida será! – Arnaud disse.
– La Tenda – Silvestro repetiu, carinhosamente, com os olhos castanhos cheios de lágrimas.
– É italiano demais – Dominic Baciagalupo disse ao emotivo rapaz. – Este restaurante pode não ser exclusivamente francês, mas também não é italiano. – Se o antigo Patrice recebesse um nome italiano, o que Ketchum iria dizer?, o cozinheiro estava pensando, enquanto ao mesmo tempo via o absurdo deste argumento, ele, cujo bolo de carne siciliano e o penne *alla puttanesca* iriam, depois das festas de Natal, ser acrescentados ao cardápio menos sofisticado.

O confuso Patrice e o chocado Silvestro olharam espantados para o cozinheiro. Eles estavam num impasse. Dominic pensou: eu devia pedir ao Daniel para sugerir um nome – ele é o escritor! Foi então que Silvestro rompeu o silêncio.
– Que tal o *seu* nome, Dominic? – o jovem chef disse.
– Não *Baciagalupo*! – o cozinheiro exclamou, alarmado. (Se o caubói não o matasse, Dominic sabia que Ketchum o mataria!)
– Isso é que é ser *italiano demais*! – Arnaud disse afetuosamente.
– Eu estou me referindo ao que o seu nome *significa*, Dominic – Silvestro disse. Patrice Arnaud não tinha percebido qual era o *significado* de Baciagalupo, embora as palavras fossem semelhantes em francês. – Beijo do Lobo – Silvestro falou devagar, enfatizando igualmente *Beijo* e *Lobo*.

Arnaud estremeceu. Ele era um homem baixo e forte, com cabelos crespos grisalhos e um sorriso sofisticado – usava calças escuras, muito bem passadas, e sempre uma camisa elegante mas aberta no pescoço. Era um homem que fazia a cerimônia parecer natural; ao mesmo tempo educado e pensativo, Patrice era um dono de restaurante que entendia o que havia de valioso na tradição mas sabia instantaneamente quando a mudança era boa.

– Ah, bem, Beijo do Lobo? Por que você não me disse, Dominic? – Arnaud perguntou maliciosamente ao seu leal amigo. – Ora, *esse* é um nome sedutor e moderno, mas que também tem um quê de *perigo*!

Ah, Beijo do Lobo tinha mesmo um quê de *perigo*, o cozinheiro estava pensando – embora não fosse essa a principal reação que Ketchum provavelmente teria ao ouvir o nome novo do restaurante. Dominic não queria imaginar o que o velho lenhador diria quando soubesse disso. "Montanhas de bosta de alce!", Ketchum poderia declarar, ou algo pior.

Já não era perigoso demais o cozinheiro ter retomado seu nome verdadeiro? Num mundo com internet, que risco haveria em ter de volta à atividade um Dominic Baciagalupo? (Pelo menos Ketchum ficou um pouco aliviado ao saber que, do alto de sua sensibilidade fonética, Nunzi tinha soletrado errado a palavra *Baciacalupo*!)

Mas, pensando realisticamente, como seria possível que um subdelegado aposentado do condado de Coos, New Hampshire, descobrisse que um restaurante chamado Beijo do Lobo em Toronto, Ontário, era a tradução para o inglês do nome foneticamente inventado de Baciagalupo? E não se esqueça, o cozinheiro acalmou a si mesmo – o caubói é tão velho quanto Ketchum, que tem *oitenta e três* anos!

Se eu não estou seguro agora, jamais estarei, Dominic estava pensando ao entrar na cozinha estreita e movimentada do Patrice – que em breve seria rebatizado de Beijo do Lobo. Bem, este é um mundo cheio de acidentes, não é? Num mundo destes, mais do que nomes deviam ser trocados sempre.

* * *

Danny Angel desejava de todo o coração jamais ter desistido do nome Daniel Baciagalupo, não porque quisesse ser o menino e o rapaz mais inocente que um dia fora – ou mesmo porque Daniel Baciagalupo era seu nome verdadeiro, o único que seus pais lhe deram –, mas porque o romancista de cinquenta e oito anos acreditava que aquele era um nome melhor para um escritor. E quanto mais perto o romancista chegava dos sessenta anos, menos se sentia um Danny ou um Angel; o fato de seu pai ter sempre insistido em chamá-lo de *Daniel* fazia cada vez mais sentido para o filho. (Não que sempre fosse fácil para um escritor quase sexagenário, que trabalhava em casa, dividir uma casa com o pai de setenta e seis anos. Eles às vezes eram um casal briguento.)

Dada a disputada eleição presidencial nos Estados Unidos – "o fiasco da Flórida" como Ketchum chamava o "roubo" da presidência de Al Gore por George W. Bush, resultado de um votação de 5-4 da Suprema Corte acompanhando as linhas partidárias – os faxes de Ketchum eram quase sempre incendiários. Gore tinha vencido pelo voto popular. Os republicanos roubaram a eleição, tanto Danny quanto o pai achavam, mas o cozinheiro e o filho não compartilhavam necessariamente do radicalismo de Ketchum – a saber, que eles "estariam melhor se fossem canadenses" e que a América, que Ketchum obstinadamente chamava de "um país babaca", merecia o que tinha acontecido com ela.

ONDE ESTÃO OS ASSASSINOS QUANDO SE PRECISA DELES?

Ketchum tinha mandado por fax. Ele não se referia a George W. Bush; Ketchum queria dizer que alguém devia ter matado Ralph Nader. (Gore teria vencido Bush na Flórida se Nader não tivesse feito um papel de *sabotador.*) Ketchum achava que Ralph Nader deveria ser amarrado e amordaçado "de preferência, numa cadeirinha de carro defeituosa para crianças" – e jogado no Androscoggin.

Durante o segundo debate presidencial Bush-Gore, Bush criticou o uso de tropas americanas na Somália e nos Bálcãs, ordenado pelo presidente Clinton. "Eu não acho que nossas tropas devam ser usadas para o que é chamado de construção da nação", o futuro presidente disse.

QUER ESPERAR PARA VER COMO AQUELE FILHO DA MÃE VAI ACHAR UM JEITO DE USAR NOSSAS TROPAS? QUER APOSTAR QUE A "CONSTRUÇÃO DA NAÇÃO" *NÃO* VAI FAZER PARTE DISSO?

Ketchum disse por fax.

Mas Danny não se alegrara com o desastre iminente da América – não de uma perspectiva canadense, especialmente. Ele e o pai nunca quiseram sair do seu país. Até onde era possível para um autor famoso internacionalmente *não* tornar sua mudança de cidadania um assunto palpitante, Danny Angel tinha tentado não se envolver muito com política, embora isto tenha sido mais difícil depois da publicação de *East of Bangor*, em 1984; seu romance sobre aborto era sem dúvida político.

O processo para Danny e o pai obterem cidadania canadense foi lento. Danny inscreveu-se como trabalhador autônomo; o advogado da imigração que o representava classificou o escritor como "alguém que participa mundialmente de atividades culturais". Danny ganhava dinheiro suficiente para sustentar a ele e ao pai. Ambos passaram no exame médico. Embora estivessem vivendo em Toronto com vistos de visitantes, eles tiveram que atravessar a fronteira a cada seis meses para revalidar seus visas; além disso, eles precisaram solicitar a cidadania canadense num consulado canadense nos Estados Unidos. (Buffalo era a cidade americana mais próxima de Toronto.)

Um assessor do ministro de Imigração e Cidadania os desencorajara de preencher um formulário de tramitação rápida. No caso deles, qual era a pressa? O famoso escritor não estava *louco* para mudar de país, estava? (O advogado da imigração tinha avisado a Danny que os canadenses desconfiavam um pouco do sucesso; costumavam puni-lo, não recompensá-lo.) Assim, para escapar de uma atenção indesejável, o cozinheiro e o filho optaram pelo caminho mais lento possível no seu pedido de cidadania canadense. O processo levou quatro, quase cinco anos. Mas agora, com o fiasco da Flórida, surgiram comentários na imprensa sobre a "deserção" do escritor Danny Angel; o fato de ter "desistido dos Estados Unidos" há mais de uma década fez o autor parecer "presciente" – segundo palavras do *Globe and Mail* de Toronto.

Não ajudou o fato de o filme adaptado de *East of Bangor* ter sido lançado recentemente nos cinemas – em 1999 – e ganho dois prêmios da Academia em 2000. Logo no início de 2001, uma sessão conjunta do Congresso iria ratificar o voto eleitoral nos Estados Unidos; agora que ia haver um presidente americano que era contra o aborto, não foi surpresa para Danny e o pai que as ideias liberais do escritor a respeito do aborto tivessem voltado ao noticiário. E escritores eram mais notícia no Canadá do que nos Estados Unidos – não só pelo que escreviam mas pelo que diziam e faziam.

Danny ainda era sensível ao que lia sobre si mesmo na mídia americana, onde era frequentemente rotulado de "antiamericano" – tanto por seus livros quanto por ter ido viver em Toronto. Em outras partes do mundo – certamente na Europa e no Canadá – o alegado antiamericanismo do escritor era visto como uma coisa *boa*. Escreveram que o escritor expatriado "difamava" a vida nos Estados Unidos – quer dizer, em seus romances. Também tinham dito que o autor de nacionalidade americana tinha se mudado para Toronto para "marcar uma posição". (Apesar do sucesso comercial de Danny Angel, ele tinha aceitado o fato de que seus impostos canadenses eram mais altos do que costumava pagar nos Estados Unidos.) Mas, como romancista, Danny ficava muito incomodado quando era condenado ou elogiado por suas ideias vistas como antiamericanas. Naturalmente, ele não podia contar – principalmente para a imprensa – por que *realmente* se mudara para o Canadá.

O que Danny *disse* foi que apenas dois de seus sete romances publicados podiam ser considerados políticos; ele sabia que parecia estar se defendendo ao dizer isso, mas era realmente verdade. O quarto livro de Danny, *The Kennedy Fathers*, era um romance sobre o Vietnã – e foi interpretado como um protesto contra a guerra. O sexto, *East of Bangor*, era um romance didático – na visão de alguns críticos, uma polêmica sobre o direito ao aborto. Mas o que havia de político nos outros cinco livros? Famílias desajustadas; experiências sexuais danosas; perda da inocência, tudo levando ao remorso. Essas histórias eram pequenas tragédias domésticas – nenhuma delas uma condenação da sociedade ou do governo. Nos romances de Danny Angel, o vilão – se é que havia um – era muito mais a natureza humana do que a América. Danny nunca fora um ativista de qualquer natureza.

"Todos os escritores são *outsiders*", Danny Angel afirmou uma vez. "Eu me mudei para Toronto porque gosto de ser um *outsider*." Mas ninguém acreditou nele. Além disso, dava um história bem melhor dizer que o autor de fama mundial havia rejeitado os Estados Unidos.

Danny achava que sua mudança para o Canadá fora tratada com sensacionalismo pela imprensa, a alegada manifestação política de uma decisão puramente pessoal foi abordada com extremo exagero. No entanto, o que incomodava mais o romancista era que seus romances haviam sido trivializados. A ficção de Danny Angel foi revirada em busca de qualquer traço autobiográfico; seus romances, dissecados e analisados à procura de qualquer coisa que pudesse ser interpretada como lembranças reais ocultas. Mas o que Danny esperava?

Na mídia, a vida real era mais importante do que a ficção; os elementos de um romance que fossem, minimamente, baseados na experiência pessoal tinham mais interesse para o público em geral do que as partes do processo de escrita que eram "meramente" inventadas. Em qualquer obra de ficção, não eram as coisas que tinham *acontecido realmente* com o escritor – ou, talvez, com alguém que o escritor conheceu intimamente – mais autênticas, mais verdadeiras, do que qualquer coisa que alguém pudesse imaginar? (Esta era uma crença comum, embora o trabalho de um ficcionista fosse imaginar, realmente, uma história inteira – como Danny costumava dizer, sempre que tinha a oportunidade de defender a *ficção* na literatura de ficção – pois as histórias reais nunca eram inteiras, nunca eram completas como os romances podiam ser.)

Entretanto, quem era a plateia de Danny Angel, ou de qualquer outro romancista, quando ele defendia a *ficção* na literatura de ficção? Alunos de redação criativa? Mulheres de certa idade em clubes do livro, porque a maioria dos membros de clubes do livro não eram mulheres de uma certa idade? Quem mais se interessava pela ficção em detrimento da vida real? Não os entrevistadores de Danny Angel, evidentemente; a primeira pergunta que eles sempre faziam tinha a ver com o que de "real" havia neste ou naquele romance. O personagem principal baseava-se numa pessoa *de verdade*? O acontecimento mais impressionante do romance (quer dizer, o mais catastrófico, mais devastador) tinha *realmente* ocorrido com alguém que o autor conhecera?

Mais uma vez, o que Danny esperava? Ele não tinha implorado por aquela pergunta? Bastava olhar para o seu livro mais recente, *Baby in the Road*; o que Danny achava que a mídia ia pensar dele? Ele tinha começado esse livro, seu sétimo romance, antes de sair de Vermont. O manuscrito estava quase concluído em março de 1987. Foi no final de março daquele ano que Joe morreu. No Colorado, ainda não era a estação da lama. ("Merda, foi *quase* na estação da lama", Ketchum diria.)

Era o último ano de Joe em Boulder; ele tinha acabado de completar vinte e dois anos. A ironia era que *Baby in the Road* sempre fora sobre a morte de um filho único adorado. Mas no romance que Danny tinha quase terminado, a criança morre enquanto ainda usa fraldas – uma criança de dois anos, atropelada no meio da rua, como *poderia* ter acontecido com o pequeno Joe aquele dia na Iowa Avenue. O romance inacabado era sobre como a morte daquela criança destruía o que o cozinheiro e Ketchum sem dúvida teriam descrito como sendo o personagem Danny e o personagem Katie, que seguem cada qual o seu caminho predestinado.

    Naturalmente, o romance ia mudar. Depois da morte do filho, Danny Angel passou mais de um ano sem escrever. Não era escrever que era difícil, como Danny disse ao amigo Armando DeSimone; era *imaginar*. Sempre que Danny tentava imaginar alguma coisa, tudo o que conseguia ver era como Joe tinha morrido; o que o escritor também imaginava sem parar eram os pequenos detalhes que poderiam ter mantido o seu filho vivo. (Se Joe tivesse feito isto e não aquilo... se o cozinheiro e o filho não estivessem em Toronto naquele momento... se Danny tivesse comprado ou alugado uma casa em Boulder e não em Winter Park... se Joe não tivesse aprendido a esquiar... se, como Ketchum tinha aconselhado, eles nunca tivessem morado em Vermont... se uma avalanche tivesse fechado a estrada no Berthoud Pass... se Joe estivesse bêbado demais para dirigir, em vez de estar completamente sóbrio... se o carona tivesse sido outro rapaz e não aquela moça... se Danny não estivesse apaixonado...) Bem, havia alguma coisa que um escritor *não* conseguisse imaginar?

    O que Danny *não* pensaria, mesmo que fosse só para se torturar? Danny não podia trazer Joe de volta à vida; ele não podia mudar o que aconteceu com o filho como um escritor de ficção podia reescrever um romance.

    Quando, depois que aquele ano terminou, Danny conseguiu finalmente suportar reler o que havia escrito, a morte acidental daquele menino de dois anos no início do livro, sem mencionar o tormento subsequente dos pais da criança, pareceu quase inconsequente. Não era pior ver um filho escapar da morte daquela primeira vez, e crescer – só para morrer mais tarde, na flor da idade? E para *piorar* ainda mais a história, num romance – para tornar o que acontece ainda mais triste, em outras palavras –

bem, essa não era na verdade uma história *melhor*? Danny achava que sim, sem dúvida. Ele reescreveu *Baby in the Road* do início ao fim. Isso tinha levado mais cinco ou seis anos. Obviamente, o tema do romance não mudou. Como poderia mudar? Danny tinha descoberto que a devastação causada pela perda de um filho continuava mais ou menos igual; pouco importava se os detalhes eram diferentes.

Baby in the Road foi publicado em 1995, onze anos após a publicação de *East of Bangor* e oito anos depois de Joe morrer. Na versão revista, o antigo menino de dois anos cresce e vira um rapaz que gosta do perigo; ele morre com a idade de Joe, vinte e dois anos, ainda estudante universitário. A morte é considerada acidental, embora pudesse ter sido suicídio. Ao contrário de Joe, o personagem do sétimo romance de Danny está bêbado na hora em que morre. Ele também engoliu um monte de barbitúricos. Ele aspira um sanduíche de presunto e morre sufocado com o próprio vômito.

Na verdade, quando estava no último ano da faculdade, Joe parecia ter superado sua imprudência. A bebida – o pouco que bebia – estava sob controle. Ele esquiava rápido, mas não tinha sofrido nenhum acidente. E parecia ser um bom motorista; durante quatro anos, dirigiu um carro no Colorado e não foi multado uma única vez por excesso de velocidade. Dera até uma desacelerada com as garotas – pelo menos o avô e o pai tiveram esta impressão. É claro que o cozinheiro e o filho nunca pararam de se preocupar com o rapaz; durante todos os seus anos de faculdade, entretanto, Joe lhes dera poucos motivos de preocupação. Até suas notas tinham sido boas – melhores do que na Northfield Mount Hermon. (Como muitos rapazes que saíram de casa para um colégio interno, Joe sempre dizia que a faculdade era mais fácil.)

Como romancista, Danny Angel se esforçou para tornar o personagem discutivelmente suicida de *Baby in the Road* o menos parecido possível com Joe. O rapaz do livro era um tipo artístico, sensível. Tem uma saúde delicada – desde o começo parece fadado a morrer – e não é um atleta. O romance se passa em Vermont, não no Colorado. Depois da revisão, a voluntariosa mãe do rapaz não é voluntariosa o suficiente para ser uma Katie, embora tenha problemas com a bebida, como o filho condenado. Na versão reescrita, o personagem Danny, o infeliz pai do rapaz, não para de beber, mas não é um alcoólatra. (Ele nunca fica comprometido ou incapacitado pela bebida; ele só é deprimido.)

Nos primeiros anos após a morte de Joe, o cozinheiro de vez em quando tentava convencer o filho a parar de beber de novo.

– Você vai se sentir melhor se não beber, Daniel. A longo prazo, você vai desejar não ter voltado a beber.

– É uma pesquisa, papi – Danny dizia ao pai, mas aquela resposta não servia mais, não depois de ter reescrito o livro, e ele estar pronto há mais de cinco anos. No novo romance que Danny estava escrevendo, os personagens principais não bebiam; Danny não bebia para fins de "pesquisa", e nunca tinha bebido.

Mas o cozinheiro podia ver que Danny não bebia excessivamente. Ele tomava duas cervejas antes do jantar – ele sempre gostou de cerveja – e não mais que uma ou duas taças de vinho tinto com a comida. (Sem o vinho, ele não dormia.) Estava claro para Dominic que seu amado Daniel não tinha voltado a beber como antes.

Dominic podia ver por si mesmo que a tristeza do filho não passava. Depois da morte de Joe, Ketchum observou que a tristeza de Daniel tinha um ar de permanência. Até os jornalistas, ou qualquer pessoa que visse o escritor pela primeira vez, notava isso. É claro que em muitas das entrevistas que Danny dera para diversas publicações sobre *Baby in the Road* as perguntas sobre o tema principal do romance – a morte de um filho – tinham sido pessoais. Em todo romance, há partes que são próximas demais à realidade do escritor; obviamente, essas são áreas ligadas à emoção pessoal que o escritor preferiria não comentar.

Não era suficiente que Danny tivesse feito todo o possível para se afastar da vida pessoal? Ele tinha aumentado, tinha exagerado, tinha levado a história aos limites da credibilidade – tinha feito as coisas mais horríveis acontecerem com personagens que imaginara o máximo possível. ("As pessoas reais nunca são tão completas quanto os personagens inteiramente imaginários", o romancista costumava dizer.) Entretanto, os jornalistas que entrevistaram Danny Angel não tinham perguntado a ele quase nada sobre a história e os personagens do livro; em vez disso, tinham perguntado a Danny como ele estava "lidando com" a morte do filho. Teria a "tragédia real" do escritor feito com que ele reconsiderasse a importância da ficção – a saber, o peso, a gravidade, o valor relativo do "mero" faz de conta?

Esse tipo de pergunta deixava Danny Angel maluco, mas ele esperava demais dos jornalistas; a maioria deles não tinha imaginação para acreditar que qualquer coisa plausível num romance tivesse sido "totalmente imaginada". E aqueles ex-jornalistas que depois viravam escritores e aderiam à cansativa máxima de Hemingway de que se deve escrever sobre o que se conhece. Que besteira é essa? Os romances deviam ser sobre as pessoas que se conheciam? Quantos romances chatos mas tremendamente realistas podem ser atribuídos a este conselho chato e totalmente sem inspiração?

Mas não se poderia argumentar que Danny deveria ter previsto a natureza pessoal das perguntas dos seus entrevistadores a respeito de *Baby in the Road*? Até não leitores souberam do acidente que matou o filho do escritor famoso. (Para alívio de Ketchum, o caubói parecia não saber.) Houve também os artigos previsíveis sobre a vida desastrosa dos filhos de celebridades – injustos no caso de Joe, pois o acidente aparentemente não foi causado por Joe, e ele não tinha bebido. Entretanto, Danny deveria ter antecipado isso, também: antes de se verificar que o álcool não havia sido um causador, haveria aqueles na mídia que presumiriam apressadamente o contrário.

A princípio, depois do acidente – e de novo, quando o livro foi publicado –, Dominic fez o possível para proteger o filho das cartas dos fãs. Danny tinha deixado o pai ler primeiro as cartas, entendendo que o cozinheiro iria decidir quais as cartas que ele devia ou não ler. Foi assim que a carta de Lady Sky se perdeu.

– Você tem alguns leitores esquisitos – o cozinheiro reclamou um dia. – E muitos fãs se dirigem a você pelo seu primeiro nome, como se fossem seus *amigos*! Eu ficaria irritado se tivesse tanta gente que eu não conheço agindo como se me conhecesse.

– Dê-me um exemplo, papi – Danny disse.

– Bem, eu não sei – Dominic disse. – Eu jogo fora mais cartas do que mostro para você. Teve uma carta na semana passada, ela devia ser uma *stripper*, eu acho. Tinha nome de *stripper*.

– Tipo o quê? – Danny perguntou ao pai.

– Lady Sky. Para mim parece nome de *stripper*.

– Eu acho que o nome verdadeiro dela é Amy – Danny disse; ele tentou ficar calmo.

– Você a *conhece*?

– Eu só conheço uma Lady Sky.

– Desculpe, Daniel, eu imaginei que ela fosse *doida*.

– O que foi que ela disse, papi? Você lembra?

Naturalmente, o cozinheiro não conseguiu lembrar de todos os detalhes – só que a mulher parecia arrogante e demente. Ela escreveu uma baboseira sobre proteger Joe dos porcos; disse que não estava mais voando, como se antes fosse capaz de voar.

– Ela queria que eu respondesse? – Danny perguntou ao pai.

– Você se lembra de onde veio a carta?

– Bem, eu tenho certeza que tinha o endereço do remetente, todos querem que você responda! – o cozinheiro gritou.

– Está tudo bem, papi, eu não estou culpando você – Danny disse. – Talvez ela torne a escrever. (Ele não achava isso, e o seu coração estava doendo.)

– Eu não tinha ideia que você *queria* ter notícias de alguém chamado Lady Sky, Daniel – o cozinheiro disse.

Deve ter acontecido alguma coisa com Amy; Danny imaginou o que poderia ter sido. Você não pula nua de aviões sem nenhum motivo, o escritor pensou.

– Eu tive certeza de que ela era maluca, Daniel. – Com isso, o cozinheiro parou. – Ela disse que também tinha perdido um filho. Eu achei que devia poupar você dessas cartas. Havia um bocado delas.
– Talvez você devesse me mostrar essas cartas, papai – Danny disse.
Depois de descobrir que a Lady Sky tinha escrito para ele, Danny recebeu mais algumas cartas de fãs que tinham perdido filhos, mas não conseguiu responder nenhuma. Não havia o que dizer a essas pessoas. Danny sabia, já que era uma delas. Ele imaginava como Amy conseguira lidar com isso; em sua nova vida, sem Joe, Danny não achou que seria tão difícil pular nu de um avião.

No quarto de escrever de Danny Angel, no terceiro andar da casa da Cluny Drive, havia uma claraboia além da janela com vista para a torre do relógio na loja de bebidas de Summerhill. Antes ele tinha sido o quarto de Joe e ocupava todo o terceiro andar, com banheiro próprio e um chuveiro, não uma banheira. O chuveiro era adequado para um estudante como Joe, mas o cozinheiro tinha questionado o tamanho extravagante do quarto – sem mencionar a vista espetacular. Não seria um desperdício para um rapaz que estudava nos Estados Unidos e nunca passava muito tempo em Toronto?
Danny argumentou que queria que Joe tivesse o melhor quarto, porque assim, talvez, o filho se sentiria mais inclinado a vir para o Canadá. O isolamento do quarto no terceiro andar também fazia dele o quarto com mais privacidade da casa, e – por medida de segurança – nenhum quarto de terceiro andar podia deixar de ter uma escada de incêndio, então Danny tinha construído uma. O quarto, portanto, tinha uma entrada particular. Quando Joe morreu, e Danny transformou o quarto do rapaz num quarto de *escrever*, o romancista deixou as coisas do filho onde estavam; só a cama foi retirada.
As roupas de Joe continuaram no armário e na cômoda – até os sapatos dele ficaram lá. Todos os cadarços estavam desamar-

rados. Joe nunca tirava um sapato desamarrando primeiro o cadarço. Ele chutava os sapatos com os cadarços amarrados, e eles estava sempre bem apertados, com um nó duplo, como se Joe ainda fosse um garotinho cujos sapatos desamarrassem com facilidade. Danny tinha o velho hábito de pegar os sapatos com nós duplos do filho e desamarrar os cadarços para ele. Foi alguns meses depois de Joe ter morrido, ou mais um pouco, que Danny desamarrou os últimos cadarços de Joe.

Com as fotos de Joe praticando luta livre e esquiando nas paredes, o quarto de escrever era um verdadeiro *santuário* para o rapaz morto. Na mente do cozinheiro, era masoquismo do filho querer escrever ali, mas o defeito no pé de Dominic iria impedi-lo de investigar o quarto de escrever do terceiro andar com regularidade. Dominic raramente se aventurava lá, mesmo quando Daniel não estava em casa. Sem cama, ninguém mais iria dormir lá – aparentemente, era isso que Danny queria.

Quando Joe vinha ficar com eles em Toronto, o cozinheiro e o filho podiam ouvir os sapatos chutados caindo no chão (como duas pedras) sobre a cabeça deles – ou o rangido mais sutil do assoalho sempre que Joe andava pelo quarto (mesmo descalço ou de meias). Podia-se também ouvir o chuveiro do terceiro andar dos três quartos do segundo andar. Cada um dos quartos do segundo andar tinha banheiro exclusivo, e o quarto do cozinheiro ficava numa extremidade do longo corredor e o do seu amado Daniel na outra – assim pai e filho tinham uma certa privacidade, pois o quarto de hóspedes ficava entre os dois.

O quarto de hóspedes com banheiro tinha sido recentemente melhorado – para a esperada visita de Ketchum, a visita anual de Natal do madeireiro – e como a porta do quarto estava aberta, tanto Danny quanto o pai não puderam deixar de notar que a faxineira tinha colocado um vaso de flores frescas sobre a cômoda do quarto de hóspedes. O buquê estava refletido no espelho da cômoda, fazendo parecer, do corredor, que havia *dois* vasos de flores. (Como se Ketchum fosse capaz de notar ou agradecer mesmo que houvesse *doze* vasos de flores no quarto, o escritor pensou.)

Danny achou que a faxineira devia ter uma queda por Ketchum, embora o cozinheiro afirmasse que Lupita devia ter pena do lenhador por ele ser tão velho. As flores eram uma antecipação da morte próxima de Ketchum, Dominic disse absurdamente, "Como as pessoas colocam flores num túmulo". "Você não acredita no que está dizendo", Danny disse ao pai. Mas as flores e Lupita eram um mistério. A faxineira mexicana nunca colocou um vaso de flores no quarto de hóspedes para nenhum outro hóspede da casa de Rosedale, e aquele quarto de hóspedes da casa da Cluny Drive era ocasionalmente ocupado – não só no Natal. Salman Rushdie, o autor ameaçado de morte, às vezes ficava lá quando estava em Toronto; outros escritores amigos de Danny Angel, tanto da Europa quanto dos Estados Unidos, vinham sempre visitá-lo. Armando e Mary DeSimone vinham à cidade pelo menos duas vezes por ano, e eles sempre ficavam com Danny e o pai.

Muitos editores estrangeiros de Danny tinham dormido naquele quarto de hóspedes, o que refletia a reputação internacional do autor; a maioria dos livros no quarto eram traduções dos romances de Danny Angel. Pendurado na parede do quarto, havia um pôster da edição francesa de *Baby in the Road* – *Bébé dans la rue*. (No banheiro anexo ao quarto, havia um pôster gigante da tradução alemã do mesmo romance – *Baby auf der Strasse*.) Entretanto, na opinião da faxineira mexicana, só Ketchum merecia flores.

Lupita era uma alma ferida, e ela certamente reconhecia o dano feito a outros. Ela não conseguia limpar o quarto de escrever do terceiro andar sem chorar, embora Lupita não tivesse conhecido Joe; nos anos em que tinha vindo do Colorado para o Canadá, Joe nunca tinha ficado muito tempo, e Danny e o pai ainda não tinham conhecido o que o cozinheiro chamava de "a maravilha mexicana". Eles tiveram um montão de faxineiras ruins durante aqueles anos.

Lupita era uma descoberta relativamente recente, mas ela ficava visivelmente comovida com aqueles dois cavalheiros tristonhos que tinham perdido, respectivamente, um filho e um neto.

Ela disse ao cozinheiro que estava preocupada com Danny, mas para Danny ela dizia apenas:

– Seu filho está no céu, mais alto do que o terceiro andar, Señor Angel.

– Vou acreditar em você, Lupita – Danny respondeu.

– *Enfermo?* – Lupita estava sempre perguntando, não ao cozinheiro de setenta e seis anos, mas ao filho dele, deprimido, de cinquenta e oito.

– Não, não estou doente, Lupita – Danny nunca deixava de responder a ela. – *Yo sólo soy un escritor* – ele dizia, como se isso explicasse o quanto devia parecer infeliz.

Lupita também tinha perdido um filho; ela não conseguiu falar sobre isso com Danny, mas contara ao cozinheiro. Ela não deu nenhum detalhe e mal fez menção ao pai da criança, um canadense. Se Lupita teve um marido algum dia, ela deve tê-lo perdido também. Danny não achava que houvesse muitos mexicanos em Toronto, mas era provável que chegassem mais mexicanos por lá, em breve.

Era impossível determinar a idade de Lupita, com sua pele morena e lisa e seus longos cabelos negros, embora Danny e o pai achassem que ela devia estar na casa dos sessenta. Não era uma mulher grandalhona, era pesada – com um sobrepeso pronunciado, gorda até.

Como Lupita tinha um rosto bonito, e tinha o hábito de deixar os sapatos no andar térreo da casa (ela subia as escadas descalça ou de meias), Danny um dia disse ao pai que Lupita o fazia lembrar de Índia Jane. O cozinheiro não concordou que houvesse qualquer semelhança entre as duas; Dominic balançou a cabeça obstinadamente ao ouvir o comentário. Ou o pai de Danny não estava querendo ver a óbvia semelhança que havia entre Lupita e Jane, ou então a lembrança que Danny tinha da lavadora de pratos índia o estava enganando – do modo como autores de ficção são frequentemente enganados por suas lembranças.

* * *

No final da tarde, quando o cozinheiro estava ocupado com a preparação do jantar no Patrice, Danny geralmente saía do seu quarto de escrever no terceiro andar – no momento em que o restinho de sol, caso houvesse sol, brilhava através da claraboia. Não havia nenhum sol visível nesta tarde cinzenta de dezembro, o que tornou mais fácil para o escritor sair de trás de sua escrivaninha. O resto de luz que havia mal entrava no corredor do segundo andar. De meias, Danny foi até o quarto do pai. Quando o cozinheiro não estava, o filho costumava ir ao quarto dele para ver os retratos que Dominic tinha pregado nos cinco quadros de avisos, cujos únicos sinais de seu uso anterior eram os furinhos quase invisíveis, em número excessivo, espalhados por sua superfície.

Nos quadros de avisos, os retratos estavam pregados uns por cima dos outros numa arrumação confusa mas possivelmente temática – ou de autoria de Dominic ou de Lupita, porque Danny sabia que sem a ajuda da faxineira mexicana o pai não teria sido capaz de pregar e despregar as fotos com tanto ardor e repetição. Era um trabalho difícil, e devido à localização dos quadros de avisos nas paredes, era necessário subir no braço de um sofá, ou trepar numa cadeira, a fim de alcançar as partes de cima – uma tarefa que o cozinheiro, com seu pé defeituoso, não conseguiria executar com facilidade. (Devido ao peso e à idade estimada de Lupita, Danny se preocupava quando a imaginava se equilibrando no sofá ou sobre uma cadeira.)

Apesar de sua imaginação considerável, Danny Angel não conseguia entender a lógica do pai; os retratos presos uns sobre os outros desafiavam não só uma interpretação histórica, mas uma interpretação visual. Numa velha foto preto e branca, um Ketchum surpreendentemente jovem parecia estar dançando com Jane no que Danny lembrava claramente ser a cozinha do pavilhão em Twisted River. O fato de esta foto antiga estar bem ao lado de uma foto (colorida) de Danny com Joe (com um ou dois anos de idade) em Iowa era inexplicável – só que Danny se lembrava de Katie naquela foto, e o cozinheiro tinha espertamente escondido Katie inteiramente sobrepondo uma foto de Carmella com Paul Polcari, parados em frente ao forno de pizza do Vicino di Napoli; Tony Molinari ou o velho Giusé Polcari devem ter batido a foto.

Assim, Vermont se sobrepunha a Boston, ou vice-versa – Avellino e Mao's eram aparentemente intercambiáveis – e os rostos asiáticos do interlúdio do cozinheiro em Iowa apareciam ao lado de rostos de amigos atuais, de Toronto. Os primeiros tempos no Maxim's, seguido do Bastringue em Queen Street West, estariam capturados ao lado de Ketchum num de seus *wanigans* ou de suas picapes, ou ao lado de Joe quando estudava no Colorado – quase sempre de esquis ou numa corrida de mountain-bike. Havia até uma foto do amigo de Joe de Iowa City, Max, que (junto com Joe) quase tinha morrido atropelado naquele beco atrás da casa na Court Street pelo Mustang azul em alta velocidade. O retrato dos dois meninos de oito anos estava surpreendentemente pregado ao lado de um retrato do jovem mestre da culinária, Silvestro, sendo beijado em ambas as faces por suas assistentes, Joyce e Kristine.

Seria possível, Danny pensou, que a maioria das fotos tivesse sido pregada nos quadros de avisos não só pelas mãos gordas de Lupita mas de acordo com o planejamento *dela*? Isso explicaria o caráter aparentemente aleatório da arrumação – se as colagens de fotos tivessem ficado quase inteiramente a cargo de Lupita, se o cozinheiro não tivesse tido quase nenhuma influência no desenho final. (Isso poderia explicar, também, o escritor pensou, por que nenhum retrato de Ketchum era devolvido às gavetas da escrivaninha – desde que Lupita tinha vindo trabalhar com Danny e o pai.)

Como o lenhador de oitenta e três anos tinha conseguido causar uma impressão tão romântica na faxineira mexicana de sessenta e poucos anos?, Danny pensou. O cozinheiro pareceu nauseado com a ideia; Lupita não deve ter visto Ketchum mais do que duas ou três vezes. "Deve ser por causa do ardente catolicismo de Lupita!", Dominic tinha exclamado.

Na cabeça do pai, Danny sabia, só motivos supersticiosos ou ridículos poderiam fazer uma mulher em seu juízo perfeito sentir atração por Ketchum.

Agora, em seu quarto, Danny vestiu sua roupa de ginástica. Não havia fotos de Joe no quarto de Danny; Danny Angel já tinha muita dificuldade para dormir mesmo sem retratos do filho morto por perto. Exceto à noite – quando saía para jantar, para ver um filme – Danny raramente se ausentava da casa da Cluny Drive, e quase toda noite seu pai estava trabalhando. A ideia que Dominic tinha de semiaposentadoria era sair do restaurante, ir para casa dormir por volta das dez e meia, onze horas da noite, mesmo quando o Patrice estava lotado; isso já era aposentadoria suficiente para ele.

Quando Danny viajava para divulgar um livro, ou por outro motivo qualquer, o cozinheiro ia para o quarto do filho – só para lembrar a si mesmo do que poderia ter sido caso Joe não tivesse morrido. Dominic Baciagalupo ficava triste quando via que as únicas fotos no quarto do seu amado Daniel eram da roteirista Charlotte Turner, que era quinze anos mais moça que seu filho – e isso era bem evidente. Charlotte tinha apenas vinte e sete anos quando conheceu Daniel em 1984, quando ele tinha quarenta e dois. (Isso foi pouco depois que o cozinheiro e o filho foram para o Canadá. *East of Bangor* acabara de ser publicado e Joe estava terminando o primeiro ano da faculdade no Colorado.) Charlotte era só oito anos mais velha do que Joe, e era uma mulher de vinte e sete anos com uma aparência muito *jovem*.

Ela agora era uma mulher de quarenta e três com aparência jovem, o cozinheiro refletiu. Entristecia a Dominic ver as fotos de Charlotte e pensar no quanto ele gostava da jovem; o cozinheiro acreditava que Charlotte teria sido a esposa perfeita para seu solitário filho.

Mas trato é trato. Charlotte queria filhos – "só um filho, se isso é tudo que você pode tolerar", ela dissera a Danny – e Danny tinha prometido que a engravidaria e daria um filho a ela. Só havia uma condição. (Bem, talvez a palavra *condição* estivesse errada – talvez fosse mais um *pedido*.) Charlotte deixaria para engravidar depois que Joe se formasse na faculdade? Na época, Joe ainda tinha três anos pela frente na Universidade do Colorado, mas Charlotte concordou em esperar; ela só teria trinta anos quando Joe se formasse. Além disso, o cozinheiro pensou, ela e Daniel tinham se amado muito. Eles tinham sido muito felizes juntos; aqueles três anos não tinham parecido ser um tempo muito longo.

Aos vinte e sete anos, Charlotte Turner gostava de dizer dramaticamente que tinha vivido em Toronto "a vida toda". Para ser mais exato, ela nunca tinha vivido com ninguém – nem tinha namorado alguém por mais de seis meses. Quando conheceu Danny, estava morando na casa de sua falecida avó em Forest Hill; seus pais queriam vender a casa, mas ela os tinha convencido a alugar a casa para ela. A casa era um lugar atulhado, desarrumado, quando a avó morava lá, mas Charlotte havia leiloado a mobília antiga e transformado o andar de baixo em escritório e numa pequena sala de projeção; no andar de cima, onde só havia um banheiro, ela construiu um quarto grande a partir de três quartos pequenos e praticamente sem uso. Charlotte não cozinhava, e a casa não era adequada para receber visitas; ela deixou a cozinha antiquada da avó ficar como era, pois a cozinha bastava para ela. Nenhum dos namorados de Charlotte jamais passou a noite naquela casa – Danny seria o primeiro – e Charlotte nunca se mudou completamente para a casa da Cluny Street para viver com Danny.

O cozinheiro tinha proposto se mudar. Ele achava que poderia acabar invadindo a privacidade do filho, e Dominic desejava desesperadamente que o relacionamento entre Daniel e Charlotte desse certo. Mas Charlotte não quis nem ouvir falar em "despejar" o pai de Danny, como ela dizia – pelo menos até o casamento, que foi planejado (com dois anos de antecedência) para junho de 1987, depois da formatura de Joe. Joe seria padrinho de Danny.

Na época, tinha parecido prudente adiar o casamento, a gravidez de Charlotte e a vinda de um bebê novo em casa. Danny queria "monitorar" Joe durante os seus anos de faculdade – foi essa a palavra que o escritor usou. Mas havia pessoas em Toronto que conheciam a história de Charlotte com os homens; elas teriam apostado que um casamento depois de dois anos era improvável, ou que depois de partir para uma de suas muitas viagens a Los Angeles a jovem roteirista de cinema simplesmente não voltaria.

Nos curtos três anos em que ficaram juntos, Charlotte tinha deixado pouquíssima roupa no armário de Danny, embora ela passasse mais noites naquela casa na Cluny Drive do que Danny na casa dela de Forest Hill. Ela mantinha artigos de toalete no banheiro de Danny, e uma quantidade considerável de cosméticos.

Tanto Charlotte quanto Danny gostavam de acordar cedo, e enquanto Charlotte cuidava do cabelo e da pele – uma pele linda, o cozinheiro se lembrou subitamente – Danny preparava café da manhã para eles. Depois Charlotte pegava o metrô para St. Clair na Yonge Street, de onde ela caminhava até sua casa em Forest Hill; ela trabalhava lá o dia todo.

Mesmo depois que eles se casassem, Charlotte sempre dizia, ela planejava ter um escritório não na Cluny Drive. ("Além do que não tem lugar aqui para todas as minhas roupas", ela disse a Danny. "Mesmo depois que seu pai se mudar, eu vou precisar ter pelo menos um escritório – ou até uma casa inteira – para as minhas roupas.")

As roupas poderiam causar uma impressão errada de Charlotte, Dominic sempre lembrava – especialmente quando via retratos dela. Entretanto, como Danny com seus romances, Charlotte era uma viciada em trabalho no que se referia aos seus roteiros – e isso se aplicava ao caso da proposta de adaptação que ela fizera de *East of Bangor*, razão pela qual ela e Danny tinham se conhecido.

Charlotte sabia tudo sobre as regras não negociáveis de Danny Angel a respeito da venda de direitos dos seus romances para o cinema; ela assistira às entrevistas, onde Danny tinha dito que alguém teria que escrever uma adaptação "decente" *antes* de ele ceder os direitos de qualquer livro dele.

A jovem de vinte e sete anos era mais alta do que Daniel, o cozinheiro lembrou, o que tornava Charlotte mais próxima em altura *e* em idade de Joe do que de Danny ou do pai dele. Ela propôs escrever o primeiro rascunho de um roteiro de *East of Bangor* "sem compromisso". Nenhum dinheiro trocaria de mãos, não haveria cessão de direitos; se Danny não gostasse do roteiro, azar de Charlotte.

– Você já deve ter uma ideia para um filme baseado neste romance – Danny disse quando eles se encontraram pela primeira vez. (Ele disse a ela que não saía para almoçar. Eles se encontraram para jantar no Bastringue, onde, naquela época, Danny costumava jantar três ou quatro noites por semana.)

– Não, eu só estou querendo fazer isto, não tenho nenhuma ideia ainda – Charlotte disse. Ela usava óculos de armação escura e tinha um ar de estudiosa, mas não havia nada de intelectual no seu corpo; ela não era apenas alta, mas tinha um corpo curvilíneo e devia ser alguns quilos mais pesada do que Daniel. Ela era uma moça grande demais para usar um vestido cor-de-rosa, Danny pensou naquela primeira noite, e seu batom combinava com o tom do vestido, mas Charlotte fazia muitos negócios em L.A.; mesmo em 1984, ela combinava mais com Los Angeles do que com Toronto.

Danny realmente gostou do primeiro rascunho do roteiro dela, gostou o suficiente para vender para Charlotte Turner os direitos do seu romance para o cinema por um dólar, canadense, o que na época correspondia a setenta e cinco cents de dólar americano. Eles trabalharam juntos em versões subsequentes do roteiro, então Danny viu por si mesmo que Charlotte trabalhava muito. Naquela época, o quarto de escrever de Danny era no térreo da casa da Cluny Drive – onde ficava agora a sua sala de ginástica. Ele e Charlotte tinham trabalhado lá, e na casa da avó dela em Forest Hill. Demoraria quinze anos para o filme ficar pronto, mas o roteiro de *East of Bangor* foi escrito em quatro meses; naquela altura, Charlotte Turner e Danny Angel já eram um casal.

No quarto de Danny, que era um memorial para Charlotte tanto quanto o quarto de escrever do terceiro andar era um santuário para Joe, o cozinheiro sempre se encantava com o modo como Lupita mantinha impecavelmente limpos todos os porta-retratos com fotos da famosa roteirista. A maioria das fotos fora tirada durante os três anos em que Charlotte e Daniel tinham ficado juntos; muitas dessas fotos eram dos meses de verão passados no lago Huron. Como algumas outras famílias de Toronto, os pais de Charlotte tinham uma ilha em Georgian Bay; o avô de Charlotte, segundo contavam, havia ganho a ilha num jogo de pôquer, mas havia quem dissesse que ele tinha trocado um carro por ela. Como o pai de Charlotte era um doente terminal e sua mãe (uma médica) iria se aposentar em breve, Charlotte estava para herdar a ilha, que ficava na região de Pointe au Baril Station. Daniel adorou aquela ilha, o cozinheiro lembrou. (Dominic tinha visitado Georgian Bay apenas uma vez; detestou o lugar.)

Os únicos retratos de Charlotte que o cozinheiro ainda mantinha no quadro de avisos do seu quarto eram os dela com Joe, porque Daniel não conseguia dormir com retratos do rapaz morto em seu quarto. O cozinheiro admirava o fato de Charlotte ter gostado tanto de Joe, sem nunca ter tido nenhum ciúme dele, e Joe podia ver o quanto o pai era feliz com ela; Joe tinha gostado de Charlotte desde o início.

Charlotte não era uma esquiadora, mas tolerava aqueles fins de semana de inverno e as festas de Natal em Winter Park, onde o cozinheiro havia preparado jantares fabulosos na casa de esqui no pé da montanha. Os restaurantes de Winter Park não eram ruins, ou eram suficientemente bons para Joe e os colegas dele, mas estavam abaixo dos padrões do cozinheiro, e Dominic Baciagalupo adorava a oportunidade de cozinhar para o neto; o rapaz ia muito pouco ao Canadá, na opinião de Dominic. (E também na opinião do escritor Danny Angel.)

Agora o que restava de luz naquele final de tarde de dezembro tinha sumido; a escuridão e as luzes da cidade eram visíveis nas janelas quando Danny se deitou no tapete da sua sala de ginástica. Como aquele fora seu quarto de escrever antes de se tornar uma sala de ginástica – e Danny só escrevia durante o dia depois que tinha ficado mais velho – não havia cortinas nas janelas. Nos meses de inverno, geralmente já estava escuro na hora em que ele se exercitava, mas Danny não se importava se alguém na vizinhança o visse usando os aparelhos ou carregando pesos. Antes, quando era escritório e, depois, quando virou sala de ginástica, ele tinha sido fotografado naquela sala; tinha sido entrevistado ali também, pois nunca permitiu que nenhum jornalista entrasse no seu quarto de escrever do terceiro andar.

Assim que eles se casassem, Charlotte tinha dito, ela colocaria cortinas ou persianas nas janelas da sala de ginástica, mas como o casamento foi cancelado – junto com todo o resto – as janelas daquela sala permaneceram como estavam. Era uma sala de ginástica estranha, porque ainda era cercada de estantes; mesmo depois de levar o seu material para o antigo quarto de Joe no terceiro andar, Danny tinha deixado muitos livros naquela sala do andar térreo.

Quando Danny e o pai davam jantares na casa da Cluny Drive, todo mundo punha os casacos na sala de ginástica; as pessoas os penduravam na esteira, na Stair Master, na bicicleta ergométrica. Além disso, havia sempre pranchetas na sala e um pacote de papel de impressora com um monte de canetas. Às vezes Danny fazia anotações para si mesmo enquanto pedalava na bicicleta no fim da tarde, ou quando andava na esteira. Seus joelhos estavam detonados de tanta corrida, mas ele ainda conseguia andar bem depressa na esteira e pedalar na bicicleta ou usar a Stair Master sem prejudicar os joelhos.

Para um homem de cinquenta e oito anos, Danny tinha um físico razoavelmente decente; ainda era bem franzino, embora tivesse engordado alguns quilos desde que recomeçara a tomar cerveja e vinho tinto – ainda que moderadamente. Se Índia Jane fosse viva, ela teria dito a Danny que para alguém que pesava tão pouco como ele, até algumas cervejas e uma ou duas taças de vinho tinto eram demais. ("Bem, a índia era inflexível quando se tratava de bebida alcoólica", Ketchum sempre disse; ele não era homem de agir com moderação, mesmo aos oitenta e três.)

Não havia como saber quando Ketchum viria para o Natal, Danny pensou, enquanto estabelecia um ritmo confortável na Stair Master; Ketchum simplesmente aparecia para o Natal. Para alguém que enviava faxes freneticamente para Danny ou o pai uma dúzia de vezes por semana, e que ainda telefonava espontaneamente a qualquer hora do dia ou da noite, Ketchum era extremamente reservado sobre suas viagens de carro – não só sobre suas viagens a Toronto no Natal, mas sobre suas viagens para caçar em outros lugares do Canadá. (As viagens para caçar – não para Quebec, mas para Ontário, ao norte – ocasionalmente traziam Ketchum a Toronto, também.)

Ketchum começava a caçar em setembro, o início da estação de caça ao urso em Coos. O velho madeireiro afirmava que a população de ursos pretos em New Hampshire era bem maior do que cinco mil animais, e que a matança anual de ursos "não passava de quinhentos ou seiscentas criaturas"; a maioria dos ursos era abatida nas regiões Norte e Central do estado, e nas White Mountains. O cão de caça de Ketchum, o antes mencionado "belo animal" – a esta altura talvez o neto (ou bisneto!) daquele primeiro belo animal – tinha permissão para caçar com ele a partir da segunda semana de setembro até o final de outubro.

O cachorro era mestiço, o que Ketchum chamava de um Walker Bluetick. Ele era alto e esguio, como um foxhound Walker, mas com o manto branco do Bluetick – manchado e salpicado de cinza-azulado – e com a rapidez de um Bluetick. Ketchum comprava seus Walker Bluetick num canil no Tennessee; ele sempre escolhia um macho e lhe dava o nome de Herói. O cachorro nunca latia, mas rosnava enquanto dormia – Ketchum afirmava que o cachorro *não* dormia – e Herói dava um latido soturno sempre que estava perseguindo um urso.

Em New Hampshire, o final da estação de caça ao urso se sobrepunha à estação de caça ao cervo com espingarda de pólvora – um tempo curto, só de final de outubro até a primeira semana de novembro. A estação regular de caça ao cervo com arma de fogo durava o resto do mês de novembro e ia até o início de dezembro, mas assim que Ketchum matava um cervo em Coos (ele sempre abatia um com sua espingarda de pólvora), ele viajava para o Canadá; a estação regular de caça ao cervo com arma de fogo terminava mais cedo lá.

    O velho lenhador nunca conseguiu fazer com que o cozinheiro se interessasse por caçar cervos; Dominic não gostava de armas, nem do gosto da carne de cervo, e não era divertido mancar na floresta. Mas depois que Danny e o pai se mudaram para o Canadá, e Danny conheceu Charlotte Turner, Ketchum foi convidado para a ilha de Charlotte no lago Huron; era o primeiro verão que ela e Danny passavam como um casal, quando o cozinheiro também foi convidado para ir a Georgian Bay. Foi quando – na ilha de Turner, em agosto de 1988 – Ketchum convenceu Danny a experimentar caçar cervos.

Dominic Baciagalupo desprezava a imposta rusticidade da vida nas casas de veraneio daquelas ilhas em Georgian Bay – em 1984, a família de Charlotte ainda usava um banheiro fora de casa. E embora tivessem luzes e geladeira a gás propano, eles tiravam água (com balde) do lago para suas necessidades.

    Além disso, a família de Charlotte parecia ter mobiliado o chalé principal e duas cabanas adjacentes com os sofás velhos, pratos lascados e camas desconfortáveis que um dia foram da casa deles em Toronto; e o pior, na avaliação do cozinheiro, era a tradição que havia entre os moradores das ilhas de Georgian Bay de apoiar esta atitude sovina. Qualquer coisa nova – como eletricidade, água quente ou privada com descarga – era considerada desprezível.

    Mas o que eles *comiam* era o que o cozinheiro deplorava mais. As provisões encontradas no continente, na Pointe au Baril Station – especialmente os hortifrutigranjeiros e qualquer coisa que passasse por "fresca" –, eram rudimentares, e todo mundo queimava e deixava preto tudo o que preparava nas churrasqueiras ao ar livre.

    Na primeira e única visita que fez à ilha de Turner, Dominic foi educado, e ajudou na cozinha – no limite do tolerável –, mas o cozinheiro retornou a Toronto no final de um longo fim de semana aliviado por saber que nunca mais iria testar seu pé defeituoso naquelas pedras desagradáveis, ou pôr os pés num píer da Pointe au Baril Station.

"Tem muita coisa de Twisted River aqui – não é o tipo de lugar que Cookie aprecia", Ketchum explicou para Charlotte e Danny, depois que Dominic voltou para a cidade. Embora o lenhador dissesse isso para se desculpar pelo amigo, Danny não foi totalmente diferente na sua primeira reação à vida na ilha. A diferença era que Danny e Charlotte tinham conversado sobre as mudanças que iriam fazer na ilha – com certeza depois (ou mesmo antes) que o pai dela morresse, e a mãe dela não pudesse mais entrar e sair de um barco com facilidade, ou caminhar por aquelas pedras irregulares do píer até o chalé.

Danny ainda escrevia numa máquina de escrever antiga; ele tinha meia dúzia de Selectrics da IBM, que estavam sempre precisando de conserto. Ele queria eletricidade para suas máquinas de escrever. Charlotte queria água quente – ela sonhava há muito tempo com luxos de um chuveiro externo e uma banheira enorme – sem falar em *diversos* vasos sanitários com descarga. Um pouco de aquecimento elétrico também seria agradável, Danny e Charlotte concordavam, porque às vezes fazia frio à noite, mesmo no verão – eles estavam bem ao norte – e, afinal de contas, em breve eles teriam um filho.

Danny também queria construir uma "cabana de escrever", como ele dizia – sem dúvida se lembrando do barracão da antiga casa de fazenda, em Vermont, onde ele escrevia – e Charlotte queria construir uma enorme varanda envidraçada, grande o bastante para ligar o chalé principal às duas cabanas, para que ninguém precisasse mais sair na chuva (ou se aventurar no meio dos mosquitos, que eram constantes depois que a noite caía).

Danny e Charlotte tinham planos para o lugar, do modo que os casais apaixonados costumam ter. Charlotte adorava os verões passados na ilha desde que era pequena; talvez o que tenha agradado a Danny tenham sido as possibilidades do lugar, a vida que ele imaginou viver ali com Charlotte.

* * *

Ah, planos, planos, planos – como nós fazemos planos para o futuro, como se o futuro fosse estar lá! Na verdade, o casal apaixonado não ia esperar o pai de Charlotte morrer, nem a mãe dela estar fisicamente incapaz de lidar com as dificuldades de uma ilha no lago Huron. Nos dois anos seguintes, Danny e Charlotte instalariam eletricidade, vasos sanitários com descarga e água quente – até mesmo o chuveiro externo *e* a enorme banheira de Charlotte, sem falar no varandão envidraçado. E mais algumas "melhorias" que Ketchum havia sugerido em sua primeira visita a Georgian Bay e à ilha Turner. No verão de 1984, Ketchum era um homem ágil de sessenta e sete anos – jovem o suficiente para ainda ter alguns planos particulares.

Naquele verão, Ketchum tinha levado o cachorro. O belo animal ficou alerta como um esquilo assim que pôs as patas no píer principal da ilha. "Deve ter um urso por aqui, Herói conhece ursos", Ketchum disse. Havia uma fileira dura de pelos eriçados na parte de trás do pescoço tenso do animal; o cachorro não saiu de perto de Ketchum, como uma sombra. Herói não era um cachorro que você sentia vontade de acariciar.

Ketchum não era uma pessoa feita para o verão; ele não pescava nem gostava de passear de barco. O veterano condutor de toras pelos rios não gostava de nadar. O que Ketchum viu em Georgian Bay, e na ilha Turner, foi como o lugar devia ser no final do outono e durante o longo inverno, e quando o gelo começava a derreter na primavera. "Um monte de cervos por aqui, eu aposto", o velho lenhador disse; ele ainda estava parado no píer, momentos depois de ter chegado e antes de pegar suas coisas. Parecia estar farejando o ar em busca de sinais de urso, como o seu cachorro.

– Terra indígena – Ketchum disse com aprovação. – Bem, pelo menos *foi*, antes desses malditos missionários tentarem *cristianizar* a porra da floresta. – Quando menino, ele tinha visto as velhas fotos preto e brancas de um ajuntamento de toras de madeira em Gore Bay, na ilha Manitoulin. O negócio de madeira em Georgian Bay estava no auge por volta de 1900, mas Ketchum tinha ouvido a história, e tinha decorado os ciclos anuais de madeira. (Nos meses de outono, você cortava as árvores, construía as estradas e preparava os riachos para os comboios da primavera, tudo isso antes da primeira neve. No inverno, você continuava cortando árvores, e rebocava ou transportava de trenó as suas toras pela neve até a beira da água. Na primavera, você transportava a madeira pelos riachos e rios até a baía.) – Mas por volta dos anos 1990 todas as suas florestas estavam sendo levadas para os Estados Unidos, não é verdade? – Ketchum perguntou a Charlotte. Ela ficou surpresa com a pergunta; ela não sabia, mas Ketchum sim.

A extração de madeira era assim em toda parte. As grandes florestas tinham sido derrubadas; as serrarias tinham sido queimadas, ou derrubadas. "As serrarias desapareceram por puro abandono", Ketchum gostava de dizer.

– Talvez esse urso esteja numa ilha próxima – Ketchum disse, olhando em volta. – Herói não está agitado o bastante para que haja um urso *nesta* ilha. – (Para Danny e Charlotte, o cão de caça parecia agitado o bastante para haver um urso ali no píer.)

Acontece que havia um urso na ilha Barclay naquele verão. O espaço entre as duas ilhas era curto e um urso o atravessaria com facilidade a nado – tanto Danny quanto Ketchum descobriram que podiam *caminhar* dentro d'água –, mas o urso nunca apareceu na ilha Turner, talvez porque o urso tivesse sentido o cheiro do cachorro de Ketchum.

– Queimem a gordura da grelha da churrasqueira depois de usá-la – Ketchum aconselhou a eles. – Não ponham o lixo do lado de fora e guardem as frutas na geladeira. Eu deixaria o Herói com vocês, mas preciso dele para tomar conta de mim.

Havia uma cabana de madeira vazia, a primeira construção erguida na ilha, perto do píer de trás. Charlotte fez um passeio com Ketchum por lá. As telas das janelas estavam um pouco rasgadas, um beliche fora separado e depois as camas pregadas lado a lado, cobertas com um colchão king-size que se derramava dos lados das camas. O cobertor da cama tinha buracos de traça, e o colchão estava mofado; ninguém ficara lá desde que o avô de Charlotte parou de viajar para a ilha.

Aquela tinha sido a cabana dele, Charlotte disse, e depois que o velho morreu, nenhum outro membro da família Turner chegou perto da construção caindo aos pedaços, que Charlotte disse ser assombrada (ou era o que ela pensava quando pequena).

Ela afastou um tapete velho e sujo, queria mostrar a Ketchum um alçapão no chão. A cabana ficava sobre vigas de cimento, não muito maiores do que um tijolo de concreto – não havia fundações – e debaixo do alçapão havia apenas chão de terra, cerca de noventa centímetros abaixo do assoalho. Como havia pinheiros em volta, agulhas de pinheiro haviam voado para baixo da cabana, o que dava ao solo uma aparência enganadora de conforto e maciez.

– Nós não sabemos para que o vovô usava este alçapão – Charlotte explicou a Ketchum –, mas, como ele era um jogador, desconfiamos que ele escondesse dinheiro aqui.

Herói farejava o buraco no chão quando Ketchum perguntou:

– Seu avô gostava de *caçar*, Charlotte?

– Ah, sim! – Charlotte exclamou. – Quando ele morreu, nós finalmente jogamos fora as armas dele. – (Ketchum fez uma careta.)

– Bem, isto aqui é um lugar para guardar *carne* – Ketchum disse a ela. – Seu avô vinha aqui no inverno, eu aposto.

– É verdade! – Charlotte disse, impressionada.

– Provavelmente depois da temporada de caça ao cervo, quando a baía estava congelada – Ketchum disse. – Eu imagino que quando ele atirava num cervo, e os guardas deviam saber quando alguém atirava por causa do silêncio que devia fazer aqui no inverno, com toda aquela neve, e os guardas vinham perguntar em que ele estava atirando, imagino que seu avô inventava alguma história. Que tinha atirado num esquilo porque o barulho do esquilo o estava deixando maluco, ou que um bando de cervos estava comendo seus cedros favoritos e ele tinha atirado só para afugentá-los, para eles irem comer os cedros da ilha de outra pessoa. Só que enquanto ele falava, o cervo, que seu vovô devia ter estripado sobre este buraco, para não deixar sangue nenhum na neve, e onde ele estava mantendo a carne gelada... bem, sabe aonde eu estou querendo chegar, Charlotte? – Ketchum perguntou a ela. – Este buraco aqui é o esconderijo de um caçador ilegal! Eu disse a você, tem um monte de cervos por aqui, aposto. Ketchum e Herói tinham ficado naquela cabana decrépita, malassombrada ou não. ("Que diabo, eu já morei em muito lugar mal-assombrado", Ketchum tinha dito.) As cabanas mais novas não agradaram o velho lenhador; quanto às telas rasgadas da cabana do vovô, Ketchum disse: "Se você não for mordido por um ou dois mosquitos, não pode dizer que esteve no mato." E havia mais atividade de aves aquáticas naquela baía mais afastada porque havia menos barcos ali; Ketchum calculou isso também no primeiro dia. Ele gostava do som das aves. "Além disso, Herói solta peidos muito fedorentos – você não ia querer que ele empesteasse suas cabanas, Charlotte."

No final das contas, Charlotte não ficou chocada com a ideia de seu avô ter sido um caçador ilegal. Ele tinha morrido pobre e alcoólatra; dívidas de jogo e uísque tinham acabado com ele. Agora, pelo menos, o alçapão no chão tinha um motivo para existir, e isso levou rapidamente Ketchum a fazer suas sugestões de *melhorias*. Nunca ocorreu ao velho madeireiro que Charlotte nunca tivesse se interessado em morar em sua amada ilha nos meses gelados de inverno, quando o vento constante dobrava as árvores – quando a baía ficava congelada e coberta de montanhas de neve, e não havia uma alma por perto, apenas um ou outro pescador e aqueles malucos que andavam com suas motoneves sobre o lago.

– Não custaria muito preparar o chalé principal para o inverno – Ketchum disse. – Quando vocês instalarem seus vasos sanitários com descarga, basta instalar dois sistemas de esgoto: o principal e um menor que ninguém precisa saber que existe. Nem pensem em usar as cabanas para dormir; seria caro demais aquecê-las.

Preocupem-se apenas com o chalé principal. Um pouco de aquecimento elétrico seria suficiente para evitar que o vaso e a pia, e a banheira grande que você quer, Charlotte, congelem. Vocês só precisam revestir com fita térmica os canos que vão dar no pequeno tanque séptico. Assim, poderão dar descarga no vaso e esvaziar a máquina de lavar louça na pia, e esvaziar a banheira também. Vocês só não podem tirar água com bomba do lago, ou aquecer a água com um aquecedor de propano. Terão que fazer um buraco no gelo e tirar a água com balde, aquecendo a água no fogão a gás para os banhos e para lavar a louça. Vocês dormiriam no chalé principal, é claro, e quase todo o calor viria do fogão a lenha. Vai precisar de um fogão a lenha no barracão de escrever também, Danny, mas é só isso de que vai precisar. A baía mais próxima do continente vai congelar primeiro; você pode transportar seus mantimentos num trenó puxado por uma motoneve, e levar o lixo para a cidade do mesmo jeito. Puxa vida, pode-se esquiar daqui até o continente. Só é preciso evitar o canal principal que sai de Pointe au Baril. Eu não acho que aquele canal fique totalmente congelado.

– Mas por que nós iríamos querer vir para cá no *inverno*? – Danny perguntou ao velho madeireiro; Charlotte apenas olhava para Ketchum sem entender.

– Bem, por que a gente não vem para cá neste inverno, Danny? – Ketchum perguntou ao escritor. – Eu vou mostrar por que você pode gostar da experiência.

Ketchum não se referia exatamente ao "inverno". Ele se referia à temporada de caça ao cervo, que era em novembro. Na primeira temporada de caça ao cervo que Danny passou em Pointe au Baril com Ketchum, o gelo não tinha endurecido o suficiente para eles atravessaram a baía do continente até a ilha Turner; nem mesmo sapatos de neve ou esquis teriam sido seguros, e a motoneve de Ketchum sem dúvida teria afundado. Além da motoneve, e de uma grande variedade de equipamentos para condições de tempo adversas, Ketchum tinha levado as armas, mas deixara Herói em casa – na realidade, ele deixou o belo animal com Six-

Pack Pam. Six-Pack tinha cachorros, e Herói "tolerava" os cachorros dela, Ketchum disse. (Caçar cervos era "impróprio" para cães, Ketchum disse também.) De qualquer forma, não teve importância eles não poderem ir para a ilha de Charlotte naquele primeiro ano. O construtor não terminaria todas as melhorias antes do verão seguinte; a esperta preparação de Ketchum para o inverno teria que esperar até lá também. O construtor, Andy Grant, era o que Ketchum carinhosamente chamava de "um cara local". De fato, Charlotte tinha sido criada com ele – eles tinham sido amigos de infância. Andy não só tinha reformado o chalé principal para os pais de Charlotte alguns anos antes; ele tinha, mais recentemente, restaurado as duas cabanas de dormir de acordo com as especificações de Charlotte.

Andy Grant disse a Ketchum e a Danny onde ficavam os cervos na região de Bayfield, e Ketchum já conhecia um cara chamado LaBlanc, que se dizia guia de caça; LaBlanc mostrou a Ketchum e a Danny uma região ao norte de Pointe au Baril, perto de Byng Inlet e Still River. Mas, no caso de Ketchum, não importava onde ele caçava; os cervos estavam em toda parte.

A princípio, Danny ficou um pouco ofendido com a arma que Ketchum escolheu para ele – uma Winchester Ranger, que era fabricada em New Haven, Connecticut, em meados dos anos 1980, e depois parou de ser. Era uma espingarda de repetição, calibre 20, com mecanismo de recarga rápida, que Ketchum chamava de "uma bomba". O que a princípio ofendeu Danny foi que a espingarda era um modelo *jovem*.

– Não se aborreça com isso – Ketchum disse ao escritor. – É uma ótima arma para um principiante. É melhor manter as coisas simples quando você começa a caçar. Eu já vi gente atirar nos próprios pés.

Para proteger seus pés, Danny imaginou, Ketchum instruiu o principiante a ter sempre três cartuchos na Winchester, um no cilindro e mais dois no pente. – Não esqueça quantos tiros você está carregando – Ketchum disse.

Danny sabia que os dois primeiros cartuchos eram de chumbo grosso; o terceiro era de matar cervos, o que Ketchum chamava de "tiro de misericórdia". Não fazia sentido usar mais de três cartuchos, não importava qual fosse a capacidade da espingarda.
– Se você precisar de um quarto ou quinto tiro, você já errou – Ketchum disse a Danny. – O cervo já se mandou há muito tempo.

À noite, Danny teve dificuldade em manter Ketchum longe do bar no Larry's Tavern, que era também um motel – ao sul da Pointe au Baril Station, na Route 69. As paredes do motel eram tão finas que eles podiam ouvir quem estivesse trepando no quarto ao lado.

– Um caminhoneiro imbecil e uma prostituta – Ketchum declarou na primeira noite.

– Eu não acho que tenha prostitutas em Pointe au Baril – Danny disse.

– Então é um caso passageiro – Ketchum respondeu. – Eles não parecem ser *casados*.

Numa outra noite, houve gemidos e gritos de mulher.

– Esta é diferente da mulher da noite passada e da anterior – Ketchum disse.

Quem quer que fosse a mulher, ela não parava de gritar. "Estou gozando! Estou gozando!", ela ficava repetindo.

– Você está cronometrando isso, Danny? Pode ser um recorde – Ketchum disse, mas ele foi nu até o corredor e bateu na porta do orgasmo mais longo da história. – Escuta aqui, cara – o velho lenhador disse. – Ela está obviamente *mentindo*.

O rapaz que abriu a porta era ameaçador, e estava a fim de brigar, mas a briga – se é que se pode chamá-la assim – terminou num instante. Ketchum deu uma gravata no cara antes que ele tivesse tempo de dar mais de um ou dois socos. "Eu *não* estava mentindo", a mulher gritou de dentro do quarto escuro, mas a essa altura nem mesmo o rapaz acreditava nela.

Não foi como Danny tinha imaginado aquela aventura de caçar cervos com Ketchum. Quanto aos cervos, o primeiro macho que Danny derrubou em Bayfield exigiu todos os três cartuchos

– inclusive o tiro de misericórdia. "Bem, escritores deviam saber que às vezes é trabalhoso morrer, Danny", foi tudo o que Ketchum lhe disse.

Ketchum pegou o seu macho perto de Byng Inlet, com um tiro da sua espingarda calibre 12. Na temporada seguinte em Ontário, eles mataram mais dois machos – todos dois em Still River – e naquela altura as melhorias na ilha de Charlotte já estavam concluídas, inclusive a preparação para o inverno. Ketchum e Danny voltaram a Pointe du Baril no início de fevereiro, quando o gelo na baía mais perto do continente estava com sessenta centímetros de espessura. Eles seguiram de motoneve desde Payne Road, passando por Pointe du Baril e atravessaram o gelo e a neve até o píer de trás e a cabana de vovô.

A temporada de caça ao cervo tinha terminado, mas Ketchum tinha levado sua espingarda calibre 12.

– Só por precaução – ele disse a Danny.

– Que *precaução*? Nós não vamos caçar cervos ilegalmente, Ketchum.

– Caso haja outro *bicho* – Ketchum respondeu.

Mais tarde, Danny viu Ketchum grelhando dois bifes de carne de cervo na churrasqueira, que Andy tinha ligado ao propano dentro da nova varanda envidraçada de Charlotte; a varanda ficava fechada com tábuas no inverno para não entrar neve, pois a mobília de jardim e duas canoas estavam guardadas lá dentro. Sem que Danny soubesse, Ketchum também tinha levado o seu arco.

Danny esqueceu que Ketchum caçava com arco também, e que a temporada de caça ao cervo com arco e flecha em New Hampshire durava três meses; Ketchum tinha muita prática.

– Isso é ilegal – Danny disse ao lenhador.

– Os guardas não ouviram tiros, ouviram? – Ketchum perguntou.

– Mesmo assim é ilegal, Ketchum.

– Se você não escuta nada, não é nada, Danny. Eu sei que Cookie não é fã de carne de cervo, mas eu acho que ela fica bem gostosa deste jeito.

Danny não gostava de caçar cervos, de verdade – pelo menos, não da parte da matança –, mas ele gostava de estar com Ketchum, e naquele mês de fevereiro de 1986, quando eles passaram algumas noites no chalé principal na ilha Turner, Danny descobriu que o inverno em Georgian Bay era maravilhoso.

Do seu novo barracão de escrever, Danny podia ver um pinheiro que tinha sido modelado pelo vento; ele estava inclinado, formando quase um ângulo reto. Quando caía neve nova e a paisagem ficava toda branca – de tal modo que não se sabia onde terminavam as pedras na praia e começava a baía gelada – Danny Angel ficava espantado com a pequena árvore que tinha ao mesmo tempo um domínio tão tenaz e tão precário de sua própria sobrevivência.

Danny ficava sentado, hipnotizado, no seu barracão de escrever, olhando para o pinheiro entortado pelo vento; ficava imaginando como seria *morar* na ilha do lago Huron durante todo o inverno. (É claro que ele sabia que Charlotte não aguentaria mais do que um fim de semana lá.)

Ketchum tinha entrado no barracão de escrever; ele estivera tirando água do lago e posto água para ferver no fogão a gás para preparar um macarrão. Ele tinha ido perguntar se Danny queria ser o primeiro a tomar banho.

– Está vendo aquela árvore, Ketchum? – Danny perguntou a ele, apontando para o pinheirinho.

– Imagino que você esteja se referindo àquela que o vento entortou – Ketchum disse.

– Sim, aquela mesmo – Danny respondeu. – Ela faz você lembrar de alguma coisa?

– Do seu pai – Ketchum disse, sem hesitação. – Aquela árvore é a cara do Cookie, mas ela vai ficar bem, Danny, como o seu pai. Cookie vai ficar bem.

Ketchum e Danny foram caçar cervos em Pointe au Baril em novembro de 1986 – sua terceira e última temporada de caça ao cervo, juntos – e foram "acampar", como diziam, na ilha Turner no final de janeiro de 1987, também. Por insistência de Danny, e para grande consternação de Ketchum, não houve mais caça com arco e flecha fora da temporada. Em vez do seu arco e das suas flechas de caçar, Ketchum levou Herói com ele – junto com a espingarda calibre 12 só por precaução, que não foi usada.

Danny achava que a reputação de peidorrento do cão era exagerada; naquele janeiro, Ketchum usou de novo o cachorro como desculpa para dormir na cabana de madeira do vovô, que não tinha aquecimento. Com toda aquela preparação para o inverno, o chalé principal era um pouco quente demais (e confortável demais) para o velho madeireiro, que dizia que gostava de ver o vapor da sua respiração à noite – quando conseguia enxergar alguma coisa. Danny não podia imaginar o que Ketchum conseguia enxergar à noite na cabana do vovô, pois não havia nem eletricidade nem lâmpadas de gás propano lá. O lenhador levava uma lanterna consigo quando ia dormir, mas a carregava como se fosse um bastão; Danny nunca o viu acendê-la.

Ketchum só tinha ido uma vez à ilha de Charlotte no verão, a mesma vez que o cozinheiro tinha ido e voltado. Charlotte nunca soube que Ketchum tinha levado a espingarda calibre 12 junto com ele, mas Danny sim. Ele tinha ouvido Ketchum matando uma cascavel no píer de trás. Charlotte tinha ido de barco até Pointe du Baril; ela não ouviu o tiro.

– As cascavéis são protegidas, uma espécie ameaçada de extinção, eu acho – Danny disse ao madeireiro. Ketchum já tinha tirado a pele da cobra e cortado seus chocalhos.

No verão, Charlotte fazia a manutenção do seu barco no Desmasdon's, a oficina de barcos onde eles guardavam os barcos durante o inverno. Agora, enquanto Danny via Ketchum tirar a pele da cobra, ele pensou num pôster sobre o freezer de sorvetes no Desmasdon's – ele mostrava as várias espécies de cobras de Ontário, a Massasauga Oriental dentre elas. Aquelas cascavéis *eram* mesmo protegidas, Danny estava tentando fazer Ketchum entender, mas o madeireiro o interrompeu.

– Herói é esperto o suficiente para não ser picado pela porra de uma cobra, Danny, eu não preciso protegê-*lo* – Ketchum disse. – Mas não tenho tanta certeza quanto a você e Charlotte. Vocês andam por toda esta ilha, eu já vi vocês conversando um com o outro, sem olhar onde estão pisando. Pessoas apaixonadas não ficam de olho em cascavéis; e não prestam atenção no barulho delas também. Você e Charlotte vão ter um *filho*, não vão? Não são as *serpentes* que precisam de proteção, Danny. – Com isso, Ketchum cortou fora a cabeça da cobra com sua faca Browning. Ele escorreu o veneno das presas sobre uma pedra; depois atirou a cabeça para dentro da baía. – Comida de peixe – ele disse. – Eu sou um defensor do meio ambiente, às vezes. – Ele jogou a pele da cobra no telhado da cabana do vovô, onde o sol iria secá-la, acrescentando: – Se as gaivotas e os corvos não a pegarem antes.

 As aves iam pegá-la, e elas fizeram tanto tumulto por causa da pele de cobra de manhã bem cedinho que Ketchum ficou tentado a disparar sua espingarda de novo, desta vez para expulsar as gaivotas e os corvos do telhado da cabana. Mas ele se controlou, sabendo que Charlotte iria ouvir o tiro; Ketchum saiu e atirou pedras nas aves. Ele viu uma gaivota voar com os restos da pele de cobra. ("Nada se perde", foi como o lenhador mais tarde descreveu o acontecido para Danny.)

 Aquele dia, os guardas apareceram de barco para indagar sobre o tiro da véspera. Alguém tinha ouvido? Alguém na ilha Barclay disse que achava ter ouvido um tiro na ilha Turner. "Eu também ouvi", Ketchum disse, atraindo a atenção dos dois guardas. Ketchum até se lembrava da hora, com um precisão impressionante, mas ele disse que o tiro veio do continente. "Pareceu uma espingarda calibre 12, mas um tiro pode ser ampliado e distorcido pela água." Os dois guardas concordaram com aquela sábia avaliação; a bela e inocente Charlotte também concordou.

 Depois Joe morreu e Danny perdeu o pouco gosto que tinha em matar coisas. E quando Danny perdeu Charlotte, ele e Ketchum desistiram de suas viagens em pleno inverno à ilha Turner em Georgian Bay.

Havia algo de Pointe du Baril que permaneceu com Danny, embora ele não fosse mais lá. De fato, sua separação de Charlotte tinha sido tão civilizada – ela até se ofereceu para dividir a ilha com ele, quando já não estavam mais juntos. Talvez ele pudesse ir lá em julho, e ela iria em agosto, ela disse. Afinal de contas, ele também tinha investido dinheiro nas melhorias. (A oferta de Charlotte foi sincera; e não se referia apenas a dinheiro.)

Entretanto, não era Georgian Bay no verão que Danny adorava. Ele tinha adorado estar lá com *ela* – ele teria adorado estar *em qualquer lugar* com Charlotte –, mas quando ela se foi, sempre que pensava no lago Huron, ele se lembrava principalmente daquele pinheiro torto pelo vento na época do inverno. Como ele poderia pedir a Charlotte licença para ter uma visão de inverno daquela pequena árvore de dentro do seu barracão de escrever – o pinheiro castigado pelo tempo que ele agora só via na sua imaginação?

E como Danny poderia ter tido outro filho, depois de perder Joe? Ele soube no dia da morte de Joe que iria perder Charlotte, também, porque percebeu quase que imediatamente que seu coração não suportaria perder outro filho; ele não suportaria a angústia, ou aquele final terrível, nunca mais.

Charlotte soube, também – mesmo antes de ele ter coragem de contar a ela.

– Eu não vou cobrar de você sua promessa, mesmo que isso signifique que eu tenha que seguir em frente.

– Você *deve* seguir em frente, Charlotte – ele disse. – Eu simplesmente não posso.

Ela se casou com outro logo depois. Um cara legal – Danny o conheceu, e gostou dele. Ele trabalhava com cinema, era um diretor francês que morava em L.A. Ele era mais ou menos da idade de Charlotte. Ela teve um filho, uma menina, e agora estava esperando outro – um a mais do que Danny tinha prometido.

Charlotte conservou sua ilha em Georgian Bay, mas se mudou de Toronto e estava morando em Los Angeles agora. Ela vinha a Toronto todo mês de setembro para o festival de cinema, e aquela época do ano – início do outono – sempre pareceu a Danny uma boa época de sair da cidade. Eles ainda se falavam por telefone – era sempre Charlotte quem ligava; Danny nunca ligava para ela –, mas devia ser mais fácil para ambos não se verem.

    Charlotte Turner estava com a gravidez avançada do seu primeiro filho quando ganhou o Oscar de Melhor Roteiro Adaptado por *East of Bangor*, em março de 2000. Danny e o pai dele tinham visto Charlotte receber a estatueta. (O Patrice estava sempre fechado nos domingos à noite.) De alguma forma, vê-la na televisão – de Toronto, quando Charlotte estava em L.A. –, bem, não era o mesmo que *vê-la* de verdade, era? Tanto o cozinheiro quanto Danny queriam o bem dela.

    Foi só azar. "Hora errada, hã?", Ketchum tinha dito. (Se Joe tivesse morrido três meses depois, é provável que Danny já tivesse engravidado Charlotte. Tinha sido realmente a hora errada.)

Joe e a moça tinham feito alguns cursos juntos em Boulder – ela também estava no último ano da faculdade – e a viagem deles para Winter Park, juntos, pode ter sido um presente de aniversário atrasado que Joe resolveu dar a si mesmo. Segundo amigos comuns, Joe e a garota só estavam dormindo juntos há pouco tempo. Era a primeira viagem dela sozinha com Joe para a casa de esqui em Winter Park, embora tanto Danny quanto o pai dele se lembrassem dela ter ficado na casa umas duas noites no último feriado de Natal, quando um grupo de amigos da faculdade de Joe – rapazes e moças, sem que houvesse qualquer relacionamento amoroso aparente entre eles (pelo menos que o cozinheiro e o filho pudessem ver) – também estavam acampados naquela casa em Winter Park.

    Era uma casa grande, afinal de contas, e – como Charlotte tinha dito, porque ela estava mais próxima de idade de Joe e dos amigos dele do que Danny e Dominic – era impossível dizer quem estava dormindo com quem. Havia tantos rapazes e moças, e eles pareciam ser amigos de longa data. Naquele último Natal no Colorado, os garotos tinham apanhado todos os colchões que havia nos quartos de hóspedes e os empilhado na sala, onde todos dormiram abraçados diante da lareira.

No entanto, mesmo com aquele bando todo em casa, e com tanto revezamento no chuveiro – Danny e o pai se surpreenderam com o fato de algumas moças tomarem banho juntas – foram o cozinheiro e o filho que notaram algo de especial naquela moça. Charlotte não tinha reparado em nada. Foi só por um brevíssimo momento, e talvez não quisesse dizer nada, mas depois que Joe tinha *morrido* com a moça, o escritor e o cozinheiro não conseguiram mais esquecer.

Ela era pequena e delicada, e, naturalmente, Joe tinha feito questão de dizer ao pai e ao avô que conheceu Meg numa aula de desenho de modelo vivo, onde ela era a modelo.

"Olhar só uma vez para aquela moça não basta, não é nem de longe o suficiente", o cozinheiro iria dizer a Ketchum, logo depois daquele Natal.

Não apenas porque ela era exibicionista, embora Meg claramente o fosse; como aconteceu com Katie, Danny tinha visto por si mesmo da primeira vez, você simplesmente tinha que olhar para Meg, e era quase doloroso não continuar olhando. (Depois que se olhava para ela, era difícil desviar os olhos.)

– Que distração essa moça – Danny disse ao pai.

– Uma encrenca, isso sim – o cozinheiro respondeu.

Os dois homens estavam caminhando pelo corredor do andar de cima daquela casa em Winter Park. A ala onde ficavam os quartos de hóspedes era um acréscimo curioso em forma de *L* que saía do corredor – tão estranho arquitetonicamente que não se conseguia passar pelo cruzamento sem pelo menos dar uma espiada para o corredor da ala de hóspedes, e foi por isso que Danny e Dominic notaram a ligeira comoção. Ou então eles poderiam ter virado a cabeça para aquele lado por causa das gargalhadas das garotas – algo que não acontecia todo dia nas vidas do cozinheiro e do filho dele.

Meg e outra moça estavam saindo de um dos quartos de hóspedes, ambas enroladas em toalhas. O cabelo delas estava molhado – elas deviam ter vindo direto do chuveiro – e correram desajeitadamente por causa das toalhas apertadas em volta do corpo para a porta de outro quarto de hóspedes, a outra moça entrando no quarto antes de Meg, que ficou sozinha no corredor da ala de hóspedes no momento em que Joe virou a curva do L. Tudo aconteceu tão de repente que Joe não chegou a ver o pai e o avô, e Meg também não. Ela só viu Joe, e ele obviamente a viu, e antes de entrar no quarto de hóspedes e fechar a porta – e mais gargalhadas soarem dentro do quarto – Meg tinha aberto a toalha para Joe.

"Ela sacudiu os peitinhos para ele!", como o cozinheiro mais tarde descreveria o episódio para Ketchum.

"Uma distração, sem dúvida", era só o que Danny tinha dito na hora.

Era o que Charlotte teria chamado de "uma frase descartável" – uma referência a qualquer diálogo supérfluo num roteiro – mas depois do acidente que matou Joe e Meg, a palavra *distração* ficou pairando.

Por que eles não estavam usando cinto de segurança, por exemplo? A garota estaria chupando o pau dele? Provavelmente sim. A braguilha da calça de Joe estava aberta, e o pênis dele estava para fora quando o corpo foi encontrado. Ele tinha sido atirado para fora do carro e morrido na hora. Meg não teve tanta sorte. A garota foi encontrada com vida, mas com a cabeça e o pescoço num ângulo esquisito; ela estava enfiada entre o freio e o pedal do acelerador. Morreu na ambulância, antes de chegar ao hospital.

O que tinha levado Joe e Meg a matar dois dias de aula e viajar para Winter Park a princípio parecia bastante óbvio; no entanto, dois dias de nevasca ininterrupta *não era* a razão principal. Além disso, fora uma nevasca típica de final de março, úmida e pesada – a descida de esqui devia estar lenta, a montanha perigosa. E pelo estado da casa de esqui em Winter Park – quer dizer, antes de a faxineira correr até lá e tentar pôr a casa em ordem –, Joe e a moça tinham passado a maior parte do tempo dentro de casa.

Não parecia que eles tinham esquiado muito. Talvez não tivesse mais importância do que outros experimentos juvenis, mas o jovem casal parecia ter brincado de dormir em todas as camas da casa.

Naturalmente, algumas perguntas permaneceriam sem resposta. Se eles não estavam em Winter Park para esquiar, por que tinham esperado até a noite do segundo dia para voltar para Boulder? Joe sabia que depois da meia-noite e antes do amanhecer a patrulha de esqui tinha o hábito de fechar a U.S. 40 na altura de Berthoud Pass sempre que havia qualquer perigo de avalanche; com uma neve tão úmida e pesada, e por ser época de avalanches, possivelmente Joe não queria correr o risco de partir antes do amanhecer, quando o perigo de avalanches no Berthoud Pass era real. É claro que os dois namorados poderiam ter esperado até a manhã seguinte, mas talvez Joe e Meg tenham achado que perder dois dias de aula já era suficiente.

Estava nevando muito em Winter Park quando eles saíram, mas não havia quase trânsito na U.S. 40 na direção da I-70, e aquela estrada era movimentada. (Bem, era uma noite de dia de semana; na maioria das escolas e faculdades que tinham folga em março, as férias tinham terminado.) Joe e Meg devem ter passado pelo limpa-neve no alto do Berthoud Pass; o operador da máquina se lembrava do carro de Joe, embora ele só tivesse notado o motorista. Aparentemente, o operador não tinha visto nenhum passageiro; talvez o sexo oral já estivesse em andamento. Mas Joe tinha acenado para o homem, e ele se lembrava de ter acenado de volta.

Poucos segundos depois, o homem viu o outro carro – ele estava vindo da direção oposta, da I-70, e o operador do limpa-neve presumiu que fosse "um maldito motorista de Denver". Isto porque o motorista estava indo depressa demais para as condições climáticas. Na avaliação do operador do limpa-neve, Joe estava dirigindo numa velocidade segura – ou pelo menos devagar o suficiente, considerando a tempestade e a neve úmida que deixava a pista escorregadia. Enquanto o carro de Denver – se, realmente, o motorista era de Denver – estava derrapando quando surgiu no desfiladeiro. O operador do limpa-neve tinha piscado os faróis, mas o outro carro não desacelerou.

"Vi apenas um borrão azul", o homem disse no seu depoimento à polícia. (Que tipo de azul? perguntaram a ele.) "Com toda aquela neve, eu não estou certo quanto à cor", o homem admitiu, mas Danny podia sempre imaginar o tom incomum de azul do outro carro – um carro *customizado* como Max tinha dito. De todo modo, aquele carro misterioso tinha simplesmente desaparecido; o operador do limpa-neve nunca chegou a ver o motorista.

Então o limpa-neve desceu o desfiladeiro na direção da I-70, e foi quando o operador da máquina viu o acidente na U.S. 40, o carro de Joe capotado. Não tinha passado nenhum outro carro no desfiladeiro, ou o operador do limpa-neve teria visto, então a interpretação que o homem fez das marcas de derrapagem na neve deviam estar corretas. O outro carro – com as rodas girando loucamente e com a traseira saindo de lado – tinha derrapado da pista de subida para a pista de descida, por onde Joe estava vindo. Pelas marcas na neve, o operador do limpa-neve pôde ver que Joe tinha sido obrigado a trocar de pista – para evitar bater de frente. Mas os dois carros não tinham tocado um no outro; eles tinham trocado de pistas sem se tocar.

Numa estrada molhada de neve, o operador de limpa-neve sabia, um carro que sobe pode se recuperar de uma derrapagem – basta tirar o pé do acelerador e o carro perde velocidade e para de derrapar. No caso de Joe, é claro, o carro dele continuou deslizando; ele bateu no paredão de neve que cobria a mureta de proteção da U.S. 40, onde os motoristas que sobem o desfiladeiro não gostam de olhar para baixo. É uma longa descida nessa parte da estrada, mas o paredão de neve aparentemente macio estava duro como gelo; a traseira do carro de Joe colidiu com o paredão e o carro capotou. Por *aquelas* marcas de derrapagem, o operador do limpa-neve podia dizer que o carro de Joe tinha deslizado de cabeça para baixo pela parte mais íngreme da estrada. Tanto a porta do motorista quanto a do passageiro abriram com a batida.

Como um dos policiais tinha formulado a pergunta? "O senhor diria, Sr. Angel, considerando que seu filho estava dirigindo devagar e que ele não *bateu* no outro carro, que, provavelmente, seu filho e a moça teriam sobrevivido se estivessem usando os cintos de segurança?
– Provavelmente – Danny tinha repetido.

A polícia disse que era impossível imaginar que o motorista do outro carro não tivesse percebido a situação de Joe e Meg; mesmo derrapando, o suposto motorista de Denver deve ter visto o que aconteceu com o carro de Joe. Mas ele não parou, fosse ele (ou ela) quem fosse. Na verdade, segundo o operador do limpaneve, o outro carro tinha acelerado – como que para fugir do local do acidente.

Danny e o pai raramente falavam sobre o acidente, mas é claro que o cozinheiro sabia o que seu filho escritor pensava. Para qualquer pessoa que tivesse imaginação, perder um filho vem acompanhado de uma maldição especial. Dominic entendia que seu amado Daniel perdia seu amado Joe repetidamente – talvez de uma maneira diferente a cada vez. Danny também imaginaria se o outro carro algum dia teve um motorista, porque, sem dúvida, ele era o Mustang azul. Aquele carro criminoso havia procurado por Joe durante todos aqueles anos. (Na época do acidente no Berthoud Pass, fazia quase catorze anos desde o *quase* acidente no beco dos fundos da casa na Court Street em Iowa City, onde Max – que tinha visto o Mustang azul mais de uma vez – e o próprio Joe aos oito anos tinham jurado que o carro *não* tinha motorista.)

Era um Mustang azul *sem motorista*, e ele tinha uma missão. Assim como Danny, na sua imaginação, tinha um dia visto seu filho de dois anos morto, de fraldas, no meio da Iowa Avenue, o operador do limpa-neve de Winter Park tinha encontrado o corpo de Joe – morto no meio da estrada.

13
Beijos de lobos

Às 7:30 da noite de um sábado – era 23 de dezembro, a última noite antes de o restaurante fechar para o Natal – o Patrice estava lotado. Arnaud estava radiante, cumprimentando as pessoas nas mesas como se fossem da família dele. A animação do dono era contagiante. Todos os fregueses foram informados das mudanças que iam ocorrer no restaurante; uma atmosfera e um cardápio mais informais os aguardariam no Ano-Novo. "Preços mais baixos, também!", Arnaud disse a eles – distribuindo apertos de mão, beijando rostos. Quando o restaurante reabrisse, até o *nome* seria diferente.

– Não vai mais se chamar "Patrice" – Arnaud anunciou, deslizando de mesa em mesa. – O novo nome vocês não irão esquecer com facilidade. Ele tem, eu acho, uma certa *aventura*!

– O novo restaurante se chama *Aventura*? – Ketchum perguntou, desconfiado, ao francês. O velho lenhador estava ouvindo cada vez pior, especialmente do ouvido direito, e Arnaud estava falando do lado direito do madeireiro. (Havia uma multidão barulhenta naquela noite, e o restaurante estava lotado.)

Excesso de tiros, Danny Angel estava pensando. Ketchum tinha o que ele chamava de "ouvido de caçador", mas o escritor sabia que Ketchum era surdo dos *dois* ouvidos por causa da motosserra. Provavelmente não faria diferença qual o ouvido que estivesse virado para Patrice.

– Não, não, o nome não é Aventura, é *Beijo do Lobo*! – Arnaud gritou, alto o bastante para que Ketchum conseguisse entender o nome novo.

Danny e o lenhador estavam numa mesa para dois, dando para o que eles conseguiam ver da Yonge Street – por cima do vidro fosco. Depois que o dono do restaurante deslizou para a mesa seguinte, Ketchum lançou um olhar penetrante para Danny.
– Eu ouvi o que o francês disse – o velho madeireiro falou. – Beijo da porra do lobo! Que merda, esse parece ser um nome que só um *escritor* poderia ter sugerido!
– Não fui eu – Danny disse a ele. – Foi ideia do Silvestro, e Patrice gostou. Papai também não teve nada a ver com isso.
– Montanhas de bosta de alce – Ketchum disse. – É como se vocês estivessem *tentando* ser apanhados!
– Nós não vamos ser apanhados por causa do nome do restaurante – Danny disse ao lenhador. – Não seja ridículo, Ketchum. O caubói não pode nos encontrar desse jeito.
– Carl ainda está procurando por vocês, é só o que eu estou dizendo, Danny. Eu não sei por que querem ajudar o caubói a encontrá-los.
Danny não disse nada; ele acreditava que era loucura achar que Carl poderia associar Beijo do Lobo ao nome Baciagalupo. O subdelegado aposentado não falava italiano!
– Eu já vi lobos. Eu também já vi vítimas de lobos – o velho madeireiro disse para Danny. – Vou dizer para você como é um beijo de lobo. Um lobo rasga a sua garganta. Se houver uma matilha atrás de você, ou de outro bicho qualquer, eles fazem você se virar de frente para eles, de qualquer maneira, e tem sempre um se preparando para rasgar sua garganta, é isso que eles estão tentando, pular na garganta. Beijos de lobos não são nada bonitos!
– O que você quer comer? – Danny perguntou, só para mudar de assunto.
– Eu estou na dúvida – Ketchum disse. Ele usava óculos para ler, mas os óculos não lhe davam uma aparência intelectual. A cicatriz deixada pela frigideira de ferro era pronunciada demais, sua barba muito peluda. A camisa xadrez e o colete de lã tinham tanto de Twisted River que era difícil ver em Ketchum qualquer vestígio de vida urbana, muito menos de restaurantes finos. – Eu estava

pensando nas costeletas de carneiro grelhadas à francesa, ou o fígado de vitela com batatas Yukon fritas – o madeireiro disse. – O que é essa porra de batata Yukon? – ele perguntou a Danny.
– Batatas grandes – Danny respondeu. – São batatas Yukon Gold, cortadas ao comprido.
– O *côte de boeuf* meio que chamou minha atenção também – o lenhador disse.
– O *côte de boeuf* é para dois – Danny disse a ele.
– Foi por isso que eu notei – Ketchum disse. Ele estivera bebendo Steam Whistle de chopeira, mas tinha trocado para Alexander Keith de garrafa; a cerveja era mais forte. – Pelo amor de Deus! – Ketchum exclamou de repente. – Tem um vinho que custa cento e sessenta e oito dólares!
Danny viu que era um Barolo Massolino, de Piedmont. – Vamos pedir esse – o escritor disse.
– Desde que você esteja pagando – Ketchum disse a ele.

Na cozinha, a confusão era a mesma de sempre. O cozinheiro estava ajudando Scott com os profiteroles, que eram servidos com sorvete de caramelo e calda de chocolate meio amargo; Dominic também preparava os croutons e a rouille para a sopa de peixe de Joyce e Kristine. Mais cedo, o cozinheiro tinha se encarregado de preparar o tagliatelle para o scallopini de vitela, e esta noite a massa seria servida também com o confit de pato de Silvestro. Mas Dominic tinha feito o tagliatelle muito antes de o restaurante (e da cozinha) ficarem movimentados; ele também tinha iniciado uma redução com alecrim.

A cozinha estava mais barulhenta do que de costume naquele sábado à noite, porque Doroteia, a nova lavadora de pratos, estava com gesso no pulso e no polegar direitos, e toda hora derrubava as panelas. Todo mundo estava apostando para ver quem acertava no que Ketchum ia pedir. Silvestro tinha sugerido o cassoulet especial, mas Dominic disse que nenhum madeireiro que não fosse louco iria comer feijão por vontade própria – podendo escolher outra coisa. O cozinheiro previu que Ketchum iria pedir o *côte de boeuf* para dois; Joyce e Kristine disseram que o velho lenhador iria provavelmente querer tanto as costeletas de carneiro quanto o fígado.

– Ou então ele vai dividir o *côte de boeuf* com Daniel, e pedir ou as costeletas de carneiro ou o fígado, também – Dominic arriscou.

Alguma coisa na sensação do cabo quente da frigideira com a redução de vinho tinto o estava distraindo, mas o cozinheiro não conseguia identificar a verdadeira causa de sua distração. Ultimamente ele vinha notando que suas lembranças mais remotas eram mais claras – ele queria dizer mais vívidas – do que suas lembranças mais recentes, se isso fosse realmente possível. Por exemplo, ele se lembrou de que Rosie dissera algo para Ketchum pouco antes, ou pouco depois, de eles terem ido todos juntos para cima do gelo. Mas Ketchum tinha dito primeiro "Me dá a sua mão"? O cozinheiro achava que sim, mas não tinha certeza.

Rosie tinha dito claramente: "Essa mão não, é a mão errada." Ela havia criado rapidamente uma pequena distância entre ela e Ketchum, mas isto foi antes ou durante o maldito do-si-do? Dominic se lembrava mas não se lembrava, e isso porque ele estava mais bêbado do que Rosie *e* Ketchum.

De todo modo, o que era aquilo de mão errada?, o cozinheiro pensou; ele não queria perguntar a Ketchum. Além disso, Dominic estava pensando, até que ponto o lenhador de oitenta e três anos se lembrava daquela noite de tanto tempo atrás? Afinal de contas, Ketchum continuava bebendo!

Um dos garçons mais jovens arriscou o palpite de que o velho madeireiro não ia querer *nada* para jantar. Ele já tinha tomado três canecas de Steam Whistles e duas Keiths; o velho lenhador não podia ter espaço no estômago para jantar. Mas o jovem garçom não conhecia Ketchum.

Patrice entrou na cozinha. – U-la-lá, Dominic – Arnaud disse. – O que é que o seu filho está comemorando? Danny pediu o Barolo Massolino!

– Isso não me preocupa – o cozinheiro respondeu. – Danny pode pagar por ele, e você pode contar que Ketchum é quem vai beber quase todo o vinho.

Era a última noite deles na cozinha antes do feriado longo; todo mundo estava dando duro, mas de bom humor. Entretanto, Dominic continuava sem conseguir identificar a fonte daquela distração; ele continuava sentindo na mão a sensação do cabo da frigideira quente. O que era?, ele estava pensando. Qual era o problema?

No quarto do cozinheiro, na casa da Cluny Drive, os quadros de aviso com aquelas inúmeras fotografias quase escondiam dos olhos (ou do pensamento) a frigideira de ferro de oito polegadas. No entanto, a frigideira tinha atravessado fronteiras estaduais e, mais recentemente, uma fronteira internacional; aquela frigideira sem dúvida fazia parte do quarto do cozinheiro, embora seus poderes de proteção, antes lendários, já tivessem passado do real para o simbólico (como Carmella um dia especulara).

A frigideira de ferro estava pendurada ao lado da porta do quarto de Dominic, onde passava quase despercebida. Por que o cozinheiro vinha pensando nela de forma tão insistente – pelo menos desde que Ketchum tinha chegado (sem avisar, como era seu costume) para o Natal?

Dominic não sabia que ultimamente Danny também vinha pensando na velha frigideira. Havia uma certa permanência naquela frigideira; ela não tinha mudado nada. A maldita continuava pendurada na parede do quarto do pai dele. Ela era um lembrete constante para o escritor, mas um lembrete de *quê*?

Tudo bem, era a mesma frigideira que ele tinha usado para matar Índia Jane; sendo assim, ela dera início à fuga de Danny e Dominic. Era a mesma frigideira que Dominic tinha usado para golpear um urso – ou assim rezava o mito. De fato, ela era a mesma frigideira de ferro de oito polegadas que o pai de Danny tinha usado para bater em Ketchum – *não* num urso. Mas Ketchum era duro de matar. ("Só Ketchum consegue matar Ketchum", o cozinheiro tinha dito.)

Danny e o pai também vinham pensando nisso. Mesmo aos oitenta e três anos, só Ketchum conseguiria matar Ketchum.

O jovem garçom voltou para a cozinha. – O grande homem quer o *côte de boeuf* para dois! – ele anunciou, impressionado. Dominic deu um sorriso; ele ia sorrir de novo quando Patrice aparecesse na cozinha logo depois só para dizer a ele que seu filho tinha pedido uma segunda garrafa do Barolo Massolino. Nem mesmo um *côte de boeuf* para dois, e inúmeras garrafas de Barolo, conseguiriam matar Ketchum, o cozinheiro sabia. Só Ketchum, e mais ninguém, conseguiria fazê-lo.

Estava tão quente na cozinha que eles tinham aberto a porta dos fundos que dava para o beco – só uma fresta –, embora fosse uma noite muito fria, e um vento excepcionalmente forte ficasse abrindo a porta a toda hora. No frio, Crown's Lane, o beco que ficava atrás do restaurante, era um refúgio para os mendigos. O exaustor do restaurante soprava no beco, criando um local quente – e com cheiro bom, também. De vez em quando, um mendigo aparecia na porta da cozinha, na esperança de conseguir uma refeição quente.

O cozinheiro nunca conseguia lembrar se quem fumava era Joyce ou Kristine, mas uma das jovens chefs uma vez se assustou com um mendigo faminto quando estava fumando no beco. Desde então, todos os que trabalhavam na cozinha, e a equipe de sala, sabiam dos mendigos que iam se aquecer e procurar alguma coisa para comer perto da porta da cozinha. (Aquela era também a porta por onde entravam as mercadorias no Patrice, embora nunca houvesse entregas à noite.)

Dominic foi fechar de novo a porta, que o vento tinha aberto outra vez, e lá estava o Pedro caolho – o mendigo mais popular do Patrice, porque Pedro nunca deixava de cumprimentar o chef (ou chefs) por qualquer comida que dessem a ele. Seu verdadeiro nome era Ramsay Farnham, mas ele fora deserdado pela família Farnham – uma boa e antiga família de Toronto, grandes patronos das artes. Agora com quarenta e tantos ou cinquenta e poucos anos, Ramsay tinha envergonhado os Farnham diversas vezes. A última gota foi quando numa coletiva de imprensa, num evento cultural que a não ser por isso teria passado despercebido, Ramsay anunciou que ia doar sua herança para um hospital de doentes de AIDS em Toronto. Ele também afirmou estar terminando uma autobiografia explicando por que ele quase tinha cegado a si mesmo. Ele disse que sentira desejo pela mãe durante toda a sua vida adulta, e embora nunca tivesse feito sexo com ela – e nem assassinado seu pai – ele a tinha realmente desejado. Portanto, ele só tinha cegado um dos olhos, o esquerdo, e rebatizou a si mesmo Pedro – não Édipo.

Ninguém sabia se a venda do olho de Pedro tapava uma órbita vazia ou um olho esquerdo perfeitamente saudável, nem por que ele tinha escolhido o nome Pedro. Ele era mais limpo do que a maioria dos mendigos; embora os pais não quisessem mais saber dele, talvez houvesse outros membros, mais solidários, da família Farnham que permitissem que Ramsay (agora Pedro) tomasse um banho e lavasse suas roupas de vez em quando. É claro que ele era maluco, mas tinha recebido uma excelente educação e se expressava muito bem. (Quanto à autobiografia, ou ela era uma obra eternamente em progresso ou ele não tinha escrito uma só palavra dela.)

– Boa-noite para você, Dominic – Pedro caolho cumprimentou o cozinheiro, enquanto Dominic puxava a porta que o vento tinha aberto.

– Como vai, Pedro? – o cozinheiro perguntou. – Uma comidinha quente não ia fazer mal a você numa noite fria como esta.

– Eu estava pensando a mesma coisa, Dominic, e embora eu saiba que o exaustor é muito impreciso, acho que detectei algo especial esta noite, algo que não está no cardápio. A menos que o meu nariz esteja me enganando, Silvestro superou a si mesmo, mais uma vez, com um cassoulet.

Dominic nunca soube que o nariz de Pedro o tivesse enganado. O cozinheiro deu ao mendigo uma porção generosa de cassoulet, avisando a ele para tomar cuidado para não se queimar no pirex quente com feijão. Em troca, Pedro se ofereceu para manter a porta da cozinha aberta – só uma fresta – com o pé.

– É uma honra sentir os aromas da cozinha do Patrice em primeira mão, não adulterados pelo exaustor – Pedro disse a Dominic.

– Não adulterados – o cozinheiro repetiu baixinho, para si mesmo, mas para Pedro ele disse: – Sabe, nós vamos mudar de nome, depois do Natal.

– "Depois do Natal" é um nome curioso para um restaurante, Dominic – o mendigo disse, pensativo. – Nem todo mundo comemora o Natal, sabe? O pato está delicioso, por falar nisso, e eu adoro linguiça! – Pedro acrescentou.

– Não, não, nós não vamos chamar o restaurante de Depois do Natal! – o cozinheiro corrigiu. – O novo nome é Beijo do Lobo. – O mendigo parou de comer e ficou olhando para o cozinheiro. – A escolha não foi minha – Dominic disse depressa.

– Você deve estar brincando – Pedro disse. – Esse é um *famoso* filme pornô, é um dos *piores* filmes pornôs que eu já vi, mas é famoso. Eu tenho certeza de que o título é esse.

– Você deve estar enganado, Pedro – Dominic disse. – Talvez o nome soe melhor em italiano – o cozinheiro acrescentou, sem nenhum sentido.

– Não é um filme pornô *italiano*! – o mendigo exclamou. Ele entregou o resto do cassoulet para Dominic, o pirex de feijão escorregando sobre a travessa de pato e linguiça. (O prato de feijão queimou ligeiramente os polegares do cozinheiro.)

– Beijo do Lobo *não pode* ser um filme pornô – Dominic disse, mas Pedro estava indo para o fundo do beco, sacudindo sua cabeleira, balançando a barba grisalha.

– Eu vou vomitar! – Pedro disse. – Nunca vou esquecer aquele filme, ele era *nojento*! Não é sobre sexo com lobos, sabe, Dominic...

– Eu não quero saber sobre o que é! – O cozinheiro exclamou.
– Tenho certeza que você se enganou a respeito do título! – ele gritou para o mendigo que estava desaparecendo no beco escuro.

– Tem coisas que a gente não esquece, Dominic! – Pedro gritou de volta, depois que o cozinheiro não podia mais vê-lo. – Sonhos de incesto, desejar a própria mãe, sexo oral ruim! – o louco berrou, suas palavras cortadas pelo vento, mas audíveis, mesmo com o barulho do exaustor.

– Pedro não gostou do cassoulet? – Silvestro perguntou, quando o cozinheiro levou a travessa cheia e o pirex de feijão de volta para a cozinha.

– Ele ficou aborrecido com um nome – Dominic disse, mas o incidente deu ao cozinheiro uma impressão de mau agouro para Beijo do Lobo, mesmo que Pedro estivesse enganado quanto ao título do horrível filme pornô.

Na verdade, nem o cozinheiro nem seu filho escritor conseguiram encontrar um filme pornô chamado *Beijo do Lobo*. Nem mesmo Ketchum tinha visto um filme com aquele nome, e Ketchum dizia ter visto tudo – pelo menos tudo de pornográfico que havia de disponível para se assistir em New Hampshire.

– Acho que eu me lembraria deste título, Cookie – o velho lenhador disse. – De fato, eu tenho certeza de que o teria mandado para você. Mas o que acontece de tão especial nele? – o madeireiro perguntou.

– Eu não sei o que acontece nele, eu *não quero* saber! – o cozinheiro exclamou. – Eu só quero saber se ele *existe*!

– Bem, não precisa ficar zangado – Ketchum disse.

– Aparentemente, ele não existe, pelo menos *ainda* não – Danny disse ao pai. – Você sabe que Pedro é doido, papi, você sabe disso, não sabe?

– É claro que ele é doido, Daniel! – o cozinheiro disse. – O pobre Pedro estava tão certo do que disse, o que ele disse pareceu tão *plausível*.

Naquele sábado à noite, antes do feriado do Natal – a última noite em que o Patrice seria o Patrice – Danny e Ketchum tinham pedido três garrafas do Barolo Massolino. Como o cozinheiro tinha dito ao Arnaud, Ketchum bebeu a maior parte do vinho, mas Ketchum também estava contando.

– Você pode *dizer* que toma duas cervejas e uma ou duas taças de vinho no jantar, Danny, mas você tomou *quatro* taças de vinho esta noite. Até três taças de vinho, depois de duas cervejas, é um bocado para um cara pequeno. – Não havia nada de acusatório no tom de Ketchum, ele estava simplesmente constatando um fato, mas Danny se pôs na defensiva.

– Eu não sabia que você estava tomando nota do que eu bebia, Ketchum.

– Não fique assim, Danny – o lenhador disse. – É só que é minha obrigação tomar conta de vocês.

Ketchum tinha reclamado da mania que Danny tinha de não trancar a casa na Cluny Drive depois que chegava do jantar. Mas quase sempre o cozinheiro chegava depois do filho, e Dominic não gostava de ficar andando com a chave da porta. O cozinheiro preferia trancar a porta da frente depois de chegar em casa e antes de ir para a cama.

– Mas o vinho deixa você sonolento, não deixa, Danny? – o madeireiro perguntou. – Imagino que quase toda noite você adormeça profundamente numa casa com a porta destrancada, antes do seu pai chegar.

– Montanhas de bosta de alce, como você diria, Ketchum – Danny respondeu.

Em Toronto era assim, o cozinheiro e o filho explicaram para o velho lenhador. Danny e o pai já tinham trancado um ao outro fora de casa antes; era uma chateação. Agora, quando eles saíam, deixavam a casa da Cluny Drive destrancada; quando os dois voltavam à noite, o último a ir para a cama trancava a maldita porta.

– É o vinho tinto que me aborrece um pouco, Danny – Ketchum tinha dito ao escritor. – Com vinho tinto, a gente dorme como uma pedra, não ouve nada.

– Se eu só tomar cerveja, vou ficar acordado a noite inteira – Danny disse ao lenhador.

– Isso me soa um pouco melhor – foi só o que o madeireiro disse.

Mas o vinho tinto não era o verdadeiro problema. Sim, Danny de vez em quando bebia mais do que uma ou duas taças – e isso o deixava sonolento. Ainda assim, o vinho era apenas um fator a mais, e o novo nome do restaurante não teve nada a ver com o problema. A questão é que depois de todos os esforços que eles tinham feito para despistar o caubói – e as duvidosas trocas de nome, que se mostrariam inúteis –, Ketchum tinha simplesmente sido seguido.

O caubói já tinha seguido Ketchum antes, mas não havia percebido nada. O subdelegado aposentado tinha seguido duas vezes o lenhador em suas viagens a Quebec para caçar; Carl tinha até seguido Ketchum em Pointe au Baril um inverno, mas achou que o homem mais moço com quem o velho lenhador estava acampando fosse apenas algum mochileiro de Ontário. O caubói não fazia ideia da aparência de Danny e nem do que ele fazia; Carl tinha concluído que possivelmente Ketchum era "bicha" e que o rapaz era amante do velho lenhador! Nenhum sujeito baixinho e manco tinha aparecido naquelas aventuras, e Carl tinha desistido de seguir Ketchum.

Uma palavra iria mudar tudo – a palavra e o fato de que tanto Ketchum quanto o caubói compravam seus *pneus* no mesmo estabelecimento em Milan. Pneus, especialmente pneus de inverno, era importantes em New Hampshire. Twitchell's era o nome do borracheiro que Ketchum e o caubói frequentavam, mas o imbecil sujo de graxa que deu a importante informação foi um jovem franco-canadense chamado Croteau.

– Essa parece a jamanta do Ketchum – Carl tinha dito para o franco-canadense; isso foi uma semana ou mais antes do Natal, quando o caubói notou o caminhão de Ketchum no guincho da garagem do Twitchell's. Croteau estava trocando os quatro pneus.

– É – Croteau disse. O subdelegado aposentado observou que o jovem estava retirando os pneus com pregos de Ketchum e substituindo por pneus de neve sem pregos.

– Ketchum teve alguma informação privilegiada de que o inverno vai ser ameno? – Carl perguntou a Croteau.

– Não – Croteau disse. – Ele apenas não gosta do som dos pregos nas rodovias interestaduais, e são quase todas rodovias interestaduais daqui até Toronto.

– Toronto – o caubói repetiu, mas não era essa a palavra que mudaria tudo.

– Ketchum torna a colocar os pneus com pregos quando ele volta para casa depois do Natal – Croteau explicou ao subdelegado. – Não se precisa de pregos para dirigir nas rodovias. Nas interestaduais, pneus de neve comuns servem.

– Ketchum passa o Natal em Toronto?

– Desde que eu me lembro – Croteau disse, o que não era muito tempo, não na avaliação do caubói. Croteau tinha vinte e poucos anos; ele vinha trocando pneus apenas desde que tinha terminado o ensino médio.

– Ketchum tem alguma *namorada* em Toronto? – Carl perguntou. – Ou um namorado, talvez?

– Não – Croteau respondeu. – Ketchum disse que tem família lá.

Era a palavra *família* que iria mudar tudo. O subdelegado sabia que Ketchum não tinha família – pelo menos não no Canadá. E a família que ele teve, o velho lenhador havia perdido; todo mundo sabia que Ketchum perdera contato com os filhos. Os filhos de Ketchum ainda moravam em New Hampshire, Carl sabia. Os filhos de Ketchum já eram adultos agora, tinham seus próprios filhos, mas nunca haviam saído de Coos; eles apenas tinham cortado relações com Ketchum.

– Ketchum não pode ter *família* em Toronto – o caubói disse ao imbecil do garoto.

– Foi isso que o Ketchum disse, que ele tem família lá, em Toronto – Croteau insistiu teimosamente.

Mais tarde, Danny ficaria comovido com o fato de o velho lenhador considerar a ele e seu pai como sendo sua família; entretanto, foi isso que os entregou a Carl. O caubói não conseguiu pensar em mais ninguém de que Ketchum gostasse – ou que parecesse próximo dele, como alguém da família – a não ser o cozinheiro. E nem tinha sido difícil para o ex-tira seguir o caminhão de Ketchum sem ser notado. O caminhão queimava um bocado de óleo; uma nuvem negra de fumaça envolvia os veículos que vinham atrás dele, e Carl, sabiamente, tinha alugado um SUV de aparência anônima com pneus de neve. Aquele dezembro, nas rodovias interestaduais do Nordeste dos Estados Unidos – eles entrariam no Canadá por Buffalo, atravessando a Ponte da Paz – o carro do caubói não chamava nenhuma atenção. Afinal de contas, Carl tinha sido um tira; ele sabia seguir pessoas.

O caubói também soube vigiar a casa na Cluny Drive. Em pouco tempo ele ficou conhecendo todo o movimento da casa, inclusive as idas e vindas de Ketchum. É claro que o caubói sabia que Ketchum estava apenas de visita. Embora Carl ficasse tentado a matar todos os três, o subdelegado provavelmente não quis se arriscar a enfrentar o velho lenhador; Carl sabia que Ketchum estava armado. A casa na Cluny Drive nunca ficava trancada durante o dia, e nem à noite – só depois que o último deles, geralmente o cozinheiro, ia mancando para a cama.

Tinha sido fácil para o caubói entrar e dar uma boa olhada na casa; assim, Carl ficou sabendo quem dormia em cada quarto. Mas havia uma coisa que ele *não* sabia.

A única arma da casa era a que havia no quarto de hóspedes, onde ficou claro para Carl que Ketchum estava dormindo. O caubói achou que era uma arma esquisita, ou pelo menos pouco sofisticada, para Ketchum estar carregando – uma Winchester calibre 20 modelo *jovem*. (Uma espingarda de *criança*, Carl pensou.)

Como o subdelegado poderia saber que a Winchester Ranger era um presente de Natal para Danny? O velho lenhador não acreditava em papel de presente, e a espingarda calibre 20 estava carregada e guardada debaixo da cama de Ketchum – exatamente onde o caubói teria escondido uma arma. Nunca ocorreu a Carl que a espingarda calibre 20 não iria voltar para New Hampshire com o velho madeireiro, no dia em que Ketchum resolvesse voltar para Coos. O caubói ia esperar para ver quando seria isso – e então atacaria.

Carl achou que tinha várias opções. Ele destrancara a porta que dava na escada de incêndio no quarto de escrever de Danny no terceiro andar; se o escritor não notasse que a porta estava destrancada, o caubói poderia entrar na casa por ali. Mas se Danny visse que a porta estava destrancada e tornasse a trancá-la, Carl poderia entrar na casa pela porta da frente – a qualquer hora da noite, quando o cozinheiro e o filho não estivessem em casa. O caubói tinha observado que Danny não voltava para o quarto de escrever no terceiro andar depois do jantar. (Isso era por causa da cerveja e do vinho tinto; quando o escritor bebia, ele não gostava de ficar no mesmo quarto com seus textos.)

Quer Carl entrasse na propriedade pela escada de incêndio do terceiro andar ou pela porta da frente, ele estaria seguro escondido no quarto do terceiro andar; o caubói só tinha que tomar cuidado para não se movimentar muito antes de o cozinheiro e o filho estarem dormindo. O chão rangia, Carl tinha notado; assim como as escadas que davam no corredor do segundo andar. Mas o caubói estaria só de meias. Ele ia matar o cozinheiro primeiro, Carl estava pensando – depois o filho. Carl tinha visto a frigideira de ferro de oito polegadas pendurada na parede do quarto do cozinheiro; é claro que o caubói sabia que Jane tinha sido morta com aquela frigideira, porque Six-Pack contou a ele. Carl tinha se divertido ao pensar como seria engraçado ficar parado na porta do quarto do cozinheiro, depois de ter matado o desgraçado, só esperando o filho vir em socorro do pai com a estúpida frigideira! Bem, se a coisa acontecesse assim, estava bem para o caubói. O importante para Carl era matar os dois e atravessar a fronteira dos Estados Unidos antes de os corpos serem encontrados. (Com um pouco de sorte, o caubói estaria de volta a Coos antes disso.)

O velho subdelegado estava um pouco preocupado em encontrar a faxineira mexicana, cujas idas e vindas não eram tão previsíveis quanto as do cozinheiro – ou os hábitos não menos observáveis do filho escritor. Comparado com Lupita aparecendo de repente para lavar uma ou duas trouxas de roupa, ou para atacar compulsivamente a cozinha, até a rotina de Ketchum era razoavelmente consistente. O lenhador passava duas horas numa academia de Tae Kwon Do na Yonge Street todos os dias. A academia se chamava Champion Centre, e Ketchum tinha achado o lugar por acaso alguns anos antes; o instrutor principal era um ex-lutador iraniano, agora um lutador de boxe e kickbox. Ketchum dizia que estava exercitando suas "habilidades de chute".

– Meu Deus – o cozinheiro tinha reclamado. – Por que um homem de oitenta e três anos teria interesse em aprender uma arte marcial?

– É mais uma *mistura* de artes marciais, Cookie – Ketchum explicou. – Eu estou fazendo boxe e kickbox, e luta livre também. Eu só estou interessado em encontrar novas maneiras de derrubar um cara. Depois que o cara está no chão, eu sei o que fazer com ele.

– Mas *por quê*, Ketchum? – o cozinheiro perguntou. – Em quantas brigas mais você planeja se meter?

– Essa é a questão, Cookie, ninguém *planeja* se meter numa briga. Você só precisa estar *preparado*!

– Meu Deus – Dominic repetiu.

Para Danny, parecia que Ketchum sempre estivera se preparando para um guerra. O presente de Natal de Ketchum para o escritor, a Winchester Ranger, com que Danny tinha matado três cervos, parecia enfatizar isso.

– O que eu vou fazer com uma espingarda, Ketchum?, – Danny tinha perguntado ao velho lenhador.

– Você não é exatamente um caçador de cervos, Danny, eu tenho que admitir. E talvez você nunca mais torne a caçar um cervo, mas toda casa devia ter uma espingarda calibre 20.

– Toda casa – Danny repetiu.

– Tudo bem, talvez *esta* casa, especialmente – Ketchum disse. – Você precisa ter uma arma rápida e fácil de manejar, algo com que não possa errar numa situação de perigo.

– Uma situação de perigo – o cozinheiro repetiu, erguendo as mãos no ar.

– Eu não sei, Ketchum – Danny disse.
– Fique com a arma, Danny – o lenhador disse a ele. – Cuide para que ela esteja sempre carregada, guarde-a debaixo da cama, por precaução.
Os dois primeiros cartuchos eram de chumbo grosso, Danny sabia – o terceiro era um cartucho de matar cervos. Na hora, ele tinha manuseado a Manchester com admiração – não só para agradar a Ketchum, mas porque o escritor sabia que aceitando a arma ele estaria irritando o pai. Danny gostava de atiçar Ketchum e o pai um contra o outro.
– Meu Deus – o cozinheiro tornou a dizer. – Eu não vou conseguir dormir sabendo que tem uma arma carregada na casa!
– Por mim está bem, Cookie – Ketchum disse. – De fato, eu diria que isso seria o *ideal,* quer dizer, se você não dormisse nunca.
A Winchester Range tinha a coronha de madeira, com uma proteção de borracha que o escritor apoiou no ombro. Danny tinha que admitir que adorava ouvir o pai e Ketchum arengando.
– Que droga, Ketchum – o cozinheiro estava dizendo. – Uma noite eu vou mijar e meu filho me dá um tiro achando que eu sou o caubói!
Danny riu. – Tenham paciência, vocês dois, é *Natal!* Vamos tentar ter um Natal alegre – o escritor disse.
Mas Ketchum não estava num humor festivo. – Danny não vai atirar em você, Cookie – o lenhador disse. – Eu só quero que vocês dois estejam *preparados*!

"In-Uk-Shuk", Danny às vezes dizia dormindo. Charlotte havia lhe ensinado a pronunciar a palavra indígena; ou, no Canadá, a pessoa devia dizer a palavra *Inuit*? (Uma palavra *Inuk*, Danny também já tinha ouvido; ele não sabia qual era a forma certa.) Danny tinha ouvido Charlotte dizer a palavra *inuksuk* várias vezes.
Quando acordou na manhã seguinte ao Natal, Danny pensou se deveria tirar o retrato de Charlotte de cima da cabeceira de sua cama – ou talvez trocá-lo por outro. Na foto, Charlotte está em pé, molhada e pingando, de maiô, com os braços em volta do corpo; ela está sorrindo, mas parece estar com frio. Ao longe,

pode-se ver o píer principal da ilha – Charlotte estava nadando lá –, porém mais perto de sua figura alta, entre ela e o píer, fica o ilegível *inuksuk*. Este monumento de pedra tinha uma forma vagamente humana, mas não se parecia realmente com um ser humano. Visto da água, ele poderia ser confundido com um marco de navegação; alguns *inuksuit* (esta era a forma do plural) eram marcadores de navegação, mas não este.

Duas pedras grandes, uma em cima da outra, formavam cada perna de aparência masculina; uma espécie de prateleira ou tampo possivelmente representava os quadris ou a cintura da figura. Quatro pedras menores compunham a parte superior do corpo. A criatura, se a intenção era que tivesse feições humanas, tinha braços absurdamente imperfeitos; os braços eram desproporcionalmente curtos em relação às pernas compridas. A cabeça, se era mesmo uma cabeça, sugeria cabelos eternamente agitados pelo vento. O monumento de pedra era tão atrofiado quanto os pinheiros castigados pelo inverno nas ilhas de Georgian Bay. O monumento batia nos quadris de Charlotte, e dada a perspectiva da fotografia sobre a cabeceira da cama de Danny – isto é, com Charlotte em primeiro plano –, o *inuksuk* parecia ainda mais baixo do que era. Entretanto, ele também parecia indestrutível, talvez fosse essa a palavra que estava nos lábios de Danny quando ele acordou.

Havia inúmeros *inuksuit* naquelas ilhas – e muitos mais na Rota 69, entre Parry Sound e Pointe au Baril, onde Danny se lembrava de uma placa que dizia PRIMEIRA NAÇÃO, TERRITÓRIO OJIBWAY. Não muito distante daqueles chalés de verão ao redor de Moonlight Bay, onde Danny tinha ido de barco com Charlotte num dia de muito calor, havia alguns fantásticos *inuksuit* perto da Reserva Indígena de Shawanaga.

Mas o que eles *eram*, exatamente?, o escritor pensou, deitado na cama na manhã seguinte ao Natal. Nem mesmo Charlotte sabia quem tinha construído o *inuksuk* na ilha dela.

Havia um carpinteiro da Reserva Indígena de Shawanaga na equipe de Andy Grant, no verão em que as duas cabanas de hóspedes estavam sendo reformadas. Um outro verão, Danny se lembrou, um dos caras que trouxe os tanques de propano para a ilha tinha um barco chamado *Primeira Nação*. Ele tinha dito a Danny que era um ojibway de sangue puro, mas Charlotte disse que isso era "improvável"; Danny não perguntou por que ela se mostrou cética.

– Talvez o vovô tenha construído o seu *inuksuk* – Danny tinha dito para Charlotte. Talvez, ele tinha pensado, os diversos indígenas que tinham trabalhado na ilha Turner ao longo dos anos tivessem reconstruído o monumento de pedra sempre que as pedras caíam.

– As pedras não caem – Charlotte disse. – Vovô não teve nada a ver com nosso *inuksuk*. Um nativo o construiu, ele jamais irá cair.

– Mas o que eles *significam*, exatamente? – Danny perguntou a ela.

– Eles sugerem origens, respeito, resistência – Charlotte respondeu, mas isto era vago demais para satisfazer o escritor em Danny Angel; ele se lembrou de ter ficado surpreso por Charlotte parecer satisfeita com uma descrição tão vaga.

Quanto ao que significava um determinado *inuksuk* – "Bem, merda", como Ketchum tinha dito, "parece depender de pra que índio você pergunta." (Ketchum achava que alguns *inuksuit* não passavam de pilhas de pedras.)

Danny espiou debaixo da cama, para ver a Winchester. Seguindo instruções de Ketchum, a espingarda carregada estava num estojo aberto; segundo Ketchum, o estojo devia ficar com o zíper aberto, "porque qualquer intruso imbecil pode escutar o barulho de um zíper".

Era óbvio, é claro, a *que* intruso Ketchum estava se referindo – um subdelegado aposentado de oitenta e três anos, vindo lá de New Hampshire! "E o pino de segurança?", Danny tinha perguntado a Ketchum. "Eu deixo sem o pino de segurança, também?" Quando se empurrava o pino que ficava um pouco à frente do gatilho, fazia um ruído baixo, um clique, mas Ketchum tinha dito a Danny para deixar o pino de segurança no lugar.

O velho lenhador disse: "Se o caubói puder ouvir o clique do pino é porque ele já está perto demais de você."

Danny olhou primeiro para a fotografia de Charlotte com o *inuksuk* atrás dela, depois para a espingarda debaixo de sua cama. Talvez o monumento de pedra e a Winchester Ranger representassem, ambos, proteção – a calibre 20 de um tipo mais específico. Ele não estava aborrecido por ter a arma, Danny pensou, embora tivesse a impressão de que todo Natal conduzisse a uma preocupação mórbida – às vezes iniciada por Ketchum (como a Winchester) mas outras vezes inspirada por Danny ou seu pai. Nesta Véspera de Natal, por exemplo, o cozinheiro tinha começado uma espiral descendente de melancolia.

– Imaginem só – Dominic tinha dito para o filho e Ketchum. – Se Joe estivesse vivo, estaria com trinta e poucos anos, provavelmente casado e com uns dois filhos.

– Joe seria mais velho do que Charlotte quando eu a conheci – Danny acrescentou.

– Na verdade, Daniel, Joe seria apenas uma década mais moço do que *você*, quer dizer, quando Joe morreu.

– Chega! Parem com essa merda! – Ketchum gritou. – E se Jane estivesse viva, ela teria oitenta e oito anos, porra! Eu duvido que ela ainda estivesse falando com um de nós, a não ser que nossa conversa estivesse muito mais elevada.

Mas no dia seguinte Ketchum dera a espingarda calibre 20 de presente para Danny – não exatamente uma *elevação* da conversa anterior, ou de sua maior fixação –, e o cozinheiro, aparentemente a troco de nada, tinha começado a se queixar da "extrema morbidez" das dedicatórias dos livros de Daniel.

Realmente, *Baby in the Road* (como era de se esperar) foi dedicado da seguinte maneira: "Ao meu filho Joe – *in memoriam*." Era a segunda dedicatória para Joe – a terceira, ao todo, *in memoriam*. Dominic achava isso deprimente.

– Não tenho culpa se as pessoas que eu conheço insistem em morrer, papi – Danny tinha dito.

O tempo todo, Ketchum tinha continuado a demonstrar o funcionamento da Winchester, os cartuchos ejetados da espingarda voando por todo lado. Uma dos cartuchos (um cartucho de matar cervo) iria ficar perdido por um tempo dentro do papel de embrulho retirado de outro presente de Natal, mas Ketchum continuou carregando e descarregando a arma como se estivesse exterminando uma *horda* de atacantes.

"Quando vivemos muito, nos tornamos caricaturas de nós mesmos", Danny disse em voz alta para si mesmo – como se estivesse escrevendo isso, o que não estava. O escritor ainda estava se contorcendo na cama, hipnotizado pela foto de Charlotte com o misterioso *inuksuk* – isto é, quando *não* era atraído pela visão perigosa mas empolgante da espingarda carregada debaixo de sua cama.

Era dia seguinte ao Natal no Canadá. Um escritor que Danny conhecia sempre dava uma festa. Todo Natal, o cozinheiro comprava para Ketchum umas roupas de sair – na Eddie Bauer ou na Roots –, e Ketchum usou essa roupa nova na festa. Dominic nunca deixava de ajudar na cozinha; a cozinha, de qualquer pessoa, era sempre a casa do cozinheiro fora de casa. Danny se misturou com seus amigos na festa; ele tentou não ficar envergonhado com as declarações políticas de Ketchum. Danny nunca precisava ficar envergonhado – pelo menos ali no Canadá, onde a lengalenga antiamericana do velho lenhador era muito popular.

– Um cara da CBC queria que eu fosse a um programa de rádio – Ketchum disse a Danny e ao pai dele, quando o cozinheiro estava dirigindo de volta para casa depois da festa.

– Meu Deus – Dominic disse.

– Só porque você está sóbrio, não pense que é um bom motorista, Cookie. É melhor você deixar Danny e eu conversarmos enquanto você presta atenção no trânsito.

O caubói poderia ter matado todos eles aquela noite, mas Carl era um covarde; ele não iria se arriscar, com Ketchum ainda na casa. O subdelegado não sabia que a espingarda calibre 20 estava debaixo da cama de Danny, não de Ketchum, e Carl também não poderia saber o quanto o velho lenhador tinha bebido na festa. O caubói poderia ter entrado na casa *atirando*; dificilmente Ketchum teria acordado. Danny não teria acordado também. Fora uma dessas noites em que uma ou duas taças de vinho tinto com o jantar tinham se transformado em quatro ou cinco. Danny acordou uma vez durante a noite, pensando que devia espiar debaixo da cama para ter certeza de que a espingarda ainda estava lá; ele caiu da cama ao fazer isso, fazendo um barulho considerável, que nem seu pai nem o lenhador, que roncava alto, ouviram.

Ketchum nunca se demorava em Toronto depois que o Natal terminava. Uma pena ele não ter trazido Herói com ele e então – por algum motivo – ter deixado o cachorro com o cozinheiro e o filho enquanto tornava a atravessar a fronteira de volta para casa. Carl não teria conseguido entrar na casa da Cluny Drive nem se esconder no quarto de escrever do terceiro andar, se Herói, aquele belo animal, estivesse lá. Mas o cachorro estava em Coos, com Six-Pack Pam, aterrorizando os cachorros dela, como se saberia – e Ketchum partiu cedo na manhã seguinte para New Hampshire.

Quando Danny se levantou (antes do pai), ele achou o bilhete que Ketchum deixara na mesa da cozinha. Para surpresa de Danny, ele estava datilografado. Ketchum fora até o quarto de escrever do terceiro andar e usado a máquina de escrever que tinha lá, mas Danny não ouvira o chão ranger sobre sua cabeça – não ouvira as escadas rangerem, também. E nem ele nem o cozinheiro tinham acordado com o barulho da máquina de escrever – um mau sinal, o velho lenhador teria dito a eles. Mas o bilhete de Ketchum não dizia nada disso.

> JÁ PASSEI TEMPO DEMAIS COM VOCÊS! ESTOU COM SAUDADES DO MEU CACHORRO E VOU VÊ-LO. QUANDO CHEGAR EM CASA, SENTIREI SAUDADES DE VOCÊS TAMBÉM! PEGA LEVE NO VINHO TINTO, DANNY. KETCHUM.

Carl ficou feliz quando viu o caminhão de Ketchum partir. O caubói devia estar impaciente, mas esperou a faxineira mexicana chegar e ir embora; assim, o subdelegado não tinha nenhuma dúvida. Com o quarto de hóspedes vazio – Lupita o tinha deixado como novo –, Carl estava convencido de que Ketchum não ia voltar. No entanto, o caubói teve que esperar mais uma noite.

O cozinheiro e o filho jantaram em casa na noite de 27 de dezembro. Dominic tinha encontrado uma linguiça kielbasa no mercado e a tinha fritado no azeite e depois cozinhado com funcho picado, cebolas e couve-flor num molho de tomate com sementes de funcho trituradas. O cozinheiro serviu o ensopado com pão de azeite e alecrim e uma salada verde.

– Ketchum teria gostado disto, papi – Danny disse.

– Ah, bem, Ketchum é um bom homem – Dominic disse, para espanto do filho.

Sem saber o que responder, Danny tentou elogiar outra vez o ensopado de kielbasa; ele sugeriu que poderia ser uma boa adição ao cardápio mais informal e gênero bistrô do Beijo do Lobo.

– Não, não – o cozinheiro disse. – Kielbasa é rústico demais, até mesmo para o Beijo do Lobo.

Tudo o que Danny disse foi: – É um bom prato, papai. Você poderia servi-lo para a realeza, na minha opinião.

– Eu devia tê-lo preparado para Ketchum, eu nunca fiz este prato para ele – foi só o que Dominic disse.

Na última noite de vida do cozinheiro, ele jantou com seu amado Daniel num restaurante português perto de Little Italy. O restaurante chamava-se Chiado; era um dos favoritos de Dominic em Toronto. Arnaud o tinha apresentado a ele quando ambos trabalhavam no centro, em Queen Street West. Naquela quinta-feira, 28 de dezembro, Danny e seu pai pediram coelho.

Durante a visita de Natal de Ketchum, tinha nevado e chovido – tudo tinha congelado e descongelado, e depois congelado de novo. Quando o cozinheiro e o filho tomaram um táxi para casa no Chiado, começara a nevar de novo. (Dominic não gostava de dirigir para o centro.) As marcas das pegadas do caubói na neve, do lado de fora da escada de incêndio, eram difíceis de ver na luz do dia; agora estava escuro, e nevando, e as pegadas de

Carl estavam inteiramente cobertas. O ex-tira tinha tirado sua parka e suas botas. Ele se deitara no sofá do quarto de escrever de Danny no terceiro andar com o revólver Colt 45 sobre o peito – no cenário que havia imaginado, o velho tira não precisava de um coldre.

As vozes do cozinheiro e do filho escritor chegaram até Carl da cozinha, mas jamais iremos saber se o caubói entendeu a conversa deles.

– Aos cinquenta e oito, você devia estar casado, Daniel. Devia estar morando com sua esposa, não com seu pai – o cozinheiro estava dizendo.

– E quanto a você, papi? Uma esposa não seria uma coisa boa para você? – Danny perguntou.

– Eu tive minhas oportunidades, Daniel. Aos setenta e seis, eu envergonharia a mim mesmo com uma esposa. Estaria sempre pedindo desculpas a ela! – Dominic disse.

– Por quê? – Danny perguntou ao pai.

– Incontinência ocasional, talvez. Peidos, com certeza. Sem esquecer que eu falo dormindo – o cozinheiro confessou ao filho.

– Você devia procurar uma esposa que não ouvisse bem, como o Ketchum – Danny sugeriu. Ambos riram; o caubói teve que ouvir as risadas deles.

– Eu estava falando sério, Daniel, você devia ao menos ter uma namorada fixa, uma verdadeira companheira – Dominic estava dizendo, enquanto subiam as escadas para o segundo andar. Mesmo do terceiro andar, Carl conseguia distinguir o passo manco do cozinheiro na escada.

– Eu tenho amigas – Danny começou a dizer.

– Eu não estou falando em *tietes*, Daniel.

– Eu não tenho tietes, papi. Não mais.

– Jovens fãs, então. Lembre-se, eu já li sua correspondência...

– Eu não respondo essas cartas, papai.

– Jovens... como é que chamam?... "assistentes editoriais", talvez? Jovens livreiras também, Daniel... Eu já vi você com uma ou duas. Toda essa gente *jovem* do mercado editorial!

– Mulheres jovens são mais fáceis de estar desimpedidas – Danny disse para o pai. – A maioria das mulheres da minha idade ou está casada ou é viúva.

– O que há de errado com as viúvas? – o pai perguntou. (Nesse ponto, os dois tornaram a rir, uma risada mais curta desta vez.)

– Eu não estou buscando um relacionamento fixo – Danny disse.

– Eu sei disso. *Por quê?* – Dominic quis saber. Eles estavam nas extremidades opostas do corredor do segundo andar, na porta de seus respectivos quartos. E falavam alto; sem dúvida o caubói podia ouvir cada palavra.

– Eu também já tive minhas oportunidades, papi.

– Eu só desejo tudo de bom para você, Danny.

– Você tem sido um bom pai, o *melhor* – Danny disse.

– Você também foi um bom pai, Daniel...

– Eu poderia ter sido melhor – Danny interrompeu depressa.

– Eu te amo! – Dominic disse.

– Eu também te amo, papai. Boa-noite – Danny disse; ele entrou no quarto e fechou a porta devagar.

– Boa-noite! – o cozinheiro gritou do corredor. Foi uma bênção tão sincera; é quase concebível que o caubói ficasse tentado a desejar boa-noite a ambos, também. Mas Carl ficou deitado, imóvel, no andar de cima, sem fazer um som.

Será que o subdelegado esperou uma hora depois de ouvi-los escovar os dentes? Provavelmente não. Será que Danny tornou a sonhar com o pinheiro torto pelo vento da ilha de Charlotte em Georgian Bay – especificamente, a visão daquela pequena árvore da cabana que tinha sido seu quarto de escrever na ilha? Provavelmente. Será que o cozinheiro, em suas orações, pediu mais tempo? Talvez não. Naquelas circunstâncias, e conhecendo Dominic Baciagalupo, o cozinheiro não poderia ter pedido muita coisa – isto é, se é que ele rezou. No máximo, Dominic pode ter expressado a esperança de que seu filho solitário "encontrasse alguém" – só isso.

Será que as tábuas do assoalho rangeram com o peso do gordo caubói, quando Carl resolveu agir? Não que eles ouvissem; ou, se Danny ouviu alguma coisa, ele pode ter imaginado alegremente (em sonhos) que Joe tinha chegado do Colorado.

Sem saber se estaria muito escuro na casa à noite, o caubói tinha testado as escadas que desciam do terceiro andar de olhos fechados; ele tinha contado o número de passos no corredor do segundo andar até a porta do quarto do cozinheiro. E Carl sabia onde ficava o interruptor de luz – bem ao lado da porta, perto da frigideira de ferro de oito polegadas.

Na realidade, Danny sempre deixava uma luz acesa – na escada da cozinha para o corredor do segundo andar, então o corredor estava bem iluminado. O caubói, caminhando devagarzinho de meias, foi até o quarto do cozinheiro e abriu a porta.

– Surpresa, Cookie! – Carl disse, acendendo a luz. – Está na hora de você morrer.

Talvez Danny tenha ouvido isso, talvez não. Mas o pai se ergueu na cama – piscando os olhos na súbita claridade – e o cozinheiro disse, numa voz *muito* alta:

– Por que você demorou tanto, seu imbecil? Você deve ser mais burro do que cocô de cachorro, caubói, como Jane sempre dizia. – (Sem dúvida, Danny ouviu isso.)

– Você é um merdinha, Cookie! – Carl gritou. Danny ouviu isso também; ele já estava ajoelhado no chão, tirando a Winchester de dentro do estojo aberto debaixo da sua cama.

– Mais burro do que cocô de cachorro, caubói! – seu pai estava gritando.

– Eu não sou burro, Cookie! *Você* é que vai morrer! – Carl estava berrando; ele não ouviu Danny soltar o pino de segurança, nem ouviu o escritor correndo descalço pelo corredor. O caubói ergueu o Colt 45 e atirou no coração do cozinheiro. Dominic Baciagalupo caiu contra a cabeceira da cama; ele morreu instantaneamente, sobre os travesseiros. Não houve tempo para o subdelegado entender o sorriso estranho do cozinheiro, que esticou a cicatriz branca que ele tinha no lábio inferior, e só Danny entendeu o que seu pai tinha dito antes de morrer.

"*She bu de.*" Dominic conseguiu dizer, como Ah Gou e Xiao Dee ensinaram a ele – o *she bu de* que significa "Eu não tenho coragem de me separar de você".

A expressão chinesa, evidentemente, não fez nenhum sentido para Carl, que, ao se virar para enfrentar o homem nu na porta, deve ter entendido por que o cozinheiro tinha morrido sorrindo. Não só Dominic sabia que aquela gritaria toda ia salvar seu filho; o cozinheiro também sabia que seu amigo Ketchum dera a Daniel uma arma melhor do que a frigideira de ferro de oito polegadas. E talvez tenha havido um lampejo de reconhecimento nos olhos do caubói, quando ele viu que Danny já o tinha na mira da infantil e maléfica Winchester de Ketchum.

O cano longo do Colt 45 de Carl ainda estava apontado para o chão quando o primeiro cartucho de chumbo grosso da espingarda calibre 20 arrancou metade da garganta dele; o caubói foi atirado para trás, em cima da mesinha de cabeceira, onde a lâmpada do abajur explodiu entre suas clavículas. O segundo tiro de chumbo grosso de Danny arrancou o que restava da garganta do caubói. O cartucho de matar cervo, o chamado tiro de misericórdia, não era realmente necessário, mas Danny – agora à queima-roupa – deu o terceiro e último tiro no pescoço de Carl, como se a ferida aberta fosse um ímã.

Se era verdade o que Ketchum dizia – isto é, se ele estivesse sendo literal ao descrever o modo como os lobos matavam suas presas –, estes três tiros da Ranger calibre 20 não eram exatamente como deviam ser os beijos de lobos? Eles não eram, realmente, nada bonitos?

Ainda nu, Danny desceu. Ele chamou a polícia do telefone da cozinha, dizendo que iria deixar a porta da frente destrancada para eles entrarem, e que eles o encontrariam no segundo andar, com seu pai. Depois de ter destrancado a porta, ele subiu para o seu quarto e vestiu um velho conjunto de moletom. Danny pensou em ligar para Ketchum, mas era tarde e não havia razão para ter pressa. Quando ele tornou a entrar no quarto do pai, não havia como não reparar nos beijos de lobos que tinham arrebentado a garganta do caubói, deixando-o como algo borrifado de uma mangueira – mas Danny só lamentou brevemente a sujeira que tinha feito para Lupita. O tapete encharcado de sangue, as paredes sujas de sangue, as fotografias ensanguentadas no quadro de avisos acima da mesinha de cabeceira quebrada, Danny não tinha dúvida de que Lupita daria um jeito naquilo. Ele sabia que uma coisa pior tinha acontecido com ela: ela havia perdido um filho.

Ketchum estava certo quanto ao vinho tinto, o escritor pensou, ao se sentar na cama ao lado do pai. Se só tivesse bebido cerveja, Danny achou que talvez tivesse ouvido o caubói alguns segundos antes; Danny talvez tivesse conseguido abrir fogo com a espingarda antes de Carl puxar o gatilho.

– Não se culpe por causa disso, Danny – Ketchum diria a ele mais tarde. – Foi a mim que o caubói seguiu. Eu devia ter previsto isso.

– *Você* não deve se culpar por isso, Ketchum – Danny diria ao velho lenhador, mas é claro que Ketchum iria se culpar.

Quando a polícia chegou, as luzes das casas vizinhas estavam todas acesas e um monte de cachorros latiam; normalmente, naquela hora da noite, Rosedale era muito silenciosa. A maioria dos vizinhos daquele tiroteio nunca tinham ouvido tiros tão altos e assustadores como aqueles – alguns cachorros latiram até o dia clarear. Mas quando a polícia chegou, encontrou Danny embalando calmamente a cabeça do pai em seu colo, os dois recostados nos travesseiros encharcados de sangue na cabeceira da cama. No seu relatório, o jovem detetive de homicídios diria que o famoso escritor estava esperando por eles no segundo andar da casa – exatamente onde tinha dito que estaria – e que o escritor parecia estar cantando, ou talvez recitando um poema, para seu pai assassinado.

"*She bu de*", Danny repetia no ouvido do pai. Nem o cozinheiro nem o filho jamais souberam se a tradução do mandarim feita por Ah Gou e Xiao Dee era correta – isto é, se *she bu de* significava literalmente "Eu não tenho coragem de me separar de você" –, mas o que importava, na verdade? "Eu não tenho coragem de me separar de você" era o que escritor *achava* que estava dizendo para o pai, que tinha mantido o filho a salvo do caubói durante quarenta e sete anos; já fazia tanto tempo assim que eles tinham partido de Twisted River? Então, finalmente – agora que a polícia estava lá – Danny começou a chorar. Ele estava começando a relaxar. Uma ambulância e dois carros da polícia estavam estacionados em frente à casa na Cluny Drive, com as luzes piscando. O primeiro policial a entrar no quarto do cozinheiro percebeu que a história contada pelo telefone era rudimentar: Tinha havido uma invasão, e o invasor, armado, tinha atirado e matado o pai do famoso escritor; então Danny tinha atirado e matado o invasor. Mas com certeza havia mais coisa nessa história, o jovem detetive da homicídios pensou. O detetive tinha o maior respeito pelo Sr. Angel, e, naquelas circunstâncias, queria dar ao escritor todo o tempo de que ele precisasse para se recompor. No entanto, o estrago causado pela espingarda – repetidamente, e tão à queima-roupa – fora tão excessivo que o detetive deve ter percebido que aquela invasão e assassinato, e a retaliação do famoso escritor, tinham uma história substancial.

– Sr. Angel? – o jovem detetive disse. – Se o senhor puder, eu gostaria que me contasse como isto aconteceu.

O que tornava diferentes as lágrimas de Danny era que ele estava chorando como se fosse um menino de doze anos – com se Carl tivesse matado o pai naquela última noite em Twisted River. Danny não podia falar, mas ele conseguiu apontar para alguma coisa que estava perto da porta do quarto do pai.

O jovem detetive não entendeu.

– Sim, eu sei, o senhor estava parado na porta quando atirou – o policial disse. – Pelo menos quando deu o primeiro tiro. Depois o senhor entrou no quarto, não foi?

Danny estava sacudindo a cabeça com força. Outro jovem policial tinha notado a frigideira de ferro de oito polegadas pendurada ao lado da porta do quarto – um lugar fora do comum para um frigideira – e ele bateu no fundo da frigideira com o indicador.

– Sim! – Danny conseguiu dizer, entre soluços.
– Traga esta frigideira para cá – o detetive disse.

Embora não soltasse o pai – Danny continuava embalando a cabeça do cozinheiro em seu colo –, ele estendeu a mão direita para a frigideira de ferro de oito polegadas, e quando seus dedos se fecharam em volta do cabo, seu choro se acalmou. O jovem detetive esperou; ele viu que não havia como apressar aquela história.

Levantando a frigideira na mão direita, Danny em seguida a colocou sobre a cama.

– Eu vou começar com a frigideira de ferro de oito polegadas – o escritor por fim disse, como se tivesse uma longa história para contar, uma história que ele conhecia muito bem.

V
COOS COUNTY, NEW HAMPSHIRE, 2001

14
A mão esquerda de Ketchum

Ketchum estava caçando ursos, ele tinha dirigido seu caminhão para Wilson Mills, Maine, e ele e Herói tinham levado o Suzuki ATV de volta para New Hampshire – atravessando a fronteira mais ou menos paralelo a Half Mile Falls no rio Dead Diamond, onde Ketchum pegou um grande urso preto. Sua arma preferida para caçar urso era o rifle leve, de cano curto, uma Remington .30-06 Springfield, uma carabina, o que Ketchum chamava de "minha velha e confiável babaca de repetição". (O modelo não era mais fabricado desde 1940.)

Ketchum teve certa dificuldade em trazer o urso de volta pela fronteira, apesar do veículo apropriado para qualquer terreno. "Vamos dizer que Herói teve que andar a pé por uma distância considerável", Ketchum diria a Danny. Quando Ketchum falou "andar" isto provavelmente significava que o cachorro teve que *correr* o tempo todo. Mas era o primeiro fim de semana da temporada de caça ao urso em que cães eram permitidos; aquele belo animal estava excitado o suficiente para correr satisfeito atrás da ATV de Ketchum. De todo modo, contando com Ketchum e o urso morto, não tinha lugar no Suzuki para Herói.

"Talvez já esteja escuro na segunda-feira quando eu e Herói chegarmos em casa", Ketchum tinha avisado a Danny. Não haveria como localizar o velho lenhador durante o longo fim de semana; Danny nem tentou. Ketchum tinha aceitado aos poucos o telefone e o fax, mas – aos oitenta e quatro anos – o ex-condutor de toras pelos rios jamais teria um telefone celular. (Não que houvesse muitos celulares nas Grandes Florestas do Norte em 2001.)

Além disso, o voo de Danny de Toronto tinha atrasado; depois que ele pousou em Boston e alugou um carro, a xícara de café que tinha planejado com Paul Polcari e Tony Molinari virou um rápido almoço. Já era de tarde quando Danny e Carmella Del Popolo deixaram o North End. É claro que as estradas estavam em melhor estado do que em 1954, quando o cozinheiro e o filho de doze anos fizeram aquela viagem na direção oposta, mas New Hampshire ainda ficava "a uma boa distância" (como Ketchum diria) do North End de Boston, e foi só no final da tarde que Danny e Carmella passaram pelo Reservatório Pontook e seguiram o curso do Androscoggin ao longo da Rota 16 para Errol.

Quando passaram pelo reservatório, Danny reconheceu a Dummer Pond Road – de quando a estrada era apenas uma estrada de escoamento de madeira –, mas tudo o que ele disse para Carmella, foi: "Nós vamos voltar aqui com Ketchum amanhã."

Carmella concordou com a cabeça; ela apenas olhou pela janela para o Androscoggin. Uns quinze quilômetros depois, ela disse: "Esse rio parece muito poderoso." Danny ficou satisfeito por ela não estar vendo o rio em março ou abril; o Androscoggin era uma torrente na estação da lama.

Ketchum tinha dito a Danny que setembro era a melhor época do ano para eles irem lá – especialmente para Carmella. Havia uma boa chance de tempo bom, as noites ficavam mais frescas, os insetos desapareciam, e era cedo demais para nevar. Mas em Coos, que ficava no extremo norte, as folhas já começavam a mudar de cor no final de agosto. Naquela segunda segunda-feira de setembro, já parecia que eles estavam no outono, e havia uma friagem no ar no final da tarde.

Ketchum tinha se preocupado com a mobilidade de Carmella na floresta. "Eu posso dirigir até bem perto, mas vamos ter que andar um pouco para chegar no lugar certo na margem do rio", Ketchum tinha dito.

Na sua imaginação, Danny podia ver o lugar a que Ketchum se referia – um local elevado, dando para a bacia acima da curva do rio. O que ele não conseguia imaginar era o quanto o lugar ia estar diferente – sem o pavilhão de cozinha, e a cidade de Twisted River inteiramente destruída pelo fogo. Mas Dominic Baciagalupo não tinha desejado que suas cinzas fossem espalhadas no local onde ficava o pavilhão de cozinha, nem perto da cidade; o cozinheiro pediu que suas cinzas fossem jogadas no rio, na bacia onde sua prima mas não prima de verdade Rosie tinha caído sob o gelo quebrado. Era quase exatamente o mesmo lugar em que Angelù Del Popolo tinha caído sob as toras de madeira. Era por isso, é claro, que Carmella tinha vindo; muitos anos atrás (trinta e quatro, se a matemática de Danny estivesse correta), Ketchum tinha convidado Carmella para ir a Twisted River.

– Se, algum dia, você quiser ver o lugar onde seu filho morreu, eu ficaria honrado em mostrá-lo para você – foi o que Ketchum disse a ela. Carmella tinha *desejado muito* ver a bacia do rio onde aconteceu o acidente, mas não as toras de madeira; ela sabia que as toras seriam demais para ela. Só a margem do rio, onde seu querido Gamba e o jovem Dan tinham estado na hora e tinham visto o acidente acontecer, e talvez o lugar exato na água onde seu adorado Angelù tinha desaparecido. Sim, talvez, um dia, ela quisesse ver isso, Carmella tinha pensado.

– Obrigada, Sr. Ketchum – ela tinha dito aquele dia, quando o lenhador e o cozinheiro estavam deixando Boston. – Se algum dia você quiser me ver – Carmella tinha começado a dizer para Dominic.

– Eu sei – o cozinheiro tinha dito, mas ele não conseguiu olhar para ela.

Agora, quando Danny estava levando as cinzas do pai para Twisted River, Ketchum insistira para o escritor levar Carmella com ele. Quando Danny conheceu a mãe de Angel, o menino de doze anos tinha reparado em seus seios grandes, seus quadris grandes, seu sorriso grande – sabendo que só o sorriso de Carmella tinha sido maior do que o de Jane. Agora o escritor sabia que Carmella era pelo menos tão velha quanto Ketchum, ou um pouco mais velha; ela devia ter uns oitenta e cinco anos, Danny supôs. Seu cabelo tinha ficado completamente branco – até suas sobrancelhas estavam brancas, num contraste marcante com a pele cor de azeitona e sua aparentemente ótima saúde. Carmella era toda grande, mas ainda era mais feminina do que Jane jamais tinha sido. E por mais feliz que ela estivesse com seu novo homem – Paul Polcari e Tony Molinari continuavam a insistir que ela estava – ela mantivera o nome Del Popolo, talvez em sinal de respeito por ter perdido tanto o pescador afogado quanto o seu precioso filho único.

Entretanto, na longa viagem para o Norte, ela não tinha lastimado o seu amado Angelù – e fez um único comentário a respeito da morte do cozinheiro. "Eu perdi o meu querido Gamba anos atrás, Secondo, e agora você também o perdeu!", Carmella disse, com lágrimas nos olhos. Mas ela se recompôs rapidamente; durante o resto da viagem, Carmella não deu nenhuma indicação a Danny de que estava até mesmo pensando aonde eles estavam indo, e para quê.

Carmella continuava a se referir a Dominic pelo apelido, Gamba – assim como chamava Danny de Secondo, como se Danny ainda fosse (em seu coração) seu filho substituto; parecia que ela já o tinha perdoado há muito tempo por tê-la espiado na banheira. Ele não podia imaginar fazer isso agora, mas não disse isso; pelo contrário, Danny se desculpou formalmente a Carmella por seu comportamento tantos anos antes.

– Que bobagem, Secondo, acho que eu me senti envaidecida – Carmella disse a ele no carro, com um gesto de sua mão gorducha. – Eu só fiquei preocupada que a visão do meu corpo pudesse ter um efeito prejudicial em você, que você pudesse se sentir para sempre atraído por mulheres gordas e mais velhas.

Danny sentiu que isto poderia ter sido um convite para ele declarar que *não* se sentia (que nunca tinha se sentido) atraído por mulheres assim, embora na verdade – depois de Katie, que era extraordinariamente pequena – muitas das mulheres na vida dele tivessem sido grandes. Pelos padrões da moda feminina contemporânea, Danny achava que até Charlotte – indiscutivelmente o amor da sua vida – poderia ser considerada acima do peso.

Como seu pai, Danny era pequeno, e embora o escritor não respondesse ao comentário de Carmella, ele se viu imaginando que, talvez, ele se sentisse mais à vontade com mulheres maiores do que ele. (Não que espiar Carmella tomando banho numa banheira, ou matar Índia Jane com uma frigideira, tivesse alguma coisa a ver com isso!)

– Eu fico pensando se você está saindo com alguém, quer dizer, alguém especial – Carmella disse, após uma pausa de um quilômetro ou mais.

– Ninguém especial – Danny respondeu.

– Se eu ainda sei contar, você tem quase sessenta anos – Carmella disse a ele. (Danny tinha cinquenta e nove.) – Seu pai sempre quis que você encontrasse a pessoa certa.

– Eu encontrei, mas ela seguiu em frente – Danny disse a ela. Carmella suspirou. Ela havia trazido sua melancolia junto com ela para dentro do carro; o que havia de melancólico em Carmella, junto com sua vaga desaprovação de Danny, tinha viajado com eles desde Boston. Danny tinha detectado essa presença tão fortemente quanto o cheiro insinuante de Carmella – ou um perfume suave, inespecífico ou um cheiro tão naturalmente atraente quanto pão recém-saído do forno.

– Além disso – Danny continuou – meu pai não estava com ninguém em especial, não esteve mais depois de ter a idade que eu tenho hoje. – Depois de uma pausa, enquanto Carmella esperava, Danny acrescentou: – E papai nunca esteve com alguém tão certa para ele quanto você.

Carmella tornou a suspirar, como que para indicar (ambiguamente) tanto o seu prazer quanto o seu desprazer – estava aborrecida porque não conseguiu dirigir a conversa para onde queria. O tema do que havia de *errado* com Danny evidentemente a incomodava. Então Danny esperou pelo que ela iria dizer em seguida; era só uma questão de tempo, ele sabia, até Carmella abordar o assunto mais delicado do que havia de errado com seus *livros*.

* * *

Durante todo o caminho, ele achou a conversa de Carmella chata – aquela hipocrisia senil era deprimente. Ela se perdia no que estava dizendo e culpava Danny por sua confusão; dava a entender que ele não estava prestando atenção suficiente nela, ou que a estava confundindo de propósito. Seu pai, Danny percebeu, era mais lúcido em comparação. Embora Ketchum estivesse ficando cada vez mais surdo, e seu temperamento estivesse ainda mais explosivo – e embora o velho lenhador tivesse quase a mesma idade que Carmella –, Danny instintivamente o perdoava. Afinal de contas, Ketchum sempre fora maluco. O madeireiro não tinha sido mal-humorado e ilógico quando era moço?, Danny pensou.

Neste instante, na luz ofuscante do final da tarde, eles passaram pela pequena placa que dizia TAXIDERMIA ANDROSCOGGIN.

– Minha nossa, "Chifres de alce para vender" – Carmella disse em voz alta, tentando ler mais detalhes da placa. (Ela dizia "Minha nossa" a casa minuto da viagem, Danny pensou, irritado.)

– Quer parar para comprar um animal empalhado? – ele perguntou a ela.

– Desde que seja antes de escurecer! – Carmella respondeu, rindo; ela deu um tapinha afetuoso no joelho dele, e Danny ficou envergonhado por não estar gostando da companhia dela. Ele a amara quando era criança e quando era um rapaz, e não tinha dúvida de que ela o amava, ela, sem dúvida, havia *adorado* o pai dele. Entretanto, Danny a achava cansativa agora, e não queria viajar com ela. Foi Ketchum quem teve a ideia de mostrar a ela onde Angel tinha morrido; Danny percebeu que queria Ketchum só para ele. Ver as cinzas do pai desaparecerem em Twisted River, que era o que o cozinheiro havia desejado, importava mais para Danny do que Ketchum cumprir a promessa dele de levar Carmella até a bacia acima da curva do rio onde seu Angelù desapareceu. Danny se sentiu egoísta por achar Carmella um fardo e uma distração; ele se sentiu indelicado, mas acreditou, pela primeira vez, que Paul Polcari e Tony Molinari não tinham mentido. Carmella devia mesmo ser feliz – com seu novo homem *e* sua nova vida. (Só a felicidade poderia explicar por que ela estava tão chata!)

Mas Carmella não tinha perdido três entes queridos, contando com o cozinheiro – dentre eles o seu único filho? Como é que Danny, que também tinha perdido o único filho, podia *não* considerar Carmella uma alma solidária? Ele a via como uma pessoa "solidária", é claro! Danny só não queria estar na companhia de Carmella – naquele momento, quando a dupla missão de afundar as cinzas do pai e estar com Ketchum já era mais do que suficiente.

– Onde estão? – Carmella perguntou, quando eles estavam entrando em Errol.

– Onde estão o *quê*? – Danny disse. (Eles estavam falando sobre *taxidermia*! Será que ela estava perguntando onde estavam os animais empalhados?)

– Onde estão os restos mortais de Gamba, as cinzas dele? – Carmella perguntou.

– Num recipiente inquebrável, de plástico, não é vidro – Danny respondeu, um tanto evasivamente.

– Na sua bagagem, na mala do carro?

– Sim. – Danny não queria contar a ela sobre o recipiente em si, qual era o seu conteúdo original e outros detalhes. Além disso, eles estavam entrando na cidade, e embora ainda estivesse claro, Danny queria se localizar e dar uma olhada por ali. Assim, seria mais fácil encontrar Ketchum de manhã.

– Eu vejo você bem cedinho na terça-feira – o velho lenhador tinha dito.

– O que é bem cedinho? – Danny perguntou.

– Antes das sete, no máximo – Ketchum disse.

– Antes das oito, se tivermos sorte – Danny disse a ele. Danny desconfiava que Carmella não conseguiria estar de pé e em plena atividade *bem cedinho*, sem mencionar que eles iam passar a noite a alguns quilômetros de distância da cidade. Não havia um lugar decente para eles ficarem em Errol, Ketchum tinha garantido a Danny. O lenhador recomendou um hotel em Dixville Notch.

Pelo que Danny e Carmella puderam ver de Errol, Ketchum tinha razão. Eles pegaram a estrada em direção a Umbagog, passaram por um armazém, que era também uma loja de bebidas; havia uma ponte sobre o Androscoggin do lado leste da cidade, e um corpo de bombeiros logo a oeste da ponte, onde Danny fez a volta. Retornando por dentro da cidade, eles passaram pela escola fundamental de Errol – eles não a tinham notado da primeira vez. Havia também um restaurante chamado Northern Exposure, mas o lugar de aparência mais próspera em Errol era uma loja de artigos esportivos chamada L.L. Cote.

– Vamos dar uma olhada lá dentro – Danny sugeriu a Carmella.

– Desde que seja antes de escurecer! – ela tornou a dizer. Carmella tinha sido um dos primeiros símbolos eróticos da sua vida. Como ela podia ter se tornado uma velha tão repetitiva?, Danny pensou.

Ambos contemplaram a placa na porta da loja de artigos esportivos com apreensão.

POR FAVOR, NÃO ENTREM COM ARMAS DE FOGO CARREGADAS

– Minha nossa – Carmella disse; eles hesitaram, embora brevemente, na porta.

L.L. Cote vendia motoneves e veículos para todos os tipos de terreno; lá dentro havia animais empalhados, de espécies regionais, em quantidade suficiente para sugerir que o taxidermista local vivia ocupado (urso, cervos, linces, raposas, gatos-do-mato, alces, porcos-espinho, gambás – um monte de "bichos", Ketchum teria dito –, além de todos os patos e aves de rapina). Havia mais armas do que qualquer outra coisa; Carmella se encolheu ao ver aquela exposição de armas letais. Uma grande variedade de facas Browning levou Danny a pensar que provavelmente a grande faca Browning de Ketchum fora comprada lá. Havia também uma boa coleção de roupas que eliminavam o odor, o que Danny tentou explicar para Carmella.

– Para que os caçadores não tenham cheiro de gente – Danny disse a ela.

– Minha nossa – Carmella disse.

– Em que posso ajudá-los? – um velho perguntou a eles com um ar desconfiado.

Ele não parecia um vendedor, com aquela faca Browning na cintura e uma aparência corpulenta. Sua barriga caía por cima da fivela do cinto, e sua camisa de flanela vermelha e preta lembrava as que Ketchum costumava usar – apesar do colete de lã de camuflagem do vendedor. (Ketchum não usaria roupa de camuflagem nem morto. "A gente não está numa guerra", o lenhador dizia. "Os bichos não podem atirar de volta.")

– Eu estou precisando de uma informação – Danny disse ao vendedor. – Nós precisamos achar a Lost Nation Road, mas só amanhã de manhã.

– Ela não tem mais esse nome já faz muito tempo – o vendedor disse, ainda mais desconfiado.

– Me disseram que ela fica perto da estrada que vai para a Akers Pond... – Danny começou a dizer, mas o vendedor o interrompeu.

– Fica sim, mas não se chama Lost Nation, quase ninguém a chama assim hoje em dia.

– Então tem um outro nome? – Danny perguntou.

O vendedor olhava para Carmella com cara de poucos amigos. – Ela não tem um nome, só tem uma placa que diz alguma coisa sobre consertos de motor. É a primeira coisa que você vê, assim que sai da Akers Pond Road, não tem como errar – o velho disse, sem nenhum entusiasmo.

– Bem, eu tenho certeza que vou achar – Danny disse a ele. – Obrigado.

– Quem vocês estão procurando? – o vendedor perguntou, ainda olhando para Carmella.

– O Sr. Ketchum – Carmella respondeu.

— *Ketchum* a chamaria de Lost Nation Road! — o vendedor disse enfaticamente, como se isso explicasse tudo o que havia de errado com o nome. — Ketchum está esperando vocês?

— Sim, na verdade ele está, mas só amanhã de manhã — Danny repetiu.

— Eu não faria uma visita a Ketchum se ele *não* estivesse esperando — o vendedor disse. — Não se eu fosse você.

— Mais uma vez obrigado — Danny disse ao velho, segurando o braço de Carmella. Eles estavam tentando sair de L.L. Cote, mas o vendedor os fez parar.

— Só um índio a chamaria de Lost Nation Road — ele disse. — Isso é uma prova!

— É uma prova de *quê*? — Danny perguntou a ele. — Ketchum não é um índio.

— Ah! — o vendedor disse com desdém. — Mestiços são índios!

Danny pôde perceber a indignação de Carmella — quase tão fisicamente quanto ele sentia o peso dela em seu braço. Ele tinha conseguido guiá-la até a porta da loja de artigos esportivos quando o vendedor gritou para eles.

— Aquele cara, o Ketchum, é uma Nação Perdida em si mesmo! — o vendedor gritou. Então, como se tivesse pensado melhor, e com um certo pânico ao pensar melhor, ele acrescentou: — Não contem a ele que eu disse isso.

— Imagino que Ketchum faça compras aqui de vez em quando, não é? — Danny perguntou; ele estava apreciando o momento de medo do velho vendedor.

— O dinheiro dele é tão bom quanto o de qualquer pessoa, não é? — o vendedor disse azedamente.

— Eu vou dizer a ele que você disse isso — Danny disse, conduzindo Carmella para fora da loja.

— O Sr. Ketchum é índio? — ela perguntou a Danny, quando eles voltaram para o carro.

— Eu não sei, talvez em parte — Danny respondeu. — Eu nunca perguntei a ele.

– Minha nossa, eu nunca vi um índio *barbudo* – Carmella disse. – Pelo menos não no cinema.

Eles saíram da cidade e se dirigiram para oeste na Rota 26. Havia algo chamado Errol Cream Barrel & Chuck Wagon, e o que parecia ser um camping com parque para trailers muito bem conservado e limpo chamado Saw Dust Alley. Eles também passaram pela Associação de Motoneve Umbagog. Isso parecia ser tudo o que havia em Errol. Danny não saiu da rodovia na Akers Pond Road, simplesmente memorizou onde era. Ele tinha certeza de que seria fácil encontrar Ketchum no dia seguinte de manhã – com ou sem Lost Nation.

Logo depois, quando estava começando a escurecer, eles passaram por um campo com uma cerca alta. Naturalmente, Carmella leu a placa que havia na cerca em voz alta. "'Favor não perturbar o búfalo.' Ora, minha nossa, quem faria uma coisa dessas?", ela disse, indignada como sempre. Mas eles não viram nenhum búfalo, só a cerca e a placa.

O hotel em Dixville Notch chamava-se The Balsams – um resort para montanhistas e golfistas nos meses quentes de verão, Danny imaginou. (No inverno, para esquiadores.) Era grande e estava quase vazio numa segunda-feira à noite. Danny e Carmella estavam praticamente sozinhos na sala de jantar, onde Carmella suspirou profundamente depois de pedir o jantar. Ela tomou uma taça de vinho tinto. Danny tomou uma cerveja. Ele tinha parado de tomar vinho tinto depois da morte do pai, embora Ketchum implicasse o tempo todo com ele por causa desta decisão de só tomar cerveja.

– Você não precisa largar o vinho tinto *agora*! – Ketchum tinha gritado com ele.

– Eu não ligo se não conseguir mais dormir – Danny disse ao velho lenhador.

Agora Carmella, depois de suspirar, pareceu estar prendendo a respiração antes de começar.

– Acho que nem preciso dizer que li todos os seus livros, mais de uma vez.

– É mesmo? – Danny disse, fingindo não saber aonde aquela conversa iria levar.

– É *claro* que sim! – Carmella exclamou. Para alguém que é tão feliz, por que será que ela está zangada comigo?, Danny pensou. – Eah, Secondo, seu pai tinha tanto *orgulho* de você, por ser um escritor famoso e tudo mais.

Foi a vez de Danny suspirar; ele prendeu a respiração por apenas um ou dois segundos.

– E *você*? – ele perguntou a ela, não tão inocentemente desta vez.

– É só que as suas histórias e às vezes os próprios personagens são tão... qual é mesmo a palavra para isso?... *repulsivos* – Carmella disse, mas ela deve ter visto algo no rosto de Danny que a fez parar.

– Entendo. – Danny deve ter olhado para ela como se ela fosse outra repórter, uma jornalista que não tivesse feito seu dever de casa, e o que quer que Carmella *realmente* achasse dos seus livros, de repente não valia mais a pena ela dizer a ele, ao seu querido Secondo, seu filho substituto, pois o mundo não o havia machucado tanto quanto havia machucado a ela?

– Conte-me o que está escrevendo agora, Secondo! – Carmella exclamou de repente, sorrindo carinhosamente para ele. – Você está dando um intervalo grande entre um livro e outro, de novo, não é? Conte-me o que está fazendo. Eu estou *louca* para saber o que vem por aí!

Passado algum tempo, depois que Carmella foi se deitar, alguns homens viam um programa de futebol na TV do bar, mas Danny já tinha ido para o seu quarto, onde deixou a televisão apagada. Ele também deixou as cortinas abertas, confiando em seu sono leve – sabendo que a luz do amanhecer iria acordá-lo. Ele só estava um pouco preocupado em tirar Carmella da cama de manhã; Danny sabia que Ketchum esperaria se eles se atrasassem. O abajur da mesinha de cabeceira estava aceso, Danny estava deitado na cama e ali na mesinha estava também a "urna" com as cinzas do seu pai. Aquela seria a última noite de Danny com as cinzas do cozinheiro, e ele ficou ali deitado olhando para elas – como se fossem de repente falar, ou dar a ele algum outro sinal dos últimos desejos do pai.

"Bem, papi, eu sei que você *disse* que era isto o que queria, mas espero que não tenha mudado de ideia", Danny falou alto no quarto de hotel. As cinzas estavam no que antes fora um frasco de Amos' New York Steak Spice – os ingredientes listados eram sal, pimenta, ervas e condimentos –, e o cozinheiro deve tê-lo comprado no seu mercado de carnes favorito nos arredores de Toronto, porque Olliffe era o nome escrito no rótulo.

Danny tinha se livrado da maior parte do conteúdo, mas não de tudo; depois que ele pôs as cinzas do pai lá dentro, havia espaço para colocar de volta algumas ervas e condimentos, e Danny assim o fez. Se alguém tivesse lhe perguntado alguma coisa sobre o recipiente na alfândega dos Estados Unidos – se tivessem aberto o frasco para cheirar – ele cheiraria a tempero de carne. (Talvez a pimenta tivesse feito o funcionário da alfândega espirrar!)

Mas Danny tinha passado com as cinzas do cozinheiro pela alfândega sem nenhum problema. Ele se sentou na cama e abriu o frasco, cheirando com cuidado o conteúdo. Sabendo o que havia no recipiente, Danny não gostaria de usá-lo num bife, mas ele ainda cheirava a pimenta, ervas e condimentos – não parecia conter cinzas humanas. Como calhava bem a um cozinheiro que seus restos mortais tivessem sido guardados num frasco de tempero de carne!

Dominic Baciagalupo, seu filho escritor pensou, iria achar muita graça nisso.

Danny apagou a luz do abajur da mesinha de cabeceira e se deitou na cama no escuro. "Última chance, papi", ele murmurou no quarto silencioso. "Se você não tiver nada mais a dizer, nós vamos voltar para Twisted River." Mas as cinzas temperadas do cozinheiro mantiveram-se em silêncio.

* * *

Danny Angel uma vez deu um intervalo de onze anos entre um romance e outro – entre *East of Bangor* e *Baby in the Road*. Mais uma vez, uma morte na família iria atrasá-lo, embora Carmella estivesse errada quando sugeriu que o escritor estava mais uma vez "levando muito tempo entre um livro e outro". Só fazia seis anos que seu livro mais recente havia sido publicado.

Como tinha acontecido com Joe, depois que o cozinheiro foi assassinado, o romance que Danny estava escrevendo de repente pareceu irrelevante para ele. Mas desta vez ele não tinha pensado em revisar o livro – ele simplesmente o jogou fora, página por página. E tinha começado um romance novo e completamente diferente, quase de imediato. O novo livro nasceu daqueles meses em que o que restava de sua privacidade lhe fora arrancado; o livro em si era como uma paisagem liberada súbita e violentamente de um fog.

– A publicidade foi horrível – Carmella disse sem rodeios, durante o jantar. Mas desta vez, Danny tinha esperado a publicidade. Afinal de contas, o pai de um escritor famoso fora assassinado, e o próprio escritor matara o assassino, em legítima defesa, sem dúvida alguma. E mais, Danny Angel e o pai estavam fugindo havia quase quarenta e sete anos. O famoso escritor trocara os Estados Unidos pelo Canadá, mas *não* por razões políticas, como, aliás, Danny sempre dissera, sem revelar as reais circunstâncias. Ele e o pai estavam fugindo de um ex-tira maluco!

Naturalmente, na mídia americana, houve quem dissesse que o cozinheiro e o filho deveriam ter procurado a polícia na mesma hora. Será que eles não percebiam que Carl *era* a polícia? É claro que a imprensa canadense ficou indignada com a "violência americana" que havia seguido o famoso autor e seu pai até o outro lado da fronteira. Em retrospecto, isto era realmente uma referência às armas em si – tanto ao absurdo Colt 45 do caubói quanto ao presente de Natal de Ketchum para Danny, a Winchester calibre 20 que estraçalhara a garganta do subdelegado. E no Cana-

dá, houve muito falatório sobre a posse ilegal da espingarda por parte do escritor. No final, Danny não foi acusado. A Ranger calibre 20 de Ketchum foi confiscada – só isso.
– A espingarda salvou sua vida! – Ketchum tinha berrado para Danny. – E foi um *presente*, pelo amor de Deus! *Quem* a confiscou? Eu vou acabar com ele!
– Deixa pra lá, Ketchum – Danny disse. – Eu não preciso mais de uma espingarda.
– Você tem fãs, e o oposto disso, sei lá como chamam – o velho lenhador respondeu. – Alguns *animais* dentre eles, eu aposto.

A pergunta que mais faziam a Danny, tanto os jornalistas canadenses quanto os americanos, era: "Você vai escrever sobre isso?"

Ele tinha aprendido a responder secamente a esta pergunta tantas vezes repetida. "Não agora", Danny sempre dizia.

– Mas você *vai* escrever sobre isso? – Carmella tinha perguntado de novo a ele, durante o jantar.

Em vez de responder, ele falou sobre o livro que estava escrevendo. Ele estava indo bem. Na verdade, ele estava escrevendo como o vento – as palavras não paravam de sair. Seria outro livro grande, mas Danny achava que não ia demorar muito para escrevê-lo. Ele não sabia por que o livro estava saindo com tanta facilidade; desde a primeira frase que a história tinha fluído. Ele repetiu a primeira frase do livro para Carmella. (Mais tarde, Danny iria perceber que tinha sido um tolo por fazer isso – por querer impressioná-la!) "No restaurante fechado, depois do expediente, o filho do cozinheiro morto – o único sobrevivente da família do mestre – trabalhava na cozinha escura." E deste começo misterioso, Danny tirou o título do romance: *In the After-Hours Restaurant*.

Na opinião do escritor, a reação de Carmella foi tão previsível quanto a conversa dela. "É sobre Gamba?", ela perguntou.

Não, ele tentou explicar; a história era sobre um homem que viveu à sombra do pai famoso, um grande cozinheiro que tinha morrido recentemente e deixado seu único filho (com mais de sessenta anos) uma alma perdida e furtiva. Na opinião do resto do mundo, o filho parecia um pouco retardado. Ele viveu a vida toda com o pai; trabalhou como assistente do pai no restaurante que o respeitado cozinheiro tornou famoso. Agora sozinho, o filho nunca pagou suas próprias contas antes; ele nunca comprou as próprias roupas. Embora o restaurante continue a empregá-lo, talvez em sinal de luto pela perda do cozinheiro, o filho é um desastre como assistente do chef sem o pai para orientá-lo. Em pouco tempo o restaurante será obrigado a despedi-lo ou a rebaixá-lo a lavador de pratos.

O que o filho descobre, no entanto, é que ele pode "contatar" o espírito do cozinheiro morto preparando uma refeição durante a noite na cozinha – mas só depois que o restaurante já fechou. Lá, muito depois do expediente, o filho trabalha em segredo para aprender as receitas do pai – tudo o que o assistente não conseguiu aprender com o pai quando o grande cozinheiro estava vivo. E quando o assistente do chef domina uma receita de modo a contentar o pai, o espírito do cozinheiro morto aconselha o filho a respeito de questões mais práticas – onde comprar suas roupas, quais as contas que deve pagar primeiro, quantas vezes e por quem o carro deve ser revisado. (Ele logo percebe que o fantasma do seu pai esqueceu algumas coisas – como o fato de que o filho meio retardado nunca aprendeu a dirigir um carro.)

– Gamba é um *fantasma*?! – Carmella exclamou.

– Acho que deveria ter colocado no título a palavra *retardado* – Danny disse sarcasticamente. – Mas depois vi que *restaurante* ficaria melhor.

– Secondo, alguém pode achar que é um livro de receitas – Carmella avisou a ele.

Bem, o que ele podia dizer? Por certo ninguém iria achar que um romance novo de Danny Angel era um livro de receitas! Danny parou de falar sobre a história; para aplacar Carmella, ele contou a ela como era a dedicatória. "Ao meu pai, Dominic Baciagalupo – *in memoriam*." Esta ia ser sua segunda dedicatória ao pai, aumentando o número de dedicatórias *"in memoriam"* para quatro. Previsivelmente, Carmella começou a chorar. Havia uma certa segurança, um espécie de consolo, nas lágrimas dela; Carmella parecia quase contente quando estava chorando, ou pelo menos a desaprovação dela em relação a Danny parecia diminuir um pouco com seu sofrimento.

Deitado na cama, acordado, com pouca esperança de conseguir dormir, Danny imaginou por que tinha tentado com tanto afinco fazer Carmella entender o que ele estava escrevendo. Por que ele tinha se incomodado em tentar? Tudo bem, ela havia *perguntado* sobre o que ele estava escrevendo – disse até que estava *louca* para saber como seria o próximo romance! Mas ele sempre foi um contador de histórias; Danny sempre sabia mudar de assunto.

Enquanto caía num sono muito leve, Danny imaginou o filho (o inseguro assistente do chef) na cozinha do restaurante fechado, onde o fantasma do pai lhe ensinava. Igual a Ketchum antes de o lenhador aprender a ler, o filho faz listas de palavras que está tentando identificar e memorizar; esta noite, o filho está obcecado com massas. "*Orecchiette*", ele escreve, significa "orelhinhas". Elas são pequenas e em forma de disco. Aos poucos, o assistente do chef está se tornando um cozinheiro – se não for tarde demais, se o restaurante do seu falecido pai puder lhe dar mais tempo para aprender! "*Farfalle*", o filho meio retardado escreve, significa "borboletas", mas meu pai também as chamava de gravatas-borboleta.

Meio dormindo, Danny foi para o capítulo em que o fantasma do cozinheiro fala em particular com o filho. "Eu queria tanto que você estivesse casado, com filhos. Você seria um pai maravilhoso! Mas você gosta de um tipo de mulher que..."

Que *o quê?*, Danny pensou. Uma nova garçonete tinha sido adicionada à equipe do restaurante mal-assombrado; ela é precisamente "o tipo de mulher" a respeito do qual o fantasma do cozinheiro está tentando alertar o filho. Mas o escritor finalmente adormece; só então a história é interrompida.

* * *

A investigação policial sobre o tiroteio duplo em Toronto tinha terminado; até os imbecis mais detestáveis da mídia tinham finalmente desistido. Afinal de contas, o banho de sangue havia ocorrido quase nove meses atrás – menos do que a duração de uma gravidez. Só a correspondência de Danny continuava a discutir o assunto – as cartas de "solidariedade" e o que quer que fosse o seu oposto.

A correspondência sobre o assassinato do cozinheiro e a subsequente morte a tiros do seu assassino persistiu – condolências, principalmente, embora nem todas as cartas fossem amáveis. Danny leu cada palavra delas, mas ainda não tinha recebido a carta que estava esperando – e nem tinha realmente esperanças de tornar a ter notícias de Lady Sky. Isto não impediu Danny de sonhar com ela – aquela faixa vertical de pelos pubianos cor de morango, a cicatriz branca da cesariana, as histórias imaginadas de suas tatuagens sem explicação. O pequeno Joe dera a ela um nome de super-herói, mas Lady Sky foi uma guerreira de verdade – ou, numa vida pregressa, tinha sido uma? Danny só podia imaginar que a vida de Amy tinha sido diferente. Não é preciso ter acontecido alguma coisa com você *antes* de você saltar nua de uma avião? E *depois* de pular, o que mais pode acontecer com você?, Danny se perguntava.

O fato de Amy ter escrito para ele uma vez, depois da morte de Joe, e o fato de ela também ter perdido um filho – bem, essa era uma das conexões perdidas da vida, não era? Como ele não respondeu a carta dela, por que ela escreveria de novo para ele? Mas Danny lia a sua correspondência, toda ela – sem responder uma só carta –, na esperança cada vez menor de ter notícias de Amy. Danny nem ao menos sabia por que *queria* ter notícias dela, mas não conseguia esquecê-la.

"Se algum dia você estiver em perigo, eu voltarei", Lady Sky tinha dito ao pequeno Joe, beijando a testa do seu filho de dois anos. "Enquanto isso, tome conta do seu pai." É nisso que dá acreditar nas promessas de anjos que caem nus do céu, embora – para ser justo – Amy tenha dito a eles que ela só era um anjo "às vezes". Na realidade, nos sonhos de Danny, nem sempre a Lady Sky aparecia como um anjo – obviamente *não* naquela noite de nevasca em que Joe e a moça que estava chupando seu pau cruzaram com o Mustang azul no desfiladeiro.

Eu gostaria de tornar a vê-la, Amy, Danny Angel disse em voz alta, no meio do seu sono leve, mas não havia ninguém para escutá-lo no escuro – só as cinzas silenciosas do seu pai. Evidentemente, no drama encenado aquela noite naquele quarto de hotel, as cinzas do cozinheiro – descansando no frasco de temperos de carne – tinham feito um papel sem fala.

Danny acordou assustado; a luz da manhã pareceu clara demais. Ele achou que estava atrasado para o seu encontro com Ketchum, mas não estava. Danny ligou para o quarto de Carmella. Ficou surpreso ao ver que ela parecia bem desperta, como se estivesse esperando a ligação dele. "A banheira é muito pequena, Secondo, mas eu dei um jeito", Carmella disse a ele. Ela estava esperando por ele no amplo e quase vazio salão de refeições quando ele desceu para tomar café.

Ketchum tinha razão ao dizer que setembro era a melhor época para uma visita; ia fazer um dia lindo no Nordeste dos Estados Unidos. Quando Danny e Carmella saíram do Balsams, de manhã cedinho, o sol estava brilhando, o céu de um azul vibrante e sem nuvens. Algumas folhas de bordo pontilhavam a Akers Pond Road de vermelho e amarelo. Danny e Carmella comunicaram à recepção do hotel que eles ficariam uma segunda noite em Dixville Notch.

– Talvez o Sr. Ketchum possa vir jantar conosco esta noite – Carmella disse a Danny no carro.

– Talvez – Danny respondeu; ele duvidava que o Balsams fosse exatamente o tipo de lugar que Ketchum gostava. O hotel era exageradamente grande, um ambiente talvez propício para convenções; Ketchum não era do tipo que frequentava convenções.

Eles logo chegaram na placa que dizia PEQUENOS CONSERTOS DE MOTORES, com uma seta apontando para uma inócua rua de terra. "Eu fico no final da rua," era tudo o que Ketchum tinha dito a Danny, embora não houvesse nenhuma placa dizendo que aquela rua era sem saída. Em seguida veio uma placa que dizia (com o mesmo tipo de letra) CUIDADO COM O CACHORRO. Mas não havia nenhum cachorro – e nem casas ou carros. Talvez a placa os estivesse preparando para uma eventualidade – a saber, se eles continuassem em frente, com certeza encontrariam uma cachorro, mas aí seria tarde demais para avisá-los.

– Acho que eu conheço o cachorro – Danny disse, principalmente para tranquilizar Carmella. – O nome dele é Herói, e ele não é um cachorro de todo mau, não que eu visse.

A rua continuava, e ia ficando cada vez mais estreita – até estar estreita demais para fazer o retorno. É claro que podia ser a rua errada, Danny pensou. Talvez ainda houvesse uma Lost Nation Road, e o maluco do vendedor da loja de artigos esportivos os tivesse enganado de propósito; ele tinha sido hostil em relação a Ketchum, mas o velho lenhador sempre provocara hostilidade até nas pessoas aparentemente mais normais.

– Está parecendo que não tem saída – Carmella disse; ela pôs as mãos gorduchas no painel, como que para se proteger de uma colisão iminente. Mas a rua terminava numa clareira, que poderia ser confundida com um depósito de lixo, ou talvez fosse um cemitério de caminhões e trailers. Muitos dos caminhões tinham sido depenados. Havia diversas construções espalhadas pelo terreno; um barracão dilapidado pelo tempo tinha a aparência de uma cabana de madeira para defumação, de onde saía tanta fumaça pelas fendas entre as toras de madeira que a cabana toda parecia prestes a pegar fogo. Um coluna de fumaça menor e mais concentrada saía de um cano no alto de um trailer, um antigo *wanigan*, Danny reconheceu. Provavelmente, havia um fogão a lenha no *wanigan*.

Danny desligou o motor do carro e prestou atenção para ver se ouvia o cachorro. (Ele tinha esquecido que Herói não latia.)

Carmella abriu o vidro do carro. "O Sr. Ketchum deve estar cozinhando alguma coisa", ela disse, farejando o ar. Pela pele de urso, bem esticada numa corda estendida entre dois trailers, Danny presumiu que o urso sem pele estivesse no defumadouro – não exatamente "cozinhando".

"Um cara que eu conheço corta o meu urso para mim, se eu der um pouco da carne para ele", Ketchum tinha dito a Danny, "mas, especialmente no tempo quente, eu sempre defumo os ursos primeiro." Pelo aroma no ar, era sem dúvida um urso que estava sendo defumado, Danny pensou. Ele abriu a porta do lado do motorista com cautela – de olho em Herói, supondo que o cão de caça poderia achar que seu papel era tomar conta do urso que estava sendo defumado. Mas nenhum cachorro saiu de um dos barracões, nem de trás das diversas pilhas de detritos.

– Ketchum! – Danny chamou.

– Quem quer saber? – Eles ouviram Ketchum gritar, antes que a porta do *wanigan* com fumaça saindo da chaminé fosse aberta. Ketchum largou rapidamente o rifle.

– Bem, vocês não estão tão atrasados quanto eu esperava! – ele gritou para eles, de um jeito simpático. – É um prazer tornar a vê-la, Carmella – ele disse a ela, quase galanteador.

– É bom tornar a vê-lo, Sr. Ketchum.

– Entrem, vamos tomar um café – Ketchum disse a eles. – Traga as cinzas do Cookie com você, Danny. Quero ver onde você as guardou.

Carmella também estava curiosa para ver o recipiente. Eles tiveram que passar pela pele de urso de cheiro forte na corda antes de entrar no *wanigan*, e Carmella desviou os olhos da cabeça decepada do urso; ela ainda estava presa no pelo, mas estava pendurada com o nariz para baixo, quase tocando o chão, e uma mancha brilhante de sangue tinha borbulhado e coagulado. Onde o sangue tinha pingado das narinas do urso, parecia que havia um enfeite de Natal preso no nariz do animal morto.

– "Amos' New York Steak Spice" – Ketchum leu alto orgulhosamente, segurando o frasco numa das mãos. – Bem, foi uma bela escolha. Se você não se importar, Danny, eu vou colocar as cinzas num jarro de vidro, você vai ver por que quando chegarmos lá.

— Não, eu não me importo — Danny disse. Ele ficou, de fato, aliviado; ele estava pensando que gostaria de guardar o recipiente de plástico de tempero de carne.

Ketchum tinha feito café do jeito que os antigos faziam nos *wanigans*. Ele tinha posto cascas de ovo, água e café moído numa panela e a tinha colocado para ferver no fogão. Supostamente, as cascas de ovo atraíam os grãos de café; você podia despejar o café na xícara do canto da panela, e a maior parte dos grãos ficava na panela junto com as cascas de ovo. O cozinheiro tinha ridicularizado este método, mas Ketchum ainda fazia café assim. O café era forte e ele o servia com açúcar, quer você quisesse açúcar ou não — forte e doce, e com um pouco de sedimento, "como café turco", Carmella comentou.

Ela estava tentando não examinar o *wanigan*, mas a incrível bagunça (embora bem organizada) era tentadora demais. Danny, sempre o escritor, preferiu imaginar onde a máquina de fax estava do que que vê-la. Entretanto, ele não pôde deixar de notar que o interior do *wanigan* era basicamente uma grande cozinha, onde havia uma cama, na qual Ketchum (presumivelmente) dormia — cercada por armas, arcos e flechas, e uma coleção de facas. Danny supôs que devia haver um esconderijo suplementar de armas que ele não podia ver, pelo menos uma ou duas espingardas, pois o *wanigan* tinha sido equipado como um arsenal — como se Ketchum vivesse na expectativa de um dia ser atacado.

Quase perdido no meio dos rifles e espingardas, onde o Walker Bluetick de caçar urso devia se sentir em casa, havia uma cama de cachorro de lona cheia de pedacinhos de cedro. Carmella engasgou quando viu Herói deitado na cama de cachorro, embora as feridas do cachorro fossem mais feias do que graves. Seu flanco malhado de branco e cinza-azulado tinha sido arranhado pelas garras do urso. O sangramento tinha parado, e os cortes no quadril de Herói tinham criado casca, mas o cachorro havia sangrado na cama durante a noite; ele parecia estar sentindo muita dor.

– Eu não percebi que Herói tinha perdido metade de uma orelha – Ketchum disse a eles. – Havia tanto sangue ontem, eu achei que a orelha ainda estivesse inteira. Foi só quando a orelha parou de sangrar um pouco que eu pude ver que metade estava faltando.

– Minha nossa – Carmella começou a dizer.

– Você não devia levá-lo a um veterinário? – Danny perguntou.

– Herói não gosta do veterinário – Ketchum disse. – Nós vamos levar Herói para a casa de Six-Pack quando formos para o rio. Pam tem uma pomada que é boa para arranhões de urso, e eu tenho um antibiótico para a orelha, para curar o que restou dela. Isso não está bom para você, Herói? – Ketchum perguntou ao cachorro. – Eu disse que você estava muito na minha frente! O idiota do cachorro alcançou o urso antes que eu tivesse como atirar nele! – Ketchum explicou para Carmella.

– Pobre criatura – foi só o que ela conseguiu dizer.

– Ah, ele vai ficar bom, eu só vou dar um pouco de carne de urso para ele! – Ketchum disse a ela. – Vamos indo – ele falou para Danny, tirando a Remington .30-06 Springfield de um gancho na parede; ele descansou a espingarda sobre o braço e se dirigiu para a porta do *wanigan*. – Vamos, Herói – ele disse para o cachorro, que se levantou com dificuldade da cama e foi mancando atrás dele.

– Para que a arma? Parece que você já pegou o seu urso – Danny disse.

– Você vai ver – Ketchum disse a ele.

– O senhor não vai atirar em nada, vai, Sr. Ketchum? – Carmella perguntou a ele.

– Só se tiver algum bicho precisando levar um tiro – Ketchum respondeu. Então, como que para mudar de assunto, Ketchum disse a Danny: – Eu não imagino que você tenha visto um urso esfolado sem a cabeça. Nesse estado, um urso se parece com um

homem. Não uma coisa para *você* ver, eu acho – o lenhador acrescentou rapidamente, virando-se para Carmella.
– Fique! – Ketchum disse de repente para Herói, e o cachorro parou ao lado de Carmella, que também tinha ficado imóvel. No defumadouro, o urso esfolado estava suspenso sobre o buraco da fogueira como se fosse um morcego gigante. Sem cabeça, o urso parecia mesmo um homem grande e corpulento – não que o escritor já tivesse visto um homem esfolado antes.
– Meio que deixa você sem fôlego, não é? – Ketchum disse a Danny, que estava sem fala.
Eles saíram do defumadouro e viram Carmella e o cão de caça, imóveis exatamente no mesmo lugar – como se apenas uma mudança brusca de tempo pudesse ter convencido a mulher e o cachorro a rever suas posições. – Venha, Herói – Ketchum disse, e Carmella seguiu obedientemente o cachorro até o caminhão, como se o velho lenhador também tivesse falado com ela. Ketchum ergueu Herói, colocando o cachorro ferido na traseira da picape.
– Você vai ter que ser paciente com Six-Pack, Danny – Ketchum estava dizendo quando eles entraram na cabine do caminhão, Carmella tomando mais espaço do que devia, no meio. – Pam quer dizer uma coisa a vocês dois – Ketchum disse a eles. – Six-Pack não é uma *má* pessoa, e eu desconfio que ela só quer pedir desculpas. Eu tive culpa por não saber ler, lembre-se. Eu nunca culpei Pam por ter contado a Carl o que realmente aconteceu com Jane. Era a única vantagem que Six-Pack tinha sobre o caubói, e ele deve tê-la obrigado a usar o que tinha.
– Eu também nunca culpei Six-Pack – Danny disse a ele; ele tentou ler a expressão de Carmella, que parecia um pouco incomodada, mas ela não disse nada. Havia um cheiro ruim na cabine; talvez o cheiro tivesse incomodado Carmella.
– De qualquer maneira, não vai demorar muito. Six-Pack tem que cuidar de Herói – Ketchum disse a eles. – Herói não tolera os cachorros de Pam quando *não* está machucado. Esta manhã pode ser interessante. – Eles saíram da estrada que anunciava pequenos consertos, embora Danny duvidasse que essa placa fosse

de Ketchum, ou que Ketchum algum dia tivesse consertado motores de outras pessoas; talvez o lenhador apenas consertasse o que era dele, mas Danny não perguntou. O cheiro era fortíssimo; tinha que ser o urso, mas por que o urso tinha estado na cabine?
– Nós encontramos um cara que conhece você, um vendedor do L.L. Cote – Danny disse a Ketchum.
– É mesmo? Ele era um cara legal, ou será que vocês conheceram o único babaca que trabalha lá?
– Acho que foi esse que nós conhecemos, Sr. Ketchum – Carmella disse. O cheiro horrível viajava com eles; sem dúvida alguma o urso tinha estado na cabine.
– Um cara gordo, vestindo roupa de camuflagem, esse babaca?
– Ketchum perguntou.
– Esse mesmo – Danny disse; o cheiro do urso quase o fez vomitar. – Ele parece achar que você é meio índio.
– Bem, eu não sei o que eu sou, ou o que a metade que me falta é, de todo modo! – Ketchum disse zangado. – Eu não me importo de ser meio ou três quartos de índio, para dizer a verdade! Os índios são uma nação perdida, o que também está bom para mim!
– Aquele cara parecia achar que a sua rua não se chama mais Lost Nation Road – Danny disse ao velho lenhador.
– Eu devia esfolar aquele cara e defumá-lo junto com o meu urso! – Ketchum gritou. – Mas quer saber de uma coisa? – ele perguntou a Carmella, quase fazendo charme.
– O quê, Sr. Ketchum? – ela perguntou amedrontada.
– Aquele cara não teria um sabor tão bom quanto um urso! – Ketchum disse às gargalhadas. Eles entraram na Akers Pond Road e se dirigiam para a rodovia. Danny segurava com força o novo recipiente de vidro com as cinzas do pai; o velho frasco, agora vazio, estava preso entre seus pés no chão da cabine. O jarro de vidro era maior; as cinzas do cozinheiro, juntas com as ervas e temperos, só enchiam um terço do jarro. Ele tinha sido antes um jarro de suco de maçã, Danny viu pelo rótulo.
Ketchum dirigiu até aquele camping bem cuidado na Rota 26, pertinho de Errol – o camping de Saw Dust Alley, onde Six-Pack

Pam tinha um trailer. A casa de Six-Pack, que não se movimentava mais, ficava sobre blocos de concreto, e era meio cercada por uma horta – na verdade era uma junção de dois trailers. Um canil mantinha os cachorros fora do jardim, e uma porta grande do tipo que os gatos normalmente usam permitia que os cães de Pam tivessem livre acesso entre o canil e os trailers.

– Eu tentei dizer a Pam que um *cara* adulto poderia entrar por aquela porta de cachorro, embora eu ache que não tem nenhum cara por aqui que tivesse coragem suficiente para fazer isso – Ketchum falou. Herói estava com um ar hostil quando Ketchum o tirou da traseira da picape. – Não cometa nenhuma violência – Ketchum disse ao cachorro.

Danny e Carmella não tinham visto Six-Pack, que estava ajoelhada no jardim. De joelhos, ela era quase da altura de Carmella em pé. Pam se levantou – vacilante e com a ajuda de um ancinho. Só então Danny se lembrou do quanto ela era grande – não gorda, mas de ossos grandes, e quase tão alta quanto Ketchum.

– Como está o seu quadril? – Ketchum perguntou a ela. – Ficar ajoelhada no chão não é a melhor coisa para ele, eu acho.

– Meu quadril está melhor do que o seu pobre cão – Six-Pack disse a ele.

– Vem cá, Herói – ela disse ao cachorro, que foi até junto dela. – Você matou o urso sozinho, ou esse caçador imbecil conseguiu acertar um tiro nele?

– Esse imbecil desse cachorro correu muito na minha frente. Quando Herói chegou perto do urso, eu não estava à distância de tiro! – Ketchum tornou a reclamar.

– O velho Ketchum não é mais tão rápido quanto costumava ser, não é, Herói? – Six-Pack disse ao cachorro.

– Eu matei o maldito urso – Ketchum disse, irritado.

– Não me diga, é claro que matou! – Pam disse. – Se você não tivesse matado o maldito urso, o seu pobre cachorro estaria morto!

– Eu estou dando um antibiótico ao Herói para essa orelha – o lenhador disse para Six-Pack. – Eu achei que você podia passar um pouco daquela coisa grudenta que você tem nas feridas dele.

– Não é uma coisa *grudenta*, é *sulfa*! – Six-Pack disse a ele. Os cachorros no canil eram quase todos uns vira-latas nervosos, embora um deles parecesse ser quase um pastor-alemão puro-sangue. Herói estava de olho nesse, mesmo com uma cerca entre eles.

– Sinto muito pelo que traz você aqui, Danny – Six-Pack Pam disse. – Sinto muito pelo meu papel nisso, mesmo tendo sido há muito tempo – ela acrescentou, desta vez olhando diretamente para Carmella ao falar.

– Tudo bem – Danny disse para Six-Pack. – Acho que não havia como evitar.

– Todo mundo perde alguém – Carmella disse a ela.

– Eu meio que gostei de Cookie um dia – Six-Pack disse, olhando para Danny. – Mas ele não quis nada comigo. Acho que em parte foi isso que me provocou.

– Você teve tesão pelo *Cookie*? – Ketchum perguntou a ela. – Eu devia ter sabido disso antes!

– Eu não estou contando para *você*! Estou contando para *ele*! – Six-Pack disse, apontando para Danny. – Também não estou pedindo desculpas a você – Pam disse para Ketchum.

Ketchum chutou o chão com a bota. – Bem, merda, nós vamos voltar depois para pegar o cachorro, talvez só de tarde – ele disse a Six-Pack.

– Não faz diferença a hora que você vier – Pam disse a ele. – Herói vai ficar muito bem comigo, eu não estou planejando caçar nenhum urso com ele.

– Em breve eu vou trazer um pouco de carne de urso para você – Ketchum falou de cara feia. – Se não quiser, pode dar para os vira-latas. – Ketchum apontou para o canil quando disse a palavra *vira-latas* e os cães de Six-Pack começaram a latir para ele.

– Não é bem típico de você, Ketchum, criar problemas para mim com meus vizinhos? – Pam virou-se para Carmella e Danny. – Vocês acreditam que ele é o único babaca que sempre deixa os meus cachorros loucos de raiva?

– Eu acredito – Danny disse, sorrindo.
– Calem a boca, vocês! – Six-Pack berrou para os cães; eles pararam de latir e se afastaram da cerca, todos menos o pastor-alemão, que continuou com o focinho encostado na tela, encarando Herói, que o encarou de volta.
– Eu manteria esses dois caras separados se fosse você – Ketchum disse para Pam, apontando para o seu cão de caça e para o pastor-alemão.
– Como se eu precisasse que *você* me dissesse isso! – Six Pack disse.
– Merda – o lenhador disse para ela. – Eu vou para o caminhão – Ketchum falou para Danny. – Fique! – ele disse para Herói, sem olhar na direção do cachorro; e mais uma vez, Ketchum conseguiu fazer Carmella transformar-se em pedra.

A velhice não tinha sido bondosa com Six-Pack, que tinha a idade de Ketchum, embora ela ainda fosse uma loura oxigenada de meter medo. Havia uma cicatriz no seu lábio superior – da qual Danny não se lembrava. Provavelmente, a nova cicatriz fora causada pelo caubói, o escritor pensou. (O problema no quadril talvez tivesse sido causado pelo caubói, também.)

Depois que o lenhador se fechou na cabine do caminhão e ligou o rádio, Six-Pack disse a Danny e a Carmella: – Eu ainda amo o Ketchum, embora ele não me perdoe muito. Ele pode ser um completo idiota quando julga você pelos seus erros, ou pelo que você não consegue evitar.

Danny só pôde concordar com a cabeça, e Carmella tinha virado pedra; houve um silêncio momentâneo antes de Pam continuar: – Fale com ele, Danny. Diga a ele para não fazer nada de estúpido consigo mesmo. Com sua mão esquerda, para começar.

– O que há com a mão esquerda de Ketchum? – Danny perguntou.

– Pergunte a Ketchum – Six-Pack disse. – Esse não é o meu assunto favorito. Aquela mão esquerda não foi a que ele usou para tocar em mim! – ela gritou de repente.

O velho lenhador abriu o vidro da janela do motorista do caminhão. – Cala a boca, Six-Pack, e deixe que eles saiam, pelo amor de Deus! – ele gritou; os cachorros de Pam começaram a latir de novo. – Você já pediu desculpas, não foi? – Ketchum perguntou a ela.
– Venha, Herói – Six-Pack disse ao cão de caça. Pam se virou e entrou no trailer, com Herói mancando atrás dela.
Passava um pouco das sete horas da manhã, e quando Danny e Carmella se juntaram a Ketchum no caminhão, os cães de Six-Pack pararam de latir. Havia uma quantidade de lenha na traseira da picape; a madeira estava coberta com uma lona grossa, e Ketchum tinha colocado o rifle debaixo da lona. Qualquer pessoa que seguisse atrás da picape não veria a Remington de repetição, que estava escondida no meio da lenha. Mas não havia como esconder o cheiro de urso da cabine.
Uma canção de Kris Kristofferson dos anos 1970 tocava no rádio. Danny sempre gostara da canção, e do compositor e cantor, mas nem mesmo Kris Kristofferson numa bela manhã poderia distrair o escritor do fedor que havia no caminhão de Ketchum.

This could be our last good night together;
We may never pass this way again.

Quando Ketchum virou o caminhão para o sul na Rota 16, com o Androscoggin agora correndo paralelo a eles no lado do motorista do veículo, Danny se inclinou sobre o colo de Carmella e desligou o rádio.
– Que história é essa que eu ouvi contar sobre a sua mão esquerda? – o escritor perguntou ao velho lenhador. – Você não está pensando ainda em cortá-la fora, está?
– Que merda, Danny – Ketchum disse. – Não há um dia em que eu não pense nisso.
– Minha nossa, Sr. Ketchum – Carmella começou a dizer, mas Danny a interrompeu.

– Por que a mão *esquerda*, Ketchum? – Danny perguntou ao madeireiro. – Você é destro, não é?
– Porra, Danny, eu prometi ao seu pai que jamais contaria a você! – Ketchum disse. – Embora eu desconfie que Cookie deve ter esquecido tudo isso.
Danny segurou as cinzas do cozinheiro com as duas mãos e as sacudiu. – O que você diz, papi? – Danny perguntou às cinzas silenciosas. – Eu não estou ouvindo papai fazer qualquer objeção, Ketchum – Danny disse ao lenhador.
– Que merda, eu prometi à sua *mãe* também! – Ketchum gritou.
Danny se lembrou do que Jane dissera a ele. Na noite em que sua mãe desapareceu sob o gelo, Ketchum tinha apanhado um facão na cozinha. Ele tinha ficado parado ali no meio da cozinha com a mão esquerda sobre uma tábua de carne, segurando o facão com a mão direita. "Não faça isso", Jane tinha dito ao madeireiro, mas Ketchum continuou com os olhos fixos na mão esquerda sobre a tábua de carne – imaginando-a decepada, talvez. Jane deixou Kechum lá; ela precisava cuidar de Danny e do pai dele. Mais tarde, quando Jane voltou para a cozinha, Ketchum tinha ido embora. Jane procurou a mão esquerda do lenhador em toda parte; tinha certeza de que ia encontrá-la em algum lugar. "Eu não queria que seu pai a encontrasse", ela dissera ao jovem Dan.
Às vezes, especialmente quando Ketchum estava bêbado, Danny via o modo como o lenhador fitava sua mão esquerda; era do mesmo jeito que o madeireiro tinha olhado para o gesso no seu pulso direito depois que Angel desapareceu sob as toras de madeira.
Eles viajaram algum tempo em silêncio ao lado do Androscoggin, até que Danny finalmente disse: – Não me importa o que você prometeu ao meu pai ou à minha mãe, Ketchum. O que eu me pergunto é, *se* você odiasse a si mesmo, se você fosse *realmente* castigar a si mesmo, ou se considerar culpado, você não iria cortar fora a sua mão *boa?*

– Minha mão esquerda *é* a minha mão boa! – Ketchum exclamou.

Carmella pigarreou; pode ter sido por causa do fedor horrível de urso. Sem virar a cabeça para olhar para um ou outro, mas falando na direção do painel do caminhão – ou talvez do rádio desligado –, Carmella disse:

– Por favor, conte-nos a história, Sr. Ketchum.

15
Dança de alces

Não foi surpresa para Danny que a história da mão esquerda de Ketchum não fosse contada imediatamente. Quando o caminhão passou pelo Reservatório Pontook – e Danny reparou no escoamento pelos campos ao descerem a Dummer Pond Road – ficou óbvio que Ketchum tinha sua própria agenda. A história revelando a lógica curiosa que havia convencido o velho lenhador a considerar sua mão esquerda como sendo a sua mão "boa" ia ter que esperar. Danny também notou que Ketchum passou pela antiga estrada de escoamento de madeira que ia dar em Twisted River.

– Nós vamos para Paris por algum motivo? – o escritor perguntou.

– West Dummer – Ketchum corrigiu-o – ou o que restou de lá.

– Alguém ainda chama o lugar de West Dummer? – Danny perguntou.

– Eu chamo – Ketchum respondeu.

Atravessando a ponte nova sobre o Phillips Brook, eles seguiram o mesmo caminho que o jovem Dan usava para ir à escola quando Jane o levava de carro. Muito tempo atrás, parecia uma viagem sem fim de Twisted River para Paris; agora o tempo e a estrada passavam voando, mas não o cheiro de urso.

– Não se rasgue por causa disso, Danny, mas a Paris Manufacturing Company School, o prédio da escola, ainda está de pé – Ketchum avisou a ele. – Onde o futuro escritor passou alguns anos de sua formação, apanhando como boi ladrão a maior parte do tempo – o lenhador explicou a Carmella, que parecia estar refletindo sobre o conceito de se rasgar.

É provável que Carmella estivesse apenas lutando contra o enjoo; a combinação de estrada de terra esburacada com o fedor da cabine deve tê-la deixado nauseada. Danny, que estava realmente enjoado, tentou ignorar os pelos de urso voando nos pés deles, sacudidos pelo ar que entrava pela janela aberta do lado do motorista.

Mesmo com câmbio manual, Ketchum conseguia dirigir com a mão direita. Com o cotovelo esquerdo para fora da janela, os dedos da mão esquerda só faziam um leve contato com o volante; Ketchum segurava com força o volante com a mão direita. Quando precisava trocar de marcha, a mão direita procurava a ponta da longa alavanca de câmbio – perto dos joelhos de Carmella. A mão esquerda de Ketchum segurava de leve o volante, mas apenas por um ou dois segundos, enquanto a direita estava na alavanca.

O ato de dirigir era um processo bastante fluido para Ketchum, aparentemente tão natural e automático quanto o modo como sua barba voava com o vento que entrava pela janela aberta do lado do motorista. (Se a janela não estivesse aberta, Danny pensou, ele e Carmella já teriam vomitado.)

– Por que você não pôs o urso na traseira da picape? – Danny perguntou a Ketchum. O escritor imaginou se algum ritual de caça seria a razão para que o urso morto viajasse na cabine do caminhão.

– Eu estava no Maine, lembra? – Ketchum disse. – Eu matei o urso em New Hampshire, mas tive que entrar e sair do Maine. Eu tenho placa de New Hampshire. Se o urso estivesse na traseira, algum policial do Maine teria me parado. Eu tenho uma licença de caça de New Hampshire – Ketchum explicou.

– Onde estava o Herói? – Danny perguntou.

– Herói estava na traseira da picape, ele estava sangrando muito – Ketchum disse. – Bichos vivos sangram mais do que bichos mortos, pois o coração deles ainda está bombeando sangue – o velho lenhador disse para Carmella, que parecia estar reprimindo um engulho. – Eu simplesmente prendi o urso no seu cinto de segurança, Danny, e pus um chapéu enterrado na cabeça dele até as orelhas. A cabeça do bicho parecia estar enfiada entre os ombros, ursos não têm muito pescoço. Nós parecíamos dois caras barbudos viajando! Ketchum devia estar mais alto no banco do que o urso morto, Danny pensou. De longe, a barba e o cabelo comprido do lenhador eram tão pretos quanto o pelo do urso; era preciso olhar com atenção para Ketchum para ver os fios brancos. Pelo para-brisa do caminhão de Ketchum, especialmente se se estivesse passando a uma certa velocidade, provavelmente Ketchum e o urso teriam parecido dois "rapazes" com barbas muito cerradas, mais jovens do que Ketchum era realmente, em todo caso.

– Que diabo, eu limpei o sangue do urso no banco – Ketchum disse, enquanto o caminhão entrava em Paris. – Mas não sei até quando vai durar essa nhaca. Ursos têm um cheiro horrível, não têm?

Ketchum reduziu a marcha, sua mão áspera roçando brevemente um dos joelhos de Carmella. – Eu não estou tentando bolinar você, Carmella. Eu não projetei o câmbio para terminar entre suas pernas! Da próxima vez vamos pôr o Danny sentado no meio.

Danny estava procurando a serraria movida a vapor, mas não conseguia encontrá-la. As toras de madeira eram trazidas pelo Phillips Brook até Paris; a Paris Manufacturing Company de Paris, no Maine, tinha produzido tobogãs, o escritor se lembrava. Mas onde estava a velha serraria? O que aconteceu com a cocheira e as lojas de ferramentas? Havia um refeitório e uma hospedaria – um alojamento para setenta e cinco homens, Danny se lembrava – e o que parecia ser (na época) uma casa chique para o gerente da serraria. Agora, quando Ketchum parou o caminhão, Danny viu que só o prédio da escola continuava lá. O campo de extração de madeira havia desaparecido.

– O que aconteceu com Paris? – Danny perguntou, saltando do caminhão. Ele podia ouvir o Phillips Brook, o riacho soava exatamente igual.

– West Dummer! – Ketchum gritou. Ele estava andando na direção da colina onde antes ficava o refeitório. – Não sei por que eles esperaram até 1996 para demoli-lo, e fizeram um péssimo trabalho quando finalmente trouxeram a escavadeira – o lenhador berrou. Ele se inclinou, pegou duas panelas enferrujadas e bateu uma na outra. Danny foi atrás dele, deixando Carmella para trás.

– Eles *demoliram* tudo? – o escritor perguntou. Ele agora podia ver aparas de metal saindo da terra como ossos triturados. A cocheira tinha desabado e foi deixada empilhada; o alojamento ou hospedaria para setenta e cinco homens tinha sido meio soterrado, com restos de beliche espalhados pelos arbustos rasteiros. Um velho lavatório erguia-se como se fosse um esqueleto; havia um buraco redondo, vazio, onde antes estivera o lavatório. Havia até a carcaça enferrujada de um Lombard a vapor para transportar madeira, tombado de lado, com seu boiler amassado, pela força destrutiva mas ineficiente da escavadeira. O Lombard estava no meio dos arbustos de framboesa; ele parecia a carcaça violada de um dinossauro, ou de outra espécie extinta.

– Se você quiser se livrar de um lugar, deve *queimá-lo*! – Ketchum disse. Carmella vinha bem atrás deles, parando para tirar carrapichos e serragem da roupa. – Eu queria que você visse primeiro este lugar de merda, Danny. É uma vergonha que eles não tenham conseguido se livrar dele direito! Eles sempre foram mais burros do que bosta de cachorro em West Dummer! – o velho lenhador gritou.

– Por que a escola ainda está em pé? – Danny perguntou. (Considerando o quanto aqueles garotos de West Dummer o tinham maltratado, Danny teria adorado botar fogo na Paris Manufacturing Company School.)

– Eu não sei. Esse prédio tem algum uso recreativo, eu acho. Eu vejo esquiadores cross-country aqui, de vez em quando, e gente andando de motoneve o tempo todo, é claro. Eu ouvi daqueles imbecis que lidam com energia que eles vão colocar essas porras desses moinhos de vento no alto das colinas, em toda volta. Turbinas de cem metros de altura com lâminas de quarenta e cinco metros! Eles vão construí-las e dar manutenção por meio de uma estrada de acesso de cascalho com dez metros de largura, o que, como qualquer idiota sabe, significa que vão ter que abrir um caminho de cerca de vinte e três metros de largura só para construir a estrada! Essas torres vão fazer um barulho desgraçado e espalhar uma tonelada de gelo; vão ter que desligá-las quando houver muita neve ou granizo ou nevoeiro gelado. E depois que passar o mau tempo e eles tornarem a ligar os estúpidos moinhos de vento, o gelo que congelou nas lâminas vai ser atirado a duzentos e cinquenta metros de distância! O gelo sai em placas, com metros de comprimento mas menos de três centímetros de espessura. Essas placas podem atravessar uma pessoa, ou um alce! E é claro que haverá luzes vermelhas piscando para alertar os aviões. É uma ironia perversa que esses imbecis que estudam energia sejam o mesmo bando infeliz de ambientalistas de meia tigela que disse que *transporte de madeira pelos rios* prejudicava os rios e as florestas, ou eles são os *filhos* desses ambientalistas de meia tigela!

Ketchum de repente parou de gritar ao ver que Carmella estava chorando. Ela não avançara muito desde que descera do caminhão; ou os arbustos de framboesa tinham bloqueado o seu caminho ou os destroços do campo de extração de madeira a tinham impedido. Com o escândalo que Ketchum estava fazendo, Carmella não podia escutar o barulho do Phillips Brook – e nem avistar a água. O trator Lombard caído de lado, que era algo completamente desconhecido e estranho para ela, parecia tê-la assustado.

– Por favor, Sr. Ketchum, podemos ver o lugar onde o meu Angelù perdeu a vida?

– É claro que sim, Carmella. Eu só estava mostrando a Danny uma parte da *história* dele – o velho lenhador disse com seu jeito brusco. – Escritores têm que conhecer sua história, não é, Danny? – Com um gesto súbito de sua mão, o lenhador tornou a explodir: – O refeitório, a casa do gerente da serraria, tudo arrasado! E havia um pequeno cemitério por aqui. Eles derrubaram até o cemitério!

— Estou vendo que deixaram a plantação de maçãs – Danny disse, apontando para as árvores raquíticas, abandonadas há anos.
— Sem nenhum motivo – Ketchum disse, sem nem olhar para as árvores. – Só os cervos comem essas maçãs. Eu já matei uma boa quantidade de cervos aqui. – (Até os cervos eram mais burros do que bosta de cachorro em West Dummer, Danny pensou. Provavelmente, os burros dos cervos ficavam por ali comendo maçãs, esperando serem abatidos.)
Eles voltaram para o caminhão e Ketchum fez o retorno; desta vez, Danny foi sentado no meio, com a mudança entre as pernas. Carmella abriu o vidro da janela, respirando sofregamente o ar. O caminhão tinha ficado no sol, parado, e a manhã estava esquentando; o fedor do urso morto era tão opressivo quanto um cobertor grosso e fedorento. Danny levava as cinzas do pai no colo. (O escritor teria gostado de *cheirar* as cinzas do pai, sabendo que elas cheiravam a tempero de carne – um possível antídoto para o urso –, mas Danny se controlou.)
Na estrada entre Paris e Twisted River – na altura do terreno em que o Phillips Brook corria para sudoeste na direção do Ammonoosuc e do Connecticut, e onde o rio Twisted corria para sudeste na direção de Pontook e desaguava no Androscoggin – Ketchum tornou a parar seu caminhão fedorento. O lenhador apontou pela janela, para longe, na direção do que parecia ser uma longa planície. Talvez fosse um pântano na primavera, mas era terra seca em setembro – com grama alta e uns poucos pinheiros raquíticos, e pequenos bordos criando raízes no terreno plano.
— Quando eles represavam o Phillips Brook, isto era um lago, mas faz anos que não represam o rio. Já faz tempo que aqui não tem mais um lago, embora o lugar ainda seja chamado de lago Moose-Watch. Quando havia um lago, os alces se reuniam aqui; os lenhadores vinham observá-los. Agora os alces vêm à noite, e eles dançam no lugar onde havia o lago. E aqueles de nós que ainda estão vivos, somos poucos agora, vêm observar a dança dos alces.
— Eles *dançam*? – Danny disse.

– Dançam. É uma espécie de dança. Eu já vi – o velho lenhador disse. – E esses alces, os que dançam, são jovens demais para se lembrar de quando havia um lago! Mas eles simplesmente sabem disso, de algum modo. Os alces dão a impressão de estar tentando fazer o lago voltar. Eu venho até aqui às vezes, só para vê-los dançar. De vez em quando consigo convencer Six-Pack a vir comigo.

Não havia nenhum alce agora – naquela manhã clara e ensolarada de setembro –, mas não havia motivo para não acreditar em Ketchum, Danny pensou.

– Sua mãe era uma boa dançarina, Danny, como eu sei que você sabe. Imagino que a índia tenha contado a você – Ketchum acrescentou.

Quando o velho lenhador deu partida no carro, tudo o que Carmella disse foi: – Minha nossa, alces dançando!

– Se eu não tivesse visto mais nada em toda a minha vida, só os alces dançando, eu teria sido mais feliz – Ketchum disse a eles. Danny olhou para ele; as lágrimas do lenhador desapareceram em sua barba, mas Danny as tinha visto.

Aqui vem a história da mão esquerda, o escritor pensou. A mera menção da mãe de Danny, ou de sua dança, tinha provocado alguma coisa em Ketchum.

De perto, a barba do velho lenhador estava mais grisalha do que parecia de longe; Danny não conseguia tirar os olhos dele. Ele achou que Ketchum estava estendendo a mão para segurar a alavanca de câmbio quando a mão direita do lenhador agarrou o joelho esquerdo de Danny e o apertou com força.

– O que é que você está olhando? – Ketchum perguntou bruscamente a ele. – Eu não quebraria uma promessa que fiz à sua mãe *ou* ao seu pai, mas como algumas promessas que a gente faz nessa vida miserável contradizem outras, como eu também prometer a Rosie que o amaria para sempre e tomaria conta de você quando o seu pai não pudesse mais tomar. E como *essa*! – Ketchum gritou; sua relutante mão esquerda agarrou o volante, com mais força e por mais tempo do que ele permitia a mão esquerda segurar o volante enquanto ele estava apenas trocando de marcha. Finalmente, a mão direita largou o joelho de Danny – Ketchum voltou a dirigir com a mão direita. O cotovelo esquerdo do lenhador pendurado para fora da janela do lado do motorista, como se estivesse permanentemente afixado à cabine do caminhão; os dedos agora relaxados da mão esquerda de Ketchum só roçaram indiferentemente o volante quando ele virou na velha estrada para Twisted River.

Imediatamente, a estrada piorou. Havia pouco trânsito para uma cidade fantasma, e Twisted River não ficava no caminho de nada; a estrada de escoamento de madeira não tivera manutenção alguma. O primeiro buraco em que o caminhão caiu fez abrir o porta-luva. O cheiro consolador de óleo de lubrificar arma aliviou-os momentaneamente do fedor do urso. Quando Danny foi fechar o porta-luva, ele viu o que tinha lá dentro: um frasco grande de aspirina e um pequeno revólver num coldre de ombro.

– Acabam com a dor, todos os dois – Ketchum comentou com naturalidade, enquanto Danny fechava o porta-luva. – Eu não seria encontrado morto sem aspirina e algum tipo de arma.

Na traseira da picape, guardado no meio da pilha de madeira debaixo da lona – junto com a Remington .30-06 Springfield –, Danny sabia que havia também uma motosserra e um machado. Num estojo sobre o visor do caminhão, do lado do motorista, havia uma faca Browning de 30 centímetros de comprimento.

– Por que o senhor anda sempre *armado*, Sr. Ketchum? – Carmella perguntou ao lenhador.

Talvez a palavra *armado* tenha pego Ketchum desprevenido, porque ele *não estava* armado naquela noite há muito tempo quando o lenhador, o cozinheiro e a prima do cozinheiro, Rosie, tinham caminhado sobre o gelo – dançando quadrilha sobre o rio congelado. Bem ali – no caminhão fedendo a urso, diante dos olhos desvairados do lenhador – deve ter surgido uma visão de Rosie. Danny notou que a barba de Ketchum estava de novo molhada de lágrimas.

– Eu cometi... *erros* – o lenhador disse; a voz dele parecia sufocada, meio engasgada. – Não só erros de julgamento, ou simplesmente por dizer coisas que não seria capaz de realizar, mas verdadeiros *lapsos*.

– Você não precisa contar a história, Ketchum – Danny disse a ele, mas agora não havia como fazer o lenhador parar.

– Um casal apaixonado diz coisas um para o outro, você sabe, Danny, só para fazer o outro se sentir bem a respeito de uma situação, mesmo quando a situação *não é* boa, ou quando eles *não deveriam* se sentir bem com ela – Ketchum disse. – Um casal apaixonado cria suas próprias regras, como se essas regras inventadas fossem tão confiáveis ou valessem tanto quanto as regras que todo mundo procura seguir. Está me entendendo?

– Para falar a verdade, não – Danny respondeu. O escritor viu que a estrada que ia dar no que costumava ser a cidade de Twisted River tinha sido inundada, anos antes, e agora estava coberta de liquens e musgo. Só a bifurcação da estrada, uma curva à esquerda, para o pavilhão da cozinha, tinha se mantido, e Ketchum entrou nela.

– Era com a minha mão esquerda que eu tocava na sua mãe, Danny. Eu não tocava nela com minha mão direita, a mão com que tinha tocado, e iria tocar, outras mulheres – Ketchum disse.

– Pare! – Carmella gritou. (Pelo menos ela não disse "Minha nossa", Danny pensou; ele sabia que Ketchum não ia parar, agora que tinha começado.)

– Essa foi nossa primeira regra, eu era o seu amante canhoto – o lenhador explicou. – Na nossa cabeça, a minha mão esquerda era *dela*, era a mão de Rosie, portanto a minha mão mais importante, a minha mão *boa*. Era a minha mão mais delicada, a mão menos parecida comigo – Ketchum disse. Era a mão que tinha dado menos socos, Danny pensou, e o dedo indicador esquerdo de Ketchum nunca tinha apertado o gatilho.

– Entendi – Danny disse a ele.

– Por favor, pare – Carmella pediu. (Ela estava com engulhos ou estava chorando?, o escritor pensou. Não ocorrera a Danny

que não era a *história* que Carmella queria parar; era o *caminhão*.)
— Você disse que houve um *lapso*. Então qual foi o *erro*? — Danny perguntou ao velho lenhador. Mas eles estavam chegando ao alto da colina onde antes ficava o pavilhão da cozinha. Nesse instante — no caminhão sacolejante — surgiu a visão da bacia enganadoramente calma do rio, e abaixo da bacia estava a curva do rio, onde tanto Rosie quanto Angel tinham sido levados pela correnteza. Carmella respirou com dificuldade ao ver a água. Para Danny, o choque foi não ver nada ali — não restava nem uma só tábua do pavilhão de cozinha —, e quanto à visão da cidade onde ficava o pavilhão, não havia mais cidade.
— O *erro*? — Ketchum gritou. — Eu vou dizer que houve um *lapso*! Nós todos estávamos bêbados e gritando quando corremos para o gelo, Danny. Você sabe disso, não sabe?
— Sim, Jane me contou.
— E eu disse, eu achei que disse, para Rosie, "Me dá a sua mão". Eu juro que foi isso que eu disse a ela — Ketchum declarou. — Mas, estando bêbado e sendo destro, eu instintivamente estendi a mão direita para ela. Eu estava carregando o seu pai, mas ele queria escorregar no gelo, então eu o pus no chão. — Ketchum finalmente parou o caminhão.

Carmella abriu a porta e vomitou na grama; a pobre mulher não parava de vomitar enquanto Danny examinava a chaminé em ruínas do pavilhão de cozinha. Nada mais alto do que um metro de tijolos onde antes havia o forno de pizza do cozinheiro restara de pé.

— Mas sua mãe sabia as nossas regras — Ketchum continuou. — Rosie disse, "Essa mão não, essa é a mão errada". E ela dançou para longe de mim, ela não quis pegar minha mão. Então seu pai escorregou e caiu, e eu o estava empurrando sobre o gelo, como se ele fosse um trenó humano, mas não consegui diminuir a distância entre mim e sua mãe. Eu não estava segurando a mão dela,

Danny, porque tinha estendido a mão direita para ela, a mão *ruim*. Você entende?
— Eu entendo, mas isso parece uma coisa tão insignificante. — Entretanto, o escritor podia ver, vividamente, como a distância entre sua mãe e Ketchum tinha sido insuperável, especialmente quando as toras desceram dos lagos Dummer e caíram sobre o gelo na bacia do rio, onde elas rapidamente ganharam velocidade.
Carmella, de joelhos, parecia estar rezando; sua visão de onde seu amado Angelù tinha desaparecido era realmente a melhor em Twisted River, razão pela qual o cozinheiro tinha querido que o pavilhão de cozinha fosse construído lá.
— Não corte fora a sua mão esquerda, Ketchum — Danny disse a ele.
— Por favor, não faça isso, Sr. Ketchum — Carmella implorou ao velho lenhador.
— Vamos ver — foi tudo o que Ketchum disse a eles. — Vamos ver.

No final do outono do mesmo ano em que tinha posto fogo em Twisted River, Ketchum voltara ao local do pavilhão com uma enxada e sementes de grama. Ele não se preocupou em semear nada no que tinha sido a cidade de Twisted River, mas na área do pavilhão de cozinha — e na encosta da colina sobre a bacia do rio, onde as cinzas do incêndio se depositaram no chão — Ketchum revolveu a terra e as cinzas com a enxada e espalhou as sementes de grama. Ele tinha escolhido um dia em que sabia que ia chover; na manhã seguinte, a chuva tinha virado granizo, e durante todo o inverno as sementes de grama ficaram debaixo da neve. Houve grama na primavera seguinte, e agora havia uma campina onde antes ficava o pavilhão. Ninguém jamais havia aparado a grama, que era alta e ondulada.
Ketchum pegou Carmella pelo braço e eles desceram a colina no meio da grama alta até onde costumava ser a cidade. Danny foi atrás deles, carregando as cinzas do pai e — por insistência de Ketchum — a espingarda Remington. Não restava nada de pé na cidade de Twisted River, exceto a velha Lombard a vapor usada

para transportar madeira, aquela sentinela solitária que ficava de vigia no beco enlameado ao lado do que tinha sido o *dancing*. O incêndio deve ter sido tão forte que a Lombard ficou preta – livre de ferrugem mas não de bosta de passarinho, mas fora isso inteiramente negra. Os patins de trenó estavam intactos, mas as lagartas tipo trator tinham desaparecido – levadas como suvenir, talvez, ou então consumidas pelo fogo. Onde ficava o timoneiro – na frente do Lombard, empoleirado sobre os patins de trenó – o timão há muito intocado parecia pronto para ser usado (se houve algum timoneiro ainda vivo que soubesse como usá-lo.) Como o cozinheiro havia previsto um dia, o velho trator sobreviveu à cidade.

Ketchum guiou Carmella para mais perto da margem do rio, mas mesmo numa manhã seca e ensolarada de setembro, eles não conseguiram chegar a dois metros da beira da água; a margem do rio estava perigosamente escorregadia, o chão muito enlameado. Eles não represavam mais os lagos Dummer, mas a água acima da bacia do rio corria rápida assim mesmo – até no outono – e o rio Twisted muitas vezes transbordava. Mais perto do rio, Danny sentiu o vento no rosto, ele vinha da água da bacia, como se soprasse dos lagos Dummer.

– Como eu suspeitava – Ketchum disse. – Se tentarmos espalhar as cinzas de Cookie no rio, não vamos poder nos aproximar o suficiente da água. O vento vai soprar as cinzas de volta na nossa cara.

– Por isso o rifle? – Danny perguntou.

O lenhador assentiu. – Por isso o jarro de vidro, também – Ketchum disse; ele segurou a mão de Carmella e apontou o dedo indicador dela. – Não exatamente na metade da outra margem, mas quase no meio da bacia, foi lá que eu vi o seu filho desaparecer sob as toras de madeira – o lenhador disse a ela. – Eu juro para você, Danny, não foi a mais de meio metro de onde sua mãe desapareceu sob o gelo.

Os três ficaram olhando para a água. Na outra margem do rio Twisted, eles viram um coiote olhando para eles. – Me dá a carabina, Danny – Ketchum disse. O coiote bebeu um longo gole de água no rio; o animal ainda estava olhando para eles, mas não furtivamente. Havia alguma coisa errada com ele.

– Por favor, não atire nele, Sr. Ketchum – Carmella disse.

– Ele deve estar doente, se está aqui durante o dia e não está fugindo de nós – o lenhador disse a ela. Danny entregou a ele a Remington .30-06 Springfield. O coiote ficou sentado na beira do rio, olhando para eles com uma indiferença cada vez maior; era quase como se o animal estivesse falando consigo mesmo.

– Não vamos matar nada hoje, Sr. Ketchum – Carmella disse. Baixando a arma, Ketchum pegou uma pedra e atirou-a dentro do rio, na direção do coiote, mas o animal não se mexeu. Ele parecia tonto.

– Aquele bicho está mesmo doente – Ketchum disse. O coiote tomou outro gole d'água no rio; dessa vez ele nem olhou para eles. – Olha como ele está com sede, ele está morrendo de alguma doença – Ketchum falou para eles.

– Está na temporada de caça aos coiotes? – Danny perguntou ao velho lenhador.

– Para os coiotes é sempre temporada de caça – Ketchum disse. – Eles são piores do que marmotas, são uns *vermes*. Não servem para nada. Não há limite de quota para coiotes. Você pode caçá-los até à noite, de 1º de janeiro até o final de março, de tanto que o estado quer se ver livre das criaturas.

Mas Carmella não estava convencida. – Eu não quero ver ninguém morrer hoje – ela disse a Ketchum; ele viu que ela estava atirando beijos na direção da água, ou para abençoar o lugar onde seu Angelù tinha morrido ou para desejar longa vida ao coiote.

– Dê adeus a essas cinzas, Danny – o lenhador disse. – Você sabe em que ponto do rio deve atirar o jarro, não sabe?

– Eu já me despedi – o escritor disse. Ele beijou as cinzas do cozinheiro e o jarro de suco de maçã. – Você está pronto? – Danny perguntou ao atirador.

– Pode jogar – Ketchum disse a ele. Carmella tapou os ouvidos com as mãos, e Denny atirou o jarro, quase no meio da bacia do rio. Ketchum apontou a carabina e esperou o jarro aparecer na superfície da água; um único tiro da Remington destruiu o jarro de suco de maçã, espalhando as cinzas de Dominic Baciagalupo no rio Twisted.

Do outro lado do rio, ao ouvir o tiro, o coiote se agachou na margem, mas não saiu do lugar.

– Seu miserável – Ketchum disse para o animal. – Se você não consegue nem fugir, é porque está mesmo morrendo. Desculpe – o velho lenhador disse, como um aparte, a Carmella. Aquele era um rifle que funcionava muito bem, o "velho e confiável babaca semiautomático". O madeireiro acertou o coiote no alto do crânio, quando o animal doente estava se abaixando para tornar a beber água.

– Era isso que eu devia ter feito com Carl – Ketchum disse a eles, sem olhar para Carmella. – Eu poderia ter feito isso a hora que eu quisesse. Eu devia ter matado o caubói como outro verme qualquer. Sinto muito por não ter feito isso, Danny.

– Está tudo bem, Ketchum – Danny disse. – Eu sempre entendi por que você não podia simplesmente matá-lo.

– Mas eu *devia* tê-lo matado! – o lenhador gritou, furioso. – Não havia nada além de uma moral imbecil me impedindo!

– Moral não é imbecilidade, Sr. Ketchum – Carmella começou a dizer, mas quando ela olhou para o coiote morto, ela não disse mais nada; o coiote estava caído na margem do rio com a ponta do nariz tocando a água.

– Adeus, papi – Danny disse para o rio. Ele virou de costas para o rio e fitou a colina coberta de vegetação onde antes ficava o pavilhão de cozinha, onde ele havia desgraçadamente confundido Índia Jane com um urso, quando ela sempre fora amante do seu pai.

– Adeus, Cookie! – Ketchum gritou na direção da água.

– *Dormi pur* – Carmella entoou, benzendo-se; depois ela virou de costas para o rio, onde Angel tinha desaparecido sob as toras de madeira. – Eu preciso que vocês me deem alguns minutos – ela

disse a Danny e a Ketchum, e começou a subir lentamente a colina no meio da vegetação alta, sem olhar para trás uma só vez.
– O que ela estava cantando? – o lenhador perguntou ao escritor.
Era de um velho disco de Caruso, Danny lembrou. "Quartetto Notturno" era o nome – uma cantiga de ninar da ópera, mas a cantiga de ninar devia ser a que Carmella cantava para o seu Angelù quando ele era pequeno e ela o punha para dormir. *"Dormi pur"*, Danny repetiu para Ketchum. "Durma puro."
– *Puro*? – Ketchum perguntou.
– Acho que quer dizer "durma bem" – Danny disse.
– Merda – foi só o que Ketchum disse, chutando o chão. – Merda – o lenhador repetiu.
Os dois homens observaram a árdua subida de Carmella pela colina. O capim alto e ondulante ia até a cintura do seu corpo truncado, parecendo o de um urso, e o vento estava atrás dela, vindo do rio; o vento soprava os seus cabelos para os dois lados de sua cabeça baixa. Quando Carmella chegou no alto da colina, onde antes ficava o pavilhão de cozinha, ela abaixou a cabeça e descansou as mãos nos joelhos. Por apenas um ou dois segundos – pois Carmella não precisou mais do que isso para recuperar o fôlego – Danny viu em seu corpo grande, curvado, uma semelhança espectral com Índia Jane. Era como se Jane tivesse voltado ao cenário de sua morte para se despedir das cinzas do cozinheiro.
Ketchum tinha erguido a cabeça na direção do sol. Ele tinha fechado os olhos mas estava mexendo com os pés – dando passos bem pequenos, aparentemente sem direção certa, como se estivesse caminhando sobre toras de madeira flutuantes.
– Diga de novo, Danny – o velho lenhador disse.
– Durma bem – Danny disse.
– Não, não, em *italiano*! – Ketchum mandou. Os olhos do lenhador ainda estavam fechados, e ele continuava a mexer com os pés; Danny sabia que o velho lenhador estava apenas tentando se manter na superfície.

– *Dormi pur* – Danny disse.
– *Que merda*, Angel! – Ketchum gritou. – Eu disse: "Bata os pés, Angel! Você tem que ficar batendo os *pés*!" Que merda!

Fora uma manhã confusa e difícil para Six-Pack Pam, que gostava de trabalhar cedo no jardim – antes mesmo de alimentar os cães e de fazer café para si mesma, enquanto seu quadril aguentava. Primeiro Ketchum tinha vindo e bagunçado tudo, daquele seu jeito inimitável, e ela pôs sulfa nas feridas de Herói – tudo isso antes de dar comida aos seus queridos cachorros e de fazer café. Foi por causa da perturbação que Ketchum causou no seu dia, e por ela ter sido obrigada a tratar do pobre cachorro que tinha sido atacado por um urso, que Six-Pack ligou a televisão um pouco mais tarde do que de costume, mas ainda cedo o suficiente.

Pam estava pensando que em parte a culpa era sua: afinal, ela tinha pedido para ver Danny e aquela italiana que fora amante do cozinheiro – a substituta de Jane, como Six-Pack pensava em Carmella. Pam queria fazer as pazes com eles, mas agora se sentia dividida. O choque de Danny ser quase trinta anos mais velho do que seu pai tinha sido – desde a última vez que Six-Pack Pam viu o pequeno cozinheiro – perturbador. E, tendo pedido desculpas a Danny e a Carmella, Pam só agora percebia que era o perdão de *Ketchum* que ela queria; isso também era confuso. Além do mais, tratar das feridas de Herói a fizera chorar, como se fossem as feridas de *Ketchum* que ela estava tentando curar, em vão. Foi exatamente nesse momento desconcertante – no auge da sua mais amarga decepção, pelo menos na imaginação de Six-Pack – que ela ligou a TV.

O mundo estava prestes a devastá-la também, mas Six-Pack não sabia disso quando viu a destruição causada pelo primeiro dos aviões sequestrados; a aeronave da American Airlines, que partira de Boston, tinha colidido com a torre norte do World Trade Center, onde abriu um enorme buraco no prédio e o incendiou. "Deve ter sido um avião pequeno", alguém na televisão disse, mas Six-Pack achou que não.

"Esse parece um buraco que um avião *pequeno* teria feito, Herói?", Six-Pack perguntou ao cachorro ferido. Herói estava de olho no pastor-alemão macho de Six-Pack; os dois cachorros estavam debaixo da mesa da cozinha. O estoico caçador de ursos não respondeu a pergunta de Pam. (Viver com Ketchum tinha deixado Herói muito acostumado a ser alvo de comentários e perguntas; com Ketchum, o cachorro sabia que nenhuma resposta se esperava dele.)

Pam continuou assistindo ao noticiário sobre o desastre aéreo. Na TV, parecia ser um dia claro e ensolarado na cidade de Nova York – não o tipo de dia em que um piloto tivesse problemas de visibilidade, Six-Pack pensou.

Six-Pack estava lamentando um dia ter dito que "meio que sentia atração por Cookie" – não foi assim que ela falou? Pam teve vontade de chutar a si mesma por ter dito isso ao alcance da audição defeituosa de Ketchum. Toda vez que ela achava que o relacionamento deles estava melhorando, mesmo que não estivesse exatamente de volta aos trilhos, Six-Pack tinha a impressão de ter dito a coisa errada – ou então de Ketchum ter dito a coisa errada.

Ela tinha abandonado um bocado de homens, e fora abandonada por eles, mas terminar com Ketchum a abalara mais que tudo – mesmo quando Six-Pack levava em consideração o fato de que deixar Carl quase tinha feito o caubói matá-la. O subdelegado a estuprara uma noite no cais do lago Success. Depois, um casal que testemunhou a agressão, levou Pam para o Androscoggin Hospital Valley em Berlin, onde ela passou alguns dias se recuperando. Isso levou Six-Pack a conseguir um emprego no hospital; o que ela gostou. Trabalhava como faxineira, quase toda noite, quando seus cachorros estavam dormindo. Conversar com alguns dos pacientes fazia com que Pam sentisse menos pena de si mesma. Impressa em letras pequenas e bem-feitas no seu uniforme de hospital havia a palavra SANITIZAÇÃO. Six-Pack duvidava que os pacientes a confundissem com uma enfermeira ou uma auxiliar de enfermagem, mas ela acreditava que, mesmo assim, era um consolo para muitos deles – assim como eles o eram para ela.

Six-Pack Pam sabia que teria que fazer uma prótese de quadril, e toda vez que o seu quadril doía, ela pensava no caubói agredindo-a no cais – como ele bateu com o seu rosto no gancho de um barco, o que causou aquela cicatriz que tinha no lábio superior –, mas o pior de tudo foi que ela disse a Ketchum que o lenhador *devia* mesmo matar Carl. Isto era o pior, porque Six-Pack não sabia o quanto Ketchum acreditava que devia ter matado o caubói *anos antes*. (E quando o subdelegado matou Cookie, Ketchum não pôde parar de culpar a si mesmo.)

Pam também lamentava ter contado a Ketchum o que Carl tinha feito depois daquele acidente fatal na Rota 110 – isso aconteceu na estrada Berlin-Groveton, onde a rodovia corria ao longo do rio Dead. Dois adolescentes que não estavam usando cinto de segurança tinham batido de frente num caminhão de perus. Os perus já estavam mortos; eles tinham sido "processados" como dizem na indústria de criação de perus. O motorista do caminhão sobreviveu, mas ele tinha sofrido uma contusão no pescoço e perdeu os sentidos por um breve tempo; quando voltou a si, o motorista deu de cara com os dois adolescentes mortos. O rapaz que estava dirigindo foi esmagado pela coluna da direção, e a jovem, que estava presa no banco do passageiro, tinha sido decapitada. Carl foi o primeiro policial a chegar no local, e – segundo o motorista do caminhão – o caubói tinha bolinado a moça morta, decapitada.

Carl afirmava que o motorista do caminhão estava fora de si; afinal de contas, ele tinha sofrido um golpe no pescoço e tinha desmaiado, e quando voltou a si, é claro que estava tendo uma alucinação. Mas o caubói tinha contado a verdade a Pam. Que importância tinha o fato de ele ter acariciado os seios da moça sem cabeça – ela estava morta, não estava?

Ao ouvir isso, Ketchum tinha dito – não pela primeira vez, ou a última – "Eu devia ter matado aquele caubói."

Six-Pack falou para Herói e para o seu pastor-alemão: "Vocês deviam parar de se encarar desse jeito." Passava um pouco das nove da manhã – exatamente dezoito minutos depois que o primeiro avião de passageiros tinha atingido a torre norte – quando o segundo avião sequestrado, United Airlines Voo 175 (também vindo de Boston), bateu na torre sul do World Trade Center e explodiu. Os dois prédios estavam pegando fogo quando Six-Pack disse aos cachorros, "Digam-me que foi outro avião *pequeno* e eu vou perguntar o que vocês andaram bebendo junto com sua ração".

Herói lambeu com cuidado um pouco do pó de sulfa de suas feridas, mas o gosto o fez parar. "Você não gosta desse sabor?", Pam perguntou ao cão de caçar urso. "Se você lamber esse pó, Herói, eu vou passar mais."

No que pareceu ser um não calculado *non sequitur*, Herói atacou o pastor-alemão; os dois cachorros começaram a brigar debaixo da mesa da cozinha, antes de Pam conseguir separá-los com uma pistola de água. Ela a mantinha carregada com água misturada com detergente e suco de limão, e atirou nos olhos dos dois cachorros – eles *odiavam* isso. Mas o quadril de Pam doeu por ela ter sido obrigada a ficar de quatro e engatinhar para baixo da mesa da cozinha onde os cachorros estavam brigando, e ela não estava com disposição para ouvir o presidente Bush, que apareceu na televisão às 9:30, falando de Sarasota, Flórida.

Six-Pack não desprezava George W. Bush tanto quanto Ketchum o desprezava, mas ela achava o presidente um imbecil com um sorriso falso e um filhinho de papai, e concordava com a avaliação de Ketchum de que Bush seria inteiramente inútil mesmo numa crise sem importância. Se dois cachorros começassem a brigar, por exemplo, Ketchum dizia que Bush chamaria os bombeiros e pediria para eles trazerem uma mangueira; depois o presidente se posicionaria a uma distância segura da briga e esperaria os bombeiros chegarem. A parte que Pam mais gostava da avaliação dele era que Ketchum dizia que o presidente iria na mesma hora fazer uma cara de convencido e parecer estar ativamente envolvido – isto é, depois que os bombeiros e a mangueira tivessem chegado, e desde que houvesse alguma evidência do estrago que os cachorros tivessem feito um no outro nesse ínterim.

Fazendo jus a esta descrição, o presidente Bush disse na TV que o país tinha sofrido um "aparente ataque terrorista". "Você *acha?*", Six-Pack perguntou ao presidente na televisão. Como é característico de pessoas que moram sozinhas, sem contar os cachorros, Pam conversava com as pessoas na TV – como se, como os cachorros, as pessoas na TV pudessem realmente ouvi-la. A essa altura, a Administração Federal de Aviação tinha fechado os aeroportos de Nova York, e a Autoridade do Porto de Nova York e de Nova Jersey tinha ordenado que todas as pontes e os túneis que levavam para a região de Nova York fossem fechados. "O que é os que imbecis estão esperando?", Six-Pack perguntou aos cachorros. "Eles deviam fechar *todos* os aeroportos!" Dez minutos depois, a FAA interrompeu todas as operações de voo nos aeroportos dos Estados Unidos; era a primeira vez na história dos Estados Unidos que o tráfego aéreo tinha sido interrompido em todo o país. "Estão vendo?", Six-Pack perguntou aos cachorros. "Alguém deve estar me ouvindo." (Se não Ketchum, e sem dúvida não os cachorros.)

Six-Pack tinha molhado uma esponja limpa em água fria e estava lavando os olhos do pastor-alemão para tirar a água com detergente e suco de limão. "Você é o próximo, Herói", Pam disse ao caçador de ursos, que olhava impassível para ela e para o pastor-alemão.

Três minutos depois, o Voo 77 da American Airlines atingiu o Pentágono, lançando para o ar uma enorme nuvem de fumaça; dois minutos depois disso, eles evacuaram a Casa Branca. "Que merda", Six-Pack disse para os cachorros. "Está parecendo cada vez mais com um *aparente* ataque terrorista, vocês não acham?"

Ela estava segurando a cabeça de Herói no colo, tirando a água com detergente e suco de limão dos olhos do cachorro ferido quando, às 10:05, a torre sul do World Trade Center desabou. Depois que a torre desmoronou na rua, uma enorme nuvem de fumaça e detritos se espalhou pelas ruas; pessoas corriam no meio de ondas de poeira.

Cinco minutos depois, uma parte do Pentágono desabou – na mesma hora em que o Voo 93 da United Airlines, que também tinha sido sequestrado, caiu em Somerset, na Pensilvânia, a sudeste de Pittsburgh. "Eu me pergunto para onde este estava indo, Herói", Six-Pack disse para o cachorro.

O pastor-alemão tinha feito a volta por trás de Pam, e Herói estava nervoso porque não conseguia ver o pastor; o nervosismo do cão de caça alertou Pam da presença sorrateira do pastor. Ela estendeu a mão para trás e agarrou um punhado de pele e pelo, apertando o mais que pôde até ouvir o cachorro ganir e se soltar da mão dela.

"Não tente me enganar!", Six-Pack disse, enquanto o pastor-alemão saía pela porta dos cachorros e ia para o canil do lado de fora.

Em seguida foi anunciado na televisão que eles tinham evacuado o prédio das Nações Unidas – e os departamentos de Estado e de Justiça, junto com o Banco Mundial. "Estou vendo que todos os caras importantes estão correndo para se abrigar", Six-Pack disse para Herói. O cachorro olhou cautelosamente para ela, como se estivesse avaliando seu comportamento contraditório da seguinte maneira: primeiro ela põe essa gosma amarela de gosto ruim nos meus cortes, depois me atinge nos olhos com uma coisa que arde e queima, e finalmente tenta fazer com que eu me sinta melhor; e onde será que se meteu a porra daquele pastor-alemão?

"Não precisa ficar assustado, Herói, eu não vou machucar você", Pam disse ao caçador de ursos, mas Herói olhou para ela desconfiado; o cachorro teria preferido se arriscar com um urso.

Às 10:24, a Administração Federal de Aviação informou que todos aviões que estavam se dirigindo para os Estados Unidos tinham sido desviados para o Canadá. "Ah, isso é brilhante!", Six-Pack disse para a TV. "Eu teria tido essa ideia alguns *meses* atrás! Como imagino que vocês pensaram que os caras que estavam pilotando aqueles dois primeiros aviões eram de Boston!" Mas a televisão ignorou-a.

Quatro minutos depois, a torre norte do World Trade Center desabou; alguém disse que a torre pareceu descascar-se de cima até embaixo, como se uma mão tivesse usado uma faca num legume alto. "Se isto não é o fim do mundo, sem dúvida é o começo de algo muito próximo a isso", Six-Pack disse para os cachorros. (Herói ainda estava procurando por aquele imbecil daquele pastor alemão.)

Às 10:54, Israel evacuou todas as suas missões diplomáticas. Six-Pack achou que deveria estar anotando isso. Ketchum sempre dizia que os israelenses eram os únicos que sabiam das coisas; o fato de os israelenses estarem fechando suas missões diplomáticas significava que os extremistas muçulmanos, aqueles islâmicos militantes que estavam resolvidos a exterminar os judeus, estavam começando sua guerra religiosa arrasando com os Estados Unidos – porque sem os Estados Unidos, Israel há muito tempo teria deixado de existir. Ninguém mais no covarde, pseudodemocrático mundo tinha coragem de apoiar os israelenses – era o que Ketchum dizia, e Six-Pack formava a sua opinião política com base no que dizia o velho lenhador libertário. (Ketchum admirava os israelenses, e quase ninguém mais.)

Six-Pack muitas vezes imaginou se Ketchum era meio índio e meio *judeu*, porque o madeireiro periodicamente ameaçava mudar-se para Israel. Pam tinha, mais de uma vez, ouvido Ketchum dizer: "Eu posso ter mais utilidade matando aqueles babacas do Hamas e do Hezbollah do que caçando os pobres cervos e ursos!"

Pouco depois das onze daquela manhã, o prefeito da cidade de Nova York, Rudolph Giuliani, pediu que os nova-iorquinos ficassem em casa; o prefeito também ordenou a evacuação da região da cidade ao sul da Canal Street. Nessa altura, Pam estava irritada com Ketchum e com os outros dois por estarem passando a manhã quase toda espalhando as cinzas do cozinheiro. Mas, conhecendo Ketchum, Six-Pack raciocinou que o lenhador devia ter insistido em mostrar a Danny o que ele chamava de "vandalismo" que fizeram com Paris – ou West Dummer, como Ketchum teimava em chamar a cidade – e ou a caminho de Paris ou na volta, Six-Pack sabia que Ketchum devia ter parado para recitar a porra de um discurso fúnebre para os confusos e infelizes alces que dançavam com seus traseiros esqueléticos no lago Moose-Watch.

Pam sentiu uma pontada de arrependimento por geralmente não aceitar os convites periódicos de Ketchum para ir com ele no meio da noite ver a dança dos alces. (Six-Pack achava que os alces estavam apenas "rodopiando" sem rumo.) Foi também com uma pontada de tristeza que Six-Pack lamentou não ter acompanhado Ketchum nas diversas excursões que ele fazia àquela colina coberta de vegetação onde antes ficava o pavilhão de cozinha, para passar a noite acampado lá; ela sabia que aquele era um solo sagrado para Ketchum, e que a coisa que ele mais gostava de fazer era passar a noite lá. Ketchum armava uma barraca e dormia num saco de dormir, mas o ronco dele a mantinha acordada metade da noite, e o quadril de Pam doía no chão duro. Além do mais, Ketchum preferia acampar no lugar do pavilhão de cozinha quando o tempo já estava frio – especialmente depois que havia neve. O tempo frio fazia o quadril de Pam latejar.

"É você que fica adiando a operação de prótese de quadril", Ketchum vivia dizendo a ela; Six-Pack também se arrependia de ter adiado a cirurgia. E como ela podia esperar que o velho madeireiro retomasse o relacionamento que eles tiveram tanto tempo atrás se ela não ia acampar com ele quando ele a convidava?

Quando ela sugeria ir ver um filme em Berlin em vez de acampar, Ketchum revirava os olhos. Six-Pack conhecia a opinião de Ketchum a respeito de filmes *e* de Berlin. Ele gostava de dizer, "Eu prefiro ficar em casa e assistir a Herói soltar peidos".

Ela queria que Ketchum se casasse com ela, Six-Pack percebeu de repente. Mas *como*?

Logo depois do meio-dia, depois de Ketchum e os outros terem passado a manhã inteira fora – e Pam estar danada com eles e com o resto do mundo – o Serviço de Imigração e Naturalização disse que as fronteiras dos Estados Unidos com o Canadá e com o México estavam em alerta máximo, mas que não tinha sido tomada nenhuma decisão relativa ao fechamento das fronteiras.

"Os fanáticos não são *canadenses*!", Six-Pack gritou inutilmente para os cachorros. "Os terroristas não são *mexicanos*!", ela urrou. Ela havia se controlado a manhã inteira, mas agora Six-Pack estava se descontrolando. Herói saiu pela porta de cachorro e foi para o canil, sem dúvida achando que suas chances eram melhores com o pastor-alemão do que com Pam.

Não foi surpresa que quando Ketchum *finalmente* chegou, com Danny e Carmella, o lenhador viu seu pobre Herói ("aquele belo animal") junto com os cachorros de Pam no canil do lado de fora – o pouco confiável pastor-alemão de Six-Pack no meio deles – e achou que isso queria dizer que Six-Pack não tinha cuidado do seu cão de caça ferido.

– Pam deve estar de papo para o ar vendo alguma porcaria na televisão – foi como o sempre crítico lenhador falou com Danny e Carmella.

– Ora, ora – Danny disse para Carmella. – Você devia ser *simpático* com Six-Pack, Ketchum – Danny falou ao velho lenhador. – Na verdade, eu acho que você devia se *casar* com ela, ou tentar morar com ela de novo, pelo menos.

– Pelo amor de Deus! – Ketchum gritou, batendo com força a porta do caminhão. Os cachorros de Pam começaram imediatamente a latir, mas não o estoico Herói.

Six-Pack saiu do trailer pela porta da cozinha.

– O país está sendo atacado! Bush está viajando no *Air Force One*, o covarde deve estar se escondendo! Os israelenses foram todos para casa para se defender! É o começo do fim do mundo! – Six-Pack gritou para Ketchum. – E tudo o que *você* sabe fazer, seu babaca, é irritar os meus cachorros!

– *Casar* com ela? – Ketchum disse para Danny. – Por que eu iria querer *morar* com ela? Você pode imaginar chegar em casa todo dia para uma mente deteriorada como essa?

– É tudo *verdade*! – Six-Pack gritou. – Venha ver por si mesmo, Ketchum, está na *televisão*!

– Na *televisão*! – Ketchum repetiu, piscando o olho para Carmella, o que sem dúvida deixou Six-Pack furiosa. – Naturalmente, se está na TV deve ser a coisa mais verdadeira do mundo.

Mas nem Six-Pack nem Ketchum tinham se lembrado de onde eles estavam – num camping organizado, muito bem tratado, em Saw Dust Alley, onde havia muitas mães com filhos pequenos e algumas pessoas mais velhas aposentadas ou desempregadas (tanto homens quanto mulheres), e uns poucos adolescentes que estavam fazendo gazeta enquanto os pais trabalhavam e nem desconfiavam disso.

Era Ketchum quem obviamente nem desconfiava da quantidade de pessoas que tinha ouvido o diálogo entre ele e Pam, e tanto Ketchum quanto Six-Pack estavam despreparados para a diversidade de opiniões entre os moradores do camping, que tinham ficado grudados na televisão a manhã inteira. Como as paredes dos trailers eram finas, e que muitos deles tinham conversado uns com os outros durante o desenrolar dos acontecimentos do dia, eles tinham expressado uma variedade de opiniões – em relação ao que alguns deles viu como a primeira manifestação do Armageddon a que eles estavam assistindo –, e agora este intruso sabidamente brigão tinha chegado na pequena comunidade deles *berrando*, e o notório falastrão Ketchum (pois o ex-condutor de comboios de madeira era realmente famoso em Errol) parecia não saber o que estava acontecendo.

– Você não soube, Ketchum? – um velho perguntou. Ele andava curvado, quando dobrado em dois, usando calças de caçada de lã vermelha e preta neste dia quente de setembro, com os suspensórios sobre os ombros ossudos, e os braços nus e esqueléticos saindo de uma camiseta sem manga.

– É você, Henry? – o lenhador perguntou ao velho. Ketchum não via o serrador desde que tinham fechado a serraria em Paris, anos antes de eles a terem demolido.

Henry levantou a mão esquerda onde faltavam o polegar e o indicador. – É claro que sou eu, Ketchum – o serrador disse. – É a guerra no Oriente Médio, a guerra entre muçulmanos e judeus, ela começou *aqui*, Ketchum – Henry acrescentou.

– Ela começou há muito tempo – Ketchum disse ao serrador.
– O que está acontecendo? – o lenhador perguntou a Six-Pack.
– Eu estou tentando contar para você! – Six-Pack berrou. Havia uma jovem mulher com um bebê no colo. – É um ataque terrorista, nenhum aeroporto está seguro. Eles fecharam todos eles – ela disse a Ketchum.

Dois adolescentes, irmãos que tinham matado aula, estavam descalços; eles usavam jeans e estavam sem camisa no sol do meio-dia. – Centenas de pessoas estão mortas, talvez milhares – um deles disse.

– Elas estavam pulando dos arranha-céus! – o outro garoto disse.

– O presidente sumiu! – uma mulher com duas crianças disse.

– Bem, *essa* é uma boa notícia! – Ketchum declarou.

– Bush não sumiu, ele só está voando por aí, para ficar em segurança. Eu já contei para você – Six-Pack disse para o lenhador.

– Talvez os judeus tenham feito isso, para nos fazer pensar que foram os árabes! – um rapaz de muletas falou.

– Se o seu cérebro é que está estragado, você não precisa de muletas – o velho lenhador disse a ele. – Pelo amor de Deus, deixa eu dar uma olhada na TV – Ketchum falou para Six-Pack. (O ex-lenhador, agora um leitor, era possivelmente o único morador de Errol que não tinha televisão.)

Eles entraram na cozinha de Pam – não só Ketchum, com Danny segurando o braço de Carmella, mas também Henry, o velho serrador com cotos no lugar de um polegar e um indicador, e duas mulheres com filhos pequenos.

O rapaz de muletas tinha ido embora mancando. Do lado de fora, os adolescentes podiam ser ouvidos perto do canil. Depois de trocar gracinhas com os cachorros, um dos adolescentes disse:

– Olha aquele filho da mãe com uma orelha só, ele andou brigando.

– Que briga! – o segundo rapaz disse. – Deve ter sido com um gato.

– Que *gato*! – o primeiro rapaz disse com admiração.

Na TV da cozinha de Pam, os noticiários continuavam reprisando o momento em que o Voo 175 colidiu com a torre sul do World Trade Center – e, é claro, os momentos em que primeiro a torre sul e depois a torre norte desabaram.

– Quantas pessoas havia nessas torres, quantos tiras e quantos bombeiros estavam sob esses prédios quando eles caíram? – Ketchum perguntou, mas ninguém respondeu; ainda era cedo demais para essas estatísticas.

À 1:04 da tarde, falando da Base Aérea de Barksdale na Louisiana, o presidente Bush disse que todas as medidas de segurança necessárias já tinham sido tomadas – inclusive colocar as Forças Armadas dos Estados Unidos em alerta máximo no mundo inteiro.

– Bem, isso sem dúvida nos faz sentir mais seguros! – Ketchum disse.

"Não tenham dúvida", Bush disse na TV. "Os Estados Unidos vão perseguir e castigar os responsáveis por esses atos de covardia."

– Puxa vida – Ketchum disse. – Está me parecendo que é *disso* que nós temos que ter medo agora!

– Mas eles nos atacaram – a jovem mulher com a criança no colo disse. – Nós não temos que atacá-los de volta?

– Eles são bombardeiros suicidas – Ketchum disse. – Como você os ataca de volta?

À 1:48, o presidente Bush deixou Barksdale a bordo do *Air Force One* e voou para outra base em Nebraska.

– Mais passeio de avião – Six-Pack comentou.

– Quantas guerras esse cérebro de merda vai começar, na sua opinião? – Ketchum perguntou a eles.

– Tem paciência, Ketchum, ele é o *presidente* – o serrador disse.

Ketchum pegou a mão do velho serrador, a que não tinha polegar e indicador. – Você já cometeu algum erro, Henry? – o madeireiro perguntou.

– Alguns – Henry respondeu; todo mundo podia ver os dois cotos.

– Bem, então espere para ver, Henry – Ketchum disse. – Este bunda-mole na Casa Branca é o homem errado para o cargo, você

vai ver quantos erros esse babaca vai cometer! No governo desse cocô de rato, vai haver uma porra de uma *miríade* de erros!
— Uma porra de *quê*? — Six-Pack disse; ela pareceu assustada.
— Uma *miríade*! — Ketchum berrou.
— Um número enorme, incomensurável — Danny explicou para Six-Pack.

Six-Pack parecia doente, como se toda a confiança lhe tivesse sido retirada.
— Quem sabe você não ia gostar de ver os alces dançando esta noite — ela disse para Ketchum. — Talvez você e eu, e Danny e Carmella também, pudéssemos ir acampar. Vai ser uma noite bonita lá em cima no pavilhão, e acho que nós dois conseguimos arranjar uns sacos de dormir extras, não é?
— Merda. Tem uma guerra não declarada acontecendo e você quer assistir a dança de alces! Esta noite não, Six-Pack — Ketchum disse a ela. — Além disso, Danny e eu temos alguns assuntos sérios para discutir. Suponho que haja um bar e uma TV no Balsams lá em Dixville Notch, não é? — o lenhador perguntou a Danny.
— Eu quero ir para casa — Carmella disse. — Eu quero voltar para Boston.
— Esta noite não — Ketchum disse. — Os terroristas não vão bombardear Boston, Carmella. Dois dos aviões saíram de Boston. Se eles fossem atacar Boston, já teriam feito isso.
— Eu levo você de volta amanhã, para Boston — Danny disse a Carmella; ele não conseguia olhar para Six-Pack, que parecia estar desesperada.
— Deixe o cachorro comigo, deixe-me tomar conta de Herói — Pam disse a Ketchum. — Eles não gostam de cachorros no Balsams, e você devia passar a noite lá, Ketchum, porque você vai beber.
— Desde que você esteja pagando.
— É claro que eu estou pagando — Danny disse.
Todos os cachorros tinham entrado pela porta de cachorro e estavam embolados na cozinha. Não houve mais gritaria — desde

que Ketchum berrou, "*Uma miríade!*" – e os cachorros estavam nervosos com tantos humanos na pequena cozinha de Six-Pack sem ninguém gritando.

– Não precisa se rasgar, Herói, eu volto manhã – Ketchum disse para o cão. – Você não tem que trabalhar no hospital esta noite? – ele perguntou a Six-Pack.

– Eu posso dar um jeito – ela respondeu com um ar de indiferença. – Eles gostam de mim no hospital.

– Bem, merda, eu também gosto de você – Ketchum disse desajeitadamente, mas Six-Pack não disse nada; ela viu sua oportunidade passar. Tudo o que Pam pôde fazer foi posicionar seu corpo dolorido entre as duas crianças (de uma das jovens) e aquele pastor alemão que não merecia confiança; o cachorro era inteiramente doido. Six-Pack sabia que sua chance de evitar que o cachorro mordesse as crianças era bem maior do que a de convencer Ketchum a voltar a morar com ela. Ele tinha até se oferecido para pagar pela sua prótese de quadril, naquela porra daquele hospital metido a besta perto de Dartmouth, mas Pam achava que a generosidade de Ketchum em relação ao seu quadril tinha mais a ver com o infinito remorso do lenhador por não ter matado o caubói do que com o afeto que Ketchum sentia por ela.

– Todo mundo para fora. Eu quero a minha cozinha de volta, todo mundo para fora, *agora* – Six-Pack disse de repente; ela não queria desabar na frente de um bando de estranhos. Todos, menos um dos vira-latas de Pam, como Ketchum os chamava, escafederam-se pela porta de cachorro antes que Pam pudesse dizer para eles, "Vocês não". Mas os cachorros estavam acostumados ao comando de todo mundo fora, eles saíram mais depressa do que as duas mulheres com as crianças ou o velho Henry.

Sem ligar para a ordem de Pam, o doido do pastor-alemão e Herói ficaram onde estavam; os cachorros estavam em cantos opostos da cozinha, numa demonstração de macheza. "Não quero mais problemas com vocês dois", Pam disse a eles, "ou vou dar uma surra em cada um." Mas ela já tinha começado a chorar, e sua voz tinha perdido a força. Os dois cachorros não estavam mais com medo de Six-Pack; eles podiam sentir quando um semelhante estava derrotado.

Os três estavam de novo no caminhão fedendo a urso – Danny mais uma vez no meio, e Carmella o mais perto possível da janela aberta – quando Ketchum ligou o rádio na cabine fedorenta. Ainda não eram três horas da tarde, mas o prefeito Giuliani estava dando uma coletiva de imprensa. Alguém perguntou ao prefeito sobre o número de mortos, e Giuliani respondeu: "Eu acho que nós não queremos especular sobre isso, mais do que possamos suportar."

– Esse parece ser um bom palpite – Danny disse.

– E você está pensando em se mudar de volta para cá, não é?

– Ketchum perguntou de repente para Danny. – Eu não ouvi você dizer que não havia nenhum *motivo* para você ficar no Canadá nesta altura da vida, e que você estava inclinado a voltar para o seu próprio país? Você não andou se queixando para mim recentemente que não se *sentia* um canadense, e, afinal de contas, você nasceu aqui, você é realmente um americano, não é?

– Suponho que sim – Danny respondeu; o escritor era esperto o suficiente para ter cautela com a linha de questionamento de Ketchum. – Eu *nasci* aqui, eu *sou* americano. O fato de me tornar um cidadão canadense não fez de mim um canadense – Danny disse com firmeza.

– Bem, isso mostra o quanto eu sou estúpido, eu sou um desses caras lentos que acredita em tudo o que lê – o velho lenhador disse astutamente. – Sabe, Danny, eu posso ter levado muito tempo para aprender a ler, mas eu leio muito bem, e leio muito, hoje em dia.

– Aonde você quer chegar, Ketchum? – Danny perguntou.

– Eu achei que você fosse um *escritor*. Eu li em algum lugar que você achava que o nacionalismo era "limitador". Acho que você disse alguma coisa sobre todos os escritores serem *"outsiders"* e que você via a si mesmo como alguém olhando de fora.

– Eu disse mesmo isso – Danny admitiu. – Obviamente, era uma entrevista, havia um *contexto*...
– *Foda-se* o contexto! – Ketchum gritou. – Quem está ligando se você não se *sente* um canadense? Quem está ligando se você é americano? Se você é um *escritor*, você *devia* ser um *outsider*, devia ficar do lado de fora, olhando para dentro.
– Um exilado, você quer dizer – Danny disse.
– O seu país está se desintegrando, já se desintegrou, faz algum tempo – Ketchum disse a ele. – Você pode ver isso melhor, e escrever melhor sobre isso se ficar no Canadá, eu sei que sim.
– Nós fomos atacados, Sr. Ketchum – Carmella disse timidamente; o coração dela não estava naquela discussão. – Nós vamos nos desintegrar porque fomos *atacados*?
– É o que parece – Ketchum disse a ela. – Como Bush vai responder? Não é isso que importa? – o velho lenhador perguntou a Danny, mas o escritor não era páreo para o pessimismo de Ketchum. Danny sempre subestimara a capacidade do lenhador de tirar sempre a pior conclusão possível de tudo.
– Fique no Canadá – Ketchum disse a ele. – Se você estiver morando num país estrangeiro, vai ver o que é verdade e o que não é lá nos Estados Unidos, quer dizer, com mais clareza.
– Eu sei que é isso que você acha – Danny disse.
– As pobres pessoas que estavam naquelas torres... – Carmella começou a dizer, mas parou. Carmella também não era páreo para o pessimismo de Ketchum.
Os três estavam no bar do Balsams, assistindo à TV às 4 da tarde, quando alguém da CNN disse que havia "boas indicações" de que o militante saudita Osama bin Laden, suspeito de ter coordenado o bombardeio de duas embaixadas americanas em 1998, estivesse envolvido nos ataques ao World Trade Center e ao Pentágono – isto se baseava em "novas e específicas" informações, obtidas depois dos ataques.
Uma hora e meia mais tarde, depois que Ketchum tinha consumido quatro cervejas e três doses de uísque, e enquanto Danny ainda estava tomando a sua terceira cerveja, a CNN informou

que autoridades americanas disseram que o avião que tinha caído na Pensilvânia poderia estar se dirigindo para três possíveis alvos: Camp David, a Casa Branca, ou o prédio do Capitólio.

Carmella, que bebericava ainda sua segunda taça de vinho tinto, disse: – Eu aposto na Casa Branca.

– Você acha mesmo que eu devia me *casar* com Six-Pack? – Ketchum perguntou a Danny.

– Experimente primeiro morar com ela – Danny sugeriu.

– Bem, eu já fiz isso uma vez – o velho lenhador lembrou a ele.

– Eu não posso acreditar que Six-Pack quis trepar com o *Cookie*!

– Ketchum disse. Então, por consideração a Carmella, acrescentou: – Desculpe.

Os três foram para o salão do restaurante e comeram uma farta refeição. Danny continuou tomando cerveja, para desgosto de Ketchum, mas Ketchum e Carmella esvaziaram duas garrafas de vinho tinto, e Carmella se retirou cedo. "Foi um dia difícil para mim, mas eu quero agradecer ao senhor, Sr. Ketchum, por ter me mostrado o rio... e por tudo mais." Carmella supunha que não iria ver Ketchum de manhã, e não iria mesmo; mesmo quando bebia, Ketchum se levantava muito cedo. Os dois cavalheiros se ofereceram para levar Carmella até a porta do seu quarto, mas ela declinou; ela os deixou no restaurante do hotel, onde Ketchum imediatamente pediu outra garrafa de vinho tinto.

– Eu não vou ajudar você a tomar isso – Danny disse a ele.

– Eu não preciso da sua ajuda, Danny – Ketchum disse.

Para uma pessoa pequena, o que Danny era, o problema de só tomar cerveja era que ele começava a se sentir cheio antes de se sentir bêbado, mas Danny estava determinado a não deixar que Ketchum o tentasse com o vinho tinto. Danny ainda imaginava que o vinho tinto teve algum papel no assassinato do pai pelo caubói. Justo no dia em que as cinzas do cozinheiro foram espalhadas no rio Twisted, Danny não queria depreciar a lembrança daquela noite terrível em que Carl matou o pai de Danny, e Danny atirou três vezes com a espingarda calibre 20 no caubói.

– Você precisa se soltar, Danny – Ketchum estava dizendo. – Ser mais ousado.

– Eu sou um bebedor de cerveja, Ketchum, nada de vinho tinto para mim – Danny disse a ele.

– Pelo amor de Deus, eu estou dizendo como *escritor*! – Ketchum disse.

– Como *escritor*? – Danny perguntou.

– Você vive evitando os assuntos mais pesados – Ketchum disse a ele. – Você tem um jeito de escrever na *periferia* das coisas.

– Eu faço isso?

– Faz. Você parece estar se esquivando das coisas mais sensíveis. Você tem que enfiar o nariz no que houver de pior, e imaginar *tudo*, Danny.

Na época, isso pareceu a Danny menos uma crítica literária e mais um convite direto para passar a noite na cabine do caminhão de Ketchum – ou no fumeiro com aquele urso esfolado.

– E quanto ao urso? – Danny perguntou de repente ao lenhador. – O fogo no fumeiro não vai apagar?

– Ah, o urso a essa altura já está defumado o suficiente, eu posso acender o fogo outra vez amanhã – Ketchum disse a ele, impacientemente. Tem mais uma coisa... bem, *duas* coisas. Primeira, você não parece ser uma pessoa urbana, não para mim. Eu acho que o campo é o lugar certo para você, quer dizer, como escritor – Ketchum falou com mais delicadeza. – Segunda, embora eu ache isto mais importante, você não precisa mais de um pseudônimo. Como eu sei que a ideia de usar um pseudônimo um dia o desagradou, acho que está na hora de você voltar a usar o seu nome. *Daniel* sempre foi o nome que seu pai usou para você, e eu ouvi você dizer, Danny, que Daniel Baciagalupo era um ótimo nome para um escritor. Você vai continuar sendo Danny para mim, é claro, mas, como um *escritor,* você devia ser Daniel Baciagalupo.

– Eu posso adivinhar o que os meus editores vão achar dessa ideia – Danny disse para o lenhador. – Eles vão me lembrar de que Danny Angel é um autor famoso, que vende horrores. Eles vão me dizer, Ketchum, que um escritor desconhecido chamado Daniel Baciagalupo não vai vender tantos livros.

– Eu só estou dizendo o que é bom para você... como escritor – Ketchum observou, quase com desdém.

– Deixe-me ver se eu entendi direito – o escritor disse com uma certa raiva. – Eu devia mudar meu nome para Daniel Baciagalupo; eu devia morar no campo, no Canadá; eu devia me soltar, isto é, ser mais ousado como escritor – Danny recitou obedientemente.

– Acho que você entendeu – o lenhador disse a ele.

– Você gostaria de recomendar mais alguma coisa?

– Nós somos um império em decadência desde que eu me entendo – Ketchum disse sem rodeios; ele não estava brincando.

– Nós somos uma nação perdida, Danny. Pare de perder tempo.

Os dois homens se encararam por cima dos seus copos de bebida – Danny se esforçando para beber e ao mesmo tempo olhar para Ketchum. Danny gostava muito do velho lenhador, mas Ketchum o ofendera; Ketchum era bom nisso.

– Bem, espero tornar a vê-lo no Natal – Danny disse. – Não falta tanto assim.

– Talvez não este ano – Ketchum disse a ele.

O escritor sabia que estava se arriscando a levar um soco da mão direita de Ketchum, mas Danny pegou a mão *esquerda* de Ketchum e a segurou contra a mesa.

– Não faça isso, *não* faça – Danny disse a ele, mas Ketchum retirou a mão com facilidade.

– Você faça o seu trabalho, Danny – o velho lenhador disse a ele. – Faça o seu trabalho e eu vou fazer o meu.

VI
POINTE AU BARIL STATION
ONTÁRIO, 2005

16
Nação perdida

Já fazia três invernos que o escritor Daniel Baciagalupo – que tinha retomado o nome que o cozinheiro e a prima Rosie deram a ele – passava os meses de janeiro e fevereiro, e as duas primeiras semanas de março, na ilha Turner, em Georgian Bay. A ilha ainda pertencia a Charlotte, o ex-amor da vida de Danny, mas Charlotte e a família não tinham nenhum desejo de pôr os pés no lago gelado ou naquelas rochas cobertas de neve no coração do inverno, quando viviam felizes em Los Angeles.

Danny fizera muitas melhorias no lugar – não só segundo os padrões de Ketchum. Andy Grant pusera aquecimento elétrico nos canos que eram usados durante o inverno. Esses mesmos canos também foram enrolados com um isolante metálico e cobertos com uma membrana de água e gelo. Danny poderia ter água quente usando este mesmo método de aquecimento nos canos que iam para a baía, mas Andy teria muito mais trabalho – sem falar em transportar o aquecedor para dentro da cabana principal para assegurar que *aqueles* canos não congelassem. Era mais simples para Danny abrir um buraco no gelo do lago e carregar água da baía num balde. Isso significava cortar e carregar um bocado, mas – como Ketchum teria dito – e daí?

Não havia só o trabalho de abrir o buraco no gelo; havia também um bocado de lenha para cortar. (A motosserra de Ketchum era de grande ajuda.) Nas dez semanas que Danny passava lá, ele cortava toda a lenha de que ia precisar no inverno seguinte – com uma sobra para Charlotte e a família dela usarem nas noites de verão frias o suficiente para acender a lareira.

Além do fogão a lenha na cabana principal, havia uma lareira a gás propano no quarto e um aquecedor elétrico no banheiro – e Andy Grant tinha colocado isolamento de fibra de vidro entre as vigas do assoalho. A cabana principal estava pronta, agora, para aguentar o frio do inverno, e havia um segundo fogão a lenha no barracão de escrever de Danny, embora não houvesse isolamento lá; a construção era tão pequena que não precisava disso, e Danny cercava de neve o perímetro do barracão, o que evitava que o vento soprasse por baixo do barracão e esfriasse o chão.

Toda noite, Danny também abafava o fogo no fogão a lenha da cabana principal; quando o escritor acordava de manhã, só tinha que colocar mais lenha no fogo e abrir o cano. Depois ele ia para o barracão de escrever e acendia o fogão a lenha. Durante a noite, a única concessão que fazia à sua máquina de escrever IBM era cobri-la com um cobertor elétrico – senão a graxa congelava. Enquanto o barracão de escrever esquentava, Danny cortava um buraco no gelo do lago e levava dois baldes de água para a cabana principal. Um balde de água geralmente era suficiente para dar descarga no vaso sanitário; o segundo era suficiente para o pouco de comida que Danny fazia e para lavar a louça. A enorme banheira de Charlotte dava facilmente para quatro ou cinco baldes, o que incluía os dois que tinham que ser aquecidos (quase até ferver) no fogão, mas Danny só tomava banho no final do dia.

Ele ia trabalhar todas as manhãs no seu barracão de escrever, inspirado pela visão daquele pinheiro torto pelo vento – a arvorezinha que um dia tinha feito o escritor e Ketchum pensar no cozinheiro. Danny escrevia todo dia até o início da tarde; ele queria ter algumas horas de luz para fazer suas tarefas. Havia sempre mais lenha para cortar, e quase todo dia Danny ia à cidade. Se não houvesse muito lixo para tirar da ilha, e ele só precisasse de poucos mantimentos, Danny fazia a viagem usando esquis cross-country. Ele mantinha os esquis e os bastões, e um pequeno trenó, na cabana do vovô, perto do cais dos fundos. (Aquela era a cabana sem aquecimento, possivelmente mal-assombrada, que Ketchum e Herói tinham preferido usar nos dias e noites que passaram na ilha – a cabana com o alçapão no chão, onde o avô de Charlotte, o caçador furtivo, tinha, provavelmente, escondido seus cervos caçados ilegalmente.)

Era um trajeto rápido de esqui saindo do cais de trás da ilha e atravessando a baía de Shawanaga, e então Danny tomava a South Shore Road para a Pointe au Baril Station. Ele usava um arreio em volta do peito; havia um anel preso no arreio, entre as escápulas de Danny, onde uma presilha retangular de metal prendia uma corda ligada ao trenó. É claro que se houvesse muito lixo para levar para a cidade, ou se ele precisasse fazer uma compra maior em Pointe au Baril, Danny levava a motoneve ou o aerobarco Polar.

Andy Grant tinha avisado ao escritor que ele ia precisar ter sua própria motoneve bem como o aerobarco. Não havia muitos dias nos meses de inverno em que as condições fossem desfavoráveis para usar o barco, exceto quando a temperatura subia; aí a neve às vezes grudava no fundo do casco, dificultando o deslizamento do aerobarco sobre o gelo coberto de neve. Era então que você tinha que usar a motoneve. Mas no início de janeiro, quando Danny chegava na ilha de Charlotte, geralmente havia água no canal principal que saía de Pointe au Baril Station – e normalmente blocos de gelo flutuando na água agitada do Brignall Banks Narrows. Era no início de janeiro que o aerobarco Polar era essencial – e, apenas ocasionalmente, em meados de março. (Em certos anos, embora raramente, o gelo na baía começava a quebrar mais cedo.)

O aerobarco podia navegar sobre gelo, neve e água – até mesmo sobre blocos flutuantes de gelo – com facilidade. Ele fazia 160 por hora, embora Danny nunca dirigisse tão depressa; o aerobarco tinha um motor de avião e uma única hélice na parte de trás. Também tinha uma cabine aquecida, e era preciso protetor auricular por conta do barulho. O aerobarco tinha sido o equipamento mais caro para tornar a ilha Turner habitável para Danny durante aquelas dez semanas na época mais fria do inverno, mas

Andy Grant dividira o custo com o escritor. Andy o usava como barco de trabalho, não só em dezembro, quando o gelo começava a se formar na baía, mas desde meados de março até o gelo desaparecer completamente – normalmente no final de abril. Danny gostava de sair de Georgian Bay antes do início da estação da lama; o gelo quebrando na baía não tinha nenhuma atração para ele. (Não havia exatamente uma estação da lama em Georgian Bay – eram só rochas lá. Mas para Daniel Baciagalupo, a estação da lama era tanto um estado de espírito quanto uma estação identificável na Nova Inglaterra.)

Como a família de Charlotte só usava o quarto da cabana principal em caso de necessidade, como quarto de hóspedes, Danny guardava parte de suas roupas de inverno no armário o ano todo – só suas botas, seu anoraque mais quente, suas calças de neve, e seus chapéus de esqui. Naturalmente, a parafernália de verão de Charlotte e da família estava por toda parte – com novas fotografias nas paredes todos os invernos –, mas Charlotte tinha deixado o barracão de escrever de Danny exatamente como estava. Ela achara alguns retratos de Ketchum com o cozinheiro, e dois ou três de Joe, que tinha pendurado no barracão – talvez para fazer com que Danny se sentisse bem-vindo lá, não que ela já não fizesse tudo para que ele se sentisse muito à vontade para usar o lugar.

O marido de Charlotte, o francês, era evidentemente o cozinheiro da família, pois ele deixava bilhetes para Danny na cozinha sobre qualquer novo equipamento que houvesse lá. Danny deixava bilhetes para o francês, também, e eles trocavam presentes todos os anos – utensílios de cozinha e diversos tipos de panelas e travessas.

As cabanas de dormir restauradas mais recentemente – onde Charlotte, o marido e os filhos dormiam todos os verões – ficavam, naturalmente, inacessíveis para Danny no inverno. As construções ficavam trancadas; a eletricidade e o gás desligados, e a tubulação vazia. Mas, todo inverno, Danny pelo menos uma vez espiava pelas janelas – não eram necessárias cortinas numa ilha particular em Shawanaga Bay. O escritor apenas queria ver as novas fotografias nas paredes, e dar uma olhada nos novos brinquedos e livros das crianças; isto não era realmente uma invasão da privacidade de Charlotte, era? Se bem que apenas desta invernal e distante perspectiva, a família de Charlotte parecia ser uma família feliz aos olhos de Daniel Baciagalupo. Os bilhetes trocados com o francês tinham substituído quase completamente os agora infrequentes telefonemas de Charlotte da Costa Oeste, e Danny ainda saía de Toronto no mês de setembro, quando sabia que Charlotte e seu marido diretor estavam na cidade para o festival de cinema.

Ketchum tinha aconselhado o escritor a viver no campo. Para o veterano lenhador, Danny não parecia ser uma pessoa urbana.

Bem, o fato de o escritor passar apenas dez semanas na ilha Turner em Georgian Bay não significava exatamente *viver* no campo; embora viajasse muito atualmente, Danny passava o resto do ano em Toronto. No entanto – pelo menos do início de janeiro até meados de março – aquela ilha solitária em Shawanaga Bay e a cidade de Pointe au Baril eram extremamente isoladas. (Como Ketchum costumava dizer, "Você percebe mais a presença das bétulas quando tem neve".) Não havia mais de duzentas pessoas em Pointe au Baril no inverno.

O Kennedy's, que era bom para mantimentos e alguns equipamentos, ficava aberto a maior parte da semana nos meses de inverno. Havia o restaurante Haven na Rota 69, onde serviam álcool e tinham uma mesa de sinuca. O Haven tinha uma predileção por enfeites natalinos, e exibiam tudo que é tipo de Papai Noel – inclusive uma perca com um chapéu de Papai Noel. Embora os pratos mais populares entre os usuários de motoneves fossem asas de frango e anéis de cebola e batatas fritas, Danny era fiel ao sanduíche de bacon com alface e tomate e salada de repolho quando ia lá, o que era raro.

Larry's Tavern também ficava na 69 – Danny tinha estado lá com Ketchum em suas viagens para caçar cervos na região de Bayfield e de Pointe au Baril –, embora já houvesse um boato de que o Larry's ia ser vendido para abrir espaço para uma *nova* rodovia. Eles estavam sempre alargando a 69, mas por ora o posto Shell ainda estava funcionando; supostamente, o posto Shell era o único lugar em Pointe au Baril onde se conseguiam comprar revistas pornô. (Não muito boas, se você confiasse na avaliação de Ketchum.)

Podia ser solitário naquela época do ano, e não havia muito o que falar, exceto repetir que o canal central só ficava congelado uma ou duas semanas. E durante todo o inverno, tanto as fofocas quanto as notícias locais giravam em torno de detalhes macabros de acidentes ocorridos na 69; havia um bocado de acidentes naquela estrada. Neste inverno, já tinha havido um engavetamento de cinco veículos no cruzamento com a Go Home Lake Road, ou perto da Little Go Home Bay – Danny estava sempre confundindo as duas. (Para os moradores locais que não sabiam tratar-se de um famoso escritor, Daniel Baciagalupo era apenas outro americano distraído.)

Naturalmente, a loja de bebidas – na 69, em frente à loja de iscas e anzóis – estava sempre cheia, bem como o posto médico de Pointe au Baril, onde um motorista da ambulância tinha recentemente parado Danny, que estava na sua motoneve, e contado a ele sobre o cara de motoneve que tinha afundado no gelo em Shawanaga Bay.

– Ele morreu afogado? – Danny perguntou ao motorista.

– Ele ainda não foi encontrado – o motorista de ambulância respondeu.

Danny achou que talvez eles só fossem encontrar o motorista da motoneve depois que o gelo derretesse, lá para meados de abril. Segundo o mesmo motorista de ambulância do posto de saúde, houve também uma "batida de frente muito bizarra" em Honey Harbour, e uma "incrível colisão por trás" perto de Port Severn. A vida rural nos meses de inverno era tempestuosa: cheia de neve, movida a álcool, violenta e rápida.

Aquelas dez semanas que Danny passava nas vizinhanças de Pointe au Baril eram uma dose e tanto de vida rural; talvez não fosse uma vida no campo suficiente para ter contentado Ketchum, mas era suficiente para Danny. Ela contava como a moradia *indispensável* no campo para o escritor – quer Ketchum houvesse ou não concordado.

In the After-Hours Restaurant, o oitavo e último romance escrito por "Danny Angel", foi publicado em 2002, sete anos depois de *Baby in the Road*. O que Danny havia previsto para Ketchum aconteceu – seus editores reclamaram que um livro escrito por um autor desconhecido chamado Daniel Baciagalupo não venderia tanto quanto um novo romance de Danny Angel. Mas Danny fez seus editores entenderem que aquele era o último livro que ele iria publicar com o nome de Angel. E, em todas as entrevistas, ele se referia a si mesmo como Daniel Baciagalupo; ele contou muitas e muitas vezes a história das circunstâncias que o haviam obrigado a usar um pseudônimo quando ele era jovem e estava começando a carreira de escritor. Nunca fora segredo que Danny Angel era um pseudônimo, ou que o nome verdadeiro do escritor era Daniel Baciagalupo – o segredo tinha sido o motivo.

A morte acidental do filho do famoso autor – sem falar no violento assassinato do pai do escritor, e na morte subsequente, a tiros, do assassino do cozinheiro – tivera muita repercussão na imprensa. Danny poderia ter insistido que *In the After-Hours Restaurant* fosse seu primeiro romance com o nome de Daniel Baciagalupo; os editores de Danny, mesmo reclamando e relutando em aceitar, acabariam concordando. Mas Danny queria que seu *próximo* romance (seria o nono) fosse o início da carreira de Daniel Baciagalupo.

O livro foi bem recebido e teve boas críticas de um modo geral – o autor costumava ser elogiado por sua hoje atípica "contenção". Talvez a palavra contenção, repetida com frequência, tivesse incomodado o escritor, embora a intenção fosse elogiosa. Danny jamais iria saber o que Ketchum achou do livro, mas "contenção" nunca fora uma parte importante do vocabulário do le-

nhador – pelo menos não na categoria de qualidades admiradas. O último romance de Danny Angel teria satisfeito o pedido do velho lenhador de que Danny se soltasse – isto é, fosse mais ousado como escritor? (Aparentemente, Danny achava que não.)
"Você está sempre evitando os assuntos mais pesados", Ketchum tinha dito a ele. No caso de *In the After-Hours Restaurant*, os esforços noturnos do gentil assistente do chef para aprender o ofício do seu renomado pai seriam o que Ketchum tinha definido indelicadamente como "escrever na *periferia* das coisas"? (Danny deve ter achado que sim; senão, por que não assinou orgulhosamente o novo romance com o nome de Daniel Baciagalupo?)
"Sua obra mais sutil", um crítico tinha escrito sobre *In the After-Hours Restaurant*. No vocabulário nada sutil de Ketchum, a palavra *sutil* nunca fora pronunciada como um elogio.
"Seu trabalho mais simbólico", outro crítico comentou.
Não havia como saber o que Ketchum teria dito da palavra *simbólico*, Danny sabia, mas o escritor não tinha dúvidas do que o destemido lenhador teria *pensado*: simbolismo, sutileza e contenção resumiam-se a "evitar as questões sensíveis", uma crítica que Ketchum já tinha feito ao trabalho de Danny.
E teria o velho lenhador gostado do modo como Danny respondeu as insistentes perguntas sobre política que fizeram a ele durante as viagens promocionais que fez para divulgar o livro? (Em 2005, o romancista ainda respondia esse tipo de pergunta – e ainda faltavam algumas viagens para divulgar as traduções do romance.)
"Sim, é verdade, eu continuo morando no Canadá, e vou continuar morando aqui", Danny tinha dito, "embora a razão para eu deixar os Estados Unidos tenha sido, como um velho amigo da minha família disse um dia, *removida*." (Foi Ketchum, é claro, que usou a palavra *removida* em referência ao falecido caubói – mais de uma vez.)
"Não, *não* é verdade que eu seja 'politicamente contrário', como vocês dizem, a viver nos Estados Unidos", Danny tinha

dito muitas vezes, "e só porque eu moro no Canadá e sou um cidadão canadense, eu *não* pretendo parar de escrever sobre os americanos, ou sobre comportamentos que eu associo a ser um americano. Seria possível até argumentar que morar num país estrangeiro – especialmente no Canadá, que é do outro lado da fronteira – permite que eu veja a América com mais clareza, ou pelo menos com uma perspectiva um pouco menos americana."

(Ketchum teria certamente reconhecido a fonte usada pelo escritor para *essa* resposta, mas o combativo lenhador não apreciaria, necessariamente, o tato que Danny usava para responder perguntas relativas à oposição política do romancista ao seu país de origem.)

"É cedo demais para dizer", o escritor estava sempre dizendo – em resposta ao modo como os ataques de 11 de setembro, e a retaliação do presidente Bush a esse ataques, tinham *afetado* os Estados Unidos; em resposta a onde iriam levar as guerras do Afeganistão e do Iraque; em resposta a se o Canadá iria ou não ser *arrastado* a uma recessão, ou a uma depressão. (Porque os Estados Unidos estavam se aproximando rapidamente de uma ou de ambas, não estavam? Geralmente era isso que os jornalistas canadenses deixavam implícito.)

Já fazia quase quatro anos que Ketchum tinha chamado os Estados Unidos de "um império em decadência"; do que o velho lenhador teria chamado o país agora? No Canadá, as perguntas feitas a Danny eram cada vez mais de cunho político. Mais recentemente, alguém do *Toronto Star* fez uma bateria de perguntas conhecidas.

Não era verdade que os Estados Unidos estavam "se expandindo militarmente"? O governo federal não estava "chafurdando numa dívida gigantesca"? E o escritor não gostaria de comentar a "natureza beligerante da América"? O "antigo país" do famoso autor, como o jornalista canadense se referiu aos Estados Unidos, não estaria "decadente"?

Por quanto tempo mais, Danny pensou, as respostas a estas e outras perguntas tendenciosas iriam cair na categoria "cedo demais para dizer"? O escritor sabia que não poderia se safar com essa resposta para sempre. "Eu sou um processador lento, quero dizer, como *escritor*", Danny gostava de prefaciar suas observações. "E eu sou um escritor de *ficção,* o que significa que jamais irei escrever *sobre* os ataques do 11 de setembro, embora eu possa usar esses eventos, quando eles não forem tão recentes, e apenas no contexto de uma história inventada por mim." (A mistura de evasiva e imprecisão *dessa* declaração cautelosa poderia ter provocado em Ketchum uma imprecação do tipo montanhas de bosta de alce.)

Afinal, Danny tinha declarado publicamente que a eleição americana de 2000 – a que Bush "roubou" de Gore – foi, realmente, um "roubo". Como o escritor poderia deixar de comentar sobre a versão 2004, quando Bush venceu John Kerry com estratégias questionáveis e pela pior das razões? Na opinião de Danny, John Kerry fora duas vezes herói – primeiro na guerra do Vietnã, depois nos seus protestos contra ela. Entretanto, Kerry foi visto de forma desfavorável pelos patriotas americanos belicosos, que ou eram estúpidos ou teimosos o bastante para *ainda* estarem defendendo aquela guerra ilegítima.

O que Danny dizia à imprensa era que seu chamado "antigo país" ocasionalmente o fazia lembrar e apreciar a muito citada frase de Samuel Johnson: "O patriotismo é o último refúgio dos canalhas." Infelizmente, isso não foi tudo o que Danny disse. Em algumas ocasiões, falando como Ketchum, o escritor tinha dito que no caso da eleição de 2004, o *canalha* não tinha sido só George W. Bush; mas todo eleitor americano mais burro do que bosta de cachorro que tinha acreditado que John Kerry não era *patriota* o bastante para ser presidente dos Estados Unidos.

Essas observações seriam repetidas – especialmente a parte sobre os "patriotas belicosos", sem falar na expressão "todo americano mais burro do que bosta de cachorro". O romancista Daniel Baciagalupo tinha realmente escrito e publicado oito romances com o pseudônimo de Danny Angel, e Danny e o pai tinham saído dos Estados Unidos e ido para o Canadá – um ato de emigração para fugir de um louco que queria matá-los, um ex-tira maluco que acabou *mesmo* matando o pai de Danny – mas o que parecia ao mundo era que Daniel Baciagalupo tinha escolhido *ficar* no Canadá por razões políticas. Quanto a Danny, ele estava ficando cansado de negar isso; além do mais, soar como Ketchum era mais fácil. Danny, fingindo ser Ketchum, comentara a respeito de uma pesquisa recente: o dobro de americanos tinha manifestado mais aversão ao casamento gay do que até mesmo uma leve ansiedade a respeito do resultado da guerra do Iraque. "O ataque de Bush aos homossexuais é repreensível", o escritor tinha dito. (Um comentário como esse contribuiu mais ainda para a reputação política de Danny; falar como Ketchum dava margem a muitas citações.)

Na geladeira da sua cozinha em Toronto, Danny tinha pregado uma lista de perguntas para Ketchum. Mas elas não pareciam uma lista, não tinha sido formuladas de um jeito ordenado. Havia um monte de pedacinhos de papel presos na geladeira. Como Danny tinha datado cada nota, a informação registrada na porta da geladeira parecia uma espécie de agenda de como a guerra do Iraque estava progredindo. Em pouco tempo a geladeira estaria coberta.

Até os amigos mais antiamericanos do escritor canadense achavam suas anotações políticas na geladeira um exercício inútil e juvenil. (Também eram um desperdício de fita durex.) E no mesmo ano em que *In the After-Hours Restaurant* foi publicado, 2002, Danny tinha adquirido o hábito de ouvir no rádio uma estação de música country patriótica nos Estados Unidos. Danny só conseguia achar o canal tarde da noite; ele desconfiava que o sinal ficava mais claro quando o vento vinha do Norte sobre o lago Ontário.

Danny fazia isso para ficar zangado com seu *antigo* país? Não, de jeito nenhum; esta era a resposta de *Ketchum* à música country de péssima qualidade que Danny gostaria de ouvir. O escritor gostaria de ouvir o velho lenhador dizer: "Eu vou dizer para você o que está errado com a merda do patriotismo – ele é uma ilusão!

Ele significa apenas que os americanos precisam *vencer*." Ketchum não teria dito algo parecido?

E agora, com a guerra do Iraque completando dois anos, Ketchum também não teria berrado que a maioria dos americanos era tão mal informada que não conseguia ver que aquela guerra era uma *distração* da alegada guerra contra o terror – não um fomento dessa prometida guerra?

Danny não tinha nada contra procurar e destruir a al-Qaeda – "e aproveitem para procurar e destruir também a porra do Hamas e do Hezbollah!", Ketchum tinha vociferado –, mas o Iraque de Sadam era uma tirania *secular*. Será que a maioria dos americanos entendia essa diferença? Até chegarmos lá, não havia nenhuma al-Qaeda no Iraque, havia? (Não demorou muito para Danny estar um tanto perdido com questões políticas; ele não era tão seguro de si quanto Ketchum tinha sido. E Danny também não lia tanto quanto ele.)

O que o revoltado lenhador de Coos teria dito sobre o fato de os Estados Unidos declararem o final das "operações de combate" no Iraque em maio de 2003 – menos de dois meses depois de a guerra ter começado? Era tentador especular a respeito.

As perguntas para Ketchum na geladeira de Danny podem ter sido um lembrete da loucura da guerra, mas o escritor tinha que pensar por que se dera ao trabalho de manter uma prestação de contas tão excessiva; ela não servia de nada a Danny, a não ser deprimi-lo.

Diante das negativas separadas mas semelhantes feitas pelo secretário de Estado americano Colin Powell e pelo primeiro ministro britânico Tony Blair – que juraram em maio de 2003 que as informações secretas sobre armas de destruição em massa no Iraque não eram nem distorcidas nem exageradas para poderem justificar o ataque ao Iraque – Danny podia imaginar Ketchum dizendo: "Mostrem-me as armas, companheiros!"

Às vezes, Danny recitava para o cachorro as perguntas que tinha para Ketchum. ("Até o cachorro", Ketchum poderia ter gra-

cejado, "é esperto o suficiente para saber aonde vai dar esta guerra!")
    Daniel Baciagalupo ia fazer sessenta e três anos na próxima estação da lama. Ele era um homem que tinha perdido o filho único e o pai, e ele vivia sozinho – sem falar que era um *escritor*. Naturalmente, Danny lia e conversava com o cachorro. Quanto a Herói, ele não parecia surpreso com o comportamento um tanto excêntrico de Danny. O velho caçador de ursos estava acostumado a ser alvo de conversa; isso normalmente era melhor do que ser surrado por um urso.

    O cachorro era de idade indeterminada. Ketchum fora vago a respeito da idade daquele Herói em particular – ou seja, quantas gerações descendiam daquele *primeiro* "belo animal", que o Herói atual representava. Havia mais fios grisalhos no pelo do focinho de Herói do que Danny se lembrava, mas o pelo manchado de branco e cinza-azulado do Walker Bluetick tornava difícil distinguir os pelos grisalhos da *idade*. E o fato de Herói ser manco não era apenas uma indicação de velhice; as feridas causadas pelas garras do urso tinham cicatrizado muito tempo atrás, embora as cicatrizes fossem bem visíveis, e aquele quadril, onde o urso tinha enfiado as garras em Herói, ficou com um problema na articulação. A orelha cotó, quase inexistente, também tinha cicatrizado, mas a cicatriz era preta e sem pelo.

    O mais desconcertante para quem via Herói pela primeira vez era que o velho caçador de ursos não tinha uma pálpebra – no focinho feroz do cachorro, do outro lado da orelha cotó. A pálpebra perdeu-se na última briga de Herói com o pastor-alemão de Six-Pack, embora – segundo Pam – Herói tivesse vencido a batalha final no canil. Six-Pack foi obrigada a sacrificar o pastor-alemão. Mas ela nunca ficou com raiva de Herói por causa disso; Pam sabia que os dois cachorros tinham odiado sinceramente um ao outro, a vida inteira.

    Para o escritor, o cão de caça cheio de cicatrizes era uma réplica viva de Coos, onde ódios mortais normalmente seguiam seu curso. (Como em outros lugares, Danny pensava – sempre que olhava as perguntas para Ketchum na porta da sua geladeira.) Em janeiro de 2004, o número de soldados americanos mortos no Iraque desde o início da guerra tinha subido para quinhentos. "Que diabo, quinhentos não é nada, as coisas estão apenas começando", Danny imaginava o velho lenhador dizendo. "Nós vamos chegar a *cinco mil* em poucos anos mais, e algum babaca vai dizer que a paz e a estabilidade estão logo ali adiante."

"O que você acha disso, Herói?", Danny perguntou ao cachorro, que ergueu uma das orelhas ao ouvir a pergunta. "O nosso amigo em comum não estaria especulando sobre o objetivo desta guerra?"

Danny sabia quando o cachorro estava prestando atenção ou quando estava dormindo. O olho sem pálpebra seguia você quando Herói estava só fingindo que estava dormindo, mas quando o cachorro estava realmente morto para o mundo, a pupila e a íris do olho permanentemente aberto iam para algum lugar ignorado; a órbita branca leitosa não tinha nenhuma expressão.

O velho caçador de ursos dormia numa cama de cachorro estofada de agulhas de pinheiro na cozinha de Toronto. Contrariamente ao que Danny costumava pensar, as histórias que Ketchum contava sobre os peidos de Herói *não* eram exageradas. Na cama do cachorro, o brinquedo de mastigar preferido de Herói era a velha bainha da maior das facas Browning de Ketchum – a que tinha uma lâmina de trinta centímetros, que o madeireiro guardava sobre o visor do lado do motorista do seu caminhão. A bainha, que tinha absorvido o óleo de amolar da pedra de amolar faca de Ketchum, talvez ainda guardasse o cheiro do urso morto que havia sido transportado na cabine do caminhão; do jeito que Herói parecia neuroticamente apegado à bainha um tanto mastigada, Danny acreditava que sim.

A faca Browning de trinta centímetros, em si, era menos útil. Danny tinha levado a faca para uma loja de utensílios de cozinha, onde eles tinham tentando afiá-la sem sucesso; os repetidos esforços de Danny de livrar a faca de qualquer resíduo do óleo de amolar de Ketchum, colocando a faca na máquina de lavar louça, tinham tirado o fio da faca. Agora a faca era sem fio e oleosa, e Danny a pendurara numa parte visível mas inalcançável de sua cozinha em Toronto, onde parecia uma espada ritual.

As armas de fogo de Ketchum eram outra coisa. Danny não quis ficar com elas – não em Toronto. Ele as deu para Andy Grant, com quem Danny ia caçar cervos todo mês de novembro. Matar Carl tinha tornado fácil para Danny caçar cervos, embora ele se recusasse a atirar com uma espingarda de caça. ("Nunca mais", ele tinha dito a Andy.) Danny então usava a Remington .30-06 Springfield de Ketchum. Numa área de floresta, mesmo a uma distância razoavelmente curta, era mais difícil acertar um cervo com aquela peça de colecionador, mas o coice da carabina – ou a ressonância da descarga do rifle de cano curto, em seu ouvido – era diferente do que Danny se lembrava da espingarda calibre 20.

Andy Grant conhecia a região de Bayfield como a palma da sua mão; caçara lá quando era menino. Mas, quase sempre, Andy levava Danny para caçar cervos numa região mais familiar a Danny – a área a oeste do lago Lost Tower, entre Payne's Road e Shawanaga Bay. Perto de um ponto de motoneves no inverno, e às vezes dando para ver o cais dos fundos da ilha de Charlotte, havia um atalho natural – um caminho para a caça de cervos. Desse modo, todo mês de novembro, Danny podia olhar por cima da água cinzenta para a sua destinação de inverno. Havia lugares no continente, dando para Shawanaga Bay, onde se podia avistar o cais dos fundos da ilha Turner – até o telhado da cabana do vovô, onde Ketchum um dia jogou a pele daquela cascavel que ele tinha matado.

Para essas excursões de caça em novembro, Danny sempre ficava no Larry's Tavern. Foi no bar que ele ouviu o boato de que o Larry's um dia ia ser vendido, quando a nova estrada chegasse ao Norte. Quem era Danny para dizer, como os velhos frequentadores do bar costumavam dizer, que o Larry's deveria ser poupado? Nem o bar nem o motel pareciam merecer serem salvos, na opinião do escritor, mas ele não podia negar que aquele estabelecimento de beira de estrada tinha cumprido por muito tempo o seu objetivo (embora em grande parte autodestrutivo). E todo inverno, quando Danny chegava na ilha de Charlotte, Andy Grant emprestava a ele a Remington de Ketchum. ("No caso de aparecer algum *bicho*", Ketchum teria dito.) Andy também deixava algumas cartelas extras de cartuchos com o escritor. Herói sempre reconhecia a carabina. Era uma das poucas vezes que o cão de caça abanava o rabo, porque aquela Remington .30-06 Springfield semiautomática era a arma que Ketchum preferia para caçar urso, e sem dúvida Herói se lembrava da excitação da perseguição – ou então do seu antigo dono.

Danny levou dois anos para ensinar o cachorro a latir. Rosnar e peidar e roncar ao dormir eram coisas naturais para Herói – quer dizer, se é que o cão de caça não tinha aprendido essas artes indelicadas com Ketchum –, mas Herói nunca tinha latido antes. Nos seus primeiros esforços para encorajar Herói a latir, Danny às vezes imaginava se o velho lenhador tinha desaprovado latidos.

Havia um pequeno parque e playground, provavelmente do tamanho de um campo de futebol, perto da residência de Danny em Rosedale e adjacente àqueles dois novos condomínios na Scrivener Drive, que – por sorte – *não* bloquearam a vista que o escritor tinha da torre do relógio na loja de bebidas de Summerhill. Danny levava Herói ao parque três ou quatro vezes por dia – quase sempre com uma guia, para o caso de haver algum pastor-alemão presente no parque, ou outro macho que pudesse lembrar Herói do falecido pastor de Six-Pack.

No parque, Danny latia para Herói; o escritor se esforçava para latir com autenticidade, mas Herói não ficava nem um pouco impressionado. Depois de um ano fazendo isso, Danny pensou que talvez Herói achasse que latir era um sinal de *fraqueza* em cachorros.

Outros donos de cachorro no pequeno parque ficavam desconcertados com a aparência magra e mal-encarada do cachorro, e pela estranha indiferença do caçador de ursos em relação aos outros cachorros. Havia também as cicatrizes, o quadril aleijado – sem falar no olhar maligno do olho arregalado. "É só porque Herói perdeu uma pálpebra – ele não está olhando torto para o seu cachorro nem nada disso", Danny tentava tranquilizar os donos de cachorro mais ansiosos.

– O que aconteceu com aquela orelha? – um moça com um spaniel imbecil perguntou ao escritor.

– Ah, aquilo foi um urso – Danny admitiu.

– *Um urso!*

– E o quadril do pobrezinho, essas cicatrizes horríveis? – um homem de aparência nervosa, com um schnauzer, tinha perguntado.

– O mesmo urso – Danny disse.

Foi no segundo inverno na ilha de Charlotte que os latidos começaram. Danny tinha parado o aerobarco Polar no gelo no cais da frente; ele estava descarregando os mantimentos enquanto Herói esperava por ele no cais. Danny tentou mais uma vez latir para o cachorro – o escritor já tinha quase desistido. Para surpresa tanto de Danny quanto do cachorro, Herói repetiu o latido de Danny; houve um eco do latido vindo da direção da ilha Barclay. Quando Herói ouviu o eco, ele latiu. É claro que houve um eco depois do latido de Herói, também; o cão de caça ouviu um cachorro estranhamente igual a ele latir de volta.

Aquilo tinha durado mais de uma hora – Herói latindo para si mesmo no cais. (Se Ketchum estivesse ali, Danny pensou, o velho lenhador provavelmente teria dado um tiro no caçador de urso.) O que foi que eu criei?, o escritor pensou, mas passado um tempo, Herói parou.

Depois disso, o cachorro latia normalmente; ele latia para as motoneves e para o som eventual parecido com um avião de um aerobarco distante, no canal principal. Ele latia para os apitos de trem, que o cachorro ouvia do continente – e, com menos frequência, para o chiado dos pneus daqueles caminhões enormes na 69. Quanto a intrusos – bem, naquelas semanas de inverno, não havia nenhum – só havia a visita eventual de Andy Grant. (Herói também latia para Andy.)

Não se poderia dizer que o cachorro de caçar urso de Ketchum fosse normal – ou mesmo *quase* normal –, mas o latido ajudou muito a aliviar a expressão arrepiante da cara de Herói, com uma orelha só e um olho arregalado. Sem dúvida, os companheiros de Danny que levavam seus cachorros àquele pequeno parque perto de Scrivener Square estavam menos visivelmente nervosos a respeito do caçador de urso – e agora que o cachorro latia, ele rosnava menos. Era uma pena que não houvesse nada que Danny pudesse fazer a respeito dos peidos silenciosos de Herói e do seu ronco altíssimo.

O que o escritor estava percebendo era que ele nunca soubera o que era ter um cachorro. Quanto mais Danny conversava com Herói, menos o escritor ficava inclinado a pensar sobre o que Ketchum teria dito a respeito do Iraque. Será que ter um cachorro nos deixava menos interessados em política? (Não que Danny tivesse sido *realmente* ligado em política; ele nunca fora igual a Katie, ou a Ketchum.)

Danny tomava partido, politicamente falando; ele tinha opiniões políticas. Mas não era um antiamericano – o escritor não se sentia um expatriado! O mundo que foi capturado em sua forma mais esquemática em sua geladeira em Toronto começou a parecer cada vez menos importante para o autor. Aquele mundo era cada vez mais o que Daniel Baciagalupo *não* queria pensar a respeito – especialmente, como Ketchum teria dito, *como um escritor*.

Houve um acidente na 69, perto da Horseshoe Lake Road. Um babaca dirigindo um Hummer tinha batido na traseira de um trailer de transportar gado, matando a si mesmo e a um bocado de bois. Isto aconteceu no primeiro inverno que Danny ficou na ilha de Charlotte, e ele soube do acidente pela faxineira. Ela era uma aborígine – uma jovem de cabelos e olhos pretos, um rosto bonito, e mãos grossas e fortes. Uma vez por semana, Danny dirigia o aerobarco até a Reserva Indígena de Shawanaga; era lá que ele a apanhava, e para onde a levava de volta no final do dia, mas ela certamente não morava lá. A reserva era usada principalmente nos meses de verão, tanto como lugar de camping quanto como porta de entrada da baía. Os moradores da reserva moravam na aldeia de Shawanaga, embora houvesse alguns aborígines que moravam o ano inteiro em Skerryvore – pelo que Andy tinha dito a Danny. (As duas áreas podiam ser alcançadas pela estrada nos meses de inverno, pelo menos de motoneve.)

A jovem faxineira tinha jeito com cachorros. Ela disse a Danny para colocar seus protetores de orelha em Herói quando fosse buscá-la na reserva, e quando dirigisse de volta para a ilha Turner sem ela. (Surpreendentemente, o cachorro não se incomodou de usá-los.) E quando a faxineira andava no aerobarco com Herói, ela segurava o caçador de ursos no colo e cobria as orelhas dele – mesmo a que estava faltando – com suas mãos grandes e fortes. Danny nunca tinha visto Herói sentar no colo de ninguém antes. O Walker Bluetick pesava uns trinta ou quarenta quilos.

O cachorro seguia fielmente a jovem enquanto ela limpava a casa, do mesmo jeito que Herói se agarrava a Danny na ilha quando Danny estava sozinho lá. Quando Danny estava usando a motosserra, o caçador de ursos se mantinha a uma distância segura dele. (O escritor tinha certeza de que Herói havia aprendido isso com Ketchum.)

Havia uma confusão eterna sobre onde a jovem aborígine *morava* – Danny nunca via ninguém esperando por ela na reserva, ou nenhum tipo de veículo que ela mesma poderia usar para ir e vir do cais. Danny só perguntou a ela uma vez, mas a resposta da jovem faxineira pareceu-lhe sonhadora ou zombeteira, ou as duas coisas, e ele não lhe pediu para esclarecer melhor. "Território Ojibway", ela disse.

Danny não sabia o que a mulher aborígine queria dizer – talvez nada. Ele poderia ter perguntado a Andy Grant de onde ela realmente era – Andy o tinha posto em contato com ela –, mas Danny deixou passar. Território Ojibway era uma resposta satisfatória para ele.

E o escritor tinha esquecido na mesma hora o nome da jovem, se é que ele o tinha escutado antes. Uma vez, logo no início do primeiro inverno em que ela trabalhou para ele, ele disse a ela, com admiração, "Você é incansável". Isto por conta de todo o gelo que ela quebrava – e a quantidade de baldes de água que tirava do lago e deixava para ele na cabana principal. A moça sorriu; ela gostou da palavra *incansável*.

– Você pode me chamar disso, *por favor*, chame-me disso – ela disse a ele.

– Incansável?

– Esse é o meu nome – a aborígine disse. – É quem eu sou, de verdade.

Mais uma vez, Danny poderia ter perguntado a Andy qual era o nome verdadeiro dela, mas a mulher gostava de ser chamada de Incansável, e isso também estavam bom para Danny.

Às vezes, do seu barracão de escrever, ele via Incansável prestando homenagem ao *inuksuk*. Ela não se curvava formalmente diante do monumento de pedra, mas tirava a neve de cima dele respeitosamente – e, em sua manifestação de submissão, ela demonstrava uma espécie de deferência ou de homenagem. Até Herói, que ficava longe de Incansável nessas ocasiões solenes, parecia compreender o caráter sagrado do momento.

Danny trabalhava tão bem no seu barracão de escrever no único dia da semana em que Incansável vinha fazer a limpeza quanto nos dias em que estava sozinho com Herói; a faxineira não o distraía. Quando ela terminava o trabalho na cabana principal – não importava que, nos outros dias, Danny estivesse acostumado com Herói dormindo (e peidando e roncando) no barracão de escrever enquanto ele trabalhava –, o escritor erguia os olhos do trabalho e, de repente, via Incansável parada ao lado daquele pinheirinho torto. Ela nunca tocava na árvore aleijada; ficava apenas parada ao lado dela, como uma sentinela, com Herói parado ao lado dela. Nem a faxineira aborígine nem o caçador de ursos olhavam para Danny pela janela do seu barracão de escrever. Sempre que o escritor erguia os olhos e os via perto do pinheiro entortado pelo vento, tanto o cachorro quanto a moça estavam de costas para ele, parecendo ver a baía.

Aí Danny batia na janela, e Incansável e Herói entravam no barracão de escrever. Danny deixava o barracão (e seu livro) enquanto Incansável limpava lá dentro, o que nunca demorava muito – normalmente, menos do que Danny levava para preparar uma xícara de chá para ele na cabana principal.

Exceto por Andy Grant – e aqueles mesmos frequentadores que Danny às vezes encontrava no Larry's Tavern, ou no restaurante Haven, e no armazém – a faxineira aborígine era o único ser humano com quem Danny tinha alguma interação social nos invernos que passava na ilha em Georgian Bay, e Danny e Herói só viam Incansável uma vez por semana durante as dez semanas que o escritor passava lá. Uma vez, quando Danny estava na cidade e encontrou por acaso com Andy, o escritor contou a ele como estava dando certo o arranjo com a jovem aborígine.

– Herói e eu simplesmente a adoramos – ele disse. – Ela é muito fácil e agradável de conviver.

– Você parece que está pronto para *casar* com ela – Andy disse ao escritor. Andy estava brincando, é claro, mas Danny, mesmo que só por um ou dois minutos, pensou seriamente na ideia.

Mais tarde, de volta ao aerobarco – mas antes de ligar o motor ou de pôr os protetores de orelha no cão de caça –, Danny perguntou ao cachorro: "Você acha que eu pareço solitário, Herói? Eu devo ser um pouco solitário, hein?"

* * *

Na cozinha da casa de Danny na Cluny Drive – particularmente à medida que o ano de 2004 avançava – a política na geladeira do escritor tinha ficado chata. Possivelmente, a política *sempre* fora chata e o escritor só agora tinha notado; pelo menos as perguntas para Ketchum pareciam triviais e infantis em comparação com a história mais pessoal e detalhada que Danny estava desenvolvendo no seu nono romance.

Como sempre, ele começou pelo final da história. Ele tinha escrito não só o que achava que era a última frase, mas Danny tinha uma ideia bem nítida da trajetória do novo romance – seu primeiro como Daniel Baciagalupo. Danny estava lenta mas gradualmente fazendo o seu caminho *de trás para frente* ao longo da narrativa, na direção de onde achava que o livro devia começar. Esse era o modo como sempre trabalhara: ele criava uma história de trás para frente; portanto, escrevia o primeiro capítulo *por último*. Quando Danny chegava na primeira frase – isto é, no momento em que ele escrevia a primeira frase do livro – normalmente já tinham passado dois anos ou mais, mas nessa altura ele já sabia a história toda. A partir daquela primeira frase, o livro seguia adiante – ou, no caso de Danny, para trás, para onde ele tinha começado.

Como sempre, também, quanto mais Danny mergulhava num romance, mais o que passava por política se distanciava. Embora as opiniões políticas do escritor fossem genuínas, Danny teria sido o primeiro a admitir que ele desconfiava de *toda* política. Ele não era um romancista, em parte, porque via o mundo de um modo muito subjetivo? E não só era escrever ficção o melhor que Daniel Baciagalupo sabia fazer; escrever um romance era, na realidade, tudo o que ele fazia. Ele era um artesão, não um teórico; era um contador de histórias, não um intelectual.

Entretanto, Danny estava inevitavelmente recordando aqueles dois últimos helicópteros que deixaram Saigon – aquelas po-

bres pessoas penduradas nos patins do helicóptero, e as centenas de sul-vietnamitas desesperados que foram deixados para trás no pátio da embaixada americana. O escritor não tinha dúvida de que iríamos ver isso (ou algo parecido) no Iraque. Sombras do Vietnã, Danny pensou – típico da idade dele, porque o Iraque não era exatamente outro Vietnã. (Daniel Baciagalupo era um cara tão anos 1960, como Ketchum o tinha chamado; não haveria como mudá-lo.)
  Foi com pouca convicção que Danny falou com o cachorro que bocejou e mais nada. "Eu aposto uma caixa de biscoitos de cachorro com você, Herói, que tudo vai piorar muito antes de começar a melhorar." O caçador de ursos não reagiu nem mesmo à parte dos *biscoitos de cachorro*; Herói achava política tão chato quanto Danny. Era apenas o mesmo mundo de sempre, não era? Quem mudaria alguma coisa no modo como o mundo funcionava? Não um *escritor*, com certeza; Herói tinha tanta chance de mudar o mundo quanto Danny. (Felizmente, Danny *não* disse isso a Herói – para não ofender o nobre cão.)

Foi numa manhã de dezembro de 2004, depois que a última (e já esquecida) pergunta para Ketchum tinha sido colada na porta da geladeira de Danny, que Lupita – a mais leal e sofredora faxineira mexicana – encontrou o escritor na cozinha, onde Danny estava escrevendo. Isto perturbou Lupita, que – na sua necessária departamentalização da casa – tinha uma visão ditatorial dos usos dos diferentes cômodos na casa de um escritor em atividade.
  Lupita estava acostumada, embora desaprovasse, às pranchetas e às resmas soltas de papel na sala de ginástica, onde não havia nenhuma máquina de escrever; a infinidade de papeizinhos de Post-it, que estavam por toda casa, era mais um motivo de irritação para ela, mas que ela tinha reprimido. Quanto às perguntas políticas para o Sr. Ketchum, presas na porta da geladeira, Lupita as lia com um interesse cada vez menor – quando as lia. As trivialidades coladas na porta incomodavam Lupita princi-

palmente porque a impediam de limpar a porta da geladeira, como ela gostaria de fazer.

Cuidar, como ela fazia, da casa de Danny na Cluny Drive tinha sido apenas uma sucessão de desgostos para Lupita. O fato de o Sr. Ketchum não passar mais o Natal em Toronto fazia a faxineira mexicana chorar, especialmente no final de dezembro – sem falar que o esforço que ela teve que fazer para recuperar o quarto do falecido cozinheiro, depois daquele duplo tiroteio, quase a tinha matado. Naturalmente, a cama encharcada de sangue tinha sido retirada, e o papel de parede substituído, mas Lupita limpou cada um dos retratos sujos de sangue dos quadros de avisos de Dominic, e esfregou o chão até achar que seus joelhos e suas mãos iam sangrar. Ela convenceu Danny a mudar as cortinas também; senão, o cheiro de pólvora teria ficado no quarto sanguinário.

Vale a pena notar que, neste período da vida de Danny, as duas mulheres com quem ele mantinha mais contato eram ambas faxineiras, embora sem dúvida Lupita exercesse mais influência no escritor do que Incansável. Foi por insistência de Lupita que Danny se livrou do sofá do seu quarto de escrever do terceiro andar, e isto se deveu exclusivamente ao fato de Lupita dizer que a marca do corpo do odioso subdelegado era visível (para *ela*) naquele sofá. "Eu ainda posso vê-lo ali deitado, esperando que você e seu pai adormecessem", Lupita tinha dito a Danny.

Naturalmente, Danny se desfez do sofá – não que a marca do corpo gordo do caubói morto fosse visível para Daniel Baciagalupo, mas depois que a faxineira mexicana alegou ter visto a marca do corpo de Carl naquele sofá, o escritor logo se viu imaginando a cena.

Lupita não parou por aí. Foi logo depois de Herói ter ido morar com ele, Danny estava lembrando, que Lupita propôs uma mudança mais monumental. Aqueles quadros de aviso com a história da família pregada neles – as centenas de fotografias que se sobrepunham umas às outras que o cozinheiro tinha guardado, e havia centenas mais nas gavetas da escrivaninha de Dominic –,

bem, vocês podem imaginar o que a faxineira mexicana pensou. Não fazia sentido, Lupita tinha dito, deixar aquelas fotos especiais expostas num quarto onde agora não eram vistas por ninguém. "Elas deviam estar no *seu* quarto, Sr. Escritor", Lupita disse a Danny. (Ela espontaneamente passara a chamá-lo assim, ou de "Señor Escritor". Danny não se lembrava exatamente de quando isso começou.) E depois, é claro, veio a história de que aqueles retratos de Charlotte tinham que ser retirados. "Não é mais apropriado", Lupita tinha dito a Danny; ela quis dizer que ele não devia estar dormindo com aquelas fotos nostálgicas de Charlotte Turner, que era uma mulher casada e com filhos. (Sem uma palavra de resistência por parte do Sr. Escritor, Lupita tinha simplesmente tomado conta da casa.)
 Agora fazia sentido. O quarto do falecido cozinheiro servia de segundo quarto de hóspedes; ele era raramente usado, mas era particularmente útil se um casal com um filho (ou filhos) estivesse visitando o escritor. A cama de casal de Dominic fora substituída por duas camas de solteiro. A homenagem a Charlotte naquele longínquo quarto de hóspedes – do outro lado do corredor do quarto de Danny – parecia mais adequada ao relacionamento que Danny tinha atualmente com Charlotte.
 Fazia mais sentido, também, que Danny agora dormisse com as fotos de família do cozinheiro – inclusive alguns retratos do filho morto do escritor, Joe. Danny tinha que agradecer a Lupita por isto ser possível, e era Lupita quem cuidava dos quadros de aviso; ela escolhia as novas e recicladas fotografias com as quais queria que Danny dormisse. Uma ou duas vezes por semana, Danny olhava com atenção para as fotografias naqueles quadros de aviso, só para ver o que Lupita tinha mudado.
 Ocasionalmente, havia alguns instantâneos de Charlotte – na maior parte, essas fotos eram de Charlotte com Joe. (Elas tinham de algum modo merecido a aprovação de Lupita.) E havia montes de fotos de Ketchum, é claro – até algumas novas do

madeireiro, e da jovem mãe de Danny com seu ainda mais jovem pai. Estes retratos muito antigos da prima Rosie tinham vindo para Danny junto com Herói, e as armas de Ketchum – sem falar na motoserra. As velhas fotos tinham sido preservadas da luz, guardadas entre as páginas dos adorados livros de Rosie, que também sido dados a Danny – agora que o velho lenhador não podia mais lê-los. Quantos livros Ketchum tinha guardado! Quantos mais ele teria lido?

Naquela manhã de dezembro de 2004, quando Lupita pegou Danny escrevendo na cozinha, ele estava fechando algumas cenas que imaginava que pudessem estar perto do início do seu romance – até mesmo frases, em alguns casos. Ele estava sem dúvida se aproximando do início do primeiro capítulo, mas exatamente onde começar – a primeira frase, por exemplo – ainda lhe escapava. Ele estava escrevendo num simples caderno espiral de papel pautado; Lupita sabia que o escritor tinha um estoque de cadernos como aquele no quarto de escrever do terceiro andar, onde (em sua firme opinião) ele deveria estar escrevendo.

– O senhor está escrevendo na cozinha – a faxineira disse.

Foi uma frase direta, afirmativa, mas Danny detectou uma tensão nela; pelo tom crítico da observação de Lupita, foi como se ela tivesse dito, "O senhor está trepando no quintal". Danny ficou espantado com o jeito da faxineira mexicana.

– Eu não estou exatamente escrevendo, Lupita – ele disse defensivamente. – Estou tomando notas sobre o que *vou* escrever.

– O que quer que esteja fazendo, o senhor está fazendo na *cozinha* – Lupita insistiu.

– Sim – Danny respondeu com cautela.

– Eu suponho que posso começar lá em cima, no terceiro andar, por exemplo, no seu quarto de escrever, onde o senhor não está escrevendo – a faxineira disse.

– Isso seria ótimo – Danny disse a ela.

Lupita suspirou, como se o mundo fosse uma fonte inesgotável de sofrimento para ela – ele tinha sido, Danny sabia. Ele tolera-

va as manias dela, e quase sempre Danny aceitava a suposta autoridade de Lupita; o escritor sabia que era preciso ser mais receptivo à autoridade de alguém que tinha perdido um filho, como era o caso da faxineira, e mais tolerante com ela, também. Mas antes que Lupita saísse da cozinha – para cuidar do que ela claramente considerava sua fora de ordem (se não inteiramente errada) primeira tarefa do dia – Danny disse a ela:
– Você pode fazer o favor de limpar a geladeira hoje, Lupita? Pode jogar tudo fora.

A mexicana não se surpreendia com facilidade, mas Lupita ficou parada como se estivesse em choque. Recuperando-se, ela abriu a porta da geladeira, que tinha limpado na véspera; não havia praticamente nada lá dentro. (Exceto quando Danny dava um jantar, quase nunca tinha nada na geladeira.)

– Não, eu estou me referindo à *porta* – Danny disse a ela. – Por favor, limpe-a completamente. Jogue fora todas essas anotações.

Nesta altura, a desaprovação de Lupita se transformou em preocupação.

– *Enfermo?* – ela perguntou de repente a Danny. Ela pôs a mão morena e rechonchuda na testa do escritor; com a prática que tinha, ela achou que Danny não estava com febre.

– Não, eu *não* estou doente, Lupita – Danny disse à faxineira. – Eu só estou irritado por ter passado tanto tempo desviando minha atenção.

Aquela era uma época do ano difícil para o escritor, que não era nenhum garoto, Lupita sabia. O Natal era a época mais difícil para quem tinha perdido alguém da família; a faxineira não tinha dúvidas disso. Ela fez imediatamente o que Danny pediu. (Ela na verdade gostou da oportunidade de interromper o trabalho dele, já que ele o estava fazendo no lugar errado.) Lupita arrancou satisfeita os pedacinhos de papel grudados na porta da geladeira; a droga da fita durex ia dar mais trabalho, ela sabia, arrancando os pedacinhos com as unhas. Ela ia passar um desinfetante na porta, mas podia fazer isso mais tarde.

É provável que jamais tenha ocorrido à faxineira que ela estava jogando fora o que significava a obsessão de Danny com o que Ketchum teria pensado do fiasco de Bush no Iraque, mas estava. Talvez na cabeça de Danny – bem lá no fundo de sua mente – o escritor se desse conta de que estava, naquele momento, livrando-se ao menos de um pouco da raiva que sentia pelo seu *antigo* país.

Ketchum tinha chamado a América de uma nação perdida, mas Danny não sabia se era justo dizer isso – ou se a acusação *já* era verdadeira. Tudo o que importava para Daniel Baciagalupo, como escritor, era que seu antigo país era uma nação perdida para *ele*. Desde a reeleição de Bush, Danny tinha aceitado que a América estava perdida para ele, e que ele era – daquele minuto em diante – um forasteiro morando no Canadá, até o fim dos seus dias.

Enquanto Lupita esfregava com força a porta da geladeira, Danny foi para a sala de ginástica e ligou para o Beijo do Lobo. Ele deixou uma mensagem bem detalhada na secretária eletrônica, dizendo que queria fazer uma reserva no restaurante para todas as noites em que o Beijo do Lobo estivesse aberto – isto é, até Patrice e Silvestro fecharem para as festas de Natal. Lupita tinha razão: o Natal era sempre difícil para Danny. Primeiro ele tinha perdido Joe, e aqueles Natais no Colorado; depois o pai de Danny foi morto. E todo Natal desde aquele também memorável Natal de 2001, o escritor se lembrava de como ele soube de Ketchum, que também estava perdido para ele.

Danny não era Ketchum; o escritor não era nem "parecido" com Ketchum, embora tenha havido momentos em que Danny tivesse tentado ser igual ao velho lenhador. Ah, como ele tinha tentado! Mas aquela não era a tarefa de Danny – para usar a palavra *tarefa* como Ketchum a tinha usado. A tarefa de Danny era ser um escritor, e Ketchum tinha entendido isso muito antes do próprio Danny.

"Você tem que enfiar o nariz no que houver de pior, e imaginar *qualquer coisa*, Danny", o velho madeireiro dissera a ele. Daniel Baciagalupo estava tentando; se o escritor não podia *ser*

Ketchum, ele podia pelo menos fazer do lenhador um herói. Realmente, qual era a dificuldade, o escritor pensou, de fazer de Ketchum um herói?

"Bem, os escritores deveriam saber que às vezes é difícil morrer, Danny", Ketchum tinha dito a ele quando Danny precisou de três tiros para matar seu primeiro cervo.

Merda, eu devia ter sabido na época o que Ketchum quis dizer, o escritor estava pensando naquele dia enquanto Lupita limpava feito louca em volta dele. (Sim, devia ter sabido.)

17
Com exceção de Ketchum

Danny teve uma vaga ideia do que Ketchum estava pretendendo – isto aconteceu por volta do dia de Ação de Graças nos Estados Unidos, em novembro de 2001. O escritor estava jantando uma noite – naturalmente, no Beijo do Lobo –, e a companhia de Danny no jantar era sua própria médica. O relacionamento deles não era sexual, mas eram muito amigos; ela havia lido diversos romances de Danny na qualidade de especialista em medicina. Uma vez ela escreveu uma carta para ele, dizendo ser sua admiradora, e eles iniciaram uma correspondência – muito antes de ele ir para o Canadá. Agora eram amigos íntimos.

O nome da médica era Erin Reilly. Ela era quase da mesma idade que Danny – tinha dois filhos adultos, que também tinham filhos – e, não fazia muito tempo, o marido a trocara pela recepcionista dela. "Eu devia ter percebido que isso ia acontecer", Erin tinha dito a Danny pensativamente. "Os dois viviam me perguntando, umas cem vezes por dia, se eu estava *bem*."

A amizade de Erin tornou-se em Toronto a que Armando DeSimone tinha sido para Danny em Vermont. Danny ainda se correspondia com Armando, mas Armando e Mary não vinham mais a Toronto; a viagem de Vermont até lá era muito longa, e viajar de avião tornara-se muito inconveniente para pessoas da idade e do temperamento deles.

"Os cretinos da segurança dos aeroportos ficaram com todos os meus canivetes suíços", Armando se queixara com Danny.

Erin Reilly era uma verdadeira leitora, e quando Danny lhe fazia uma pergunta médica – fosse por motivo pessoal ou quando ele estava fazendo uma pesquisa para um personagem de um romance –, Danny ficava contente pois a médica dava respostas longas e detalhadas. Erin também gostava de ler romances longos e detalhados.

Naquela noite, no Beijo do Lobo, Danny disse a ela:
– Eu tenho um amigo que tem um desejo recorrente de decepar a mão esquerda; sua mão esquerda o decepcionou de alguma forma. Se ele fizer isso, vai sangrar até morrer?
Erin era uma mulher magra, parecendo uma garça, com cabelos grisalhos bem curtos e olhos cor de avelã. Intensamente absorvida no seu trabalho, e em qualquer romance ou romances que estivesse lendo, quase à obsessão, Danny sabia que talvez essa obsessão fosse a razão pela qual gostava dela. Ela podia ficar cega para o mundo de uma maneira alarmante – do jeito que, com o passar do tempo, o cozinheiro tinha conseguido convencer a si mesmo de que o caubói não iria atrás dele. Erin podia brincar dizendo que devia "ter percebido" o que estava acontecendo – referindo-se ao envolvimento do marido com a recepcionista –, mas o fato de ambos ficarem perguntando a Erin se ela estava *bem* não era (na opinião de Danny) o que sua querida amiga Erin *deveria* ter notado. Erin tinha aviado as receitas de Viagra do marido; ela devia saber a dosagem que ele estava tomando do remédio! Mas Danny amava isso em Erin – sua extrema inocência, o que o fazia lembrar de tudo que seu pai não conseguia enxergar, o que Danny também tinha amado.
– Este... *amigo* que tem um desejo recorrente de decepar a mão esquerda – a Dra. Reilly disse devagar. É *você*, Danny, ou um personagem sobre o qual está escrevendo?
– Nenhum dos dois. Trata-se de um velho amigo. Eu lhe contaria a história, Erin, mas ela é longa demais, até para você.
Danny se lembrava do que ele e Erin tinham comido naquela noite. Eles tinham pedido camarão com leite de coco e caldo verde; ambos comeram ostras Malpeque de entrada, com o mignonette com molho de cebola e champanhe do Silvestro.
– Conte-me *tudo*, Erin – ele tinha dito a ela. – Não omita nenhum detalhe. – (O escritor estava sempre dizendo isso a ela.)

Erin sorriu e tomou um gole do seu vinho. Ela costumava pedir uma garrafa cara de vinho branco e nunca bebia mais de uma ou duas taças, doando o resto da garrafa para Patrice, que depois o vendia por taça. Por seu lado, Patrice de vez em quando pagava o vinho de Erin. Patrice Arnaud também era paciente da Dra. Reilly.

– Bem, Danny, vamos ver. – Erin tinha começado naquela noite de novembro de 2001. – Seu amigo provavelmente *não* sangraria até morrer, se ele cortasse a mão na altura do pulso, com um golpe firme e uma lâmina afiada. – Danny não duvidava que qualquer que fosse o instrumento usado por Ketchum ele estaria bem afiado, fosse a faca Browning, um machado, ou até mesmo a motosserra do velho lenhador. – Mas seu amigo sangraria um bocado, faria um estrago nas artérias radial e ulnária, que são as duas artérias principais que ele teria cortado. No entanto, esse seu amigo infeliz ia ter alguns problemas, quer dizer, se ele *quisesse* morrer. – Aqui Erin fez uma pausa; a princípio, Danny não entendeu por quê. – O seu amigo quer morrer, ou ele quer apenas livrar-se da mão? – a médica perguntou a ele.

– Eu não sei – Danny respondeu. – Eu sempre achei que o problema fosse só a mão.

– Bem, então ele talvez consiga o que quer – Erin disse. – Veja bem, as artérias são muito elásticas. Depois de cortadas, elas iriam retrair-se de volta para dentro do braço, onde os tecidos iriam comprimi-las, pelo menos até certo ponto. Os músculos das paredes arteriais iriam se contrair imediatamente, diminuindo o diâmetro das artérias e tornando mais lenta a perda de sangue. Nossos corpos são criativos na busca de soluções para se manterem vivos; diversos mecanismos entrariam em ação no corpo do seu amigo, todos eles se esforçando para evitar que ele sangrasse até a morte. – Aqui Erin fez outra pausa. – O que foi? – ela perguntou a Danny.

Daniel Baciagalupo ainda estava pensando se Ketchum *queria* ou não se matar; ao longo de todos aqueles anos de conversa incessante sobre a mão esquerda, não ocorrera ao escritor que Ketchum pudesse estar abrigando intenções mais sérias.

– Você está se sentindo mal, ou algo assim? – a Dra. Reilly perguntou.
– Não, não é isso – Danny disse. – Então ele *não* sangraria até morrer, é isso que você está dizendo.
– As plaquetas o salvariam – Erin respondeu. – Plaquetas são partículas muito pequenas de sangue, que não têm tamanho suficiente nem para serem células de verdade; elas são, na realidade, lascas que caem de uma célula e então circulam na corrente sanguínea. Sob circunstâncias normais, as plaquetas são partículas mínimas, de paredes macias, não aderentes. Mas quando o seu amigo decepa a mão, ele expõe o endotélio, ou parede arterial interna, o que causaria um vazamento de uma proteína chamada colágeno, a mesma coisa que os cirurgiões plásticos usam. Quando as plaquetas encontram o colágeno exposto, elas sofrem uma transformação drástica, uma metamorfose. As plaquetas se tornam partículas grudentas, espiculadas. Elas agregam e aderem umas às outras, formando um tampão.
– Como um coágulo? – Danny perguntou; a voz dele soou engraçada. Ele não podia comer pois não conseguia engolir. Estava certo de que Ketchum pretendia se matar; decepar a mão esquerda era apenas o modo de o lenhador fazer isso, e é claro que Ketchum responsabilizava a mão dele por ter deixado Rosie escorregar. Mas Rosie havia morrido muitos anos atrás. Danny compreendeu que Ketchum devia estar se sentindo culpado por não ter matado Carl. Pela morte do seu amigo Dominic, Ketchum culpava a si próprio, *todo* ele. A mão esquerda de Ketchum não podia levar a culpa pelo fato de o caubói ter matado o cozinheiro.
– Excesso de detalhes enquanto você está comendo? – Erin perguntou. – Eu vou parar. A coagulação vem um pouco depois; tem algumas outras proteínas envolvidas. Basta dizer que *há* um coágulo que tapa a artéria; isto estancaria o sangramento do seu amigo e salvaria a vida dele. Decepar a própria mão não irá matá-lo.
Mas Danny sentiu que estava se afogando; ele estava afundando depressa. ("Bem, os escritores deviam saber que às vezes dá trabalho morrer, Danny", o velho lenhador tinha dito a ele.)

– Tudo bem, Erin – Danny disse, mas não era sua voz; nem ele nem Erin a reconheceram. – Digamos que o meu amigo *quisesse* morrer. Vamos supor que ele queira decepar a mão esquerda durante o processo, mas o que ele *realmente* quer é morrer. E aí? A médica estava comendo com apetite; ela teve que mastigar e engolir por alguns segundos enquanto Danny esperava.

– Fácil – Erin disse, depois de tomar mais um gole de vinho.

– O seu amigo sabe o que é aspirina? Basta ele tomar algumas aspirinas.

– Aspirina – Danny repetiu como um autômato. Ele podia ver o conteúdo do porta-luvas do caminhão de Ketchum, como se a porta ainda estivesse aberta e Danny nunca a tivesse fechado, o pequeno revólver e o frasco grande de aspirina.

"Acabam com a dor, todos os dois", Ketchum tinha dito, com naturalidade. "Eu não seria encontrado morto sem aspirina e algum tipo de arma."

– A aspirina bloqueia certas partes do processo que ativa as plaquetas – a Dra. Reilly estava dizendo. – Se você quisesse dar uma explicação mais técnica, poderia dizer que a aspirina não deixa o sangue coagular, bastam dois comprimidos de aspirina no corpo do seu amigo e é bem possível que o sangue não coagule rápido o suficiente para salvá-lo. E se ele *realmente* quisesse morrer, ele poderia tomar as aspirinas com alguma bebida alcoólica; através de um mecanismo completamente diferente, o álcool também evita a ativação e a agregação das plaquetas. Haveria uma verdadeira sinergia entre o álcool e a aspirina, deixando as plaquetas impotentes, elas não grudariam umas nas outras. Em outras palavras, não haveria coágulo. Seu amigo maneta morreria.

Erin finalmente parou de falar quando viu que Danny estava olhando fixamente para a comida, sem comer. Também vale a pena notar que Daniel Baciagalupo mal tinha tocado em sua cerveja.

– Danny? – a médica disse. – Eu não sabia que ele era uma amigo *real*. Achei que fosse um personagem de um romance, e que você estivesse usando a palavra *amigo* aleatoriamente. Desculpe.

* * *

Danny tinha corrido para casa ao sair do Beijo do Lobo naquela noite de novembro. Ele queria ligar para Ketchum imediatamente, mas em particular. Era uma noite fria em Toronto. Estava quase no final do outono, já devia ter nevado algumas vezes em Coos, New Hampshire. Ketchum não passava mais tantos faxes. Ele também não telefonava muito para Danny – não tanto quanto Danny ligava para ele. Naquela noite, o telefone tocou sem parar; ninguém atendeu. Danny teria ligado para Six-Pack, mas não tinha o telefone dela e nunca soubera o seu sobrenome – assim como não sabia qual era o primeiro nome de Ketchum, se é que o velho lenhador tinha um.

Ele resolveu passar um fax para Ketchum dizendo alguma bobagem – dando a entender que Danny devia ter o telefone de Six-Pack, caso houvesse alguma emergência e Danny não conseguisse falar com Ketchum.

EU NÃO PRECISO QUE NINGUÉM ME CONTROLE!

Ketchum tinha respondido por fax, antes que Danny tivesse acordado e descido na manhã seguinte. Mas, após mais alguns faxes e uma difícil conversa telefônica, Ketchum deu a Danny o número do telefone de Pam.

Foi em dezembro daquele mesmo ano, 2001, que Danny conseguiu tomar coragem e ligar para Six-Pack, e ela não era de falar muito no telefone. Sim, ela e Ketchum tinham ido algumas vezes naquele outono ao lago Moose-Watch para ver os alces dançando – ou "se movimentando sem rumo" como Six-Pack disse. Sim, ela acampou com Ketchum também – mas só uma vez, numa tempestade de neve, e se seu quadril não a tivesse mantido acordada a noite inteira, o ronco de Ketchum teria.

Danny também não teve sorte em convencer Ketchum a vir passar o Natal em Toronto naquele ano. "Talvez eu apareça, mas é mais provável que não", foi o que Ketchum disse – tão independente como sempre.

Logo chegou a época do ano que Daniel Bacagalupo tinha aprendido a detestar – as vésperas do Natal de 2001, o que seria o primeiro aniversário do assassinato do seu pai –, e o escritor estava jantando sozinho no Beijo do Lobo. Seus pensamentos vagavam, distraídos, quando Patrice – aquela presença sempre suave e graciosa – se aproximou da mesa de Danny.

– Tem uma pessoa procurando por você, Daniel – Patrice disse com uma solenidade fora do comum. – Mas, estranhamente, na porta da cozinha.

– Procurando por *mim*? Na *cozinha*? – Danny disse.

– Uma pessoa alta e forte – Patrice disse, com um ar de mau pressentimento. – Não parece uma leitora, pode não ser o que você chamaria de uma admiradora.

– Mas por que a porta da *cozinha*?

– Ela disse que não achava que estava bem-vestida o suficiente para entrar pela porta da frente – Patrice disse ao escritor.

– *Ela*? – Danny disse. Como ele torceu para ser a Lady Sky!

– Eu tive que olhar duas vezes para ter certeza – Patrice disse, sacudindo os ombros. – Mas ela é definitivamente uma mulher.

Naquele beco de Crown's Lane atrás do restaurante, Pedro o caolho tinha visto a mulher alta; ele tinha amavelmente mostrado a ela a entrada de serviço que ia dar na cozinha. O outrora Ramsay Farnham tinha dito a Six-Pack Pam: – Mesmo que não esteja no cardápio, eles normalmente têm cassoulet nesta época do ano, eu recomendo.

– Eu não estou querendo esmola – Six-Pack disse a ele. – Estou procurando um cara chamado Danny, um escritor famoso.

– Danny não trabalha na cozinha, o pai dele é que trabalhava – Pedro caolho disse a ela.

– Eu sei disso, só que eu sou um tipo de pessoa que prefere a porta dos fundos – Pam disse. – Este lugar é muito chique.

O antigo Ramsay Farnham pareceu momentaneamente desdenhoso; ele deve ter tido um lampejo de sua antiga vida. – Não é tão *chique* assim – ele disse. Além da arrogância que devia existir em seus genes, Ramsay ainda se ressentia da mudança de nome do seu restaurante favorito; embora ninguém jamais houvesse assistido, *Beijo do Lobo* seria sempre um filme pornô para Pedro caolho.

Havia outros mendigos no beco; Six-Pack podia vê-los, mas eles se mantiveram a uma certa distância dela. Talvez fosse justo dizer que Pedro caolho era apenas um *meio* mendigo. Os outros no beco estavam desconfiados de Pam. Apesar de sua indumentária grosseira das florestas do Norte, Six-Pack não parecia uma mendiga.

Até Pedro caolho podia ver a diferença. Ele bateu na porta de serviço do Beijo do Lobo, e Joyce – uma das assistentes – abriu a porta. Antes que Joyce tivesse tempo de cumprimentá-lo, Pedro empurrou Six-Pack na frente dele para dentro da cozinha.

– Ela está procurando por Danny – Pedro caolho disse. – Não se preocupe, ela não é um dos nossos.

– Eu conheço Danny e ele me conhece – Six-Pack disse depressa para Joyce. – Eu não sou um tipo de admiradora ou algo parecido. – (Na época, Pam estava com oitenta e quatro anos. Era improvável que Joyce a confundisse com uma admiradora, até mesmo com uma admiradora de *escritor*.)

Kristine correu para chamar Patrice, enquanto Joyce e Silvestro mandavam Six-Pack entrar. Quando Patrice trouxe Danny para a cozinha, Silvestro já tinha convencido Pam a experimentar a dupla de foie gras e confit de pato com uma taça de champanhe. Quando Danny viu Six-Pack, ele sentiu um aperto no coração; Six-Pack Pam não era nenhuma Lady Sky e Danny adivinhou que devia ter acontecido alguma coisa.

– Ketchum está com você? – o escritor perguntou a ela, mas Danny já sabia que Ketchum teria entrado pela porta da frente, não importa o que o velho lenhador estivesse vestindo.

– Não me faça começar, Danny, não aqui, e não enquanto eu não comer e beber alguma coisa – Six-Pack disse. – Merda, eu dirigi o dia inteiro com aquele cachorro peidando, nós só paramos para mijar e encher o tanque do caminhão. Ketchum disse que eu devia comer as costeletas de carneiro.

Foi o que Six-Pack pediu. Eles comeram juntos na mesa habitual de Danny perto da janela. Pam comeu as costeletas de carneiro segurando-as com os dedos, com o guardanapo enfiado na gola de uma das camisas de flanela de Ketchum; quando acabou de comer, ela limpou as mãos no jeans. Six-Pack bebeu duas canecas de Steam Whistle e uma garrafa de vinho tinto; ela quis a travessa de queijos em vez de sobremesa.

Ketchum dera instruções bem detalhadas a ela sobre como chegar na casa de Danny, avisando-lhe que se ela chegasse perto da hora do jantar, provavelmente encontraria Danny no Beijo do Lobo. O lenhador orientou-a também sobre como chegar no restaurante. Mas quando ela olhou para dentro do Beijo do Lobo – Six-Pack era alta o suficiente para olhar por cima da parte fosca do vidro da janela que dava para Yonge Street – a clientela bem-vestida do restaurante, que morava em Rosedale, deve tê-la desencorajado de entrar. Então ela procurou uma entrada de serviço. (Aquela gente de Rosedale tinha um jeito esnobe.)

– Eu pus a cama de Herói na cozinha, ele está acostumado a dormir em cozinhas – Pam disse. – Ketchum me disse para entrar, porque você nunca tranca a porta. Bonita casa. Eu pus minhas coisas no quarto mais distante do seu, o que tem muitos retratos daquela moça bonita. Assim, se eu tiver um dos meus pesadelos, talvez não acorde você.

– Herói está aqui? – Danny perguntou a ela.

– Ketchum disse que você devia ter um cachorro, mas eu não vou dar nenhum dos meus para você – Six-Pack disse. – Herói não é muito amigável com outros cachorros, os meus cachorros não vão sentir nenhuma falta dele.

– Você dirigiu até aqui só para trazer o Herói para mim? – Danny perguntou. (É claro que o escritor compreendeu que a

visita de Six-Pack devia ter outros propósitos além de trazer o caçador de ursos para ele.)
— Ketchum disse que eu devia falar pessoalmente com você. Nada de telefonema, carta ou fax, nada dessa titica de galinha — Six-Pack disse a ele. — Ketchum devia estar falando sério, porque ele pôs tudo por *escrito*. Além disso, tem outras porcarias que ele queria mandar para você, está tudo no caminhão dele.
— Você trouxe o caminhão de Ketchum?
— O caminhão não é para você, eu vou levá-lo de volta — Pam disse. — Você não ia querer dirigi-lo na cidade, Danny. Aliás, não ia querer aquele caminhão de jeito nenhum, pois ele ainda cheira como se um urso tivesse cagado lá.
— Onde está Ketchum? O que aconteceu? — o escritor perguntou a ela.
— Nós devíamos ir dar uma volta com o cachorro ou algo assim — Six-Pack sugeriu.
— Um lugar mais privado, você quer dizer? — Danny perguntou.
— Cristo, Danny, tem gente aqui que nasceu com o nariz enfiado no que não é da sua conta! — Six-Pack disse.

O Beijo do Lobo estava lotado aquela noite; desde a mudança do nome, e da reforma que Patrice fez transformando o restaurante de novo num bistrô, ele lotava quase toda noite. Algumas noites, Danny achava que as mesas estavam muito juntas umas das outras. Quando o escritor e Pam estavam saindo, Pam pareceu estar enfatizando seu quadril prejudicado, mas Danny logo percebeu que ela queria se apoiar na mesa ao lado, onde um casal passara o jantar inteiro olhando para eles. Como Danny era famoso, estava acostumado — e quase não se dava conta — que as pessoas olhassem para ele, mas Pam (aparentemente) não tinha gostado nem um pouco disso. Ela virou as taças de vinho e água na mesa do casal; parecendo de repente recuperar o equilíbrio, Six-Pack bateu com o braço na cara do cavalheiro sentado. Para a espantada mulher na mesa destruída, Six-Pack disse: — Isso foi por ele ficar olhando para mim com cara de idiota, como se eu estivesse com o peito de fora ou algo assim.

Um garçom e um ajudante correram para consertar o estrago, enquanto Patrice deslizava na direção de Danny, abraçando o escritor e levando-o até a porta.

– *Outra* noite inesquecível, inesquecível, Daniel! – Patrice cochichou no ouvido de Danny.

– Eu sou apenas uma pessoa que prefere a porta de trás – Six-Pack disse humildemente para o dono e maître do Beijo do Lobo.

Quando eles saíram para a Yonge Street e enquanto esperavam o sinal abrir para atravessarem a rua, Danny disse para Six-Pack: – Apenas me conte, pelo amor de Deus! Conte-me *tudo*. Não me poupe nenhum detalhe.

– Vamos ver como o Herói está indo, Danny – Six-Pack disse.

– Eu ainda estou ensaiando o que tenho que dizer. Como você deve imaginar, Ketchum me deixou com uma porrada de instruções. – Como se viu depois, Ketchum pôs diversas páginas de "instruções" num envelope no porta-luvas do caminhão. A porta do porta-luvas tinha sido deixado aberta de propósito para que Pam não pudesse deixar de ver o envelope, que estava preso sob a arma de Ketchum. ("Não havia um peso de papel melhor disponível naquela hora", como Six-Pack disse.)

Agora Danny viu que o caminhão de Ketchum estava estacionado na frente da casa na Cluny Drive, como se o ex-lenhador tivesse mudado de ideia e resolvido aparecer para o Natal. Aparecendo para defender sua cama, Herói rosnou para eles – um cumprimento rabugento. Pam já tinha colocado a bainha da faca Browning de trinta centímetros de Ketchum na cama do caçador de urso; talvez ela servisse de chupeta, o escritor pensou. Ele tinha visto a longa faca Browning na bancada da cozinha, e rapidamente desviara os olhos da lâmina. A cozinha fedia a peido de cachorro – possivelmente, todo o andar de baixo da casa.

– Meu Deus, o que aconteceu com o *olho* do Herói? – Danny perguntou a Pam.

– Perdeu a pálpebra. Eu conto mais tarde. Tente não mostrar que você está percebendo – Six-Pack disse.

Danny viu que ela pusera a motosserra favorita de Ketchum na sala de ginástica. — O que eu vou fazer com uma motosserra? — o escritor perguntou a ela.

— Ketchum disse que era para você ficar com ela — Six-Pack disse a ele. Talvez para mudar de assunto, ela acrescentou: — Se não estou enganada, Herói está querendo dar uma cagada.

Eles levaram Herói para passear no parque. Luzes natalinas piscavam nas vizinhanças. Eles levaram o cachorro de volta para a cozinha, onde Danny e Six-Pack se sentaram na mesa; o caçador de urso sentou-se a uma distância proposital, vigiando-os. Pam tinha se servido de uma dose de uísque.

— Eu sei que você sabe o que eu vou lhe contar, Danny. Você só não sabe o *como*. Eu vejo a história começando com sua mãe, tudo porque Ketchum estava transando com sua mãe em vez de aprender a ler, não é verdade? — Six-Pack disse. — Então, bem, aqui está o final.

Mais tarde, quando eles descarregaram juntos o caminhão, Danny ficou grato por Six-Pack ter adiado contar a história para ele. Ela dera tempo para ele se preparar, e enquanto estava esperando ouvir o que tinha acontecido com Ketchum, Danny já tinha imaginado alguns detalhes — do jeito que os escritores costumam fazer.

Danny sabia que Ketchum teria querido ver os alces dançando uma última vez, e que desta vez o velho lenhador *não* teria convidado Six-Pack para ir com ele. Como tinha nevado naquele dia, e a neve tinha parado — uma noite muito fria, bem abaixo de zero, era esperada –, Ketchum disse a Six-Pack que ele sabia que o quadril dela não aguentaria acampar no lugar onde ficava o pavilhão de cozinha, mas que talvez ela quisesse encontrar-se com ele para um café da manhã ao ar livre na manhã seguinte.

— Um lugar um pouco frio para um café da manhã, não acha? — ela havia perguntado a ele.

Afinal de contas, já estava quase no final de dezembro — a noite mais longa do ano estava se aproximando. O rio Twisted raramente congelava antes de janeiro, mas o que Ketchum estava pensando? Entretanto (como Pam explicou a Danny) eles tinham tomado café juntos, antes, no lugar onde ficava o pavilhão. Ketchum gostava de fazer uma fogueira. Ele separava uns pedaços de carvão e preparava o café do jeito que gostava – na assadeira, com os grãos de café e as cascas de ovo na neve que ele derretia para ter água. Ele grelhava dois bifes de carne de cervo e escaldava três ou quatro ovos no fogo. Six-Pack tinha combinado de se encontrar com ele lá para tomar café.

Mas o plano não fazia sentido, e Pam sabia disso. Six-Pack tinha dado uma olhada na picape de Ketchum; não havia nem barraca nem saco de dormir lá dentro. Se o velho lenhador ia acampar, ele devia estar planejando morrer congelado – ou então estava pretendendo dormir na cabine do caminhão com o motor ligado. Além disso, Ketchum tinha deixado Herói com Pam. "Eu acho que o frio faz mal ao quadril de Herói também", ele tinha dito a ela.

– Foi a primeira vez que eu ouvi isso – como Six-Pack disse a Danny.

E quando chegou ao local do pavilhão de cozinha na manhã seguinte, Six-Pack soube imediatamente que não havia nenhum café da manhã ao ar livre nos planos de Ketchum. O café não estava sendo feito; não havia nada sendo feito. Não havia fogueira. Ela viu Ketchum sentado com as costas apoiadas no que restava da chaminé de tijolos demolida, como se o lenhador tivesse imaginado que o pavilhão de cozinha ainda estava de pé – o prédio destruído pelo incêndio quente e aconchegante em volta dele.

Herói tinha corrido para o dono, mas o cachorro parou perto de onde Ketchum estava sentado no chão coberto de neve; Pam viu que os pelos das costas do animal estavam eriçados, e o cachorro começou a andar com as pernas duras, em volta do velho lenhador. "Ketchum!", Six-Pack chamou, mas não obteve nenhuma resposta do madeireiro; só Herói virou a cabeça para olhar para ela.

– Eu não consegui me aproximar dele, por um bom tempo – Six-Pack disse a Danny. – Eu sabia que ele estava morto.

Como tinha nevado no dia anterior, e parou de nevar antes do anoitecer, foi fácil para Pam ver como ele tinha feito aquilo. Havia uma trilha de sangue na neve fresca. Six-Pack seguiu o sangue que descia a colina até a margem do rio; havia alguns tocos grandes acima da margem, e ela viu onde Ketchum tinha limpado a neve de um deles. O sangue quente tinha empapado o toco, o machado de Ketchum estava enfiado com tanta força no toco que Pam não conseguiu retirá-lo. Não havia nenhuma mão esquerda à vista; obviamente, Ketchum a atirara no rio.

Tendo visto o local na bacia do rio onde Ketchum havia atirado no jarro com as cinzas do cozinheiro, Danny não teve nenhuma dificuldade em imaginar exatamente onde Ketchum jogara sua mão esquerda. Mas deve ter sido difícil para o velho lenhador tornar a subir a colina até o local do pavilhão de cozinha; com todo aquele sangue espalhado na neve, Pam sabia que Ketchum devia estar sangrando profusamente.

– Uma vez, quando eles ainda transportavam madeira pelo Phillips Brook – Six-Pack disse a Danny –, eu vi Ketchum roubando um pouco de madeira para si mesmo. Sabe como é, ele estava apenas tirando um pouco de lenha da pilha, aquelas toras de madeira de um metro e pouco de diâmetro não valiam muito. Mas eu vi Ketchum transformar metade de um carregamento de madeira em lenha em menos de meia hora! Assim, ninguém reconheceria a madeira se a vissem no caminhão dele mais tarde. Ketchum segurava com força o cabo do seu machado, ele o segurava com uma mão só, como se fosse uma machadinha, e partia as toras no sentido do comprimento. Depois tornava a parti-las, até elas ficarem tão finas que ele podia cortá-las em pedaços de sessenta centímetros de *lenha*! Eu nunca o vi balançar aquele machado. Ele era tão forte, Danny, e tão preciso. Simplesmente erguia o machado com uma das mãos, como se fosse a porra de um *martelo*! Aqueles palhaços da Paris Manufacturing Company nunca souberam por que a madeira deles estava *desaparecendo*! Ketchum dizia que os babacas estavam ocupados demais fazendo tobogãs no Maine, era para lá que eles transportavam a maior parte da madeira pesada. Aqueles imbecis da Paris nunca notaram para onde estava indo a madeira leve.

Sim, Ketchum conseguia partir uma tora de madeira dura de mais de um metro de diâmetro só com uma das mãos; Danny tinha visto o lenhador manejar um machado, tanto como machado quanto como machadinha. E depois de decepar a mão, o velho lenhador ainda teve forças para subir a colina, onde se sentou para apoiar as costas no que restou da chaminé do pavilhão de cozinha. Havia uma garrafa de uísque ao lado dele, Pam disse; ela disse a Danny que Ketchum conseguiu beber quase toda a garrafa.

– Mais alguma coisa? – Danny perguntou a Six-Pack. – Quer dizer, no chão, ao lado dele.

– Sim, um frasco grande de aspirina – Pam disse ao escritor.

– Ainda havia bastante aspirina no frasco – Six-Pack acrescentou. – Ketchum não era muito de tomar remédio, mas suponho que ele tenha tomado umas aspirinas por causa da dor, ele deve ter engolido os comprimidos com uísque.

Como Danny sabia, a aspirina *não tinha* sido "para dor"; conhecendo Ketchum, Danny acreditava que o velho lenhador tinha provavelmente *apreciado* a dor. O uísque também não foi para a dor. Tanto a aspirina quanto o uísque, o escritor sabia, foram estritamente para manter Ketchum sangrando; o lenhador não tinha dó de quem tivesse um trabalho a fazer e o fizesse mal. (Só Ketchum podia matar Ketchum, certo?)

– Ketchum não pôde perdoar a si mesmo por não ter conseguido manter Cookie vivo – Six-Pack disse ao escritor. – E antes disso, depois que seu filho morreu, Danny, Ketchum sentiu que não tinha como proteger *você*. Tudo o que ele podia fazer era *atormentar* você com seus livros.

– Eu também – o escritor disse para Six-Pack. – Eu também.

Six-Pack não ficou para o Natal. Depois de levarem as armas de Ketchum para o quarto de Danny no segundo andar – Pam insistiu que *todas* as armas fossem guardadas debaixo da cama de Danny, porque era isso que Ketchum tinha desejado – e também as caixas de livros de Rosie para o quarto de escrever de Danny no terceiro andar, Six-Pack avisou ao escritor que costumava acordar muito cedo.

– A que horas? – ele perguntou.

O caminhão de Ketchum e Six-Pack Pam já tinham partido quando Danny acordou de manhã; ela fez café para ele e deixou uma carta, que tinha escrito a mão em diversas folhas de papel que ele guardava na sala de ginástica. A letra de Six-Pack lhe era muito familiar por aqueles anos em que ela havia escrito as cartas de Ketchum para o lenhador analfabeto. Mas Danny tinha esquecido de como Pam escrevia bem – muito melhor do que falava. Até sua grafia era correta. (O escritor imaginou se isso era o resultado de tanto ler em voz alta para Ketchum.)

Naturalmente, a carta de Six-Pack incluía instruções para cuidar de Herói, porém a maior parte do que dizia era mais pessoal do que Danny havia esperado. Ela ia fazer uma prótese de quadril no hospital Dartmouth-Hitchcock, como Ketchum recomendara. Ela fizera alguns amigos novos no camping de Saw Dust Alley, aquele bonito estacionamento de trailers na Rota 26 – os ataques de 11 de setembro tinham servido para apresentá-la a muitos dos seus vizinhos. Henry, o velho serrador de West Dummer que não tinha polegar e indicador, tomaria conta dos cães de Pam enquanto ela estivesse sendo operada. (Henry tinha se oferecido para tomar conta deles enquanto Six-Pack seguia no caminhão de Ketchum até Toronto.)

Six-Pack também tinha feito algumas amizades duradouras no Androscoggin Valley Hospital em Berlin, onde ela ainda trabalhava à noite como faxineira; ela havia ligado para seus amigos no hospital quando encontrou o corpo de Ketchum no local do antigo pavilhão de cozinha. Six-Pack queria que Danny soubesse que ela ficara ao lado de Ketchum quase toda aquela manhã, apenas segurando a única mão que restara, a mão direita – "a única com que ele me tocou", como Six-Pack escreveu em sua carta.

Pam contou a Danny que ele encontraria algumas fotos dentro dos livros que um dia pertenceram à mãe de Danny. Fora difícil para Six-Pack não queimar as fotos de Rosie, embora Pam tenha feito mais do que deixar de lado o seu ciúme. Six-Pack admitiu que agora acreditava que Ketchum tinha amado o cozinheiro mais do que amara Rosie. Six-Pack podia viver com isso – apesar daquela história da mão esquerda. Além disso, Six-Pack disse, Ketchum quis que Danny ficasse com aquelas fotos da mãe do escritor.

"Eu sei que não é da minha conta", Pam também escreveu para Danny, "mas se eu fosse você, eu escreveria *e* dormiria naquele quarto do terceiro andar. É muito calmo lá em cima, na minha opinião – e é o melhor quarto da casa. Mas – não fique aborrecido com isto, Danny – eu desconfio que você já é íntimo de um número considerável de fantasmas. Suponho que uma coisa seja *trabalhar* num quarto com um fantasma, e outra muito diferente *dormir* no mesmo quarto com um. Eu não saberia, nunca tive filhos por isso. Minha filosofia sempre foi passar sem as coisas que eu não tinha coragem de perder – com exceção de Ketchum."

Danny escreveu as palavras *com exceção de Ketchum* num pedaço de papel e o colou numa de suas velhas máquinas de escrever – outra IBM Selectric II, a que ele estava usando atualmente naquele quarto do terceiro andar que dividia com o fantasma de Joe. O escritor gostou da expressão *com exceção de Ketchum*; talvez pudesse usá-la.

Tudo isso aconteceu três anos antes. A única razão de Danny não ter jogado fora a relíquia que era sua máquina de fax, que ainda estava na cozinha daquela casa na Cluny Drive, era que Six-Pack ocasionalmente passava um fax para ele e ele respondia. Pam devia estar com oitenta e oito ou oitenta e nove anos – a mesma idade que Ketchum teria, se o velho lenhador ainda estivesse vivo –, e as mensagens dela via fax tinham perdido qualquer traço daquela audácia literária que ela um dia havia demonstrado ao escrever cartas.

Six-Pack ficara mais concisa com a velhice. Quando havia algo que tinha lido ou visto no noticiário da TV – e o assunto pertencesse à categoria de estupidez humana pior do que merda de cachorro –, Six-Pack passava um fax para Danny. Pam declarava firmemente o que Ketchum teria dito sobre isto ou aquilo, e Danny nunca hesitava em mandar um fax de volta com a versão do escritor do palavreado do velho lenhador.

Não era necessariamente o que Ketchum teria dito sobre a guerra no Iraque, ou sobre o conflito interminável no Oriente Médio, que interessava a Danny ou Six-Pack. Era o que Ketchum teria dito a respeito de *qualquer coisa*. Era a *voz* do velho lenhador que Danny e Six-Pack queriam ouvir.

Dessa forma nós tentamos manter nossos heróis vivos; e por isso nos lembramos deles.

A tempestade de meados de fevereiro tinha atravessado o lago Huron, vinda do Oeste do Canadá, mas quando o vento e a neve atingiram as ilhas de Georgian Bay, o vento mudou de direção e a neve continuou caindo; o vento agora soprava do Sul, de Parry Sound para Shawanaga Bay. Do seu barracão de escrever, Danny não conseguia mais ver onde terminava a baía e começava o continente. Devido à brancura opaca da tempestade, as árvores que ficavam onde Danny sabia que era o continente pareciam uma miragem de uma floresta flutuante – ou as árvores pareciam estar saindo da baía congelada. O vento lançava para cima pequenas espirais de neve; essas espirais pareciam pequenos tornados de neve. Às vezes, quando o vento soprava na direção norte, ao longo de toda a extensão de Shawanaga Bay, havia tornados *de verdade* – não muito diferentes do tipo que se vê no Meio-Oeste americano ou nas pradarias canadenses, Danny sabia. (Andy Grant tinha avisado o escritor para tomar cuidado com eles.)

Incansável tinha ligado para o celular de Danny. Ela não queria fazer faxina na ilha naquele dia; não era uma boa ideia sair no aerobarco Polar com aquela visibilidade tão ruim. Numa tempestade semelhante, poucos anos antes, Incansável disse a Danny, um imbecil de Ohio tinha subido com seu aerobarco em O'Connor Rocks – um pouquinho a noroeste de Moonlight Bay. (Danny

tinha que fazer aquele caminho para pegar Incansável na Reserva Indígena de Shawanaga.)
— O que aconteceu com ele, com o imbecil de Ohio? — Danny perguntou a ela.
— Encontraram o infeliz congelado, duro como um pau — Incansável disse a ele.
— Eu busco você amanhã ou depois, quando a tempestade passar — Danny disse. — Eu ligo para você ou você liga para mim.
— Dê um beijo no Herói por mim — ela disse.
— Eu não costumo beijar muito o Herói — Danny disse a Incansável. — Pelo menos não sinto muita inclinação para isso.
— Bem, você deveria beijá-lo mais — a aborígine disse. — Eu acho que Herói seria mais amável com você se você o beijasse muito.

A manhã inteira, no barracão de escrever, Herói tinha peidado uma enormidade — quase igual à tempestade de neve a que Danny estava assistindo pela janela. Era uma manhã em que o escritor não estava tentado a tornar mais *íntimo* o seu relacionamento com o caçador de urso. "Meu Deus, Herói!" Danny tinha exclamado várias vezes no decorrer da manhã fedorenta, mas com aquele tempo não dava para pôr o cachorro do lado de fora. E apesar da flatulência implacável do cão, o escritor tinha avançado bem; Danny estava se aproximando do início do primeiro capítulo.

Certas frases agora vinham inteiras para ele, intactas; até a pontuação parecia definitiva. Quando duas frases assim nasciam ao mesmo tempo, uma surgindo imediatamente depois da outra, o escritor se sentia especialmente firme na sua tarefa. Ele tinha escrito as duas primeiras frases da manhã num pedaço de papel de máquina e o pregou na parede de madeira do seu barracão de escrever. Danny toda hora olhava para as frases, lendo-as de novo.

"Quanto ao rio, ele apenas continuava a correr, como fazem os rios — como fazem os rios. Sob as toras de madeira, o corpo do jovem canadense corria junto com o rio, jogado de um lado para o outro — de um lado para o outro."

Daniel gostou da repetição. Ele sabia que eram frases para o primeiro capítulo, mas o trecho pertencia ao final do capítulo – ele definitivamente não soava como um começo. Danny fizera um círculo ao redor da expressão *sob as toras de madeira*, que o escritor achou que não seria um título ruim de capítulo. Entretanto, grande parte do foco do primeiro capítulo parecia estar no cozinheiro; o foco não estava realmente no rapaz que escorregou para baixo das toras de madeira.

Você não podia dizer "o passado" ou "o futuro" na presença do cozinheiro sem que ele fizesse um ar de reprovação; Daniel Baciagalupo escreveu. Havia outras frases, isoladas, sobre este jovem cozinheiro; elas funcionavam como pontos de referência ou guias para Danny, ajudando a orientar o escritor à medida que ele montava o primeiro capítulo. Outra frase era: "Na opinião do cozinheiro, não havia curvas suficientes no rio Twisted para justificar o nome do rio." Haveria muito mais sobre o cozinheiro, é claro; as frases iam surgindo. "O cozinheiro viu que o madeireiro com o pulso quebrado tinha chegado na margem, carregando seu gancho com a mão boa", Danny escreveu.

O cozinheiro ia ser um personagem principal em termos de narrativa no primeiro capítulo, o escritor imaginou – como Danny também imaginou que o filho de doze anos do cozinheiro ia ser. "O cozinheiro sabia muito bem que fora o jovem canadense quem havia caído sob as toras", Daniel Baciagalupo escreveu. E havia uma frase sobre o cozinheiro que o escritor deixou inacabada – pelo menos por ora. "O cozinheiro emanava uma aura de apreensão controlada, como se rotineiramente antecipasse os desastres mais imprevistos" – bem, era só até aí que Danny queria ir com *aquela* frase, que ele sabia que teria que completar um outro dia. Por ora, foi suficiente datilografar todas essas ideias sobre o cozinheiro numa única folha de papel e pregar a folha na parede do barracão de escrever.

"Numa cidade como Twisted River, só o clima não mudava", Danny também tinha escrito; isso podia funcionar como uma primeira frase do capítulo, mas o escritor sabia que podia fazer melhor. Ainda assim, a frase sobre o clima era boa; Danny poderia usá-la em algum lugar. "Agora que tinha chegado outra vez a estação da lama, da cheia do rio", Daniel Baciagalupo escreveu – uma frase inicial melhor, mas não era exatamente o que o escritor estava procurando.

Tudo sobre o personagem de Ketchum era mais fragmentado. Nada sobre Ketchum vinha para Danny numa frase completa – pelo menos por enquanto. Ele escreveu algo do tipo "Ketchum tinha causado mais dano a si mesmo do que quebrar o pulso num comboio de rio"; Danny gostou desta frase, mas não conseguiu ver onde ela ia dar. Havia outro fragmento sobre Ketchum "nenhum neófito na tarefa traiçoeira de conduzir toras de madeira". Danny sabia que podia e iria usar isso, mas não sabia ao certo onde – talvez perto de uma frase ainda incerta sobre Ketchum deitado de costas na margem do rio "como um urso encalhado". Entretanto, estes fragmentos também foram pregados na parede do barracão de escrever, ao lado de outros pontos de referência ou guias.

Neste ponto, o escritor podia ver o personagem de Angel com mais clareza do que o personagem de Ketchum – embora fosse óbvio para Daniel Baciagalupo que o personagem de Ketchum era muito mais importante. (Talvez o *mais importante* de todos, Danny estava pensando.)

Naquele momento – acompanhado de uma saraivada de peidos do cachorro – o celular de Danny tornou a tocar.

– *Buenos días*, Señor Escritor – Lupita disse.

– *Buenos días*, Lupita – Danny disse.

A faxineira mexicana não ligava com frequência. Naquelas dez semanas de inverno que Danny passava na ilha em Georgian Bay, Lupita tomava conta da casa na Cluny Drive; ela abria e lia a correspondência do autor, ouvia as mensagens na secretária eletrônica, e também ficava de olho na máquina de fax. Uma vez por semana, Lupita fazia uma lista do que considerava importante informar a Danny – essencialmente o que ela acreditava que não podia esperar até ele voltar para Toronto. Ela passava a lista de mensagens prioritárias por fax para o escritório de Andy Grant em Pointe au Baril.

Danny sempre deixava alguns cheques em branco assinados para Lupita, que pagava as contas enquanto ele estava fora. Principalmente, a faxineira mexicana gostava de ler a correspondência do escritor e decidir o que era importante – e o que não era.

Isto era sem dúvida motivo de orgulho para Lupita – dava a ela a sensação de possuir uma grande autoridade, um controle quase gerencial sobre a vida doméstica do famoso autor.

Danny sabia que Lupita aproveitaria qualquer oportunidade que se apresentasse para tomar conta da triste vida pessoal do escritor, também. Se ela tivesse filhas, já as teria apresentado a Danny. Lupita tinha sobrinhas; ela deixava fotos delas sobre a bancada da cozinha, ligando para Danny (depois de ter ido para casa) para dizer a ele que tinha "perdido" alguns retratos muito importantes para ela. Talvez ele tivesse visto as fotos esquecidas em algum lugar?

– Lupita, os retratos estão sobre a bancada da cozinha, onde você evidentemente os deixou – ele dizia a ela.

– A beldade de cabelos escuros e top cor-de-rosa, a que tem um sorriso maravilhoso e uma pele linda? Minha preciosa sobrinha, Sr. Escritor.

– Lupita, ela parece uma adolescente – Danny dizia.

– Não, ela é *mais velha*... um pouco – Lupita dizia a ele.

Uma vez Lupita tinha dito a ele: – Só não se case com outra *escritora*. Tudo o que vocês vão fazer é deprimir um ao outro.

– Eu não vou me casar com ninguém, nunca – ele disse a ela.

– Por que o senhor não enfia uma faca no seu coração, então? – ela perguntou a ele. – Daqui a pouco o senhor vai estar andando com prostitutas! Eu sei que o senhor conversa com o cachorro, eu já ouvi!

Se Lupita estava ligando para ele em Pointe au Baril era porque estava contrariada com alguma coisa, Danny sabia. – O que aconteceu, Lupita? – ele perguntou a ela no celular. – Está nevando em Toronto? Nós estamos no meio de uma tempestade de neve muito forte aqui. Herói e eu estamos encalhados aqui.

– Eu não sei quanto a esse infeliz cachorro, mas acho que o senhor *gosta* de estar encalhado, Sr. Escritor – Lupita disse. Claramente, ela não estava pensando no clima; não era por isso que havia ligado.

Às vezes, Lupita cismava que tinha gente *vigiando* a casa da Cluny Drive; ocasionalmente, havia mesmo. Admiradores tímidos, uns poucos por ano – leitores um tanto obcecados que só queriam conseguir dar uma olhada no autor. Ou uns jornalistas pobretões, talvez – querendo ver o quê? (Outro duplo homicídio, quem sabe.)

Uma revista canadense vulgar tinha publicado um mapa de onde viviam as celebridades de Toronto; a casa de Danny na Cluny Drive estava incluída. Não com muita frequência, mas uma vez por mês mais ou menos, alguém aparecia na porta para pedir uma autógrafo; Lupita enxotava quem aparecesse, como se fossem mendigos. "Ele é pago para *escrever* livros, não para *autografá-los*!", a faxineira dizia.

Um imbecil da imprensa tinha até escrito sobre Lupita: "A companheira do recluso escritor parece ser uma pessoa robusta, de aparência hispânica – uma mulher mais velha com um temperamento extremamente protetor." Lupita não tinha achado a menor graça; tanto *robusta* quanto *mais velha* a ofenderam muito. (Quanto ao temperamento de Lupita, ela estava mais protetora do que nunca.)

– Tem uma pessoa procurando pelo senhor, Señor Escritor – Lupita disse a ele no celular. – Eu não chegaria a ponto de chamar isso de assédio, ainda não, mas ela está decidida a encontrar o senhor, pode ter certeza.

– Decidida até que ponto? – Danny perguntou.

– Eu não a deixei entrar! – Lupita exclamou. – E não disse a ela onde o senhor estava, é claro.

– É claro – Danny repetiu. – O que ela queria?

– Ela não quis dizer, ela é muito *arrogante*. Ela olha através da gente, se olhares pudessem matar, como dizem! E teve a ou-

sadia de dar a entender que sabia onde o senhor estava. Ela estava tentando obter mais informações, eu acho, mas eu não engoli a isca – Lupita disse, orgulhosamente.
– Ela teve a ousadia de dar a entender como? – Danny perguntou.
– Ela estava informada *demais* – Lupita disse. – Ela perguntou se o senhor estava naquela ilha onde morou com a roteirista! Eu disse: "*Qual* ilha?" Bem, o senhor devia ter visto como ela olhou para mim!
– Como se soubesse que você estava mentindo? – Danny perguntou.
– Sim! – Lupita exclamou. – Talvez ela seja uma bruxa!

Mas todo admirador de Danny Angel sabia que ele tinha vivido com Charlotte Turner e que eles passavam o verão em Georgian Bay; tinha até sido escrito em algum lugar que o supostamente solitário escritor passava os invernos numa ilha remota no lago Huron. (Bem, ela era "remota" pelo menos no inverno.) Para um leitor de Danny Angel, isto era basicamente um palpite inteligente; não significava que a mulher que estava procurando o escritor tivesse poderes sobrenaturais.

– Como era a mulher, Lupita? – Danny perguntou; ele ficou tentado a perguntar à faxineira mexicana se ela viu uma vassoura, ou se a mulher bem informada demais estava acompanhada de um cheiro de fumaça ou do som crepitante de uma fogueira.

– Ela era amedrontadora! – Lupita declarou. – Ombros largos, como um homem! Ela era *parruda*!

– *Parruda* – Danny repetiu, lembrando a si mesmo do pai. (Ele era filho do cozinheiro, e, obviamente, a repetição estava em seus genes.)

– Parece viver numa dessas academias – Lupita explicou. – Ninguém ia querer se meter com ela, pode acreditar.

A palavra *musculação* estava na ponta da língua do escritor, mas ele não a pronunciou. As impressões de Lupita de repente fizeram Danny pensar em Lady Sky, pois Amy não dava a impressão de viver numa academia de ginástica? Lady Sky não era ca-

paz de olhar através da gente? (Se olhares pudessem matar, sem dúvida!) E Amy não era uma pessoa *parruda*? De algum modo a palavra *arrogante* não se encaixava com Lady Sky, mas o escritor entendeu que isto podia ter sido uma interpretação equivocada de Lupita.
– A mulher tinha alguma tatuagem? – Danny perguntou.
– Sr. Escritor, nós estamos em *fevereiro*! – Lupita exclamou. – Eu a deixei lá fora, no frio. Ela parecia uma exploradora do Ártico!
– Você pôde ver a cor do cabelo dela? – Danny perguntou. (Amy tinha cabelo louro-avermelhado, ele se lembrava; ele nunca a tinha esquecido.)
– Ela estava usando um anoraque, com um *capuz*! – Lupita declarou. – Eu não pude ver nem a cor das *sobrancelhas* dela!
– Mas ela era *grande* – Danny insistiu. – Não tinha só ombros largos, mas era alta também, certo?
– Ela era muito mais alta do que o senhor – Lupita disse. – Ela é *uma gigante*!
Não fazia sentido perguntar a Lupita se ela viu um paraquedas em algum lugar. Danny estava tentando pensar no que mais ele poderia perguntar. Lady Sky a princípio parecera mais velha do que o escritor, mas depois ele tinha pensado melhor; talvez ela fosse mais próxima da idade dele do que ele imaginara.
– Que idade mais ou menos, Lupita? – Danny perguntou. – Você acha que ela era da minha idade, ou um pouco mais velha, talvez?
– Mais moça – Lupita respondeu, com convicção. – Não muito mais moça, mas com certeza mais moça do que o senhor.
– Ah – o escritor disse; ele sabia que a sua decepção era audível. Danny se sentiu desesperado por ter imaginado que Amy poderia ter caído do céu novamente. Milagres não acontecem duas vezes. Até Lady Sky tinha dito que só era um anjo *às vezes*. Entretanto, Lupita tinha usado a palavra *decidida* para descrever a misteriosa visitante; Lady Sky sem dúvida parecera ser uma pessoa decidida. (E como o pequeno Joe tinha gostado dela!)

– Bem, seja quem for – Danny disse para Lupita no telefone –, ela não vai aparecer aqui hoje, no meio desta tempestade.

– Ela vai aparecer aí qualquer dia, ou vai voltar aqui, eu tenho certeza – Lupita avisou a ele. – O senhor acredita em bruxas, Sr. Escritor?

– Você acredita em *anjos*? – Danny perguntou a ela.

– Esta mulher tinha um ar perigoso demais para ser um anjo – Lupita disse a ele.

– Eu vou ficar de olho nela – Danny disse. – Vou dizer ao Herói que ela é um *urso*.

– O senhor correria menos perigo encontrando um urso, Señor Escritor – Lupita disse a ele.

Assim que a conversa terminou, Danny se viu pensando que – por mais que ele gostasse dela – Lupita era uma velha mexicana supersticiosa. Será que católicos acreditavam em bruxas?, o escritor pensou. (Danny não sabia em que os católicos acreditavam – e muito menos no que Lupita, em particular, acreditava.) Ele estava irritado por ter sido interrompido no seu trabalho; além do mais, Lupita tinha esquecido de dizer *quando* ela esteve com a giganta em Toronto. Esta manhã, talvez – ou teria sido uma semana atrás? Momentos antes, ele estava no caminho certo, definindo o rumo do seu primeiro capítulo. Um telefonema inútil o tinha tirado completamente do caminho; agora até o clima era uma distração.

O *inuksuk* estava enterrado debaixo da neve. ("Nunca um bom sinal", o escritor podia imaginar Incansável dizendo.) E Danny não suportava olhar para aquele pinheirinho curvado pelo vento. A árvore aleijada lembrava demais o seu pai hoje. O pinheiro parecia quase morto – curvado sob o peso da neve, na tempestade.

Se Danny olhasse para sudeste – na direção da ilha de Pentecoste, na boca do rio Shawanaga – havia um vazio branco. Não havia absolutamente nada para ver. Não havia nenhuma demarcação para indicar onde o céu branco terminava e a baía coberta de neve começava; também não havia nenhum horizonte. Quando ele olhou para sudoeste, a ilha Burnt estava invisível – desaparecida, perdida na tempestade. A leste, Danny mal podia avistar os topos das árvores mais altas no continente, mas não o próprio continente. Como o horizonte perdido, não havia traço de terra à vista. Na parte mais estreita da baía, havia o barracão de um pescador; talvez a tempestade de neve tivesse levado embora o barracão, ou talvez o barracão do pescador tivesse simplesmente sumido da vista (como tudo o mais).

Danny achou que era melhor pegar mais uns baldes de água no lago para levar para a cabana principal enquanto ele ainda conseguia *ver* o lago. A neve recente devia ter tapado o último buraco que ele tinha feito no gelo; Danny e Herói teriam que tomar cuidado para não cair pelo gelo fino que estava cobrindo aquele buraco. Não fazia sentido arriscar uma viagem até a cidade hoje – Danny podia descongelar alguma coisa do freezer. Ele também ia tirar um dia de folga de cortar lenha.

Do lado de fora, a neve trazida pelo vento machucou o olho arregalado, sem pálpebra, de Herói; o cachorro ficava passando a pata no focinho. "Só quatro baldes, Herói, só duas viagens de ida e volta até a baía", Danny disse para o caçador de urso. "Nós não vamos ficar muito tempo aqui fora." Mas de repente o vento parou completamente, no momento em que Danny estava tirando os dois últimos baldes de água da baía. A neve caía agora em flocos retos, grandes e macios. A visibilidade não estava melhor, mas estava mais confortável lá fora, no meio da tempestade. "Sem vento, sem dor, Herói, que tal isso?", Danny perguntou ao cachorro.

O ânimo do cachorro tinha melhorado notavelmente. Danny viu Herói correr atrás de um esquilo vermelho, e o escritor tirou mais dois baldes de água da baía (um total de seis). Agora ele tinha água mais do que suficiente para sobreviver à tempestade – mesmo que a neve continuasse caindo em grande quantidade. E o que importava o tempo que a tempestade ia durar? Não havia estradas para limpar.

Havia um bocado de carne de cervo no freezer. Dois bifes pareciam comida demais, mas talvez um só não fosse suficiente

– Danny resolveu descongelar dois. Ele tinha muito pimentão e cebola, e alguns cogumelos; ele podia fritá-los juntos e fazer uma salada verde. Ele preparou um molho para marinar a carne de cervo – iogurte e suco de limão fresco com cominho, açafrão e pimenta. (Esta era a marinada que ele lembrava do Mao's.) Danny acendeu o fogão a lenha na cabana principal; se ele pusesse a carne de cervo marinada perto do fogão, os bifes estariam descongelados na hora do jantar. Era só meio-dia.

Danny deu água a Herói e preparou um almoço leve para si mesmo. A tempestade de neve o tinha livrado das tarefas habituais da tarde: com um pouco de sorte, Danny conseguiria voltar ao trabalho no barracão de escrever. Ele sentia que o primeiro capítulo estava esperando por ele. Haveria apenas peidos do caçador de urso para distraí-lo.

"Sob as toras de madeira", o escritor disse alto para Herói, testando a frase como título de capítulo. Era um bom título para um capítulo de abertura, Danny pensou. "Vamos, Herói", ele disse para o cachorro, mas eles ainda não tinham saído da cabana principal quando o celular de Danny tornou a tocar – a terceira ligação do dia. Na maioria dos dias, nos meses de inverno que o escritor passava na ilha de Charlotte, o telefone não tocava uma única vez.

– É o *urso*, Herói! – Danny disse para o cachorro. – Quanto você quer apostar que a grande ursa está chegando? – Mas o telefonema era de Andy Grant.

– Eu achei melhor ver como você estava – o construtor disse. – Como é que você e Herói estão sobrevivendo à tempestade?

– Herói e eu estamos sobrevivendo muito bem. Na verdade, estamos bem confortáveis – Danny disse a ele. – Eu estou descongelando um pouco do cervo que eu e você matamos.

– Não está planejando fazer compras, está? – Andy perguntou.

– Eu não estou planejando ir a lugar *nenhum* – Danny respondeu.

– Isso é bom – Andy disse. – Você está sem visibilidade nenhuma aí, não está?

– Visibilidade zero. Eu não consigo enxergar a ilha Burnt, não consigo enxergar nem o continente.
– Nem mesmo o cais dos fundos? – Andy perguntou a ele.
– Isso eu não sei – Danny respondeu. – Herói e eu estamos muito preguiçosos hoje. Não chegamos nem perto do cais dos fundos. – Houve uma longa pausa, longa o bastante para fazer Danny olhar para a tela do seu celular, para ter certeza de que a ligação não tinha caído.
– Acho que você e Herói deviam ir até o cais de trás e ver o que vocês conseguem enxergar de lá, Danny – Andy Grant disse ao escritor. – Se eu fosse você, esperaria uns dez ou quinze minutos e depois iria dar uma olhada.
– O que eu devo procurar, Andy? – o escritor perguntou.
– Uma visita – o construtor disse a ele. – Tem uma pessoa procurando por você, Danny, e ela parece realmente decidida a encontrá-lo.
– Realmente decidida – Danny repetiu.

Ela havia aparecido no posto de saúde de Pointe au Baril, pedindo informações sobre como chegar na ilha Turner. A enfermeira a encaminhara para Andy. Todo mundo na cidade sabia que Andy Grant era muito zeloso da privacidade do famoso novelista.
A mulher grande e forte não tinha um aerobarco; ela também não tinha uma motoneve. Ela não tinha nem trazido esquis, apenas bastões de esquiar. Sua mochila era enorme, e amarrado nela havia um par de sapatos de neve. Se ela tinha um carro, devia ser alugado e ela já havia se livrado dele. Talvez tivesse passado a noite no Larry's Tavern ou em algum motel perto de Parry Sound. Ela não podia ter vindo dirigindo de Toronto a Pointe au Baril – não naquela manhã, não naquela tempestade de neve. A neve tinha coberto Georgian Bay, da ilha de Manitoulin até Honey Harbour, e – segundo Andy – a previsão era de que nevasse a noite inteira também.
– Ela disse que conhece você – Andy disse ao escritor. – Mas se ela for apenas uma fã maluca ou uma caçadora de autógrafos

psicopata, tem espaço suficiente naquela mochila para todos os seus oito livros, tanto as edições de capa dura quanto brochuras. Mas aquela mochila também é suficientemente grande para carregar uma espingarda.
– Ela me conhece *como*... ela me conheceu quando, e onde?
– Danny perguntou.
– Tudo o que ela disse foi, "Nós nos conhecemos de longa data". Você não está esperando a visita de uma ex-namorada zangada, está, Danny?
– Eu não estou esperando *ninguém*, Andy – o escritor disse.
– Ela é uma mulher poderosa, Danny – o construtor disse.
– Qual o tamanho dela? – Daniel Baciagalupo perguntou.
– Nós estamos falando de uma *gigante* – Andy disse a ele. – Mãos que parecem patas, botas maiores do que as minhas. Você e eu juntos cabemos no anoraque que ela está vestindo; e talvez houvesse espaço para Herói também.
– Suponho que ela se pareça com uma exploradora do Ártico – o escritor disse.
– Ela está, realmente, com as roupas certas para este clima – Andy disse. – As calças, as luvas, e o anoraque tem um capuz bem grande.
– Suponho que você não tenha visto a cor do cabelo dela – o escritor disse.
– Não, não deu para ver por baixo daquele capuz. Eu não consegui ver nem a cor dos *olhos* dela – Andy disse.
– E que idade você daria para ela? – Danny perguntou. – A minha idade, talvez, ou um pouco mais velha?
– Não – o construtor disse outra vez. – Ela é *bem* mais moça do que você, Danny. Pelo menos pelo que eu consegui ver dela. Ela está realmente em forma.
– Com todas aquelas roupas, como você pode saber que ela está *em forma*? – o escritor perguntou.
– Ela entrou no meu escritório, só para olhar o meu mapa da baía – o construtor disse a Danny. – Enquanto ela estava localizan-

do a ilha Turner no mapa, eu levantei a mochila dela, só a ergui do chão e tornei a largá-la. Ela devia pesar uns quarenta quilos, Danny; a mochila pesa tanto quanto Herói, e ela saiu daqui carregando-a como se ela fosse um travesseiro.

— Ela parece com alguém que eu conheci um dia — Danny disse —, mas a idade está errada. Se ela fosse a mulher que eu estou pensando, ela não poderia ser *bem* mais moça do que eu, como você disse.

— Eu posso estar enganado quanto a isso — Andy disse a ele.
— As pessoas envelhecem de formas diferentes, Danny. Tem gente que fica igual; outras, se você fica muito tempo sem ver, não consegue nem reconhecer.

— Ah, já faz muito tempo, se ela for quem eu estou pensando — Danny disse. — Já faz quase quarenta anos! *Não pode* ser ela — o escritor acrescentou; ele pareceu impaciente consigo mesmo. Danny não ousava desejar que fosse a Lady Sky. Ele percebeu que também já fazia muito tempo que ele não *desejava* nada. (Ele um dia tinha desejado que nada de ruim acontecesse com seu amado Joe. Ele também tinha desejado que seu pai sobrevivesse ao caubói, e que Ketchum morresse tranquilamente — dormindo, com as duas mãos intactas. Daniel Baciagalupo não tinha muita sorte com desejos.)

— Danny, é bobagem achar que você pode *saber* como uma pessoa vai estar depois de quarenta anos — Andy disse. — Algumas pessoas mudam mais do que outras, é só o que eu estou dizendo. Olha — o construtor acrescentou — que tal eu ir até aí? Provavelmente eu vou alcançá-la com minha motoneve. Eu posso dar uma carona para ela pelo resto do caminho, e se você não gostar dela, ou se ela *não* for a pessoa que você está pensando, eu posso trazê-la de volta para Pointe au Baril.

— Não, Herói e eu vamos ficar bem — Danny disse. — Eu posso ligar para você se precisar de ajuda para fazê-la sair, ou algo assim.

— É melhor você e Herói irem para o cais de trás — Andy disse a ele. — Ela saiu daqui faz algum tempo, e ela tem passadas muito largas.

– Tudo bem, nós já vamos. Obrigado, Andy – Danny disse a ele.
– Tem certeza de que não quer que eu vá até aí, ou que eu faça alguma coisa para você?
– Eu estou tentando achar uma primeira frase para o meu primeiro capítulo – o escritor respondeu. – Você não teria uma primeira frase para mim, teria?
– Não posso ajudar você nisso – Andy Grant disse. – Ligue para mim se tiver algum problema com aquela mulher.
– Eu não vou ter nenhum problema – Danny disse a ele.
– Danny? Leve aquela velha Remington com você, quando for para o cais. É uma boa ideia ter uma arma com você, e certifique-se de que ela a *veja*, certo?
– Certo – o escritor respondeu.
Herói ficou excitado, como sempre, de ir passear com a carabina .30-06 Springfield de Ketchum. "Não se anime muito, Herói", Danny disse ao cachorro. "É bem provável que ela não seja um urso."
A neve estava batendo no joelho no caminho largo que levava ao barracão de escrever, e não tão funda no caminho estreito através do bosque do barracão de Danny até o cais.
Quando passou pelo barracão de escrever, o escritor disse alto: "Eu já volto, primeiro capítulo. Vejo você daqui a pouco, primeira frase."
Herói tinha corrido na frente. Havia um bosque de cedros, abrigado do vento, onde um pequeno grupo de cervos tinha se instalado para passar a noite. Ou Herói os assustara ou os cervos seguiram em frente quando o vento melhorou. Herói estava farejando tudo em volta; devia haver fezes de cervo debaixo da neve. A neve no bosque de cedros estava achatada onde os cervos tinham se deitado bem juntinhos.
– Eles foram embora, Herói, você chegou atrasado – Danny disse ao caçador de urso. – Os cervos já estão na ilha Barclay a esta altura, ou então no continente. – O cachorro estava rolando na neve onde os cervos haviam se deitado. – Se você rolar por

cima de cocô, Herói, eu vou dar um banho em você, com xampu e tudo.
 Herói odiava banho; Danny também não gostava muito de lavar o cachorro resistente. Na casa da Cluny Drive, em Toronto, era Lupita quem dava banho no cachorro. Ela parecia gostar de ralhar com Herói enquanto o lavava. ("Então, Señor Macho, que tal ter só uma pálpebra? Mas é isso que dá viver brigando, Señor Macho, não é?")
 Devia haver um metro de neve no telhado da cabana do vovô, para onde o escritor e o cachorro só olharam rapidamente. Se aquela cabana tinha sido mal-assombrada antes, ela era *mais* mal-assombrada agora; nem Danny nem Herói teriam gostado de se encontrar com o fantasma de Ketchum. Se o velho lenhador fosse um fantasma, Danny sabia que a cabana do caçador ilegal seria o lugar ideal para ele.
 A neve estava batendo na altura da coxa no cais dos fundos. Do outro lado da baía gelada, partes do continente eram visíveis no meio da névoa esbranquiçada, mas a margem do outro lado não estava nítida; o continente estava embaçado. A visão do contorno da costa era fugaz. Ao longe fragmentos da paisagem apareciam momentaneamente, e desapareciam no instante seguinte. Não havia pontos de referência identificáveis que permitissem a Danny ver exatamente onde a motoneve que fazia o transporte da Payne's Road entrava em contato com a baía, mas ali do cais o escritor pôde avistar o contorno do barracão do pescador. Ele não fora varrido pela tempestade, mas estava tão indistinto na neve que caía implacavelmente que Danny soube que a pessoa que caminhava com sapatos de neve devia estar a meio caminho de distância da baía antes de conseguir enxergá-la.
 O que o pequeno Joe tinha dito naquele dia do churrasco de porco? "Avião. Não um pássaro." E então, por que Danny estava olhando para Katie em vez de olhar para o pequeno avião, ele tinha ouvido Joe dizer: "Não voando. *Caindo!*" Só então Danny a viu: a paraquedista estava em queda livre, movendo-se rapidamente no céu, quando o escritor a viu pela primeira vez, segundos

antes de o paraquedas abrir. E a própria Amy foi ficando cada vez mais visível. Primeiro, ficou claro que era uma *mulher*; depois, de repente, ela estava *nua*. Só quando Danny estava ao lado dela, no chiqueiro – no meio de toda aquela lama e bosta de porco –, foi que ele percebeu o quanto Amy era *grande*. Ela era tão *sólida*.

 O escritor examinou a baía, com a neve caindo, como se estivesse esperando que outro pequeno avião surgisse no horizonte invisível – ou que outro paraquedas vermelho, branco e azul abrisse de repente.

 Quem quer que fosse, não estaria nua desta vez, o escritor sabia. Entretanto, ele também sabia que, como a paraquedista, ela de repente *estaria* lá – do modo como um anjo cai na terra vindo do céu. Ele estava procurando por ela, mas Danny entendia que na névoa branca da tempestade de neve, a mulher ia simplesmente aparecer, como que por um passe de mágica. Num segundo, não haveria nada ali. No segundo seguinte, ela estaria no meio da baía e se aproximando, uma longa passada depois da outra.

 O que o escritor tinha esquecido era que Herói era um caçador; o caçador de urso tinha um ouvido muito bom e o faro ótimo. O rosnado começou no peito do cachorro, e o primeiro latido de Herói foi abafado – meio engasgado na garganta. Não havia ninguém lá, na baía gelada, mas o caçador de urso sabia que ela estava chegando; o latido nervoso do cachorro começou segundos antes de Danny avistá-la. – Quieto, Herói, não a amedronte – Danny disse. (É claro que o escritor sabia que, se ela fosse a Lady Sky, nada poderia amedrontá-la.)

 A mulher caminhando com sapatos de neve estava praticamente correndo quando Danny a viu. Naquela velocidade, e carregando uma mochila tão pesada, ela ficara com calor. Ela havia aberto o zíper do anoraque para se refrescar; o capuz, que ela tirou da cabeça, estava pendurado para trás, sobre seus ombros largos. Danny pôde ver o cabelo louro-avermelhado; ele estava um pouco mais comprido do que ela costumava usar antes, quando era paraquedista. O escritor entendeu por que Lupita e Andy Grant acharam que ela era mais moça do que Danny; Amy pare-

cia mais moça do que o escritor, se não *bem* mais moça. Quando ela chegou no cais, Herói finalmente parou de latir.
— Você não vai atirar em mim, vai, Danny? — Amy perguntou a ele. Mas o escritor, que nunca teve muita sorte com seus desejos, não conseguiu responder. Danny não conseguia falar, e não conseguia parar de olhar para ela.
Como estava chovendo, as lágrimas em seu rosto misturavam-se com a neve; ele provavelmente não sabia que estava chorando, mas Amy viu os olhos dele.
— Ah, espere, aguente firme, eu estou chegando — ela disse. — Eu vim o mais depressa que pude, você sabe. — Ela atirou a mochila no cais, junto com os bastões de esqui, e subiu pelas pedras, tirando os sapatos de neve quando pisou no cais.
— Lady Sky — Danny disse; isso foi tudo o que ele conseguiu falar. Ele sentiu que estava se dissolvendo.
— Sim, sou eu — ela disse, abraçando-o; ela encostou o rosto dele em seu peito. Ele ficou tremendo abraçado a ela. — Cara, você está pior do que eu imaginei — Amy falou para ele. — Mas eu estou aqui agora e vou cuidar de você. Você vai ficar bem.
— Onde você estava? — ele conseguiu perguntar a ela.
— Eu tinha outro projeto, *dois* na verdade — ela disse a ele. — Eles acabaram sendo uma perda de tempo. Mas eu tenho pensado em você... há anos.
Para Danny não importava se ele fosse o "projeto" de Lady Sky agora; ele imaginou que ela devia ter tido o seu quinhão de projetos, mais do que dois. E daí?, o escritor pensou. Em breve ele faria sessenta e três anos; Danny sabia que não era nenhuma maravilha.
— Eu teria vindo antes, seu cretino, se você tivesse respondido a minha carta — Amy disse a ele.
— Eu nunca vi a sua carta. Meu pai a leu e jogou fora. Ele achou que você era uma *stripper* — Danny disse a ela.
— Isso foi há muito tempo, antes do paraquedismo. Seu pai esteve alguma vez em Chicago? Eu não faço stripping desde Chicago. — Danny achou isso muito engraçado, mas antes que ele pu-

desse esclarecer o mal-entendido, Lady Sky olhou com mais atenção para Herói. O caçador de urso estava cheirando os sapatos de neve de Amy com desconfiança, como se estivesse se preparando para urinar neles. – Ei, *você* – Amy disse para o cachorro. – Se você levantar a perna nos meus sapatos de neve, é capaz de perder a outra orelha, ou o seu peru. – Herói sabia quando estavam falando com ele; ele lançou um olhar malvado e desvairado para Amy com seu olho sem pálpebra, mas se afastou dos sapatos de neve. Alguma coisa no tom de voz de Amy deve ter feito o cachorro lembrar de Six-Pack Pam. De fato, naquele momento, Lady Sky fez Danny lembrar de Six-Pack, uma Six-Pack *jovem*, uma Six-Pack daquele tempo em que ela vivia com Ketchum. – Nossa, você está tremendo tanto que é capaz de essa arma disparar – Amy disse ao escritor.

– Eu estava esperando por você – Danny disse a ela. – Eu *desejei* que você viesse.

Ela o beijou; havia um chiclete sabor menta em sua boca, mas ele não se importou. Ela estava quente, e ainda suando, mas não sem fôlego – nem mesmo da caminhada na neve. "Podemos entrar, em algum lugar?", Amy perguntou a ele. (Só de olhar, dava para ver que a cabana do vovô era inabitável – a menos que você fosse Ketchum, ou um fantasma. Do cais dos fundos da ilha, era impossível ver as outras construções – mesmo quando não havia uma tempestade de neve.) Danny pegou os sapatos de neve e os bastões de esqui, tomando cuidado para manter a carabina apontada para o cais, e Amy pôs no ombro a pesada mochila. Herói correu na frente, como antes.

Eles pararam no barracão de escrever, para Danny poder mostrar a ela onde trabalhava. A pequena sala ainda cheirava lamentavelmente a peido de cachorro, mas o fogo na lareira não tinha apagado – estava uma sauna naquele barracão. Amy tirou o anoraque, e mais umas duas camadas de roupas que estava usando por baixo do anoraque – até ficar só de calça de neve e uma camiseta. Danny disse a ela que um dia tinha achado que ela fosse mais velha do que ele – ou que eles tivessem a mesma idade, talvez –, mas como era possível que ela agora parecesse *mais jovem*? Danny não quis dizer mais jovem do que naquele dia na fazenda de porcos, no Iowa. Ele quis dizer que ela não tinha envelhecido tanto quanto ele – e por que isso tinha acontecido, na opinião dela?

Amy disse a ele que tinha perdido o filhinho dela quando era *muito mais* moça; ela já o tinha perdido quando Danny a conheceu como paraquedista. O filho único de Amy tinha morrido com dois anos – a idade do pequeno Joe no churrasco de porco. Aquela morte tinha envelhecido Amy quando aconteceu, e por mais alguns anos. Não que Amy tivesse *se recuperado* da morte do filho – ninguém se recupera de uma perda dessas, como ela sabia que Danny devia saber. Era só que a perda não aparecia tanto, depois de passados tantos anos. Talvez a perda do seu filho deixasse de ser tão visível para os outros depois de passado um bom tempo. (Joe tinha morrido mais recentemente; para qualquer um que conhecesse Danny, o escritor tinha envelhecido consideravelmente por causa disso.)

– Nós temos mais ou menos a mesma idade – Amy disse ao escritor. – Eu tenho sessenta anos já faz uns dois anos, eu acho, pelo menos é o que eu digo aos caras que perguntam.

– Você parece ter cinquenta – Danny disse a ela.

– Você está tentando me seduzir, ou algo assim? – Amy perguntou a ele. Ela leu aquelas frases, e os fragmentos de frases, do primeiro capítulo, as frases que ele tinha pregado na parede de madeira do barracão de escrever. – O que é isto? – ela perguntou.

– São frases, ou pedaços de frases, que eu tenho pela frente; elas estão esperando que eu as alcance – ele disse. – São todas frases do meu primeiro capítulo, eu só não achei ainda a primeira frase.

– Talvez eu vá ajudá-lo a achá-la – Amy disse. – Eu não vou a lugar nenhum por algum tempo. Eu não tenho nenhum outro projeto. – Danny teve vontade de chorar de novo, mas então o celular dele tocou pela quarta vez naquele dia, porra! Era Andy Grant, é claro, para ver se ele estava bem.

– Ela ainda está aí? – Andy perguntou. – Quem ela *é*?
– Ela é a pessoa que eu estava esperando – Danny disse a ele.
– Ela é um anjo. – *Às vezes* – Lady Sky lembrou a ele, depois que ele desligou.
– *Desta* vez, pelo menos.

O que o cozinheiro teria dito para o filho, se ele tivesse tido tempo de pronunciar suas últimas palavras antes de o caubói acertar um tiro em seu coração? Na melhor das hipóteses, Dominic poderia ter expressado o desejo de que seu filho solitário "encontrasse alguém" – só isso. Bem, Danny *encontrou*; na verdade, ela o encontrou. Considerando Charlotte, e agora Amy – pelo menos nesse aspecto de sua vida –, o escritor sabia que tinha tido sorte. Algumas pessoas nunca encontram *uma* pessoa; Daniel Baciagalupo tinha encontrado duas.

Ela morou alguns anos em Minnesota, Amy disse. ("Se você acha que Toronto é frio, experimente Minneapolis.") Amy tinha participado de algumas lutas num clube de luta livre chamado Minnesota Storm. Ela fizera amizade com "um bando de lutadores ex-Gopher" – um conceito que Danny achou difícil de entender.

Amy Martin – Martin era o seu nome de solteira, e ela o tinha retomado "anos atrás" – era canadense. Ela havia morado muito tempo nos Estados Unidos, e se tornara cidadã americana, mas "de coração" ela era canadense, Amy disse, e tinha sempre desejado voltar para o Canadá.

Por que tinha ido para os Estados Unidos? Danny perguntou a ela. "Por causa de uma cara que eu conheci", Amy disse a ele, dando de ombros. "Então meu filho nasceu lá, e eu achei que devia ficar."

Ela descreveu sua consciência política como "em grande medida indiferente, agora". Ela estava cansada de ver como os americanos sabiam pouco sobre o resto do mundo – ou como eles se interessavam tão pouco em saber. Depois de dois mandatos, o fracasso da política do governo Bush iria provavelmente deixar o país (*e* o resto do mundo) numa confusão horrível. O que Amy Martin quis dizer com isso foi que seria uma ocasião propícia para algum herói montado a cavalo aparecer, mas o que um herói e um cavalo conseguiriam fazer?

Não ia mudar muita coisa, Lady Sky disse. Ela havia caído do céu num país que não acreditava em anjos; entretanto, os beatos hipócritas tinham se apossado dos dois partidos políticos mais importantes do país. (Com os beatos, nada iria mudar.) Além do mais, havia o que Amy chamou de "o contingente de babacas do país" – o que Danny conhecia como sendo aqueles patriotas mais burros do que bosta de cachorro – e eles eram muito aferrados às suas ideias ou ignorantes demais (ou as duas coisas) para enxergar além da arrogância nacionalista e do patriotismo fanático. "Os conservadores são uma espécie extinta", Lady Sky disse, "mas eles ainda não sabem disso."

Quando Danny acabou de mostrar a cabana principal a Amy – a grande banheira, o quarto, e os bifes de carne de cervo que ele estava marinando para o jantar –, eles já tinham concluído que eram parceiros pelo menos politicamente. Embora Amy soubesse mais sobre Danny do que ele sabia sobre ela, isto era só porque ela havia lido cada palavra que ele escrevera. Ela leu quase toda a "merda" que tinha sido escrita sobre ele também. (A palavra *merda* era a que ambos usavam instintivamente para se referir à mídia, de modo que no quesito imprensa eles descobriram serem parceiros também.)

Acima de tudo, Amy sabia quando e como ele tinha perdido o pequeno Joe – e quando o pai dele tinha morrido, e como isso tinha acontecido também. Ele teve que contar a ela sobre Ketchum, sobre quem ela não sabia nada, e embora isso fosse difícil – porque exceto com Six-Pack, Danny não falava sobre Ketchum – o escritor descobriu, no processo de descrever Ketchum, que o velho lenhador estava vivo no romance que Danny estava imaginando, e então Danny falou muito sobre esse romance, e sobre seu fugidio primeiro capítulo.

Eles esquentaram a água do lago em panelas de fazer macarrão no fogão a gás, e com seus dois corpos naquela banheira grande, a água ia até a beirada; Danny não tinha imaginado que seria possível encher aquela banheira enorme, mas nem mesmo o romancista tinha imaginado a banheira com uma *giganta* lá dentro.

Amy contou a ele a história de todas as suas tatuagens. O quando, onde e por que das tatuagens prenderam a atenção de Danny por quase uma hora, ou mais – tanto na banheira de água quente quanto na cama, naquele quarto com a lareira de gás propano.

Ele não tinha prestado atenção nas tatuagens de Amy antes – quando estava coberta de lama e bosta de porco, e nem depois, quando ela estava usando só uma toalha. Danny achou que não seria apropriado e que ela não iria gostar se ele ficasse olhando, naquele dia.

Mas agora ele olhou; ele a examinou atentamente. Muitas das tatuagens de Amy tinham um tema de artes marciais. Ela havia lutado kickboxing em Bangcoc; tinha morado dois anos no Rio de Janeiro, onde competira numa excursão para o lançamento malsucedido de *Ultimate Fighting* para mulheres. (Algumas daquelas brasileiras eram mais duronas do que as kickboxers tailandesas, Lady Sky disse.)

As tatuagens têm suas histórias, e Danny ouviu todas. Mas a que importava mais para Amy era a do nome Bradley; aquele tinha sido o nome do filho dela e do pai. Ela chamava o menino tanto de Brad quanto de Bradley, e (depois que ele morreu) mandou tatuar o nome do filho de dois anos no seu quadril direito, bem no lugar em que Amy costumava carregar o bebê enganchado.

Ao explicar como tinha suportado o peso da dor da perda do filho, Amy disse a Danny que seus quadris eram a parte mais forte do seu corpo forte. (Danny não duvidou disso.)

Amy ficou feliz ao saber que Danny sabia cozinhar, pois ela não sabia. A carne de cervo estava boa, embora a quantidade não fosse suficiente. Danny tinha cortado umas batatas bem fininhas, e as tinha fritado com cebolas, pimentão e cogumelos, então eles não ficaram com fome. Danny serviu uma salada verde depois da refeição, pois o cozinheiro ensinara a ele que este era o modo "civilizado" de servir uma salada – embora ela quase nunca fosse servida assim num restaurante.

O escritor ficou muito contente com o fato de Lady Sky ser uma bebedora de cerveja. "Eu descobri há muito tempo", ela disse, "que bebo qualquer bebida alcoólica tão depressa quanto bebo cerveja, então prefiro ficar na cerveja, se não quiser morrer. Eu já passei da fase de querer me matar."

Ele também já tinha passado dessa fase, Danny disse. Ele tinha aprendido a gostar da companhia de Herói, apesar dos peidos, e o escritor tinha duas faxineiras que cuidavam dele; elas ficariam desapontadas se ele se matasse.

Amy tinha conhecido uma das faxineiras, é claro, e – se o tempo permitisse – Lady Sky iria provavelmente conhecer Incansável no dia seguinte ou no outro. Quanto a Lupita, Amy disse que a faxineira mexicana era um cão de guarda melhor que Herói; Lady Sky tinha certeza de que ela e Lupita seriam grandes amigas.

– Eu não tenho direito de ser feliz – Danny disse ao seu anjo, quando eles estavam adormecendo nos braços um do outro naquela primeira noite.

– Todo mundo tem direito de ser *um pouco* feliz, seu babaca – Amy disse a ele.

Ketchum teria gostado do modo como Lady Sky usava a palavra *babaca*, o escritor pensou. Aquela era uma das palavras preferidas do velho lenhador, Danny sabia, o que – durante o sono – o levou de volta ao romance que estava imaginando.

Amy Martin e Daniel Baciagalupo tinham um mês para passar na ilha de Charlotte Turner em Georgian Bay; aquele foi o modo selvagem de eles se conhecerem antes de começarem a viver juntos em Toronto. Nem sempre podemos escolher como vamos conhecer uns aos outros. Às vezes, as pessoas caem na nossa vida sem mais nem menos – como se caíssem do céu, ou como se houvesse um voo sem escalas do Céu à Terra –, do mesmo modo repentino com que perdemos outras que um dia achamos que sempre fariam parte de nossas vidas.

O pequeno Joe se fora, mas não se passava um dia na vida de Daniel Baciagalupo sem que Joe fosse amado ou lembrado. O cozinheiro fora assassinado em sua própria cama, mas foi Dominic Baciagalupo quem riu por último do caubói. A mão esquerda de Ketchum viveria para sempre no rio Twisted, e Six-Pack soube o que fazer com o resto do seu velho amigo.

Um dia, em meados de fevereiro, uma tempestade de neve caiu no lago Huron vindo do Oeste do Canadá; a Georgian Bay ficou toda coberta. Quando o escritor e Lady Sky acordaram, a tempestade tinha passado. Estava uma manhã deslumbrante. Danny deixou o cachorro sair e preparou o café; quando ele levou café para Amy no quarto, viu que ela voltara a dormir. Lady Sky tinha viajado muito e a vida que levara deixaria qualquer um exausto; Danny deixou-a dormir. Ele deu comida ao cachorro e escreveu um bilhete para Amy, não dizendo a ela que estava se apaixonando. Ele simplesmente disse que ela sabia onde encontrá-lo – no seu barracão de escrever. Danny preferiu tomar o café da manhã mais tarde, depois que Lady Sky tornasse a acordar. Ele levaria um pouco de café para o barracão de escrever e acenderia o fogão a lenha que tinha lá; ele já havia acendido o fogão a lenha da cabana principal.

– Venha, Herói – o escritor disse, e, juntos, eles saíram no meio da neve fresca. Danny ficou aliviado ao ver que aquele pinheirinho torto pelo vento, tão parecido com seu pai, tinha sobrevivido à tempestade.

Não era o personagem Ketchum que devia *começar* o primeiro capítulo, na opinião de Daniel Baciagalupo. Era melhor manter o personagem Ketchum oculto por um tempo – para fazer o leitor esperar para conhecê-lo. Às vezes, os personagens mais importantes precisam de um certo ocultamento. Seria melhor, Danny pensou, se o primeiro capítulo – e o romance – começasse com o rapaz desaparecido. O personagem Angel, que não era quem parecia ser, era um bom chamariz; em termos de narrativa, Angel era um *gancho*. O jovem canadense (que *não* era um canadense) era por onde o escritor devia começar.

Agora não vai demorar muito, Daniel Baciagalupo pensou. E quando ele encontrasse aquela primeira frase, haveria alguém em sua vida para quem o escritor realmente desejava lê-la!

"Legalmente ou não, com ou sem os documentos necessários", Danny escreveu, "Angel Pope tinha atravessado a fronteira canadense para New Hampshire."

Está bom, o escritor pensou, mas não é o começo – a ideia equivocada de que Angel tinha cruzado a fronteira vem *depois*.

"Em Berlin, o Androscoggin caía sessenta metros em cinco quilômetros; duas fábricas de papel pareciam dividir o rio nos intervalos de triagem em Berlin", Danny escreveu. "Não era inconcebível imaginar que o jovem Angel Pope, de Toronto, estivesse a caminho de lá."

Sim, sim – o escritor pensou, mais impaciente agora. Mas estas duas últimas frases eram técnicas demais para um começo; ele as prendeu na parede junto das outras frases, e depois acrescentou mais esta: "O tapete de toras flutuantes fechou-se completamente sobre o jovem canadense, que não voltou à tona; nem mesmo uma de suas botas ou a mão apareceu na superfície daquela água marrom."

Quase, Daniel Baciagalupo pensou. Imediatamente, outra frase surgiu – como se o próprio rio Twisted estivesse permitindo que estas frases viessem à superfície. "O ruído constante dos ganchos batendo nas toras foi brevemente interrompido pelos gritos dos madeireiros que avistaram o gancho de Angel – a mais de cinquenta metros do local onde o rapaz desapareceu."

Bom, bom, Danny pensou, mas era *agitada* demais para uma frase de abertura; havia distrações demais naquela frase.

Talvez a própria ideia de *distrações* o tenha distraído. Os pensamentos do escritor saltaram à frente – muito à frente – para Ketchum. Havia algo decididamente parentético em relação à nova frase. "(Só Ketchum pode matar Ketchum.)" Sem dúvida uma frase para se guardar, Danny pensou, mas *não* material para o primeiro capítulo. Danny estava tremendo de frio no barracão de escrever. O fogão a lenha estava custando a aquecer o pequeno cômodo. Normalmente, Danny abria um buraco no gelo e tirava alguns baldes de água da baía enquanto o barracão de escrever esquentava; esta manhã, ele não tinha feito nem uma coisa nem outra. (Mais tarde, neste dia glorioso, ele teria Lady Sky para ajudá-lo nestas tarefas.)

Nesse instante, sem nem tentar pensar nela – na verdade, naquele momento Daniel Baciagalupo tinha estendido a mão para fazer festa atrás da orelha boa de Herói – a primeira frase lhe veio à cabeça. O escritor a viu surgir, como se viesse de baixo d'água; a frase apareceu diante dele como aquele jarro de suco de maçã com as cinzas do seu pai tinha surgido na superfície, logo depois de Ketchum ter dado um tiro nele.

"O jovem canadense, que não devia ter mais de quinze anos, tinha hesitado demais."

Ó Deus, lá vou eu de novo, eu estou *começando*!, o escritor pensou.

Danny havia perdido tantas coisas que amava, mas sabia que as histórias eram coisas maravilhosas, pois simplesmente não podiam ser interrompidas. Ele sentiu que a grande aventura da sua vida estava apenas começando – como seu pai deve ter sentido, nas circunstâncias extremas e tenebrosas de sua última noite em Twisted River.

Agradecimentos

Um agradecimento especial aos chefs e donos de restaurante por seu tempo e informações técnicas: Bonnie Bruce do Up for Breakfast em Manchester, Vermont; Ray Chen e Christal Siewertsen do The Inn na West View Farm em Dorset, Vermont; Georges Gurnon e Steve Silvestro do Pastis Express em Toronto; Cheryl e Dana Markey do Mistral's em Winhall, Vermont. Minha gratidão aos amigos e parentes, e outros inúmeros leitores das primeiras versões do manuscrito; eles também me ajudaram na minha pesquisa: em New Hampshire, Bill Altenburg, Bayard Kennett, John Yount; em Vermont, David Calicchio, Rick Kelley; em Ontário, James Chatto, Dean Cooke, Don Scale, Marty Schwartz e Helga Stephenson.

Agradeço também à minha esposa, Janet, e ao meu filho, Everett, para quem eu li em voz alta a primeira versão do manuscrito; a duas assistentes de tempo integral, Alyssa Barrett e Emily Copeland, que transcreveram e revisaram todas as provas; e à minha editora e revisora, Amy Edelman – *un abbràccio*.

Referências

Barry, James. *Georgian Bay: The Sixth Great Lake*. Toronto: Clarke, Irwin & Co., Ltd., 1968.
Chatto, James. "Host Story". *Toronto Life*, janeiro de 2006.
Gove, Bill. *Log Drives on the Connecticut River*. Littleton, N.H.: Bondcliff Books, 2003.
_____. *Logging Railroads Along the Pemigewasset River*. Littleton, N.H.: Bondcliff Books, 2006.
Pinette, Richard E. *Northwoods Heritage: Authentic Short Accounts of the Northland in Another Era*. Colebrook, N.H.: Liebl Printing Company, 1992.
Riccio, Anthony V. *Boston's North End: Images and Recollections of an Italian-American Neighborhood*. Guilford, Conn.: Globe Pequot Press, 1998.
Stone, Robert. *Prime Green: Remembering the Sixties*. Nova York: Ecco/HarperCollins, 2007.

Nota do autor

Eu estava num jantar não faz muito tempo quando a mulher sentada ao meu lado disse, "Até a sua conversa tem um *enredo*". A palavra *enredo* foi dita num tom depreciativo – com um desagrado quase involuntário – como se *enredo* fosse uma carcaça de animal que eu tivesse arrastado para a mesa de jantar, ou algo que eu tivesse pisado sem querer e trazido para dentro num dos meus sapatos.

Evidentemente, a mulher tinha sentimentos muito refinados como leitora – seus gostos eram modernos ou pós-modernos, talvez, ou quem sabe ela se opunha elegantemente à omnisciência de terceira pessoa (ou a outras estratégias novelísticas do século dezenove). Ela parecia ofendida pelo que eu representava: o romance longo, com um enredo. Eu era um dinossauro – ou pior, um reacionário. Ela estava buscando uma conversa intelectual, teórica demais para mim, e eu tinha feito algo inimaginável, ou inaceitável: eu tinha contado a ela uma história.

Mas é isso que eu faço. E se você está contando uma história – especialmente para ilustrar uma ideia – é melhor saber o que acontece na história antes de começar a contá-la. Finais não importam para mim; finais são onde eu começo um romance ou um roteiro de cinema. Se eu não souber o final, não consigo começar – e não estou dizendo que preciso saber apenas o que *acontece*. Eu preciso saber o tom de voz, e a última frase (ou frases). Eu não escrevo apenas para um momento no tempo, mas para um som – um sentimento. Eu tenho que saber qual é esse sentimento, ou não posso começar.

Da última frase, eu elaboro meu caminho de volta até onde a história começa. Isto constitui uma espécie de mapa ao contrário. Esse processo – de trabalhar de trás para frente através do enredo, da última frase para a primeira – normalmente leva um ano ou dezoito meses, às vezes mais. Mas nos doze romances que escrevi até agora, a última frase sempre veio em primeiro lugar. E aquelas últimas frases nunca mudaram durante o processo – nem mesmo a pontuação.

Naturalmente, ao escrever meus primeiros quatro ou cinco romances, eu não via o meu hábito de começar pelo fim como sendo um "processo", como eu o chamei; de fato, eu teria ficado envergonhado de chamar isso de meu *método*. Eu achava que era um hábito estranho; imaginava que pudesse mudar. Mas quando eu estava escrevendo meu sexto romance, *As regras da Casa de Cidra*, eu tinha aceitado este modelo como inevitável. Havia um refrão no final do romance, como haveria no final de *Viúva por um ano* – algo que nós identificamos como um diálogo que já ouvimos antes, talvez num contexto diferente. Depois de *As regras da Casa de Cidra*, eu não questionei mais o meu processo.

A última noite perto do rio ficou na minha cabeça mais tempo do que qualquer outro romance que eu tenha escrito – durante mais de vinte anos. Eu comecei (e terminei) outros romances que não ficaram tanto tempo na minha cabeça, porque as últimas frases daqueles romances surgiram mais depressa. Por mais que eu conhecesse a história de *A última noite*, eu não conseguia achar aquela última frase; ela se esquivou durante muito tempo. Mas eu sempre soube que se tratava de um romance fugidio; um pai e um filho tiveram que fugir, e eles seriam fugitivos por cinquenta anos (ou mais). Eu também sabia que a história começava num lugar rude e atrasado, numa cidade de fronteira – uma cidade com a lei ditada por um único homem, e esse homem era um cara intratável. Um campo de extração de madeira foi sempre uma possibilidade, mas eu também pensei numa aldeia de pesca no Maine, talvez uma cidade de pesca de lagosta, perto de Maritimes. O essencial era que a história começasse numa cidade da Nova Inglaterra, algum lugar perto da fronteira com o Canadá. Ela foi sempre uma história em que violência gera violência. E eu sabia a idade aproximada do filho, doze ou treze anos, e que o pai era um cozinheiro. Eu sabia até que o filho ia ser um escritor quando crescesse – tudo isso, por mais de vinte anos, mas não a esquiva última frase! Então eu escrevi outros romances em vez deste. Eu já escrevi sobre escritores antes – em *O mundo segundo Garp* e *Viúva por um ano*. Mas, nesses romances, eu nunca descrevi o meu processo como escritor; eu não fiz T. S. Garp ou Ruth Cole o *tipo* de escritor que eu sou. Em *A última noite*, Daniel Baciagalupo é o tipo de romancista que eu sou; eu até dei a Danny a minha biografia educacional. (Nós frequentamos as mesmas escolas, nos formamos nos mesmos anos, e assim por diante.) O que eu *não* dei a Danny foi minha vida, que tem sido, de modo geral, bastante feliz e cheia de sorte. Eu dei a Daniel Baciagalupo a vida mais *infeliz* que eu pude imaginar. Eu dei a Danny a vida que eu tenho medo de ter – a vida que espero jamais ter. Talvez isso seja autobiográfico, também – num modo mais profundo, mais significativo, certamente mais *psicológico*. (Quando você escreve sobre o que você teme, sobre o que você espera que *nunca* aconteça com você – ou com qualquer pessoa que você ame –, sem dúvida isso é um pouco autobiográfico.)

Não me surpreende que eu comece com o enredo. Eu tinha quinze anos quando li pela primeira vez *Grandes esperanças* de Charles Dickens, o romance que me fez querer tornar-me um escritor. Pensem no enredo. Um menino que cresce na loja de um ferreiro tem um benfeitor; alguém pagou seu estudo em boas escolas, e o tornou um perfeito esnobe, um verdadeiro cavalheiro inglês. Ele acredita que sabe quem é a sua *benfeitora* – nós também, embora haja todos os motivos para duvidar que a Srta. Havisham o tenha sustentado. Ela é uma mulher horrível, abandonada no altar, vivendo com os restos podres do seu bolo de casamento, odiando todos os homens e meninos.

Na realidade, o menino da ferraria tem um benfeitor muito misterioso, e nós o conhecemos no primeiro capítulo do romance. Ele é um criminoso que escapou de um navio prisão; ele aborda o menino nos pântanos, num cemitério, e diz a ele que comerá o seu fígado se ele não for correndo até em casa buscar algo decente para ele comer e uma serra para ele tirar os ferros que prendem suas pernas. Aquele criminoso fugitivo é o benfeitor do menino, e um representante muito melhor da bondade humana – de redenção e perdão – do que a cruel Srta. Havisham. *Grandes esperanças* é uma grande história.

Antes de eu ser sofisticado o bastante para identificar outros aspectos da feitura de um romance, eu notava o enredo. Vejam *O prefeito de Casterbridge* de Thomas Hardy – o melhor primeiro capítulo de um romance inglês. Um homem fica tão bêbado que vende a esposa e a filhinha para um marinheiro. Eu pensei, Puxa! Como será que Michael Henchard vai conseguir se redimir algum dia? Mas eu não conhecia Hardy; a questão é, existem atos que você jamais se perdoará por ter cometido. Michael Henchard nunca irá se recuperar do que ele faz naquele primeiro capítulo; ele não pode ser perdoado. Henchard escreve em seu testamento que nenhum homem deverá lembrar-se dele, mas a maioria dos leitores jamais o esquecerão – eu não o esqueci.

Os outros escritores que me fizeram desejar poder escrever como eles foram meus conterrâneos da Nova Inglaterra, Herman Melville e Nathaniel Hawthorne. Será que *Moby Dick* tem um enredo? Pensem no caixão de Queequeg; ele tem um objetivo. Será que *A letra escarlate* tem um enredo? Não se preocupem – eu não vou revelá-lo. Estes romances, e os romances de Dickens e Hardy, foram meus mestres. Eu amo um enredo, e outros recursos novelísticos do século dezenove; o século dezenove é o modelo da forma para mim.

Mas a última frase de *A última noite perto do rio* custou muito a me ocorrer. Normalmente, eu encontro o tom de voz antes da última frase. No final de *As regras da Casa de Cidra*, eu podia ouvir que havia um refrão, e que ele era uma espécie de bênção, antes de escrever o próprio refrão. "Príncipes do Maine, Reis da Nova Inglaterra." Eu sabia que a última frase de *Uma oração para Owen Meany* seria (o que mais poderia ser?) uma oração. Mas o que me confundiu em *A última noite* foi que o tom da última frase parecia exultante; entretanto, eu sabia o que tinha acontecido com Daniel Baciagalupo. O que Daniel tinha para se alegrar? Eu achei que devia estar errado sobre a última frase – acreditei que estivesse no caminho errado – então continuei escrevendo.

Então, em janeiro de 2005, eu consegui achar. O que deixa Daniel alegre é o fato de estar *escrevendo* de novo; simples assim. O que mais poderia deixar Daniel Baciagalupo exultante? Afinal de contas, *A última noite* é, em parte, um romance sobre o processo de escrever. E não só o *processo*; no caso de Danny, é sobre a motivação psicológica para se tornar um escritor. Tudo que acontece na vida dele – tudo que ele tem medo que aconteça com as pessoas que ele ama – faz dele um escritor. Comigo não aconteceu assim, graças a Deus.

Depois dessa última frase, eu fiz o meu mapa ao contrário bem depressa. Achei a primeira frase em agosto daquele mesmo ano; sete meses da última frase até a primeira frase é rápido para mim. E o que eu tinha então era um mapa da *ação* do romance – o tão importante (para mim) enredo. Quando comecei realmente a escrever, eu sabia tudo o que ia acontecer; então eu pude me concentrar na linguagem.

A redação de *A última noite perto do rio* foi rápida, assim como o mapa ao contrário. De setembro de 2005 a setembro de 2008: três anos para escrever um romance é algo inédito para mim – eu geralmente demoro mais tempo. O fato de ter ficado com este na cabeça por mais de vinte anos deve ter ajudado.

Dorset, Vermont

Janeiro de 2010

Impressão e Acabamento:
GRÁFICA STAMPPA LTDA.
Rua João Santana, 44 - Ramos - RJ